KB138710

걷다가 지친 종아리를 풀어 주는 당신에게

당신이 몰랐던 문장이 내게로 왔다

당신이 몰랐던
문장이 내게로 왔다

오십에 떠나는 내 마음의 순례길

초판 1쇄 인쇄일 2019년 10월 29일
초판 1쇄 발행일 2019년 11월 3일

지은이 이병구
펴낸이 양옥매
디자인 임흥순, 김영은
교 정 정해원

펴낸곳 도서출판 책과나무
출판등록 제2012-000376
주소 서울특별시 마포구 방울내로 79 이노빌딩 302호
대표전화 02.372.1537 **팩스** 02.372.1538
이메일 booknamu2007@naver.com
홈페이지 www.booknamu.com
ISBN 979-11-5776-801-1(03800)

이 도서의 국립중앙도서관 출판시도서목록(CIP)은 서지정보유통지원 시스템
홈페이지(http://seoji.nl.go.kr)와 국가자료공동목록시스템
(http://www.nl.go.kr/kolisnet)에서 이용하실 수 있습니다.
(CIP제어번호 : CIP2019044054)

당신이 몰랐던 문장이 내게로 왔다

오십에 떠나는 내 마음의 순례길

이병구
지음

책나무

행복한 개를 보았다. 얼마 전의 일이다. 개는 마구 달렸다. 달릴 수 있도록 목줄을 풀어주자 무작정 질주했다. 앞으로 갔다가 옆으로 갔고 뒤로 갔으며 다시 앞으로 내달렸다. 행복한 개는 주인이 불러도 대답하지 않았고 손짓을 해도 모른 척했다. 잡으려 다가가면 잡힐 듯 멈추었다가 다시 뛰었다.

엄청난 속도였다. 한순간에 개는 주인에게서 멀어져 갔다. 넉넉한 공간은 뛰기에 더 없는 장소였다. 뛰다가 멈추다가 두리번거리다가 잠시 서서 왔던 길을 개는 돌아봤다. 그 새를 놓칠세라 주인은 다시 개를 불렀고 그 소리를 들은 개는 고개를 획 돌려서 다시 뜀박질을 시작했다.

짧은 시간 치타처럼 폭발해 순간 체력을 소진한 개는 혀를 길게 내밀고 헐떡거렸다. 그리고는 개울물을 먹기 위해 고개를 숙였다. 흐르는 물에 발을 담그고 입으로 몇 번 핥던 개는 이내 고개를 들고 물을 급하게 털어냈다. 그러자 오색 무지갯빛으로 물든 물방울이 사방으로 튀어 올랐다. 방울져 떨어지는 것이 수천 년 전의 빙하가 녹은 물이라는 것을 개는 알지 못했다. 시린 혀를 달래기 위해 개는 몸을 몇 번 더 흔들어 대더니 이번에는 호수 쪽을 향해 돌진했다.

손에 든 목줄을 위로 들어 올리며 그 모습을 지켜보는 주인의 표정은 어쩔 수 없다고 고개를 저으면서도 개처럼 행복했다. 부부로 보이는 두 사람은 서로 마주 보며 개보다도 더 크게 입을 벌렸고 그 사이로 혀 대신 웃음이 번져 나왔다.

나는 근처에서 그 모습을 함께 보던 안내인에게 느닷없이 다시 태어난다면 저런 개로 태어나고 싶으냐고 물었다. 이 질문은 농담인 것처럼 상대방이 무안하지 않도록 친근하게 웃으면서 했으나 진심이 담겨 있었다.

그처럼 행복한 개가 된다는 것은 사람이라고 해서 나쁠 이유가 없었다. 개를 언급한 것은 지금 순간만큼은 그 사람에 대한 무례가 아닌 배려였다. 돌아온 대답은 이랬다.

"개 된 적이 많이 있어요. 개가 됐을 때 나는 행복하지 않았고 그래서 다시 태어나면 개가 되고 싶지 않습니다."

그가 덧붙이는 말을 더 들을 필요는 없었다. 술 취해서 개가 된 사람은 그 말고도 부지기수로 많았다. 그가 질문의 의도를 미리 알고 준비한 것일까.

나는 연이어 물어보는 대신 여전히 미친 듯이 날뛰는 흰 바탕에 검은 점이 박힌 개를 지켜보는 것으로 무안함을 대신했다. "해피!", "해피!" 소리쳐 불러도 대답이 없자 주인은 가방에서 무언가를 꺼내서 좌우로 크게 흔들었다. 개는 직감적으로 그것이 개뼈다귀 모양의 간식이라는 것을 알았다. 개는 지금까지 달렸던 속도보다 더 빠르게 주인을 향해 뛰어왔다. 멀어서 아주 작은 점으로 보였던 개는 단숨에 주인의 어깨에 커다란 발을 올려놓고 낑낑대기 시작했다. 해피는 이름처럼 아주 행복한 개였다.

주인은 그런 개를 한 손으로 쓰다듬고 다른 한 손으로 순식간에 숙련된 솜씨로 목줄을 채웠다. 멀리서 뛰어와 헐떡거리던 개는 자신의 목에 줄이 감긴 것도 모른 채 개뼈다귀를 물어뜯기에 정신이 팔려있었다.

자유의 행복에서 속박의 행복으로 돌아온 개는 침을 흘리며 꼬리를 마구 흔들었다. 얼마나 세게 흔드는지 통나무처럼 곧은 몸통이 파도처럼 물

결쳤다. 두 사람의 입에 개가 뛰어 달릴 때 보였던 예의 그 흐뭇한 미소가 가득 퍼졌다.

다 먹기도 전에 주인은 손에 감아 줄인 목줄을 당기면서 개를, 개가 원하는 쪽이 아닌 자기들이 원하는 쪽으로 끌고 갔다. 순간 개는 아차 싶었는지 뒷걸음치면서 반항했으나 늦었다는 것을 알고 바로 포기하고 주인의 뒤를 따랐다. 매우 순종적이었고 기꺼이 그렇게 하겠다는 의지가 걷는 네 발에 확연히 드러났다. 감사할 줄 알고 복종할 줄 아는 개는, 개의 자격이 있었다. 그 모습을 안내인도 보았고 나도 보았다. 개는 목줄이 풀렸을 때나 묶여 있는 지금이나 진짜로 행복했다.

그러나 끌려가던 개가 뒤를 돌아보며 아주 사납게 짖었을 때 아차 싶었다. 나 좀 풀어 달라고 구원을 요청하는 소리로 들렸기 때문이다. 그 소리는 개가 달려나갔던 호수 저쪽 끝까지 멀리 퍼졌다. 그러나 주인은 목줄에 더 힘을 주는 것으로 완강한 거부 의사를 분명히 했다. 돌아선 눈빛은 더 달리고 싶다고 외쳐 댔지만 주인의 마음을 돌릴 수는 없었다.

미련을 못 버린 개는 두어 번 더 짖었는데 이번에는 숲의 동굴에 부딪혀 호수의 물 아래로 떨어져 내렸다. 텅 빈 들판에 개 짖는 소리만이 요란했다. 개는 자기가 가고 싶은 곳으로 가지 못했다.

주인은 산으로 오르는 좁은 길로 해피를 앞세웠다. 개의 행복은 이것으로 끝난 것인가. 오래가지 못한 개의 그것에 대하여 나는 생각했다. 개는 개가 아니라 늑대로 태어났어야 했다. 길들지 않고 오직 야생에서만 살 수 있는 늑대 말이다. 사람의 손을 거부하고 명령을 받지 않으며 제멋대로 행동하는 늑대를 개는 부러워해야 한다. 밤하늘에 떠오르는 달과 대결하기 위해 목을 한껏 뒤로 젖히고 "우 우 우" 울어대는 그런 늑대로 개는 다시 태어나야 한다.

당신이 몰랐던 문장이 내게로 왔다

옆에 있던 안내인이 말했다.

"늑대는 곰도 사냥해요. 떼로 몰려다니다가 사냥할 때는 홀로 곰 앞에서 얼씬거리며 숲으로 유인하지요. 따라 들어가면 승자는 이미 정해져 있습니다."

굼뜨다고는 도저히 말할 수 없는 황갈색 곰이 늑대의 벌떼 공격에 죽어 가는 모습이 영화처럼 생생하게 다가왔다. 공격하기 위해 내려칠 때 곰 앞발의 힘은 트럭이 달려와 박치기하는 것과 같다. 그런 곰도 늑대의 영리함에는 당해낼 재간이 없었다. 그렇다. 앞서간 개는 블랑카를 사랑했던 늑대 왕 로보의 후예가 돼야 했다.

인제 보니 행복은 개가 아닌 늑대의 것이었다. 더 울고 싶어도 울 수 없는 개는 행복과 거리가 멀어 보였다. 스러져 가는 개의 뒷모습을 보면서 나는 손을 뒤로 돌려 배낭에 걸려 있는 물을 빼서 한 모금 마셨다. 앞으로 넘어가야 할 언덕은 길고 높았으므로 미리 목을 축여야 했다.

마음의 전열을 정비한 나는 개와 늑대는 잊고 한 걸음씩 발을 앞으로 내디뎠다. 그럴수록 길은 더 깊어졌고 그 길을 따라 한참을 가니 오래된 숲이 나왔고 그 숲에 사는 굵은 나무들이 눈에 들어왔다. 의젓했으며 당당했고 두려움을 모르는 것이 바로 나무라고 생각했다. 어두운 밤에도 꿋꿋하게 서 있는 나무는 누구나 기대고 싶고, 쉬어가고 싶고, 우러러 높이 쳐다보는 존재였다. 그래서 나는 다시 태어나면 개나 늑대가 아닌 저 숲속의 당당한 주인인 푸른 나무가 되어보면 어떠하겠느냐고 혼자 자문했다.

이런 생각을, 개가 되고 싶으냐고 물었던 것처럼, 앞서가는 안내인을 불러 세워 확인하지는 않았다. 그는 다시 태어나는 것에는 관심이 없었다. 개는 물론 늑대나 나무도 좋아하지 않았다. 전생이니 이승이니 하는 말들은 부질없었고 오직 현실만이 그를 지배했다. 눈으로 보이는 것만 믿었다. 먹어서 배부른 것만 가치가 있었다. 벽에 걸린 그림이 인간의 영혼을 크게 꿰뚫어도 나와는 관계가 없다는 것이 안내인의 생각이었다.

개로 태어나고 싶으냐고 묻기 전에 나는 그 사실을 몇 번의 대화와 몇 번의 식사와 몇 번의 눈 맞춤으로 알고 있었다. 그러니 그와 같은 질문을 하거나 의견을 구하는 것은 잔인한 일이었다.

스스로 물은 이후로 내 눈에는 정령이 사는 나무만이 보였다. 만약 나무가 수명을 다해 자빠지면 그것을 잘 말리고 다듬어 손수 집을 지으리라. 온종일 대패질을 해도 지칠 줄 모르고, 만약 피곤이 온다면 베고 누워 나무가 주는 향기로 묵은 때 밀어내듯 말끔히 씻어 내리라.

나무는 줄기차게 하늘로 향해 있었다. 굽은 나무는 보이지 않았고 하나같이 곧은 나무는 기둥이나 서까래로 쓰기에 부족함이 없었다. 오래 살아 이미 쓰러진 것도 나무는 의젓했다. 모든 넘어진 것은 가엾기 마련인데 나무만은 예외였다. 누워 있음에도 군대 간 사나이처럼 멋진 것이 나무 말고 세상에 또 있다고 주장하는 사람이 있다면 그것이 무엇인지 숨기지 말고 밝혀야 한다고 나는 생각했다.

나는 발을 아름드리나무에 올려놓고 잠시 쉬려고 했는데 그 순간 푹 소리를 내면서 발이 나무 속으로 들어갔다. 황급히 발을 빼면서 나는 나무도 썩는 존재임을 문득 알아챘다.

마침 바람이 위에서 아래로 불자 낙엽이 떨어졌다. 낙엽 지는 나무는 고독했다. 그런 생각이 들자 나무로 태어나는 것도 다 부질없어 보였다. 나는 이제 나무는 보지 않고 숲만 보고 걸어갔다.

걷다 보니 소걸음인데도 정상이 점점 가까이 다가왔다. 그만큼 시간이 많이 지났다. 나무는 가늘어지고 낮았으며 서지 않고 삐딱하게 있었다. 조금 더 가자 나무는 없었다. 자랄 수 있는 수목 한계선을 지나온 것이다.

당신이 몰랐던 문장이 내게로 왔다

나무에 대한 생각은 완전히 잊고 높이 올라갈수록 낮은 곳이 잘 보였으므로 나는 더 잘 보기 위해 한 발을 더 올리고 고개를 길게 내밀었다. 거북목이 살짝 경골을 건드려 자릿자릿한 통증이 왔지만 개의치 않았다. 바람이 불었다. 그러자 막힌 가슴에 시원한 것이 들어왔고 이마의 땀은 씻겨 내려갔다.

드디어 정상 부근에 도달했다. 장비 없이 아마추어가 갈 수 있는 곳까지 왔다고 생각했다. 행여 눈표범이 보일까, 눈알을 굴렸다. 이곳은 히말라야의 일부. 고산증이 골 전체를 뻐근하게 뒤로 잡아당겼으나 올라온 자만이 느낄 수 있는 자만심으로 이겨냈다.

산의 꼭대기는 돌의 차지였다. 돌은 나무보다 단단했고 더 굳셌으며 힘이 넘쳐흘렀다. 기껏해야 천 년을 사는 나무에 비해 돌은 천만 년을 살고도 살아온 만큼 더 살 수도 있었다. 돌의 삶은 끝이 없고 그가 살고자 하면 죽지 않고 끝내 살 수 있었다.

저녁 햇살을 비스듬히 받은 돌은 빛을 냈다. 검은 돌은 반사돼서 더 검어졌고 화강암은 해처럼 붉은빛으로 다가왔다. 돌이 되리라. 나는 그 순간 나무보다는 돌이 되는 것이 더 좋아 보였다.

누구라도 좋은 것을 따라가는 것을 나무랄 수는 없는 일이다. 나는 돌을 밟고 섰다. 돌은 딱딱했고 식어서 차가웠다. 사랑이 없는 것이 돌이었다. 그것을 기대하는 연인은 세상 어디에도 없었다. 나는 주변에 그런 사람이 있는지 둘러보았으나 보이지 않았고 대신 무감정의 돌만이 가득했다. 온기가 없는 돌에 관심을 두는 것은 심장이 차가운 사람만이 할 일이었다.

사랑과는 거리가 먼 사람. 손을 가슴에 대자 쉬지 않고 올라오느라고 가팔라진 심장이 새삼스럽게 팔딱팔딱 뛰었다. 살아 있는 심장을 가진 내가 죽은 돌로 태어나는 것은 당연하지 않았다. 그리고 그것들은 책상 위에 먼지를 뒤집어쓰고 있으면서도 온갖 형상을 보여주는 수석으로도 가치가 없었다.

그래서 들었던 고개를 숙이고 땅을 내려다보았다. 돌 틈으로 흙이 모습을 드러냈다. 흙에서 나는 수줍음을 보았다. 부끄러움을 아는 겸손한 것이 있다면 흙이라고 생각했다. 흙이 되어야겠다. 돌보다는 흙이 낫다. 흙 중에서 황토이고 싶었다.

어려서 황토로 가득한 황토배기 언덕을 넘어서 학교를 다닌 것이 그 누구도 아닌 바로 나였다. 시간이 좀 남았다 싶으면 이 언덕에서 저 언덕을 향해 몸을 날렸다. 등 뒤에 매단 책보도 던진 몸과 함께 따라왔다. 땅에 부딪혔지만, 흙은 돌처럼 단단하지 않아 발목을 부러뜨리는 대신 무릎 근처까지 포근히 감쌌다.

산 위에서 흙을 보니 산 아래에서 보던 것과는 많이 달라 보였다. 내 어린 시절을 가엾게 여겨 감싼 것이 있다면 바로 흙이었다는 사실이 왜 이제야 생각났는지 알 수 없는 일이었다. 그 시절 간첩을 잡으려고 사방을 헤매다 지친 영혼을 위로해 준 것도 흙이었다. 붉은 것이, 손에 쥐면 잘 곤엿처럼 착착 달라붙었는데 지금 생각하면 그것은 내 감성의 근원이었으며 앞으로 전개될 길고 지루한 화난 인생을 돌보는 구원과도 같은 것이었다.

그로부터 정확히 33년 후 나는 그 흙을 고향에서 마대 자루로 담아와 흙 침대를 만들었다. 늙으신 부모는 삽자루 깊이만큼 땅을 파서는 그 삽으로 퍼낸 것을 경운기에 실어 날랐다. 그리고 떨리는 손으로 어렵게 전화를 걸어 서울로 부칠 물건이 있다고 택배 기사를 불렀다. 혼자 들기에 너무 무거운 흙을 배달하면서 기사님은 도대체 자루 속에 무엇이 들어 있길래 이렇게 무거우냐고 이마의 흐른 땀을 닦으며 내게 물었다. 그 얼굴에 알 듯 모를 듯한 호기심이 일렁였다. 그러면 나는 차진 흙이라고 사실대로 엷게 대답하곤 했다. 나는 그 흙과 비슷한 흙을 지금 밟고 서서 한참 동안 고개를 숙였다.

마대 자루 속의 황토를 만난 지 18년의 세월이 흐른 뒤였다. 내가 더 상념에 잠겨있을 때 올라왔으니 내려가야 한다고 안내인이 하산을 재촉했다. 어렵게 올라와 쉬이 내려가는 것을 서운해할 시간도 없었다. 그가 당장 내려가지 않으면 큰일이라도 날 것처럼 근심 어린 눈을 부라렸기 때문이었다.

고개를 들자 아쉬운 마음을 달래 주려는 듯, 한줄기 소나기가 시원하게 내렸다. 소나기는 빗물이 되어 흙을 적셨고 젖은 흙은 신발에 달라붙었다. 나는 흙을 떼면서 묻어나는 것은 깨끗한 옷을 더럽힌다는 것을 알았다.

기억을 더듬어 보니 그때 만들었던 흙 침대는 사라지고 없다. 다만 단단한 벽돌로 남아 책상 아래서, 나무 침대 아래서 일부가 숨 쉬고 있을 뿐이었다. 다른 많은 흙은 아파트 화단에 버려졌다. 슬픈 일이었다. 그것은 내가 바라는 바가 아니었으나 그렇게 됐고 그 이유를 여기에 밝히고 싶지는 않다.

소나기는 진눈깨비로 변했고 이윽고 함박눈이, 돌격해 오는 군단 병력처럼 세차게 몰려왔다. 해는 지려고 한다. 아직 어둠이 오지는 않았다. 비와 눈은 채 3분도 채우지 못하고 그쳤다. 그사이 해가 구름을 뚫고 주머니 속의 송곳처럼 불쑥 나왔다. 비와 눈은 아침 이슬처럼 여기저기에 영롱한 물방울을 만들어 놓았고 해는 그것을 비추었다.

올라올 때는 보지 못했던 꽃들이 일기가 순식간에 바뀌는 틈을 타서 사방에서 아우성을 쳤다. "날 좀 봐요." 하고 서로 다투는 것이 눈에 선했다. 싸우는 것이 나쁜 짓이라는 것을 꽃들은 알고 있었지만 진짜 서로의 몸이 터질 정도로 그러는 것이 아니어서 나는 사랑스러운 눈길을 거두지 않았다.

　알 수 있는 것들과 그보다 더 많은 이름을 알 수 없는 꽃들이 그야말로 지천에 널려 있었다. 그중에서 빨간 꽃이 다소곳하게 알은체를 했다. 나와 눈이 마주쳤기 때문이었다. 반대편의 노란 꽃도 다가오는 눈길을 피하지 않고 눈웃음을 지었다.

　대담한 것은 노랑이다. 보아달라고 고개를 빳빳이 쳐들었다. 보라색을 띤 초롱꽃은 옆으로 고개를 돌렸다. 수줍어하는 모습이 빨강보다 더했다. 아마도 올해 처음으로 핀 모양인지 아주 태연했다. 흰 꽃은 손톱만큼 작아서 바람이 세게 불어도 흔들리지 않았다. 몸을 낮춰 차례대로 나는 녀석들에게 배꼽 인사를 하는 척하면서 코를 들이밀었다. 냄새를 맡기 위해서였다. 내가 좋아하는 향긋한 꽃내음이 실바람을 타고 머리를 어지럽혔다.

　나는 흙이 아닌 꽃이 되고 싶었다. 꽃이 되어서 그의 이름을 불러주기 위해서가 아니라 단지 꽃이 좋아서였다. 꽃이라면 세상의 모든 사람의 친구가 될 수 있었다. 그를 싫어하는 사람을 과문한 나는 본 적이 없다. 전쟁에서 사람의 목을 아홉이나 자르고 자식처럼 키운 양자를 살해한 용맹한 장수도 그를 보고 웃고 사랑스러워 죽겠다는 표정을 짓지 않았던가.

　그 순간 옆에 있던 안내인이 꽃 하나를 따서는 손에 놓고 "이 꽃이 인디언들의 영혼을 마비시킨 그 꽃이란 말이죠?" 하고 나를 쳐다봤다. 죽음 앞에서도 돌격을 서슴지 않았던 용맹은 꽃이 내뿜는 거부할 수 없는 유혹에 취한 환각 때문이었다. 투박한 손에 올려진 꽃은 가련했고 잠시 후 시들었다. 그렇게 보였다. 시들기 전에 그는 그 꽃을 숲에 던졌다. 나는 결심했다. 꽃은 아니다. 저렇게 쉽게 생을 마감하는 꽃은 더는 나의 시선을 끌지 못했다.

　어디선가 호랑나비가 호랑이처럼 갑자기 나타났다. 나비는 호랑이가 아니어서 무섭지 않았다. 나비는 이 꽃 저 꽃 위에 앉았다가 호들갑스럽게 날아 다른 꽃으로 이동했다. 나비는 가벼웠고 무하마드 알리처럼 나비처럼 날아서 벌처럼 쏘지 않아도 보기에 좋았다. 나비가 되어 훨훨 날 수만 있다면 그것이 한여름 꿈이라 할지라도 장자가 부럽지 않을 것이다.

다섯 살 때 초가의 높은 토방에서 나비를 잡다가 떨어져 이마에 큰 흉터를 남긴 것이 나비와 나의 인연의 시작이다. 나비를 다른 곤충처럼 동등하게 대할 수 없는 이유가 여기에 있다. 애벌레가 껍질을 벗고 나비로 태어나는 것은 두 번 사는 것을 의미한다.

꽃이 아닌 나비가 되리라. 수동적인 삶은, 아니다. 가만히 앉아서 오는 나비를 기다리는 꽃이 아니라 원하는 꽃을 향해 마음대로 가는 나비가 적성에 딱 들어맞았다.

그쳤던 비가 다시 내렸다. 나비는 날개를 접고 더는 펴지 못했다. 날지 못하는 나비를 보면서 환생을 이야기할 수는 없었다. 그 순간 모습을 감췄던 태양이 꽃이 떨어진 자리와 그 자리에서 날개를 접고 옴짝달싹 못 하는 나비를 살짝 비추었다. 그것은 그만이 가진 여유였다. 그렇다. 비구름을 멋게 하는 태양만큼 강력한 것은 세상 어디에도 없었다.

내일이면 언제나 내일의 태양이 떠올라 사람들을 깨우고 들판에 뿌려진 곡식을 키운다. 모든 빛의 왕이며 세상의 중심인 태양이 되고 싶다. 주먹을 쥐고 나는, 하늘을 붉게 물들이는 태양을 마주 보았다. 태양, 영원한 태양, 변치 않는 빛이여~. 나는 쟁투의 현장에서 불렀던 어떤 노래를 패러디하는 불경스러운 짓을 해보면서 두 주먹을 허공에 대고 질러댔다.

하늘 높은 곳에서 지상을 내려다보리라. 하지만 태양은 서쪽 주변에 옅은 노을만 남겨 놓고 곧 시야에서 사라졌다. 수평선의 끝은 보이지 않았다. 태양이 숨은 자리는 알 수 없는 심연에 묻혔다. 태양을 삼켜 버린 바다는 품이 넓었다. 나는 태양을 삼킨 바다에 마음이 끌렸다.

속 좁은 인간을 벗어나 대범한 인간이 누구나 추구해야 할 궁극의 목표가 아니던가. 강조차 품는 바다는 욕심 많은 인간의 종착점이 어디인지 설명하지 않아도 알았다. 나는 저 바다에 누워 해가 되는 대신 저문 노을을 바라다보는 진짜 바다가 되고 싶었다. 그 순간 앞서가던 안내인이 유조선이 뒤집혀 파란 바다를 검은 기름으로 덮은 지난날의 악몽을 꺼내 들었다. 그 바다는 생명이 살 수 없는 죽은 바다였다. 재앙은 회복하는 데 시간이 걸렸다. 빠르지 않고 느린 것은 요즘 시대에 보기에 좋지 않았다.

나는 눈을 돌려 다시 하늘로 향했다. 별이 밝기 전에 달이 저 멀리서 조용히 솟아올랐다. 달은 마침 둥근 달이었다. 그러고 보니 오늘이 바로 보름이어서 떠 있는 달을 보름달이라고 나직이 불러보았다.

저 달에는 계수나무 아래에서 토끼가 고수래 떡을 만들기 위해 방아를 찧고 있었다. 달이 된다면 행복하리라. 나는 달을 향해 휴대전화를 꺼내 들었다. 순간적으로 엄지와 검지로 가위를 만들었다. 그 손으로 달을 화면 가운데 모았다. 그리고 슬쩍 옆으로 옮겨 왼쪽 화면과 달을 1:3의 비율로 배치했다. 그렇게 찍힌 달은 고고했고 아름다웠으며 누구나 되고 싶다고 될 수 있는 흔한 존재가 아니었다. 그래서 많이 있는 것을 싫어하는 나는 오직 하나뿐인 달이 되고 싶었다. 찌그러지지 않는 영원한 보름달 말이다. 그러나 달은 차면 기운다. 그것은 세상의 법칙이었고 그 법칙은 한 치의 오차도 없다는 것을 금세 떠올렸다.

둥글지 않고 세로로 가늘어지자 사람들이 웃어댔다. 나는 알지 못하는 누군가의 손가락질을 받고 싶지 않았다. 대낮에 뜬 달을 보고 "룩 앳 더 문" 하고 외워 두었던 문장을 외국인 앞에서 써먹고는 씩 웃었던 지난날은 잊어버렸다. 이제 그런 것으로 반짝 위안을 삼았던 시기는 지났다. 그럴

당신이 몰랐던 문장이 내게로 왔다

나이가 됐다. 올리비아 핫세는 로미오에게 변하는 달을 보고 사랑을 맹세해서는 안 된다고 경고하지 않았던가.

동쪽 하늘에서 샛별이 빛나기 시작했다. 그것이 빛나자 눈에 차지 않았던 달은 이제 보이지 않았다. 밤하늘에 뜨는 별이 되리라. 그러고 보니 별은 내 마음속에 언제나 있었다. 무엇을 빌 때면 나는 달 대신 별을 생각했다. 달처럼 줄었다 커졌다 하는 변덕도 부리지 않는 별은 그 자체로 영원불멸과 밀접했다. 그 자리에 언제나 묵묵히 서서 길 잃은 나그네의 나침반이 되어주는 것이 별이 아닌가.

그렇다. 나는 밤에 음악을 듣는 그 별이어야 했다. 누군가가 필요로 하는 길라잡이의 삶도 세상에 태어났다면 한 번쯤 해야 할 바람직한 행동이다.

"지프의 앞머리에 달린 장군의 스타별이나 중국의 붉은 별만이 별이 아니다."라고 외치면 별은 밝음 속에서 더 빛나고 별처럼 아름다운 사랑은 금세 내게로 다가온다. 어디 그뿐인가. 건전지가 떨어져 어두운 밤길을 헤매는 탐험가의 용기에 불을 붙이는 것도 별이다. 별이 되리라.

그러나 별은 밤에만 나타났다. 환한 대낮에는 모습을 보여주지 않았다. 숨기고 싶은 것이 많은 별은 너무 멀어서 갈 수도 없었다. 갈 수 없는 곳을 나는 동경하지 않았다. 나는 밤보다는 낮이 좋았다. 밤의 대통령은 내 관심사가 아니었다.

이제 정말로 내려가야 할 시간이다. 올라왔으니 내려가자고 누군가 알지 못하는 사람이 안내인의 말을 받아 소리쳤다. 기온이 급격히 떨어지고 있었다. 높은 산은 해가 지면 그렇다는 것을 누구나 알고 있었지만 외치기 전에 미적거리던 사람들은 지금이 바로 그때라도 되는 양 발길을 서둘렀다.

머리의 랜턴이 하나둘 불을 밝혔다. 달이나 별이 비추지 못하는 곳까지 인공 빛은 잘도 따라다니면서 사람이 넘어지지 않도록 길을 내줬다. 차라리 랜턴이나 될까. 무엇이 되기를 포기한 나는 스님도 아니면서 허튼소리를 중얼거리며 지친 몸을 끌고 숙소로 돌아왔다.

잠들기 전 나는 몸을 더욱 피곤하게 만들기 위해 스쿼트를 108개나 했다. 세운 몸을 일직선으로 내렸다 올리기를 반복하자 식은땀과는 다른 땀이 이마에서 아래로 흘렀다. 그래도 멈추지 않고 숫자를 세면서 그만큼 더 했다.

몸을 막다른 곳까지 끌고 가는 것이 내 특기였다. 정신은 그렇게 할 수 없으니 몸이라도 그렇게 해야 직성이 풀렸다. 몸의 편안함을 무진장 싫어하는 나는, 몸은 쉬고 싶어 안달할 때까지 놀리지 말아야 한다는 지론을 갖고 있었다.

안내인은 벌써 잠이 들었다. 부지런한 아침형 인간인 그가 옆에서 옅은 코를 골았다. 나도 그렇게 되기 위해 안간힘을 썼다. 시트를 잡아당겨 얼굴까지 뒤집어썼다. 고요했다. 그 속에서 나는 스스로 외톨이가 되어 홀로 고독을 즐겼다. 내가 원하는 육체의 피곤함을 얻었으므로 늦은 밤 행복의 요란한 소리를 들으며 눈을 감았다. 오랫동안 그렇게 행복할 무렵 잠이 들었고, 일어나야 할 시간에 자명종이 때맞춰 울렸다.

벌떡 일어선 나는 커튼을 열고 밖을 보았다. 이국의 아침은 낯설기보다는 이웃처럼 익숙했다. 하얀 개를 끌고 산책하는 노부부가 팔을 휘저으면서 길을 가고 있었다. 어디로 방향을 틀지 궁금했으나 아침을 먹고 캐리어를 꾸리고 이동하기 위해서는 서둘러야 했으므로 그 모습을 계속 볼 수 없었다. 집에서는 하지 않았던 아침 샤워에 맛을 들였으니 그것까지 하려면 한 시간은 넉넉하다고 할 수 없었다. 그러나 후다닥 해치웠으므로 약속된 시간에 늦지 않았다.

호텔 로비는 잠이 없는 부지런한 사람들이 먼저 자리를 차지하고 있었다. 식당이 열리자 그들은 당연히 그리해야 한다는 듯이 나중에 온 사람보다 먼저 들어가 접시를 들고 음식을 담기 시작했다.

나는 빨간 사과를 집어 들었다. 세잔의 사과보다 잘생긴 사과는 먹어보니 맛도 기가 막혔다. 단맛이 제대로 들었다. 이브가 딴 사과도 이보다 더 맛있지는 않을 것이다. 뉴턴이 발견한 벌레 먹어 땅에 떨어진 사과와 어찌 비교할 수 있을까. 나는 사과가 되기로 했다. 어제 못한 무엇이 되기 위한 노력이 아침부터 시작됐다. 오늘은 기어코 무엇이 되려나 보다.

농장의 언덕에서 붉은빛으로 주렁주렁 매달린 사과는 어린아이가 좋아한다. 아이가 좋아하는 것이 되는 것은 내 꿈이기도 했다. 거짓말하기 전의 아이로 돌아가고 싶다. 그 아이들을 위해 호밀밭이 아닌 사과밭의 파수꾼이 되고 싶었다.

그 순간 나는 흉측하게 뼈다귀만 남은 상태로 접시 한쪽에 팽개쳐진 알량한 몸뚱이를 보았다. 벌거벗어 껍데기만 남은 것이 사과다. 그림 속의 그것은 오렌지 옆에서 영원하지 않았던가. 그림과 현실은 달랐고 나는 검은 씨를 옆으로 치우고 그 옆에 있는 잔에 든 것을 먹기 좋게 입 근처로 들어 올렸다.

유약이 하얗게 칠해진 도자기 속의 검은 물체가 잠시 출렁이면서 익숙한 냄새를 풍겼다. 냄새라면 나도 할 말이 있다. 다른 모든 기관은 사라져도 코만큼은 살아서 누가 어떤 냄새를 달고 오는지 품평할 자신이 있었다.

강한 후각은 자랑할 게 없는 나의 자랑거리였다. 이 무렵 나는 커피를 자주 먹기 시작했다. 누구처럼 십수 년 인고의 세월을 거쳐 얻은 식습관이 아니었다. 나와 커피의 인연은 겨우 8년 전 어느 추운 겨울로 거슬러 올라간다. 겨우라고 한 것은 어떤 사람이 내가 커피에 대해 말하려 하자 말을 가로막고 나의 커피 사랑은 33년이 넘었다고 말했기 때문이다.

거리를 헤매던 춥고 허전한 시절이었다. 바람은 차고 다리는 무거워 더는 가지 못하고 주저앉은 곳이 하필 커피숍이었다. 그곳에서 나는 맛이 아니라 살기 위해 그야말로 아무거나 커피를 주문했다. 그 후로 나는 시쳇말로 그 이전의 내가 아니었다. 다방 커피는 이 순간 내 사전에서 불가능처럼 사라졌다. 악마가 있다면 이런 모습으로 다가올까. 검은 그것은 이후 나의 일상을 조금씩 지배했다. 나 혼자면 어떠냐고 외치지만 모여 있지 않으면 불안해하는 홀로인 외로운 누군가의 가슴으로 솜처럼 스며드는 따뜻한 커피가 되고 싶었다.

그것을 손에 쥐고 어디론가 떠날지 궁리하자 작은 무엇이 가슴 한구석에서 샘물처럼 솟아났다. 녀석은 너무 진한 향기를 담고 손끝만 아니라 온몸에 열기를 퍼트렸다. 그러나 누구라도 그러하듯이 그것을 마시며 길을 걸으며 생각하기에는 역부족이었다. 손에는 아무것도 없어야 생각이라는 것이 찾아오기 마련이다. 곁에 있는 오븐에 구운 빵을 먹는 둥 마는 둥 나는 이른 아침을 물렸다.

다행이다. 커피가 되지 않기로 한 것은. 그 역시 마시는 것에 지나지 않았다. 위스키니 코냑이니 와인이니 맥주니 하는 부류와 같은 것이었다. 더군다나 나는 그런 것들에게 물어보지도 않고 양해도 구하지 않았다. 개에게도 마찬가지였다. 내가 무엇이 되겠다고 해서 무엇이 되는 것이 아니었다.

산행 준비를 끝낸 나는 예정된 23㎞를 왕복하기 위해 밖으로 나왔다. 어제와 마찬가지로 호텔을 옮겨야 했으므로 짐을 버스에 실었다. 이번 산행에는 지난번 일행도 함께했다. 나는 앞서가는 그들을 따라가지 못하고 뒤에 처졌다. 낙오하지는 않았으나 선두에 서서 치고 나가지도 못했다. 간혹 중간에 위치하곤 했는데 대개는 맨 뒤였다. 그런 나를 위로하기 위해 안내인은 느긋한 기질이 있다고 먼저 말을 걸어왔다. 앞만 보고 가는 것이 아니라 뒤도 보는 여유를 뒤에 처져서 가는 사람은 볼 수 있다고 했다. 처진다는 말 때문인지 그렇게 고맙지 않아서 무어라고 대꾸하지 않았다.

앞서려는 사람에 대한 예의를 지키고 싶었다고 말하고 싶었으나 그만두고 나는 짧게 웃었다. 그러자 안내인은 낭만파는 나서지 않고 뒤따른다고 굳이 하지 않아도 될 말을 덧붙였다. 산에서 파를 구분하는 것이 무슨 의미가 있을까. 그런 생각을 하고 있는데 안내인은 아라비아 원주민의 두건 같은 물건을 능숙하게 한 손으로 휙 감아올려 이마를 덮어 버렸다. 그래서 나는 그가 무안하지 않도록 "멋지십니다." 라고 말하면서 그가 볼 수 있도록 엄지손을 세워 올렸다.

산의 초입은 사람들이 많았다. 그러나 이 사람들은 곧 보이지 않을 것이다. 과연 예상은 적중했다. 산의 중턱에 오르기도 전에 등산하는 사람은 우리 일행밖에 없었다. 고도가 높아지면서 기온도 달라졌다. 여름옷 위에 긴 팔로 체온을 유지해야 했다. 어제처럼 비가 와서 체감 온도는 더 떨어졌다. 비옷 대신 방수가 되는 하늘색 옷을 껴입었고 곧 능선에 다다랐다. 바람이 부는 곳에 도달하니 전에 보았던 작은 나무들이 옆으로 누워있었다. 바람을 맞아 그렇게 된 것이 안쓰럽다. 하지만 몹시 허기지고 몸이 떨려 와서 안쓰러운 것은 나도 마찬가지였으므로 무심한 발길만 옮길 뿐이었다.

능선의 높은 곳에서 잠시 다른 산의 먼 곳을 보고 있는데 안개가 빠른 속도로 밀려왔다. 불과 수초 만에 안개는 앞산을 덮었고 앞사람을 가로막았다. 비는 진눈깨비로 바뀌었다. 좀 더 걸어가자 어제 보았던 함박눈이 펑펑 내렸다. 우산을 꺼내 들었다. 그것을 잡은 손이 시렸다. 장갑을 준비하라는 말을 무시한 것이 후회가 됐으나 이미 늦었다. 안내인이 가져온 목

장갑 한쪽을 빌렸다. 일할 때 쓰는 흰 장갑이 시린 손가락을 감쌌다. 정상은 멀지 않았으나 일행은 서둘렀다.

선두는 더 빨리 갔고 후미는 더 떨어지면 안 된다는 생각으로 따라붙었다. 그 와중에도 뒤를 돌아보자 패잔병처럼 힘을 쓰지 못하는 어르신을 안내인이 부축하면서 끌고 오는 모습이 보였다. 자기 체력을 생각하지 않고 나이를 잊은 그는 분명히 무언가 실수를 저질렀는데도 가장 늦게 와서는 전혀 그런 기색을 보이지 않았다. 아마도 "고산증 초기 증상이 정신까지 혼미하게 했겠지."라고 다른 사람이 아닌 그를 나는 두둔했다.

한 발을 정상의 바위에 올린 어르신은 히말라야 16좌를 정복한 알피니스트라도 되는 양 스틱을 위로 치켜들면서 난데없이 대한독립 만세를 외쳤다. 손에 태극기가 있었다면 나는 그에게 쥐어주고 싶었다. 무슨 복받치는 일이 있었을까. 먼 이국의 땅에 오자 없던 애국심이 불현듯이 생겼을까. 순간 어르신과 눈이 마주쳤고 속마음을 들킨 것 같아 고개를 숙여 인사를 하면서 안내인에게 했던 '멋지십니다' 대신 "체력이 대단하십니다." 하고 추켜세웠다. 노인은 대꾸 대신 스틱을 한 번 더 위로 치켜들고 흔들어 댔다.

멀리서 보면 대단한 기세였겠지만 그는 눈을 제외하고는 모두 노인의 것이었다. 눈만 살아서 자신을 헐뜯는 누군가가 있는지 두리번거렸다. 그런 유의 늙은 남자를 나는 좋아하지 않았으므로 의도적으로 피했다.

서둘러 사진을 찍은 일행은 하산을 재촉했다. 사실 볼 만한 전망이 없어 사진을 찍지 않는 사람도 있었다. 나도 그랬으나 안내인이 빨리 사진 찍고 내려가자고 해서 마지못해 그러는 시늉을 했다. 나중에 보니 배경이 구름과 안개 같은 기운이 가득 차 있어 그런대로 괜찮았다.

내려올 때 산속의 상황은 더 나빠졌다. 바람이 불었고 그 바람은 옷을

당신이 몰랐던 문장이 내게로 왔다

뚫고 피부 속으로 파고들었다. 온혈동물의 피로 연명하는 산거머리와 같이 매서웠다. 실제로 나는 들판이 아닌 산에서 거머리에게 피를 왕창 뜯긴 적이 있었다. 피는 두꺼운 등산 양말을 붉게 물들였다. 더는 먹을 수 없을 때까지 먹다 거머리는 배가 터져 죽었고 그 사실을 알았을 때 거머리는 말라 있었다. 기분이 아주 나빴다. 모내기할 때 물렸던 고향의 거머리는 이렇게까지 미워하지 않았는데 왜 그렇지?

그 이유를 생각할 때쯤 일직선으로 빠르게 내려오던 눈이 예리한 각을 그리며 사선으로 떨어지기 시작했다. 우산도 무용지물이었다. 위가 아닌 옆구리로 쳐들어왔기 때문이었다. 어르신의 저체온증이 우려됐다. 다른 사람은 감기몸살을 걱정해야 했다. 안내인은 두껍지만 긴 팔 하나만 입은 상태였다. 겉옷을 어르신에게 양보한 그는 주변 사람들에게 그런 내색을 하지 않았다. 평소 단련됐던 그는 추위를 잘 참았고 체력이 그것을 받쳐줬다. 하지만 가만히 있어도 몸이 떨렸으므로 떨지 않기 위해서는 서둘러야 했다.

안내인은 내려올 때는 평지를 달리듯이 일행들을 다그쳤다. 올라올 때 헐떡였던 어르신은 날렵한 다람쥐처럼 가뿐했다. 대단한 뒷심이었다. 점심을 먹을 장소에 도달해서는 가장 먼저 도시락을 꺼내 들었다. 안내인은 오는 순서대로 먹어도 된다고 선심을 쓴 상태였기에 주책 맞은 행동은 아니었다.

픽업해온 도시락을 다 먹을 즈음 갈림길에서 일행 중 일부가 그대로 하산해 버렸다. 예상치 않은 사고였다. 뒤늦게 인원 파악에 나섰던 안내인은 당황했다. 이미 식사를 마친 일행은 산 중턱에 그대로 방치됐다.

눈은 더 세차게 내렸다. 일행 중 일부는 내려가기를 원했으나 먼저 간 사람을 찾을 때까지 대기하라는 지시를 받자 화를 냈다. 도시락을 다 먹은 어르신의 목소리가 제일 컸다. 자신을 정상까지 안내한 아들보다 어린 안내인에게 해서는 안 되는 심한 말을 했다. "저런 사람은 되지 말아야지, 결코 봐 주지 말아야지." 누군가 불평하는 소리로 한마디 했다.

바람을 피해 나뭇가지 아래로 피신한 중년의 남녀는 여전히 선글라스를 벗지 않았다. 보이지 않는 눈동자가 화가 났는지 알 수 없어 그들에게 말을 붙이지 못했다. 시간 반을 허비하고 나서 우리는 예정된 코스를 따라 온천으로 향했다.

노천 온천에는 많은 사람이 북적였다. 얼굴이 불그스레한 사람은 미리 온 사람이었고 손으로 몸을 비비는 사람은 우리처럼 막 들어온 것이 분명했다. 뜨거운 물이 차가운 몸에 닿으면서 금세 훈풍이 불었다. 조금 전의 추위는 잊었다. 어르신의 얼굴에 흡족한 표정이 드러났다. 그는 산에서 한 행동 때문에 안내인에게 미안했던지 극존칭을 쓰면서 겸손을 떨었다. 겸손은 부끄럽거나 자존심 상하는 일이 아니었다. 그러나 노인의 겸손은 빌린 수건 값을 안내인이 대신 내주기를 바라는 것에서 나왔기에 꼴 보기 싫었던 나는 그 자리를 떠나 노란 머리 외국인들 틈에 섞였다. 등을 기대고 앞산을 보았다. 방금 우리가 거쳐 온 산이 말없이 내려다보고 있었다.

정상은 눈이 덮여 있고 그 아래는 나무들이 자란 위치가 서로 자른 듯이 선명하게 분리됐다. 높낮이가 있는 산은 장엄했다. 그런 산을 온정리에서 보았다. 그곳은 봉우리가 무려 1만 2,000개나 있는 금강산이었다.

이렇게 등을 기대고 누워있으면 그 봉우리 중의 하나가 지금처럼 내려다보면서 지친 영혼에 위로를 주었다. 통일이 되면, 아니 그 전에 여행 허가라도 다시 나면 당장에 달려가서 그 산이 그대로 그전처럼 그렇게 있는지 확인 절차를 꼼꼼히 하리라 다짐을 하고 부력을 받아 제자리 뛰기를 했다. 어느새 옆에 온 어르신이 그렇게 하면 기분이 좋다고 해서 따라 했던

당신이 몰랐던 문장이 내게로 왔다

것이다. 말을 듣는 것은 상대방을 기분 좋게 하지만 나에게도 이득이었다.

정말로 개운했다. 이후 일정은 저녁을 먹고 자는 일만 남았으므로 한결 편한 나는 다시 무언가 되고 싶은 상념에 빠져들었다. 그러자 산에 있는 그 무엇보다 산 자체가 되는 것도 나쁠 것이 없다는 생각이 생각할 겨를도 없이 바로 들었다.

산이 되리라. 옛날 옛적 폭풍과 비바람이 몰아치고 화산이 터지면서 깊은 땅이 산으로 솟아날 때 세상은 요동쳤고 천지는 개벽했다. 바다는 산이 됐고 산정에는 조개껍데기가 쌓여 학자들은 그것을 보고 이곳은 오래전에 바다였었다고 전했다. 바다였던 산이라면 바다도 품고 산도 품고 세상도 품을만했다. 산이라면 그 무엇보다도 됨직했으므로 나는 좋아하는 산이 되어 오르내리는 사람들의 친구가 되고자 했다. 나는 뛰고 또 뛰어올랐다. 그럴 때마다 잠겼던 상체가 드러났고 뜨거움과 차가움이 교차했다. 그래서 생각이라는 것이 수시로 떠올랐는데 이번에는 문득 이런 생각이 들었다.

개나 나무나 돌이나 흙이나 별이나 달이나 해나 산 대신 다시 태어나도 사람으로 태어나 보면 어떨까 싶었다. 그렇다, 이런저런 사람 말고, 이런 나 말고 전혀 새로운 사람으로 말이다.

그런데 이것 또한 다 부질없었다. 전생이니 이승이니 하는 것은 태어나서 지금까지 믿어본 적이 없는데 죽어서 다른 무엇이 되고자 하는 것은 이치에 맞지 않았다. 지금 살아 있을 때 잘사는 것이 최고의 선이라고 또 생각이 바뀌었다. 살아 있을 때 좀 더 가치 있는 일을 찾아 헤매보자. 그래서 남은 산행에는 온통 이 생각에만 집중하기로 했다.

그래서 산에서 내려오자마자 지나온 내 인생의 흘러간 여정을 돌아봤다. 산맥의 파노라마처럼 오십 중반, 중년의 인생이 느릿하게 혹은 빠르게 다가왔다. 인생의 하프 타임이 지나고 언저리 시간만 조금 남은 상태였다. 그러자 잘한 것보다는 좀 더 하지 못한 것에 대한 아쉬움이 먼저 손짓했다.

손짓에는 손짓으로 응수하는 것이 나의 오래된 습관이었다. 그 아쉬움을 이기기 위해 하지 못한 것들을 다시 하고 싶지는 않았다. 그럴 용기도 없었고 그런다고 해서 그것을 달랠 수 있을 여건도 아니었다. 그것은 그것대로 내 인생의 페이지로 남겨 두어야 했다. 다만 앞으로 할 수 있는 것과 할 수 있어도 하지 않는 것과 하고 싶어도 할 수 없는 것을 구분해 보는 쉬운 결정을 선택했다. 그래야만 서랍장처럼 정리라는 것이 될 것 같았다. 그리고 나자 해냈다는 안도보다는 한숨이 길게 쉬어 나왔다. 여전히 바람이 불면 흔들리는 나를 보았기 때문이다.

하늘의 이치를 누가 그 나이 되면 안다고 했던가. 아직 갈 길은 멀고 시간은 화살처럼 흐르고 기다려 주지 않고 보채고 닦달만 해댔다. 이는 일정한 지점에 도달하지 못한 인간들이 겪는 공통분모였다.

잠시만 한눈을 팔면 유혹의 시선이 어김없이 숨어들었다. 그것이 사람이라고 안내인이 자책하지 말라고 위로했지만 그러지 않은 사람도 있었다. 그런 생각에 빠져들자 나는 이제는 사람들이 선망하는 그런 것들과는 적당한 선을 둘 수밖에 없는 처지에 몰렸다. 쓸데없는 만남은 과감히 정리하고 불필요한 모임은 멀리하는 것도 하나의 방법이라고 안내인이 알려줬다. 시간이라는 것은 아무 때나 쓰라고 있는 것이 아니라 꼭 필요한 곳에, 절실한 곳에, 지금 하지 않으면 안 되는 일에 쓰는 것이라고 그가 말뚝을 박듯이 한 번 더 말했다.

그 말을 숙제 보따리를 받듯이 받아 들자 하늘의 이치가 보일 듯 말 듯 저 멀리서 봄날의 아지랑이처럼 다가왔다. 인생이란 그런 것이다. '왔두 와리 와리', 나는 무릎을 소리 나게 치면서 그의 말을 듣기를 잘했다고 고개를 주억거렸다.

그는 또 이런 말도 했다. 누군가는 다른 누군가보다 더 의미 있는 일에 힘을 쏟고 있다. 그날 나는 시인도 아니면서 잃어버린 시간을 찾아서 심하게 헤맸다. 산에서 내려온 이상 다시 올라가는 대신 속세에 남아 할 일을 찾아보자는 심산이었다. 이런 생각은 이런저런 책을 읽고 나서 굳어졌다. 그러고 보니 숱이 가늘어지고 머리가 빠지고 이마의 주름이 잡히기 시작하면서부터 나의 행복은 고전을 읽을 때 소리 없이 다가왔다는 사실을 어렴풋이 알아챘다. 내가 있을 자리는 다른 곳이 아닌 바로 이런 곳이었다. 일상을 벗어나는 것이 아니라 일상을 유지하는 일이었다.

술을 먹고 행복한 개가 되거나 투전판의 판돈을 키우거나 투기질에 곁눈질하지 않았던 것은 기회가 없어서라기보다 독서가 가져다주는 길고 은밀한 욕망이 그런 것보다 더 질기고 강했기 때문이었다.

책장 넘어가는 소리를 들으면서 나는 지루하고 가끔씩 다가오는 인생의 무의미를 견뎌냈다. 그러면서 무엇이 되기보다는 무엇을 해야 할 것인가에 인생의 방점을 찍기 시작했다. 남이 원하는 것이 아닌 내가 원하는 것을 하면서 살아보자고 다짐했다. 그즈음 안내인은 3,858㎞ 사막원정대원이었다는 사실을 실토했다. 어디서 시작했고 끝난 지점이 어디인지 말한 것에 대한 기억은 없지만, 그가 일정을 장하게 마쳤다는 사실만큼은 확실했다. 얼굴에 깃든 잔잔한 미소와 어린 나이에도 불구하고 행동의 당당함에서 거짓과는 거리가 먼 진실한 삶에 한 발짝 다가섰다는 것을 알았다.

"그런 힘은 어디서 나오나요?" 이번에는 내가 물었다. "잘 사는 인생에 대해 한 말씀 해주시죠." 빙그레 웃으며 안내인은 마치 백 살도 더 먹은 수염이 멋진 신선처럼 내공을 키우라고, 그래야 인생이 어렴풋이나마 보인다고 말하고는 헛기침을 했다.

배움에 무슨 나이가 있는가. 나보다 어린 사람에게 배우는 것을 부끄럽게 여기지 않아야 한다는 말은 이미 배워서 알았기 때문에 나는 그의 말을 비웃기보다는 곱씹었다. 그것을 키우기 위해 무슨 일을 해야 하는지 물을 필요는 없었다. 훈련과 경험이 더 필요했다.

땅에 내리지 않고 공중에서 계속 날기 위해서는 날개의 힘이 필요하다. 그것이 내공이다. 옷 안에 받치는 안감이 좋아야 겉감이 빛이 나듯이 안으로 쌓인 실력과 기운이 있어야 한다. 안내인은 "선생님도 그것이 좀 있어 보입니다." 하고 칭찬의 말인지, 형식적 답례의 말인지 아리송한 의문 부호를 남기고 다음 일정을 위해 총총히 사라졌다. 황공하게도 선생님이라니, 아저씨나 개저씨가 아니어서 다행이다 싶었다. 집에 돌아와 나는 또한 번 그동안의 나를 뒤돌아보았다. 그리고 안내인의 말을 성주 단지처럼 여겨 집 귀퉁이 책장의 구석진 곳에 모시기로 했다.

단지가 제 위치를 찾자 가지런히 정렬된 것과 책상에 어지럽게 쌓여 있는 책들이 보였다. 이미 읽은 것도 있고 앞으로 읽어야 할 것도 있었다. 그것들을 보면서 '다시 태어나면 책이 되리라' 같은 망상은 하지 않았다. 다만 저 책 속에서 인생의 길과 안으로 단련되는 힘을 키우는 방법을 찾아보기로 했다.

누군가가 숱하게 걸었던 길을 뒤늦게 따라가 보는 것은 아무리 주변을 둘러봐도 그것보다 걷기 좋은 길이 없기 때문이다. 이 얼마나 잘한 결정인가. 이 책은 이런 고민 끝에 나왔다.

—

이러이러한 책을 읽었다고 만족하기 위해서가 아니다. 후일을 도모하거나 젠체하기 위한 것은 더욱 아니다. 삶을 좀 더 풍요롭게, 자신을 좀 더 알아보기 위해서라고 해두자. 그랬더니 과연 그랬다. 숨어 있는 작은 진리와 가야 할 인생의 길이 어렴풋이 보였다. 그 좁은 문을 봤을 때 들키지 않은 도둑처럼 심장이 두근거렸던 기분을 어찌 말로 다 표현할 수 있을까. 치유할 수 없는 속 깊은 병까지 말끔히 씻어낸 기분이라고나 할까. 두툼한 책의 첫 장을 들고 대체 어떤 엄청난 수수께끼가 숨어 있는지 알아보자고 샅바를 잡으면 참으로 좋은 기운이 몸에서 일어나기 시작한다.

표지의 디자인, 디자인을 압도하는 제목과 간혹 나오는 작가의 얼굴, 그리고 그 밑에 책을 표현하는 단 한 줄의 요약. 읽기도 전에 나는 심장을 울리는 북소리에 맞춰 작은 미소부터 짓는다.

손에 잡히는 감촉, 뒷날개의 조금 긴 문장들과 이 책을 알려주는 또 다른 대가들의 한 줄 평. 숨죽이며 고요함을 간직한 채 다시 앞으로 돌아와 비밀의 공간을 들추듯이 첫 장을 열면 작가의 연보가 가지런하다. 동시대를 살지 않았더라도 바로 옆집에 있는 이웃 사람으로, 현관문을 나서다 간혹 마주치는 눈웃음으로 작가는 나에게 그렇게 각인된다.

책의 마지막 장을 덮으면 깊고 아련한 추억 속에서 이제 막 빠져나온 자의 안도하는 편안함이 거침없이 몰려온다. 혼자 끽끽거리다 이런 좋은 것을 나만 갖는 것은 죄를 짓는 것이라는 생각이 들었고 한 사람에게라도 더 이런 기분을 전파해야 한다는 어쭙잖은 의무감이 생겼다.

좋은 것은 돌려보라고 하지 않았던가. 그래서 그렇게 하니 마음은 더 위로 올라갔다. 누군가 이런 내 모습을 보았다면 시쳇말로 힙하고 스타일리시한 것이 바로 이런 것이라고 손뼉을 쳤을 것이다.

이제 내가 안내인이 되어 네가 지금 읽고 있는 책의 제목을 나에게 말해주면 당신이 어떤 사람인지 알려주겠다고 은근한 표정을 짓고 싶다. 상상만으로도 이 얼마나 기분 좋은 일인가. 그런 기분을 수년에 걸쳐 여러 번 되풀이하다 보니 뱃살이 조금 빠지고 어깨는 넓어졌으며 허벅지는 더 단단해졌다.

지팡이 없이도 니체가 올랐던 알프스의 깊은 곳을 갈 수 있고 헤밍웨이가 춤췄던 대서양의 푸른 바닷속을 유영할 수 있으며 존 스타인 백이 서부로 떠났던 분노의 그 길을 걸을 수 있다는 오기가 생겼다.

셰익스피어가 구중궁궐의 피비린내를 파고들 때 느꼈던 희미한 미소를 이해했으며 아체베의 오두막이 산산이 부서져 내릴 때는 십자가가 원망스러워 반짝거릴 때도 쳐다보지 않는 뱃심에 의지했다.

아서 밀러가 늙은 세일즈맨을 벼랑으로 몰면 억장이 무너져 취한 사람처럼 앞으로 고꾸라졌다. 그 순간 나는 잔잔한 호수 위를 양손으로 젓는 카약을 타고 미끄러지면서 심연 속으로 가라앉았다. 저 멀리 몽블랑이 어서 오라고 자태를 뽐냈기 때문이다. 그 골짜기의 구석진 곳에서 프랑켄슈타인이 숨어서 노려보고 있었다. 섬뜩했다. 카펠교의 역사와 뮌헨의 소음과 빈의 클림트와 그 밖의 여러 나라에서 들려오는 이런저런 이야기가 꿈속에서 아른거렸고 나는 그것들을 손에 잡는 용기를 얻었다.

페스트가 쓸고 간 파리의 외곽에서 카뮈는 인간과 인간 이하의 군상들이 절망 앞에서 어떤 처신을 해야 옳은지 묵직한 돌직구를 던졌고 그것을 피해 몸을 사리는 대신 나는 정면에서 배트를 휘둘렀다. 홈런은 아닐지라도 빗맞은 안타를 기대하면서.

조지 오웰은 복종하는 대다수 인간과 저항하는 소수 인간을 놓고 누가 인간에 더 가까운 인간인지 고심했으며 빅 브라더는 그런 인간들을 차별하지 않고 무차별적으로 감시했다.

오래전 사람 노자는 모든 것을 내려놓으라고 말했다. 잔은 채우지 말고 흐르는 물처럼 사는 것이 도라고 수천 년 전에 떠들었다. 돈과 권력이 최고인 세상에서 사람들은 모든 책 가운데 하나만 가져가고 싶은 책으로 《도덕경》을 꼽고 있다. 아이러니도 이런 아이러니가 없다.

남의 여자 로테를 사랑한 베르테르의 편지는 목련이 활짝 핀 시원한 그늘나무 아래에서 읽어도 입이 바짝바짝 마른다. 경기도 양주 출신 임꺽정을 그린 홍명희의 동명 소설은 우리 문학의 위대함을 알린 크나큰 자산이다. 현존하는 한글로 쓴 최고의 소설이라는 데는 의심의 여지가 없다. '그가 사는 세상이 공평했었더라면' 하는 부질없는 질문을 해 보는 것은 꺽정이의 삶이 너무나 고약했기 때문이다.

산 사람으로는 유일하게 단테가 스승을 따라 지옥 여행을 할 때면 나도 슬쩍 끼어들었으며 현실이 불만스러울 때마다 모어의 《유토피아》를 여행하고 싶은 마음이 굴뚝 같았다.

개과천선을 하고 열심히 살려고 누구나 결심하는 때가 있다. 아무리 힘겹게 사는 인생이라고 해도 그런 실천을 하려는 사람을 외면하는 것은 해도 너무했다기보다는 법의 엄정한 집행은 차별하지 않고 평등해야 한다는 데 모아져야 한다. 오 헨리는 경찰관을 등장시켰고 거기에 찬송가 소리를 끼워 넣어 독자를 웃기고 울렸다.

공자는 줄 쳐 가며 읽어야 하는 책 《논어》를 썼다. 군자와 소인은 어떻게 구별되는지 사례를 들어 적시했다. 읽다 보면 뜨끔할 때가 한두 번이 아니다. 알면서도 여전히 고치지 못하고 있다. 공자님 말씀은 이렇다. 잘못이 있어도 고치지 않는 것이 잘못이다.

언젠가는 통일이 올 것이다. 그전까지는 숱한 이명준이 광장에서 혹은 밀실에서 소리죽여 통곡하는 소리를 들어야 한다. 다 큰 남자의 울음은 우리를 슬프게 한다. 그러니 어서, 통일이여 어서 오라. 통일을 말하니 가슴이 먹먹하다.

서문은 이쯤에서 접어두자. 더 길어지면 본문도 엉망이 될 것이고 후기 역시 레퍼토리가 바닥날 것이 뻔하다. 하지만 마무리로 한두 마디는 더 보태야 한다.

바로 이 책이 나오게 된 배경에 대한 설명이다. 앞서 인생에 대해 잘 알지도 못하면서 그것에 대해 주절주절 중얼거린 바 있다. 살 날이 살아온 날보다 적은 것이 확실해지는 요즘, 남은 날에 대한 속 찬 생활을 하고 싶은 욕망은 날로 더해만 갔다. 하루가 지나 어제를 돌아보면 무의미했다고 자책하는 날이 쌓이고 쌓였다. 그래서 그러지 않기 위해 어떠해야 하는지 책을 집어 들어 들었다. 이 책은 그렇게 집어 들었던 책을 읽고 조금 변한 나 자신에 대한 변호이면서 나와 비슷한 고민을 하는 사람들에 대한 작은 위안을 주기 위해 마련됐다.

책 한 권 읽었다고 아니 몇 권 읽었다고 인생이 요술 방망이처럼 뚝딱하고 변하는 것은 아니지만, 이슬방울에 포도 덩굴이 자라듯이 조금씩 그렇게 커가는 자신을 보는 기쁨은 다른 무엇과도 바꿀 수 없다. 그러하기에 기록을 남기면서 나는 그런 기대가 결코 헛걸음이 아니라는 것을 안다. 그냥 걸어온 것 같지만 뒤돌아보면 걸어온 만큼의 내가 거기에 서 있었다.

그런 기분 여러분도 알 것이다. 깊은 숲속에서 혹은 광활한 사막에서, 도시의 번잡한 곳에서 누군가가 다른 누군가에게 '그동안 고생했네.', '다음에 또 만나세.' 같은 말을 하고 듣게 되는 황홀한 기분과 견줄 수 있는 그런 느낌을.

굳이 본심을 감추고 때를 기다릴 필요는 없다. 사람의 마음은 욕망의 3할을 떨쳐낼 때 가장 아름다운 법이다. 지금이 바로 그때다. 좁은 문이 아닌 큰 문을 열자. 책을 펼치자.

당신이 몰랐던 문장이 내게로 왔다

앞에서 나는 행복했던 개에 대한 이야기를 했다. 그러니 그 개를 등장시켜 마무리를 해야 한다. 나도 그런 개를 키운 적이 있다. 이름이 럭키였던 잡종 진도견은 자꾸 집을 나갔다. 아무리 마을을 뒤져도 럭키의 행방은 오리무중이었다. 눈물을 적시며 포기할 즈음 럭키는 우렁찬 목소리로 잠긴 대문 앞에서 짖어댔다. 터질 것 같은 심장을 내버려둔 채 맨발로 뛰쳐나가면 그가 흙 묻은 발로 가슴을 치고 혀로 온몸을 핥는데 나는 꾸짖으면서도 그를 환영했다.

초등학교 입학 전이었다. 그런데 어느 날 집을 나갔다 3일 만에 돌아온 럭키는 마을 사람들에 의해 어디론가 끌려갔다. 그리고 그날 저녁 식탁에는 기름진 음식이 올라왔다. 이 기억은 결코 거짓이 아닌 진실이다. 평생 아무렇지도 않았던 그 기억이 지금 생생하게 떠오른다. 내 어린 시절의 한 구석을 행복으로 채워준 럭키에게 고마움을, 그리고 미안함을 담는다.

서울에서 시골로 온 시추는 내가 손으로 거칠게 밀어냈었다. 영리한 시추는 그 뒤로 방에 들어오지 않고 들로 산으로 쏘다녔다. 마당의 구석에 작은 집이 지어졌고 집에 없을 때 녀석의 놀이터는 논이고 밭이었으며 작은 언덕이었다. 늙은 농부를 따라다녔던 녀석은 10년도 훨씬 더 넘게 살았는데 어느 추운 겨울날 나가서 영영 돌아오지 않았다. 녀석을 챙겨주었던 어머니는 '개는 사람과 달라서 때가 되면 나가서 사라진다'고 아련한 눈길을 거두었다.

돼지로 불렸던 녀석은 정말로 똑똑했다. 한 번 본 사람은 절대 잊지 않고 몇 달 만에 나타나도 꼬리를 흔들었으며 처음 보는 사람에게는 악착같이 대들었다. 녀석이 피부병에 걸려 10리 밖 읍내로 나가 소들이 맞는 볼펜 크기의 주사기로 찔렸을 때는 나도 모르게 비명을 질렀으나 수의사는 솜씨가 좋았는지 그 뒤로 돼지는 한 번도 피부 때문에 걱정하지 않았다.

나는 지금 럭키와 돼지와 같은 종은 아니지만 말티즈, 눈보다 흰 뿜이와 함께 하고 있다. 강산이 한 번 변하는 시간을 훌쩍 넘긴 그 개를 보면서 럭키나 돼지를 떠올린 적은 없으나 밤이 내린 어두운 팽나무 아래서 짖어 대던 럭키와 온몸에 가시덤불을 뒤집어쓰고 돌아오곤 했던 돼지에 대한 추억은 결코 잊지 않고 있다.

럭키는 늑대로 다시 태어났다. 시추는 애완견이 아닌 야생견으로 사람의 발길이 닿지 않는 아주 깊은 산속에서 새로운 삶을 살고 있다. 녀석들은 밥 주는 주인을 위해 살지 않고 스스로를 위해 거친 황야를 내달리고 있다. 그러리라고 믿는다. 개의 추억은 여기서 스톱. 더 길어지면 눈물샘이 터질지 모른다.

—

이해를 돕기 위해 읽은 책이 어떤 식으로 구성됐는지 잠깐 살펴보자. 우선 두 권을 한 묶음으로 짝을 지어 엮었다. 그런 다음 엮인 것들이 나름대로 의미가 있는지 한 번 더 확인하고 그렇다는 판단을 내렸다. 개별적으로 다루지 않고 그렇게 한 것은 그래야 조금 쉽게 책의 내용이 파악될 수 있다는 오만한 편견 때문이었다.

하지만 아쉬운 점이 한두 가지가 아니다. 엮은 것들이 억지로, 라는 느낌이 드는 것도 있고 이것이 아닌 다른 것과 엮었어야 마땅하다고 생각이 드는 대목도 있다. 부족한 것은 저자가 가진 능력의 한계라고 이해해 주고 오독한 것이 있다면 군자의 회초리를 소인에게 들어 주기를 바란다.

두 시간 전화하고 나서 못다 한 말은 내일 만나서 하자는 것처럼 그런 것이 있다면 후기에서 적어 두려고 한다. 지금 이 순간 언제나 시시한 존재가 아닌 자유와 진실을 먹고 사는 막강한 사랑의 존재인 여러분의 많은 혜량을 기대한다.

깊은 숲속의 꽃은 누가 봐주지 않아도 향기를 거두는 법이 없다. 자신을 갈고닦고 조이는 일을 꽃처럼 해야겠다. 하늘이 도와주지 않는다는 원망은 이쯤에서 접어두자.

세상은 언제나 내 편이라는 기대의 마음으로 이토록 솔직한 심정을 이렇게 대담하게 털어놓았다. 막힌 속이 돈키호테가 성을 향해 창을 던질 때처럼 후련하다. 이런 기분이 식을까 염려되니 쉬지 않고 바로 본문으로 계속 이어가 보자.

CONTENTS

남자 대 남자

베르테르와 개츠비

　베르테르와 개츠비는 다 알다시피 남자다. 그러나 보통 남자들은 하지 못하는 무언가를 가지고 있는 특이한 남자다. 두 남자를 비교하는 것은 부러진 화살인지 모른다. 하지만 이치에 맞지 않는 작업도 때로는 필요하다.

　주인공 베르테르는 자유로운 영혼의 소유자다. 그는 젊었고 유약했으며 그림과 시에 재능이 있었다. 감수성이 풍부했던 베르테르는 25살이었고 사랑하는 여자를 만날 시기를 지나고 있었다.

　그때 로테가 그 앞에 바람처럼 나타났다. 주인공의 만남이니 숙명적이라고 해야겠다. 척 보는 순간 빠져든 베르테르는 사랑하는 남자가 여자를 대할 때면 으레 그렇듯이 그녀를 향한 상냥하고 다정한 눈길을 거둘 수 없었다.

　로테의 사랑은 그가 다가갈수록 가까워지기도 하고 멀어지기도 하면서 좀처럼 기회가 주어지지 않는다. 그는 자책한다. 사랑할 수 없는 여자를 사랑하는 이기심과 양심에 몸서리쳤다.

　베르테르만큼 여자를 사랑한 남자가 있었다. 바로 개츠비다. 개츠비 역시 한 여자를 위해 짧은 인생을 그야말로 초개와 같이 바쳤다. 돈을 무지

막지하게 벌어 밤마다 성대한 파티를 연 것은 남의 여자인 데이지를 얻기 위한 술책이었다. 그도 베르테르처럼 임자 있는 몸을 탐하는 불경한 짓을 저지르려고 한다.

개츠비가 대시한다. 공을 잡고 하프라인을 넘어 단독질주한다. 골문은 가까이 있고 골키퍼는 어리숙하다. 지르면 골망은 흔들릴 것이다. 그러나 그는 차지 않고 허둥댄다. 왜 저러지? 헛발질이라고 하지. 독자들은 답답하다.

자신을 학대하거나 겨우 편지질 끝에, 끝내 죽음의 길을 택했던 순진했던 베르테르. 밀수나 주식으로 떼돈을 벌고 그 돈으로 데이지를 유혹했던 개츠비. 죽는 방식에서는 서로 달랐으나 여자를 향한 열정은 비슷했다. 사랑을 위해 수단을 가리지 않고 맘 내키는 대로 행동했다는 점에서 그렇다. 두 사람은 나이와 신분과 시대와 배경을 뛰어넘는 보기 드물게 열정적인 남자들이었다.

짧은 감상평

《젊은 베르테르의 슬픔》

여기 한 젊은이가 있다. 그는 20대. 뜨거운 피가 용광로처럼 끓어 오르다 화산처럼 폭발했다. 그의 이름은 베르테르. 그가 사랑한 여자는 샤를로테, 줄여서 로테.

두 사람은 첫눈에 서로 호감을 느꼈다. 그래서 자주 만났고 만남이 깊어질수록 사랑도 진해졌다. 하지만 문제가 있었다. 로테는 약혼녀였다. 베르테르를 만나기 전에 알베르트를 가까이 두었다. 삼각관계는 맺어지기보다는 깨지기 쉬워 결론을 먼저 말하자면 그렇게 됐다. 깨지는 정도에서 멈추지 않고 아주 파국이다. 이룰 수 없는 사랑은 슬펐고 그래서 베르테르는 늘 울었다. 그림도 그리고 시도 쓰고, 인정도 많고 아마도 생기기도 잘했을 베르테르의 슬픔은 고뇌가 되고, 고뇌는 곧 절망으로 바뀌었다.

사랑해서는 안 되는 여자를 사랑하는 자신을 미워하는 것으로는 무엇하나 해결할 수 없다. 그는 그것을 뒤늦게 알기 시작했다. 그녀의 집에 자주 놀러 가기도 힘들어졌다. 그녀가 돌보는 여덟 명의 아이들을 보러 간다는 핑계도 더는 대기 어려웠다.

알베르트와 친구로 지내나 친구의 여자를 사랑하는 이상 그 관계를 유지하는 것은 거북하다. 마을 사람들이 수군거리자 로테는 베르테르가 부담스럽다. 여자는 거리를 두려 하고 남자는 그럴수록 더 끌렸다. 불행은 이런 가운데 싹트기 마련이다.

남자가 다가갈 때 여자가 마주 오면 상황은 쉽게 정리된다. 하지만 그 반대라면 일은 커지고 경험이 없어도 복잡해진다는 것을 사람들은 누가 알려주지 않아도 본능적으로 안다. 그런데도 베르테르는 로테 없이는 살 수 없을 것만 같다.

파티장에서 그녀와 만나지 않았더라면, 로테가 좀 덜 예뻤더라면 젊은

당신이 몰랐던 문장이 내게로 왔다

남자의 슬픔과 그로 인한 죽음은 일어나지 않았을 것이다. (아, 역사만큼 이나 소설에서도 가정은 얼마나 무의미한가.)

나무랄 것 없는 베르테르가 찾으려고만 했다면 로테와 버금가거나 그보다 더 마음에 드는 여자는 얼마든지 있었다. (있었을 것이다.) 세상의 절반은 여자가 아닌가. 하지만 로테를 본 이후로 베르테르의 눈에 다른 여자는 들어오지 않았다. 가시거리 안에는 늘 로테만이 맴돌았다. 이 세상에서 오직 로테만이 자신의 존재 이유였고 살아가는 힘이었다.

그런데 그 로테가 자신에게 알리지도 않고 덜컥 결혼해 버렸다. 이제는, 더는 어쩔 수 없다. 베르테르는 막다른 골목으로 몰리고 있다. 외국에서 일자리를 찾거나 혹은 여행을 떠나 보아도 별수 없다. 해결책은 단 하나, 로테가 알베르트가 아닌 그의 옆에 있어야 했다. 그러기 위해서는 알베르트가 이 세상에서 꺼져버려야 한다. 아니면 그가 로테를 사랑하지 않고 다른 여자에게 한눈을 팔아야 한다. 하지만 베르테르에게 이런 기회는 오지 않았다. 알베르트는 꺼지지 않고 로테를 여전히 사랑했으며 직장생활도 충실히 하고 있다.

베르테르는 생각한다. 로테를 영원히 사랑하는 방법은 자신이 죽는 것뿐이라고. 이런 결심을 하기 전에 그는 자신을 향한 로테의 열정을 확인한다. 그의 입술에 전해져 오는 로테의 사랑은 자신의 그것과 동일하다. 그러니 서로 사랑하면서도 맺어질 수 없는 운명은 얼마나 가혹한가. 그는 생을 더 연장하지 않고 베로니카처럼 죽기로 결심한다. (그런 결심은 당연히 베르테르가 앞서서 한 것이니 이런 표현은 맞지 않지만.) 치밀한 결심을 하고 그대로 행동하는 것은 로테에게 보여줄 수 있는 베르테르의 마지막 사랑이다.

그는 하인의 손에서 권총을 받아든다. 로테가 정성스럽게 닦은 장롱 속의 바로 그 권총이다. 그녀는 총을 닦으면서 어떤 생각을 했을까. 이것으로 쏘면 사람의 목숨이 저승길로 간다는 것을 알고 있었을까, 모르고 있었을까.

베르테르는 로테를 볼 수 있는 눈을, 더는 볼 수 없도록 그곳에 대고 겨냥한 그대로 방아쇠를 당긴다. 총소리는 짧고 강력했다. 가까이서 총을 맞은 베르테르는 죽었다.

로테는 혼절했고 알베르트는 그런 그녀를 지켜주기 위해 장례식에 참석하지 않았다. 자살은 죄이므로 어떤 신부도 그의 영혼을 위로해 주지 않았고 다만 그의 시체는 그가 원했던 대로 보리수나무 두 그루 사이에 묻혔다.

팁＿＿＿＿《파우스트》의 작가 괴테는 이 작품을 25살에 썼다. 이후로 그는 일약 스타가 됐다. 평생 먹고 살 만한 돈과 지위를 챙겼다. 당시 16살이던 후배 실러는 절대 권력을 휘두르던 영주가 시민 계급 출신인 젊은 괴테에서 깍듯이 대하는 것을 보고 자신도 작품을 써야겠다고 다짐했다고 한다. 그만큼 이 작품이 가져온 반향은 컸다.

친한 친구 빌헬름에게 전하는 편지글 형식의 《젊은 베르테르의 슬픔》은 오늘날에도 여전히 모든 이들의 애독서다. 환희에서 고통으로 변하는 한 젊은이의 고뇌에 대한 집중적인 묘사가 돋보인다.

봄에 시작해서 크리스마스 직전에 끝나는 편지글은 1부와 2부로 구분되는데 마지막 부분은 편지 외에도 주변 사람들의 견해까지 덧붙였다. 괴테는 이 작품의 모티브를 실제 사건에서 얻고 나서 단 7주 만에 완성했다고 한다.

베르테르가 입고 다니던 푸른 망토와 노란 조끼는 청춘의 상징이 됐으며 이 때문에 한때 자살하는 사람이 늘어 '베르테르 효과'라는 유행어까지 생겨났다. 신분 사회에 대한 비판, 자연을 사랑하는 마음, 가족 간의 유대 등이 곁가지로 그려지는데 이는 이 소설이 단순한 사랑 소설만은 아니라는 것을 보여준다.

베르테르가 로테를 잊기 위해 하던 일을 더 열심히 하거나 소질 있는 그림에 더 정을 붙였다면 가망 없는 사랑에 대한 열정으로 죽지는 않았을 텐데 하는 생각은 부질없지만 그래도 해 보는 것은 4월은 목련이 피는 잔인한 달이기 때문이다. 그러함에도 그 목련꽃 그늘 아래서, 베르테르의 편지를 읽는 것도 괜찮겠다.

박목월의 시에 김순애가 곡을 붙인 '사월의 노래'를 들으면 장면의 한 대목이 아지랑이처럼 핀다. 피아노와 바이올린이 어우러질 때 로테와 베르테르가 저 멀리서 서로 손잡고 달려오는 모습이 보일지도 모른다. 그러니 눈 크게 뜨자.

《위대한 개츠비》

신이 인간을 만들었다면 그것은 잘못이다. 이보다 더 큰 실수는 인간을 남자와 여자로 나눈 것이다. 세상에 인간이 있고 남자와 여자가 있으므로 신들이 추구하는 사랑과 평화, 자비와 관용은 사라졌다. 대신 경쟁과 질투와 전쟁이 생겨났다. 인간이 있고 거기에 남자와 여자가 있으므로 세상은 온통 뒤죽박죽이 돼버렸다.

《위대한 개츠비》에 나오는 개츠비만 해도 그렇다. 불같은 인생이었다고는 하나 그 역시 바람처럼 왔다가 바람처럼 사라졌다. 그는 남자로 태어났으므로 여자를 사랑했다. 사랑하는 여자를 위해 돈을 물 쓰듯 쓰다 젊은 나이에 총 맞아 죽었다.

지고지순한 것은 남녀의 사랑이 아니다. 사랑은 욕망이고 욕망을 충족하기 위한 도구에 불과하다. 뺏고 뺏기는 정글의 세계에서 펼쳐지는 짐승의 다툼이 바로 인간의 사랑인 것이다. 그 사랑 때문에 개츠비의 일생은 허무하게 끝났다. 위대한 개츠비의 일생은 책의 제목과는 달리 따지고 보면 그렇게 대단한 것은 아니었다.

1920년대 미국의 동부 지역. 전쟁에서 돌아온 개츠비는 증권사 직원으로 취직돼 서부를 떠나 웨스트에그에 정착했다. 당시 미국은 금주 시대였다. 말 그대로 술을 제조하거나 판매할 수 없었다. 그러니 밀주가 성행했고 업자는 큰돈을 벌었다. 아마 개츠비도 밀주업자였을 것이다. 불법 주식 거래도 했을 것이다. 조금 부도덕하기는 하지만 재산을 늘리는 데는 그만큼 좋은 사업도 없었다.

넘쳐나는 돈을 주체 못 한 개츠비는 커다란 집을 샀다. 그래도 남아돌자 여름 내내 밤마다 파티를 열었다. 개츠비의 넓고 넓은 푸른 정원에는 수백 명의 젊은 남녀들이 북적였다. 이들은 서로 샴페인을 사이에 두고 속삭이거나 별빛 아래서 불나방처럼 움직였다.

거기에 나, 닉 캐러웨이도 끼어있다. 초대받지 않은 손님도 많은 개츠비의 파티에 정식 초대까지 받았으니 아니 가볼 수가 없다. 집도 바로 옆이다. 나는 비가 잦고 음산한 프랑스의 한 작은 마을에서 전투했던 군대 이야기로 개츠비와 쉽게 친해진다. (하여튼 세상의 남자들은 만났다 하면 '군대 이야기'를 한다.) 파티에 참석한 나는 다른 참가자들이 흥청대고 동터 올 무렵까지 모여서 행복하지만 공허한 웃음소리를 여름 하늘로 날려 보내는 광경을 매일 밤 관찰한다.

성대한 파티에 대한 소문은 인근에 사는 데이지에게까지 알려졌다. 나와 먼 친척 관계인 데이지는 나의 대학 친구인 남편 톰과 함께 파티에 참석한다. 사실 알고 보니 개츠비가 달러를 휴지처럼 쓰면서 밤마다 광란의 파티를 연 것은 불쌍한 젊은 남녀를 짝지어주기 위해서가 아니라 과거의 연인이었던 데이지를 만나기 위해서였다. 그런데 데이지는 이미 다른 남자의 아내가 아닌가.

개츠비도 데이지의 결혼 사실을 안다. 하지만 당시 미국의 분위기는 다른 남자의 여자라도 적극적으로 구애하고 수작을 부리는 것이 그렇게 나쁜 모양새는 아니었던 모양이다. 데이지를 평생 못 잊어 하던 개츠비가 그녀에게 추파를 던지는 것은 당연히 그래해야 한다는 듯이 자연스럽다. 성공한 사업가의 모습을 보여주고, 그래서 전쟁터로 떠나기 5년 전의 그때 그 사랑을 되찾을 수만 있다면 무슨 짓이라고 하겠다는 것이 개츠비가 작심한 결심이다.

그렇다고 데이지의 남편 톰이 쉽게 데이지를 내줄 것 같지는 않다. 스포츠 선수로 다져진 다부진 거인 같은 몸매와 상당한 재산은 고상한 척하는 데이지에게 꼭 필요한 액세서리다. 달고 다니기에 좋다는 말이다.

정숙하다고는 할 수 없는 여자 데이지는 톰과도 결혼 생활을 파탄 내지 않으면서 개츠비와 데이트를 즐기고 싶은 영리한 여자다. 개츠비는 신혼 중에도 톰보다는 자신을 데이지가 더 사랑했다고 믿을 만큼 데이지에 빠져있다. 둘은 뜨겁게 달아오르고, 그것을 눈치챈 톰은 화가 나서 개츠비가 시카고의 뒷골목 약국을 사들여 에틸알코올을 판매하는 밀주업자라고 공격한다. 그러면 개츠비는 "그래서 어쨌다는 거요?" 하고 아무렇지도 않게 대꾸한다. (개츠비는 철면피)

나는 개츠비가 오뉴월의 꺼진 모닥불처럼 허무하게 죽지만 않았다면 데이지와 함께 술이 넘쳐나는 정원이나 진짜 책만 있는 그의 아름다운 서고에서 누구의 눈치도 보지 않고 적나라한 사랑을 시도 때도 없이 했을 것이라고 짐작해 본다. 그러나 두 사람의 운명은 맺어지기보다는 찢어지는 것으로 결론이 나게 돼 있다. 유명한 오케스트라의 재즈 연주도 막을 내릴 때가 된 것이다. 파티에 지친 일행은 어느 덥고 무더운 날 뉴욕으로 차를 몰면서 기분 전환에 나선다.

개츠비는 노골적으로 데이지에게 사랑을 강요하고 데이지도 톰을 한 번쯤은 사랑했으나 지금은 당신을 사랑하고 있다고 고백한다. 그 말을 들은 톰은 기분을 잡쳐 두 사람을 먼저 떠나 보낸다.

개츠비와 데이지 일행의 노란색 스포츠카가 앞서 달려가고 있다. 나와 톰이 뒤따른다. 집에 거의 도착할 무렵 데이지는 뛰쳐나오던 30대 중반으로 풍만한 몸의 움직임이 매우 육감적인 윌슨 부인을 치어 죽인다. 죽은 윌슨 부인은 저녁 시간에는 전화를 걸지 않아야 하는 예의도 모르던 여자로 바로 톰의 정부다.

나는 죽은 여인에 대한 애도를 할 겨를도 없이 개츠비의 장례식 준비에 분주하다. 차 정비공인 윌슨이 톰이 준 권총으로 부인을 치어죽인 데이지 대신 개츠비를 의심해 그를 살해한 것이다. 자기 뜻대로 하기보다는 부인에게 휘둘리던 윌슨이 이번에는 자기 맘대로 내 마누라를 죽인 놈이라고 개츠비를 살해한 것이다. (어리숙해 보이는 톰, 눈치 없는 윌슨의 놀라운 반전이다.)

매일 수백 명이 들썩이던 파티와는 달리 개츠비의 장례식장은 썰렁하다. 심지어 데이지조차 찾아오지 않는다. 정승 집 개가 아닌 정승이 죽었기 때문이다. 그녀는 남편과 함께 여행을 떠났다. 가졌던 모든 것을 데이지에게 바쳤던 개츠비는 데이지에게 살아서도 채이더니 죽어서도 보기 좋게 버림받았다. 여자의 남자에 대한 사랑은 이런 것인가.

그러니 세상의 절반인 남자들은 여자를 위해 모든 것을 바쳐서는 개츠비 꼴 난다는 것을 명심해야 하는가. 하루끼는 이 소설에 깊이 매료된 나머지 틈만 나면 《위대한 개츠비》를 떠올린다. 심지어 이 책을 세 번 이상 읽은 사람이라면 누구나 친구가 될 수 있다고까지 했다.

팁 _____ 1차 세계 대전이 일어난 1914년부터 미국의 대공황이 시작되기 전인 1920년대까지를 흔히 재즈 시대라고 부른다. 말 그대로 재즈가 유행했으며 춤과 샴페인이 빠지지 않았다. 밀주가 성행했고 그로 인해 부정한 돈으로 일확천금을 버는 사람들이 생겨났다. 전쟁에서 돌아온 개츠비는 밀주로 큰돈을 벌었을 것이고 그 돈으로 데이지를 유혹하기 위해 밤마다 큰 파티를 열었다.

여자를 차지하기 위해 모든 것을 바치는 '개츠비 같은 사람'이라는 말이 생겨날 법도 하다. 저자인 F. 스콧 피츠제럴드는 한창 나이인 44살에 생을 마감했다. 전후 잃어버린 세대(Lost Generation)의 대표 작가로 알려진 헤밍웨이처럼 권총 자살한 것이 아니라 심장마비로 죽었다. 전날

과음한 것이 원인으로 지적됐다.

29살에 쓴 이 작품(책 속에서 화자인 나는 서른 살을 맞는다. 그리고 서른에 대해 이렇게 주절댄다. 고독 속의 10년을 약속하는 나이)은 처음에는 고전했으나 이후 무려 50만 부 이상이 팔려나갔다고 한다. 지금은 각종 신문, 잡지 등에서 반드시 읽어야 할 소설, 세계 100대 명저 등 숱한 칭송을 받으며 인류 고전문학의 반열에 당당히 올라 있다. 영화로도 제작됐다.

T.S 엘리엇은 "헨리 제임스(미국에서 태어나 영국으로 귀화했다. 영미 양국의 문단에서 중요한 위치를 차지하는 인물. 대표작으로 《데이지 밀러》, 《여인의 초상》 등이 있다.) 이후 미국 소설이 내디딘 첫걸음이다."라고 이 작품을 추켜세웠다.

사족을 달면 화자인 나, 닉은 점잖다. 객관성을 유지하고 방탕한 생활을 하지 않으며 옳은 일을 추구하는 것처럼 보인다. 그래서 그가 본 것을 옮겨 놓는 장면은 거짓이라기보다는 사실로 믿게끔 독자들을 이끈다.

개츠비는 물론 나 이외의 모든 사람, 즉 데이지와 톰, 나의 친구와 데이지의 친구, 윌슨과 부인 등 등장인물은 모두 도덕적으로 타락했거나 부패와 연관돼 있다. 책 첫머리에 나오는 '제복을 입고 도덕적 차렷 자세'를 기대하는 것은 당시 미국 사회에서는 불가능했기 때문이다.

여자 대 여자

엠마와 코니

앞서 남자 대 남자에서는 한 여자를 위해 죽었던 두 남자의 삶을 말했다. 이번에는 두 여자가 주인공이다. 둘 다 부인이라는 용어가 붙어 있는 것으로 보아 결혼한 여자들에 대한 이야기인 것은 알 것이다.

보바리 부인의 이름은 엠마다. 이름도 기억하기 쉽고 부르기도 좋은 두 글자의 단어 엠마. 단 두 글자의 엠마는 그 시대 유럽 사회에 많은 파문을 불러왔다. 엠마의 행실 때문이다.

엠마의 남편 보바리는 시골에서 산다. 직업은 의사다. 엠마가 그런 보바리와 결혼한 것은 행운이다. 보바리를 통해 신분 상승을 이루고 사교계 모임에도 나갈 기회를 얻었다.

보바리는 예쁘고 젊은 엠마에게 한없이 순종적이며 더없는 사랑을 퍼붓는다. 세상의 여자 중에서 자기 부인보다 귀엽고 교양 있는 여자는 없다는 진단을 내린다. 처방은 오로지 엠마다. 그런 여자를 부인으로 맞았으니 보바리가 왕진 가방을 들고 밖으로 나갈 때면 절로 휘파람 소리가 날 만하다.

반면 엠마는 왠지 그런 남편이 남자답지 못해 마음 한구석은 늘 허전하다. 둘러보아도 주위에 아무것도 없다면 무언가로 채워야 직성이 풀린다. 시골구석에서 지루한 하루하루를 보내던 엠마에게 드디어 기회가 왔다. 사교계에 첫발을 디딘 것이다. (언제나 처음이 문제다.) 밤새 춤을 추면서 이 남자 저 남자 품으로 메뚜기처럼 돌아다녔다. 그날 이후 엠마의 삶은 완전히 달라졌다. 춤추는 삶처럼 달콤한 인생이 어디에 있단 말인가.

그즈음 루돌프가 때맞춰 등장한다. 크리스마스 캐럴에 나오는 루돌프와 같은 이름이지만 사슴이 아닌 남자다. 두 사람은 서로 사랑한다. 사랑했으므로 즐거웠고 행복했다. 보바리에게서 느끼지 못한 강한 끌림을 루돌프에서 받은 엠마는 정조 같은 것은 개나 줘버리라는 심정으로 밤낮을 가리지 않고 루돌프와 살을 섞는다. 이때만 해도 엠마는 조금은 조신하는 태도를 보였다. 보바리에게 들킬까 봐 조마조마했으며 그러지 않기 위해 고양이처럼 발소리를 죽이고 조심조심 밀회의 장소를 찾았다.

그러나 두 번째 남자 레옹을 만나면서부터는 될 대로 대라는 심정이었다. (첫 번이 어렵지 두 번째부터는 쉬운 법이다.) 보바리가 알아도 어쩔 수 없는 상황에까지 온 것이다. 그러니 조심할 것도 없고 눈치 볼 필요도 없다. 젊은 레옹은 늙은 엠마를 정신보다는 육체적으로 제압했다. (레옹은 젊었으나 엠마가 원하는 것이 무엇인지 정확히 알았다.) 레옹 아래서 엠마는 지금 순간 죽어도 좋다고 신에게 맹세했다. 시아버지의 장례식 날에도 검은 상복을 입은 채로 레옹을 찾아 허기를 달래야만 숨 쉬며 살 수 있다는 사실을 알았다.

그러나 영원할 것 같았던 그 사랑은 무한정 지속되지 않았다. 레옹이 싫증을 내자 엠마는 치장에 더욱 신경을 쓰고 사치를 일삼았다. 젊은이를 잡아두기 위해 부인은 필사적으로 매달렸다. 사치가 늘수록 빚도 따라 늘었다. 어느 날 보바리는 사채업자로부터 독촉장을 받는다. 엠마는 자살한다.

(그녀의 자살은 반성의 의미라기보다는 떠난 사랑을 되돌릴 수 없다는 절망감에서 나왔다고 보는 것이 타당하다.)

그때까지도 보바리는 엠마의 외도를 알지 못했다. 연놈의 연서가 발견되고 나서 그는 무릎에 힘이 빠지는 것을 느꼈다. 이로 인해 엠마의 부정이 드러나자 보바리도 더는 살고 싶은 욕망을 잃었다. 엠마의 장례식을 마치고 그도 엠마의 뒤를 따랐다.

주인공 둘이 죽었으니 플로베르의 《보바리 부인》은 비극이다. 한 여자만을 사랑했던 보바리와 그런 남자를 가차 없이 밀어내고 두 정부를 찾아온 힘을 기울였던 엠마의 인생. 엠마와 보바리는 결혼하지 말았어야 했다. 차라리 보바리가 남편이 아니고 정부였다면 엠마가 보바리를 사랑했을지도 모른다. 알지 못하는 것이 여자의 마음 아닌가.

《보바리 부인》에서는 여주인공 엠마가 죽지만 《채털리 부인의 연인》에서는 주인공이 죽지 않는다. 부인의 이름은 엠마만큼이나 유명한 코니다.

이름만 들어도 아이스크림처럼 달콤하게 다가오는 코니도 엠마처럼 배고플 때 떡 먹듯이 남편을 배신한다. 배신의 모습은 보기 좋기보다는 어둡고 음습하다. 그러나 코니의 배신은 뜨거운 여름날 쏟아지는 소낙비처럼 상쾌함으로 그려진다.

엠마의 배신은 용서할 수 없을지 몰라도 코니의 그것을 무턱대고 손가락질하기는 어렵다. 그만큼 코니의 간통은 엠마의 그것보다 더 절실하고 짜임새 있고 그럴만한 개연성이 있기 때문이다. 아무리 그렇다 해도 남편 있는 여자의 서방질은 비난받아 마땅하다고 한다면 그 역시 나무랄 일은 아니다. 그것도 맞고 이것도 맞기 때문이다. (황희 정승이 울고 가겠다.)

채털리는 젊고 유능하고 거기다 귀족이기까지 하다. 그런 남편을 둔 코니는 행복할 수밖에 없다. 누구라도 그러하듯이 두 사람은 결혼 초기에는 행복했던 것으로 보인다. 하지만 채털리가 참전했을 때 사랑으로 맺은 두 사람의 인연은 어그러지기 시작한다.

엠마가 사교계에 발을 디디면서 새 세상을 봤다면 코니는 채털리가 하반신마비의 부상으로 돌아왔을 때 그것을 찾기 시작했다. 하고 많은 부상 부위 중에 하필이면 허리를 다친 하반신마비 환자로 로런스가 채털리를 그린 것은 분명히 의도적이었다. (적어도 내 판단에는.)

남편은 그것을 할 수 없는 성불구자다. 젊은 부인 코니는 이미 18살 때 영국이 아닌 독일에서 그것을 경험했다. 사랑이 그곳을 통과한 것이다. 혼전 경험이 있던 코니의 육체는 하반신 마비의 남편이 감당하기는 벅차도 너무 벅찼다.

그녀는 집에 드나들던 극작가와 놀아난다. 그러나 영 시원치 않다. 충족되기보다는 미련이 남는다. 입으로는 많은 것을 떠들어 댔지만 정작 중요한 아래쪽의 구실을 제대로 해내지 못했다. 코니가 보기에 그런 남자는 진정한 남자가 아니었다. 그러니 그가 아무리 멋진 말을 내뱉어도 진실하지 않고 허공에 떠다니는 부유물에 지나지 않았다.

앞서 채털리가 귀족이라는 사실을 밝혔다. 당시 귀족에게는 하인이 있기 마련이고 탄광을 운영하던 돈 많은 채털리에게도 그게 있었다. 광부의 아들이며 한때 대장장이 일을 하던 맬러스가 바로 그 하인이다. 맬러스는 숲속의 오두막에 살면서 지금은 사냥터지기로 일하고 있다. 간혹 코니가 그곳으로 간다. 가는 길은 이렇다.

세상의 온갖 꽃들이 피어 있고 기분을 밝게 하는 나무들이 서로 인사하듯이 껴안고 있다. (맬러스가 없어도 걷고 싶은 길 아닌가. 요즘은 시도 때도 없이 걷는다. 설악산이나 지리산, 무등산은 물론 로키산맥도, 투르 드 몽블랑도, 히말라야도 걸으면 좋다는 것을 나는 안다. 하물며 이런 길이라면 더 말해 무엇하랴.)

탄광촌의 어지러움에서 벗어나 한가한 골목길 아닌 숲속에 접어들 때 벌써 코니는 다른 무엇인가에 압도당하고 있었다. 대지의 연인에 한 번 무릎을 꿇고 맬러스의 구릿빛 피부에 두 번 무릎을 꿇은 것이다.

두 번씩이나 그렇게 했으니 코니의 귀족적 자존심은 저 멀리 떠나는 기차 칸에 옮겨졌다. 옷을 벗은 듯이 한결 가벼워진 코니. 그런 코니를 바라보는 맬러스의 눈길. 두 사람은 시선을 서로 교환한다. 그리고 가까워지고 마침내 너무 가까워져 붙어 있다. 두 사람은 남녀의 생물학적 공식을 충실히 따랐다. 코니는 힘센 맬러스와 사랑에 빠졌다. 귀족과 하인이 정을 통한 것이다.

적발된다면 권총이 아닌 고사포로 맞아 죽어도 시원치 않을 것이다. 하지만 채털리는 이런 사실을 아는지 모르는지, 알아도 모른 척하는지 사업에만 몰두한다. (이 점에서는 엠마를 대하는 보바리와 비슷하나 보바리와 채털리의 성격은 같다고 볼 수 없다.)

코니는 이보다 더 좋을 수는 없다. 두 사람은 비가 오나 눈이 오나 서로 떨어지지 않고 같이 있다. 다달이 있어야 할 그것이 코니에게 사라지고 그녀는 직감적으로 맬러스의 아이를 임신했다는 것을 안다. (위기일발. 탈출하는 007의 지혜가 필요하다. 그러나 영화 주인공처럼 벗어나는 데 우여곡절은 없다.)

그녀는 유럽 여러 나라로 여행을 떠난다. 그리고 채털리에게 이혼하자는 편지를 쓴다. (이 점에서는 코니가 엠마보다 매듭의 기술이 뛰어나고 더 양심적이다.) 편지에서 코니는 자신의 부정을 알렸다. 코니는 엠마처럼 죽지 않는다. 채털리도 그렇고 맬러스도 그렇다.

보바리 부인에서 엠마가 죽고 보바리가 죽는 것과는 확연히 다르다. 엠마의 그것은 용서될 수 없고 코니의 부정은 그리될 수 있기 때문인가. 어쨌든 엠마와 코니는 남편을 배신했다. 남편을 두고도 버젓이 다른 남자와 눈을 오랫동안 맞췄다.

엠마는 죽음으로 자신의 의도적인 죄를 갚았지만 코니는 그러지 않았다. 그럴 의도도 전혀 없었다. 생과 사로 두 여자의 운명은 갈렸다. 하지만 외도를 통해 새로운 세상을 맛보고 인생의 참맛을 느낀 점에서는 같다. 남편에게는 찾지 못했던 사랑을 다른 남자에게서 얻었던 두 여자의 일생은 오늘도 지구촌 어디선가에서 계속 이어지고 있다. 고전의 향기가 사라지지 않고 여전한 것처럼.

짧은 감상평

《보바리 부인》

사랑도 게임이고 점수가 있는 내기라면 보바리는 엠마의 적수가 될 수

없다. 야구로 치면 7회 콜드게임 패이고 축구로 치면 한 1:9 정도로 완패다. 워낙 실력 차가 크니 실수였다느니 연습이 부족했다느니 주전 선수의 부상 때문이거나 시차 때문이라고 핑계를 댈 수도 없다.

애초에 기울어진 운동장에서 벌인 경기라고나 할까. 사랑의 경기에서 엠마는 위너이고 보바리는 루저다. 그러나 《보바리 부인》을 단순히 보바리와 엠마의 사랑 게임으로만 보는 것은 억지다. 누가 이기고 누가 지는 게임이 아니라는 말이다. 보바리는 엠마를 일방적으로 사랑했고 엠마는 보바리를 일방적으로 미워했다. 두 인생은 둘 다 불행했다.

이런 때는 둘 다 행복했다. 엠마가 남편인 보바리 몰래 루돌프와 레옹과 밀회를 즐길 때 그녀는 하늘을 나는 여왕벌이었고 보바리가 그녀를 사랑할 때 그는 세상에서 가장 운이 좋은 남자였다.

엠마가 이런 핑계 저런 말도 안 되는 이유로 늦게 귀가하고 심지어 외박했을 때도 보바리는 엠마를 사랑했다. 오히려 못 보는 시간이 많아질수록 보바리의 엠마에 대한 사랑의 감정은 더 깊어갔다.

엠마는 간통을 저지르면서도 죄책감이 없었다. 두 남자 사이에서 육욕을 마음껏 불사르면서 그때마다 보바리를 조롱했다. 엠마는 치맛자락을 펄럭이며 구름 속을 걸어 다녔다. 그녀는 보바리로 불행했고 정부로 행복했다. 살아 있을 때 행복했던 두 사람의 이야기는 방대한 분량의 막바지에 이르면서 불행으로 치닫는다.

아내의 불륜을 눈치채지 못하고 (설령 알았다고 해도 모른 척하거나 무시했을 것이다. 괴로워는 했겠지만 소심한 보바리가 무엇을 할 수 있겠는가. 몸 상하니 적당히 하라고 조언 정도나 했을까) 무조건적 사랑을 퍼부었던 보바리.

그런 보바리를 놔두고 정부와 사랑놀이에 빠져 가산을 탕진하고 내가 어쩌자고 결혼했을까 후회하는 엠마. 그러나 독자들은 보바리를 응원하거나 엠마를 저주하지 않는다. 보바리는 보바리의 인생이 있고 엠마는 엠마의 인생이 있다고 믿기 때문이다. (요즘 독자들은 이해심이 많다.)

단조로운 시골 생활은 엠마의 야망을 담기에 너무 부족했다. 하루하루가 따분하고 재미가 없어 미칠 지경인 엠마. 그러던 어느 날 후작의 초대를 받아 밤새 춤을 추면서 그녀는 자신의 몸속에 작부 기질이 있다는 사실을 확실히 알았다. 그 기질은 이제 숨어 있기보다는 유감없이 발휘하는 것으로 기세를 올린다. 엠마가 찾던 이 세상 어딘가에 따로 있을 행복이 무엇인지 떠오르는 태양처럼 서서히 윤곽이 드러나기 시작한 것이다.

엠마의 뜨거운 몸은 보바리 한 사람으로는 부족하고 적어도 서너 명의 남자가 있어야 식혀줄 수 있었다. 다시 집으로 돌아온 엠마는 무도회가 열렸던 그 날을 그리워하면서 어제 같은 오늘에 짜증을 낸다.

보바리는 엠마에게 무슨 중병이 걸린 것처럼 안쓰러워 백약을 처방하나 엠마의 진짜 병을 모르는 바보 천치다. (의사 자격이 의심스럽다.) 부부는 좀 더 큰 집으로 이사를 가고 그곳에서 엠마의 삶은 새롭게 시작된다.

루돌프가 마치 기다리고 있었다는 듯이 엠마에게 접근한다. 엠마를 내 것으로 만들겠다고 찍은 루돌프에게 그녀는 나도 너를 그렇게 하겠노라고 손뼉 치면서 덤벼든다. 서로 찍고 찍혔으니 선을 안 넘어가는 것이 이상하다.

밤새도록 작전을 짤 필요도, 햇볕이 내리쬐는 노트르담 대성당(이곳이 얼마 전에 불탔다. 그 안에서 엠마를 위한 기도를 하지는 않았지만 경건한 마음은 간직하고 있었기에 어서 복구되기를 기원해 본다.) 근처에서 꽃을 사지 않고도 루돌프는 엠마를 수중에 넣었다. (내가 그 근처에 갔을 때 꽃 냄새는 진동했으나 두리번거려도 어디엔가 있을 오늘의 엠마는 눈에 띄지

않았고 대신 어린 소매치기의 신랄한 눈빛만이 맴돌았다.) 정조가 허물어
지는 것이 아니라 바쳐졌다.

바람난 여자의 심리를 아는 루돌프는 보바리와는 전혀 다른 사랑의 기
교를 선보이면서 엠마가 얌전히 그의 발아래에 무릎 꿇게 만들었다. 엠마
는 루돌프의 정력에 흠뻑 빠져들고 육욕의 황홀한 세계에서 허우적거린
다. 아침에 들어가서 점심이 됐는데도 나올 생각이 없다.

남편이 잠이 들면 잠옷 바람의 엠마는 숨죽이고 미소 지으며 두근거리
는 가슴으로 루돌프가 기다리고 있는 진찰실로 숨어들었다. 그러나 시작
이 있으면 끝이 있는 법. 루돌프가 무관심해지자 육체의 쾌락으로 굴욕을
참았던 엠마는 간통의 대가로 벌이 찾아오기 전에 다른 방법을 찾는다. 둘
이 멀리 떠나기로 한 것이다. 그런데 그날 루돌프가 홀로 도망가면서 어긋
난다.

작전에 실패한 엠마는 절망 속에서 몸부림친다. 엠마는 루돌프와 함께
하지 못한 것이 그의 변심이 아니라 보바리 때문이라는 듯이 툭하면 남편
에게 화를 낸다. 보바리는 의사답게 엠마의 변화가 그전에 있었던 우울증
이 재발한 것으로 진단을 내리고 할 수 있는 모든 처방을 내린다. (불쌍한
보바리.)

하지만 엠마의 병은 속세의 병이 아니니 진단이 틀렸고, 잘못된 처방은
엠마를 낫게 하기보다는 더욱 절망 속으로 빠져들게 한다. 그녀가 바랐던
처방은 세 마리 말이 이끄는 마차를 타고 루돌프가 기다리고 있는 노르망
디 해변으로 달려가는 것이었다. 그런 것도 모르고 보바리는 차라리 자신
이 아팠으면 하는 마음으로 엠마에게 더욱 정성을 쏟는다. 엠마는 당당하
게 간통하는 다른 여자들과 마찬가지로 남편이 안절부절못할수록 그에 비
례해 더욱 멀어지고 짜증을 내고 어떻게 하면 하루빨리 여기서 벗어나서

다른 사랑을 찾아야 할지 갈구하게 된다.

더는 간통할 대상이 없어진 외로움 때문에 엠마는 긴 밤을 홀로 새면서 영혼이 빠져나간 몸을 덥혀줄 새로운 애인이 나타나기를 고대한다. 그 외로움의 자리에 신앙심 대신 젊은 레옹이 끼어들었다. 단비를 맞은 시들은 꽃이 활짝 피어나듯 엠마도 다시 살아났다. 그녀는 레옹을 만나기 위해 도둑고양이처럼 살금살금 집을 빠져나가 시내 호텔에서 대낮부터 질펀한 사랑에 뼈마디가 녹아내렸다.

레옹을 만나러 갈 때 그녀의 가슴은 부풀어 올랐고 그녀의 입술은 시아버지의 죽음 때문에 쓴 검은 베일 속에서 쾌락에 떨고 있었다. 엠마는 레옹의 젊음에 반미치광이가 돼 집착하게 되고 레옹도 의사를 남편으로 둔 상류 부인, 그러니까 진짜 정부에 빠져들었다.

세련된 말투, 단정하게 차려입은 옷매무새, 잠든 비둘기 같은 자태. 엠마는 모든 연애 소설과 연극에 등장하는 여주인공이며 모든 시집 속에 나오는 막연한 그녀였다.

하지만 시간이 지나면서 헤어질 때 아쉬워했던 레옹은 우리 아기라고 부르면서 자신을 감시하려 드는 엠마가 미워지기 시작했다. 레옹을 잡아두기 위해 그녀는 몸치장에 더욱 신경을 쓴다. 빚은 늘고 엠마는 노련한 일수꾼의 손아귀에서 빠져나오지 못한다.

거짓말을 일삼던 엠마는 파산하고 집달리의 소환장, 인지가 붙은 서류가 보바리에게 배달됐다. 엠마는 마지막 끈을 잡기 위해 옛 애인 루돌프를 찾아가지만 돌아온 것은 돈 대신 배신이었다. 그녀가 택할 수 있는 것은 파란 병 속에 든 하얀 가루를 삼키는 것뿐이었다.

"그녀의 영혼이 육체에서 빠져나갔다. 지상의 모든 영화를 갈망하던 두 눈, 따뜻한 미풍과 사랑의 냄새를 그토록 좋아했던 콧구멍, 거짓을 말하기 위해 벌어지고 오만에 전율하며 음란한 쾌락에 울부짖던 입. 기분 좋게 감촉을 느끼던 두 손. 욕망을 채우기 위해 그토록 빨리 달렸건만 이제는 이미 걸어 다니지도 못하는 발바닥."(민음사)

엠마가 죽자 엠마 없는 삶을 하루도 생각하지 못했던 보바리는 장례식을 마치자마자 따라 죽는다. 죽기 전 보바리는 차라리 모르는 것이 좋았을 무더기의 연서를 확인하고 레옹의 결혼 소식을 듣는다.

보바리가 환자를 치료하러 왕진 가방을 들고 나가는 대신 엠마의 뒤를 따르는 것은 그가 할 수 있는 최고의 선택이었다. 죽는 순간에도 그녀의 것이었던 루돌프 대신 자기가 그 사나이가 되고 싶었던 보바리의 순애보.

팁 ＿＿＿ 플로베르는《보바리 부인》을 4년 반 만에 완성했다. 출간 3개월 전 공중도덕 및 종교적 미풍양속을 헤쳤다는 이유로 작가와 출판사가 피소됐다. 그러나 변호사의 "당시 지방에서 빈번하게 실시되고 있는 그릇된 교육 이야기"라는 변론으로 위기를 무사히 넘겼다.

이 책을 번역한 김화영 교수는 최근 펴낸《김화영의 번역수첩》(문학동네)에서 꼬박 3년에 걸쳐 번역한 사실을 알리면서 "현대 소설사에서 비켜 갈 수 없는 교차로"라고 이 작품을 높게 평가했다.

주연급 조연으로 등장하는 약제사 오메의 활약이 눈부시다. 말 그대로 약방의 감초 노릇을 톡톡히 하는데 의사가 파멸하는 것과는 달리 약사는 훈장까지 타면서 승승장구한다. 금사자 여관 앞에서 약국을 하는 오메의 인생 처세는 오늘날에도 여전히 유효하다. 그가 구태여 교회를 찾아가 은접시에 입을 맞추거나 우리보다 잘사는 사기꾼들을 내 주머닛돈으로 먹여 살릴 필요는 없다거나 신이 우리들의 요구를 다 알고 있는데 기도라는 것이 무슨 의미가 있느냐고 신앙을 조롱할 때면 엠마로 타오르던 불길이 삭고 잠시 차분해진다.

나는 요약본쯤으로 짐작되는 이 책을 고등학교 때 읽었다. 두꺼운 솜이불 속에서 나는 도대체 엠마는 어떻게 생겨 먹은 여자일까 하는 상상을 하면서 잠 못 이루는 밤을 여러 날 지새운 적이 있다.

이번에 다시 읽어보니 그때 잠 못 잔 것은 낮잠을 많이 자서가 아니라 엠마라는 캐릭터가 세상의 모든 남성의 가슴에 불을 지폈기 때문이었다. 오, 엠마. 어딘가에 있을 제2의 엠마가 시름시름 앓고 있다면 그것은 모두 남자들 책임이다.

《채털리 부인의 연인》

전쟁은 본질적으로 슬픈 것이다. 일어나지 않았다면 그래서 콘스턴트

채털리가 하반신 마비만 되지 않았다면 그는 아내 코니를 하인 멜러스에게 빼앗기는 비극은 일어나지 않았을지 모른다.

D.H 로런스가 쓴 총 19장으로 이뤄진 《채털리 부인의 연인》 제1장의 첫머리에 언급한 "우리 시대는 본질적으로 비극적이다."라는 말 역시 생겨나지 않았을 것이고 뒤이어 나오는 "폐허 속에서 상당히 어려운 작은 희망을 찾아 지금은 전혀 없는 미래로 가는 평탄한 길을 찾는 일"은 애초부터 없었을 것이다. 그러니 전쟁이 본질적으로 슬프다는 말은 맞다.

젊고 유능한 귀족 청년 채털리는 전쟁 중에 한 달간의 휴가를 받아 코니와 결혼했고 6개월 후 전쟁에서 돌아왔을 때는 부상으로 온몸이 바스러진 상태였다. 허리 아래를 전혀 쓸 수 없는 하반신마비가 왔을 때 채털리는 29살이었고 코니는 23살이었다. 굳이 나이를 언급한 것은 그들이 젊었고, 특히 채털리 부인은 그보다 더 젊었다는 것을 상기하기 위해서다.

젊은 그들이 탄광 연기 자욱한 영국 중부, 영지가 있는 랙비로 돌아왔을 때 콘스턴스는 생각보다 우울증을 잘 극복해 나갔는데 작은 모터가 달린 바퀴 달린 휠체어로 정원의 여기저기를 마음대로 다닐 수 있었기 때문이었다.

하지만 좋은 옷을 입고 멋진 넥타이를 맸어도 장애인 특유의 경계하는 시선과 자의식, 그리고 마음속 어디선가 기가 죽었고 감정의 일부가 사라져 버린 것은 어쩔 수 없었다. 그에 반해 부드러운 갈색 머리를 가진 크고 푸른 눈의 코니는 미처 쓰지 못한 기운이 넘치는 혈색 좋고 튼튼한 몸을 가지고 있었다.

그녀에 대한 다른 여러 수식어가 수도 없이 많지만 '몸이 튼튼했다'는 표현은 남편의 허술한 육체와 대비되면서 앞으로 그녀가 어떤 행동과 결단을 내릴지 짐작해 볼 수 있는 대목이다. 건강한 육체는 남편 말고 다른 남자와 함께 무언가 일을 벌이기에 적합하기 때문이다.

이미 열여덟 살 때 코니는 독일 드레스덴의 젊은 애인을 사귀고 있었고 아버지 맬컴 경은 집에 온 그녀를 보고 '사랑이 그곳을 통과'했음을 알았다. 코니는 더 활짝 피어나고 더 미묘하게 둥그스름해졌고 미숙한 모난 구석이 한결 부드러워졌다. 아버지는 그 자신도 경험이 많이 있었다는 이유로 딸의 인생을 그대로 내버려 두었고, 이는 나중에 코니가 멜러스와 결혼 이야기가 나올 때도 크게 노여워하지 않는 대범함으로 이어지고 있다.

랙비로 돌아온 그들은 그럭저럭 삶을 살아갔다. 하지만 코니와 콘스턴스는 시간이 지나면서 가까웠지만 서로 완전히 동떨어진 삶을 살 수밖에 없었다. 육체적으로는 서로 존재하지 않았기 때문이다.

광부들이 모여 사는 검은 슬레이트 지붕이 잇따라 있는 지저분한 벽돌 집과는 달리 코니의 신혼집은 적갈색 사암으로 지어진 길고 나지막한 오래된 저택으로 참나무가 우거진 공원 내 언덕 위에 자리 잡고 있었다. 거리는 유황과 철, 그리고 석탄이나 산 같은 지하광물 냄새가 풍겼고 숲속의 오두막집은 탄광보다 더 깊은 숲속에 있어 광부의 아들로 한때 대장장이였던 사냥터지기 멜러스가 살기에는 더없이 적합한 곳이었다.

그곳으로 코니가 놀러 가는 일이 잦아졌다. 그 무렵 코니는 랙비를 방문하는 극작가와 남몰래 깊은 정을 통하고 있었지만, 그것으로 인한 육체적 기쁨을 제대로 알지 못했다. 마이클리스라는 남자는 너무 일찍 일을 끝내 코니가 미처 즐거움을 느낄 시간을 주지 않았기 때문이다.

코니가 놀러 가는 오두막에는 앵초, 패랭이, 수선화, 애기똥풀, 아네모네, 제비꽃, 재스민, 히아신스, 카네이션, 민들레, 데이지 등 온갖 꽃들이 지천으로 피어났고, 그런 꽃들과 호랑가시나무, 참나무, 너도밤나무, 불두화 나무, 딱총나무, 개암나무, 쥐똥나무, 낙엽송, 전나무와 멜러스가 기르는 병아리와 꿩 새끼 등이 살았다.

대기의 모르핀에 취한 그녀의 몸은 반란을 시작했고 새로운 삶이 그녀를 찾아왔다. 공허, 불안, 허전, 희생, 우울, 짜증, 고독, 자기 소멸에 빠졌던 그래서 잠자던, 잃어버린 그녀의 거대한 관능이 마구 꿈틀댔다.

여러 차례 만남이 거듭되면서 코니는 멜러스가 비록 천한 신분이지만 남편 채털리나 마이클리스, 혹은 점잔을 빼는 지식인들과는 달리 야생의 그 무엇, 짐승과 같은 날 것의 신비로움이 있다는 것을 발견했다. 젊은 그녀는 햇볕에 그을린 그의 구릿빛 피부와 사투리를 쓰는 거친 언사, 그리고 무언가 특별함이 있는 그의 힘에 끌려 그가 오는 것을 꺼리는데도 불구하고 숲속의 오두막집으로 발길을 자주 향했다.

그에게 다가갈수록 코니의 아랫도리는 알 수 없는 어떤 자극으로 활활 타올랐고, 어느 날 마침내 둘은 환한 대낮에 숲속의 정사를 벌이는 데 성공한다. 그것이 거듭될수록 코니는 육체적으로 그와 완전히 합일이 되는 무아지경의 경지를 맛보면서 진짜 여자로 되살아난다.

정신에 지쳐 있던 그녀의 몸은 비로소 멜러스의 육체와 만나 봄꽃처럼 생기를 얻고 오월의 새싹처럼 기운을 차리기 시작한 것이다. 온갖 복잡한 문제가 일시에 해결되는 새로운 삶이, 완전한 평화가 그녀에게 찾아왔다.

연속된 몸의 향연과 깊은 대화를 통해 코니는 멜러스가 순 상놈은커녕 전쟁에서 중위로 제대한 먹물의 일종이고 많은 책을 읽고 깊은 사색을 통해 내면의 힘을 키운 숨은 실력자라는 것을 깨닫게 된다. (이 정도 남자라야 귀족 부인이 상대하기에 어느 정도 격이 맞다. 그 당시 사회상을 반영한 작가의 노련미가 돋보인다. 그래야 코니의 부정이 덜 비난받는다고 생각했을지 모른다.)

이미 육체로 허물어진 그녀가 정신까지 압도당하게 되자 성불구자인 남편을 떠나 그와 영원히 함께 살고자 하는 욕심이 생긴다. 이즈음 채털리는 볼턴 부인의 도움을 받으면서 사업 수완을 발휘한다.

코니는 조금은 편한 마음으로 오리엔트 특급열차를 타고 이탈리아로, 프랑스로 여행을 떠난다. 그 와중에 그에게 이혼을 통보한다. 멜러스 역시 부인과 이혼을 서두른다. 둘이 순조롭게 이혼을 하고 순조롭게 결혼했는지 로런스는 그것까지는 독자에게 알려 주지 않는다. 다만 멜러스의 아기를 임신한 코니가 적어도 불행한 여자로 인생을 망치는 것으로는 그리지 않는다.

그 시절 불륜의 여주인공들은 대개 불행했다. 자살하거나 죽거나 파멸에 이르는 것이 보통이었다. 그런데 코니는 불행보다는 행복의 예감으로 가득 차 있다.

불구인 남편을 배반하고 하인과 정을 통하는 것도 모자라 그와 결혼을 하려는 코니를 로런스는 이해하고 적극 협력하기에 이른다. 그러니 당시 영국 귀족들이 느꼈을 수치와 배신감이 어느 정도였을지는 상상하고도 남음이 있다.

노골적인 성애 장면이 있다고는 하나 '신사의 나라' 영국에서 1960년에 이르러서야 무삭제판이 출간되는 것을 허락한 이유는 이런 데 있었던 것은 아닐까. 작가는 '음란저작물 금지법'에 따라 고발됐으나 무죄 판결을 받았다. (이탈리아 등 다른 나라는 1928년에 정식 유통됐다.)

팁 _____ 나는 이 책을 청량리역 인근의 좌판에서 구입했다. 1970년 후반이거나 80년대 초반, 그때는 리어카에 책을 수북이 쌓아 놓고 팔기도 했는데 책 제목은 아마도 '채털리 부인의 사랑'이었던 같다. 연인도 아니고 부인이라는 말에 호기심이 더 끌리기도 했는데 책 표지 또한 서양의 젊은 남녀의 그림이어서 몇백 원을 내고 주저 없이 샀던 기억이 있다.

지금 생각하면 그때 책의 심오한 어떤 내용에 대해서는 전혀 기억이 없다. 대신 부인 코니가 숲속에서 알몸으로 질주하고 나서 벌이던 정사와 나체의 몸에 서로 꽃을 꽂아 주는 장면, 그리고 남녀 신체에 대한 은밀한 용어와 그 용어를 대신한 다른 이름들을 서로 불렀던 기억만은 어렴풋이 살아 있다.

탄광이라든가, 계급 차별에 대한 항의, 돈의 노예가 된 현대인들, 주체적 삶을 사는 여성의 강단, 혹은 여성의 자아, 육체와 정신의 일치 같은 거창한 의미에 대한 연상은 전혀 기억에 없다. 이런 것들은 책 구입이나 독서의 목적과는 동떨어진 것이었기 때문이다.

이후 한참이 지난 후에도 《채털리 부인의 연인》은 숱한 출판사를 통해 거리에서 혹은 서점에서, 영화에서 자주 목격됐고, 술자리의 안주로 입가를 떠돌았다. 제대로 된 번역본을 무삭제판으로 읽은 감회는 그래서 조금 남다를 수밖에 없다.

책 뒷날개에 '세상을 움직인 100권의 책'이나 '20기 최고의 책'이라는 수사가 붙지 않아도 19장의 마지막 페이지를 덮을 때면 그때 그 시절 이런 소설이 세상에 나왔다는 사실이 그저 놀라울 뿐이다.

자유 대 자유

돈키호테와 조르바

돈키호테와 조르바를 같이 언급하면 둘 다 그러든지 말든지 알아서 하라고 시큰둥할 것 같다. 마음대로 하라는 말이다. 그러다가 제정신이 잠깐 든 돈키호테가 먼저 성을 내면서 "조르바라면 나와 한 번 맞짱 뜰만 하지."라고 소리치고 곧 창을 들어 벼락같이 덤벼들지 모른다. 그러면 조르바는 슬쩍 몸을 비틀어 피하면서 "흥, 덤빌 테면 덤비라지, 누가 죽나 한 번 춤이나 제대로 춰 보고 나서 결판내도 늦지 않아." 하고 두 주먹을 내지르는 대신 작은 기타를 치면서 하늘을 향해 펄쩍 뛰어오를 것만 같다.

제멋대로 꿰어맞춘 두 주인공을 한마디로 평하라면 영혼이 자유로운 자들이다. 이들만큼 자유로운 영혼을 가지고 세상에 태어난 사람은 부족한 내가 아는 한 없다.

세르반테스의 《돈키호테》는 수많은 고전 중에서 내가 1순위로 꼽는 명작 가운데 명작이다. 그것은 돈키호테가 좋아서라거나 그가 구사하는 언어와 행동이 꼭 마음에 들어서가 아니다. 가고자 하는 길을 굽은 길이라고 해서 마다하지 않고, 어렵다고 해서 피하지 않고 돌진하는 무모함 때문이다.

정해진 길을 가는 사람의 뒷모습은 보아서 얼마나 아름다운가. 뒷모습에는 지나온 생의 그림자가 지문처럼 박혀있다. 그가 세상을 평정하기 위해 떠날 때 그의 앞모습 또한 볼 만하다.

얼굴과 몸은 말랐고 체형은 꼿꼿하나 전체적으로는 슬픈 몰골을 하고 있다. 그 슬픈 몰골의 기사가 세상의 불의를 바로 잡기 위해 험한 길을 갈 때 우리는 그가 당연히 이기리라는 응원의 찬가를 보내지 않을 수 없다.

내가 하지 못하는 것을 그가 대신해 주는데 이 정도의 호의는 베풀어 마땅하다. 안락한 생활은 그와는 애초부터 거리가 멀었다. 그에게 필요한 것은 타고 갈 말 로시란테와 종자 산초 판사와 전쟁에서 이겼을 경우 승전보를 바칠, 스페인에서 가장 아름다운 여신 둘시네아만 있으면 됐다. 투구와 창은 덤이다. 이것이 그가 가진 전부다.

가진 것이 없으니 두려울 것이 없다는 명제는 돈키호테부터 생겨났다. (아니면 말고.) 용기 하나로 무장을 마친 그는 세상의 가장 중요한 전투에 참여하면서 백전백승의 전과를 올린다. 풍차를 박살 내고 포도주 술통을 으깨는 기술은 그가 아니면 누가 해낼 것인가. 매일 밤 뜬눈으로 기사소설을 읽어 뇌가 쪼그라든 사람이라면 그가 얼마나 용맹한지 말 안 해도 안다.

어쩔 수 없이 진다고 해도 그 용기는 사그라지는 것이 아니다. 낙담하거나 주저하지 않고 지체 없이 돌격하는 기세는 이겼을 때보다 패배했을 때 더욱 빛을 발한다.

세상의 모든 중요한 전투의 중심에는 언제나 그가 선봉에 섰고 그럴 때마다 적들은 사시나무 떨듯 떨다가 말 위에서 떨어져서 혹은 도망치다가 죽음을 자초했다. 신조차도 그의 가는 길을 막을 수 없었다.

조르바 역시 마찬가지다. 니코스 카잔차키스는 《그리스인 조르바》에게 육체뿐만 아니라 정신의 자유까지 조르바에게 주었다. 돈키호테가 반미치광이라면 조르바 역시 그렇다고 봐야 한다. 뒤를 보지 않고 앞을 가리지 않고 옆을 재지 않으니 그렇다. 그의 행동, 그의 말, 그의 영혼이 가는 길을 막을 자는, 사람의 아들로 태어난 자는 할 수 없다.

인생을 즐기자는 것이 그의 최종 목표다. 아무 데서나 침을 뱉고, 아무 여자에게나 집적거리고, 욕지거리를 일삼으며 술에 취해 곤두박질하고, 도대체 긍정적인 것은 찾을 수 없고 냉소로 가득 찬 인물이 바로 조르바다. 그의 세상을 향한 혹평은 돈키호테처럼 그것을 바로 잡기 위해 출정을 하는 대신 아들뻘 되는 나라는 관찰자와 동행하는 것으로 시작한다.

이때 조르바의 나이는 65살이다. 그 나이에 그런 행동을 한다. 그런 그에게 영혼의 자유니, 자유로운 영혼이니 하는 것은 어쩌면 사치일지 모른다. 그 자신도 그것을 잘 안다. 그래서 이런 자신에게 천벌을 내리지 않는 신을 참으로 웃긴 존재라고 평가 절하한다.

하지만 책을 덮었을 때 우리는 그를 욕하고 그가 돌봐줄 사람 없이 쓸쓸히 죽어가는 것을 애통해 한다. 손가락질과 비난 대신 부러움과 존경의 마음을 우리가 조르바에게 품고 있는 것은 원초적인 본능에 따라 자신을 맡기는 것이 얼마나 어려운지 알기 때문이다.

짧은 감상평

《돈키호테》

당신이 몰랐던 문장이 내게로 왔다

　소설의 제목이면서 주인공의 이름이기도 한 미겔 데 세르반테스 사아베드라의 《돈키호테》는 너무 유명하다. 그래서 다시 언급하는 것은 덧붙이는 것에 사족을 더하는 꼴이다. 성경 다음으로 많이 읽히고 있는 '인류의 바이블'은 되레 위대해 외면받는 경우도 생기는 것이다.

　그러나 돈키호테를 말하지 않고 세상의 그 어떤 책도 읽었다고 할 수는 없다. 지금도 숱한 연구가 이루어지고 있고 새로운 찬사가 그전의 찬사를 덮는 일이 계속되고 있다. 위대한 것은 사라지지 않고 더 빛을 발하는 법이기 때문이다.

　아직 읽지 않은 독자를 위해, 혹은 읽었으나 기억이 가물거리는 '한가한 독자'들을 위해 내용을 간략히 적어 보면 이렇다.

　스페인의 라만차 지역에 한 이달고(하급양반)가 살았다. 나이는 쉰에 가깝고 얼굴과 몸은 말랐고 체형은 꼿꼿한데 어느 날부터인가 기사 소설 읽는 재미에 푹 빠져 지냈다. 사냥하거나 재산을 관리하는 것을 잊는 것은 물론 밤새워 책을 읽느라 있는 밭까지 다 팔아 치웠다. 매일 밤을 뜬눈으로 지새우니 낮에는 멍하게 지내고 마침내 골수까지 말라 정신은 분별력을 잃고 말았다. 마른 뇌에는 대신 결투, 부상, 사랑, 번민, 마법, 그 밖의 황당무계한 사건들이 들어찼다. 그리고 거기 나오는 이야기들은 의심할 여지가 없는 확실한 실체라고 믿기에 이르렀다.

미치광이 상태의 그는 무장한 말을 타고 세상의 모욕을 쳐부수고 불의를 바로잡고 권력의 남용을 막고 모든 종류의 모험을 하기 위해 스스로 편력 기사가 되기로 굳은 결심을 하고, 드디어 첫 번째 가출을 시도한다.

투구와 창을 고치고 나서 타고 가는 말은 로시난테라고 이름을 정했다. 고상하기도 하거니와 부르기도 쉽다는 이유 때문이었다. 이후 그는 여드레를 생각한 끝에 원래 자기 이름인 알론소 키아노 대신 고향의 이름을 붙여 돈키호테 데라만차라고 불렀으며 사랑하는 귀부인 둘시네아 델 토보소 (에스파냐에서 가장 아름답다.)는 전투에서 승리해 자신의 영광을 돌릴 상대로 결정했다.

산초 판사는 편력 기사에게 당연히 따라다니는 종자로 낙점됐다. (돈키호테는 산초 판사를 종자로 고용하면서 자신이 모험으로 얻은 섬을 통치하게 해준다는 약속을 했다. 이에 좀 모자란 농사꾼인 산초는 아내와 자식을 버리고 그와 죽을 때까지 함께한다. 종자가 타고 다니는 것은 말이 아닌 당나귀인데 이 당나귀는 이름 없이 시종일관 당나귀로, 혹은 색깔 때문에 잿빛으로 불린다.)

모든 준비를 마친 돈키호테는 외조카 딸과 하녀의 배웅을 받고(그는 부인도 자식도 없다.) 더 늦어지면 세상이 입을 손상이 크다는 생각에 때를 기다리지 않고 주저 없이 로시난테의 옆구리에 발길질을 해댔다. 이후 사건들은 저마다 한 마디씩 떠들어 댈 수 있는 익히 알려진 그런 내용들이다.

객줏집에서 기사 서품을 받고 정식 기사가 된 돈키호테는 들판에 서 있는 풍차 30~40여 개를 향해 기다란 팔을 가진 거인이라며 다짜고짜 돌진해 날개를 부러뜨리다 로시난테와 함께 고꾸라진다. 정신이 멀쩡한 산초가 보기에 이보다 더 미친 짓은 없다. 하지만 이후 더 미친 짓이 더 센 미친 짓에 치이고 또다시 차이는 일이 쉬지 않고 벌어진다.

그때마다 돈키호테는 자신이 기사 소설에도 나오지 않는 대단한 적을 제압해 무훈을 세운 것으로 믿고 산초는 미친 주인의 미치광이 짓에 혀를 내두르지만 약속한 것, 다시 말해 눈앞에 가물거리는 섬 때문에 주인을 떠나지 못하고 계속해서 꽁무니를 따라다닌다.

길을 가다 마주치거나 이야기하느라 쉬고 있을 때, 혹은 숲에서 기대 자고 있을 때면 어김없이 새로운 모험은 계속 이어지고 지칠 줄 모르는 돈키호테는 그때마다 로시난테에 박차를 가하고 칼과 창을 무자비하게 휘둘러 댄다. 왕이 가는 곳에 법이 있지만 돈키호테가 지나가는 길목에도 그 만의 법이 있기 때문이다. 이런 무데뽀 돌진은 승리할 때도 한두 번 있으나 대개는 피투성이가 된 채 실패로 끝난다. 그러나 몸은 실패했어도 정신은 언제나 승리한다.

그것이 돈키호테만이 가진 정신 승리법이다. (이 대목에서 우리는 루쉰의 《아큐정전》을 떠올릴 수 있다. 얻어맞아 피가 터져도 때린 것이라고 우기는 아큐식 해석 말이다. 하지만 호구지책을 위해 임기응변으로 살아가는 아큐와 불의를 참지 못하고 뛰쳐나가는 돈키호테는 완전히 이질적인 인물이다.)

마법에 걸렸거나 마법사 때문이라고 둘러대면 그만이다. (실제로 그는 그렇게 생각한다. 하지만 죽을 때는 제정신으로 돌아온다. 미쳐 살다가 정신이 들어 죽은 것이다. 광기를 통한 구원이라고나 할까.)

부인의 정조를 의심해 절친한 친구를 이용한다기보다는 그런 유혹에도 불구하고 버텨낼 수 있는지를 시험하는 반전에 반전을 거듭하는 연극(나중에는 연극이 사실이 되고 사실이 연극이 되는 인간 심리, 다시 말해 젊은 남녀의 심리 묘사가 한마디로 매우 드라마틱하게 전개된다.)을 여러 날에 걸쳐 듣기도 하고, 산양치기와 여자 목동과 조우한 이야기이며 양 떼를 군대로 생각해 무모한 도전을 하고 객줏집을 성으로 착각해 돌진하고, 이발사의 놋대야를 전리품으로 얻어 투구라고 쓰고 다니는 것은 차라리 애교라고 봐줄 만하다.

　적의 손을 묶는 대신 자신의 손이 묶이면 마법에 걸린 것으로 치고, 당치 않은 호기심으로 붉은 포도주가 담긴 가죽 부대를 수없이 찌르고, 거인의 목을 한칼에 댕강 잘랐다고 의기양양하는 데에 이르면 그는 자신이 저지른 일이 무슨 상황인지조차 알지 못하는 상태에 빠져든다.

　이런 정신 승리에도 불구하고 원래부터 약골 체질인 돈키호테는 더욱 수척해져 훌륭한 종자(때에 따라서는)가 살펴보니 슬픈 몰골을 하고 있다. (돈키호테의 다른 별명은 슬픈 몰골의 기사이며 나중에는 사자의 기사라는 호칭을 얻기도 한다. 그는 하얀 달의 기사로 변신한 고향의 학사 삼손에게 결정적인 패배를 당한다.)

　하지만 사람들을 만나 자기가 보지 못한 지구상의 땅은 없고 치르지 않은 전투가 없다고 떠벌릴 때면 언제 그랬냐는 듯이 다시 살아나니 모험은 새로운 모험을 낳고 전투는 신기한 싸움으로 이어진다.

　학문과 군사에 대해 일장 연설을 하는가 하면 바다 한가운데를 떠돌기도 하고 적에게 잡혀 포로 신세가 되기도 한다. 그러나 언제나처럼 죽기 전에 제때에 살아난다. 나는 누구인지, 여기는 어디인지도 모른 채 말이다.

　그리고 또다시 불의를 깨고 정의를 지키기 위해 입고 있던 갑옷도 벗지 않은 채 이름을 알거나 모르는 곳을 향해 무작정 떠난다. 산이 학자를 키우고 목동의 오두막이 철학자를 품고 있는 그런 곳으로 아무 싸움이나 망설이지 않고 달려드는 것이다.

그러던 어느 날 돈키호테는 시골 사람에게 몽둥이 한 방을 얻어맞고 어깨가 두 쪽으로 갈라졌다. 산초가 죽은 줄로 알고 때린 사람에게 더 때리지 말라고 소리를 질러 겨우 살아난 주인이 한 말은 "사랑하는 귀부인 둘시네아여! 그대를 떠나 사는 자 이렇게 큰 불행을 당했다, 산초여! 나를 도와 마법에 걸린 수레에 태워 주게."였다. (열린책들)

돈키호테는 비쩍 마르고 누렇게 뜬 채 소달구지를 타고 건초 위에 제대로 뻗어서 고향 땅에 도착했다. 이것으로 1부가 끝났다. 주인공이 죽지 않고 끝났으니 부상에서 회복되면 뭔가 새로운 모험이 시작될 것 같은 예감이 불현듯 든다.

더구나 작가는 마지막에 돈키호테의 세 번째 출발을 기대한다고 적었다. 2부는 10년 후인 1614년 발표됐다. 그 이전에 다른 작가에 의한 속편이 나왔다. 이에 세르반테스는 등장인물로 하여금 그를 무자비하게 비판했다.

팁＿＿＿《돈키호테》에 대한 찬사는 앞서 이야기했다. 구체적으로는 '근대소설의 효시'(알베르트 티보데), 《돈키호테》 이후에 쓴 소설은 《돈키호테》를 다시 쓴 것이나 그 일부를 쓴 것'(르네 지라르) '전 세계를 뒤집어 봐도 《돈키호테》보다 더 숭고하고 박진감 넘치는 픽션은 없다'(표도르 도스토옙스키) '《돈키호테》 속에서 나의 근원을 발견했다'(구스타프 플로베르) 혹은 '세르반테스의 문체가 어떤 것이며 사물에 접하는 그의 방식이 어떠한 것인지 분명히 알 수만 있다면 우리는 모든 것을 얻는다'(호세 오르테가 이 가세트)라는 것이 그것이다. 여기에 내 의견을 첨가해 하나를 더 쓰면 '모든 소설의 어머니와 아버지'라고 할 수 있다.

2부가 없이 1부 만으로도 《돈키호테》는 더 보태고 더 뺄 게 없는 완벽한 형태를 갖추고 있다. 2부의 내용은 1부에 비해 좀 재미가 떨어지고 박진감도 모자라 보인다. (그러니 시간이 없는 독자는 1부만 읽고도 읽었다고 말해도 된다.)

그만큼 1부가 가져온 충격이 크다는 말이다. 지금과는 달리 출간을 허락받기 위해 규정 가격을 정하고, 원문과 비교해 하자가 없고 요구한 대로 수정했다는 내용의 정정에 대한 증명, 그리고 유효기간이 10년인 왕의 특허장과 책의 보호자에게 보내는 글들이 엄청나게 흥미롭다.

이 책의 서문은 앞서 언급한 바 있는 '한가로운 독자여'로 시작하는데 어떤 책도 첫 구절치고 이보다 더 멋진 표현은 없다.

이상주의자 돈키호테와 현실주의자 산초가 벌이는 익살과 해학과 재치, 그 속에 있는 평등, 자유, 신분을 뛰어넘는 인류애, 문학, 철학, 통치(실제로 산초는 약속대로 섬의 통치자가 된다. 우려에도 불구하고 산초는 아주 유능한 판관 역할을 하는데 지금의 통치자들도 본받아야 할 만한 내용이 가득하다.), 우정, 그리고 배신과 음모 등에 관한 해박한 지식과 금언들은 이 책의 이런저런 평가가 과하지 않고 오히려 부족하다는 느낌을 들게 한다.

그 자신이 전투에서 총상을 입고 포로가 되고 노예가 되는 만신창이 인생을 살았음에도 이처럼 따뜻하게 세상을 바라보고 약한 자의 벗을 자처하고 나서다니 세르반테스는 과연 누구도 뛰어넘지 못한 장대를 넘어섰다. (사람들은 그와 견줄만한 유일한 인물로 비슷한 시기에 활동한 《햄릿》의 작가 셰익스피어를 꼽기도 한다.)

당신이 몰랐던 문장이 내게로 왔다

그가 만든 돈키호테는 세상을 하찮게 여겼으며 세상은 그가 무서워
벌벌 떨었으니 신에게 자랑할 만한 인간이 만든 그 무엇이 있다면 첫 번
째는 바로 《돈키호테》일 것이다. 중세를 넘어 근대를 탄생시킨 돈키호테
는 세상에서 가장 아름답고 가장 유명한 이름이기 때문이다.

《그리스인 조르바》

　　그리스가 크게 흔들린 것은 2008년이다. 당시 그리스는 진도 8 이상의
대지진이 발생한 것처럼 세계인의 주목을 받았다. '신들의 나라' 그리스가
뉴스거리가 된 것은 자랑스러운 것과는 거리가 멀었다.
　　들려오는 이야기는 IMF 구제금융(우리도 겪었다.) 신청이나 디폴트(채무
불이행) 등 온통 흉흉한 것뿐이었다. 실업률은 30%에 육박하고 자살률은
급증하고 빈부격차는 사상 최대를 갈아치웠다. 유로존으로 묶여 있던 나라

들은 덩달아 흔들렸고, 신을 팔던지 섬이라도 넘기라고 아우성을 쳤다.

독일, 프랑스, 영국 등은 연일 대책 회의를 열었다. 유럽이 흔들리니 세계가 걱정했고, 그리스는 '악의 축'으로 매도됐다. 나는 그리스 사태의 온갖 처방이 백약무효인 상황을 지켜보면서 '조르바'라면 어땠을까 하는 색다른 상상을 해봤다.

"흥, 조국 그리스가 개판 오 분 전이라고. 망할 거라면 얼른 망하라지. 신들의 나라는 악마에게나 넘겨주고."

아니면 "두목, 말로는 못 해. 내 춤으로 한 번 보여드리지." 하면서 맨발로 모래를 차고 솟구쳐 올라 빙빙 돌고 떨어졌다가 다시 공중제비를 한 후 고래고래 욕지거리를 퍼부었을지도 모를 일이다. 그도 아니면 "남의 일에 신경 쓰지 맙시다. 두목, 먹고 마시고 계집질이나 하면서 인생을 즐기자고요. 그것이 사는 목적 아닙니까? 안 그래요?" 이렇게 비꼬면서 산투르를 꺼내 들고 미친 듯이 줄을 튕겼을지도 모른다.

조르바는 그런 인물이다. 이런 사람과 내가 평생 죽고 못 사는 친구가 된 것은 다른 사람에게서는 느끼는 못하는 무언가 범접하기 어려운 신과 비슷한 위치에 오른 망나니 기질이 마음에 들었기 때문이다.

화자인 내가 조르바를 처음 만난 곳은 리비아에 면한 크레타섬으로 가기 위해 막 쿠바를 떠나기 직전이었다. 덩치는 크고 잿빛 수염을 했으며 몸에 군데군데 진흙이 묻어 있던 맨발의 전형적인 부두 노동자 차림의 첫인상은 강렬했다.

그는 늙수그레한 65살이었고 나는 팔팔한 35살이었으며 그는 노동자였고 나는 광산을 캐는 자본가였다. 나이와 신분의 차이를 두 사람이 어떻게 극복해 나가는지 책을 읽으면서 내내 신기했다. 책벌레 족속들과 거리가 먼 노동자의 단순한 삶을 살아보기로 작정했다고는 하지만 먹물 근성은

당신이 몰랐던 문장이 내게로 왔다

천성과 같은 것이어서 쉽게 바뀔 수 없는 내가, 노가다 중의 상 노가다 일을 하는 조르바와 궁합이 엿처럼 맞는 것은, 니코스 카잔차키스의 탁월한 문필력 덕분에 가능한 일이었다.

모든 일에 시답지 않은 냉소를 보내고 작은 일에도 불같이 성을 내는 것이 조르바의 특징이다. 흙덩이를 가지고 그릇을 만드는데 장애가 된다고 왼손 집게손가락을 예리한 손도끼로 잘라내고도 후회하지 않는 야만인. 하지만 살아 있는 가슴을 가졌고 커다랗고 푸짐한 언어를 쏟아낼 수 있어 모태인 대지에서 탯줄이 떨어지지 않은 사나이. 그게 또한 조르바였으니 나 아니라 누구라고 조르바의 넓은 품 안에 뛰어들고 싶은 충동이 일지 않을 수 없다.

아무 데나 침을 탁 뱉고 욕을 입에 달고 살며, 붓다에게는 조금 호의적이지만 하느님에게는 가차 없이 주먹을 날리고, 거기다 과부와 잠자리를 손바닥 뒤집기처럼 쉽게 하는 신기한 재주를 가진 늙은 남자 조르바. 주름진 입을 벌리고 버터 바른 빵에 꿀을 발라 먹는 모습, 털투성이 콧구멍으로 파란 연기를 내 뿜으며 담배 피우는 모습, 피보다 진한 포도주를 벌컥벌컥 들이켜는 모습, 몇 푼 안 되는 검은 실 한 타래를 주고 참한 과부와 잠자리를 하는 모습, 그러면서도 '행동거지를 조심합시다.'라고 능청을 떠는 조르바. 그런 모습을 지켜보는 내 심약한 손과 창백한 얼굴, 피투성이가 되어 진창을 굴러보지 못한 내 인생이 어찌 부끄럽지 않을까.

그가 특히 조롱하는 대상은 하느님이다. 사기 치고 훔치고 살인을 하니 자유가 왔다고 외치면서 우리 같은 것들에게 천벌을 내리지 않는 하느님이 참 웃기지 않을 수 없다고 대놓고 욕보인다. 그런가 하면 내가 사람을 믿는다면 하느님도 믿고 악마도 믿겠다고 허풍을 떤다. 모든 것을 가진 하느님인데도 굶어 죽는 자들이 죽으면서까지 감사하다고 외치는 것은 미친 짓이라고 일갈한다.

주교나 수도승도 비난의 화살을 피할 수 없다. 수도승은 돼지 새끼, 거 짓말쟁이, 노새 새끼로 불리고 주교에게는 저 엄숙하고 고상한 육체 속에 영혼이 없다는 것은 얼마나 끔찍한가 하고 되묻는다.

그다음은 여자다. 그가 여자를 지칭할 때는 늙든 젊든 예쁘든 밉든 한마 디로 암컷이다. 말을 알아듣는 짐승, 혹은 건강에 해롭고 토라지기 잘하 는 물건으로 비유한다. 천 번을 깔려도 처녀로 다시 일어난다고 비웃으면 서도 여자와 잠자리를 못 해 안달하는 인간. 그에게 여자들은 다 화냥년이 다. 자유를 원하는 자만이 인간인데 여자는 자유를 원치 않는다, 그런데도 여자가 인간이냐고 소리 지른다. (요즘에 이런 표현을 쓰는 작가가 있다면 단언하는데 단 하루도 살아남지 못한다. 니코스 카잔차키스는 참으로 좋 은 시대에 태어났다.)

같은 노동자이면서 노동자를 천하게 여기는 것도 조르바의 태도다. 내 가 인부들에게 너그럽게 대할 것을 요구하자 친절하게 대하면 눈이라도 뽑아가고 평등, 권리 같은 것을 말하면 당신 권리까지 빼앗아간다고 경고 한다.

나를 포함한 세상의 모든 인간이 조롱의 대상이지만 그래도 나를 조금 위하는 것은 내가 윽박지르지 않고 자유를 주었기 때문이다. 그렇다. 조르 바에게는 모든 것이 자유다. 국가도 그 앞에서는 껍딱지에 불과하다. 저 자인 니코스 카잔차키스가 죽자 그리스 정교회가 그의 주검을 받아들이지 않은 것은 좀스러운 종교를 탓할 일만은 아니다.

팁 _____ 조르바는 나와 헤어진 뒤 처음 3년간은 아토스산에서, 그 6개 월 뒤에는 루마니아에서, 5년 후에는 시베리아에서 아직 살아 있다고 엽서를 보내왔다. 독일 대공황으로 마르크화가 추풍낙엽처럼 떨어질 때 여행 중인 베를린에서도 소식을 받았다. 나는 그즈음 이 위대한 인간 조르바의 말, 절규, 몸짓, 눈물, 춤을 보존하기 위해 연대기를 막 완성했다.

나 같은 사람은 천 년을 살아야 한다고 떠벌렸던 조르바는 그날 죽었다. 그는 산투르를 내게 유물로 남겼다. 종부성사 같은 걸 하기 위해 신부 같은 게 오면 저주나 내리고 꺼지라는 유언도 남겼다. 신을 통해 구원을 얻는 게 아니라 우리가 신을 구원해야 한다는 조르바다운 마지막 주문이니 놀랄 일도 아니다.

사족 _____ 조르바는 지금 세상 사람의 눈으로 보면 '돌 아이'다. 미친 인간이라는 말이다. 정신분열증, 과대망상증에 사회 부적응자, 살인자이고 살인 교사자이며 사회 혼란을 일으키는 선동꾼이고 원하는 것을 얻기 위한 아첨꾼이면서 파렴치범이고 국기 문란범이다.

이 세상에 존재하는 모든 죄를 지은 인간. 그런데도 천 년간 감옥에 처넣어야 한다거나 즉각 교수형으로 목매달아야 한다는 생각보다는 속이 다 후련하다는 느낌이 드는 것은 그가 신은 아니지만, 인간도 아닌 신과 인간의 중간 지점에 있는 반신반인이기 때문이라는 생각이 들기 때문이다. (반신반인은 악명높은 독재자 아닌 조르바에게 어울린다고나 할까.) 니코스 카잔차키스는 두 번이나 노벨문학상 후보에 올랐으나 수상에는 실패했다. 이에 대해 콜린 윌슨은 "카잔차키스가 그리스인이라는 것은 비극이다. 이름이 카잔초프스키이고 러시아어로 작품을 썼다면 그는 톨스토이, 도스토옙스키와 어깨를 나란히 할 수 있었을 것이다."라고 애석해 했다.

상실 대 상실

세일즈맨과 부족장

치과에서 사랑니를 빼면 상실감에 어쩔 줄 모른다. (안 그런가. 나는 그렇다. 2017년 윗니 좌우에 하나씩 두 개를 뺏을 때 무언가 소중한 것을 잃어버린 것처럼 나는 그런 나쁜 기운에 시달렸다.)

기억이 퇴화하고 정신이 혼란스럽고 자격을 박탈당했을 때도 우리는 상실을 떠올린다. 가장이 직업을 잃으면 상실의 크기는 상상하기 어렵다. 죽음과도 견줄 만하다.

아서 밀러의 《세일즈맨의 죽음》에서 주인공 윌리 로먼은 자연사가 손짓하기 전에 자살했다. 그가 죽었을 때 그를 만났던, 그를 알았던 많은 사람이 찾지 않았다. 그래서 그의 죽음은 더욱 쓸쓸했다.

그가 죽어야만 했던 이유는 죽기 전의 막다른 상황으로 충분히 예견됐다. 한때 그는 잘 나가는 세일즈맨이었다. 많은 돈을 벌었고 그로 인해 자기만의 집을 마련했으며 중산층의 지위도 얻었다. 누가 봐도 그의 가정은 불행보다는 행복이 어울렸다. 그러나 모든 것은 서서히 무너져 내렸다.

36년간이나 일했던 회사는 회장의 젊은 아들이 차지하면서 변화를 요구

당신이 몰랐던 문장이 내게로 왔다

했다. 늙은 윌리 노먼은 기력도 쇠약하고 영업력도 떨어지고 정신마저 혼란스럽다. 그가 꿈꾸는 뉴욕 본사 발령은 언감생심이다. 엎친 데 덮친 격으로 아들은 수학 낙제로 대학 입학이 좌절되고 그로 인해 방황하는데 이는 잘 나가는 친구의 아들과 비교됐다.

착한 아내만이 그와 그의 아들을 위해 노심초사한다. 빚은 늘어난다. 그는 들어 놓은 보험을 생각한다. 자신이 죽으면 돈이 나오고 그래서 남은 가족은 잘살 수 있다. 그가 자동차의 가속 페달을 밟은 이유다. 누구나 예상할 수 있는 흔한 스토리로 희곡《세일즈맨의 죽음》은 끝났다.

이 극이 발표됐을 때 미국 사람들은 충격을 받았다. 누구나 열심히 노력하면 말년은 편히 쉬는 사회가 미국이라고 생각했는데 현실은 그렇지 않았기 때문이다.

노력에 대한 보상은 적절하기보다는 가차 없이 차가웠다. 사람들은 극장에 모여 그의 죽음을 애도했다. 누구라도 윌리 노먼이 될 수 있다는 생각을 그들은 하고 있었다. 그때나 지금이나 세상은 변하지 않았다.

《세일즈맨의 죽음》이 단순한 이야기에 깊은 울림을 주는 희곡이라면 아체베의《모든 것이 산산이 부서지다》는 좀 더 복잡하고 다층적이다. 주인공 오콩코가 자살하는 것은 윌리 로먼과 같다. 하지만 죽음의 과정은 사뭇 다르다.

오콩코는 아프리카가 고향이다. 젊은 시절에 이미 씨름왕이었고, 부족의 높은 지위를 차지하고 있었다. 그는 그것에 만족하지 않고 최고의 자리, 즉 족장을 노렸다. 그는 앞날의 순탄과 부족을 위해 용감하게 싸웠고, 부족은 그를 인정했다.

하지만 그는 부족의 인정보다는 기독교의 인정을 받았어야 했다. 선교사를 먼저 보낸 영국은 야금야금 오콩코 부족의 삶을 지배해 나가기 시작했다. 교회를 세우고 학교를 짓고 억압받는 여성들의 편에 섰다. 뒤늦게 선교사가 위험인물이고 교회가 자신들의 삶을 파괴하는 무서운 세력이라는 것을 알았지만 때는 늦었다.

저항하는 부족은 서양인들이 만든 법에 따라 심판을 받고 감옥에 갇혔다. 풀려난 오콩코가 할 수 있는 일은 정해져 있었다. 그는 교회 전령의 두개골을 도끼로 반으로 갈라놓고 스스로 목숨을 끊었다. 제목 그대로 오콩코와 그가 속한 부족은 모조리 부서졌다. 그들이 수천 년간 쌓아 왔던 전통은 미신이라는 이름으로 흔적도 없이 사라졌다.

윌리 로먼과 오콩코는 현실을 무시하지 않았다. 외면하거나 피하지도 않았다. 그러나 그들이 감당하기에 현실의 벽은 너무 높고 깊었다. 죽음으로써 그들은 비로소 오욕의 삶에 마침표를 찍었다. 상실의 최종 종착점에 다다른 것이다.

짧은 감상평

《세일즈맨의 죽음》

당신이 몰랐던 문장이 내게로 왔다

세일즈맨은 가방이 있다. 세일즈맨과 가방은 한 몸이다. 그 가방 속에 든 물건의 종류에 따라 세일즈의 주인과 대상이 달라진다. 무기가 들었다면 무기상이고 약이 들었다면 제약사 '영맨'이다.

무기상은 군인을, 영맨은 의사를 상대한다. 화장품이라면 돈 많은 유한마담을 단골로 두어야 한다. 돈뭉치가 가득 차 있는 가방을 들고 있다면 로비 대상은 십중팔구 국회의원이나 공무원이다.

하지만 아서 밀러의 세일즈맨의 가방에는 든 것이 없다. 든 것이 없지는 않겠지만 내용물이 무엇인지 그 누구도 알지 못한다. 아마도 세상에서 가장 유명한 세일즈맨일 윌리 로먼의 가방에 어떤 것이 들어있는지 아는 사람이 아무도 없다는 것은 아이러니다. 아마도 작가인 아서 밀러도 그의 가방 속이 궁금할 것이다. 윌리 로먼은 평생을 세일즈로 살아왔다. 그러니 그 가방에 무엇이 들어있는지 더욱 관심이 갈 터이지만 궁금증은 나중으로 돌리자.

그는 63세이며 36년간 길바닥을 누빈, 한때 잘 나갔던 세일즈맨이다. 그러니 그가 다닌 지역은 셀 수 없이 많고, 그가 만난 사람 역시 부지기수다. 그러나 그가 죽었을 때 그가 알고 있던 사람들은 그의 죽음을 애도하는 장소에 나타나지 않았다. 화를 거의 내지 않는 그의 부인 린다는 "왜 아무도 오지 않지? 그이가 알고 있던 사람들은 다 어디 갔지?"라고 주변을 두리번거린다. 그러다가 조용히 흐느낀다.

주인공이 죽었으니 죽음의 방법과 이유에 대해 말해야 하는 것이 순서가 되겠다. 원인은 자동차 사고다. 다른 차와 부딪치거나 운전 미숙이거나 결함으로 미끄러져 난간을 들이박거나 자연재해 때문에 그런 것이 아니고 과속으로 스스로 그 길을 택했다.

그의 선택으로 할부 주택 부금이 마무리됐고 갈등을 빚었던 큰아들의 사업 자금이 마련됐다. 은행 빚을 가족에게 남겨주지 않고 깔끔하게 그는 갔다. 그가 떠날 때 과거 영광스러웠던 시절, 즉 커미션만으로도 살 수 있을 만큼 유명세를 탔던 그때를 그는 상기하고 있었을까.

세월은 흘렀고 지금은 늙고 힘없는 천덕꾸러기로 전락한 신세를 그는 되돌아봤을까. 막다른 골목에 몰린 쥐의 형국 앞에서 그는 고양이에게 대들기보다는 스스로 벽을 향해 돌진했다. 그 순간 그의 뇌리는 이런 생각들이 스쳐 지나갔다. 장래가 촉망되는 멋진 청년들이었던 두 아들. 특히 큰아들은 고교 미식축구 선수로 세 군데 대학으로부터 입학 허가를 받아 놓은 상태였다. 동생 해피도 그런대로 자기 인생을 살아가려고 노력하고 있다. 부인 린다는 현모양처형이다. 남편의 뒷바라지는 물론 자식들의 교육이나 장래에 대해서도 세심한 주의와 지원을 아끼지 않는다.

그런데 잘 나가던 자신의 집안이 삐거덕거리기 시작한다. 윌리는 월급이 없이 수당으로만 살아가야 하고 하루 1,100㎞를 운전해도 겨우 생활할 정도의 주급만을 벌어들일 뿐이다.

하지만 꿈을 버릴 수는 없다. 아들이 잘되고 세일즈 대신 자신도 뉴욕의 본사 사무실에 출근한다면 문제는 일시에 해결될 수 있다. 이런 윌리의 기대는 그러나 번번이 빗나가고 만다. 자신이 이름까지 지어준 어린 하워드 사장에게 해고당하는 신세로 전락하고 만 것이다. 두 아들은 잘나가는 친구 아들과는 달리 서른 살이 넘었으나 여전히 변변한 직장조차 잡지 못하고 있다. 역전을 기대하는 한 방은 없다.

윌리는 있기보다는 사라지는 것이 가족에게 도움이 된다는 것을 알고 행동에 옮긴다. 지하 가스 호스를 뺀다. 그때마다 부인 린다가 나선다. 그러나 불안감은 줄어들지 않고 더해만 간다. 주변에서는 윌리가 점점 미쳐간다고 수군거리고 무언가 무서운 일이 일어나고 있다고 불길한 예감을 한다. 윌리만은 아니라고 고개를 젓는다. 그의 세일즈 인생은 누가 봐도 막을 내리는 순서로 진행되고 있다.

다시 처음으로 돌아가 보면 윌리의 가방 속에는 어떤 샘플이 들어 있을까. 아마도 그가 이루고 싶은 꿈, 행복, 자유 뭐 이런 현실에서는 불가능한 이상적인 것들로 가득 차 있을 것만 같다. 물건이 아닌 실체 없는 행복 주머니 같은 거 말이다.

팁 _____ 2막으로 구성된 이 극은 당시 미국 사회의 비정함을 투명하게 보여줬다고 전문가들은 평하고 있다. 누구나 열심히만 살면 시기가 문제이지 언젠가는 그에 대한 보상이 따를 것이라는 기대는 물거품으로 사라졌다.

미국적 세계관의 허상이 여지없이 드러난 것이다. 이것은 미국만의 현실이 아니다. 현대 산업사회에서 한 인간이 성장하려고 몸부림치다 끝내 좌절과 패배로 끝나는 비참한 결론은 세계 각지에서 여전한 숙제 거리를 안겨주고 있다. 이 희곡이 당시는 물론 현재에도 생명력이 있는 것은 이루어질 수 없는 꿈과 좌절이 여전히 비일비재하게 일어나기 때문이다.

시대의 연극으로 연극사에 획을 그은 이 작품은 성공하기 위해 꿈을 꾸었으나 기대가 배신으로 나타날 때 어떤 결과가 나는지 곱씹어 보게 한다.

다시 일어나 보려는 가장과 철부지 자식의 갈등은 보는 관객들의 가슴을 아리게 하지만 누구 하나 그 해결책을 뚜렷하게 제시하지는 못한다. 그만큼 현대 사회는 복잡하고 미묘하고 비정하다.

소시민들의 작은 행복이 열심히만 한다고 해서 이루어질 수 없는 현실은 시공간을 뛰어넘는 영원히 풀 수 없는 수수께끼로 남아 있다. 평생을 정직하게 일했으나 돌아온 것은 그만큼 보상을 받는 자유가 아니라 줄어드는 수당과 해고라는 칼날이다.

　1949년 브로드웨이에서 초연했을 당시부터 호평을 받았다. 한편 아서 밀러는 유명한 여배우 마릴린 먼로와 결혼하기도 했다.

《모든 것이 산산이 부서지다》

　침략자들은 총과 대포를 앞세우고 요란하게 쳐들어오기도 하지만, 성경책과 찬송가를 들고 우아하고 조용히 파고들기도 한다.

　해가 지지 않는 나라 대영제국은 두 가지 방법을 동시에 쓰기도 하고 어느 한 방법을 앞세우기도 하면서 식민지의 지도를 넓혀 나갔다. 그들이 마지막으로 남은 아프리카 나이지리아에 들어왔을 때는 점잖은 신부 브라운을 전면에 포진시켰다. 장기판의 차나 포처럼 그는 강했지만, 스펀지의 물처럼 원주민과 자연스럽게 융합했다.

　부족에서 버림받고 소외된 천한 자들을 힘 있는 족장과 동일하게 대우

했고, 전통이라는 이름으로 내려오는 구습을 악습으로 규정하고 틈새를 비집고 들어갔다. 쌍둥이를 낳으면 즉시 갖다 버려야 했던 여인들은 이런 기독교가 참으로 아름답고 숭고한 존재로 각인됐다. 왜 인제야 왔느냐고 늦게 온 것을 나무라기까지 했다. 주는 것은 없고 희생만 강요하는 부족과 부족을 다스리는 남자들의 명령에 치를 떨었던 여자들은 환호했다. 과거에 없는 전례 없던 바람이 이곳 검은 사막 나이지리아에 불어 닥쳤다.

치누아 아체베의 《모든 것이 산산이 부서지다》는 부족과 그들이 수천 년 이어왔던 전통이 어떻게 하루아침에 종교를 통한 침략에 의해 모조리 깨지는지 생생히 보여주고 있다.

주인공 오콩코는 (당연히 남자다.) 아버지 우노카와는 정반대되는 인물이다. 대개는 피를 물려받아 그 아버지에 그 아들이기 십상이지만 간혹 이런 돌연변이가 나타날 때도 있다.

오콩코는 젊은 시절 한 번도 진 적이 없는, 고양이처럼 땅에 등을 댄 적이 없는 씨름왕을 내다 꽂아 일약 주변의 아홉 마을에 명성을 떨쳤다. 될성부른 떡잎의 출현은 이렇게 시끌벅적하게 다가왔다.

점점 나이가 들면서 오콩코는 십여 년 전에 사망한, 사망하기 전에는 대충대충 살았던 아버지와는 다른 삶을 살기 시작했다. 덩치가 산만 했으며 진한 눈썹과 넓은 코는 말이 따라가지 못해 화가 나 주먹질을 하는 것처럼 항상 긴장으로 팽팽하게 당겨져 있었다.

전쟁에서는 부족의 일환으로 공을 세웠고, 열심히 노력해 부를 이뤄 부인을 셋이나 두고 영예로운 칭호도 둘이나 얻었다. 마을 사람들은 자연히 그를 존경의 대상으로 삼았다. 한마디로 그는 전쟁하는 남자, 행동하는 남자, 피를 두려워하지 않는 남자다운 남자였다.

이런 남자가 집안에서 고분고분할 리가 없다. 부인에게는 엄격하고 자식들에게도 불같이 성을 내는 일이 많았다. 아버지를 닮은 것 같아 보이는 유약함은 그가 배격해야 할 첫 번째 임무였다. 손찌검은 예사이고 마음에 들지 않으면 담을 넘어 도망가는 부인에게 총질을 하기도 했다.

어느 날은 부족의 명에 따라 그가 이웃 마을에서 데려와 삼 년 동안 키워온 이케메푸나를 도끼로 찍어 죽였다. 메뚜기 떼가 온 세상을 갈색으로 물들이고, 모처럼 사람들이 진귀한 먹거리에 취한 때였다. 죽은 그는 오콩코를 진짜 아버지로 여기며 따랐고, 그 역시 이케메푸나를 친아들 이상으로 아꼈다.

그러나 그는 나약하다고 여겨지는 것이 두려워 그를 죽였고, 전쟁에서 적을 다섯 명이나 죽였어도 아무렇지도 않았으나 아이 하나를 더 했다고 여러 날 앓았다.

제대로 부서졌다고 느낀 오콩코는 자신이 남자가 아닌 여자가 됐다고 자책했다. 하지만 그는 강인한 용기로 시간의 힘을 빌려 예전의 그로 돌아왔다. 마을 어른의 장례식 날 저녁, 오콩코는 실수로 소년을 총으로 쏘아 죽였다.

그의 유일한 선택은 부족을 떠나는 것이었고, 그는 첫 번째 부인의 친정에서 7년간 살았다. 부족의 장이 되려 했던 하나의 큰 열정, 오콩코의 꿈은 또 한 번 산산이 부서졌다. 그 기간 그가 속한 부족에는 많은 일이 있었고 새로운 마을에 정착한 곳에서도 다른 많은 일이 벌어졌다.

세월은 흘러 그가 다시 마을로 돌아와 두 해가 지났을 때 문둥이가 아닌 하얀 사람이 쇠로 된 말(자전거)을 타고 와 사람들은 혼비백산 도망쳤고, 신탁은 낯선 이가 부족을 파괴하고 모두를 죽음으로 내몰 것이라고 예언했다.

이 예언은 결론적으로 오콩코에게는 들어맞았다. 들어온 이들은 교회를 세우고 학교를 지었다. 복음을 전파하고 찬송가를 불렀다. 그들이 들고 온 것은 유일신이었으므로 부족의 다른 신들을 내몰았으며 그들의 신은 옳았고 부족의 신은 틀렸다는 것을 퍼트렸다. 부족에서 버림받고 천대받던 오수들이 그들의 선교에 넘어갔고 오콩코의 큰아들도 그들의 신앙에 관심을 갖기 시작했다. 반대하는 자들은 치안 판사의 재판을 받아 벌을 받았고 감옥에 갇혔고 총에 맞아 죽었다.

부족은 기독교를 믿는 자들과 그렇지 않은 자들로 갈라졌고, 점차 힘을 잃고 전통은 사그라들었다. 오래가지 못할 거라는 백인의 신은 오래갔고, 개종하지 않고 버티던 부족은 개종한 자들을 쓰레기라 불렀으나 그들은 개의치 않았다. 선교사를 살해한 사람은 교수형에 처했고, 부족의 신앙은 이교도로 내몰렸으며 이교도의 말은 진실이 아닌 거짓이고 오직 하느님의 말만이 참으로 여겨졌다. 백인의 감옥에는 백인이 아닌 백인의 법을 어긴 흑인들로 가득 찼다. 감옥에 갇힌 자들은 백인 정부 건물을 청소하고 백인 판사와 전령들을 위해 땔감을 마련했다.

오콩코는 이런 현실이 너무 슬펐다. 그래서 친구인 오비에리카에게 왜 싸우지 않느냐고 힐난하면서 총과 도끼로 우리 땅에서 그들을 몰아내자고 외쳤다. 그러나 오비에리카에는 너무 늦었다고 의기소침할 뿐이었다.

한편 여자들은 남자에 비해 백인의 종교에 대해 강한 반감을 느끼지 않았다. 선교사 브라운의 노련한 전략 때문이었는데 그는 부족민이 분노를 살 만한 일을 일절 하지 말도록 했고, 남녀를 차별하지 않았다.

오콩코의 아들 은워예는 이제 은워예가 아닌 이삭으로 불렸으며 아파서 고향으로 돌아간 브라운의 후임자로 온 스미스는 전임자와는 다르게 행동했다. 이것은 기독교의 치밀한 전술이었다. 스미스는 부드럽기보다는 강했고, 대화보다는 힘을 선호했다.

부족들은 성스러운 전쟁을 준비했다. 백인들을 죽이지는 않았지만 그들이 세운 신전, 즉 황토 교회를 잿더미로 만든 것이다. 오콩코의 행복은 다시 찾아왔다. 그러나 그 행복은 오래가지 못했다.

능수능란한 스미스 선교사는 교섭을 갖자고 부족장들을 초대해 놓고 그들을 감옥에 가둬버렸다. 벌금을 내고 간신히 풀려났으나 잡혀갔던 오콩코의 등에는 간수의 채찍 자국이 선명하게 남아 있었다. 참혹한 상태의 오콩코는 유배에서 풀려난 후 한참 동안 만져본 적이 없는 전사의 갑옷을 챙겼다. 복수심에 불타는 그는 여자가 아닌 남자가 되기로 결심했다. 형제를 버리고 이방인과 한패가 돼서 조상의 땅을 더럽힌 것을 성토하는 위대한 집회가 열린 장소에 그가 나타났다. 그 자리에서 오콩코는 백인 전령의 우두머리를 향해 도끼를 날렸다. 남자의 머리는 제복 입은 옆으로 떨어졌고 오콩코는 스스로 목숨을 끊었다.

팁 _____ 이쯤 되면 왜 책 제목이 《모든 것이 산산이 부서지다》인지 이해가 간다. 그들만의 질서와 전통 속에서 살던 부족민들이 백인의 침입으로 어떻게 하염없이 무너져 내리는지 눈앞에 보이는 것처럼 선하다.

힘을 앞세운 서구 기독교 세력 대 부족의 문화와 풍습을 지키려는 아프리카인의 대결은 시작도 하기 전에 벌써 끝장이 나버렸다.

남자다운 남자 오콩코 역시 백인의 힘을 막을 수는 없었다. 가부장적이며 신분 상승의 정점에 서 있던 남성 우월주의에 사로잡힌 그가 하층민을 포용하고 여자에 우호적인 교회와 대적할 수 없었던 것이다. 내부적의 배신이라고 울부짖어 봤자 그는 어디까지나 부족의 상류층이었고, 하층민들은 그의 지배를 받으니 차라리 겉으로는 평등을 외치는 백인의 수하에 들어가는 것이 더 좋다고 판단했다.

부족의 세상은 전복됐고, 그 자리에 새로운 세력이 치고 들어왔다. 재판소의 치안판사는 불법을 저질러도 합법적이며 그 합법에 의해 오콩코는 비극적으로 생을 마쳤다. 그가 속한 사회와 문화의 한계는 서구 문명과 비교되면서 허점은 여실히 드러났고, 약점은 곧 교회가 침투하는 기회의 장으로 이용됐다.

약탈자들은 부족민 내부의 모순을 드러내는 것으로 그들의 정당성을 스스로 증명했다. 나약한 것을 싫어했던 오콩코의 최후는 그나마 부족민들이 가졌던 알량한 자존심을 세우는 데 만족했다.

치누아 아체베는 그렇다고 해서 자신의 조국 나이지리아 부족민들을 원시인으로 그리지는 않았다. 지켜야 할 전통과 규칙과 질서와 교육이 있음을 여러 사례를 통해 보여주고 있다.

장황한 관혼상제의 장면이 등장하고 인간미 있는 유머와 따뜻한 환대와 가족의 끈끈한 유대가 문명인의 그것과 다르지 않다고 말하고 있다. 그는 아프리카를 수천 년 이어온 생명이 살아 숨 쉬는 공간으로 살려 놓았다.

삶 대 삶

군자와 도인

공자와 노자를 모르는 사람은 없다. 그렇다고 아는 사람도 많지 않다. 모르지도 않지만 잘 알지도 못한다. 아는 것은 그들이 좋은 말을 했기 때문이며, 모르는 것은 그런 말을 제대로 이해하기 어렵기 때문이다.

비슷한 시기에 살았던 두 사람은 오늘날 같은 각박한 세상에서 진리를 싸가지 없이 말하는 데 선수였다. 먹고사는 것도 힘든데 똑바로 살라고 가르친다. 앞으로만 가지 말고 뒤로도 가라고 한다. 출세하기 위해 스펙을 쌓지 말고 자신의 수양에 힘을 쓰라고 소리친다. 싸가지를 넘어 개소리다. 대로에서 맞아 죽을 소리다. 허튼소리를 지껄이는 이런 사람을 스승으로 따른다면 굶어 죽기 십상이다. 죽지 않는다면 싹수가 노란 노숙자 신세를 면키 어렵다.

남을 짓누르고 타고 올라야 살 수 있는 세상이 아닌가. 그런 세상에서 소인보다는 군자가 되라 하고 높은 곳보다는 낮은 곳에 임하라고 한다. 배부른 자의 한가한 소리다. 그러나 눈을 감고 3초만 있어 보면 그 어떤 심오한 말보다도 큰 울림이 단전을 타고 심연 깊숙한 곳에 자리 잡고 있음을 느끼게 된다. 이보다 더 큰 위안과 용기와 삶의 지혜를 주는 경구도 없을 것이다. 역설적이게도 공자의 《논어》와 노자의 《도덕경》은 절망에 빠진 우리에게 희망을 선사하고 있다.

노나라 사람 공자는 어진 임금을 만나는 것이 소원이었다. 그 자신이 임금이 될 수 없었으니 임금을 뒤에서 조종해 인의 세상을 펼쳐보고자 했다. 그러나 그런 임금은 나타나지 않았다.

화가 난 공자는 제자들을 거느리고 세상을 떠돌았다. 그리고 그들을 가르쳤다. 세상이 글러 버린 줄 알면서도 애써 그렇게 한 것은 그가 이익보다는 의리에 밝은 군자였기 때문이다. 그는 《논어》를 통해 제자뿐만 아니라 나중에 올 사람들에게까지 근심 없이 사는 평온함과 너그러움의 지혜를 전파했다.

노자는 공자보다 한술 더 떴다. 그래서 배부르기보다는 되레 배가 고팠다. 그것은 그가 뜬 것은 김이 모락모락 나는 밥이 아닌 아무것도 없는, 없음이었기 때문이다. 자연에 순응하는 삶이 그가 줄곧 주장한 내용이다.

부드러운 것이 강한 것을 이기므로 백성을 다스릴 때는 다스리려 하지 말고 무위로 대하라고 했다. 힘을 드러내지 않고 성내지 않으며 함부로 다투지 않고 겸손의 삶을 살라고 핏대를 높였다. 그런 사람이 훌륭한 무사이고 잘 싸우는 사람이며 잘 부리는 삶을 산다는 것이다. 앞에 나서는 능동형 사람이 아닌 뒤로 물러서는 수동형 사람이 노자가 바라는 이상적인 사람의 삶이었다.

공자를 알면 배우고 싶고 노자를 알면 자연으로 돌아가고 싶어지는 것은 이 같은 이유 때문이다. 공자와 노자는 같은 듯하면서도 다르고 다른 듯하면서도 비슷한 부분이 많이 있다. 어쨌든 두 성인 공히 삶과 인생에 대해 어떤 삶이 옳은 삶인지를 분명히 지적하고 있다.

가진 것이 없어 상갓집 개처럼 추레한 사람을 만나거나 도를 아느냐고 누군가 모르는 사람이 반갑게 다가와 손을 잡아 짜증이 몰려올 때면 군자를 생각하고 도인을 생각하면서 마음의 위로로 삼아보자.

짧은 감상평

《논어》

줄을 쳐 가며 읽는 책이 있다. 그것도 모자라 옆에 종이를 놓고 적기까지 한다. 간혹 '끙' 하는 신음을 내지르기도 하는 것은 살짝 짓는 미소만으로는 부족하기 때문이다. 공자의 《논어》가 바로 이런 책이다.

띄엄띄엄 읽고 대충 알았던 내용들을 날 잡아 다시 읽으면 작심한 것을 후회하지 않는다. 가장 마음에 드는 구절은 총 20편으로 완성된 전문 가운데 첫 편에 해당하는 '술이'에 나오는 "배우고 때로 익히면 이 또한 기쁘지 아니한가? 벗이 먼 곳에서 찾아오면 또한 즐겁지 아니한가? 남이 알아주지 않아도 성내지 않으면 이 또한 군자답지 않은가?"이다.

물론 사람마다 느끼는 대목이 다를 것이지만 가장 유명한 구절임은 틀림없다. 한 번쯤은 누구나 들어 봤을 만한 '공자가 말씀하셨다, 공자 왈, 공자가 말하기를'로 시작하는 이런 문구가 20편에 해당하는 '요왈'에서 마무리된다.

공자가 마지막으로 한 말은 "천명을 알지 못하면 군자가 될 수 없고 예를 알지 못하면 세상에 당당히 나설 수 없으며 말을 알지 못하면 사람의 진면목을 알 수 없다"였다. 이렇게 연필로 줄 긋고 옮겨 적어야 할 말들이 끝없이 이어진다. 이어진다고 했지만 내용상 그런 것은 아니다. 그러니 처음부터 읽어도 되고 어느 한 부분만 따로 그렇게 해도 된다. 어느 쪽을 펼치든지 공자라는 사람이 왜 대단하고, 그가 한 말이 지금도 여전히 오르내리고 있는지 조금은 알게 된다.

《논어》는 공자가 쓴 것으로 전해지기도 하고, 제자들이 공자의 말씀을 적은 것이라고도 하는데, 핵심은 누가 쓴 것이 아니라 공자가 한 말과 그 말에 들어있는 뜻이다.

기원전 하고도 수백 년 전인 춘추 전국 시대 사람인 공자와 그 제자들은 오늘날에도 풀기 어려운 숙제를 놓고 밤낮없이 씨름을 벌였다. 먹고 살기도 바쁜 당시에 그들은 어떤 이유에서인지는 모르겠지만 다른 사람들보다 한가했을 것이므로 배우고 때로 익히는 데 온 힘을 기울일 수 있었다.

제자들이 질문하고 공자가 답하거나 제자끼리 하거나 어떤 사람이 묻거나 지배자의 의견이 난데없이 등장하기도 한다. 어떤 것이든 다 공자의 사상이다. 예를 들어보자. 효에 대해서 묻는다. 그의 대답은 이렇다.

"요즘의 효라는 것은 부모를 물질적으로 봉양하는 것을 말한다. 그러나 개나 말조차도 모두 먹여 살리기는 한다. 공경하지 않는다면 짐승과 무엇

으로 구별하겠는가?"(홍익출판)

답답하면 제자들이 질문하기도 전에 한 수 가르쳐 주기도 한다. 아는 것에 대해서 말하겠다고 운을 떼고는 "아는 것을 안다고 하고 모르는 것을 모른다고 하는 것, 이것이 아는 것이다."

공자가 유명세를 탈 때는 노나라 임금 예공이 묻기도 한다.

"어떻게 하면 백성들이 따르지요?"

"바르고 정직한 사람을 등용하여 그릇된 사람을 바로 잡게 하면 됩니다."

이 밖에도 "아침에 도를 들으면 저녁에 죽어도 좋다. 군자는 천하에서 반드시 그래야만 한다는 것도 없고, 절대로 안 된다는 것도 없으며 오로지 의로움을 따를 뿐이다. 지위가 없음을 걱정하지 말고 그 자리에 설 수 있는 능력을 갖추기를 걱정해야 하며 자기를 알아주지 않는 것을 걱정하지 말고 알아줄 만하게 되도록 노력해야 한다."

"군자는 의리에 밝고 소인은 이익에 밝다. 어진 이를 보면 그와 같아질 것을 생각하고, 어질지 못한 이를 보면 자신 또한 그렇지 않은지를 반성해야 한다. 옛사람들은 말을 함부로 하지 않았는데 이는 행동이 따르지 못할 것을 부끄러워했기 때문이다. 절제 있는 생활을 하면서 잘못되는 경우는 드물다."

"처신에는 공손하고 윗사람을 섬길 때는 공경하며 백성을 먹여 살릴 때는 은혜롭고 백성을 부릴 때는 의리에 맞게 해야 한다. 무엇인가를 안다는 것은 좋아하는 것만 못하고 좋아하는 것은 즐기는 것만 못하다."

"세 사람이 길을 간다면 그중에는 반드시 나의 스승이 있고, 그들의 좋은 점은 가리어 본받고 좋지 않은 점은 나 자신을 바로 잡는 데 쓴다. 군자는 평온하고 너그럽지만, 소인은 늘 근심에 싸여 있다. 삼 년을 공부하고도 벼슬에 마음 쓰지 않기는 어렵다."

당신이 몰랐던 문장이 내게로 왔다

이런 공자도 허물이 있었다. (아주 많았다. 여자는 소인배와 같다. 다루기 어렵다 등의 페미니스트가 아니어도 화를 낼 만한 발언을 했다. 부인과도 사이가 좋지 않았던 모양이다.)

사람에 따라 대하는 태도가 다르고 먹는 것도 까다로워 썬 것이 반듯하지 않으면 먹지 않았다. 제자들을 그 그릇의 크기에 따라 품평하고 자신을 써주기만 하면 주나라처럼 살기 좋은 나라로 만들어 주겠다고 실력자에게 미리 약속하기도 했다. 제나라 왕에게 퇴짜 맞았을 때는 다른 사람처럼 쓸쓸하게 떠나갔고(자기를 써주는 사람은 반란자라도 찾아갔다.) 다른 사람이 심하게 헐뜯을 때는 제자가 나서서 스승을 변호하기도 했다.

그만큼 공자는 완벽한 사람이 아니었다. 그래서 앞서 했던 말을 뒤에서 되풀이하고, 부정했던 말을 긍정하기도 하는 등 논리의 오류도 간혹 나온다. (오래전 책이다 보니 교정이 부실했을 것이다.) 부처나 예수처럼 출신 성분이 남다르지도 않았다. 그 스스로 젊었을 때 천하게 살았다고 인정했고, 관직에 등용되지 못한 것을 한탄하기도 했다. 그가 하는 말들이 더 공감이 가는 이유가 여기에 있다.

군자와 소인, 인과 예와 음악, 정치와 군사와 임금과 백성에 대한 이야기는 지금 현실에 적용해도 딱 들어맞는다. (상을 당한 사람 앞에서 공자는 이런 행동을 했다. 배불리 먹지 않고 곡을 했으므로 노래를 부르지 않았다. 죽은 자에 대한 예를 표하고 산 자와 슬픔을 함께 나누기 위해서였다. 이에 비해 어떤 사람들은 억울하게 죽은 자의 원한을 풀어달라고 단식을 하는데 그 옆에서 음식을 시켜 먹으며 조롱하기도 했다.) 하지만 지나치게 이상적이어서 현실과는 너무 동떨어졌다는 비판을 받기도 한다. (제자 자로는 세상 물정 모른다고 타박했다. 또 누군가는 "마음에 미련이 있고 비루하구나, 땡땡거리는 소리여!"라면서 공자를 함부로 대하기도 했다.)

어떤 것이 그런 것이고 아닌지는 읽다 보면 저절로 알게 되니 서두를 필요 없다. 틈이 나는 대로 찬찬히 보면서 한 위대한 성인의 흔적을 찾아 나서는 길로 들어가 보자.

팁 _____ 이번 팁은 앞서 못다 한, 읽으면 좋은 구절을 옮기는 것으로 대신한다. 다 쓰지 못한 좋은 말들이 그대로 버려두기가 아깝다.

"후배들이란 두려운 것이니 그들이 지금의 우리만 못하리라는 것을 어찌 알 수 있는가. 사십, 오십이 되어서도 이름이 알려지지 않으면 그 또한 두려워할 만한 사람이 못 된다. 날씨가 추워진 뒤에야 소나무와 잣나무가 뒤늦게 시든다는 것을 알게 된다."

"지혜로운 사람은 미혹되지 않고 인한 사람은 근심하지 않으며 용기 있는 사람은 두려워하지 않는다. 지나친 것은 모자란 것과 마찬가지다. 자기를 이겨내고 예로 돌아가는 것이 인이다. 하루라도 자기를 이겨내고 예로 돌아가면 천하가 인에 귀의하는 것이다. 인을 실천하는 것은 자기에게 달린 것이지 다른 사람에게 달린 것이 아니다."

"자기가 바라지 않는 것을 남에게 하지 말아야 한다. 백성이 부족한데 임금은 누구와 더불어 풍족하겠는가. 자신이 올바르지 않으면 명령을 내려도 백성은 따르지 않는다. (위정자의 수양을 강조.)

"군자는 사람들과 화합하지만 부화뇌동하지 않고 소인은 부화뇌동하지만 화합하지 못한다. 군자는 느긋하되 교만하지 않고 소인은 교만하되 느긋하지 않다. 군자는 고상한 데로 나아가고 소인은 세속적인 데로 나아간다."

"옛날의 공부는 자신의 수양을 위해서 했는데 오늘날은 남에게 인정받기 위해 한다. 군자라야 진실로 곤궁함을 견딜 수 있고, 소인이 곤궁하

당신이 몰랐던 문장이 내게로 왔다

면 함부로 행동한다. 기술자는 그의 일을 잘하려고 할 때 반드시 연장을 손질한다."

"잘못이 있어도 고치지 않는 것, 이것이 바로 잘못이다. 군자는 바른 길을 따를 뿐이지 무조건 신념을 고집하지 않는다. 추구하는 도가 같지 않으면 함께 일을 꾀하지 않는다. 국가를 다스리는 사람은 백성이나 토지가 적은 것을 걱정하지 않고 분배가 고르지 못한 것을 걱정해야 한다."

《도덕경》

물 주전자를 가지고 놀기에 적당한 날이 있다. 사나흘 전에 비가 와서 샘물은 풍족한데 날이 좋아 마당이 마른 날이 그런 날이다.

돌이켜 생각해 보니 그때가 호시절이었다. 땅꼬마 시절이니 족히 수십 년은 지났을 것이다. 시골 마당의 경사진 위쪽으로 가서 물을 붓기 시작하면 물은 줄을 남기며 아래로 흘렀다. 작은 구덩이가 있으면 채운 다음 다시 흘렀는데 한 번도 거꾸로 역류한 적이 없었다. 물은 항상 낮은 곳으로 흘렀고 가는 곳이 깨끗하거나 더럽거나 장소를 가리지 않았다.

갑자기 그때 그 시절이 떠오른 것은 노자의 《도덕경》 때문이다. '상선약수'라는 말을 그때는 당연히 알지 못했지만 물은 아래로 내려가 아무리 작은 구멍이라도 채우고 간다는 것은 알았다. 제8장에 나오는 그 유명한 경구인 상선약수를 좀 더 풀이하면 다음과 같다. (노자의 핵심 사상이 여기에 담겨 있다.)

"최고의 선은 물과 같다. 이 세상에서 가장 훌륭한 것은 물처럼 되는 것이다. 물은 온갖 것을 위해 섬기기만 할 뿐, 그것들과 결코 겨루는 일이 없으며 모두가 싫어하는 낮은 곳을 향해 흐를 뿐이다. 그러기에 물은 도에 가장 가까운 것이다."

그래서 도는 실천하기 어렵다. 사람은 누구나 낮은 곳이 아닌 높은 곳을 원하기 때문이다. 물처럼 언제나 낮은 곳을 찾는 일은 보통 인간은 어찌해볼 수 없는, 신의 경지에 오른 인간만이 할 수 있는 일이다.

노자는 왜, 인간을 신의 경지로 올려놓으려고 이런 말을 했을까. 이런 의문에 대한 답은 오늘날에도 여전히 알 수 없다. 그 자신도 종장에 해당하는 81장에서 "믿음직스러운 말은 아름답지 못하고 아름다운 말은 믿음직스럽지 못하다"면서 "선한 사람은 변론하지 않고 변론하는 사람은 선하지 않다, 아는 사람은 박식하지 못하고, 박식한 사람은 알지 못한다"고 지금까지 자신이 한 말에 대해 부정하는 듯한 말을 써놓고 있기 때문이다.

참으로 읽다 보면 고개가 끄덕여지지만 돌아서면 금세 잊어버리는 유행가 가사와 같은 것이 《도덕경》 아니냐고 묻는다면 당신은 이미 도를 깨쳐가는 사람이라고 대답해도 무난할 것이다.

도의 기본이라고 할 수 있는 제1장은 "도라고 할 수 있는 도는 영원한 도가 아니다. 이름 지을 수 있는 이름은 영원한 이름이 아니다."라고 말하고 있다. 도라고 할 수 있는 도는 영원한 도가 아니라는 것. 그러면 무엇이 영원한 도인가. (좋다. 질문은 하면 할수록 좋은 것이다.)

도를 아는 길은 이처럼 멀고 험하다. 쉽지 않다고 해서 시작도 하지 않고 멈출 수는 없다. 책의 내용 중 이해하기 쉬운 것만을 옮겨 놓는 것으로 일단 이해의 폭을 좁혀나가 보자. (모를수록 자꾸 되풀이해서 읽어야 한다. 도의 세계에 진입하는 것은 이 방법밖에 없다.)

"아름다움이 있는 것은 추함이 있기 때문이고 착한 것은 악한 것이 있기 때문이며 긴 것은 짧은 것이 있기 때문이고 높은 것은 낮은 것이 있기 때문이다."

반어적인 이 말은 이들이 독립된 것이 아닌 서로 떼놓고 생각할 수 없는 불가분의 관계, 다시 말해 상대적인 것으로 긴밀하게 얽혀 있다는 것을 의미한다. 그러기에 "훌륭하다는 사람 떠받들지 말고 귀중하다는 것을 귀히 여기지 말며 탐날 만한 것을 보지 말라"고 훈계하고 있다. 이렇게 되면 사람 사이에 다투거나 훔치거나 사람의 마음을 산란하게 하는 일이 없어진다는 것이다.

4장에서는 "도는 그릇처럼 비어 쓰임에 차고 넘치는 일이 없고 날카로운 것을 무디게 하고 얽힌 것을 풀어주며 빛을 부드럽게 하고 티끌과 하나 된다"고 말한다.

여기에 익히 알려진 '화광동진'이라는 표현이 나온다. 도는 티끌 다시 말해 세상과 하나 되는 것이라고 설파한다. 세상과 따로 노는 것이 아니라 같이 간다는 것. 도도한 곳에 있는 것이 도가 아니라 숱한 먼지 속에 도가 있으니 도가 어디서 왔고 어디로 가는지 알 수도 없고 알려고 할 필요도 없다.

도는 세상 도처에 있는 것 같기도 하고 그 어디에도 없는 것 같기도 한데,

보이지도 않고 볼 수도 없으니 갈고 닦은 원석이 아니라 다듬지 않은 통나무와 같다는 것이다. (잘 말라 틀어지지 않는 통나무를 대패질하고 싶다. 무언가 만들려는 욕심이라기보다는 그저 이마에 땀을 흘리고 싶을 뿐이다.)

제7장에서는 이런 말도 한다.

"하늘과 땅이 영원한 것은 자기를 위해 살지 않기 때문이며 성인이 그러한 것은 자기를 위해 앞세우지 않기에 앞서게 되고 자기를 버리기에 자기를 보존한다"는 것. 역설의 미학이다. 굳이 이런 명언에 설명이라고 덧붙여 사족을 만들 필요는 없다. 제18장에서는 공자의 《논어》를 비판하는 듯한 모양새도 취한다.

"대도가 패하면 인이니 의니 하는 것이 나서고 지략이니 지모니 하는 것이 설치며 엄청난 위선이 만연하게 되고, 가족관계가 조화롭지 못하면 효니 자니 하는 것이 나서고 나라가 어지러워지면 충신이 생겨난다."

인이나 예가 없으니 그것을 강조하는 것이고, 그것을 강조하는 사회는 이상 사회가 아니고 덜 되거나 병든 세상이니 인을 그만두고 의를 버리면 효성과 자애를 회복할 수 있다는 것. 겉으로 보이는 인이나 예는 노자가 보기에 천박하기 그지없다.

"군자는 죽어서 이름을 내지 못하는 것을 걱정한다"는 세속적인 유교의 해석에 이르면 노자는 그런 부질없는 짓을 그만두라고 호통을 친다. (이런 면에서 《도덕경》은 《논어》보다 더 깊은 곳을 노닌다고 할 수 있다.) 또 이런 말도 있다.

"넘치도록 가득 채우지 말고 적당할 때 멈추고, 낳았으나 가지려 하지 말 것이며, 지도자가 되어도 지배하지 말고, 휘면 온전할 수 있고 굽으면 곧아질 수 있으며, 움푹 들어가면 채워지게 되고 헐리면 새로워지고, 적으면 얻게 되고 많으면 미혹 당하게 되며, 무거운 것은 가벼운 것의 뿌리이고 조용한 것은 조급한 것의 주인이며, 정말로 달리기를 잘하는 사람은 달린 자국을 남기지 않으며, 남성다움을 알면서 여성다움을 유지하고, 흰 것을 알면서 검은 것을 유지하고, 영광을 알면서 오욕을 유지하고, 배는 채우되 욕심은 버리고, 장차 빼앗으려면 먼저 주고, 밝으면서도 어둡고, 물러나면서도 나아가고, 희면서도 검으라"고 한다.

아리송하다. 옳고 그른 것의 딱 부러짐이 없다. 흑백을 분명히 하지 않는다. (이것은 줏대 없는 회색 인간과는 다르다.)그러니 이런 말이 자연히 나왔을 것이다.

"아는 사람은 말하지 않고 말하는 사람은 알지 못한다."

상선약수만큼이나 유명한 이런 글귀에 접하면 아찔하다. 간신히 참아왔던 정신 줄을 놓지 않을 수 없다. 깊고 깊은 도의 내용을 조금이라도 아는 사람이라면 말을 함부로 하지 않는다고 하니 역설도 이런 역설이 없다. 끊임없는 반어법의 반복이다. 그렇다고 완전히 현실과 따로 놀지도 않는다. 노골적으로 위정자를 질타하기도 한다.

"백성이 굶주리는 것은 윗사람이 세금을 너무 많이 받아가기 때문이다. 백성을 다스리기 어려운 것은 윗사람이 백성을 다스리려고 하기 때문이다. 백성이 죽음을 가볍게 여기는 것은 윗사람이 지나치게 삶에 집착하기 때문이다."

이쯤 해서 "그러면 노자의 이상 사회는 어떤 사회인가?" 하고 한 번쯤 반문하게 된다. 노자는 인구가 적은 작은 나라의 백성들이 오순도순 살아가는 것을 도가적 이상 사회로 보았다. 목가적인 사회가 이런 사회일까.

인구가 팍팍 줄어드는 요즘 우리나라의 현상을 보고 노자는 이상 사회와 점차 가까워지고 있는 나라로 한국을 지목하지 않을까. (한국을 보라, 이상 사회로 가는 가장 이상적인 국가가 바로 이 나라다. ㅋ)

팁 _____ 도는 이름 붙일 수 없는 그 무엇이다. 답이 없다는 이야기다. 의존하지 않고 절대적이며 한정이 없다. 다듬지 않은 통나무처럼 보잘것 없지만 천하에 누구도 신하 부릴 듯할 수 없다. 이는 마치 개천과 계곡 물이 강이나 바다로 흘러드는 것과 같은 이치다. 물처럼 채움의 길을 버리고 비움의 길로 나아가라는 것이 도에 가깝다는 것이다.

현대와 같은 세상에서 노자 님의 말씀은 딱 머리에 들어오기보다는 하나 마나 한 한가한 소리쯤으로 치부될 수 있다. 바삐 일해도 먹고 살기 힘든데 좀 쉬라고 하고, 경쟁에서 이겨야 하는데 그러지 말라고 하고, 처세술을 배우고 익혀 스펙을 넓혀야 하는데도 진리를 찾고 도를 닦으라고 한다. 가진 것을 버리고 더 가지려고 하지 말며 우주의 흐름에 자신을 맡기라고 한다. 그래서 마침내 진리의 길을 찾으라니 이 얼마나 뜬구름 잡는 소리가 아니겠는가.

하나 부드럽고 약한 것이 강하고 굳센 것을 이긴다는 이치를 깨닫게 되면 마냥 허튼소리라고 무시할 수 없다. 무위자연이라는 것도 아무것도 하지 않는 무위도식이라기보다는 억지로 꾸미지 말고 과장하지 말고 허세 부리지 말고 가식이나 위선 대신 진실로 대하라고 이해한다면 쉽다.

선한 사람에게 선하게 대하고 선하지 않은 사람에게도 선하게 대하면 선이 이루어진다는 말을 여러 번 상기해야 하는 이유가 여기에 있다. 1장부터 37장까지를 상편 도경이라고 하고 38장부터 81장까지를 하편 덕경이라고 해서 둘을 합쳐 《도덕경》이라는 말이 나왔다. 하도 오래전에 나와서 정말로 노자가 썼는지도 의문이고, 썼다면 혼자 썼는지 아니면 여럿이 썼는지 수년에 걸쳐서 썼는지 단숨에 내려썼는지에 대한 주장도 분분하다. 공자와 동시대인이라고도 하고 그보다 뒤에 섰다고 말하기도 한다. (세상에 나타나기보다는 주로 숨어 지내서 더욱 헷갈린다.)

당신이 몰랐던 문장이 내게로 왔다

해석도 넘쳐난다. 그런데 대개는 왕필이나 하상공의 주석서를 참고로 한다고 한다. 5,000자 81장에 불과하나 수천 권의 장서를 소장한 사람에게 이 가운데 하나만 집어 들으라고 하면 서슴없이 《도덕경》을 빼든다고 한다. (나에게 누가 이런 질문을 한다면 조금은 망설일 수밖에 없다. 세상 이치를 알고 행동하려면 아직 멀었다는 말이다.) 한두 번 읽기보다는 오래 곁에 두고 참뜻을 헤아려 보기에 이만한 책이 없다. 여러분도 그런가. 그런지 안 그런지는 읽어보지 않고는 모른다. 그러니 시간이 부족하거나 없어도 꼭 읽어보시라.

저항 대 저항

스미스와 맥머피

　순순히 따르지 않고 거역하는 사람은 지배자의 입장에서 보면 반역자 무리에 속한다. 개인이든 국가든 어떤 조직에 대항하면 역사는 그들을 감싸기보다는 과감하게 처단했다. 반항은 처음에는 개인이 하다가 차츰 동조자를 얻어 세를 키워 나가기 때문이다.

　체제나 규범이나 지시를 따르지 않는 자는 미리 싹을 잘라야 한다. 따르지 않고 반대하는 자나 굽히지 않고 다른 방향으로 가려는 이들의 종말이 어떤지는 우리는 멀리 가지 않더라도 가까운 역사에서 숱하게 봐왔다.

　지배자들은 힘에 굴복하지 않고 버티는 자를 좋아하지 않고, 알아서 복종하고 자기의 주장을 강하게 내세우지 않으며 기존의 질서를 지키는 자들을 편애했다. 그러나 별종 인간들은 지배자의 법이 아무리 강해도 반항과 저항을 했다.

　조지 오웰의 《1984》에 나오는 윈스턴 스미스만 해도 그렇다. 어느 정도 보장된 지위에서 당이 시키는 대로 명령에 복종했으면 보통 이상의 행복한 삶을 살았을 것이다. 그러나 그는 그러는 대신 불복종하고 반항했으며 때로는 체제 전복을 꾀하는 불순한 행동을 저질렀다. 그 결과가 어떠하리라는 것을 모르는 무모함 때문이 아니라 알면서도 그렇게 한 것은 자유에 대한 그리움 때문이었다. 인간이 인간인 것은 감시와 통제를 벗어나 인간답게 사는 것이라는 본능이 꿈틀댔기 때문이다.

켄 키지의 《뻐꾸기 둥지 위로 날아간 새》의 맥머피는 또 어떤가. 그는 감히 정신병동에서 철권을 휘두르는 수간호사에게 고분고분하지 않고 정면으로 맞섰다. 그녀에게 대든 자가 제대로 살아서 병원에 나간 적이 없다는 것을 알면서도 무모한 짓을 한 것은 그 역시 자유의 냄새에 굶주렸기 때문이다.

하지 말라는 것을 했으며 하라는 것을 하지 않은 죄는 무거웠고 돌이킬 수 없었다. 농구 시합을 했고 술 파티를 열었으며 낚시 대회를 개최했다. 병실이 매끄럽게 돌아가기 위해 필수적인 지시 사항을 어겼고 환자들을 선동했으며 감히 간호사를 비웃었다.

돌아온 것은 정신을 무력하게 만드는 약물 과다 투여와 전기 충격, 그리고 전기톱의 무서움이었다. 전두엽이 잘린 맥머피는 이전의 그가 아니었으며 식물인간인 그는 병동의 희망이 아니라 절망이었다.

윈스턴 스미스와 맥머피. 기존 질서에 순응하지 않고 반항했던 두 인물. 처음에는 희망이었다가 나중에는 나락으로 빠져 마침내 비참한 최후를 맞이했다. 이들에게 우리는 무엇을 배워야 하고 배울 수 있는가. 오늘 우리가 그들을 호명하는 것은 거짓보다 진실을, 속박보다 자유를 갈망하기 때문이다.

짧은 감상평

《1984》

"당신을 사랑합니다."

불과 닷새 전만 해도 돌멩이로 머리를 후려칠 생각을 했던 여자였다. 그래서 그녀의 골을 쪼개고 싶었다. 그런데 그 여자로부터 이런 쪽지를 받은 당신이라면 어땠을까? 사상경찰의 끄나풀이라고 믿었던 그 여자가 나에게 이런 밀어를 전해줬다면 마치 뱃속에 불이라도 나지 않았을까?

더군다나 사랑이니 하는 단어는 상스러울 뿐만 아니라 입에 올려서는 안 되는 불순한 것이었다. 마치 반역이니 독재 타도와 같은 말이 전체주의 사회에서 금기어가 되는 것과 마찬가지로.

그것을 받은 윈스턴 스미스의 심정은 어땠을까. 그것을 전해준 줄리아의 마음은 또 어땠을까. 줄리아가 자기 손안에 있는 작고 납작한 네모난 무언가를 떨어뜨리지만 않았더라면, 설사 떨어뜨렸어도 그것을 윈스턴 스미스가 줍지만 않았더라면, 어땠을까?

지금까지 함께 하지는 못해도 살아 있지는 않았을까? 당의 반대에도 불

구하고 두 사람은 해서는 안 되는 사랑을 했다. 금지된 것을 시도하는 것
은 위험했고 대가는 혹독했다.

조지 오웰의 《1984》의 결말은 주인공 윈스턴 스미스의 총살형으로 막
을 내렸다. 소설이 나온 것이 1949년이니 《1984》는 미래 어느 날의 일이
다.

세계는 오세아니아, 유라시아, 동아시아의 삼국으로 분할돼 있다. 이
들은 서로 싸우지 않는 날이 없다. 체제 유지를 위해서 전쟁을 하는 것이
다. 전면전이라기보다는 국지전이다. 그래야 서로에게 이득이 되기 때문
이다.

오세아니아의 윈스턴은 외부 당원으로 진리부에 근무하고 있다. 과거를
지우고 거짓을 선동하고 변조하고 날조하는 것이 그의 일이다. '과거를 지
배하는 자는 미래를 지배하고 현재를 지배하는 자는 과거를 지배한다'는
당의 강령을 충실히 따른다. 하지만 이런 작업을 하면서 그는 해서는 안
되는 심각한 고민에 빠진다. 역사적 사실을 왜곡하는 일에 반항심이 싹트
기 시작한 것이다.

그러던 어느 날 앞서 말한 대로 줄리아의 편지를 받게 된다. 그는 안 되
는 줄을 알면서도 줄리아를 사랑한다. 숲속에서 밀회를 즐기고 비밀 아지
트를 얻어 둘만의 달콤한 시간을 보낸다.

이 과정은 험난하다. 24시간 그들을 감시하는 텔레스크린을 피하는 것
이 도무지 쉽지 않기 때문이다. 감시의 사각지대를 벗어나는 일은 그만큼
힘들다. 설사 벗어났다 해도 사냥개처럼 냄새를 잘 맡는 사상경찰을 따돌
려야 하고 하늘을 나는 헬리콥터의 추격을 피해야 한다. 언제 어디서나 음
성을 듣는 마이크로폰도 그들을 괴롭힌다.

아무리 좋은 일을 하더라도 꼬리가 길면 잡히는 법이다. 그래도 윈스턴

은 자신이 믿는 일을 옳다고 생각해서 밀고 나간다. 그는 내부 당원인 오브라이언을 통해 반항 세력인 지하조직 형제단에 가입을 원한다. 그와 뜻을 같이하는 사람들이 모여 체제 전복을 꾀하기 위해서다. 하지만 오브라이언은 함정을 파놓고 그를 기다린다. 때가 왔음을 간파한 사상경찰이 그를 체포한다. 그는 혹독한 고문을 당한다. 마침내 사람의 살을 파먹는 쥐를 앞에 두고 그는 완전한 사상 개조에 성공한다. 고문을 피하기 위한 거짓 자백이 아니라 진실로 그렇게 믿는다.

자신을 파괴하는 가상 인물 빅 브러더를 진정으로 사랑하게 된 것이다. 누구도 본 사람이 없는 실체가 없는 거대한 1m의 포스터로만 존재하는 빅 브러더를 인정하고, 그 존재를 믿고 존경한다. 그 순간 그는 이 세상에 존재했던 적이 없었던 사람이 된다. 그의 흔적은 어디에도 없다. 인간의 가치를 상실했을 때 더는 살아 있을 필요가 없다는 것이 작가의 판단이었을까. 거대한 국가에 맞선 한 개인의 저항은 이처럼 허무하게 끝났다.

하지만 이런 개인들이 모일수록 독재자의 출현은 어려워진다. 독재자와 그의 추종자들은 숨어서 기회를 노린다. 호시탐탐 세력을 규합할 시기를 기다리고 있다. 이들이 발호하지 못하도록 감시의 눈을 한시도 게을리하지 말라고 조지 오웰은 경고하고 있다.

팁 _____ 이 소설은 현실과 여러모로 흡사하다. 텔레스크린처럼 도처에 감시망이 촘촘한 것이 그렇다. 가상의 적 골드스타인과 같은 증오의 대상을 만들어 끊임없이 선동하고 분노를 부추기는 것도 다를 바 없다. 국지전을 일으키면서 내부 단속을 꾀하고 국민을 이간질하면서 권력을 유지하는 정치인들의 행태도 마찬가지다.

경찰을 동원해 통제하고 사상을 억압하면서 특권 세력의 안위를 꾀

당신이 몰랐던 문장이 내게로 왔다

하는 것은 과거의 일이 아니라 현재 진행형이다. 그러니 이 소설은 디스토피아를 통해 유토피아를 그려낸 것이라고 볼 수 있다.

작가가 직접 겪은 일들을 통해 전체주의가 얼마나 무섭고 민주주의가 얼마나 소중한지 소설을 통해 보여준 것이다. 그러니 이 소설은 미래 소설이 아닌 현재 소설이라고 불러도 이상할 게 없다.

작가는 《나는 왜 쓰는가》라는 에세이를 통해 이런 말을 남긴 적이 있다. 이 말을 통해 《1984》가 갖는 의미를 되새겨 보는 것도 괜찮겠다.

"스페인 내전과 1936~1937년에 있었던 그 밖의 사건들은 저울을 한쪽으로 기울게 했고, 그 뒤로부터 내가 어디에 서 있는지 알게 됐다. 1936년부터 쓴 내 작품은 어느 한 줄이든 직간접적으로 전체주의에 맞서고 민주적 사회주의를 지지하는 것이었다."

《뻐꾸기 둥지 위로 날아간 새》

벌써 6년 전이다. 부러 날짜를 찾아봤더니 2012년 3월이었다. 그때의 그 기억이 마치 어제 일처럼 살아 숨 쉬고 있다. 뇌 절제술을 받고 식물인간이 된 맥머피의 끔찍한 모습.

켄 키지의 《뻐꾸기 둥지 위로 날아간 새》를 밀로스 포먼 감독이 1975년 동명의 제목으로 영화를 만들었는데, 그 영화를 본 날이다. 그날 나는 의약뉴스 '내 생애 최고의 영화' 코너에 다음과 같은 머리글로 영화평을 시작했다.

"정신병동에 신규 환자가 들어온다. 이 환자는 절망뿐인 병동에 희망을 불어넣는다. 새 길을 내고 모든 사람이 같이 걸어가기를 희망한다. 하지만 기대는 완고한 고집에 막혀 좌절된다. 희망이 사라진 인간의 삶은 곧 죽음을 의미한다."

사실 나는 이 책을 영화로 보기 전에 오래전에 읽었다. 1970년대 중반쯤 서울의 한 길거리 리어카에는 책이 넘칠 만큼 쌓여 있었다고 언급한 적이 있었던가. (아마 그랬을 것이다.)

저작권 개념이 흐릿해서인지 그 시절은 책 표지는 다른데 제목은 같은 여러 종의 《뻐꾸기…》가 널려 있었고 나는 그 가운데 새가 날아가는 표지 장식을 단 책 하나를 샀던 역시 흐릿한 기억이 있다.

하지만 무슨 일인지 제목은 생생하지만 읽고 난 후의 기억은 그렇지 못하고 아득하다. 그러니 이번이 두 번째 독서이지만 실제로는 첫 번째인 셈이다. 떠올리고 싶지 않은 어렴풋이 떠오르는 끔찍한 장면 때문이었는지 읽는 동안 내내 불안했다. 그것은 아련한 독서의 추억 때문이 아니라 영화에 각인된 배우들의 환영 때문이었다.

브롬든 추장역의 거인 윌 샘든이 잭 니콜슨이 연기한 맥머피를 살해하는 순간을 간이역의 완행열차처럼 그냥 스쳐 지나치고 싶었으나 그리되지 못했다. 한동안 나는 눈을 감고 있을 수밖에 없었다.

영화와 달리 책은 맥머피가 콤바인으로 불리는 거대한 정신병동으로 끌려오는 장면 대신 이미 도착해 병동의 일상을 살펴보는 것으로 시작한다. 이후는 초등학교 교과서처럼 일사천리로 읽힌다. 어려운 부분이 없고 이야기의 진행 방향도 곡선이 아닌 일직선으로 흐르기 때문이다.

수간호사 랫치드 휘하에 모인 환자들은 장군의 명령에 따라 일사분란하게 움직이는 전쟁터의 병사들과 다름없다. 먹으라면 먹고 씻으라면 씻고 모이라면 모이고 자라면 잔다. 그들은 스스로 생각할 수 없고 어쩌다 그런 생각이 나도 말을 하거나 행동으로 표현하지 않는다. 수간호사가 보기에 불순한 것으로 간주되기 때문이다. 이런 꼬락서니를 보는 맥머피의 기분이 어떤지 좀 상상이 가시는지. 아무리 봐도 미치지 않았는데 간호사는 미친 사람 취급하니 미치고 환장할 노릇이다.

멀쩡한 사람을 정신병동에 가둬두고 치료라는 미명하에 꼭두각시처럼 환자를 다루는 간호사 앞에 병원의 구성원들 역시 환자들처럼 속수무책이다. 겨우 약물중독 정도의 약점에도 담당 의사는 랫치드 앞에 서기만 하면 사무장 병원의 오너인 행정 원장에게 고용된 페이 닥터처럼 한없이 작아지고, 다른 의료진 역시 방관 차원을 넘어 적극 동조에 나서고 있다.

그렇게 하는 것이 편하고 수간호가 말하는 소위 매끄러운 병원 운영에 도움이 되기 때문이다. 의사들도 이런 처지이니 환자들은 간호사의 말을 하느님 말씀처럼 감히 거역해서는 안 되는, 반드시 지켜야 할 원칙으로 삼을 수밖에.

간호사의 명령에 반항은 그야말로 미친 짓이다. 그들은 경험을 통해 그녀의 뜻에 어긋나는 행동을 했을 때 어떤 결과를 가져오는지 뻔히 알고 있다. 공격성이 강하다느니, 통제할 수 없는 환자라는 말 한마디면 끝이다.

정신을 혼미하게 만드는 빨간약, 온몸이 솜으로 적신 것처럼 땀으로 젖는 전기 치료, 뇌를 잘 드는 톱으로 자르는 치료라는 이름의 쇠망치를 피할 수 없다.

환자들은 기억을 잃지 않고 논리적 생각을 할 수 있고, 하루 종일 바지에 오줌을 싸지 않기 위해 나름대로 생존의 기술을 터득하고 있다. 시도 때도 없이 분출기로 안개를 뿌려대 허리 아래로는 보이지 않는 희미한 병동, 동일한 내용의 방송을 온종일 틀어 대고 환자 모르게 녹음해서 서로 감시하게 하는 분위기는 박제된 인간이 살기에 딱 좋은 조건이다.

이곳의 환자들은 따라서 치료해서 나가기보다는 되레 병이 깊어져 병동에서 생을 마쳐야 하는 운명이다. 그나마 오늘이라도 살아 있기 위해서는 말 잘 듣는 아이처럼 고분고분 순종하는 것이 최선책이다. 단기 환자든 장기 환자든 이런 사실을 눈치로 알고 있다.

하지만 맥머피는 다르다. 그는 '왜'라는 의문을 품고 품은 의심을 말하고, 머뭇거리는 환자들을 선동하고, 제멋대로인 병원 규칙을 위반하고, 더 많은 자유를 위해 큰 소리로 떠들고, 아무 때나 웃으면서 고삐 풀린 망아지처럼 행동한다.

감히 수간호사와 맞짱을 튼다. 월드 시리즈 기간 TV 시청을 하고 농구 시합을 벌이는가 하면 낚시 대회를 열기도 한다.

변하지 않을 것 같은 것들이 조금씩 바뀌자 조마조마하던 환자들은 동요한다. 자신의 과거를 회상하는가 하면 감히 탈출을 꿈꾸기도 한다. 하지만 아직 간호사의 힘은 건재하다. 검은 속마음을 감추고 언제나 예의 바르며 때로는 침묵으로 환자들을 압도한다.

맥머피는 간호사와 일대일로 싸우기보다는 탈출하기로 작정한다. 차라리 이곳에 오기 전에 수용됐던 교도소가 더 낫다는 생각이다. 위탁 환자로 오면 좀 편할 줄 알았는데 이건 완전히 지옥의 소굴이 아닌가.

그는 거대한 파티를 연다. 병동에서 술을 먹고 창녀를 불러들인다. 31살이 되도 여전히 동정인 빌리에게 그녀를 소개한다. 진탕 먹고 마시고 논다.

그리고 간호사가 출근하기 전에 100세 노인도 아니면서 창문 너머로 탈주할 계획이다. 그러나 일정은 어긋난다. 깨워주기로 했던 동료가 늦잠을 자고 맥머피 역시 너무 많이 마신 탓에 그만 흑인 보조원들에게 수갑이 채워져 2층의 중환자실로 끌려가는 수모를 당한다.

이제 더 갈 곳이 없는 막장이라는 것을 맥머피는 본능적으로 안다. 그녀와 결투를 피할 수 없다. 최후의 순간에 그는 그녀의 거대한 젖가슴이 드러나도록 그녀의 흰옷을 찢는다.

간호사도 정면 대결을 피하지 않는다. 그녀는 기회만 노리던 뇌 절제술을 명령한다. 얼마 후 표정없는 얼굴에 코까지 부러져 누구인지 알아보기 힘든 맥머피가 흑인 보조원들이 밀고 온 이동 침대에 실려 내려온다.

수차례의 전기 충격에도 견뎌냈던 맥머피는 의료 기술자들에 의해 전두엽이 잘리자 더는 사람 구실을 할 수 없다. 브롬든은 식물인간이 된 맥머피를 그대로 살려 둘 수 없다. 간호사에게 반항하면 맥머피조차도 이렇게 되는 참혹한 결과를 동료들에게 보여줄 수 없다.

그는 베개를 이용해 숨통을 끊는다. 그리고 누구도 들 수 없는 거대한 건조물을 번쩍 쳐들어 유리창을 박살 낸다. 그리고 달린다. 인디언 시절 거친 들판을 뛰놀던 기억이 새록새록 떠오른다. 그는 뛰면서 냄새를 맡는다. 자유의 냄새가 그의 온몸을 따뜻하게 감싼다. 한 마리 새가 되어 그렇게 바람을 가른다. 맥머피도 지금쯤 하늘 높은 곳으로 날고 있겠지.

다시 영화로 돌아가면 평의 마지막은 이렇게 끝난다.

"정작 미친 인간은 양처럼 온순한 머저리를 원하는 허위와 기만에 가득 찬 사회라는 통렬한 고발은 '유쾌 상쾌 통쾌'하다. 규격화된 통제에 대한 강력한 잽인 것이다."

팁 ___ 가스 라이팅(Gas-lighting)이라는 심리학 용어가 요즘 간혹 등장한다. 1940년대 영국에서 연극과 영화로도 인기를 끌었던《가스등》에서 유래했다.

조지 쿠커 감독이 만들고 잉글리드 버그만이 주연을 맡은《가스등》은 남편이 멀쩡한 아내를 정신병자로 만들어 가는 과정을 가스등 불빛을 흐리게 하는 인위적 조작을 통해 보여주고 있다. 이후 이 용어가 사용됐다. (미쳐가는 잉글리드 버그만의 표정 연기가 볼 만하다. 보지 않은 사람에게 감상을 권한다.)

주로 타인이 처한 심리적 상황을 교묘하게 이용해 그 사람 스스로 자신을 의심하게 만들어 그 사람에 대한 지배력을 갖는 것을 말한다.

가족관계나 연인 사이에서 빈번하며 수간호사처럼 갑의 위치에 있을 때 조종당하는 사람은 더욱 철저히 그 사람 말을 믿고 따르게 된다. 잘못이 없으면서도 잘못한 것 같고 괜히 미안한 감정이 들어 그 사람의 말을 절대적인 것으로 여기게 되는 위축된 마음에 이르는 것이다. 수간호사는 환자들의 심리를 이런 식으로 이용해 완벽하게 자기 수하에 두고 로봇으로 만들어 버렸다.

심지어 환자 빌리가 창녀와 함께 있자 '네 어머니가 어떻게 생각하겠니?'라는 압박을 반복적으로 가해 수치심을 이기지 못한 빌리를 결국 자살로 내몰기도 한다.

무명의 캔 키지는 이 작품으로 일약 부와 명성을 거머쥐었으며 미국 사회에 엄청난 파문을 일으켰다. 록 음악과 히피 문화가 꽃피었으나 억압적이고 체제 순응을 강요하던 물질만능주의에 강력한 반항심을 심어 줬다는 평가를 받았기 때문이다.

작가는 밀로스 포먼 감독의 영화 작업에 적극 참여하기도 했다. 그러나 브롬든이 책과는 달리 나의 관점이 아닌 제삼자로 나오는 것에 불만을 품고 더는 관여하지 않았다고 한다.

노정 대 노정

크리스천과 위스키 사제

가는 길이 평탄하기만 하면 얼마나 좋을까. 험난한 여정을 떠나는 사람은 그런 길을 부러워한다. 목적지까지 갈 길은 먼데 그 과정까지 버겁다면 (할 수만 있으면) 그 길에서 빠져나오고 싶어 한다. 하지만 누군가는 뻔히 알면서도 그런 길을 간다. 말려도 간다. 자처해서 가는 길은 고행길이다. 남이 보기에 그렇기도 하고 자신이 돌아보면 더 그렇기도 하다.

존 버니언의 《천로역정》에 나오는 크리스천만 해도 그렇다. 부인과 아들이 그렇게 붙잡아도 듣지 않고 광야로 나선다. 하늘에서 불벼락이 곧 떨어지니 지금 당장 떠나지 않으면 죽는다고 믿는다. 그걸 의심하는 가족들은 동행하지 않는다.

그렇다면 가장인 크리스천이 가족을 버리고 나 홀로 떠나는 것은 비난받아 마땅한 일인가. 여기서 그것을 논하는 것은 무의미한 것은 아니지만 주제와 벗어난 일이다. 그러니 그 질문은 안 한 것으로 치자.

순례자의 길을 떠나는 그에게 그것과 상관없는 또 다른 부담을 주고 싶지는 않다. 진리와 하느님의 영광을 찾는 길은 그 어떤 이유보다 앞선다고 이 책에서 말하기 때문이다.

　가는 길은 위기의 연속이다. 그때마다 하느님의 계시가 하늘에서 내려와 도움을 받는다. 그는 마침내 목적지에 도달하고 그때 천국의 문이 활짝 열린다. 다른 사람은 가기를 꺼리는 좁은 길로 들어선 크리스천의 노정은 험난했으나 그 결과는 찬란했다.

　여기 또 다른 길을 가는 사람이 있다. 이름도 없이 그저 위스키 사제로 불리는 술꾼이다. 그는 고행의 길을 찾는 나그네가 아니라 도망자 신세의 신부다. 그렇지 않아도 거지꼴인데 당국에 쫓기다 보니 그야말로 행색이 말이 아니다.

　그런 몸으로 틈만 나면 술을 찾아 먹으며 멕시코 국경을 넘기 위해 필사적이다. 내가 보기에 위스키 사제는 크게 죄를 짓지는 않았다. 그러나 그는 잡히면 죽게 될 운명이니 죽지 않기 위해서라도 거친 길로 나서야 한다. 그도 크리스천처럼 길 위에서 온갖 고난을 겪는다. 그러나 하느님의 똑 부러진 계시는 없다. 그럼에도 억세게도 운이 좋은 그는 끝내 살아남아 이제 미국으로 넘는 길 하나만 남겨 놓았다. 그냥 가기만 하면 되는 그 순간 그는 왔던 길을 되짚는다.

　여정을 돌아보기 위해서가 아니라 고해성사를 듣기 위해서다. 살인자의 그것을, 그 와중에 모른 척했다고 해서 신의 노여움을 살 일은 아니다. 신이 그에게 화를 내기로 작정했다면 그 이전에 벌써 끝장을 내고도 남았을 것이기에.

　그러나 그는 행복의 땅 대신 경찰이 기다리고 있는 곳을 향해 몸을 비호처럼 돌린다. 온갖 역경을 이기고 마침내 자유가 코앞에 있는데 스스로 죽음을 향해 돌아서는 그의 용기는 술김에 나온 객기가 아니다.

　그레이엄 그린은 《권력과 영광》에서 사제의 몸에 총알을 박아 넣었다.

그러나 그는 언제나 고주망태였어도 다른 사제에 비해 결코 더 나쁜 사제가 아니었다. 책의 여러 장면에서 작가는 그런 사실을 솔직히 보여주고 있다. 그러함에도 그는 살기보다는 죽었다. 마지막 순간까지 자신의 직업에 충실했던 타락한 사제. 그의 행동을 그 누가 나서서 탓할 수 있으랴. 한 사람의 여정은 비록 힘들었지만 천국의 문으로 들어가는 과정이었고, 또 한 사람의 여정은 끝내 비참함을 벗어나지 못했다.

과연 누가 피안의 세계로 들어가지 못했다고 위스키 사제를 비난할 수 있는가. 그는 죽음으로써 하느님의 손짓에 부응했고 속세의 죄를 씻어냈다. 좁은 길로 향한 두 사람의 여정은 각기 다르고 결과도 크게 바뀌었으나 영혼의 구원과 신의 축복이라는 점에서는 다르지 않다고 하겠다.

짧은 감상평
《천로역정》

세상에는 많은 길이 있다. 제주 올레길이 있고, 지리산 둘레길이 있고,

당신이 몰랐던 문장이 내게로 왔다

몽블랑산을 한 바퀴 도는 투르 드 몽블랑이 있고, 저 멀리 산티아고에도 길이 있다. 애초에 없었으나 우리가 걸었기에 생겨난 숱한 골목길도 있다.

사람들은 길을 통해 건강을 찾고 세상 시름을 잊고 마음의 고통을 덜고 누군가를 기다린다. 그러니 길을 걷는 것은 행복으로 가는 출입문을 여는 것이다. 그 문을 열고 두 발로 길을 가는 자에게 축복 있으라. (언제부터인가 나는 길 예찬론자가 됐다. 지금 순간도 종일 걷고 싶다. 산길이라면 더욱 좋다.)

존 버니언은 《천로역정》으로 순례길을 만들었다. (원제목은 'The pilgrim's progress'로 '순례자의 여정'으로 해석된다. 하지만 1865년 중국에서 번역된 책의 제목이 《천로역정(天路歷程)》이었고 그보다 30년 후인 1895년 캐나다 선교사가 우리나라에서 최초로 번역한 책이 《텬로력뎡》이었기 때문에 오늘날도 '순례자의 여정' 대신 《천로역정》으로 소개되고 있다.)

순례자는 이 길을 통해 영혼의 구원과 신의 축복을 얻는다. 죄를 벗고 마침내 꿈에 그리던 천당으로 가는 것이다. 천당으로 가는 길은 멀고 험하고 위험 가득하다. 심지어 생명의 위협까지도 감수해야 한다.

주인공 크리스천은 멀지 않아 하늘에서 불이 떨어지고 마을은 온통 잿더미가 된다는 사실을 알고 어떻게 하면 좋을지 아내와 네 아들에게 절규하면서 울부짖는다. 살길은 오직 하나, 구원의 길을 찾아 떠나는 것뿐이다.

하지만 뚜렷한 방법은 보이지 않고 아내와 아들들은 크리스천이 머리가 어떻게 된 것은 아닌가 걱정이 이만저만이 아니다. 그때 크리스천의 앞에 전도자가 나타난다. 그는 광채가 나는 곳으로 똑바로 가면 이윽고 좁은 문이 나타날 것이라고 예언한다.

그 말이 떨어지자 크리스천은 전도자가 가리킨 방향으로 미친 듯이 뛰쳐나갔다. 가족들이 돌아오라고 소리쳐 부르자 아예 두 손으로 귀를 막고 뛰기를 멈추지 않으며 영원한 생명을 소리쳐 불렀다. 마을 사람들도 어서 돌아오라고 손짓했지만 이미 결심을 굳힌 그를 만류할 수는 없었다.

그는 정신병자라고 욕하는 고집쟁이 대신 자신과 뜻이 같은 온순을 데리고 넓은 평원을 거쳐 울 일도 슬퍼할 일도 없는 영원히 죽지 않는 아름다운 왕국의 지배자인 하느님을 찾아 떠난다.

하지만 두 사람은 곧 절망의 늪에 빠지고 죽을 고비를 겨우 넘긴다. 동행했던 온순은 뒤도 돌아보지 않고 예전에 살던 마을로 도망친다.

홀로 남은 크리스천은 도움이라는 이름을 가진 남자의 도움으로 겨우 늪지대를 벗어나 다시 평원으로 나온다. 그때 저쪽에서 걸어오는 세속 현자를 만나고 세속 현자는 크리스천에게 등에 진 무거운 짐을 어서 벗던지라고 충고한다. 그러면서 가던 길을 계속 가면 피로와 고통, 굶주림은 물론 시퍼런 칼날, 무서운 사자와 용을 만나게 되니 처음 만난 낯선 사람이 가라는 길 대신 다른 길로 가라고 일러준다.

따르지 않은 크리스천의 앞에 커다란 바위와 위험한 골짜기가 가로막고 있다. 겨우 언덕에 오르자 불길이 훨훨 타는데 지옥이 따로 없다. 뒤늦게 전도자의 말을 듣지 않은 것을 후회한 크리스천은 빠르고 훨씬 편한 지름길이 사실은 참이 아닌 그릇된 것임을 깨닫고 부족한 믿음을 책망한다.

그는 전도자가 가르쳐 준 대로 있는 힘을 다해 다시 여정을 계속했고 마침내 좁은 문에 당도했다. 거기서 선의를 만나 구원의 장소에 이르면 저절로 무거운 등짐이 떨어져 나갈 것이라는 말을 듣고 크리스천은 다시 그가 가르쳐 준 해석자의 집을 찾아 벌판으로 나온다. 다가올 세상은 영원불멸하고 현세의 허황된 영광은 순식간에 사라진다는 해석자의 충고를 가슴

깊이 새기면서.

구원의 언덕에 있는 십자가에 오른 크리스천은 갑자기 자신의 등 뒤에 진 짐이 사라지는 것을 경험했다. 그는 다가오는 사람을 통해 자신의 죄가 사함을 받았다는 것을 알고 그중 한 명에게서 천국의 문에 당도하면 두루마리를 제시하라는 계시를 얻는다. 신이 난 크리스천은 다시 껑충껑충 뛰면서 길을 재촉했다. 노래 부르며 가는 길에 크리스천은 쇠고랑을 찬 천박, 나태, 거만, 허례와 위선을 만나지만 그들의 꼬임에 빠지지 않고 생명의 길로 인도하는 고난의 길을 계속해서 걸어나간다.

어느 날은 가파른 산의 중턱에 있는 아담한 정자에서 쉬기도 하고, 그러다가 영생을 보장하고 천국으로 가는 통행증인 두루마리를 잃어버렸다가 어렵게 다시 찾는다. 길을 막고 있는 무서운 두 마리의 사자는 믿음으로 피하고 다시 시온산을 향해 뚜벅뚜벅 걸어간다. 그때 그의 앞길에 불현듯 두고 온 아내와 자식들이 눈에 밟힌다. 하지만 영생을 향한 크리스천의 집념은 끈질기다. (가족 정도는 가볍게 무시한다.)

순례자들을 위한 휴식처인 임마누엘 땅 산꼭대기서 그는 천국으로 가는 문을 본다. 그곳에서 크리스천은 자신보다 앞서간 마을 사람인 믿음을 따라잡기 위해 서둘러 길을 떠나는데 겸손의 골짜기에서 그만 추하게 생긴 괴물 아폴리욘을 만나 생사를 건 결투를 벌인다.

결과야 크리스천이 이기는 것으로 나오지만 그 과정은 정말로 누가 살고 누가 죽을지 모르는 손에 땀을 쥐게 하는 순례길의 클라이맥스라고 해도 과언이 아니다. (정말 대단하다. 실력 있는 감독이 영화로 만들면 꼭 보겠다는 다짐을 한다.) 배에서는 불길이 치솟고 입은 사자를 닮고 몸은 물고기 비늘로 덮였으며 용의 날개와 곰의 발바닥을 가진 괴물을 이긴 것은 크리스천이 싸움꾼이라기보다는 순전히 하느님의 은총 때문이다.

아폴리온은 크리스천이 섬기는 왕과는 불구대천지원수지간이다. 그러니 그의 백성, 율법, 인격까지 미워하지 않을 수 없다. 그런 왕에게 크리스천이 찾아가는데, 방해하지 않으면 아폴리온이 아니다. 죽음의 골짜기를 통과한 크리스천이 천국에 대해 나쁜 소문을 퍼트려 순례자들을 되돌아가게 하려는 음모를 거뜬히 막아낸 것은 당연하다.

다윗왕도 빠진 적이 있는 깊은 수렁을 지나자 드디어 찬란한 아침이 밝아오기 시작했다. 지옥의 입구를 벗어난 크리스천이 아침 해를 받고 뒤를 돌아본 것은 되돌아가고 싶어서가 아니라 그가 위험을 뚫고 당당히 지나온 길을 대명천지에 똑똑하게 보기 위함이었다.

이제는 덫과 함정, 이교도와 교황도 그의 앞길을 막을 수 없다. 한참을 더 가서 앞서가던 믿음을 만난 크리스천은 그와 동행하면서 여행의 무료함을 달래기 위해 잡담 대신 신의 존재와 그가 도달하고자 하는 곳의 영광에 대해 대화를 나누는 여유까지 생겼다.

수다쟁이와 교리문답을 하고, 다시 전도자를 만나고, 허영이라는 마을에서 믿음의 최후를 보고, 사심과 소망과 동행하고, 하느님의 강이라 불리는 생명의 강에 도착했으니 이제 시온산의 정상이 보인다.

천국으로 가는 길은 멀리 있는 것이 아니고 가까이 있다. 그런데 안타깝게도 절망거인과 그의 부인 자포자기에게 잡혀 죽을 지경에 이른다. 또 한 번의 절체절명의 위기. 하지만 이번에도 여지없이 하늘의 도움으로 빠져나온다.

임마누엘 땅에서 목자들을 만난 크리스천 일행은 거짓 사도인 아첨쟁이를 주의하라는 주의를 듣고 무신론자를 지나쳐 여럿보다는 혼자 걷기를 즐기는 무지를 만나고 마법의 땅을 벗어나 공기가 맑고 상쾌한 뿔라 땅에 들어섰다.

당신이 몰랐던 문장이 내게로 왔다

크리스천은 성문 사이에 놓인 강을 건너 천사의 나팔소리를 들으며 천국의 문을 통과한다. 드디어 순례자의 여정이 무사히 끝난 것이다. (이때 무지는 지옥으로 떨어졌다.)

팁 _____ 1부가 끝나고 6년 후에 완성된 2부가 세상에 나왔다. 2부는 크리스천의 아내 크리스티애나가 그의 네 아들, 그리고 자비라는 아가씨를 데리고 크리스천이 갔던 순례길을 그대로 따라가는 여정이다. 1부에 비해 박진감은 떨어지지만 1부를 받쳐주고 무리 없이 설명해 주는 데는 손색이 없다.

2부까지 다 읽고 나면 나와 크리스천이 동일인이 된 듯한 착각에 빠져든다. 크리스천이 무사히 천국에 도달할 수 있도록 용기를 주고 악한을 만나면 무찌르는 과정은 손에 땀을 쥐게 한다.

이 장면에서는 내가 마치 하느님의 대리인 같은 우쭐함이 나오기도 한다. 고비마다 하늘은 크리스티애나 일행에게 천국으로 들어갈 수 있도록 용기를 주는데 그러함에도 조바심은 크리스천에 했던 것과 같다.

드디어 순례길의 종착점이다. 무사히 길의 끝에 선 신의 존재를 믿는 독자들은 착하고 편한 마음으로 이 세상을 살아가기를 바란다. ("쾌락을 위해 종교를 믿는 자는 쾌락을 위해 종교를 버릴 것이다."라는 말을 늘 새기면서.)

신은 없다고 단언하는 독자들 역시 아주 기분 좋게 내 마음의 천국을 상상해 보면서 긴 여정을 재미있게 마친 것을 자축하면 독서의 후기로는 더할 나위 없겠다. 기독교 서적으로는 성서 다음으로 많이 번역되고 읽혔으며 오늘날에도 많은 독자가 순례길의 동반자로 《천로역정》을 끼고 간다. (존 버니언은 독자를 의식해 쓰지 않았다고 서문에서 밝히고 있지만 실제로는 철저하게 독자를 의식했음을 알 수 있다. 일관되게 흐르는 책의 중심은 기독교 사상이며 기독교를 전파하려는 작가의 눈물겨운 의도를 엿볼 수 있기 때문이다.)

짜임새, 세밀한 인물 묘사와 꿈의 비유와 상징, 사람 이름 대신 쓰는 우화적인 인물과 그 됨됨이의 평가, 그리고 문장이 끝나고 나오는 시적 표현은 그가 운문뿐만 아니라 산문의 대가였음을 말해준다. 수많은 뒤이어 나오는 작가들에게 숱한 얘깃거리를 주고 그들이 반드시 거쳐 지나가는 징검다리 역할을 해온 우리 시대 영원불멸의 고전.

땜장이의 아들로 태어나 제대로 된 교육도 받지 못한 존 버니언이 이런 위대한 역작을 쓸 수 있었던 것은 성경에 통달한 침례교 설교자 생활과 그로 인한 감옥살이가 영감의 원천을 제공했을 것으로 평론가들은 판단하고 있다.

《권력과 영광》

사제처럼 생긴 사제가 있다. 적당히 권위적이고 목소리도 사제와 비슷하다. 영세도 주고 고해성사도 듣고 죄지은 자를 용서할 줄도 안다. 그런데 이름은 없다. 다만 위스키 사제로 불린다. 그 자신은 타락한 사제라고 말한다.

그레이엄 그린의 소설 《권력과 영광》(The power and The glory)의 주인공 모습이다. 그는 별명이 말해주듯 알코올 중독자이다. 거기다 용서받지 못할 간음으로 태어난 딸도 있다. 그러니 스스로 칭한 타락한 사제가 맞다.

그 사제가 쫓기고 있다. 다른 사제들은 죽거나 법이 미치지 않는 다른 주로 도망쳤다. 마을에 사제는 그밖에 없다. 1920년대 멕시코의 어느 주가 배경인 이 소설은 도망자 위스키 사제의 이야기다. 소설의 첫머리는 뜨겁게 내리쬐는 햇볕과 모든 것을 표백하는 먼지로부터 시작한다.

이 글을 읽는 독자라면 태양이 뜨겁고 먼지가 사방에서 이는 황량한 벌판의 어느 곳에 쭈그리고 앉아 술을 애타게 기다리고 있는 거지꼴의 위스키 사제를 연상한다면 좀 이해가 쉽겠다.

당국은 성당을 파괴하고 사제를 압박한다. 결혼을 강요하고 거부하면 잡아서 죽인다. 하느님의 아들이라고 해도 숨지 않고는 배길 재간이 없다. 주지사는 경찰을 닦달한다. 우기가 닥치기 전 이번 달 안으로 그를 잡아들이라고.

북쪽은 산악지대이고 남쪽은 바다인 작은 주이니 가가호호 수색하면 그를 체포하는 것은 시간문제다. 그러나 그는 용케도 잘 피한다. 아무리 타락했어도 사제인 만큼 마을 사람들은 경찰에 신고하기보다는 숨겨 주면서 박해와 고통을 함께하는 쪽을 택한다.

영리한 경위(그도 사제처럼 이름이 없다. 그저 서장보다 낮은 직급의 계급으로 불릴 뿐이다.)는 인질을 잡고 유다처럼 밀고하지 않으면 인질을 처형한다. 그렇게 처형된 인질이 3명이나 된다.

자신 때문에 무고한 인질이 죽는데 아무리 염치없는 사제라도 마음의 고통이 없을 수 없다. 브랜디로 혀가 굳을 때쯤 그는 체포되기를 바라는 간절한 기도를 올린다. 이런 사제에게 기도 대신 왜 제 발로 경찰을 찾아가 자수하지 않느냐고 물을 수는 없다. 그는 살기 위해 도피하는 것이 아니라 쫓으니 마지못해 그렇게 하는 것으로 보인다. 적극적인 도피 의지나 생명에 대한 간절한 욕망 같은 것은 잘 보이지 않는다.

그는 바나나 공장, 노인과 소년과 쥐가 사는 농가에 숨고, 강과 늪지와 숲을 지나 방향과 상관없이 경위나 군인, 붉은 셔츠 단의 추격을 피해 도주를 계속한다. 그런 와중에도 마을 사람들은 그에게 미사를 부탁한다. 그 또한 부끄러워하면서 그들의 요구를 들어준다. 사제처럼 권위를 담은 목소리로 굶주림과 인질 살해의 참상이 펼쳐지고 있는 마을에서 '고통이 기쁨의 일부이듯이 이곳은 천국의 일부'라고 위로한다.

이제 경찰은 1마일 밖에서 추격전을 펼친다. 마을 사람들은 급하게 미사가 끝나면 여자가 아프다거나 남자가 죽어가니 가지 말라고 잡는 대신 어서 떠나라고 등을 떠민다. 한 마디로 그는 마을의 화근 덩어리가 된 것이다.

숨겨 놓은 맥주나 브랜디를 얻어먹고 다시 사제는 길고 거칠고 힘든 도망을 이어간다. 한 번은 경위에게 잡히기도 한다. 사제의 얼굴을 본 적이 없는 경위는 사진 속의 수배 인물인 사제가 누구인지 알지 못해 마을 사람들을 일일이 추궁하나 누구도 그를 손가락으로 가리키지 않는다.

거액의 현상금이 걸려 있어도 주민들은 고개 숙인 사제를 지목하지 않는다. 단 5분간의 연인이었던 마리아는 그를 남편이라고 하고 딸은 아빠라고 둘러대는 기지를 발휘한다.

또 한 번은 강을 건너자 입술의 양쪽 끝에 노란 송곳니 두 개밖에 없는 짐승처럼 생긴 독실한 가톨릭 신자를 자처하는 메스티조(혼혈인, 그 역시 사제나 경위처럼 이름이 없다.)와 동행하는 처지에 몰린다. 사제는 육감적으로 그가 현상금을 노린 자라는 것을 알고 따돌린다.

어느 날은 술을 먹다 잡혀 양동이의 오물 썩는 냄새가 진동하는 깜깜한 감옥에 갇히는 신세가 되기도 하고, 또 어느 날은 미국인 남매의 도움으로 핍박이 없는 주 경계를 넘을 수 있는 행운을 얻는다. 도주 대신 정착하면서 정상적인 생활이 가능한 곳이다. 뒤돌아보지 말고 앞으로 가기만 하면 사제의 품위와 인간다움이 있는 하느님의 세계로 들어선다.

그런데 왜, 그는 다시 돌아섰을까. 두 명의 정부 요인을 죽이고 1만 달러를 탈취한 죽어가는 살인자, 그링고의 마지막 고해성사가 그에게 안락한 삶보다 더 중요했을까.

부상한 개가 물고 있는 뼈다귀를 뺏고 죽은 아이의 입에 있는 설탕까지 도둑질해 먹으면서 생명을 연장했던 그가 죽음 직전에 몰린 살인자의 고해를 듣기 위해 생명을 버린다니, 의문은 여전히 남는다.

철두철미한 사제가 아닌 것은 이미 밝혀졌다. 사제직을 무시해도 그 누구도 비난하지 않는다. 심지어 주교나 하느님도 위스키 사제의 안전을 고해보다 더 높게 쳤을 것이다. 그런데 그는 총살당해 순교의 길을 갔다. 타락했어도 사제는 사제였기 때문인가. 이해가 가지 않아도 할 수 없고 이해할 수 없어도 할 수 없다.

종교의 길은 어렵고 불가해 하며 세속의 정의로는 설명되지 않는 그 무엇이 있다. 수없이 신을 조롱하면서도 신의 대리인인 사제라는 직업이 갖는 무게를 가늠할 수 없는 것은 예나 지금이나 마찬가지다.

팁 _____ 사제는 딸을 그리워한다. 신에 의지한 사람이 혈육의 정에 마음이 심란하다. 그는 신의 심부름꾼 이전에 작은 바람에도 나부끼는, 생각하는 갈대임이 분명하다.

포도주 한 잔 얻어먹기 위해 온갖 굴욕을 감수하고, 순간의 욕정을 참지 못하고, 잘못에 대한 구원을 얻기보다는 동물과 먹이 다툼을 하고 의심의 마음을 거두지 못한다. 뭐 하나 제대로 한 게 없는 구제 불능의 쓸모없는 인간일 뿐인데 사제라는 직책 하나 때문에 그는 마지막에 죽음의 중심부로 뚜벅뚜벅 걸어갔다.

그는 박해받은 사제인가? 순교했기에 성인의 반열에 오를 사제인가? 정해진 결론대로 쓰였다 해도 참으로 부조리한 결말이다. 성인과 죄인은 한 끗 차이라지만 그의 죽음은 완전한 자신의 의지였다고 믿을 수 없어 그리 안타까워 보이지 않는다. 확고한 신앙심으로 뚜렷한 신념 아래 목숨을 초개와 같이 버린 한 위대한 사제의 휴먼 드라마는 아니라는 이야기다.

살았다면 오히려 더 구차했을 것이고 결국 알코올 중독으로 죽었을 목숨이다. 그러니 한 일이 년 먼저 죽은 들 그 목숨이 그리 중요할까. 살았다고 해서 아내나 딸에게 충실할 것도 아니고 사제의 직을 완벽하게 수행하는 심신이 일치하는 행동을 하는 것도 아니다.

그렇다고 그 죽음을 개죽음이라고 함부로 깎아내릴 수도 없다. 가는 길이 죽음의 길이라는 것을 알고 가는 사람은 흔치 않다. 아무나 할 수 있는 행동이 아니다. 겉으로는 사제이지만 속은 사제가 아닌 사제들이 많은 세상에서 위스키 사제는 사제가 어떠해야 하는지를 보여준 전형은 아니더라도 하나의 모델은 아닐까 하는 생각을 해보게 된다.

신의 참뜻은 과연 무엇이었을까. 그레이엄 그린은 고전 영화 《제3의

사나이》, 《애수》의 원작자이기도 하다. 이 책을 번역한 김연수 작가에 따르면 그가 《권력과 영광》을 쓴 것은 순전히 1938년 멕시코 여행의 덕 때문이었다. 그런데 지금까지 알려진 여행의 동기는 '엘리자베스 1세 때 가장 혹독한 종교적 박해를 취재하기 위해서'였다.

하지만 셜리 템플 소송의 영향이 더 컸다는 것. 존 포드가 연출한 영화 'Wee willie winkie'에 출연한 당시 8살의 소녀 셜리를 "수상쩍은 교태, 육감적인 작은 몸" 등의 성적 비하 표현을 써서 잡지에 기고했고, 영화 제작사인 21세기 폭스사는 그를 고소했다. 기고문을 실은 잡지는 폐간됐고 그린은 구속을 피하기 위해 범죄인 인도 조약이 체결되지 않은 멕시코로 도피했다. 어쨌든 당시 5주간의 멕시코 여행은 좋은 작품을 탄생하게 한 일등공신이었다.

가족 대 가족

앤디와 메리

애디는 3남 1녀의 엄마로 살 날이 얼마 남지 않았다. 오늘내일하면서 2층 창가에서 큰아들이 관을 짜고 있는 모습을 지켜보고 있다. 막내아들은 그런 형의 모습에 울화가 터진다. 비록 노란 널빤지로 황금빛 나는 관이라도 엄마 앞에서 톱으로 썰고 대패질과 망치질을 하는 것이 과연 온당한 짓인지 따져 묻고 있다. 셋째의 생각은 다르다. 엄마가 누워있기에 형이 짜준 관처럼 편안한 것이 세상 어디에 있겠는가.

이런 아들들을 둔 애디에게는 남편이 있다. 그는 구두쇠다. 돈 때문에 의사를 모른 척하다가 어쩔 수 없이 불러왔을 때, 때는 늦었다. 후회보다는 매장하는 일에 남편은 관심이 많다. 관도 이미 완성했으니 땅에 묻기만 하면 된다. 하지만 《내가 죽어 누워 있을 때》의 작가 윌리엄 포크너는 그걸 복잡하게 만들었다. 죽음은 쉬웠으나 매장만큼은 어렵게 한 것이다. 바로 아내의 유언을 집어넣은 것이다. 시댁이 아닌 친정에 묻어 달라는 마지막 말을 가족들은 지키고 싶었다.

그러기 위해서는 길을 돌아가야 한다. 하늘이 억수 같은 비를 뿌리고 홍수로 다리를 무너뜨렸기 때문이다. 매장을 위해 관을 메고 떠날 때는 하필 여름이라 시체 썩는 냄새가 진동했다. 아무리 엄마라 해도 코를 막지 않을 수 없다. 슬픈 장면이다. 하지만 웬일인지 가족들은 그렇게 슬퍼 보이지 않는다. 불어난 물 때문에 관을 잠시 잃어버려도 관보다는 연장 잃은 것에 더 관심이 많다. 아버지는 관의 흙이 채 마르기도 전에 다른 여자와 재혼하고 미성년자 딸은 그 와중에 외간 남자와 애정 행각을 벌인다.

이런 가족의 모습을 보면서 엄마의 죽음은 가족에게 어떤 의미로 다가오는지 한 번 뒤돌아보게 한다. 슬픔보다는 오직 귀찮은 매장 절차를 빨리 끝내고 홀가분해지고 싶은 각자의 심정은 없는지 반성의 시간이 필요하지 않을까 하는 생각은 순진한가.

애디가 엄마인 것처럼 메리도 엄마다. 애디는 죽지만 메리는 죽지 않는다. 다만 팔뚝에 끔찍한 주삿바늘 자국을 남기며 오늘도 약을 찾아 눈을 부라린다. 유진 오닐의 《밤으로의 긴 여로》는 제목에서 암시하듯이 가족 간의 길고 질긴 혈연에 관한 이야기다.

아버지는 배우 출신으로 어릴 적 몹시도 가난했다. 다행히 체격은 건장하고 기질도 아일랜드인을 이어받아 팔팔하다. 술은 말술이고 돈은 조금 있으나 가족에게 쓰는 대신 땅을 사는데 투자한다. 애디의 남편처럼 인색한 노랑이라고 비웃음을 받는데 특히 큰아들의 조롱이 심하다. 술내기를 한다면 누가 더 센지 우열을 가리기 힘들 정도로 둘은 알코올 중독 단계다.

막내아들은 이에 비해 아주 심약하다. 시를 끼적이지만 신통치 않다. 심한 기침으로 폐병에 걸려 죽음의 문턱에서 허우적댄다.

이들의 일상은 시시껄렁하다. 살뜰한 가족 간의 애정은 눈 씻고 찾아도 없다. 되레 서로 죽이고 싶은 증오심이 언제 폭발할지 몰라 독자들은 등장인물 못지않게 안절부절못한다. 아버지는 막내아들을 살리기 위해 좋은 의사 대신 싸구려만 찾고 큰아들은 어쩌다 돈이 생기면 창녀 집을 전전하는 것으로 삶의 활력을 찾는다. 메리는 손을 떨며 마약을 팔뚝에 꽂기 위해 혈안이다.

집안 꼬락서니가 이 정도면 폐족 일보 직전이다. 하지만 피는 물보다 진하다고 바늘구멍 같은 희망의 끈이 아주 없는 것은 아니다. 혈연이라는 이름으로 가족을 학대하고 물어뜯다 어느 순간 눈물을 흘리며 참회하는 것이 핏줄 아닌가.

짧은 감상평
《내가 죽어 누워 있을 때》

윌리엄 포크너의 《내가 죽어 누워있을 때》(As Lay Dying)는 제목부터 심상치 않다. 내용도 우울하다. 하지만 웃음 코드가 곳곳에 있어 마냥 슬프지만은 않다.

　　　　당신이 몰랐던 문장이 내게로 왔다

앤스 번드런은 미국 남부 농촌 마을에 산다. 그에게는 죽어가는 아내 앤디가 있다. 아내는 무슨 큰 병에 걸려 있다. 큰아들 캐시는 병든 엄마가 빤히 내려다보고 있는 2층 창가의 앞마당에서 관을 만들고 있다. 톱질을 하고 망치질과 대패질에 열심이다. 언제 그렇게 열심인 적이 있을까 싶다. 관이 모양을 갖출 무렵 손도끼로 나무 찍는 소리가 시끄럽다. 두드리고 자르고 하는 요란한 소리가 마치 내가 얼마나 훌륭한 관을 만들고 있는지 시위하는 듯이 말이다.

셋째 아들 주얼은 이런 캐시에게 투덜댄다. 다른 곳에서 하라고 말했건만, 엄마가 자신이 만든 관속에 누워있는 모습을 꽤나 보고 싶어 하는 모양이라고 빈정댄다.

하지만 둘째 아들 달은 생각한다. '엄마는 더는 바랄 것이 없겠지. 죽어 있기에 캐시의 관보다 더 좋은 것은 없고 엄마를 편하게 해주고 안전하게 해줄 테니.'라고 생각한다.

구두쇠 남편은 돈을 아끼기 위해 부르기를 주저한 의사를 데려오지만, 그가 도착하기 전에 아내는 죽는다. 앓아누운 지 열흘 만에 자기가 죽는지조차 모르고 죽었다.

캐시에게 짜증냈던 주얼은 3달러를 벌기 위해 엄마의 임종도 지키지 못했다. 캐시는 밤낮을 가리지 않고 일해 마침내 엄마가 누울 관을 완성했다. 목사의 설교도 끝났다. 이제 매장하는 일만 남았다. 그런데 앤디는 몸이 채 식기도 전에 신의 뜻을 거스르면서까지 시집 대신 친정 식구들이 있는 제퍼슨에 묻어 달라고 유언을 한다.

남편은 청개구리처럼 아내의 말을 따르기 위해 다섯 남매와 함께 40마일이나 떨어진 제퍼슨으로 향한다. 화창한 날이라면 하루 이틀이면 도착할 텐데 때마침 큰 홍수가 난다. 비가 쏟아질 곳은 마치 이곳밖에 없다는 듯이 세차게 내리고 있다. 다리는 물에 잠기고 장례 행렬은 길고도 지루한 여행을 한다. 관을 실은 마차는 다리를 건너다 부서지고 노새가 죽고 일행은 난관에 빠진다. 시체는 썩고 냄새를 맡은 말똥가리는 높은 하늘에서 선회 비행을 하고, 캐시는 설상가상으로 다리를 다친다. 이런 우여곡절 끝에 일행은 마침내 제퍼슨에 도착한다.

관을 묻을 차례다. 여기서도 앤스의 구두쇠 기질은 유감없다. 돈을 쓰며 삽을 사기보다는 마음씨 착한 기독교인에게서 잠시 그것을 빌려 매장을 끝냈다. 그것으로 끝이 아니다. 땅에 묻자마자 죽은 아내를 대신할 오리 같이 생긴 정장 차림의 여자를 얻는다. 그리고 15년간 속을 썩이던 의치를 새로 해 넣는다.

팁 _____ 어렵고 난해하기보다는 묵직하다. (류현진의 돌직구가 연상된다. 그에게 사이영상을) 다 읽고 나서는 허탈감보다는 안도감이 앞선다. 무사히 매장을 끝냈기 때문이다. 비록 시체가 썩어 고인에 대한 예를 다 하지는 못했으나 남편이나 자식들이 일부러 그런 것은 아니다.

하필 그날따라 비가 억수로 내렸고 불어난 강물이 다리를 삼켰다. 누군가는 참으로 부조리한 장례 여행이라고 하지만 남편과 자식은 아내와 엄마의 유언을 지켰다. 마지막 안식처를 친정집 근처로 정한, 자신이 특별하다고 믿는 외로운 여자, 앤디의 선택도 그리 나쁘지 않았다.

장례 행렬 중에 보여준, 땀을 흘리면 죽는다며 노동을 회피하고 딸의 낙태약 값 10달러를 빼앗은 아버지 앤스의 파렴치함이 돋보일 뿐이다. 매장을 끝내자마자 새 부인을 얻은 것은 앞서 밝혔다.

부인의 죽음은 남편에게 새로운 삶의 출발점에 다름 아니다. 엄마의 관보다 잃어버린 연장에 더 애착을 보이는 큰아들 캐시와 불을 지르고 정

당신이 몰랐던 문장이 내게로 왔다

신병원으로 가는 달, 가족보다는 말을 더 사랑하는 주얼, 하나뿐인 딸 듀이델도 사려 깊지 못하기는 마찬가지다. 애도보다는 낙태약을 찾는데 온 신경이 쏠려 있다. 이런 남편과 이런 자식이 있는 시집 근처에서 떨어져 영원한 안식처로 친정을 선택한 것은 앤디의 탁월한 결정이었다. 15명의 등장인물이 59개의 독백 형식으로 채워진 삶의 무의미함, 절망과 사랑, 분노와 이해가 구절구절 가득하다.

포크너는 미국 현대 문학의 위대한 인물인 제임스 조이스나 버지니아 울프처럼 실험성이 강한 작품을 남겼다. 이 작품도 그런 축에 낀다. 그러나 찬찬히 읽어 나가다 보면 어렵다기보다는 시처럼 아름답고 여러 날 명상에 빠질 만큼 깊은 사유를 경험하게 된다. 피할 수 없는 욕망과 역시 그럴 수밖에 없는 현실의 복잡 미묘한 세계가 그의 붓끝에서 팔팔하게 살아났다.

《밤으로의 긴 여로》

유진 오닐이 1939년부터 집필해 《밤으로의 긴 여로》의 원고를 완성했을 때 그는 세 번째 부인인 배우 출신 칼로타에게 이렇게 말했다고 한다.

"내가 죽은 후 25년 동안 작품을 발표하지 말고 그 이후에도 절대로 무대에 올려서는 안 된다."

하지만 부인은 그가 53년 사망(그는 호텔 방에서 죽었는데 죽을 때 '젠장 호텔에서 태어나 호텔에서 죽는군'이라고 푸념했다고 한다.)했을 때 그의 유언을 따르지 않고 사후 3년이 되던 1953년 작품을 발표하고 스톡홀름 왕립 극장에서 초연했다. 그는 이 작품으로 네 번째 퓰리처상을 받았다. (노벨상은 1936년에 수상했다.)

칼로타에 따르면 그는 이 작품을 쓰면서 "들어갈 때보다 십 년은 늙은 듯한 수척한 모습으로, 때로는 울어서 눈이 빨갛게 부은 채로 작업실에서 나오곤 했다"(민음사)고 술회했다.

이런 사전 지식을 알고 나서 읽으면 왜 그랬는지, 작가의 고뇌가 조금은 더 이해가 된다. 작가의 이야기, 실제로 작가가 겪은 실화를 바탕으로 완성된 희곡은 서문에 "사랑하는 당신, 내 묵은 슬픔을 눈물로, 피로 쓴 이 극의 원고를 당신에게 바친다."라고 할 만큼 애절하다.

출연 배우는 딱 네 명이다. 간혹 하녀나 부동산 중개업자, 의사, 창녀 등이 거론되기도 하지만 이들의 역할은 아주 미미하다. 작가는 아버지 티론과 큰아들 제이미는 그대로 쓰고 어머니의 이름을 엘라에서 메리로, 그리고 두 살 때 홍역으로 죽은 둘째 에드먼드와 셋째 유진의 이름을 바꾸고 나머지는 실제로 오닐 가족을 옮겨 놓았다. 그러니 작품을 쓰는 내내 작가는 서로 쥐어뜯었던 가족들의 실제 생활이 눈에 어른거렸을 것이다.

막이 오르면 1912년 8월의 어느 아침, 아버지인 제임스 티론의 여름 별장(유일하게 가족을 위해 장만한 집이다. 하지만 가족들은 아버지가 순 싸

당신이 몰랐던 문장이 내게로 왔다

구려로 지어 집 같은 아늑함이 없다고 불평이다.)에 네 식구가 막 식사를 끝낸 참이다.

응접실로 통하는 거실에는 셰익스피어의 초상화가 걸려 있고 발자크, 졸라, 스탕달의 소설과 쇼펜하우어와 니체, 마르크스, 엥겔스 등의 철학서와 사회학 서적, 입센, 버나드 쇼의 희곡, 오스카 와일드, 키플링 등의 시집이 꽂혀 있는 작은 책장이 있다.

이들이 무지막지한 노동꾼이 아닌, 어느 정도 배운 먹물 가족임을 암시한다. (유리를 끼운 대형 책장에는 뒤마, 빅토르 위고, 세계 문학 전집, 흄의 영국사와 로마 제국 흥망사 등이 있는데 놀라운 것은 이 책들을 모두 읽은 흔적이 있다는 점이다.) 나이보다 10년은 젊어 보이는 65살의 티론은 한때 셰익스피어 역을 맡을 정도로 연기로 인정을 받았으나 돈 때문에 전문 배우 대신 흥행 배우의 길을 걷다 은퇴했다.

아일랜드의 이민자답게 술을 엄청나게 좋아해서 거의 중독 수준이고 돈이 생기면 가족에게 투자하는 대신 땅을 사 모으는 데 써 노랑이라고 가족들에게 멸시를 받고 있다. 그 자신은 돈이 없어 요양원에서 죽을 것을 겁내고 있다.

결혼 생활 35년째를 맞고 있는 54살의 어머니 메리는 마약쟁이다. 19살 때 그러니까 수도원 여학교를 다닐 때 티론의 잘생긴 얼굴과 배우 역에 빠져 수녀가 되는 대신 그와 결혼을 택했다. 싸구려 호텔을 전전하면서(순회공연을 따라다녔다.) 막내 에드먼드를 낳을 때 진통제 중독이 된 이후부터 맨정신이 아니다. 손가락이 길고 끝으로 갈수록 가는 아름다운 손을 계속해서 떨고 있다.

33살인 큰아들 제이미는 아버지를 닮아 어깨가 넓고 가슴이 탄탄한데 활력이 없어 노화의 흔적을 얼굴에 달고 있다. 집구석을, 특히 아버지를 비난하면서 술로 허송세월한다. 매사 부정적이지만 동생 에드먼드에 대한 작은 우애는 간직하고 있다.

23살인 막내 에드먼드는 기자로 활동했고 지역 신문에 때때로 시를 발표하기도 했다. 너무 말랐고 뺨이 푹 꺼져 있어 병색이 완연하다. 가족들은 여름 감기라고 하지만 모두 그가 폐병에 걸려 있고 심약해 곧 죽을지도 모른다는 생각을 품고 있다.

자, 등장인물들의 면모가 조금이기는 하지만 밝혀졌으니 이들이 저녁까지 어떤 대화를 나누게 될지 좀 더 깊이 들어가 보자.

가족들은 어머니의 마약 중독을 의심하지 않고 있다. 그리고 에드먼드가 위험한 상황임을 의식한다. 그래서 형제는 특히 큰아들은 어머니나 동생을 돈을 들여 좋은 의사에게 보이지 않는 아버지를 원망한다. 아버지는 그럴 때마다 주치의인 하디 의사가 돈만 밝히는 시내의 다른 의사보다 실력이 낫다고 우기지만 비싸지만 않다면 의사를 바꾸고 싶은 마음이 없지는 않다.

2막이 시작되면 식전에 하녀는 소화를 돕기 위한 위스키를 내온다. 에드먼드와 제이미는 아버지 몰래 한 잔 가득 위스키를 마신다. 언제나 술의 양을 정확히 아는 아버지를 속이기 위해 그만큼의 물을 붓는다. 술을 먹으면서 형제는 서로 비웃고 의심하고 시기하고 질투하고 부모 흉을 본다. 메리는 그것을 운명이라고 생각한다. 제이미를 향해 이렇게 말한다.

"다른 사람들 약점이나 찾고, 운명이 저렇게 만든 거지. 저 아이 탓은 아닐 거야. 사람은 운명을 거역할 수 없으니까. 운명은 우리가 미처 깨닫지 못하는 사이에 손을 써서 우리가 진정으로 원하는 것과는 거리가 먼 일들을 하게 만들지. 그래서 우리는 영원히 진정한 자신을 잃고 마는 거야."

그날 오후 아버지는 시내로 나가는 아들에게 1달러가 아니라 10달러를 준다. 두 아들은 모처럼 큰돈을 들고 실컷 술을 마시고 제이미는 뚱보 창녀와 재미를 본다. 늦은 저녁 에드먼드와 티론은 메리를 사이에 두고 서로 걱정을 하거나 탓하면서 아직 돌아오지 않고 있는 제이미를 기다린다.

메리는 약 기운을 빌려 낮에 하녀에게 티론과 첫사랑을 회상했다는 것을 꿈속에서 이야기하듯이 전한다. 초점 없는 눈으로 손가락을 떨고 있는 메리는 누가 봐도 바로 치료를 받아야 할 상황이다.

4막이 시작되면 자정이다. 티론과 에드먼드는 카드놀이를 하지만 카드는 안중에 없고 서로 비난하기에 바쁘다. 하지만 술을 먹을 때는 서로 사이좋게 주거니 받거니 하면서 늙은 광대, 삼류 배우의 신세 한탄을 한다.

에드먼드는 티론에게 피차 솔직해지자면서 시를 암송하고 티론은 아직도 돌아오지 않는 제이미에게 그 건달 놈 막차를 놓쳐 시내에서 돌아오지 못했으면 좋겠다고 악담을 한다.

에드먼드는 술과 폐병으로 죽은 다우슨의 시를 외면서 자신을 그에 견주기도 한다. 돈 때문에 어머니 치료를 하지 않고 자신을 싸구려 요양소로 보내는 아버지라고 면전에서 대드나 한편으로는 그런 아버지를 이해하려고 애쓴다.

아버지는 아들에게 자신의 어린 시절, 지독하게 가난했던, 그래서 먹을 것이 없어 굶어 죽을 지경이었던 그때를 상기시키면서 자신의 구두쇠 짓을 이해해 주기를 바란다.

그때 곤죽으로 취한 제이미가 들어온다. 잤으면 좋겠다는 기대를 저버리고 메리도 2층에서 나타난다. 그리고 약에 비틀대면서 뻣뻣한 솜씨로 피아노를 친다. 삼부자는 술에, 메리는 마약에 흥청망청 취해 있다.

팁 ＿＿＿＿ 티론 가족은 위태롭다. 금방 난파할 것 같은 목선처럼 흔들린다. 그럴 수밖에 없다. 내뱉는 말은 상대방의 공격을 유도하고 상대방이 응수하지 않으면 더 센 말로 자극한다. (그러나 요즘 정치인들이 내뱉는 막말 수준은 아니다. 그들의 수준은 국민 눈높이에도 못 미친다.)

서로 물고 뜯고 아수라장이 따로 없다. 왜 같이 사는지, 한 식탁에서 같이 밥을 먹고 한 지붕 아래에서 모여 사는지 도무지 이해할 수 없다.

서로를 불신하고 의심하고 조롱하고 무시하고 하찮은 사람으로 인식한다. 하지만 그게 다는 아니다. 적대감만이 전부였다면 이 가족의 삶은 4막까지 그러니까 그날 자정까지 이어질 수 없었을 것이다.

서로 으르렁대면서도 가족에 대한 안타까운, 말하자면 핏줄에 대한 실낱같은 애정이 남아 있는 것이다. 증오에 앞서 사랑이라는 이름이 밤안개처럼 피어나고 있다.

싸우기 위한 대화는 불신과 감시 대신 신뢰와 안심으로 대체되기도 한다. 말꼬리 잡기식의 대화는 어느새 공감대가 형성되고 적대감 대신 이해의 마음이 드러난다. 용서와 화해가 따라다닌다.

당신이 몰랐던 문장이 내게로 왔다

노인 대 노인

에이헵과 산티아고

경륜과 경험으로 존중받는 노인이 있고 나이를 벼슬과 훈장으로 여겨 비난받는 노인이 있다. 깨어 있는 어른이 있고 꼰대로 지탄받는 두 종류의 노인이 있는 것이다.

그런가 하면 이런 세 번째 노인도 있다. 배를 타는 노인 말이다. 배 태워 준다고 젊은이를 속여 잔인한 살인을 저지르는 파렴치한이 아니라 고기를 잡는 진짜 어부 말이다.

허먼 멜빌은 《백경》에서 늙은 선장 에이헵을 등장시킨다. 헤밍웨이는 《노인과 바다》에서 산티아고 노인을 주인공으로 삼았다. 일당을 받고 이념의 노예가 되어 깃발을 마음대로 흔들어 대는 노욕의 화신들에게 이런 동년배들의 삶은 어떻게 비칠지 궁금하다.

65세 정도의 노인이며 선장이라는 점에서 에이헵과 산티아고는 공통점이 있다. 그러나 배의 규모에 있어서는 차이가 많이 난다. 에이헵은 선원 30명을 거느리고 있고 산티아고는 소년 한 명을 데리고 있다. (최근에는 그 소년마저 다른 배에 뺏겨 일인 선장 신세다.)

배의 크기도 다르다. 고래잡이를 하는 포경선의 선장이 에이헵이고 작은 다랑어 정도를 잡는 쪽배의 선장이 산티아고다.

둘이 노니는 바다도 틀리다. 태평양 대서양 인도양을 종횡무진 횡단하는 에이헵과 달리 산티아고는 멕시코만 주변을 맴돈다. 에이헵이 한 번 출항에 3년 정도를 잡는다면 산티아고는 당일 출항이 보통이고 가장 긴 것이 3일 정도다.

크기도 기간도 잡는 대상 어종도 다르지만 두 노인에게는 어떤 공통점이 있다. 바로 집념이다. 거기에 자존심이 있고 인간에 대한 예의가 있으며 늙어도 젊은이 못지않은 열정과 끈기와 분노와 저항이 있다. 이런 노인이라면 본받아 마땅하지 않을까.

에이헵은 책의 제목이기도 한 거대한 고래 백경(모비딕)과 사투를 벌인다. 애초 돈이 되는 고래를 잡아 한몫 챙기기 위해 출항한 것이 아니다. 자신의 한쪽 다리를 잘라 불구로 만든 녀석에게 복수하기 위한 것이다. 망망대해 어디서 백경을 찾고 그 백경이 정말로 자신의 다리를 문 백경인지 어찌 알겠는가.

하지만 에이헵에게 거대한 고래 백경은 반드시 무찔러야 하는 원수와도 같은 존재다. 결국 에이헵은 복수를 한다. 백경을 죽인다. 하지만 그도 죽고 선원들도 죽고 배는 바닷속으로 잠긴다. 처절한 비극의 이야기가 노인의 마지막 삶을 화려하게 불태운다.

산티아고도 이에 질세라 기세가 에이헵 못지않다. 왕년에 고기잡이 명수였던 그가 무려 84일 동안이나 고기를 낚지 못했으니 그의 자존심이 크게 상처를 입은 것은 당연지사. 거기다 어부들은 그가 이제 운이 다했다고 손가락질을 하고 그와 함께 다니던 소년은 아버지 손에 끌려 운이 좋은 다른 배를 타러 떠났다. 홀로 남은 노인은 이제 어부 일을 그만두고 분풀이로 술이나 마시고 행인에게 시비를 걸며 인생을 낭비할까. 그도 아니면 주는 일당을 받고 낡은 레퍼토리나 주절대며 손에 쥔 깃발이나 흔들어 대는 오염 세력이 될까.

산티아고는 여느 때처럼 그의 작은 배를 타고 멕시코만으로 향했다. 오늘은 조금 멀리 나가서 큰 고기를 잡겠다는 욕심이 들었다. 사자 꿈도 꾸고 바람도 마침 좋은 방향으로 분다. 좋은 예감을 받아 먼바다까지 온 노인에게 선물이라도 하듯이 거대한 청새치가 걸려든다. 그는 녀석과 3일 밤낮을 싸운다. 자신의 다리를 잘랐기 때문에 복수심으로 싸우는 것이 아니라 나도 아직은 이렇게 큰 고기를 잡을 수 있는 여력이 있다는 것을 알려 주고 싶어 죽음을 각오하고 달려든다. 드디어 놈을 잡는 데 성공한다.

잡은 고기를 싣고 항구에 도착했을 때 노인은 기력이 다했으나 그가 잡은 고기를 보는 어부들과 관광객들은 그 크기에 놀라 자빠질 지경이다. 자신의 배보다 더 큰 고기가 뼈만 앙상하게 남은 채 매달려 있었다.

다시 처음으로 돌아가면 우리에게 이런 노인은 꼰대로 불리는 대신 존경받아 마땅한 어르신으로 대접해야 한다. 대접은 자신이 받고자 해서 그렇게 되는 것이 아니라 하는 행동에 따라 결정된다는 것을 에이헵과 산티아고 노인은 말해준다. 그러지 않는 노인에게는 누구의 말처럼 절대로 바줄 필요가 없다.

짧은 감상평

《백경》

 1851년 발표된 H.멜빌의《백경》(원제:영국에서는《The white Whale》, 미국에서는《Moby Dick》의 줄거리는 단순하다. 이처럼 단순한 장편 소설도 있을까 싶다. 분량은 제법 길어 작심하고 읽어도 엄청난 시간이 필요하다. 두껍기 때문이다. 하지만 읽으면서 머리는 크게 쓰지 않아도 된다. 쉬운 내용이기 때문이다.

 읽지 않은 사람들도 거지반《백경》의 내용은 알고 있다. 백경을 잡으려는 복수심에 불타는 늙은 선장과 잡히지 않으려는 거대하고 잔인하고 약아 빠지기까지 한 백경이 벌이는 사투라는 것은.

 그런데 책이 처음 나왔을 때는 단순한 고래 이야기라는 정도로 치부됐다. 하지만 거기에 심오한 인간의 심리가 내포돼 있다는 평가가 잇따르면서 불멸의 고전 명작 반열에 오르고 있다. 두어 번 읽다가 그만두고 한 30여 년 만에 다시 읽으려니 감회가 새롭다.

 결론을 알고 있어도 문장에 숨은 속뜻을 파헤치니 특이한 작가의 넓은 정신세계가 성난 파도처럼 불어 닥쳤다. 끝없이 펼쳐진 망망대해서 일엽편주 하나로 자신보다 더 큰 백경과 맞서 싸우는 선장 에이헵의 집념은 광기 바로 그 자체다. 백경에 의해 다리 하나를 잘렸다는 표면적인 이유가 복수의 근거이지만 그보다는 어떤 타고 넘을 수 없는 거대한 벽을 기어코 깨부수겠다는 일념이 처음부터 끝까지 관통하고 있는 작품의 힘이다.

19세기 중반 포경업은 미국에서 중요한 돈벌이 수단이었다. 고래 기름은 여러모로 유용했고 값도 비싸 한 번 출항에 3년 이상이 걸려도 갔다 오면 생활이 보장됐다. 힘든 뱃일이 기다리고 있으나 장기 선원들을 구하는 것은 그래서 크게 어려운 일은 아니었다.

주인공인 나 이슈멜은 뱃사람이다. 그가 에이헵의 배 피쿼드호에 승선하는 장면은 그럴듯하다. 주머니는 텅 비고 육지에는 흥미를 끌만 한 것이 아무것도 없으니 홀연히 배를 타고 세계를 다녀오기에 적합하다. 심란한 마음도 털어 버리고 혈액순환을 조절하기에도 좋다.

거기다 지금은 마음속에 축축한 11월의 가랑비가 내리고 자신도 모르게 장례 행렬의 뒤를 쫓아갈 때 느끼는 우울함까지 있지 않은가. 그것을 털어 버리기 위해서는 되도록 빨리 바다로 나가야 한다. 배는 공짜다. 돈까지 벌 수 있다. 선원이니 배의 뒤가 아닌 맨 앞에서 불어오는 바람을 처음 맞는 기분은 이상할 게 하나도 없다.

나 이슈멜은 금단의 바다를 항해하고 원시의 해안에 상륙하기를 좋아하고 착하고 아름다운 것을 즐기기까지 한다. 공포에도 민감하며 할 수만 있다면 그것과 깊이 사귀고 싶은 마음도 있다. 존재하는 모든 사물과 친해지고 싶다. 이것이 이슈멜이 배에 오르는 이유다.

배에 오르기 전 나는 식인종 습성이 아직도 남아 있는, 사람의 두개골을 마치 양파처럼 끈에 매달아서 들고 다니면서 파는 문신투성이 이교도인 작살잡이 퀴퀘그를 만나 그의 복잡한 세계 속으로 빠져들기도 하고, 그가 세속의 신이 아닌 마음속의 신을 믿는 모습에 감탄하기도 한다.

이런 가운데 피쿼드호의 승선 계획은 포경선에 투자한 세 명의 선주에 의해 착실히 진행된다. 배는 드디어 출항의 닻을 올리고 미국의 낸터킷 항을 떠나 고래잡이에 나선다.

아직 에이헵 선장은 본격적으로 등장하지 않고 있다. 그가 언제 나올지 호기심을 가득 품고 기대하지만 좀처럼 그는 나타나지 않는다. 등장하지 않아도 그가 선장실에서 무슨 꿍꿍이를 하는지 선원들은 늘 귀를 기울인다.

책의 1/3 정도를 읽어야 드디어 그가 갑판에 모습을 드러낸다. (결판은 책의 끄트머리에서 난다. 결국 에이헵은 백경의 눈을 작살로 작살낸다. 그리고 그 역시 백경을 따라 수심을 알 수 없는 깊은 바닷속으로 빨려 들어간다. 비극적으로 위대한 생애는 이렇게 마무리된다. 멜빌은 에이헵의 생애를 '비극적으로 위대한 생애'라고 결론 내리고 '모든 인간의 위대함은 병적인 것'이라며 젊고 큰 뜻을 품은 사람들은 이것을 기억해야 한다고 강조한다. 아주 그럴듯하지 않은가.)

피쿼드호의 1등 항해사는 스타벅이다. 낸터킷 출신으로 육체의 군살은 찾아보려야 찾아볼 수 없는데 그것은 병마나 근심 걱정 때문이 아니라 오히려 그 반대 때문이었고, 이등 항해사 스터브는 겁쟁이도, 용사도 아닌 그냥그냥 살아가는 태평가이며 고래만 보면 미친 듯이 달려드는 삼등 항해사는 플라스크다.

이들 고급 선원과 30여 명의 하급 선원이 피쿼드호에 승선했다. 이들이 할 일은 고래를 잡아 머리를 자르고 기름을 짜고 통에 담고 남아 있는 통이 가득 차면 만선을 자축하며 그리운 아내와 자식이 기다리고 있는 항구로 돌아오는 일이다.

그 일에 무려 3년이 걸린다. 3년 동안 이들은 망루에서 물 뿜는 고래를

당신이 몰랐던 문장이 내게로 왔다

발견하면 보트를 내려 추격하고, 가까운 거리에서 작살을 던져 고래를 잡고, 잡은 고래를 배로 끌어올려 피범벅이 된 고래를 해체한다. 새끼와 망망대해에서 놀고 헤엄치고 장난하던 고래들은 이렇게 피쿼드호의 선원들에 의해 가차 없는 죽임을 당한다. (아, 불쌍한 생명체여~! 잔인한 인간이여~! 고래의 눈물이여~!) 그러나 보이는 모든 고래를 다 잡는 것은 아니다. 참고래는 추격하지만 기름값이 싼 고래들은 보고도 모른 척한다. 반대로 말향고래는 선장은 물론 모든 선원들이 좋아하는 고래라 보는 족족 잡아들인다.

만선이다. 이제 돌아갈 시간이다. 그러나 선장은 마지막으로 백경을 잡아야 한다는 일념에 사로잡혀있다. 그의 활동은 이제부터 시작이다. 이것은 그가 배에 오른 이유이며 목적이다. 죽음의 눈앞에서도 에이헵은 백경의 추격을 멈추지 않는다. 선원들에 의해 최고의 수령이며 독재자로 불리는 그는 말향고래의 턱뼈를 갈아서 만든 상앗빛 한쪽 다리를 절며 일본 열도 근처에서 3일 밤낮 백경을 추격한다.

드디어 백경과 마주 선다. 결론은 미리 말했다. 한 번 더 말하자면 선장도 죽고 선원들도 다 죽고 배도 가라앉고 백경도 죽었다. 운명에 굴하지 않고 스스로 멸망할지언정 패배하지 않는다는 인간의 오만함이 하늘을 찌른다. 나 이슈멜만이 살아남아 이 사실을 독자들에게 알린다.

팁 ＿＿＿ 일등 항해사 스타벅이 커피를 즐겨 마신다고 《백경》을 두 번이나 제대로 읽었다고 자신하는 사람에게서 들었을 때 나는 귀를 세웠다. 그래서 스타벅스의 이름이 유래됐다고 했을 때 나는 입을 벌리고 그러냐고 고개를 주억거렸다. 그럴듯했다. 그래서 그 회사 커피를 좋아하는 나는 스타벅이 등장할 때마다 그가 언제 커피를 마시는지 예의 주시했다. 혀끝의 미각을 곤두세우고 은은한 커피 향이 아카시아 꽃처럼 피어나기를 숨죽여 기다렸다.

그러나 책의 어디에서도 스타벅은 단 한 모금의 커피도 마시지 않는다. (술도 마시지 않는다. 선원들이 술을 먹는 분위기는 언급되지만 부각되지 않는다.) 책의 전체를 통해서도 커피 이야기는 두어 번 정도 나오는 것이 고작이다. 그것도 마시면서 맛을 음미하거나 인생의 고뇌나 죽은 고래에 대한 애도나 에이헵에 대한 적개심을 표현하는 것도 아니다. 바다에서 만난 독일 선원이 들고 있는 기름통을 커피 주전자라고 오해하는 것 정도다.

그리고 두 번째 커피가 나오는 대목은 책의 2/3를 읽었을 때인데 삼등 항해사 플라스크의 모습을 에이헵이 관찰하면서 저놈은 마치 망가진 커피 가는 기계 같은 목소리로 중얼거린다고 독백하는 장면이다. 그리고 이후 책을 덮을 때까지 그 어디에서도 커피라는 단어는 나오지 않는다.

실망이 이만저만이 아니다. 죽음의 순간 혹은 백경을 잡고 나서 피보다 더 진한 커피를 마시는 장면을 기대했고 단말마처럼 내뱉는 커피 맛에 대한 표현이 어떨까 고대했는데 물거품처럼 사라졌기 때문이다. 해서 내가 잘못 들은 것으로 판단하고 스타벅스의 이름의 유래에 대해 찾아보니 스타벅(Starbuck)의 이름에서 스타벅스가 정해진 것은 맞았다. (애초에는 스타벅 대신 배의 이름인 피쿼드(Pequod)로 하려고 했다나.) 어쨌든 스타벅은 커피를 좋아하지도 먹지도 않는다. 피쿼드호의 선장인 에이헵과 고급 선원은 물론 수많은 선원 그 누구도 《백경》에서는 커피를 입에 댄 적이 없다. 사실 내가 《백경》을 굳이 급하게 읽었던 것은 이 사실을 빠르고 확실하게 확인하기 위해서였다.

한편 허먼 멜빌은 《주홍글자》의 저자 "너 새니얼 호손에게 그의 천재성에 대한 나의 찬양의 표시로 이 책을 바친다."라고 썼다. 그만큼 호손을 모범으로 《백경》을 저술했다는 것을 알 수 있으며 셰익스피어의 비극에 영향을 받았다는 것도 숨기지 않았다. 책 중간중간에 극의 대사체 문구를 볼 수 있는 것은 이 때문이다. 고래의 생태와 포경업에 대한 이해가 백과사전보다 더 정교해 고래를 배우는 학생들에게 도움이 될 만하다.

《노인과 바다》

바다라면 나도 할 말이 조금 있다. 어려서 바다와 함께 살았기 때문이다. 살았다는 표현에 의구심이 있다면 그것을 해소하기 위해 어린 시절 내 고향 보령이 바다와 1㎞ 남짓 거리에 있었다는 것을 밝히고자 한다. 그러니 저 바다에서 살았거나 그 바다에서 놀았다고 해도 과장됨이 없다. 실제로 그랬으니까. 주로 낚시를 하면서 그랬다는 것까지 덤으로 알려둔다.

대상어는 사전에 정해지지 않았다. 물려주기만 하면 무엇이든 잡았다. 물지 않으면 장대를(생대나무를 거꾸로 매달아 곧게 펴지게 끝에 돌을 매달아서 곧은 낚싯대를 만들었다.) 이리저리 휘두르거나 위아래로 들썩거리면서 그렇게 하도록 했다.

주로 망둥이나 작은 돔, 능성어의 어린 녀석들이 올라왔다. 간혹 바닷장어나 우럭이나 넙치도 있었으나 그런 행운의 날은 많지 않았다. 큰놈이 걸려들 때면 끝이 뭉뚝한 대나무 낚시도 확 휘거나 팽팽하게 줄을 당기는 느낌이 강하게 왔다. 줄이 꺾이는 각도를 통해서도 놈의 종류와 크기를 짐작할 수 있었다.

아주 오래전 어린 시절의 일이다. 그 후 커서도 그 시절의 추억을 못 이겨 섬 여행이라는 명목으로 간혹 낚싯대를 챙기곤 했다. 그러나 '씨름'할 정도로 무거운 녀석을 잡아 보지는 못했다. 남들이 월척급이라고 하는 미터 절반급 몇 마리가 내 낚시 인생의 성과라고 해야겠다.

장황한 사설을 늘어놓는 것은 이번 호 나의 고전 읽기가 바다와 낚시와 연관이 있기 때문이다. 바로 헤밍웨이의 《노인과 바다》가 그것이다. 헤밍웨이가 살았던 바다는 내가 살았던 바다와는 달랐다. 서해의 작은 포구가 아니라 멕시코만의 망망대해가 그가 놀았던 터전이었다.

한때 노련한 어부였던 산티아고는 이제 늙었다. 야위고 수척했으며 목덜미에는 깊은 주름이 잡혀 누가 봐도 노인티가 역력했다. 세월의 상처를 피하지 못한 늙은 어부의 신세가 바로 산티아고였다. 하지만 다른 신체는 모두 노인의 것이었지만 눈만은 바다 색깔을 여전히 유지하고 있었다. 기운차고 패배를 모르는 의욕이 노인의 양어깨를 단단히 감싸고 있었던 것이다.

당신이 몰랐던 문장이 내게로 왔다

그가 바다로 나갈 채비를 한다. 무려 84일간이나 제대로 된 고기를 한 마리도 낚지 못했으나 85라는 숫자는 운과 연관이 깊었다. (그렇다고 생각했다.) 과연 그랬다. 빈 배로 돌아오는 대신 월척의 꿈이 이루어지는 기회가 마침내 찾아온 것이다. 이 순간 부모의 강권에 의해 노인을 떠나 다른 배를 타는 소년 마놀린이 함께 있었더라면 노인은 무척 행복했을 것이다. 아들처럼 의지하던 소년이 다른 배를 타자 노인은 너무 쓸쓸했다. (이런 표현 꼭 써야 하나. 쓰면 쓸수록 더 외롭고 적적해지는) 혼자 남은 노인은 그래도 바다로 향했다. 어부가 해야 할 일은 바다로 나가 고기를 잡는 일이기 때문이다.

직업 정신에 투철한 자존심 센 노인이 쪽배를 몰고 먼 바다로 나갔을 때 미풍이 불었고 하늘은 맑았으며 조류는 배의 방향으로 제대로 흘러갔다. 기분이 좋은 노인은 오늘쯤은 한 마리 걸려들 것 같은 예감이 들었다. 고양이처럼 장난을 치며 해변을 돌아다니는 새끼 사자 꿈도 꾸었다. 군함새 한 마리가 날치 떼 위에서 선회 비행을 하고 있다.

징조가 좋다. 노인의 기대치는 한껏 부풀어 올랐다. 그래서 더 멀리, 더 멀리 나갔다. 해변의 섬 그림자가 보이지 않고 저녁이 되어도 아바나의 불빛을 찾아볼 수 없는 먼바다에 노인이 도달했을 때 해는 지고 이미 어두운 뒤였다.

다음날 드디어 놈이 걸려들었다. 녀석을 잡기 위해 벌인 사투를 일일이 여기에 열거할 수는 없다. 등에 줄을 감고 버티는 노인의 모습을 상상해 보라. 손과 이마는 찢어져 피까지 흐르고 태양은 이글거린다. 아, (이즈음 감탄사 하나 정도는 넣어야 한다.) 노인은 이제 편히 쉬어야 할 나이지만 전생에 무슨 죄를 지었길래 이리도 힘든 시간을 보내야 한단 말인가. (신파도 양념으로 들어가면 나쁠 것이 없다.)

3일을 꼬박 씨름해 잡았으나 배로 끌어 올릴 여력은 없다. 들어 올리기에는 너무 큰 녀석이어서 되레 녀석이 배를 끌고 다녔다. 감당할 수 없는 녀석을 잡은 것이다. 고기는 뱃전을 빙빙 돌다 숨을 쉬기 위해 물 밖으로 튀어 올랐다. 부레에 공기가 가득 차 죽음을 재촉하는 행동이었으나 녀석은 아랑곳하지 않았다.

녀석이 노인 앞에 모습을 드러냈을 때 노인은 자신이 잡은 고기가 커도 너무 커서 꿈인지 현실인지 어리둥절했다. 준비된 작살을 살 깊숙이 꽂아 넣었을 때 노인은 마침내 그가 그토록 원하던 거대한 고기를 잡는 데 성공했다는 것을 알았다.

작가의 표현에 의하면 길이는 5.5m가 넘고 무게는 700㎏에 육박했다. 고기를 배에 묶고 나서 보니 배보다 고기의 길이가 더 길어 고물 쪽에 녀석의 꼬리가 길게 드러날 정도였다. 힘든 사투였다. (말 안 해도 안다.)

흰 거북이 알과 만세기 몇 점, 그리고 물 몇 방울로 버티며 여러 날 힘든 싸움을 벌인 노인은 이제 죽을 지경이다. (그가 좋아하는 강타자 조 디마지오가 출연하는 양키스 야구경기를 중계방송해줄 라디오라도 있었으면 좋으련만.)

하지만 녀석을 팔아 돈을 벌 생각을 하자 노인의 얼굴에 기분 좋은 빛이 떠올랐다. (아니다. 그것 때문이 아니라 자존심을 세웠고 어부의 몫을 해냈기 때문이다. 그러니 여기까지.)

잡은 고기를 매달고 항구로 돌아오는 과정은 고기와 사투했던 것에 비할 바가 못 됐다. 상어의 공격을 받은 고기는 뼈만 앙상하게 남은 채로 배와 함께 정박했다.

상어를 여러 마리 죽이고 혼신의 힘을 기울여 지키려던 고기는 화석박물관에 있는 거대 심해어처럼 뼈만 남아서 그 크기를 보여줄 뿐이었다. 겨우 살아온 노인은 집에 돌아와 쓰러져 잠을 잤다.

소년이 찾아와 커피와 먹을 것을 주었다. 사람들은 노인의 배에 매달린 거대한 고기를 보았고 일부 관광객들은 저것이 무엇이냐고 묻기도 했다.

팁 _____ 《노인과 바다》는 분량이 아주 짧다. 다 읽었는데 읽은 만큼의 분량이 남아 무슨 일인가 했다. 보니 해설서였다. 번역한(민음사) 김욱동 교수는 친절하게도 이 책의 내용은 물론 헤밍웨이와 그가 쓴 다른 걸작들에 대해서도 말하고 있다.

설명서도 본문만큼이나 쉬워 이해하는 데 무리 없다. 다 읽고 나자 쿠바가 조금 더 가깝게 다가왔다. 그래서 한 번쯤 가봐야 하지 않겠나 하는 막연한 생각을 했다.

체 게바라의 평전을 읽을 때도 그랬다. 그가 모터보트로 상륙한 지점을 걸으면서 삶과 죽음에 초연했던 한 인간의 여정을 따라가 보는 것도 나쁘지 않겠다는 느낌이 들었다.

그곳을 배경으로 올드카에 올라탄 멋진 배우 모습을 흉내 내고 싶어지기도 한다. 지금은 또 생각이 바뀌었다. 석양이 질 때 럼주를 홀짝이면서 해변을 걷고 먼동이 터 올 때 진한 커피를 마시면서 노인과 소년을 마음속 깊이 그려 본다. 그때 누군가 재즈라도 한 곡 연주해 준다면 찡그리는 대신 가볍게 손을 들어 반가움을 나눠 주고 싶다.

한편 노인이 살아서, 그것도 거대한 물고기를 잡아 돌아오는 장면은 전쟁에서 나라를 구하고 금의환향하는 왕의 귀환에 못지않은 거대한 울림으로 다가온다.

자줏빛 가슴지느러미를 날개처럼 활짝 펴고 기다랗고 꼿꼿한 꼬리를 세운 채 어두운 물속을 헤엄치고 나가던 저 당당한 모습, 위엄, 그리고 생명의 존엄성.

과연 어떤 인간이 저런 고기를 잡을 수 있으며 먹을 수 있는 자격이 있나. 헤밍웨이에게 고기는 단지 낚는 대상이거나 유희의 종류가 아니었다. 먹고살기 위한 수단이었기에 고기를 대하는 태도가 무척 인상 깊었다.

형제라는 표현을 쓰기도 하고 녀석이 살기 위해 겪는 고통에 대해서도 이야기했다. 살아서 망망대해를 누려야 하는데 자신에게 잡혀 죽은 녀석에게 미안함과 고마움을 표했다. (방송에 나오는 낚시 프로 출연진들도 고기를 이런 식으로 대했으면 좋겠다. 그들의 천박한 표현은 보고 싶어도 채널을 돌리게 만든다. 살아 있는 것을 함부로, 장난감으로 다뤄서는 안 된다.)

인간이, 인간이 아닌 다른 그 무엇에게라도 대하는 태도는 이러해야 한다면, 좀 더 맛을 내기 위해 잡은 즉시 비스듬히 목을 찔러 피를 뺄 때도, 회를 치기 위해 살아 있는 것의 가슴에 벼린 칼을 들이밀 때도 그러해야겠다. 그것이 고기에 대한 최소한의 예의가 아니겠느냐고, 이런 사실을 좀 더 일찍 알았더라면, 유치원 때 알았더라면 좋았을 것이다. (그동안 그러지 못한 물고기들에게 미안함을 가득 담아서)

역사 대 역사

박지원과 홍명희

   조선 인조가 삼전도 앞에서 무릎을 꿇고 머리를 세 번 조아렸다. 병자호란이 일어난 것은 1636년이었다. 직접 12만 대군을 이끌고 온 청 태종은 남한산성으로 도피한 인조를 궁지에 몰아넣었고 마침내 항복을 받아냈다. 그 후 조선은 해마다 청나라에 조공을 보냈다. 조선 정조 4년 1780년에는 규모가 더 컸다. 각종 진귀한 물품을 싣고 떠나는 청 황제 칠순맞이 조공단의 행렬에 박지원이 포함됐다.

   그는 압록강을 건너면서부터 장장 4개월에 걸쳐 열하에 도착하기까지의 일정을 꼼꼼히 기록했다. (자연의 산수를 아름답게 표현했고, 가도 가도 끝이 없는 요동지역을 세심하게 그렸다. 홍수가 나서 우회했는가 하면 말이 다쳐 쉬기도 했다. 그러나 기한 내에 도착해야 하는 일정이라 한 시도 쉴 틈이 없었다.

   길은 험하고 행렬은 길고 날은 덥고 강물은 불어났다. 힘든 일정이었다. 그런데도 박지원은 크게 불평을 하거나 불만을 표시하지 않고 시종 차분하게 일행의 일거수일투족과 지나치는 지역과 그곳 사람들의 풍경과 인연 등을 적어 나갔다.

지루할 때 지원의 친구는 양반이 아닌 하인 장복이었다. (둘이 수작을 부리는 영화 장면을 보고 싶다. 이창동 감독이나 봉준호 감독이 《열하일기》를 영화로 만들어 준다면 고맙겠다. 그리된다면 책만큼이나 영화도 불멸의 고전으로 남지 않겠는가.)

지체 높은 양반이 종놈과 주거니 받거니 농담이나 따먹는 일들이 그가 쓴 《열하일기》에 고스란히 적혀 있다. 남의 나라 왕에게 잘 봐달라고 각종 선물을 바치는 조공행이 마냥 기쁠 리 없겠지만 그래도 박지원은 그런 내색을 하지 않고 오로지 닥쳐오는 마을과 주변과 그곳 사람들의 이야기만 기록했다.

당시는 한문이 나라 글이어서 한글로 쓰지는 못했다. 우리나라 사람이 우리나라 심정을 한글이 아닌 한문으로 기록한 귀중하면서도 아픈 역사서는 이렇게 해서 탄생했다.

그로부터 200여 년 전. 조선 명종 14년, 그러니까 1559년 조선은 큰 시련을 만났다. 왜란이 아니었다. 도적 임꺽정이 활개를 치고 있었다. 조정은 근심에 쌓였다. 그래서 임금은 그자를 잡아 오라고 호통을 쳤다.

하지만 신출귀몰한 꺽정이는 쉽게 잡히지 않았다. 그는 조선 8도를 누볐으며 특히 근거지인 황해도는 물론 평안도, 강원도와 경기도 안성 지역에서 악명을 떨쳤다. 말이 악명이지 백성의 입장에서 그는 잔칫상에서 호명되어야 할 의적이었다.

약탈과 방화와 살인을 일삼는 도적이라고 관군들은 그를 보면 알려 달라고 했지만 백성들은 그러지 않았다. 되레 관군의 위치를 꺽정이 일당에게 일러줘 미리 피신하도록 도왔다. 백성이 보기에 그들이 조정이나 양반보다 나았기 때문이었다.

정치는 병들고 권력자들은 백성을 쥐어짰다. 문정왕후의 외삼촌 윤원형 일당은 탐관오리 이상으로 백성의 고혈을 짜냈다. 권력자나 양반은 사나운 사냥개 같은 존재였다. 그러니 그들이 꺽정이에게 호의적인 것은 당연했다.

왕이 명령을 내렸어도 잡는 데는 무려 삼 년의 시간이 걸렸다. 꺽정이의 수완이 좋기도 했지만 백성들이 그들을 보호하고 살려 줬기 때문이었다. 조선은 병들대로 병들어 있었고 살기 위해 자발적으로 꺽정이 일당에 합류했다.

홍명희는 그런 꺽정이의 일대기를《임꺽정》이라는 소설로 역사에서 끄집어냈다. 조공을 바치러 가는 일이나 학정에 못 이겨 도적이 된 것은 우리의 역사가 얼마나 슬픔과 아픔으로 점철된 것인지 새삼 알게 해준다. (여기서 눈물 찔끔)

이런 역사 때문인지 우리는《열하일기》와《임꺽정》같은 세계 어느 고전에도 뒤지지 않는 명작을 남기게 됐다. 나쁜 역사가 반드시 나쁜 결과만을 가져오는 것은 아니라는 역설이다.

짧은 감상평
《열하일기》

우리 문학의 우수성은 의약뉴스 고전 읽기 51회 《임꺽정》에서 밝힌 바 있다. 벽초 홍명희의 《임꺽정》이 순 한글로 쓴 우리글이라면 연암 박지원의 《열하일기》는 한문으로 쓴 우리 문학이다.

한문으로 썼으니 한글 세대를 위해 국문으로 번역이 필요했다. 번역본은 여러 종류가 있으나 북한 출신 리상호(보리 출판사)가 옮긴 것을 골랐다. (처음 발간은 1901년 김택영이 했다.)

열하는 지금의 중국 허베이성 동북부 러허강 연안의 청더에 해당한다. 이곳에는 청나라 황제 건융제의 여름 별장이 있어 황제별궁 혹은 피서별궁으로 불렸다. 산수가 수려하고 온천이 있고 사냥하기에 적당했다. (1994년 유네스코 세계 자연유산으로 지정됐다. 그 이전 1793년 영국 사절단을 황제가 접견했고, 1860년 제2차 아편 전쟁 당시 피신해온 황제가 이곳에서 사망했다. 1933년 일본은 이곳에 만주국을 세웠다.)

당시 조선 조정은 청 황제의 칠순 잔치를 기념하기 위해 대규모의 조공팀을 꾸렸다. 이들은 각종 희귀한 진상품을 싣고 열하의 황제를 알현하기 위해 한양을 떠났다. 1780년 6월 24일 청나라 건융 45년, 조선 정조 4년, 사절단의 총책임자인 박명원의 수행비서로 팔촌동생 박지원이 동행했다. '평생에 한 번뿐인 꼭 가봐야 할 장쾌한 여행'을 마다할 이유가 없었다.

그는 열하로 향하는 첫날부터 도착하기까지의 장장 4개월간의 일정을 기행문 형식으로 기록했다. (글을 쓰는 데는 4년이 걸렸다.) 가는 길은 험난했다. 일행은 많고 기일은 정해졌으나 일기는 불순하고, 특히 비가 많이 와 말을 타고 강을 건너기가 힘겨웠다.

첫날의 서두에서 박지원은 '아침에 비가 내렸다. 온종일 오락가락. 오후에 압록강을 건너 구련성에서 노숙했다. 밤에 큰비가 내리다가 곧 개었다'고 썼다. 그날 날씨로 시작된 일기는 무려 26권 10책으로 마감될 때까지

당신이 몰랐던 문장이 내게로 왔다

이어졌다.

물빛이 오리 대가리처럼 푸른 압록강을(그래서 압록강이라는 이름이 붙었다.) 다섯 척의 배를 나눠 타고 넘은 후 박지원 일행은 심양, 광녕, 산해관, 북경을 거쳐 목적지인 열하에 도착했다.

일단 도착하기까지의 여정을 재미있는 내용 위주로 간략하게 적어 보자. 3일 후인 27일, 날이 새기 전에 길을 떠나 30리를 더 갔다. 하인 장복이가 자물쇠를 잃어버렸다. 압록강에서 120리에 이르는 책문에 도착해서는 그곳 문물이 우리보다 앞선 것을 보고 질투심으로 몸이 후끈 달아올랐다.

다음날 강태영의 집에서 점심을 먹고 벽돌 쌓는 법과 기와 이는 법에 대해서 유심히 살펴보고 성을 쌓을 때 벽돌이 나은지 돌이 나은지 정진사와 언쟁을 벌였다.

술 내기 투전을 벌이고, 만족 여자를 보고 결혼 행렬을 구경하고, 보잘 것없는 책 목록을 베끼고 대가로 청심원을 주었다. 며칠을 비가 와서 머물다가 마침내 끝없이 펼쳐진 요동 벌에 이르러 '한바탕 울 만한 자리'라고 감탄했다.

한족 여자를 처음으로 보고 다음 날 60리를 와서 심양에 머물렀다. 술한잔 걸치고 '누가 찾거든 뒷간에 갔다'고 이르라고 전한 뒤 골동품 가게와 비단 가게를 구경하고 날이 새도록 놀았다. 이틀간 잠을 못 자 이동하는 중에 말 위에서 졸았으며 그 때문에 구경거리인 약대(낙타) 행렬이 지나가는 것을 보지 못해 아쉬웠다.

늙다리 참외 장수에게 속아 일행이 훔치지도 않은 참외 값으로 백 푼 돈을 빼앗기고 상갓집 구경을 갔다가 난데없이 문상객 취급을 받기도 했다.

지금까지 중국에 와서 본 것은 깨진 기왓장과 똥거름이 최고 장관이었다고 적은 날은 7월 15일이다. 호행통관 쌍림이는 조선말로, 장복이는 어수록한 중국말로 서로 지껄이는 소리를 들었는데 처음 하는 장복이 말이 더 좋아 조선말이 배우기 어렵다는 것을 실감했다.

고교보에서는 조선 사신 일행이 그 전해에 잃어버린 돈 천 냥 때문에 그곳 주민 여러 명이 죽은 관계로 반응이 냉담했다. 청돈대서 해돋이 구경할 때는 강원도 총석정 생각이 났고 (연암은 총석정 해돋이 장면을 담은 장시를 이 책에 썼다.) 점술이 용하다는 사람을 만나 점은 보지 않고 위인들의 생년월일을 베끼다가 천기누설이라고 서로 웃음을 주고받았다.

털모자점에 들러서는 양털 모자를 조선이 수입하는 것을 보고 우리나라 은이 모두 중국으로 가고 있다고 아쉬워했고, 산해관에 들러서는 지금껏 보고 놀란 것이 모두 이곳을 본뜬 것임을 알만큼 빠져들었다.

진사 서학년의 집에서 골동품을 구경하고 한문공의 사당에는 함께 갈 사람이 없어 평생 꿈꿔 왔던 곳을 가지 못해 애석했으며 우연히 만난 호응권의 화첩 목록을 적었다. 양평부에서 장 구경을 한 다음 날에는 전날 먹은 고비 나물 때문에 속병이 생겨 고생했고, 호형항의 집에서는 박제가가 써놓은 이덕무의 시를 보았다.

길 떠난 지 한 달하고 사흘 후, 그러니까 7월 28일 조선 사람들이 사는 고려보에 도착했다. (이들은 인조를 삼전도에서 무릎 꿇린 청태종이 돌아갈 때 인질로 잡혀 온 사람들이었다.)

고려보의 조선 사람들은 처음에 사신이 오면 고국 사람이 왔다고 극진한 환대를 했으나 이들이 자신들의 물건을 훔쳐가고 못살게 해 사신을 소닭 보듯이 하고, 사신 일행은 하인들도 욕하고 괴롭혀서 서로 간에 원수지간이 됐다. (슬픈 일이다. 외국에 나가면 서로 한국 사람 조심하라는 말이 실감 난다. 고려보 사람들에게 내가 대신 사과해서 용서받을 수 있다면 그러고 싶다.)

이날 모두 80리를 왔는데 소나기를 피해 들어간 점방 주인이 자신에게 수양 아버지가 되라고 부탁해 거절하느라 진땀을 뺏으며 심유봉의 집에 걸려 있던 《호질》을 정진사와 나누어 베껴 썼다.

말은 베껴 썼다지만 연암의 창작 글인데, 이는 범이 양반의 못된 점을 꾸짖는 내용이어서 자신이 화를 면하기 위해 이렇게 꾸며 놓았다고 한다. (《열하일기》 중 최고의 문장으로 꼽히는 부문이다. 교과서에도 실린 것으로 기억나는데 워낙 길이가 짧으니 이것만이라도 따로 읽어 보라고 권하고 싶다.)

삼하현을 지날 때는 홍대용에게 부탁받은 편지와 선물을 손유의에게 전해주려고 찾아갔으나 없어 보지 못하고 다음 날 8월 1일 드디어 북경에 도착했다.

압록강과 무려 2,030리 떨어진 거리였다. 북경에서는 책방에도 가고 이덕무가 만났다는 당원항네도 들르고 유리창도 구경하면서 한 사람이라도 자신을 알아주는 사람을 얻는다면 여한이 없겠다는 공자의 글귀도 생각했다.

열하로 와서 황제의 만수절에 참석하라는 명을 받고 가지 못하고 북경에 남는 장복이와 헤어질 때는 울고불고 한바탕 난리를 피웠다. 자금성을 끼고 열하로 출발한 지 이틀 만에 견마잡이 창대가 말발굽에 발을 찍히는 사고를 당했다.

그날 황제가 보낸 군기 대신은 조공 일행이 9일까지는 열하에 대야 한다고 알려와 마음이 조급했다. 만리장성에 도착해서는 물 대신 새벽에 산술로 먹을 갈아 별빛 아래서 성벽에 이름 석자를 새겼다. (역시 우리나라 사람은 기록에 강하다. 유명 관광지에 내가 왔다 갔다고 적는 것은 이러한 습성 때문이다. 아닌가.)

날짜를 맞추려고 나흘 동안 눈 한 번 제대로 못 붙이고 쉬지 않고 말을 달리니 마중 나온 내시가 일행들이 어디쯤 오고 있는지 확인하고 돌아갔다.

태학관에 머물 때는 2품 끝자리에 서라는 황제의 조서를 읽었으며 총책임자 박명원이 황제에게 감사의 글을 올리라는 독촉의 말을 들었다. 이날 닷새 만에 처음으로 자리에 누웠으며 다음 날 피서 산장에 들러 황제가 내리는 음식을 먹고 황제의 여섯째 아들과 몽고 왕을 알현하고 숙소로 돌아왔다. 황제의 반선 라마를 알현하라는 명령을 받고 가야 하나 잠시 논란이 있었으나 다음날 라마를 알현하고 금불을 하사받았다.

드디어 만수절 당일이다. 하례식에 참석한 후 황제가 내린 여지즙을 술인 줄 알고 먹었으며 악기 구경을 하고 나오다가 수백 필 말 떼를 만났다.

8월 14일 황제는 조선 사신에게 이제 북경으로 가라고 명령을 내렸다. 이에 사신들은 열하를 떠나 북경으로 향했다. 황포령을 지나다가 황제의 친조카 예왕을 만났으며 조느라고 보지 못한 약대를 보았고, 북경에 도착해서는 헤어졌던 일행들과 합류했다. 장복이를 만난 창대는 황제를 만났다거나 상금 천 냥을 받았다고 속였다. 이날이 8월 20일이다.

박지원의 《열하일기》는 여기서 끝난다. 북경에서 조선으로 돌아오는 여정은 적지 않다. 또 임금에게 하직 인사를 하고 한양에서 5월 25일 떠났으나 한양에서 압록강까지의 기록도 없다. 매우 아쉬운 대목이다.

팁_____《열하일기》는 당대의 칭찬을 받기보다는 비난의 대상이 됐다. 100여 년간 금서로 지정될 정도로 당시 조선 조정의 주시 대상이었다. 비록 명나라가 망한 지 100년이 넘었어도 여전히 조선이 섬겨야 할 나라는 오랑캐의 나라 청이 아니라 세상의 중심인 명이었다. 그런 명을 좀 얕잡아 보고 청의 문물을 찬양했으니 연암이 필화 사건에 연루돼 참살되지 않고 살아남은 것만도 대단한 행운이었다.

그러나 좋은 책은 시간이 지나면서 사라지기보다는 더 큰 생명력을 지니게 마련이어서 필사본만 전해지는 것이 아홉 종에 이르고 있으니 그 인기를 짐작할 수 있다.

점잖은 양반네의 꾸며낸 언어가 아닌 조선의 진실한 토속 말을 사용했으며, 심지어 따라온 종들과 농담을 주고받은 내용까지 상세히 기록했다. 지금까지 써온 상투적인 글이 아니라 연암 이전에 누구도 쓴 적이 없는 상놈의 언어가 난무했으니 그 언어는 소설 문체였다. 거기다 웃음 코드가 가득했고, 잘못된 것을 과감하게 풍자했고, 우리 문물이 청에 뒤져 빈곤하니 배워야 한다는 점을 상기시켰다.

양반들은 뜨끔하여 내놓고 읽기보다는 숨어서 읽었다. 그리고 배우고 때로 익히는 대신 저주를 내렸다. 예술과 문예를 사랑했다고 하는 정조도 《열하일기》를 읽고 나서 노발대발했다고 하니 그 당시 이 책이 가져다준 충격이 어느 정도인지 알 만하다. 정조는 패관잡기를 터부시했으며 순정문으로 돌아갈 것을 명령하고 박지원의 문장이 저속한 것을 문제 삼았다.

요즘 문체가 이따위로 변한 것은 박 아무개의 《열하일기》 때문인데 사고 친 자가 마땅히 해결해야 할 문제이니 속히 순정 한 글을 지어 속죄하라고 소리쳤다. 이에 박지원은 죽지 않고 살기 위해 격식을 갖추고 예를 한껏 차린 그야말로 허례허식에 찌든 속죄문을 정조에게 올렸는데 이 역시 명문이라 정조가 그만 웃고 말았다는 일화가 있다.

연암이 죽고 나서 80여 년이 지나서 《열하일기》는 그 위대함이 다시 주목을 받았으며, 오늘날 우리 문학사에서 빼놓고 이야기할 수 없는 절대 문장으로 절대적인 위치를 차지하고 있다. 뒤늦게나마 이 책의 가치

를 직접 체험한 것은 개인적으로 큰 행운이다. (이 점은 아내에게 감사
해야 한다. 그가 추천해 주지 않았으면 이런 기회는 없었을 것이다.)

《임꺽정》

《임꺽정》을 막 읽으려고 할 때 벽초 홍명희의 자필 편지가 안동에서 발
견됐다는 짤막한 소식이 전해졌다. 한문으로 된 붓글씨는 22살 청년 홍명
희가 1910년 부친상을 치른 후 감사함을 안동의 풍산 김 씨인 김지섭에게
전하는 내용이다. (부친 홍범식은 금산군수로 재직 시 나라가 망하자 자결
했다. 김지섭은 안동 출신의 독립운동가로 1924년 일본 황궁에 폭탄을 던
진 죄로 감옥에 갇혀 옥사했다. 이 편지로 벽초와 독립운동가의 연결고리
가 처음으로 밝혀졌다.)

이때가 한 달 전쯤이니 새로운 감회가 든다. 작가와 작품을 동일시하는
것은 위험한 일이지만(아닐 수도 있다.) 작가의 경험이 작품에 아니 녹아

들 수 없으므로 그런 기분이 들었을 것이다. (삼일절 100주년이 코 앞이다. 이 땅 위의 독립운동가들에게 고개 숙여 감사드린다.)

경기도 양주 출신의 꺽정이가 겨우 8, 9세 때 벼 한 섬을 들 정도로 힘이 장사인 것은 다들 알 것이다. 커서는 숭례문 담장을 가볍게 뛰어넘었고 칼을 잘 썼다. 천민의 자식이 그러면 역적질하기 쉬워 부모는 때려죽이기도 했는데 다행히 부친 돌이는 그렇게 하지 않았다.

이름도 걱정스러운 걱정이는("걱정이, 걱정이" 하다가 꺽정이가 됐다고 한다.) 자라서 몸도 크고 머리도 컸다. 생각이라는 것을 할 수 있는 나이가 됐을 때 그는 자신의 출신 성분을 한탄했다. 양반이 있고 상놈이 있는데 상놈 중에서도 자신은 최하층인 쇠백정이었다.

돌이가 그러니 꺽정이도 당연히 그랬다. 신분은 대를 이었다. 힘센 백정의 자식은 슬펐다. 양반이 무엇을 만들라고 해서 힘겹게 만들어 줬는데 형편없다고 타박하고 값으로 쌀을 주기는커녕 몽둥이찜질을 당하는 것을 보니 꺽정이의 울분은 하늘보다는 땅으로 향했다.

그는 산천을 떠돌았다. 백두산에서 한라산까지 전국을 돌았다. 천한 백정으로 양반의 심부름만 하다가 평생을 사느니 아주 죽은 사람처럼 유람이나 다니자고 작정하고 나섰다.

산천은 그가 보기에 좋았다. 산은 높았고 내는 깊었다. 그는 또다시 해서는 안 되는 생각이라는 것을 하게 됐다. '이놈의 세상, 싹 무너져 내려라.' 하지만 그것은 견고한지라 꺽정이가 그러라고 해서 그러지 않았다.

그러던 그 어느 날이었다. 그는 그 같은 생각을 자신만 하는 것이 아니라 다른 사람도 하고 있다는 것을 알았다. 스승도 만나고 동료도 만나고 후배도 만났다.

그렇다. 꺽정이는 이들과 만남을 통해 달에 선 첫 인류처럼 한 걸음 한

걸음 미지의 세계로 나갔다. 세를 규합해 뜻 맞는 자들과 함께 의형제를 맺었다. 지금도 있는 안성의 칠장사에서 그와 똘마니 일곱 명은 결의형제로 뭉쳤다. 한 번 뭉친 것은 잘 흩어지지 않았다. 이른바 꺽정이와 졸개들. 졸개라고 했지만 그들은 꺽정이 말고는 누구 밑에서 있기 어려운 두목 위에 있는 두령들이었다.

먼저 백발백중 명궁을 자랑하는 이봉학이 있다. 종실 서자이며 꺽정이의 어릴 적 친구로 꺽정이가 없을 때 대장 노릇을 하는 양반 부스러기다. 왜군이 쳐들어왔을 때는 관군으로 공을 세웠으며 벼슬아치 경험이 있다.

박유복은 양반댁 행랑어멈의 유복자로 태어나 앉은뱅이로 오랜 세월을 버티다 극적으로 정상 생활을 하게 된 인물이다. 표창 던지기의 달인이다.

곽오주는 머슴살이를 하다 그 집 아들이 보쌈해온 여자와 결혼해 아들을 낳았지만 곧 죽는다. 이런 트라우마 때문에 아이 울음소리만 나면 광증을 일으켜 아이들을 마구 죽인다. 쇠도리깨를 잘 쓴다. 두령 중에서 최고의 무식함을 자랑하나 의리에서만큼은 누구에게도 뒤지지 않는다.

백두산에서 태어난 황천왕동이는 축지법을 쓰듯 발걸음이 다른 사람에 비해 비교할 수 없이 빠르다. 소식을 전달해 주고 전달받는데 특급 우편 같은 역할을 한다. 꺽정이의 손아래 처남으로 잘 생기고 예의가 발라 귀염둥이 노릇을 톡톡히 한다.

돌팔매질의 일인자 배돌석은 복수의 화신이다. 자신의 마누라가 집주인과 바람나자 지체 없이 둘 다 한칼에 목을 벴다. 새로 결혼한 여자가 또 그렇게 되자 이번에도 두말없이 목을 싹둑 잘랐다. 내 여자의 바람은 용서할 수 없지만 자신에게는 한없이 너그러워 여색질은 빠지지 않았다.

소금장수 길막봉은 꺽정이만큼은 안 되지만 다른 두령에 비하면 힘이 세다. 일당백을 하는 이런 인물들이 청석골에 모여 근거지를 삼고 화적질

당신이 몰랐던 문장이 내게로 왔다

을 일삼는다. 백성들은 관리들보다 이들에게 더 호감을 보인다. 화적에게 뺏기는 것보다 법의 이름으로 수탈하는 것이 더하면 더 했지 덜하지 않았기 때문이다.

이들은 모여서 술을 먹는다. 틈나면 여편네(책의 표현 그대로)나 기생과 놀아난다. 꺽정이도 청석골 정부인 말고 서울에 4명의 부인이 따로 있어 아침저녁으로 이 집 저 집을 돌아다닌다. 동하면 겁탈하고 툭하면 복수의 이름으로 살인을 저지른다. 아무런 죄책감이 없다. 하고 싶어서 했을 뿐이다.

그들에게 무슨 이념이나 철학이 있을 리 없다. 그저 먹고사는 데 불편하면 편하게 하려고 그런 짓을 한다. 의적이니 대적이니 하지만 그런 것과도 거리가 있다. 부자를 털어 가난한 자를 주거나 백성의 억울한 일을 대신 갚아주는 것도 아니기 때문이다. 되레 그들처럼 천한 자들의 하루 식량을 뺏기도 한다.

칠두령의 세는 나날이 커지고 세가 커질수록 소문이 흉흉하자 나라에서는 이들을 토벌하기 위해 군사를 조직한다. 하지만 꺽정이 패를 당하지 못하고 번번이 패한다. 급기야 임금의 칙령으로 이들을 멸하기 위한 명령이 떨어지고 순경사가 급파된다. 꺽정이 일행은 청석골을 나와 자모산성으로 잠시 피한다. 일보 전진을 위한 후퇴라고나 할까.

여기서 임꺽정은 대단원의 막을 내린다. (연재를 시작하다 작가가 신간회에 연루돼 옥살이를 하는 바람에 중단되기도 했고, 신문사가 폐간돼 연재가 이어지지 못하기도 했다.) 무려 10권으로 제본된 책을 덮을 때 과연 꺽정이의 운명이 어떻게 될까 조마조마한 심정은 줄어들기보다 더 심해진다. 그가 잡히지 않기를 바라는 마음이 있다면 백성을 위한다는 조선이라는 나라의 근본이 무너졌기 때문일 것이다.

홍명희는 임꺽정을 쓰면서 조선왕조실록을 참조했다. 실록에 따르면 임꺽정은 명종 16년(1561년)에 잡혔다. 어떤 과정을 거쳐 잡혔으며 그의 최후가 어떻게 마무리됐는지는 기록에 없어 다만 추측할 뿐이다.

임꺽정은 우리 근대 문학을 만방에 떨친 이정표와 같은 작품이다. 어떤 작품도 이 작품과 견줄만한 것이 없다. 어쭙잖은 교훈이나 왕조 중심의 영웅적 서사가 아니다. 당시 서민들의 삶을 질펀한 우리말로 되살려낸 그야말로 '조선말의 무진장한 노다지'가 책장마다 가득하다. 리얼리즘 문학의 최고봉이며 화려한 문장에 있어서는 누구도 따라올 수 없는 독보적인 위치를 차지하고 있다. 우리말로 쓴 이런 작품이 있다는 것은 드러내 놓고 자랑할 만하다.

팁 _____ 의형제에는 속하지 않지만 서종사 서림이라는 인물을 언급하지 않을 수 없다. 그는 한 마디로 유비의 제갈량과 같은 존재였다. 그의 꾀로 임꺽정은 여러 번 위기를 넘겼다. 그가 관군에 잡혀 조정에 귀순했을 때 서종사는 서림이 놈으로 격하돼 꺽정이 패의 원수가 됐다. 꺽정이가 그에게 복수하지 못했으므로 그는 아마도 서림이의 모사대로 계략을 꾸민 순경사에 체포되어 죽었을 것이다.

서림이가 귀순한 것은 꺽정이가 의리를 저버렸기 때문이 아니다. 그가 잡혀서 고문을 받고 그의 식솔들이 위험에 처했기 때문에 협조하지 않을 수 없었다. 칠두령 같으면 그 같은 상황에서 죽음을 택했겠지만 그는 의형제를 맺지도 않았을 뿐만 아니라 그런 의리가 애초부터 없었다. 그의 귀순을 나무랄 수는 없다. 죽음 앞에서 인간은 하찮은 존재이기 때문이다. 그래서 죽음을 두려워하지 않는 꺽정이 칠 형제의 위대함이 더 드러나는 것이다.

당신이 몰랐던 문장이 내게로 왔다

그들을 영웅이라고 칭하는 것은 그런 무모함 때문이다. 이런 인물이 500여 년 전에 이 땅에서 활약했다는 것이 신기할 뿐이다. 거짓말을 일삼는 노밤이의 등장은 드라마의 빛나는 조연으로 손색이 없다.

빼놓아서는 안 되는 인물이 갖바치다. 2편에 해당하는 피장 편에 중심적으로 나오는 갖바치는 꺽정이 패에 없는 어떤 정신을 주었다. 사주 명리에 밝은 갖바치는 그들에게 지식을 전달하지는 않는다. 서로 원하지도 않았다. 그에게서 지식을 배워 잰체했다면 꺽정이가 아니었을 것이다.

이 밖에도 역사적 인물들이 수시로 등장한다. 비극적으로 죽은 조광조나 황진이와 서화담은 물론 이황 등 기라성 같은 학자들이 나타나 현실과 상상의 세계를 접목한다. 최영 장군이나 대왕대비의 무당굿은 시각적 효과가 만점이다.

10권을 다 읽어도 좋지만, 따로따로 읽어도 큰 어려움이 없을 만큼 단락진 구성이 돋보인다. 작가가 이 책을 쓰기 위해 얼마나 많은 공을 들였는지 짐작해 볼 수 있는 대목이다. 홍명희는 동양 문학은 물론 러시아나 영미 혹은 프랑스 등 당시 서양 문학을 섭렵했을 것으로 보인다. 그의 많은 공부와 다양한 외국 서적 독파가 임꺽정의 모태가 된 것이다.

한편 임꺽정은 차별에 치를 떨었으나 그 자신이 대장이 돼서는 두령이나 두목, 혹은 졸개들에게 명령하고 차별을 밥 먹듯이 하는데 이것은 인간사의 아이러니다.

벽초는 월북 작가다. 그는 월북해 김일성 아래서 부주석까지 지냈다. 그래서 남에서는 그의 이름은 물론 작품까지도 금기시됐다. 이광수나 최남선, 김동리 등이 환영받을 때 그가 역사의 그늘에서 흔적 없이 사라졌던 이유다.

소년 대 소년

짐 호킨스와 헉 핀

공교롭게도 짐 호킨스와 헉 핀은 제대로 된 가정에서 자라지 못했다. 불우한 환경과 모험이 어떤 연관 관계가 있는 것은 아니지만 둘 다 힘든 어린 시절을 보냈다.

루이스 스티븐슨의 《보물섬》 주인공 짐 호킨스에게 아빠는 없다. 엄마와 단둘이 살고 있다. 마크 트웨인의 《허클베리 핀의 모험》에 나오는 헉 핀은 아버지가 술주정뱅이다. 어머니는 없다. 아이들은 정상적으로 자라기보다는 밖으로 나돈다. 아직 어른이 되기에는 이른 나이에 이들은 집을 박차고 나간다. 이른바 조기 가출이다. 집 나가면 개고생이 아니라 행복 출발이다. 어른 뺨치는 지혜로 무장한 채 무궁무진한 모험의 세계로 빠져든다. 아버지가 없거나 어머니가 보이지 않는 것은 두 소년에게는 어쩌면 행운이 됐는지도 모른다.

짐 호킨스는 포구에서 여관업을 하는 엄마와 함께 살고 있다. 그곳에 어느 날 험상궂게 생긴 선원 하나가 들어온다. 알코올 중독자인 그는 방값도 낼 수 없어 언제나 호킨스를 구슬려 술을 외상으로 먹는다.

그가 죽자 방값을 받아 낼 재간이 없어진 호킨스는 선원이 남기고 간 궤짝 속에서 지도 한 장을 발견한다. 그것이 세계에서 가장 유명한 지도인 보물섬 지도가 되겠다. 어마어마한 보물이 묻혀 있는 섬의 위치를 알아냈으니 그것을 찾아서 부자가 되지 않으면 호킨스가 취할 도리가 아니다.

짐 일행은 섬으로 보물을 찾아 떠난다. 떠나는 과정과 섬에 도착해서 벌어지는 광경이 모험의 중심축이다. 그 이전에 선실에서 짐 일행에 반대하는 선원들의 반란이 일어난다. 역적모의를 들은 호킨스가 미리 대처해 위기를 넘겼지만 서로 죽고 죽이는 싸움은 계속된다.

주인공 관찰자 호킨스는 죽지 않고 살아남는다. 살아남기까지의 과정을 살펴보면 그의 놀라운 용기에 놀라게 된다. 소년인지 특수 훈련을 받은 공수부대 출신인지 의구심이 들 정도다.

헉 핀도 모험에 관한 한 둘째가라면 서러울 정도로 대담하다. 그 당시 소년들이 가졌던 모험 전체를 합치고도 남을 정도다. 한 마디로 애 어른이다. 하는 말과 행동이 그렇다. 일찍이 세상에 눈을 뜬 그가 술중독자 아버지를 버리고 홀연 떠날 때 나는 그에게 박수를 보낸다. (그러니 불효자라고 나무라지 마시라.)

도둑질과 거짓말과 비양심적인 것은 모두 아버지 탓으로 돌리자. (잘 되면 내 탓, 못되면 조상 탓은 동서양이 같다.) 어린 소년 헉 핀이 스스로 배워서 한 짓이 아니다. (그래야 헉 핀에 애정의 눈길이 한 번이라도 더 간다.) 소년은 잠시 입양되기도 했으나 되지도 않는 식전 기도 따위에 바로 싫증을 내고 탈출한다. 자유 찾아 삼만리가 시작된 것이다. 짐 호킨스에 비해 헉 핀의 행동이 더 능동적이고 주체적이다. 할아버지뻘인 흑인 노예 짐을 만나 벌이는 기상천외한 모험은 헉 핀이었기에 가능했다.

작가는 헉 핀을 위대한 소년 모험가로 탄생시켰다. 짐 호킨스와 헉 핀.

지는 것을 죽기보다도 싫어하는 두 소년 모험가. 이들 가운데 누가 더 모험에 능하고 용기가 있고 배짱이 두둑한지 내기를 걸어본다면 승자 없는 무승부. (애들 싸움에 우열을 가리는 것은 못난 어른들이나 하는 짓이다. 그저 지켜보고 응원이나 하자.)

짧은 감상평

《보물섬》

섬 근처에 살아본 사람들은 안다. 섬에는 뱀과 염소와 꿩이 있다. (꿩을 생각할 때 나는 꿩의 꼬리만 생각한다. 꼬리는 위엄이 있다. 나는 섬에서는 아니지만 산에서 주운 야생 장끼의 꼬리 털을 여러 개 가지고 있다. 볼수록 어떤 신적인 기운이 느껴진다. 신내림을 받는 사람들의 모자를 주목해 보자.) 해당화가 널려 있고 심하게 휘어진 소나무가 절벽에 겨우 버티고 서서 섬을 지키고 있는데 그 모습이 무척 아름답다는 사실을.

그리고 잘하면 보석 비스무리한 것도 볼 수 있다. 어린 시절 나는 곧잘 섬에 놀러 가곤 했다. 어느 날 그곳에서 태양에 반짝이는 주먹보다 조금 큰 돌을 발견했다. 돌에는 두꺼운 유리 조각 같은 것이 촘촘히 박혀 있었는데 누가 일부러 박아 놓은 것이 아니라 자연히 그렇게 된 것이었다. 그 아래는 훨씬 더 큰 돌에 빛나는 것이 무수히 반짝였다. 나는 당시 구석진 곳에 방치됐던 가져오지 못한 그것에 대한 미련의 기억이 남아 있음을 알았다. 그것은 단순한 돌이 아닌 수정이나 크리스털로 불리는 석영의 일종이었다.

고등학생이 된 후 불현듯 생각나 다시 그 섬에 들어갔으나 그곳에는 어둠 속에서 빛을 내는 형체는 어디에도 없었다. 누군가 싹쓸이해 간 것이다. 석영도 찾지 못하고 언덕에서 굴러떨어져 팔뚝과 무릎만 까지고 돌아왔던 쓰라린 일은 지난날의 추억으로 남아 있다.

로버트 루이스 스티븐슨의 소설 《보물섬》(원제: Treasure island)을 읽으면서 나는 어린 시절 섬에서 보았던 반짝이는 것을 생각했다. (책이 아니라 술집이나 음식점 간판, 혹은 회사 이름에서 보물섬 세 글자가 보일 때도 내 눈앞에서 빛나던 수정이 생생하다. 지금 그 섬은 개발로 사라지고 없다.) 작은 석영에 대한 기억도 이처럼 여전한데 해적과 싸워 마침내 엄청난 보물을 획득한 소년 짐 호킨스가 가졌을 보물섬에 대한 기억은 말해 무엇하랴.

포구의 목 좋은 곳에서 여관업을 하는 엄마와 함께 살던 짐은 구릿빛 얼굴에 칼자국이 선명한, 궤짝 하나를 들고 온 늙은 뱃사람 빌리 본즈를 투숙객으로 맞으면서 모험의 세계로 여행을 떠난다.

한눈에 봐도 거칠게 살아온 티가 역력한 그는 외다리 뱃사람을 기다리는 동안 언제나 럼에 취해 있었는데, 알코올 중독으로 움직이지 못해 위협을 할 수 없을 때는 "내 손가락이 떨리잖니, 가만히 있지를 못해." 하고 애원하거나 금화로 짐을 유혹하면서 럼을 구걸했다.

해적 중의 해적, 해적의 왕으로 불리는 플린트 선장의 일등 항해사였던 그는 결국 기다리던 외다리를 만나지 못하고 술병으로 죽는다. 짐은 빌리본즈의 밀린 여관비를 대신할 물건을 찾기 위해 시체를 뒤지고, 위층에 있던 그가 남긴 궤짝에 손을 댄다. 그리고 거기서 종이 한 장을 손에 쥔다. 그것은 보물이 숨겨진 섬의 위치를 알려주는 보물섬 지도였다. 짐은 의사 리지브와 대지주 트로렐리와 함께 지도를 바탕으로 보물을 찾아 떠난다.

항해에 모집된 선원들 가운데는 외다리 존 실버도 끼어 있다. 빌리 본즈가 기다리던 바로 그 사람이다. 순조로운 항해가 이어지던 어느 날 (사건은 항상 어느 날에 벌어진다.) 짐은 갑판 위의 사과 상자 속에서 조리사이며 항해사로 함께 탐험에 참여한 키다리 존 실버가 다른 선원과 작당해 반란을 모의한다는 사실을 엿듣게 된다.

목발에 의지해야 하는 외다리임에도 존 실버는 다른 선원들보다 체격이 좋고 움직임이 빠르며 통솔력이 있어 요리사라기보다는 선장이라고 불러도 좋을 만큼 선원들의 지지를 받고 있다. 의사나 대지주는 물론 짐에게도 호의적으로 대하는데 그 태도는 무척 신사다워 아무 생각 없이 행동하는 다른 선원들과는 질적으로 차이를 보인다. 항해에 반드시 필요한 든든한 원군에게 뒤통수를 맞은 짐의 기분은 한마디로 엉망이다.

'너니까 잘해 준다'는 친근한 말로 짐의 환심을 샀으니 호킨스가 느꼈을 배신감은 더 컸다. (나중에 짐은 자신에게 한 똑같은 말을 다른 선원에게도 하고 다니는 존 실버에 미움의 감정이 커지나 그의 선악을 넘나드는 교활한 행동에 묘한 존경심마저 느낀다.)

짐은 기회를 틈타 선상 반란 음모를 의사와 지주에게 알리고 수적으로 열세인 세 사람은 스몰렛 선장과 함께 반란을 잠재울 기회를 노린다. (다 알다시피 반란의 성패는 정보를 먼저 얻는 자들의 손에 달려 있다.)

사전에 반란 음모가 탄로 난 이상 역적모의가 실패로 끝날 것은 자명한 일이다. 하지만 작심하고 달려드는 상대편을 제압하는 것은 쉽지 않다. 많은 희생자가 난 후 히스파니올라호는 원래 주인에게 돌아왔다.

영국기 대신 해적기를 돛대에 달고 기세를 올리던 해적들은 하나둘 죽고, 살아서 돌아오는 길에는 해적 플린트의 밑에서 일하던 벤 건(3년간이나 홀로 버려졌던 그는 탐험대가 오기 전에 보물을 파내서 안전한 곳에 숨겨 두었다.)과 존 실버, 그리고 의사와 지주, 당연히 기록자인 나 짐 호킨스 정도만 남았다. 존 실버가 살아서 황금의 일부를 차지했다는 사실은 권선징악의 관점에서 보면 매우 이례적이다.

반란을 모의하고 실제 실행에 옮긴 존 실버는 금괴 한 상자를 들고 부상당한 선장의 안정을 위해 잠시 정박한 중남미에서 가장 가까운 항구에 도착하자마자 일행을 따돌리고 사라졌다. 일행은 그의 행방에 관심을 보이거나 수배령을 내리지 않았다. 짐은 물론 생존한 그 누구도 실버가 목을 매단 채 햇볕에 말라비틀어진 시체로 전시되는 것을 원치 않았기 때문이다.

헤어진 늙은 흑인 아내를 만나 어디선가 행복한 말년을 보내고 있을 실버를 애정 어린 눈으로 짐 일행이 바라보는 것은 누구도 흉내 낼 수 없는 카리스마 넘치는 그가 저질 악당은 아니었기 때문이다.

'여덟 냥 은화, 여덟 냥 은화'를 외치는 '플린트 선장'이라는 이름의 앵무새를 어깨 위에 달고 다니는 그는 안전한 곳에서 이런 노래를 부르면서 럼을 병째 들이킬 것으로 상상해 본다.

"죽은 자의 궤짝 위엔 열다섯 사람,

얼씨구나 좋다, 럼주가 한 병.

나머지는 술과 악마가 이미 해치웠네.

얼씨구나 좋다, 럼주가 한 병."

팁 _____ 섬에는 두 얼굴이 있다. 평화와 전쟁. 보물섬에도 평화가 있고 전쟁이 있다. 섬에 상륙하기 전에도 전쟁했던 짐 일행과 해적들은 섬에 도착해서도 피비린내 나는 전쟁을 벌였다. 죽고 죽이는 살벌한 전쟁이었다.

단검, 권총, 장총, 대포 등 온갖 무기가 동원됐다. 전쟁이 끝나자 비로소 섬에는 평화가 찾아왔다. 거친 썰물 대신 부드러운 밀물이 모래사장을 적셨다. 섬에 남겨진 세 명의 해적은 서로 죽을 때까지 전쟁하거나 살기 위해 평화를 유지하겠지만, 독자들은 그들의 전쟁과 평화에 대해 아무도 관심을 기울이지 않는다.

그들의 생사여부는 《보물섬》의 얼개와는 큰 연관이 없기 때문이다. 전쟁과 평화라는 섬의 두 얼굴은 외다리 존 실버에게 그대로 투영된다. 악당과 그에 반하는 선한 마음의 양다리를 마음에 품고 있는 실버. 그는 포로로 잡힌 짐을 살려준다. 마음만 먹었으면 협상을 빌미로 의사와 지주는 물론 선장도 죽일 수 있었는데 그러지 않았다.

섬에는 그것이 보물섬이 됐든 해골섬이 됐든 제주도가 됐든 그 어떤 섬이 됐든 평화가 올 수도, 전쟁이 벌어질 수 있음을 결코 미워하거나 죽일 수 없는 실버 선장을 통해 다시금 생각하게 한다.

《보물섬》은 해양, 모험 소설의 고전으로 오늘날에도 여전히 인기도서 목록에 올라있다. 보물을 향한 인간 욕망은 빅토리아 시대나 지금이나 변함이 없기 때문이다.

해적왕 플린트가 숨겨둔 보물(그가 누군가에게서 강탈한)을 빼앗고
도 전혀 문제의식을 느끼지 못하는 제국주의 냄새가 물씬 풍기는 청소년
을 위한 해적 이야기 《보물섬》은 1881년 청소년 잡지 'Young folks'에 2
년간 연재됐다.

이후 1883년 단행본으로 묶었다. 이 책이 100년이 넘도록 살아남은
것은 그것이 일방적인 교훈의 주입이 아니라 흥미 위주로 이야기가 짜졌
기 때문이다. 어른을 위한 동화라고 해도 손색이 없다.

《허클베리 핀의 모험》

영악한 아이들은 여기저기에 있다. 이 아이들은 생김새만 아이일 뿐 어
른 뺨치고도 남는다. 13세 정도라고 하면 아직 이마에 피도 덜 마른 상태 아
닌가. 그런데 노는 꼴은 누가 아이이고 누가 어른인지 헷갈린다. 마크 트웨

인의 《허클베리 핀의 모험》에 나오는 헉 핀만 해도 그렇다. 그런 정도가 아니다. 헉 핀은 아마도 모든 말썽꾸러기의 왕으로 추앙받아 마땅하겠다.

입을 열면 거짓말이고 누군가를 속이는 것은 식은 죽 먹기보다 쉽다. 남몰래 슬쩍 훔치는 것에도 도가 텄다. 이쯤 되면 장난이 아니라 범죄다. 하지만 헉 핀은 그것이 잘못이니 다음부터는 안 해야겠다고 다짐하거나 그런 것으로 심적 고통을 받는 일은 없다. 술주정뱅이 아버지의 표현처럼 도둑질은 잠시 빌려 오는 것이라는 그럴듯한 표현을 쓰면서. 그런데도 헉 핀에게 저주 대신 응원을 보내는 것은 그가 주인공이기 때문만은 아니다. 책이 다 끝날 때까지 악행은 쭉 이어지지만, 밉상이라기보다는 나중에는 찬사를 보내게 된다. 그의 모험이 성공적으로 끝났고 다음 모험이 기다려지기 때문이다.

책은 진실과 거짓으로부터 시작된다. 이어 헉 핀이 과부댁과 그보다 어린 노처녀 왓츤이 있는 집의 양자로 간 사연이 이어진다. 과부댁은 아버지와는 달리 헉 핀에게 학교 공부를 시키고 예절을 가르친다. 교양 있는 사람으로 만들기 위해서다. 그러기 위한 훈육은 엄격하다. 격식은 따지고 음식을 먹기 전에는 뭐라고 중얼거려야 한다. 바로 식전 기도다. 식사 후에는 성경책을 들고 모세니 갈대 바구니 등의 이야기를 읽어야 한다.

모세는 오래전에 죽은 사람이고 헉 핀은 죽은 사람에게는 눈곱만큼도 관심이 없으니 성경 읽기는 가려운 곳을 긁지 못하는 것보다도 참기 어려운 고통이다. 더구나 모세는 과부댁하고는 친척 관계는커녕 아무런 연관이 없는데도 그 사람에 관해서는 하나도 빼놓지 않고 배워야 한다.

하품을 하거나 기지개를 켜면 하나도 겁나지 않는 지옥 이야기를 꺼내니 어떤 때는 그놈의 지옥이라는 곳을 가보고 싶은 생각까지 든다. 그러면 왓츤 아줌마는 무척 화를 내고 헉 핀은 하루빨리 이 생활을 벗어나고 싶은 생각이 간절하다. 지옥은 아니더라도 아무 데라도 좋으니 무작정 어디든 지 가보고 싶다. 온종일 하프를 타고 노래를 부르며 빈둥거리는 천국만 아 니라면 말이다.

아무짝에도 쓸모없는 기도에 넌덜머리를 낼 즈음 헉 핀은 속된 말로 너 무 심심해 죽기 일보 직전에 과부댁을 탈출한다. 구속받고 교양 있는 문명 인이 된다는 것은 딱 질색이기 때문이다. 한 마디로 헉 핀은 자유를 찾아 토꼈다.

그 자리에는 톰 소여도 갱단의 친구도 없다. 오로지 카누만이 유일한 벗이다. 술주정뱅이 아버지를 따돌렸을 때 얼마나 기쁜지 내가 헉 핀이 된 기분이었다. (구속받지 않는 자유는 이런 것이다. 이런 기분, 나는 군 에서 느꼈다. 이등병 생활, 1분도 누구의 감시에서 벗어날 수 없을 그때 나는 작업 중인 산속에서 잡초를 베고 누워 흘러가는 구름을 보았다. 목 마른 자유에 대한 갈망이 얼마나 간절했는지 그 짧은 순간이 마치 천국과 도 같았다.)

미시시피강의 잭슨 섬이 자유를 만끽하기에 안성맞춤인 장소로 지목됐 다. 마을 사람들에게는 자신이 익사한 것처럼 흉계를 꾸며 놓았으니 누가 찾을 리도 없다. 나무 두 장으로 텐트를 만들어 비를 대비했다. 배가 고프 면 잡은 메기를 아무렇게나 톱으로 배를 갈라 모닥불 피워놓고 구워 먹었 다. 그리고 나서 느긋하게 담배를 물고 있으면 가출이란 것이 반드시 나쁜 것만은 아니라는 생각이 저절로 들었다.

이럴 즈음 모험 동반자 검둥이 짐이 나타난다. 짐은 왓츤 아줌마가 자신 을 팔백 달러를 받고 올리언스로 팔아 버리겠다는 말을 듣고 도망친 노예 다. 헉 핀과 짐은 추격자들을 따돌리고 더 안전한 장소를 찾아 미시시피강 을 따라 남부로, 남부로 길고 긴 모험을 떠난다.

증기선에서는 살인사건을 목격하고 죽을 고비를 여러 번 넘기도 하면서
둘은 사이좋게 모험의 세계로 접어드는데, 모험이니만큼 그 길이 순탄할
리가 없다. 폭풍우를 만나 뗏목을 잃어버리기도 하고 불어난 강물로 배가
한 척 기울어진 채로 떠내려오는 것을 발견하기도 한다.

배 안에는 시체가 있지만 둘은 두려움 없이 쓸만한 물건들을 챙기고 일
리노이드 쪽으로 쭉 항해를 이어간다. 방울뱀에 물린 짐이 죽지 않고 문
뱀을 잡아 술과 함께 먹고 나흘 밤낮을 꼬박 잠만 자고 일어나서 부은 발
목이 나은 대목에서는 더부룩한 속이 소화가 되는지 트림 소리가 나도 모
르게 새어 나왔다. (나도 독사에 물린 적이 있다. 한여름 내소사의 깊은 산
속에서였다. 그때 나는 아픈 둘째 형을 살리기 위해 약초를 찾아 나선 중
이었다. 정신없이 등산로도 아닌 길을 직선으로 타고 올라갔다. 어림짐작
으로 무작정 정상을 향하다가 높은 바위 군에 막혀 오도 가도 못하는 신세
가 됐다. 그제야 주변을 둘러보니 바위에 부처손이 널려 있었다. 더위도,
모기도, 힘든 줄도 모르고 따서 배낭에 담았다. 그러다가 아차 싶은 생각
이 들었다. 뒤돌아보니 저쪽에서 독사 한 마리가 똬리를 틀고 내 쪽을 노
려보고 있었다. 손에 잡은 연장을 옆으로 치우고 제법 굵은 나무를 조심
스럽게 꺾었다. 그리고 녀석을 내려치려다가 무슨 생각에서인지 그만두었
다. 그리고 조금 떨어져서 따끔했던 발목 부근을 살폈다. 그랬더니 아뿔
싸, 두 줄기의 피가 아래로 흘러내렸다. 독사에 물린 것이다. 나는 생각나
는 대로 배낭의 끈을 잘라 허벅지 부근을 세게 묶은 다음 정신없이 아래로
내달렸다. 다행히 근처에 큰 형이 있어 구급대를 불렀고 나는 사이렌 소리
가 들릴 때까지 절의 한쪽 방에 누워있었다. 독사를 죽이거나 먹지 않고
살려 보낸 것은 지금 생각해도 잘한 결정이다. 그래서인지 열십자로 상처
를 째고 꿰맨 상처는 덧나지 않고 잘 나았다. 붕대를 감고 나는 나머지 일

당신이 몰랐던 문장이 내게로 왔다

정인 통영행을 무사히 마쳤다.)

여장을 하고 이사 온 집의 아줌마한테 마을의 소식을 듣는가 하면 시속 4마일의 속도로 여덟 시간 동안 강을 따라 내려가 온 세상에 불을 환히 밝힌 것 같은 세인트루이스를 지날 때면 어깨가 절로 으쓱거렸다. ('오즈의 마법사'에서 도로시 역으로 유명한 주디 갈란드 주연의 '세인트 루이스에서 만나요'라는 멋진 고전 영화도 있다. 그 영화의 한 장면이 이 대목과 오버랩 됐다.)

밤 열 시쯤이면 카누를 숨겨 놓고 작은 마을에 들어가 음식을 사거나 닭을 훔치고 해뜨기 전에 옥수수밭에 몰래 들어가 수박이며 참외, 호박 등을 빌려왔다. 갚을 마음만 있다면 훔치는 것이 아니고 빌려 오는 것이라는 아버지의 말을 그대로 실천한 것은 효자여서가 아니라 그 반대이기 때문이다. 난파선에 올라가서는 갱단의 일원인 살인자들 앞에서 벌벌 떨기도 하고 천하의 사기꾼 공작과 왕을 만나 포복절도할 만행을 저지르기도 했다.

원수 집안의 싸움에 끼어들었다가 탈출하기도 하고 연극과 서커스를 구경하고 향수병에 시달리기도 했으나 고독이 주는 여유를 마음껏 느꼈다. 어린 헉 핀에게 자유는 세상의 그 어떤 것보다도 소중한 것이었기에. 공작이나 왕 흉내를 내는 무리를 만났을 때 처음에는 따라다니며 협조하기도 하나 나중에는 그들의 속여먹는 행태에 구역질을 내기도 한다.

헉 핀의 나쁜 행동은 이처럼 적당한 선에서 멈추는데 묘미가 있다. 세 딸을 남겨 놓고 죽은 거부의 재산에 얽힌 이야기는 단순한 유머 코드만이 아니다. 거기에는 강력한 메시지가 있다. 밥 먹듯이 늘어놓는 거짓말이 들키지 않기를 바라는 응원의 마음은 이런 이유도 한몫했다. 늙은 노예 짐은 어린 헉 핀에게 귀신 이야기 등 생활의 지혜를 전수해 주고 헉 핀은 그를 추격자들로부터 안전하게 보호해 준다.

당시의 원칙은 노예를 보호해 주는 것이 옳지 않고 나쁜 짓이다. 하지만 그렇게 하면 더 괴로움에 처한다는 것을 마음이 아닌 몸이 먼저 알기에 헉 핀은 나중에는 짐을 해방시켜 주기로 한다. (그 전에 왓츤 아줌마는 죽기 전에 짐을 풀어 준다는 유언을 한다. 이들은 그런 내용을 모르니 짐은 여전히 도망친 노예 신세다.) 헉 핀과 짐은 톰 소여를 만난다. 그리고 갖은 기괴한 방법으로 이모 집에 갇힌 짐을 탈출시킨다. 대단원의 막이 내리는 순간이다.

팁 ———— 앞서 적은 대로 헉 핀은 보통내기가 아니다. 거짓말을 숨 쉬는 것보다 더 쉽게 한다. 열린 입 밖으로는 진실의 말은 새어 나오지 않는다. 사기꾼들의 경연장에서 단연 최고 수훈상을 수상할 만하다. 헉 핀 외에 그가 자신의 이름이라고 주절댄 것은 수십 가지가 넘는다. 하지만 그 거짓말은 살인을 부르거나 누군가를 치명적으로 위험에 빠트릴 정도는 아니다. 결정적인 순간 그는 당연히 이 세상에서 사라져야 할 악당과의 대결에서 멋지게 승리한다. 물론 이때도 거짓말이 포도알처럼 주렁주렁 열리지만.

거짓말로 위기를 돌파하고 그 거짓말로 모험을 즐긴다. 당시는 실제는 그렇지 않다고 해도 겉으로는 도덕과 성경과 규범과 질서가 최고의 가치로 여겨지던 청교도 시절에 버금가던 때가 아니던가.

그러니 이 소설이 나왔을 때 기득권층의 불편함과 불쾌감은 이루 말할 수 없었을 것이다. 한창 배워야 하고 배운 것을 좋은 일에 써야 할 어린아이가 온갖 나쁜 짓에만 열을 올리고 어른들을 능욕하고 조롱하고 신을 업신여겼으니 분통이 터질 일이다.

어디 거짓말뿐인가. 도둑질도 예사롭게 한다. 그러니 이 소설을 좋게 보는 지배층은 거의 없었다. 하지만 시간이 지나면서 진가는 인정받았다. 당시에 주장하기 힘들었던 시대의 악습에 잘 드는 메스를 들이댔다는 것이 입증됐기 때문이다. 내용도 내용이지만 문장도 놀랍도록 정교하다. 사물을 표현하는 방식이 바로 오늘 나온 소설에 견줘도 결코 뒤에 있지 않다.

구성은 또 어떤가. 모험이라는 주제로 소설 형식을 빌려 써 내려간 이 책은 초기의 무시를 만회하고도 남을 만큼 독보적이다. 윌리엄 포그너는 마크 트웨인에게 '미국 문학의 아버지'라는 찬사를 보냈고 헤밍웨이는 '미국의 모든 문학은 《허클베리 핀의 모험》에서 나왔다'고 했으며 T.S 엘리엇은 '다른 작가에게 새로운 창작 방법을 발견해 낸 작가'이며 W.L 펠프스는 '미국 정신의 실체를 알고 싶으면 마크 트웨인을 읽으라'고 헌사했다. 시종일관 넘치는 유머는 적었다가 써먹고 싶을 정도다. 애나 어른이나 심하게 담배를 피우는 장면이 수시로 나오는데 이때는 헉 핀의 폐가 남아날 수 있을까 하는 걱정이 앞섰다. 애가 주인공이지만 어른들의 필독서다.

괴물 대 괴물

프랑켄슈타인과 하이드

매우 기이한 생물을 보고 사람들은 괴물이라고 말한다. (괴물이 보면 사람이 괴물이다.) 괴물은 스스로 태어나기도 하지만 대개 사람이 만들어 내는 경우가 많다. 그런데 사람들은 제대로 만들려다가 간혹 실수를 저지르기도 한다.

그때 괴물을 만든 주인은 그를 자식 취급하면서 대우하는 것이 아니라 천대하고 윽박지르고 급기야 죽여 없애기까지 한다. 괴물은 크게 억울할 것이다. 원해서 태어난 것도 아닌데 제대로 만들지도 못한 인간이라는 존재는 참으로 얄밉고 저주스러울 것이다. 괴물과 인간이 어긋나고 있으니 평화보다는 대결이 우선이다.

메리 셸리는《프랑켄슈타인》에서 한 마리의 거대한 괴물을 탄생시킨다. 빅토르 프랑켄슈타인이 만든 괴물은 이름도 없다. 얼마나 흉측하고 보기 싫으면 만들어 놓고도 이름도 지어주지 않고 서둘러 도망쳐 왔을까.

엄마는 자신을 돌보기는커녕 입에 담지 못할 악담을 하고 떠나갔다. 괴물은 성장하면서 뿌리도 찾고 싶고 엄마의 사랑도 받고 싶다. 하지만 빅토르는 그럴 생각이 전혀 없다.

괴물의 분노는 여기서부터 시작한다. 그러니 괴물에게 너무 과한 비난을 퍼붓지는 말라. 온전한 인간도 자신을 버린 엄마를 사랑하는 데는 오랜 시간이 필요하지 않더냐. 괴물은 창조주 인간에게 복수를 다짐하고 그가 사랑하는 사람을 죽이고 이에 분노한 빅토르도 복수심에 불탄다.

애초 괴물은 태어나지 말았어야 했다. 태어났다면 보호를 받고 사랑을 받고 인간 대접을 받아 마땅했다. 창조주는 이 점을 망각했고 그 결과는 파멸로 이어졌다.

하이드 역시 한 마리의 괴물에 불과했다. 형상은 인간의 모습이었으나 하는 행동은 괴물과 다르지 않았다. 오직 쾌락만을 꿈꾸고 악행을 저지르는 것이 그가 하는 일이다. 그러니 그를 만든 지킬의 심정이 오죽하겠는가. 하지만 지킬은 때로는 하이드를 즐긴다. 유혹에 스스로 넘어가기를 서슴지 않는다. 하이드가 지킬 자신이기 때문이다.

점잖은 지킬과 악마의 하이드. 약물을 먹고 한 인간이 번갈아 가면서 두 인간의 역할을 하고 있다. 이때 지킬은 사람이고 하이드는 괴물이다. 둘은 사이가 좋을 리 없다. 빅토르와 괴물이 서로 복수를 위해 처절한 싸움을 벌였듯이 지킬과 하이드 역시 내면의 싸움이 치열하다. 싸움의 끝은 화해와 용서가 아니라 파멸이다. 이미 저지른 악행은 어떤 용서의 말로도 구원될 수 없고 하이드인 이상 지킬이 될 수 없다. 지킬이 죽거나 하이드가 죽거나 둘 중 하나가 죽어도 둘이 함께 죽은 것이 된다. 하나가 둘이기 때문이다.

한편 괴물은 말 그대로 흉측하게 그려진다. 빅토르가 만든 괴물은 근육과 혈관이 드러나는 벌레처럼 보기 괴롭다. 지킬이 만든 하이드 역시 몸매가 초라하고 손은 털북숭이다. 괴물이 좀 더 인간적이었고 알랭 들롱처럼 잘생긴 모습이었다면 과연 창조주에게 버림받고 사랑에 목말라 복수의 화신이 되었을까.

외모로 모든 것을 평가하는 요즘, 생각해 볼 것이 한두 가지가 아니다. 겉모습보다 더 중요한 것은 인간의 속 깊은 곳에 있는 마음이라는 말은 수백 년 전이나 지금이나 잘 먹혀들지 않고 있다. 외모에 현혹된 인간의 수준은 아직도 갈 길이 멀다.

짧은 감상평

《프랑켄슈타인》

알프스 자락에는 오뉴월에도 흰 눈이 걸리고 사시사철 맑은 호수는 은빛으로 찰랑거린다. 사람들은 언덕의 종탑에 앉아서 자연의 아름다움을 찬탄하고 인가의 숲에는 나비와 벌과 꽃이 춤을 춘다. 마주치는 사람들은 저마다 환한 미소로 "헬로우" 손짓하며 화답한다. 어떤 고통도 근심도 없

　　　　당신이 몰랐던 문장이 내게로 왔다

는 지상낙원이 아닐까, 이방인들은 잠시 환상에 빠진다.

스위스의 이런 멋진 곳에 인류 최초의 인간 괴물이 태어났다고는 누구도 생각하기 어렵다. 세상의 비밀을 알아내고 싶었던 호기심 많은 제네바 출신의 최고 명문가 태생인 젊은 과학자 빅토르 프랑켄슈타인은 연금술에 영감을 얻어 괴물을 만들어 내기로 작정한다.

무생물에 생명을 불어넣는 힘을 얻게 된 그는 근육과 혈관이 제대로 갖춰져 있는 인간처럼 복잡하고 경이로운 동물에게 생명을 주는 것으로 인간 창조에 도전한 것이다. 재료는 시체 안치소와 해부실, 그리고 도살장에서 공급받았다. 날밤을 새운 연구 끝에 그해 낙엽들이 다 시들어 떨어질 무렵 연구의 끝이 보이기 시작했고, 11월의 어느 황량한 날 새벽 1시 생물체가 흐릿한 노란 눈을 뜨게 만드는 데 성공했다.

키가 2m 50㎝가량 되는 인간은 보기에 흉측했다. 무한한 노고와 정성 끝에 태어난 인간은 근육과 혈관이 드러나는 쭈글쭈글한 살갗에 일자로 다문 시커먼 입술을 가진 한 마리의 괴물에 불과했다.

아름다운 꿈은 사라지고 공포와 혐오만이 프랑켄슈타인의 심장을 가득 채웠다. 그는 미라가 살아 움직인다 해도 그처럼 망측할 수 없는 괴물을 방에 남겨 두고 뛰쳐나와 어디론가 황망히 도망치지 않을 수 없었다. 홀로 남겨진 괴물도 어디론가 사라졌다.

어느 날 빅토르는 고향에 있는 아버지의 편지를 받는다. 편지에는 동생의 죽음을 알리는 내용이 들어있다. 그는 직감적으로 괴물의 소행이라고 여겼다. 동생의 죽음은 잔잔한 수면의 로잔호수도 쥐라의 다정한 검은 산등성이와 몽블랑의 빛나는 정상도 자연의 궁전인 알프스의 눈 덮인 산맥도 그에게 어떤 위로를 주지 못했다.

시름에 젖어 정처 없이 걷던 어느 번개 치는 날 빅토르는 어둠 속 나뭇

등걸 뒤에서 자신에게 다가오는 희미한 형체를 발견했다. 번개 불이 번쩍할 때 잠깐 보였지만 틀림없는 괴물이었다. 자신이 만든 피조물. 못난 생김새, 더러운 악마에 그는 치를 떨었다. 동생을 잃고 살인자로 누명 쓴 아이까지 죽었다. 누명 쓴 아이에게 고해 신부는 종용하고 위협하고 유죄를 인정하라고 윽박질렀다. 프랑켄슈타인은 이를 알고도 아이를 살려낼 아무런 힘이 없었다. 다만 괴물에 대한 증오심만 폭발할 뿐이었다.

그는 괴물을 쫓기로 작정했다. 어디에 있는지 전혀 종적을 알 수 없으면서 정처 없이 길을 떠났다. 그 사이 괴물은 어느 오두막의 창고에 숨어 살면서 단란한 가족들의 모습을 보고 사랑과 헌신과 용기와 따뜻함과 위로와 희로애락 등 인간이 느끼는 모든 감정이 자신에게도 있음을 알아차린다. 그는 인간들과 함께 살고 사랑받기 위해 그들이 하는 말을 익히고 《실낙원》이나 《플루타르코스의 영웅전》과 《젊은 베르테르의 슬픔》 같은 책을 읽으며 큰 용기를 낸 후 눈이 먼 그들의 아버지에게 먼저 자신의 존재를 알린다.

늙은 아버지는 수긍하고 이해했으나 그 모습을 본 가족들은 그에게 위협을 가하고 지팡이로 때리고 쫓아낸다. 괴물의 심정이 어땠을까. 그는 쫓기면서 인류라는 족속과 영원한 전쟁을 선포하고 자신을 이렇게 못생기게 만든 창조자 프랑켄슈타인에 대한 처절한 복수를 다짐한다. 프랑켄슈타인 역시 괴물이 어디서 또 살인을 저지를지 몰라 전전긍긍하면서 희망도 절망도 느낄 수 없는 영혼의 절대 고독 속에서 여행을 통해 마음의 위안을 삼는다.

경외심을 불러일으키는 압도적인 몽블랑의 풍광 속에서 빅토르는 둘 중의 하나가 죽기 전까지는 끊을 수 없는 유대관계로 맺어진 괴물을 또 한 번 만난다. 괴물은 빅토르를 보고 절규한다. 모든 사람을 공평하게 대하면서 자신만을 짓밟지는 말아 달라고. 잘못도 없이 기쁨을 박탈당했고 이유도 없이 쫓겨난 사실을 상기시켰다. 불행이 나를 악마로 만들었으니 나를 행복하게 만들어 주면 미덕을 가진 존재가 되겠다고. 그러면서 자신이 살아온 내력을 들려주고 거절하기 힘든 한 가지 제의를 한다. 나와 같은 여자를 하나 만들어 달라고. 그러면 인간 세상을 떠나 반려자와 서로 사랑하면서 멀리서 살겠다고. 이 약속을 지켜줄 것을 믿는다고.

프랑켄슈타인은 처음에는 거절했으나 나중에는 제의를 받아들이고 스코틀랜드의 변변치 않은 오두막 세 채밖에 없는 어느 섬에서 작업에 착수한다. 3년 전에 악마를 만들었던 당시를 회상하면서. 하지만 그는 거의 다 완성된 여자 괴물을 갈가리 찢어 버린다.

달빛에 비친 악마가 창틀에 기대 서 있는 모습을 보는 순간 그는 사고하고 추론하는 그가 약속을 저버릴 수도 있고 인간의 우월한 용모를 열망하거나 그들이 낳을 아기 괴물들이 인류의 절멸을 위협할지도 모른다는 극도의 불안감을 이길 수 없었다.

파괴된 피조물을 보고 괴물은 울부짖고, 처절한 복수를 다짐한 괴물은 그의 친구와 사랑하는 아내를 잇따라 죽인다. 프랑켄슈타인 역시 복수를 위해 도망간 그를 뒤쫓는다. 하지만 빙하가 떠도는 어느 망망대해에서 지치고 피곤한 프랑켄슈타인이 먼저 죽는다.

괴물은 죽은 그의 몸 위에서 배회하다 스스로 장작더미 위에서 화형당하기 위해 얼음 뗏목에 올라 세찬 파도를 타고 어두운 밤 속으로 아득히 사라진다.

팁 _____ 프랑켄슈타인은 괴물의 이름이 아니다. 괴물을 창조한 주인공 이름인데 괴물에게 이름이 없으므로 괴물의 대명사가 프랑켄슈타인이 됐다.

사람들은 메리 셸리의 《프랑켄슈타인》을 SF 소설의 시초라고 말한다. 지금처럼 인공지능이 이야기되고 감정이 있는 로봇이 화제가 되면 그 당시 작가의 상상력이 어느 정도인지 감탄스럽다.

특히 작품을 쓴 19세기 초의 사회상과 작가가 여자이며 또 겨우 19세라는 사실이 알려지면서 이 책에 대한 세간의 관심은 실로 대단했다. 이후 이 책은 동명의 영화로 만들어지고(1931년 보리스 칼로프가 연기한 영화가 유명하다.) 숱한 뮤지컬로 재탄생되면서 오늘날에도 여전히 반드시 읽어야 할 고전의 목록에 오르내리고 있다.

책을 읽노라면 알프스의 장대한 설원이 눈앞에 바짝 조여오고 영국의 어느 고풍스러운 시골 마을과 스위스의 맑은 호숫가가 저절로 연상된다.

이 책은 여행기라고 불러도 손색이 없다. 유럽 여러 나라를 도는 주인공의 행적은 당장이라도 책을 던져버리고 배낭을 꾸리고 싶은 충동을 느끼게 한다. 한편 괴물은 인간과 같은 감정을 모두 지니고 있다. 다만 몸이 흉측할 뿐이다. 아무리 '인간 세상은 얼굴이 지배한다'고 하지만 생긴 것 가지고 판단하는 것은 인간의 오래된 나쁜 습성이다. 오늘도 여전히 그것을 버리지 못한 인간의 편견은 괴물이 탄생할 수밖에 없는 토양을 만들어 준다.

괴물은 창조주에게 이렇게 말한다.

"나는 누구일까. 나는 무엇일까. 나는 어디서 왔고 내 목적지는 어디일까. 질문해 보았지만 끝내 해답을 찾을 수 없었다."

만들어 놓고 책임을 지지 않는 프랑켄슈타인에게 우리는 괴물과는 다른 어떤 요구를 할 수 있을까? 인간을 만들어 놓고 아무런 관심도 보이지 않는 신에게 인간이 요구할 수 있는 것과 같은 요구를 할 수 있을까?

《지킬박사와 하이드씨》

루이스 스티븐슨은 《보물섬》도 쓰고 《지킬박사와 하이드씨》도 썼다. 둘은 작품성과 지명도에 있어서 우열을 가릴 수 없을 정도로 많이 알려졌고 많이 읽히고 있다. 작가는 11살 연상인 미국 여인과 결혼했다.

이후 남태평양의 사모아섬에서 보냈다. 1894년 44살의 나이에 세상을 떠날 때까지. 그는 이 시간 동안 행복하게 살았다고 한다. 일찍 죽었으나 그는 살아서 다른 사람과 달리 걸작을 남겼다.

장편보다는 분량이 적고 단편보다는 긴 《지킬박사와 하이드씨》는 중편 가운데서도 고딕 중편으로 불린다. 음습한 중세 분위기를 풍기면서도 신비와 공포가 스며들었기 때문이다. 분량이 적고 내용도 어렵지 않아 쉽게 읽히지만 읽고 나서는 생각할 거리를 많이 준다.

변호사 어터슨이 하이드라는 괴물을 추적하는 장면은 어떤 드라마보다도 더 드라마틱하며, 죽마고우인 유명한 내과의사인 래니언 박사가 등장할 때는 손안의 땀이 진득하게 배어 나온다.

전반부에 잡았던 공포심은 후반부로 갈수록 줄어들기보다는 더욱 단단해지고 등기우편으로 배달된 '헨리 지킬의 진술'이라는 편지글을 읽을 때쯤이면 설마 했던 지킬과 하이드가 동일 인물이라는 것이 확연해지면서 벌린 입을 다물 수가 없다.

한 인간이 두 인간의 삶을 살기 위해 벌이는 사투는 변신 과정에서 느끼는 극심한 고통만큼이나 처절하다.

부잣집 아들로 태어나 좋은 체격과 총명한 두뇌를 소유한 명망가인 지킬과 초라한 몸매에 거칠고 유희를 탐닉하는 하이드는 도대체 양립할 수 없는 인간이다. 명예를 중시하는 지킬이지만 하이드가 추구하는 쾌락도 버릴 수 없다. 그러니 둘은 충돌할 수밖에 없다.

점잖은 지킬이 하이드로 변신해서는 아이를 짓밟고 살인을 저지른다. 지킬일 때는 하이드를 비난하고 하이드일 때는 야수의 마음으로 악이 아닌 선의 심장을 쏜다. 말리고 싶지만 그럴 수가 없다. 약물의 힘은 이처럼 한 인간을 두 마음을 가진 다른 인간으로 바꾼다.

모든 시작은 끝이 있기 마련이다. 지킬은 약물 중독이 심해짐에 따라 하이드로, 하이드에서 다시 지킬로 바꾸는 것이 갈수록 힘겹다. 약물을 얻기 위해 하인들 몰래 실험실로 가는 것도 한계점에 다다랐다.

어터슨의 추격도 따돌리기가 힘들다. 지킬의 최후가 다가온 것이다. 그

당신이 몰랐던 문장이 내게로 왔다

는 이 사실을 하이드보다는 지킬일 때 알리기 위해 동료에게 편지를 쓴다. 편지 내용은 이렇다. 다 알거나 대충 알거나 전혀 모르는 '헨리 지킬의 진술'의 내용을 간추려 잠깐 옮겨 본다.

"나는 인간이 궁극적으로 다면적이며 이율배반적인 별개의 인자들이 모여 이루어진 구성체라는 가설을 내놓는다. 그 와중에 나는 절대적이고 근원적인 이중성을 체험한다. 도덕과 부도덕, 이율배반적인 쌍둥이가 함께 붙어 있는 것은 인류의 비극이다."

이런 몽상에 빠져있던 어느 날, 지킬은 실험실 탁자에 앉아 육신의 옷을 흔들어 벗겨낼 강력한 약물을 발견하고 제2의 형태와 외모가 만들어지는 약을 조제해 내는 데 성공했다. 하지만 마냥 기뻐만 한 것은 아니다. 최소한의 과용이나 부적절한 투약만으로도 목숨을 내놓아야 하기 때문이다. 호기심을 억제하지 못한 지킬은 도매 약국을 통해 대량 구매한 약과 소금 등을 합성하고 그것이 부글부글 끓고 연기를 뿜어내는 과정을 지켜보다 마침내 약을 입속에 털어 넣었다.

변신 과정은 이렇다.

"극도의 고통이 이어졌다. 뼈가 뒤틀리고 미치도록 토악질을 해댔지만, 무엇보다 영혼의 공포는 생사의 순간조차 초월할 정도였다. 다행히 격통은 금세 가라앉았다. 나는 중병을 털고 일어나듯 의식을 회복했다. 느낌이 이상했다. 뭔가 새로웠으며 그 새로움 때문인지 믿을 수 없을 정도로 상쾌했다. 몸이 더 젊고 더 가볍고 더 행복해진 느낌이었다. 그 안에 통제할 수 없는 무모한 내가 있었다. 감각적인 이미지들이 마구 얽힌 채 머릿속을 급류처럼 흘러갔다. 의무감은 녹아내렸으며 영혼은 낯설고 순수하지 않은 자유를 갈구했다. 새로운 생명을 처음 호흡하는 순간 나는 더욱 그것도 수십 배나 더 사악해졌음을 깨달았다. 나는 두 손을 뻗어 이 신선한 감각을

만끽했다." (열린책들)

이것이 악마로 변신한 하이드의 실체였다. 하이드였을 때 그의 체구는 왜소해졌다. 도장 찍듯이 복제해낸 에드워드 하이드가 헨리 지킬보다 작고 가볍고 젊었고 선의 용모보다는 악의 특성이 선명하게 드러냈다. 거울에 비친 그런 모습을 본 지킬은 반감보다는 반가움이 앞섰다. 그 역시 나 자신이었고 영혼이 있다면 지킬보다 더 생생하게 형상화했기 때문이다. 지킬은 성급히 서재로 돌아와 원래의 지킬로 돌아가기 위해 악하지도 신성하지도 않은 약을 한 번 더 조제해 마셨다.

동이 트기 전 더는 내 집일 수 없는 내 집에서 달아나야 하는 번거로움을 피하기 위해서였다. 처음처럼 극심한 고통이 따랐으나 잠시 후 그는 지킬의 성격과 체격과 용모를 지닌 원래의 모습으로 돌아올 수 있었다.

변신과 재변신은 성공적이었다. 약을 털어 넣기만 하면 그는 명망가의 교수에서 벗어나 즐기기 시작하는 하이드가 됐다. 자, 몰래 즐기는 삶, 거리에서 어린이를 짓밟고 살인을 하는 하이드의 생은 얼마나 지속될까? 그리고 지킬로 돌아왔을 때, 하이드가 벌였던 쾌락의 죗값은 얼마나 고통스러울까?

악행을 만회하기 위해 최선을 다하는 과정이 되풀이되면서 그의 양심은 마비됐고 눈감아 준 범행에 대한 다가오는 징벌은 피할 수 없다는 것을 안다. 아무리 죄가 있는 건 하이드이고 지킬이 타락한 것은 아니라고 자위해도 결국 지킬과 하이드는 한몸이 아닌가?

점점 득세해지는 하이드, 체격도 더 커지고 피도 더 빠르게 움직인다. 약효는 떨어지고 변신의 자율적 조절 능력이 파괴되고 약효를 세 배까지 늘려야 하는 형국에 다다랐다. 원래의 좀 더 나은 자아는 점차 소멸되고 유해한 자아는 늘어난다. 둘 중 하나를 선택해야 하는 절체절명의 순간이

다가온 것이다. 과연 지킬은 지킬을 선택하고 하이드와 작별하는 부당한 거래를 성공적으로 마칠 수 있을까?

팁 ——— 하이드와 살았던 지킬의 삶을 한마디로 정의하기는 어렵다. 좋기도 했고 나쁘기도 했을 것이다. 오랫동안 함께해온 은밀한 욕구, 자유와 젊음, 가벼운 발걸음, 거침없는 쾌락. 그리고 그에 따른 양심.

자유를 갈망하는 하이드의 고통과 단호한 단절. 어느 청명한 정월에 살아난 내 안에 잠든 야수의 본능. 그러다 문득 나를 나라고 부르지 못하고 '그'라고 부를 때 하이드의 죄상은 드러나고 나는 그의 교수대형이나 그에 앞서 하게 될지도 모를 자살을 걱정하지 않는다. 그보다는 지킬이 그리해야 하기 때문에. 털북숭이 손을 가진 하이드가 우세해 편지를 갈가리 찢기 전에 후회의 눈물을 흘리면서 무릎 꿇고 신께 용서를 빌어야 한다.

이것으로 지킬과 하이드의 대결은 끝났다. 하지만 요즘도 여전히 지킬과 하이드는 서로를 증오하고 미워하면서 죽기 전까지는 함께 살아가고 있다. 그것이 인간이고 인간의 삶이기 때문이다.

광기 대 광기

드미트리와 험버트 험버트

남자의 욕망은 어디까지 용서될 수 있는가. 여기 두 사람을 비교해보자. 드미트리는 표드르 카라마조프의 장남으로 20살 젊은이다. 아버지는 오십 대이지만 젊고 기운이 아들 못지않다. 두 사람이 한 여자를 놓고 다툼을 벌인다. 부자가 연적이 셈이다.

말싸움으로 그치는 것이 아니다. 죽음을 불사하는 결투도 마다치 않는다. 혈기 왕성한 아들이 좀 더 유리한 위치에 있는 것으로 보인다. 하지만 아들이나 아버지 모두 글루셴카를 차지하는 데는 실패한다. 닭 쫓던 개 지붕 쳐다보다 아버지는 죽고 아들은 종신형을 선고받는다. 광기의 종착역은 정해져 있다.

톨스토이는 《카라마조프가의 형제들》에서 아버지와 아들이 한 여자를 얻기 위해 벌이는 극악무도함의 극한을 보여주고 있다. 물론 이 거대한 장편이 두 사람만의 이야기만으로 꾸려지는 것은 아니지만 중요한 중심축인 것만은 틀림없다.

이에 비해 험버트 험버트는 조금 편한 상황이다. 경쟁자 없이 롤리타를

2년간 독차지했기 때문이다. 나보코프는 《롤리타》에서 어린 그녀를 사랑하는 나이 든 남자의 광기를 유려한 문체로 그려내고 있다.

돈과 지성과 용모를 겸비한 30대의 남자가 이제 겨우 12살의 어린 여자아이와 사랑의 도피 행각을 벌인다. 낡은 고물차로 미국 전역을 누비면서 벌이는 이들의 사랑은 조마조마하기보다는 과연 이것이 가능한 일인지 꿈이 아닌 현실에 묻고 있다. 여기서 사랑이라고 한 것은 여자아이가 유약하거나 생각이 없기보다는 어른의 그것처럼 감정과 이성의 마음이 완전하게 성숙해 있기 때문이다.

험버트 험버트가 아무것도 모르는 어린애를 일방적으로 강요한 사랑이 아니다. 소녀는 남자를 속된 말로 가지고 놀 수 있는 정신적, 육체적 기능을 무리 없이 발휘하고 있다. 그렇다고 해도 이것을 과연 사랑이라고 할 수 있을까. 지금 이런 소설이 나왔다면 바로 금서가 될지 모른다. (적어도 여기에서는 호떡집에 불이 날 정도가 틀림없다.)

아무리 문학이라고 하더라도 성과 관련된 엄격한 법이 자비 없이 적용되고 있는 시점에서 당연한 처사일지 모른다. 아마도 실제 이런 일이 일어났다면 험버트 험버트는 종신형을 언도받을지 모른다. 험버트도 이 점을 의식하고 있다. 아무리 그녀가 어른의 모든 것을 가지고 있어도 생물학적 나이가 미성년자이기 때문이다.

알면서도 그런 위험하고 무모한 짓을 하는 그는 분명 어떤 광기에 사로잡힌 것이 분명하다. 소녀 취향 때문도 아니다. 님펫을 벗어난 나이임에도 그는 롤리타에게 사랑을 고백하고 있다. 롤리타를 차지하기 위해 의도적으로 그녀의 어머니와 결혼한 것은 남자 대 여자로 그녀를 사랑했기 때문이다.

한때 사랑은 국적이나 나이나 신분이나 그 모든 것을 초월한다고 했고 이것이 정설처럼 여겨졌다. 하지만 지금은 그런 말은 통하지 않는다. 미친 사람으로 생매장당하기에 십상이다. 그러니 세상의 남자들이 조심해야 할 것은 사랑이 보통사람의 눈에 정상적인지 아닌지부터 확인하고 나서 시작해야 한다.

짧은 감상평

《카라마조프가의 형제들》

이맘때쯤이었을 것이다. 세속에 모습을 드러내기보다는 고된 수행에 관심을 쏟았던 성철 스님이 열반에 들었다. 관심은 온통 다비식 후 수습될 사리에 모아졌다. 수년간 면벽 수행이나 3천 배, 혹은 '산은 산이요, 물은 물이로다' 등의 화두로 경지에 오른 큰 스님인 만큼 당연한 결과였다.

부처님의 8곡 4두(八斛四斗)에는 미치지 못해도 아마도 투명하고 영롱한 그것이 엄청나게 쏟아질 것을 기대했다. 사리의 양과 수행의 결과가 비례한다고 믿었기 때문이다. 그 장면을 텔레비전으로 보았던 1993년 어느 가을날이 불현듯 떠올랐다.

도스토옙스키의 《카라마조프가의 형제들》에 나오는 조시마 장로의 죽음 이후에 불었던 어떤 기적에 대한 기대감과 겹쳐졌다. 성자로 추앙받던 장로의 죽음에 사람들이 모여들었고 그들은 일어날 수 있는 그 무엇을 당연히 믿었다.

하지만 그런 것은 애초에 없었으므로 생겨나지 않았고, 실망한 사람들은 발길을 돌렸으며 장로의 적대세력들은 코웃음을 쳤다. 하루가 지나기는커녕 정오 무렵부터 냄새를 풍겼고, 오후 3시가 지나서는 창문을 열어야 할 만큼 부패의 징후가 농후했기 때문이다.

썩지 않거나 그렇지 않더라도 적어도 며칠간은 온전한 상태로 있어야 했다. 위대한 성자는 그래야 했다. 그래서 무언가 기대했던 것, 아픈 자들을 기적으로 치유해줘야 한다는 믿음이 있었는데 그것이 사라지자 비신자들과 신자들 가운데서도 욕심 있는 자들은 조금 전까지도 하느님처럼 떠받들던 조시마 장로를 비웃었다.

이것은 신과 신을 믿는 인간에 대한 깊은 성찰과 반성, 죽음과 삶, 그리고 사랑과 증오를 생각하게 하는 장면이다. 성철 스님의 그것과 마찬가지로. (성철 스님 다비식 이후 스님의 사리 수습은 공개되지 않고 있다.)

그 장면과 함께 형제들의 아버지인 표드르 파블로비치 카라마조프가 거친 모습으로 등장하고 큰아들 드미트리와 둘째 아들 이반, 그리고 막내 알렉세이가 두서없이 나와 이들 주인공들이 앞으로 살아내야 할 파란만장한 인생이 여러 폭의 화폭에 화려하게 때로는 비참하게 그려진다.

어린아이일 때 버려졌던 아들이 장성한 후에 아버지를 만난다면 그 아들에게 무슨 부성애를 기대하겠는가. 만남도 하필 돈 문제를 처리하기 위한 것이니 부자는 사람이 아닌 짐승과 같이 서로를 못 잡아먹어서 안달이다. (큰아들은 전처의 소생이고 아래로 두 아들은 배가 같다. 어머니는 모두 사망했다. 하인으로 요리를 하는 스메르쟈코프는 술 취한 표드르가 백치 여인을 겁탈해 낳은 사생아로 보인다. 그 여자도 하인을 낳고 사망했다.)

50대의 팔팔한 아버지와 20대의 혈기왕성한 드미트리는 한 여자, 그루센카를 놓고 서로 결혼하기 위해 죽음도 불사한다는 것은 앞서 이야기했다. 결투 정도는 우습다. 서로 나인가, 그놈인가 아니면 나인가 그 늙은이인가, 양자택일을 강요한다. (그루센카는 하지만 두 남자의 애간장만 태울 뿐 선뜻 입장표명을 하지 않는다. 기교 있는 여자의 특징이다.)

연적을 용서할 수 없는 드미트리는 아비를 쥐어팬다. 단순히 패는 정도가 아니라 아예 작살을 낸다. 마룻바닥에 내동댕이치고 구둣발로 한 번도 아닌 두세 번 얼굴을 밟아 피떡으로 만든다. 그러고도 큰 반성은커녕 지금 죽이지 못한 것을 후회한다.

가족도 그저 그러려니 한다. 일어날 일이 일어난 것뿐이라고. (다만 성직자의 길을 걷고 있는 알렉세이만은 괴로워한다. 알렉세이는 죽기 전 '여기는 네 집이 아니다, 속세로 가라'는 장로의 말에 따라 수도원을 나온다. 장로는 드미트리가 불행을 저지를 인물이라는 것을 간파하지만 비극을 막지는 못한다.)

이런 상황을 알면서도 말리기는커녕 줄타기를 즐기는 천성이 요부인 그루센카가 어떤 선택을 할지 독자들은 그야말로 손에 땀을 쥔다. 두 남자는 서로 질투심으로 극한의 상황까지 치닫는다.

그런데 그루센카에게는 이미 임자가 있다. 다리가 불편한 상인 삼소노프는 표드르처럼 늙었지만 돈이 있어 후견인 노릇을 하면서 정부로 그녀를 데리고 있다. (이상하게도 두 남자는 삼소노프에게는 질투심을 발휘하지 않는다. 참고로 그녀는 5년 전 장교와 결혼을 약속했으나 버림받았다. 이후 상처한 그가 돌아오자 사랑을 되찾기 위해 그를 만나러 달려간다. 부자와의 관계가 다 정리되지 않은 상태에서.)

그 이전에 아버지는 그루센카가 찾아오기를 학수고대한다. 그녀가 원하기만 하면 주려고 3,000루블을 노란색 끈으로 묶은 편지봉투에 넣어 두고서. 아버지는 스메르쟈코프와 자신만이 알 수 있는 신호를 정해놓고(우편배달부도 아니면서 처음 두 번은 조용히 나중 세 번은 빨리 두드린다.) 그녀가 오기를 매일 밤 달뜬 몸으로 그렇게 초조하게 기다린다.

어느 날 드미트리는 분명 그녀가 자신이 아닌 늙은 호색한인 아버지를 찾아간 것으로 판단하고 놋쇠 공이를 들고 미친 듯이 담을 넘어 쳐들어간다. 들이닥친 그는 아버지 대신 자신을 키워 준 하인, 그리고리 바실리쁘를 내리친 후 피 묻은 손을 수습하지도 않고 사방을 돌아다닌다. 그리고 돈을 들고 그루센카를 뒤쫓아가 흥청망청 뿌리면서 파티를 벌인다.

그날 밤, 경찰들이 그를 부친 살해범으로 체포한다. 심문 과정에서 드미트리는 죽은 것은 하인이 아니고(하인은 두개골이 박살 났지만 죽지 않고 살아났다.) 아버지인 것을 안다.

그는 자신은 아버지를 죽도록 죽이고 싶었지만 죽이지는 않았다고 항변한다. 적어도 손에 묻은 피는 아버지의 것이 아니고 아버지의 피에 관한 한 자신은 무죄라고 소리친다.

이후는 지루한 법정 장면이 길게 이어진다. 검사와 변호사의 치열한 법리 공방을 들은 배심원들은 과연 어떤 결정을 하고 드미트리는 그 결정을 순순히 받아들일까.

이반과 알렉세이 두 동생은 아버지의 죽음과 형의 살인죄에 어떤 반응을 보이고 대책으로 무엇을 내놓을까. 이 과정에서 그들은 양심의 가책과

신이 부르는 영혼의 소리에 어떻게 응답하고, 앞으로 남은 삶은 어떤 식으로 살아야 할까 고민하고 그 결과는 어떤 식으로 나타날까. 그루센카는 옛 애인의 사랑을 되찾고 두 남자를 버릴까?

온통 물음뿐인 질문은 3권으로 이어진 길고 긴 책의 마지막을 덮었을 때도 명확한 결론을 내는 것도 있지만 아닌 것도 있다. (미리 말해두면 그루센카는 17살에 만난 옛 애인에게 실망하고 드미트리에게 달라붙는다. 표드르가 사망한 것을 그루센카도 알고 있는 시점이다. 그렇기 때문에 그녀가 드미트리를 선택했다고는 보지 않지만 어쨌든 다른 연적이 사라지자 뒤늦게 그녀는 그렇게 한다.)

궁금한 답은 독자들이 스스로 찾아내야 한다. 아니 굳이 찾지 않아도 된다. 인생이란 그런 것이기 때문이다. 짐승이 아닌 인간의 삶에 대해, 그리고 그 삶을 지탱하는 영혼에 대해 우리는 여전히 해답을 구하지 못하고 갈팡질팡하고 있다. 그래서 신에게 묻고 그 질문에 신이 나타나(언젠가는) 답하기를 원하는 것인지도 모른다.

사족 _____ 둘째 아들 이반은 드미트리의 약혼녀를 사랑한다. (약혼녀도 이리저리 흔들리지만 이반을 사랑하는 것 같다.) 이반은 초반에는 냉철하고 차가운 지식인의 모습을 드러내지만 갈수록 그 반대의 마음씨가 드러나며 형의 탈출을 위해 모종의 역할을 한다.

그도 남자인지라 여자 문제로 고심을 하지만 아버지나 형처럼 짐승 같은 정욕 때문에 헐떡이지는 않는다. (그는 소설의 끝 무렵에 심각한 병에 걸려 죽을 운명이다.) 막내 알렉세이는 그루센카는 물론 약혼녀나 유산을 상속한 과부의 호감을 사지만 남자로서의 그것은 아니다.

작가는 알렉세이를 자신의 분신으로 내세워 아버지와 큰 형과는 다른 성스러운 자로 묘사하고 있으며 그에게서 인간이 가질 수 없는 고귀한 무엇을 주려고 한다. 그러니 아버지도 하인도 다른 사람들도 모두 알렉세이에는 반감이 없다. 경쟁 상대가 아닐뿐더러 말과 행실이 맞아떨어지고 비록 카라마조프의 피를 받았으나 그 피와는 다른 피의 삶을 살고 있기 때문이다. 그는 아버지나 형제들 문제뿐만 아니라 당시 러시아 민중의 힘겨운 삶도 자신의 삶처럼 같이 가슴 아파한다.

요리사 스메르쟈코프는 조금 우둔하고(나중에는 그렇지 않다는 것이 밝혀진다.) 간질 발작으로 또 다른 이야기의 한 축을 이어가는데 아버지의 진짜 살인범이다. (간질은 작가의 고질병이기도 했다. 그래서 그의 작품에는 간질 환자가 자주 등장한다.)

그는 증인으로 법정에 출두하기 하루 전에 이 사실을 이반에게 실토하고 목매 자살한다. 하지만 유언장에는 그 사실을 일부러 안 썼다. (그렇게 보인다.) 그루센카와 세상 끝으로 가서 살겠다는 드미트리가 20년 형을 피할 수 있는 결정적 기회를 주지 않는다. 지금 노인을 죽이지 못했지만 다시 돌아와서 반드시 죽이겠다는 드리트리를 용서할 수 없었기 때문은 아닐까. (대신 그는 죽기 전 이반의 양심을 괴롭힌다. 그가 죽여도 좋다는 암시를 했기 때문에 그렇게 했다는 식의 말을 한다. 말하자면 이반이 살인교사를 했다는 것이다. 실제로 이반은 '모든 것이 허락된다'는 알쏭달쏭한 말을 남기고 살인이 일어나기 직전에 모스크바로 떠난다.)

그루센카와 약혼녀는 끝날 때까지 서로 미워하고 질투한다. 남자들은 서로 각자의 영혼을 찾아가는 듯 보이지만 두 여자는 화해하지 못한다. (과연 남자에 눈이 먼 여자들이다.) 마지막 장면에서 소년의 죽음을 통한 구원은 좀 작위적이지만 작가가 말하려는 의도가 분명히 드러나 있다.

등장인물들이 여러 이름을 써(예를 들면 드미트리는 미챠, 미첸카,

미치카, 미트리 등) 처음에는 헷갈리나 나중에는 서로 구별하는 데 큰 어려움이 없다. 그만큼 주인공들의 개성이 도드라지기 때문이다. 《카라마조프가의 형제들》은 《죄와 벌》(1866)과 함께 도스토옙스키의 대표작이다. 하도 유명해 내로라하는 그 못지않은 유명인들이 한마디씩 했다.

알베르 카뮈나 프란츠 카프카, 제임스 조이스나 버지니아 울프, 어니스트 헤밍웨이나 현대 작가인 가브리엘 가르시아 마르케스 혹은 오르한 파묵 등 위대한 작가들에게 큰 영향을 미쳤다. 심지어 니체나 프로이트 같은 철학자, 심리학자도 그의 작품에 빚을 지고 있다.

《롤리타》

읽기에 불편한 책이 좋은 책(누가 그랬나, 실제로 그런 말이 있기는 한가?)이라면 블라디미르 나보코프의 《롤리타》는 분명 그렇다. 제목만 들어도 부풀기보다는 쪼그라들고 드러내기보다는 숨고 싶어진다. 살까 말까

들었다 났다를 몇 번 되풀이할 정도니 그 심정 이해할 만하다. 특히 지금 같은 분위기라면 말해 무엇하리. (함부로 꺼내는 것조차 힘겹다. 술자리든 학문을 논하는 그 어디든 입 근처에 머물기만 해도 적어도 10명 이상을 연쇄 살인한 흉악범보다 더 극악한 범죄자로 취급받는다. 그러니 내공 있는 자, 혹은 단련된 자만이 읽을지어다.)

자, 서두에서 미리 '롤리타 콤플렉스'가 어떤지 살얼음판 걷듯 시작했으니 이제는 상상이니 선입견이니 사회적 풍속이니 규범이니 그 어떤 것이든 마음을 옥죄는 것은 다 버리고 작품으로 들어가자.

성과 이름이 같은 H H(험버트 험버트)는 대략 30대 후반의 돈과(아버지가 호텔을 경영했다.) 지성(작품도 쓰고 여러 나라말을 구사한다.)을 겸비한 핸섬한 솔로다. (그는 부인과 이혼했다. 프랑스서 태어나 그곳에서 살다가 3살 때 어머니가 소풍날 벼락 맞아 죽자 미국으로 건너왔다.)

그는 헤이즈 부인의 집(헤이즈는 죽었다. 그래서 그녀 역시 험버트처럼 혼자다.)에 하숙생으로 들어간다. 부인은 그를 사랑하지만 그는 그녀 대신 그녀의 어린 딸 롤리타에 끌린다. 로, 롤라, 돌리, 돌로레스로 불리는 롤리타는 그때 겨우 12살이었다. (그가 로에 끌린 것은 13살 무렵 그와 비슷한 나이의 에나벨을 만나 사랑에 빠진 경험이 있었기 때문에 어린 님펫의 매력을 알고 있었던 것이 한 이유이기도 하다. 참고로 작가가 만든 신조어인 님펫은 그리스 신화에 나오는 요정 님프에 영어 단어 et를 붙여 성적 매력이 넘치는 사춘기 소녀를 의미한다.)

롤리타와 함께 있기 위해 부인과 결혼한 험버트는 호시탐탐 그녀를 노린다. (롤리타가 그를 그랬는지도 모른다. 그만큼 그녀도 그에게 관심이 있다.) 그런 내막도 모르고 험버트의 사랑을 믿었던 부인은 어느 날 그의 일기장을 보고 자신은 늙은 돼지이고 정작 사랑하는 사람은 딸 롤리타인 것을 안다. 복수심에 불타던 그녀는 밖으로 달려나가다가 차에 치여 처참한 시체로 발견된다. (참, 거시기하다.) 그 전에 롤리타는 기숙학교에 보내졌다.

험버트는 그녀를 데리러 간다. 그리고 그녀와 사랑을 학수고대한다. (작가는 롤리타의 나이를 염두에 두고 《신곡》의 저자 단테도 겨우 9살인 베아트리체를 사랑했다거나 《검은 고양이》의 작가 에드거 알렌 포도 26살에 당시 13살이던 사촌과 결혼한 사실을 은연중 드러낸다.)

아버지 행세를 하며(계부도 아버지다.) 그 아버지와 그 딸은 낡은 자동차를 타고 미국 전역을 돌면서 애정의 도피행각을 벌인다. (2013년 펴낸 문학동네 '김진준 옮김' 판에는 뒤쪽에 두 사람이 2년여간 누비고 다녔던 지명이 지도에 굵은 표시로 표기돼 있다. 기회가 된다 해도 나는 그 길을 따라 여행하면서 험버트와 롤리타를 생각하고 싶지는 않다.)

작가는 글의 전개 중간중간에 배심원 여러분이라는 표현을 쓰고 있다. (따라서 그가 편한 상태에서 집필하고 있지 않다는 것을 알 수 있다. 아직 정식 재판을 받고 복역 중인 상태는 아니다. 나중에 밝혀지지만 그는 형이 확정되기 전 병사한다.) 회고록 형식으로 쓰고 있는데 결론부터 말하자면 험버트는 미성년자 강간 혐의를 사고 있는 것은 아니다. (그는 자신을 미행하면서 롤리타를 유괴해 학대한 그 자신도 알고 있는 퀼트를 32구경 콜트 권총으로 살해한다. 8연발 자동인데 표현에 의하면 잘 죽지 않아 여러 발 발사했다. 아마도 탄창에 든 실탄을 다 사용한 듯싶다.)

회고록은 배심원들에게 자신이 롤리타를 만나고 사랑하고 헤어지고 헤어진 원인 제공자인 퀼트를 죽이는 장면을 자세히 설명하고 있다. 죽이기전 험버트 험버트는 소식이 없어 절망에 빠져 있을 때 롤리타의 편지 한통을 받는다. 결혼했고 만삭인데 돈을 줄 수 없느냐는.

그는 주소를 확인하고 찾아 나선다. 그리고 한 번 더 애원한다. 저 녀석을 버리고 나와 도망치자고. 하지만 나의 님펫(아니 롤리타는 더는 님펫이 아니다. 그녀는 지금 17살이고 작가의 기준에 따르면 님펫은 9살에서 14살 사이의 경계에 있다. 그는 이렇게 친절하게 자신의 독자들에게 설명하는 것을 잊지 않는다.)은 나를 한 번도 사랑하지 않았다면서 냉정하게 거절한다.

그가 사랑하는 사람은 지금의 남편도 아니다. (누구인지는 말하지 않겠다. 롤리타가 사랑한 남자 정도는 책을 읽고서 알아내야 한다. 그래야 어디서 롤리타 얘기가 나오면 귀를 기울일 수 있는 자격이 있다.)

이것으로 롤리타 신드롬을 불러일으킨 20세기의 가장 문제적인 책을 그야말로 '그까이꺼 대충, 대충' 살펴봤다. 그런 책이라고 평가한 것은 내가 아니라 '20세기 100대 영문 소설'(타임), '세기의 명저 100'(르몽드) '꼭 읽어야 할 책 100권'(뉴욕 타임스), '20세기 100대 영문학'(모던 라이브러리)에서 빌린 표현이다.

인디펜던트는 우리 시대의 걸작이라고 《롤리타》를 평가하면서 비운을 타고난 가여운 험버트 험버트는 현대문학에서 가장 웃기는 괴물이지만 그와 떠나는 지옥행에 이유 불문하고 동행해야 마땅하다고 소감을 남겼다. (동행한 지금 그 말을 나는 100% 믿는다.)

작가 블라디미르 나보코프는 러시아 상트페테르부르크에서 태어났다. 귀족 집안에서 최상의 교육을 받으며 성장했으나 볼셰비키 혁명으로 조국을 등진 후 평생 망명 작가 생활을 했다.

영국, 독일, 프랑스, 미국, 스위스(이곳에서 1977년 78세의 나이로 사망했다.) 등지를 떠돌았다. 그가 《롤리타》에서 표현한 문장은 나비가(그는 실제로 나비 수집가이기도 했다. 단순히 취미로 그렇게 하는 정도가 아니라 전문가 수준이었다. 그가 채집한 나비 가운데는 세계 처음인 것도 있다고 한다.) 춤추면서 노래 부르는 듯 현란하고 황홀하기까지 하다.

충만한 지적 응집력이 화려한 언어유희로 변신하는 과정은 그저 놀랍다. 《롤리타》가 테니스 라켓을 들고 백핸드 포핸드, 그리고 강력한 서브에 이어 스매싱하는 모습처럼 자유자재로 언어를 구사하는데, 그에게 언어는 단순히 마술을 보여주는 도구에 지나지 않는다. 요리사의 손에 든 칼처럼 펜으로 마음대로 그려내는 춤 추는 문체에 빠져들다 보면 험버트와 롤리타의 사랑 이야기는 뒷전으로 밀리게 된다.

팁 _____ 블라디미르 나보코프는 《롤리타》에서 기이한 머리말을 남겼다. 작가의 머리말이 아니라 '롤리타: 어느 백인 홀아비의 고백'이라는 작가 자신이 받은 기묘한 원고의 제목이며 부제이고 글은 그 원고에 붙이는 머리말이라고 밝히고 있다는 점이다. (그도 《롤리타》가 가져올 충격과 비난을 충분히 예상했을 것이다. 그래서 그는 이런 요상한 머리말을 썼으며 그 머리말에서 지나치게 관능적이라고 비난을 퍼붓거나, 주인공이 잔혹하고 비열한 인간이라는 데는 의심의 여지가 없고, 악마처럼 저지른 온갖 죄악이라거나 진지한 독자들에게 안겨줄 윤리적 충격 등등을 운운하고 있다. 그러면서 위험한 시대 풍조에 경종을 울리고 우리 사회에 만연한 각종 악행을 고발하는 역할도 한다고 사족을 붙이고 있다. 이 정도면 빠져나갈 구멍으로 충분한가.)

그런 점을 참고해 보면 주인공이 험버트 험버트로 불리다가 나로 불리기도 하고 그라는 삼인칭을 쓰기도 하는 등 혼란스러울 때가 있는 것도 이해할 만하다. (독자들이 주인공과 작가 자신이 일치되는 것을 염려한 때문으로 보인다.)

그러나 이는 작품의 기묘한 장치일 뿐 작품 전체에 흐르는 주제와는 별 상관이 없다. 어느 우매한 독자(아닌가?)가 "이 책의 의도가 무엇인가?"라고 물었다면 나보코프의 대답은 이러했을 것이다. (서문 등을 참고한 결과)

"나는 작가와 작품을 동일시하는 그 어떤 시도에도 반대하며 그것이 윤리적인 것인지 아닌지보다는 오직 작품을 시작했으니 끝날 때까지 쓰는 것 외에는 아무런 생각이 없는 사람이다."(정말 그랬을까. 작가가 오래전에 죽고 없으니 직접 들을 수는 없어 아쉽다.)

1962년 스탠리 큐브릭 감독과 1997년 애드리안 라인 감독이 동명의 소설을 영화화했다. (시간이 된다면 두 영화 다 봐도 된다. 원작과 비교해 보는 재미가 있을 것이다.)

서평에 괄호가 많은 것은 원문을 조금 흉내 냈기 때문이다. 괄호는 물론 줄표도 아주 많다. (그렇다고 헷갈리지는 않는다.)

아름다운 것을 찬양했던 탐미주의자 나보코프의 첫 문장을 옮겨보는 것으로 사탄의 유혹에 빠져 금단의 열매를 따 먹어 파국에 이른 험버트 험버트와 한때 그의 연인이었던 롤리타의 가엽고도 반짝이는 영혼을 위로하고 찬양해 본다.

"롤리타, 내 삶의 빛, 내 몸의 불이여, 나의 죄, 나의 영혼이여. 롤-리-타. 혀끝이 입천장을 따라 세 걸음 걷다가 세 걸음째에 앞니를 가볍게 건드린다. 롤. 리. 타."

출세 대 출세

쥘리앵과 외젠

가진 것이 없는 젊은 청춘이 성공하기 위한 방정식은 적고 실제로 그렇게 되는 경우도 드물다. 집안은 초라하고 돈은 없는데 욕망은 에베레스트 산처럼 크다면 주인공이라고 할지라고 희극보다는 비극으로 끝나기 쉽다. 그래야 현실성이 있고 독자들도 읽는 맛을 느낀다.

스탕달은 《적과 흑》에서 이 점을 분명히 했다. 쥘리앵 소렐은 겨우 19살이다. 풋내기라는 말이다. 하지만 가슴속에 품은 뜻은 위대해 조국을 혁명으로 구한다는 나폴레옹의 장쾌한 목적과 견줄만하다. 적어도 그에게는.

성공하고 싶은 열망에 들뜬 쥘리앵은 무식한 아버지와 주먹질을 일삼을 형들을 피해 시장의 가정교사로 들어간다. 가족에게 없는 책 읽는 재미를 일찍부터 알았고 암기에 능했으며 성경이나 라틴어를 잘했다. 아이들을 가르칠 자격이 충분하다는 말이다. (저런 부모 밑에서 이런 자식이 간혹 나오기도 한다.)

그 지역 시장은 쥘리앵이 그 일을 잘해나가자 후한 월급을 주면서 흡족한 마음이다. 그러나 만족한 사람은 따로 있었다. 바로 시장의 아내, 레날 부인이었다. 그녀는 아들뻘이라고 하기에는 좀 뭐하고 조카뻘인 쥘리앵이 마음에 들었다.

쥘리앵은 그런 부인을 흠모했고 남몰래 사랑했으며 성공을 위한 디딤돌로 부인만 한 여자는 세상에 없다고 판단했다. 두 사람은 어찌어찌해서 정을 통하는 사이가 됐다. (시간의 문제이지 이는 수학 공식과 같은 것이다.)

자, 여기까지만 보면 쥘리앵의 성공 방정식은 팔부능선을 넘었다. 하지만 그의 꿈이 산처럼 높다고 앞서 말했다. 쥘리앵은 편안한 생활을 접어두고 수도원으로 간다. 수도원이라는 곳은 그에게 스펙을 넓혀주고 영혼을 정화할 기회의 장소였다. 그러나 그곳은 구원이나 평화와는 거리가 먼 악의 소굴 그 자체였다.

쥘리앵은 성당을 나와 후작 집으로 들어간다. 후작에게는 당연히 부인이 있다. 부인 대신 쥘리앵은 이번에는 그녀의 딸 마틸드를 꼬드겨 드디어 결혼에 한발 다가선다. 출세에 눈먼 쥘리앵은 과연 개천의 실지렁이에서 하늘을 나는 불세출의 용으로 다시 태어날 수 있을까?

물불을 가리지 않고 출세욕에 물든 젊은 프랑스 청년은 쥘리앵 말고도 또 한 사람이 있었다. (어디 한 사람뿐이었겠는가마는 여기서는 한 사람만 적어 두자. 그래야 기획과 어울린다.) 바로 외젠이다.

그 역시 가난하기는 쥘리앵에 못지않다. 다행인 것은 그가 법과 대학생이라는 점이다. 쥘리앵에 비해 사교계에 진출할 유리한 조건은 확보한 셈이다. 싸구려 하숙집에서 생활하는 그는 공부와는 담을 쌓고 있다. 밤을 낮 삼아서 학업에 열중하는 것은 가난한 학생이 성공으로 가기 위해 벌이는 일반적인 행동 양식이다. 하지만 외젠은 달랐다. 그에게는 정도를 가라고 가르치는 명망 있는 교수 대신 돈을 벌기 위해서는 손을 더럽혀야 한다고 말하는 탈옥수가 있었다. 누구 말이 더 귀에 솔깃할 것인지는 다들 알고 있을 테니 판단을 내리지 않겠다. 외젠은 살롱을 출입하고 춤을 추고 여자를 만나 사교계에 진출하는 교두보 마련이 더 급하다. 다행히 초반에 그는 계획대로 일이 잘되고 있어 만족한다.

그러나 인생이라는 것이 어디 처음이 잘 됐다고 해서 나중까지 잘 되리라는 보장이 있는가. 외젠 역시 쥘리앵처럼 출발은 좋다. 부인들의 꽁무니를 따라다니면서 숙식도 해결하고 재미도 보고 한 방에 성공할 수 있는 돈벼락 기회를 노리는 데까지는 왔다.

하숙집에는 고리오 영감이 살고 있다. 제법 돈을 모은 노인의 취미는 청년의 그것과는 같지 않아서 일편단심 딸 생각뿐이다. 이미 결혼한 두 딸의 가정생활이 원만치 않기 때문이다. (원만하면 외젠의 차지가 오겠는가.) 그들에게는 내연남이 있다. 두 사위도 내연녀가 있다. 그러니 어느 한쪽을 비난하는 것은 형평성에 맞지는 않다.

그러나 고리오 영감은 팔은 안으로 굽는다고 공식적인 사위보다는 딸들이 좋아하는 내연남에 더 호감을 표시한다. 딸을 너무도 사랑하기 때문이다. 외젠은 그런 딸 가운데 하나를 취한다. 그러면 외젠이 바랐던 성공은 만족할 만한 수준에 도달해 바라는 바 없이 행복한가.

발자크는 《고리오 영감》에서 그것은 아니라고 말하고 있다. 출세를 위해 불 속으로 뛰어들었던 프랑스의 젊은 청년 쥘리앵과 외젠의 최후에 대해 독자들은 궁금증을 가져야 한다. 그래야 한두 마디 말로는 표현하기 어려운 대작을 읽는 기회를 얻을 수 있다.

짧은 감상평

《적과 흑》

스탕달이 《적과 흑》을 썼을 때 그의 나이는 47세였다. 《적과 흑》과 함께 또 다른 걸작인 《파르마의 수도원》은 1838년인 55세에 완성했다. 걸출한 재기는 30살 이전에 결판난다고 주장하는 사람들에게 이런 나이는 너무 늦은 감이 있다. 하지만 무엇을 하기에 생물학적 연령은 크게 중요하지 않다거나 대기만성을 주장하는 사람들에게는 호재다. (나 말고도 그런 동조자가 제법 있을 것이다.)

이 책의 주인공 쥘리앵 소렐은 천하를 재패할 꿈을 꾸지는 않았지만 이루고자 하는 목표만큼은 그에 못지않았다. 하지만 그는 야심을 완성할 문턱에서 죽었다. 불과 23살에 말이다. 스탈당은 자신은 그렇게 늦은 나이에 작품을 썼음에도 주인공은 왜 그렇게 일찍 세상과 등지게 했는지 물어볼 수 없고 대답할 수 없으니 알 길이 없지만, 그 반대라면 오늘날까지 《적과 흑》의 명성이 이어지고 있을지는 미지수다.

죽어서야 영원히 살았던 주인공 쥘리앵의 일생을 따라가는 것은 몽마르트르 언덕에 있는 작가의 묘비명에 있는 '살며 사랑했고 썼다'를 이해하는 데 작은 도움은 줄 수 있다.

19살 이전까지 쥘리앵은 파리에서 멀리 떨어진 시골 마을에서 살았다. 아버지는 목수였고 위로 두 형이 있다. 톱질하는 아버지와 도끼질을 하는 형들은 거칠었고 쥘리앵은 책을 좋아했다. 천한 몸으로 태어난 자가 먹고 사는 데 도움이 되지 않는 일에 신경을 쓰자 아버지는 그를 팼고 형들도 가세했다. 세상에서 가장 가까운 사람에게 얻어터지는 기분은 맞아 보지 않고도 알 만하다. 부성애니 형제애 같은 것은 처음부터 없었으니 그는 홀로 세상을 헤쳐나갔다.

그런데 쥘리앵에게는 아버지나 형들에게 없는 재주가 있었다. 그것은 무엇을 암기하는 비상한 머리였다. 성경을 통째로 외웠고 라틴어에 해박했다. 그 지역 시장은 어린 자식들의 가정교사로 그를 데려왔다. 그는 생각보다 더 뛰어났고 아이들에게 모범을 보였다.

여기까지였다면 주인공의 일생은 시골 신부 자리 하나 꿰차는 데는 아무런 문제가 없었을 것이다. 하지만 그에게는 더 큰 것을 얻고자 하는 야망이 화사한 봄의 꽃뱀처럼 꿈틀거렸다. (최근 몇 년 동안 꽃뱀을 보지 못했다. 환경 오염이 그만큼 심하기도 하겠거니와 볼 가능성이 높은 장소를 찾지 않은 때문이기도 하다.)

그 야망을 충족시켜 줄 수 있는 징검다리는 시장의 부인이며 아이들의 엄마인 레날 부인과 정을 통하는 것이었다. 부인은 세 아이의 엄마였지만 겨우 30살 정도였고 여전히 젊었으며 밀가루보다 흰 살결과 흠잡을 데 없는 미소를 소유했다. 청년 쥘리앵은 어느 날 부인의 손을 잡았고 급기야 시장과 애들을 따돌리고 밀회를 즐기는 데 성공했다.

당신이 몰랐던 문장이 내게로 왔다

여기서 만족만 했어도 쥘리앵의 일생은 평탄했을지도 모른다. 하지만 그는 수도원에 들어간다. 그러나 이곳은 그가 생각했던 곳과는 멀어도 한참 멀었다. 수도원은 사랑과 평화와 위로와 구원보다는 거짓과 위선과 탐욕으로 가득 차 있었다.

1년 후 다행히 그는 후작의 집에 집사로 들어간다. 후작은 엄청난 돈과 명예와 지위를 누리는 파리 사교계의 핵심 인물 가운데 하나였다. 그에게는 당연히 예쁜 부인이 있고 자식들도 있다.

쥘리앵의 상대는 이번에는 부인은 아니다. 그와 비슷한 나이의 딸 마틸드다. 마틸드는 신분은 천하지만 비상한 재주를 갖고 있는 쥘리앵에게 호감을 가진다. 백작이니 후작이니 공작이니 하며 귀족들은 판에 박힌 생활을 하는데 쥘리앵은 그녀가 보기에 아주 달랐다. 거만하고 당당하고 권위에 차 있던 마틸드를 상대할 남자는 그런 속물에 빠진 귀족이 아니라 미천한 쥘리앵이었다. 두 사람은 수많은 밀고 당기는 애증 끝에 서로 사랑하게 된다.

그 사이 마틸드는 임신했고 아버지에게 결혼을 알린다. 자식처럼 돌봐주던 후작은 쥘리앵에게 배신감을 느끼지만 그와 결혼하지 못하면 죽겠다는 딸을 앞에 두고 고심에 고심을 거듭한다. 그때 후작에게 레날 부인의 편지 한 통이 배달된다. 편지는 고약하다. 순식간에 궁지에 몰린 쥘리앵은 피스톨에 탄환을 장전하고 화풀이를 하러 고향으로 달려간다.

마침 성당은 미사가 열리고 있었고 기도에 열중인 레날 부인은 미처 피할 겨를도 없이 쥘리앵이 쏜 총에 맞는다. 체포된 쥘리앵은 비로소 자신이 자유의 몸이 됐다는 것을 깨닫는다. (속박의 자유인가.)

속세의 욕망은 아무것도 아니고 죽음만이 자신을 진정한 구원으로 이끌어 줄 것을 확신한다. 옥지기는 물론 판사나 배심원도 좌지우지할 수 있는 마틸드의 도움으로 무죄 석방될 수 있는 길을 포기한다. 자기 삶의 진정한 주인은 자신이며 자신이 진정으로 원했던 것은 죽음으로 완성된다고 믿는다.

쥘리앵은 당당하게 살인은 우연이 아니라 계획적이었으며 자신은 항소하지 않고 단두대의 길을 가겠다고 말한다. 그리고 목이 잘린다. 잘린 목을 들고 마틸드는 그를 장사 지내고 사흘 후 그녀 역시 죽는다. 이것이 《적과 흑》의 대략적인 줄거리다. 주인공이 죽었으니 책도 끝나고 읽던 독자들도 책장을 덮고 참았던 생리적 욕구를 해결하기 위해 자리에서 일어선다.

팁 _____ 두 명의 여자를 사랑한 쥘리앵은 과연 어떤 여자에게서 더 진실한 사랑을 받았을까. 스탕달은 마틸드가 아닌 레날 부인이라고 말하고 있다.

감옥에 갇혀 있는 두 달 동안 쥘리앵은 레날 부인과 마틸드의 끝없는 사랑과 관심을 받았으나 그의 마음은 한쪽으로만 쏠리고 있었다. 그런데 여기서 좀 생각해 볼 것은 왜 레날 부인이 후작에게 그런 악담을 담은 편지를 보냈는지에 대한 의문이다.

쥘리앵이 떠난 후에도 그를 잊지 못하고 있었고 그가 자신을 죽이려고 총을 쏜 후에도 옥바라지를 하면서 한순간도 쥘리앵을 사랑하지 않은 적이 없었던 부인의 편지는 왜 그렇게도 쥘리앵에게 적대적이었을까. 결혼을 앞두고 마침내 그가 품었던 신분 상승과 함께 엄청난 부가 눈앞에 있는데 사랑하는 쥘리앵에게 부인은 왜 험담하는 편지를 써서 후작의 대노를 사고 결국 그의 총에 맞고 그가 사형당하는 결정적 원인을 제공했을까. (여자의 사랑은 이해 불가인 경우가 종종 있다. 다른 여자에게 뺏기느니 차라리 그 남자가 죽는게 낫다? 아니면 사랑을 차지하기 위한 고육책인가.)

여기에 대해 스탈당은 긴 설명을 하지 않는다. 굳이 설명이 필요하지도 않다. 궁금해하는 독자들도 그렇게 많지 않을 것이다. 그것의 궁금증보다는 쥘리앵과 마틸드의 비극적인 죽음이 마치 눈앞에서 생생하게 어른거려 이를 하루빨리 떨쳐 버리는 것이 급선무이기 때문이다.

누구도 흉내 내기 어려운 그만의 문체로 대혁명과 나폴레옹의 몰락을 그렸다. 왕정 복귀로 인한 구체제의 특권과 반칙을 거부하고 공화주의자의 삶을 작품에서 구현했다. 이런 스탕달이야말로 진정한 자유주의자였으며 시대를 뛰어넘는 진보적 지식인이었다. (그는 책에서 볼테르를 수도 없이 언급하는데 이것은 그가 존경하는 대상에게 바치는 헌사로 볼 수 있을 것이다.)

《적과 흑》은 죽기 전에 반드시 한 번은 읽어야 할 책이다. 거짓과 위선과 탐욕에 찌든 성직자들에게 예리한 칼날을 수도 없이 찔러댔다. 왕과 그를 뒷받침하는 귀족들을 끊임없이 비웃었다. 두려움 없이 직선으로 나가는 필체에 멈출 수 없는 경외감을 감출 수 없는 이유다.

기득권층을 향한 잽과 스트레이트는 시종일관 진지하고 묵직하고 마침내 어퍼컷에 이은 카운터블로가 수도 없이 날아든다. 누구도 그의 펀치를 피해갈 수 없다. 그 자신조차도 말이다.

구차한 삶보다는 자신이 선택한 삶을 당당하게 살다간 쥘리앵은 작가의 분신이 아니었을까. 그 당시의 정치, 경제, 사회, 문화를 신랄하게 꼬집는데 실제로 피부가 아픔을 느낀다. 극소수의 절대 계급은 그러거나 말거나 지금도 다수의 삶을 더욱 옥죄고 있으니 이들에게 일독을 권한다면 사치일까.

《고리오 영감》

거절하지 못할 제의를 하겠다는 말은 프란시스 포드 코폴라 감독의 걸작 《대부》에서 주인공인 조폭 두목 말론 브란도가 써먹어 유명해졌다. 영화가 1972년에 나왔으니 1835년 발자크가 쓴 소설 《고리오 영감》에서 이 말이 언급됐다면 소설이 영화보다 100년 이상 앞선 것이 틀림없다. 《고리오 영감》에서 탈옥수 보트랭이 풋내기 외젠 라스티냐크에게 '아무도 거절 못 할 제의'를 하는 장면은 책에서 가장 중요한 상황은 아니라 하더라도 매우 비중 있는 부분에 해당한다. 남부 출신의 가난한 법과 대학생 외젠이 프랑스 상류 사회를 움켜쥘 1인 자가 되고 사교계에 발을 내딛는 데 없어서는 안 될 충고가 포함돼 있기 때문이다.

이제 막 20살인 외젠은 학교에서 출석 체크만 한 후 바로 하숙집으로 돌아와 풍채와 언변이 좋으며 검은 가발을 쓰고 구레나룻을 염색한 40대 보트랭의 '무일푼인 사람이 성공하기 위해서는 손을 더럽혀야 한다'는 등의 말에 빠져든다.

젊고 여자에 굶주려 있고 출세욕에 들떠 있는 외젠의 속마음을 가로챈 불사신이라는 별명이 있는 보트랭은 엄청나게 큰돈을 벌고 살롱에서 여자

당신이 몰랐던 문장이 내게로 왔다

를 꼬드기는 기술을 전파한다.

외젠과 보트랭이 만나는 곳은 파리에서도 외곽의 라탱 지구로 가난한 사람들이 모여 사는 싸구려 하숙집이다. 파리의 모든 집을 천박하게 만드는 노란색을 칠한 '궁핍이 지배'하는 이 집의 주인은 50살 정도의 산전수전 다 겪은 여자처럼 보이는 과부 보케 부인으로 40여 년간 하숙이라는 한 우물만 판 베테랑이다.

남녀 불문하고 돈만 내면 누구나 받는 이 집의 이름은 부인의 이름을 따 보케 하숙으로 불린다. 이곳에는 외젠과 보트랭뿐만 아니라 이 책의 제목이기도 한 69살인 고리오 영감을 포함해 18명의 다양한 인간 군상들이 살고 있다. 무대가 하숙집이고 이야기는 하숙생들이 풀어내고 큰 기둥을 끌고 가는 것은 외젠과 보트랭, 그리고 고리오 영감이 되리라는 것은 쉽게 짐작할 수 있다.

젊은 시절 제분업자로 돈을 긁어모았던 고리오 영감에게는 시집간 두 딸이 있는데 그는 딸들을 너무나 사랑한 나머지 벌었던 그 많은 돈은 다 물려주고 자신은 어리숙한 하숙생으로 지낸다.

영감은 '부성애의 예수'로 불릴 만큼 두 딸을 애지중지하는데 딸들의 효심은 아버지에 한참 미치지 못한다. 그들의 남편, 그러니까 고리오 영감의 사위들은 부인 외에 모두 내연의 처를 두고 있고 아내에게는 관심이 없다. 관심만 없으면 다행이지만 온갖 빚까지 떠안겨 파산 직전까지 몰고 간다.

두 딸 역시 집안의 살림보다는 극장의 지정석에서 연극을 보거나 살롱에서 무도회를 열거나 내연의 남자를 만나는 데 공을 들인다. 영감이 사위보다 내연남에 더 호감을 두는 것은 딸들이 이처럼 남편을 미워하고 내연남을 좋아하기 때문이다. 딸 가운데 둘째 딸이 외젠의 정부가 되겠다. 외젠의 정부는 레스토 백작 부인으로 이미 자식이 있는 것으로 묘사되고 있어 20살인 외젠과 10년 이상의 차이가 있는 것으로 추측해 볼 수 있다.

부인을 만나기 전에 외젠은 먼 친척인 보세앙 부인을 통해 파리 사교계에 들어가는 기회를 잡는데 보세앙 부인은 고리오 영감의 두 딸과 마찬가지로 남편이 다른 여자를 찾자 다른 남자와 재미를 보는 대신 한적한 시골로 낙향해 버린다. 이후 부인은 비참한 결말을 맞는다.

그 낙향 직전 파리 사교계의 총아들은 버림받은 그녀가 어떤 태도를 취하는지 보기 위해 무려 150여 대의 마차를 타고 그녀 집으로 모여드는데 이 장면은 참으로 기괴하면서도 한편의 블랙 코미디처럼 처연하다.

팁 _____ 고리오 영감의 죽음으로 1부 하숙집, 2부 사교계 입성, 3부 불사신, 4부 아버지의 죽음으로 이루어진 이 책의 대단원은 막을 내린다. 책의 배경이 되는 시기는 혁명과 그에 따른 반동으로 나타난 왕정복고의 음습한 구체제의 회귀였다.

또 다른 혁명의 움직임이 움트기에는 아직 이르다. 이런 상황과 마주친 20살의 혈기 왕성한 대학생 외젠. 그는 그러나 어수선한 세상사에는 크게 관심이 없다. 돈과 여자와 출세가 우선이다.

그가 할 수 있는 일은 법전을 파기보다는 한몫 단단히 챙기고 자신이 출세하기까지 후견인 노릇을 해줄 여자를 잡는 일이다. (아, 얼마나 현명한 선택인가, 아니라면 할 수 없다.) 그러기까지의 길고 긴 여정이 '인간 희극'의 시작을 알리면서 파노라마처럼 펼쳐진다. 이런 점으로 보면 가난한 집안의 형편은 아랑곳하지 않고 자신의 입신을 위해 가족의 희생은 물론 주변을 이용하고 있는 외젠의 모습은 본받을 만한 시대의 위인은 아니다.

출세욕에 들뜬 외젠에게 세상사의 오욕을 전파하면서 허튼수작을 부렸던 보트랭 역시 다른 사람이 보고 배울 만한 정신이나 어떤 행동을 보여주지 못한다. 대신 하숙인들의 배신으로 경찰에 잡혀가는 신세로 전락하는, 실제 이름이 자크 콜랭인 보트랭은 역설적으로 이것이 정의라는 것을 증명한다.

다만 외젠은 보트랭이 제안한 하숙집 처녀와 결혼해 그 집의 막대한 유산을 물려받는 것보다는 파산한 레스토 부인을 취함으로써 고리오 영감의 아들 노릇을 하게 된다.

영감이 죽고 외젠은 신파극에서처럼 이렇게 외친다. "자, 이제 파리와 나 우리 둘의 대결이다."(열린책들)

《고리오 영감》은 사실주의의 지평을 연 책으로 평가받고 있다. 금전 만능주의, 귀족사회의 퇴폐와 수단과 방법을 가리지 않는 출세의 욕망이 적나라하기 때문이다. 51살에 죽은 발자크는 책의 등장인물 같이 숱한 여성 편력을 자랑하는 와중에도 하루에 많게는 18시간, 적게는 12시간 동안 글을 썼다고 한다. 커피를 물처럼 마시면서 '그가 칼로 한 일을 나는 펜으로 하겠다'며 나폴레옹 동상을 앞에 두고 맹세를 할 만큼 대단한 야심가로 일생을 살았다.

반전 대 반전

소피와 올렌카

반전의 묘미는 뒤집어지는 데 있다. 그것도 시작점이 아니라 끝날 무렵 그렇게 돼야 더 효과가 있다. 소피가 바로 그런 이야기의 주인공이 되겠다.

집도 절도 직업도 없는 그는 무위도식으로 나날을 보내고 있다. 이런 사람들에게 계절은 철새만큼이나 매우 중요하다. 날아가서 한 철을 보낼 곳을 정해야 하기 때문이다.

소피는 월동을 하는 철새가 아닌 사람이므로 시베리아보다는 따뜻한 섬나라가 제격이다. 그가 꿈꾸는 섬은 바로 감옥이다. 겨울을 날 삼 개월 동안 기숙하기에 그만한 곳이 없다. 얼어 죽을 염려도 없고 삼시 세끼 끼니 걱정을 하지 않아도 된다. 감옥행을 위해 그는 적극적으로 행동하기로 작정하고 거리로 나선다.

낙엽이 지고 겨울의 낌새가 오자 더는 주춤할 수 없다. 무전취식을 하고 유리창을 깨고 숙녀에게 수작을 걸어 보는 것은 그 정도 범죄가 그가 정한 시기에 어울리는 형량을 받을 수 있기 때문이다.

하지만 그는 번번이 실패한다. 그가 낙담했을 때 사람은 어떠한 경우라

당신이 몰랐던 문장이 내게로 왔다

도 절망에 빠져서는 안 된다는 진리를 발견한다. 오 헨리는《경찰관과 찬송가》에서 소피에게 그것을 알려준다.

반면 올렌카는 소피와는 좀 다른 반전의 묘미를 보여준다. 소피의 반전이 마지막에 이루어지는 극적인 것이라면 올렌카의 그것은 사안마다 이루어진다. 그녀는 여러 남자를 사랑했고 그럴 때마다 행복했다. 그녀가 극장을 말하거나 목재의 종류를 말할 때, 혹은 동물의 위생 관리를 걱정할 때 그녀의 남편들은 그런 일에 종사했다.

그녀가 배우나 나무에 관심을 기울이지 않을 때 그녀의 남자들은 죽거나 그녀를 떠났다. 올렌카가 보는 세상의 중심은 언제나 남자에게 못 박혀 있었다. 그러나 마을 사람들은 그녀에 대해 이러쿵저러쿵 수군대지 않았다. 올렌카는 미운 오리 새끼가 아니고 귀여운 여인이었기 때문이다.

그녀의 행복은 남자에게 있었고 불행 역시 남자에게 있었다. 뒤웅박 팔자는 올렌카의 것이었고, 올렌카는 그것이 불편하거나 부당하다는 생각을 하지 않았다.

수의사의 아들이 학교에 다닐 때 그녀의 관심이 공부에 쏠린 것은 당연했다. 이런 여자에게 누가 감히 손가락질할 수 있을까. 주체가 없을지언정 여자다움의 순수로 가득했던 올렌카.

안톤 체호프는《올렌카》에서 길고 긴 여자의 일생과 행복을 짧은 단편으로 보여주는 데 성공했다. 우리는 누구나 반전이 있을 삶을 꿈꾼다. 가진 자보다는 없는 자, 누리는 자보다는 그렇지 못한 자들에게 생의 어느 시점에서 화려한 반전이 있기를 기대해 본다.

짧은 감상평

《경찰관과 찬송가》

누구라도 마음을 돌려먹을 때가 있다. 게으르고 의욕이 없고 제 손으로 벌어서 먹기보다는 구걸하기를 좋아하는 사람이 있다고 치자. 이런 사람에게 밖에서 생활하기 좋은 봄, 여름이나 가을은 천국의 계절일 것이다. 하지만 찬 바람이 불고 눈이 오면 공원의 벤치는 노숙하기에 적당하지 않다.

오 헨리 단편소설 《경찰관과 찬송가》에 나오는 주인공 소피는 심각한 고민에 빠졌다. 무언가 결정해야 할 때가 온 것이다. 밤하늘의 기러기가 울며 지나가고 모피 코트가 없는 여인들이 남편에게 상냥해지는 계절, 곧 겨울이 코앞이다.

공원의 벤치는 추위를 막기에 좋은 장소가 아니어서 소피는 낙엽 한 잎이 무릎 위에 떨어지자 불편하게 몸을 뒤척이지 않을 수 없었다. 서둘러 특별 생계 대책을 세우지 않는다면 그는 얼어 죽을 것이고 이것은 그가 바라는 바가 아니었다.

거리의 사람에게 무슨 거창한 기대가 있을 수 없듯이 소피의 희망 사항도 간소하기 그지없는 것이었다. 뉴욕커처럼 지중해의 어느 섬에서 한철을 보낸다거나 파리지앵처럼 커피 한 잔 손에 들고 센강 가를 어슬렁거리거나 기러기처럼 베수비오만의 나른한 남쪽 하늘을 즐기기 위한 꿈은 애초에 없었다.

그저 그 섬에서 한 석 달 정도만 머무르면 되는 소박한 꿈을 소피는 지금 꾸고 있다. 연례행사로 치러지는 의식이라고나 할까. 꿈이 소박하므로 그것을 이루기 위해 벌이는 절차도 까다롭거나 힘든 일이 아니었다. 고급 레스토랑에 가서 실컷 먹고 돈이 없다고 배 째라는 식으로 나오면 친절한 경찰은 그를 판사에게 데려갈 것이고 나머지는 누군가 알아서 해줄 것이다. 하지만 모든 계획이, 그것이 아무리 하찮은 것이라도 뜻대로 되지 않을 때도 있는 법이다.

첫 번째 시도는 보기 좋게 실패했다. 들어가기도 전에 초라한 행색을 보고 웨이터가 걷어찼기 때문이다. 오리 통구이와 치즈를 곁들인 프랑스산 백포도주가 눈앞에서 순식간에 사라졌다. 식도락의 길은 그가 가는 길이 아니었다.

화가 난 소피는 화려한 상점에 돌멩이를 냅다 집어 던졌다. 그러나 경찰은 소피가 '내가 그런 짓을 했다고 생각하지 않느냐'고 힌트를 줬음에도 차를 타려고 달려가는 다른 남자를 쫓아가기에 바빴다.

처량한 신세가 된 소피는 브로드웨이를 벗어났다. 이번에는 전보다 조금 싼 음식점에 들어갔다. 낡아빠진 구두와 형편을 숨길 수 없는 바지를 입고서도 그는 비프스테이크를 먹는 데 성공했다. 그는 태연자약하게 "난 빈털터리오. 그러니 경찰을…." 하고 목을 길게 뺐다. 하지만 웨이터는 그렇게 하는 대신 그를 길에 내동댕이쳐 귀를 찢어 놓았을 뿐이다.

소피는 다른 방법을 동원하기로 했다. 여자에게 수작을 걸기로 한 것이다. 바로 2m 근방에 험악하게 생긴 거구의 경찰관이 있어 이번에는 성공을 믿어 의심치 않았다. 하지만 여자는 모욕을 느껴 경찰관에게 손가락으로 까딱거리는 신호를 보내는 대신 수작에 호응하면서 소피의 팔을 잡아 끌었다. 이쯤 되면 때가 아니라고 포기할 만도 한데 우리의 주인공 소피는 그러지 않았다.

화려한 극장 앞에서 순찰 중인 경찰을 발견하자마자 주정뱅이처럼 고래고래 소리를 질렀다. 춤도 추고 악도 쓰고 사납게 날뛰면서 소란을 피운 것은 법의 집행자가 낚아채기만을 기다렸기 때문이다. 이번에도 경찰은 온순했다. 대학생들이 승리를 자축하는 의미라며 상부에서도 놔두라고 한 명령을 잘 따랐다. 우산을 훔치는 좀도둑질에 걸려도 여간해서는 경찰의 손에 체포되지 않았다.

소피는 정처 없이 걸었다. 그러다가 고풍스러운 교회 앞에서 문득 발걸음을 멈췄다. 창문으로 희미한 불빛이 새어 나오고 다가오는 안식일에 잘하려고 연습하고 있는 오르간 연주 소리가 들려왔다. 누구라도 이런 상황이라면 감상적이 되고 만다. 더구나 달은 하늘 한가운데 떠서 고요하게 빛나지, 차나 행인은 거의 없어 고요한데 참새 소리는 졸린 듯 재잘거리고 아름다운 음악은 귀에 익어 어머니나 장미나 야망이나 친구나 때 묻지 않은 어린 시절을 떠오르게 한다.

소피는 문득 결심한다. 그렇게 하기에 좋은 때가 왔다. 그는 새로운 기분에 설레어 타락한 나날과 못쓰게 된 재능과 현재 자신의 행동을 지배하는 군색한 동기들을 두려운 마음으로 돌아본다.

심경의 변화를 일으킨 그는 세상에 부끄럽지 않은 사람이 되기로 마음먹고 언젠가 일자리를 주겠다고 약속한 사람을 찾아가리라고 두 주먹을 불끈 쥐었다.

바로 이때, 소피가 새롭게 결의를 다지고 있을 때, 경찰도 비로소 할 일을 찾았다. 두 사람 다 할 때가 돼서 그렇게 했으므로 누구를 나무랄 일은 아니다.

팁_____ 사람들은 이렇게 생각할 수도 있다. 그 섬에 가기 전에 시설에 들어가면 어떠냐고. 감옥보다 시설이 더 편하고 좋지 않으냐고. 하지만 소피의 생각은 그들과는 달랐다. 그가 자선의 이름으로 거리의 떠돌이들에게 제공되는 헤아릴 수 없을 만큼 많은 시설을 경멸한 것은 자선보다 법이 더 친절하다고 생각했기 때문이다. 자선의 손길을 받는 순간 정신적 굴욕감을 느낄 것이고 이는 그처럼 자존심이 강한 사람에게는 견딜 수 없는 수치였다.

오 헨리의 본래 이름은 시드니 포터였다. 오 헨리는 말하자면 필명이라고 할 수 있는데 시드니 포터가 감옥에 있을 때 딸이 나중에 커서 자신의 글을 읽게 될까 봐 창피한 나머지 그를 감시했던 간수장의 이름을 땄다고 한다.

대표작인 《마지막 잎새》는 1905년 완성했고 거기 실린 단편집에 《경찰관과 찬송가》도 함께 들어있다. 일찍 세상을 뜬 것만큼 오 헨리의 삶도 순탄치 않아 언제나 돈에 쪼들렸으며 알코올 중독과 간경화와 당뇨 등으로 평생을 고생하면서 살았다.

1897년 48세의 나이로 죽을 때까지 10여 년간 300여 편의 주옥같은 단편을 세상에 남겼다. 허를 찌르는 유머와 마지막의 반전은 읽고 나서 허탈하기보다는 묘한 기분에 빠져들게 한다.

《귀여운 여인》

안톤 체호프는 단편소설로 유명한 러시아 작가다. 동시대서 활약했던 톨스토이는 그의 대표작 중 하나인 《귀여운 여인》의 주인공 올렌카에 대해 "올렌카와 같은 주인공이야말로 여성다움의 본질을 순수하게 잘 간직하고 있다."라고 높이 평가했다.

대가가 여러 번 정독해서 읽고 내린 평가라고 하니 아니라고 반대하기 어렵다. 실제로 나도 몇 번 읽고 나서는 올렌카의 여성적 순수성을 높이 샀다. 그리고 그녀를 사랑했던 남자들은 '행복했음이 틀림없다.'라는 확신을 했다. 당연히 그들로부터 사랑받았던 올렌카의 인생도 마찬가지였다.

그러나 칭찬도 있으면 반대도 있는 것이 세상사의 이치다. 역시 같은 나라에서 비슷한 시기에 작품 활동을 했던 《어머니》의 작가 막심 고리키는 '주체성을 상실한 온순한 노예 같은 인물'로 올렌카를 깎아내렸다. 그러고 보니 그 말도 틀린 말이 아니었다. 저 말도 맞고 이 말도 맞으나 솔로몬이나 황희 정승에게 판결을 구할 필요는 없다. (문학작품은 정답을 요구하지 않는다.)

당신이 몰랐던 문장이 내게로 왔다

두 위대한 작가의 이런 대비되는 평가를 염두에 두고 《귀여운 여인》을 읽어 보면 작품을 이해하는 데 도움이 된다. 그것이 귀찮으면 아무 생각 없이 집어 들고 떠들썩하게 읽어도 상관없다. 어렵지 않고 부드러운 술처럼 술술 넘어간다.

앞서 주인공의 이름이 올렌카인 것은 설명했다. 그 올렌카는 퇴역한 관리의 딸 정도로 간략히 설명해 두자. 그녀는 마당 현관 계단에 앉아서 생각하는 것을 즐기는데 때는 무더운 여름이고 파리 떼는 끊임없이 몰려드는 초저녁이다.

그 시각 올렌카의 집에서 하숙하고 있는 쿠킨은 비 오는 하늘을 원망한다. 극장주인인 그에게 궂은 날씨는 수입과 직결되기 때문이다. 이런 날이 되풀이되고 쿠킨의 절망이 길어질 때 올렌카는 그의 불행 때문에 몹시 괴롭다. 괴로운 정도를 넘어 그에게 감동을 받았고, 감동은 곧 사랑하는 마음에 불을 붙였다. 그녀는 쿠킨과 결혼했고 행복했다.

마을 사람을 만나면 그녀는 이렇게 말했다. 세상에서 가장 중요하고 사람에게 가장 필요한 것은 극장이라고. 인간은 오로지 드라마를 통해서만 진정한 기쁨을 얻고 교양을 가진 인간적인 존재가 될 수 있다고.

그녀는 그가 말하는 것을 그대로 따라 했다. 말로만 하는 것이 아니라 실제 행동에서도 그렇게 했다. 배우들이 연습할 때면 직접 극장에 나와서 동작을 고쳐 주기도 하고 신문에 비판 기사가 실리면 신문사를 찾아가 항의했다.

이제 그녀는 극장과 배우와 한몸이 됐다. 쿠킨보다도 더 연극을 사랑했다. 배우들은 그녀를 '귀여운 여인'이라고 칭송했다. 그러던 어느 날이었다. 새로운 단원을 구성하기 위해 모스크바로 떠났던 남편이 죽었다는 비보가 전해졌다.

그녀에게 이제 연극은 의미가 없어졌다. 세상에서 가장 중요하지도, 가장 필요하지도 않았다. 3개월이 지났다. 실의에 빠진 또 어느 날 어쩌다 보니 올렌카는 목재상 바실리 안드레비치 푸스토발로프와 함께 길을 걷고 있었다. 미사가 끝나고 집으로 돌아오는 길이었다.

새까만 턱수염을 단 그는 올렌카에게 이렇게 말했다. 모든 일은 운명이 정해진 대로 일어나는 법이라고. 우리가 아끼는 누군가가 죽었다면 그건 하느님의 뜻이니 우리는 참고 복종해야 한다고.

집으로 돌아온 올렌카에게 그 다정한 목소리가 밤새껏 귓가를 맴돌았다. 그녀는 그가 하는 목재 일이 세상에서 가장 중요하고 가장 필요한 일이라고 생각했다. 그녀는 그와 결혼했다.

올렌카는 극장 업무를 보는 대신 자재 창고에서 온종일 보냈다. 그녀는 만나는 사람마다 목재값이 해마다 뛰고 운송료가 오르고 있다고 입버릇처럼 말했다.

버팀목이나 널빤지, 합판과 같은 말들이 극장이나 배우들을 대신했다. 이것은 그녀의 생각이 아니라 목재상 남편의 생각이었다. 그가 방에 있으면 그녀도 방에 있었고, 사람들이 극장에라도 가보라고 말을 하면 시간이 없고, 가봐야 별거 없다고 고개를 저었다.

올렌카의 모든 것은 목재에 있었다. 또 그러던 어느 날, 남편이 목재를 사러 간다며 그녀를 떠났다. 그녀는 슬펐고 그래서 자다 말고 벌떡 일어나 눈물을 흘리며 울었다. 하지만 그녀의 하숙집에는 아들 하나를 두고 부인과 별거해 사는 군대의 젊은 수의사 스미르닌이 있었다. 그의 말에 따르면 부인은 가정에 충실하지 않았고 그것이 떨어져 사는 이유였다. 가정생활이 불행한 그에게 올렌카는 불쌍한 생각이 들어 아들을 생각해서라도 부인을 용서해 주라고 충고했다.

떠났던 남편이 돌아왔을 때 올렌카는 젊은 수의사에 대한 이야기를 남편에게 들려주었다. 두 사람은 그를 동정했고 어린 아들을 위해 함께 울기도 했다. 올렌카 부부는 이런 이야기를 하면서 6년간 행복하게 지냈다. 그러던 겨울 어느 날 모자도 쓰지 않고 목재를 내리러 갔던 남편은 감기에 걸렸고 유명한 의사의 치료도 소용없이 죽고 말았다. 그녀는 검은 드레스를 입고 슬픈 표정으로 교회에 다녔다. 그리고 다시 여섯 달이 지났다.

올렌카가 어떻게 사는지 궁금했던 사람들에게 그녀는 이렇게 말하기 시작했다. 우리 마을에는 진정한 수의사가 없고, 그래서 돌림병이 생기고 우유에서 사람들이 전염되고 말이나 소들 따위에서 질병이 옮는다고. 어느새 그녀는 수의사가 하는 말을 그대로 따라 하고 있었다. 말만 따라 하는 것이 아니라 모든 의견이나 주장도 그와 똑같이 하게 됐다. 마을 사람들은 어떤 이유에서인지는 몰라도 다른 여자였다면 이런 행동을 비난하거나 비웃었을 것이지만 올렌카에게 만큼은 그렇게 하지 않았다.

그녀가 하는 행동이나 말을 당연하게 여겼다. 왜냐고? 올렌카는 '귀여운 여인'이니까. 그러던 또 그 어느 날, 이번에는 젊은 수의사가 그녀를 떠났다. 죽지 않고 아주 멀리, 시베리아 부대로 간 것이다. 그녀는 또다시 혼자가 됐다. 혼자가 됐을 때 그녀의 주관도 사라졌다. 어떤 것에 견해가 없는 끔찍한 일이 다시 벌어진 것이다. 극장의 폭죽 소리도 목재의 가격 상승도 가축의 위생 관리도 그녀에게는 이제 아무런 의미가 없었다.

다만 슬픔이 성난 파도처럼 밀려왔고, 그래서 자다가 벌떡 일어나서 울었다. 검은 고양이가 가르랑거리며 몸을 비벼대며 부드럽게 다가와도 조금도 그녀의 마음을 움직일 수 없었다.

그러던 7월의 무더운 어느 여름날. 머리가 새하얀 수의사가 제복을 입고 그녀의 집으로 돌아왔다. 아내와 화해하고 아들 샤샤와 함께 하숙을 구하는 중이라고 했다. 올렌카는 돈도 한 푼 받지 않고 그들 가족을 집으로 모셨다. 지붕을 색칠하고 벽을 하얗게 발랐다. 그녀의 미소가 예전처럼 다시 빛나기 시작했다.

소년이 학교에 돌아와서 배운 것을 외우고 있을 때면 "아유, 내 새끼" 하면서 마치 자신의 아들인 것처럼 모성 본능이 꿈틀댔다. 올렌카는 마을 사람들이 어떻게 사는지 궁금해하면 이렇게 말했다.

"어휴, 요즘은 중학교 수업도 아주 힘들어요. 겨우 1학년인데 동화 한 편을 다 외우고 라틴어를 번역해 오는 숙제를 내주기까지 한다고요."

그녀는 이제 샤샤가 말하는 대로 말하고 그가 하는 대로 행동했다. '따라쟁이' 그녀는 다시 행복했고 얼굴에 미소가 떠나지 않는 귀여운 여인이 됐다.

팁 _____ 앞서 톨스토이와 고리키의 평을 언급했다.

이제 다 읽고 난 당신의 생각은 어떤가. 교육적이고 무언가 가르칠 것이 있고 신앙적이면서 보수적이고 젠더 감수성이 무딘 사람이라면 톨스토이의 말에 더 공감이 갈 것이다. 현모양처의 유교적 관점을 가진 사람도 마찬가지다. 남편을 따르고 아들을 따르는 순종적 어머니상 말이다.

하지만 주체적 여성을 바라는 사람이라면 고리키의 말에 더 고개를 끄덕일 것이다. 올렌카의 줏대 없는 지조는 칭찬받아야 하는가 아니면 비난의 손가락질을 받아야 하는가.

자기의 생각과 주관도 없이 남편의 행동이나 말을 그대로 따라가면서 그것만을 행복의 유일한 기준으로 삼은 올렌카. 과거가 아닌 현대적 관점에서 보면 어떤 경우가 더 합리적이고 설득력 있는가.

많은 이들은 문학작품은 도마 위의 생선처럼 단칼에 토막 낼 수 있는 성질의 것이 아니고 재단사의 가위질로 쉽게 잘라낼 수 있는 그 무엇이 아니라고 말한다. 이렇게도 보고 또 저렇게도 볼 수 있기 때문이다.

《귀여운 여인》을 나는 40년 전쯤 읽었다. 지금처럼 가로 글이 아닌 세로 글로 제본된 책에서 읽고 또 읽고 여러 번 줄 치면서 읽었다. 그때마다 나는 배꼽을 잡고 웃었으며 올렌카 같은 여자는 아무리 인정머리 없는 사람이라도 좋아하지 않을 수 없다고 생각했다. 그러나 존경하거나 따라 하거나 역사에서 배울 수 있는 사람이라는 생각은 한 번도 하지 않았다.

힘들 때 그저 웃기 위해서 나도 이 책을 자주 읽었다. 그동안 이사를 수도 없이 하면서 나는 그때마다 많은 책을 버렸지만 그러지 않고 가지고 다닌 '체호프 단편선'을 다시 꺼내 들었던 것은 이런 이유 때문이었다.

진한 곰팡이 냄새를 맡으면서 그 시절을 추억하는 재미도 있었다. 실로 제본한 책은 문장마다 철에 녹물 들 듯이 얼룩이 져 있는데 이것은 세월의 흔적이었으며 행간마다 올렌카의 눈물방울 때문이었다고 나는 생각한다. 독서의 추억은 그 어떤 추억보다도 달콤하다는 것을 새삼 깨닫는 순간이다.

복수 대 복수

히스클리프와 안나

    눈에는 눈, 이에는 이가 복수의 일반적인 행태가 되겠다. 한 대 맞으면 한 대 때린다는 식이다. 그런 면에서 보면 제인 에어의 《폭풍의 언덕》에 나오는 히스클리프는 제대로 복수를 한 셈이다. 박힌 돌을 빼버리고 그 자리에 떡하고 자리를 차지한 것이니 분명히 그렇다고 할 수 있다. 그러나 애초에 주워오지 말았어야 했다. 그가 아무리 굶주리고 넝마의 옷을 입고 불행해 보인다고 해도 워더링 하이츠의 주인 언쇼는 그러지 말았어야 했다. 그냥 굴러다니게 내버려 뒀어야 했다.

    하지만 일은 벌어지고 말았다. 비슷한 또래의 언쇼 아들 힌들리는 주워온 자식을 말 그대로 주워온 자식 취급했다. 멸시하고 우습게 여기고 욕설을 퍼붓고 심지어 매질까지 했다.

    노예 취급을 받는 히스클리프는 그러나 차분했다. 겉으로는 그랬다. 하지만 마음속 깊은 곳에서는 복수의 칼을 갈고 있었다. 그 집의 딸 캐서린과의 결혼도 힌들리의 반대로 무산됐다. 그가 품고 있는 분노의 크기가 어느 정도인지 짐작이 간다. 그는 받은 것 이상으로 되돌려 준다. 복수의 화신으로 재탄생하는 히스클리프의 복수극은 그래서 처절하다.

이와는 반대로 안나의 복수는 소극적이다. 이에는 이가 아니다. 상대에 대한 직접적인 복수가 아니라는 점에서 히스클리프와 차이를 보인다.

톨스토이는《안나 카레니나》에서 안나의 복수를 수동적으로 그렸다. 그렇다고 해서 그 복수가 결코 가벼운 것은 아니다. 브론스키가 받았을 충격은 그가 살아 있어도 죽은 것과 비슷한 상태였기 때문이다.

어떤 이들은 안나가 총으로 브론스키의 가슴에 큰 구멍을 뚫지 못한 것을 애통해 하기도 한다. "왜, 죽니?" 하고 반문하면서 남자를 처단하고 보란 듯이 다른 남자와 불륜의 꽃을 피우기를 기대했을지도 모른다. 그러나 그 시대나 톨스토이의 철학으로 봤을 때 안나는 남자를 죽이기보다는 스스로 죽는 것으로 이미 정해져 있었다. 스스로 죽는 복수가 제대로 하는 복수라고 작가는 역설적으로 말하고 있다.

사랑했던 여자가 자신이 그녀를 배신했다고 여겨서 스스로 죽음의 길을 선택했다면 그 남자는 몹시 괴로울 것이다. 적어도 세상 누구보다도 안나를 사랑했고 양심으로 가슴이 아픈 줄 아는 브론스키라면 더 말해 무엇하겠는가.

자신이 죽음으로써 철저한 복수를 했다고 안나는 생각하고 눈을 감았다. 안나가 죽은 후 브론스키는 따라 죽지 않는다. 다만 나라를 위하는 선한 행동을 솔선수범한다. (이 역시 톨스토이의 철학이 반영된 결과일 것이다.) 안나의 소극적 복수는 여자의 남자에 대한 복수는 어떠해야 하는지 새삼 생각할 거리를 많이 만들어 준다.

특히 오늘 같은 밤, 10시가 지났는데도 섭씨 31도를 웃도는 열대야가 기승을 부린다면, 시베리아의 찬바람이 그리울 것이다. 모골이 송연해지는 그런 밤.

짧은 감상평

《폭풍의 언덕》

　네발 달린 동물은 거둬들여도 검은 머리 짐승은 그러지 말라는 옛말이 있다. 에밀리 브론테의 《폭풍의 언덕》의 원제목인 《워더링 하이츠》(Wuthering Heights)의 주인 언쇼가 이 말만 새겨들었어도 대를 이은 비극은 일어나지 않았을 것이다. (참고로 워더링은 폭풍이 불 때 나는 바람소리를 말한다.)

　영국을 통틀어도 세상의 소음으로부터 완전히 동떨어져 사람을 싫어하는 자에겐 더 없는 천국인 이곳 워더링 언덕에서 언쇼가 어느 날 리버풀로 여행을 떠난다. (그런 곳에서 길게는 말고 딱 한 달만 살고 싶다.)

　떠나는 것까지는 좋았다. 그런데 그가 돌아왔을 때 그의 옆에는 누더기를 걸친 새까만 머리의 더러운 아이가 있었다. 언쇼는 놀라는 가족에게 집도 없고 먹을 것도 없고 게다가 말도 제대로 하지 못하는 아이를 발견한 이상 데려오지 않을 수 없었다고 이해를 구한다. 그 아이가 이 책의 주인공인 히스클리프가 되겠다.

히스클리프는 언쇼의 아들 힌들리와 딸 캐서린 등과 함께 자란다. 주워 온 자식을 대하는 태도는 우리나 영국이나 다를 바 뭐 있겠나. 서러움과 구박은 항상 그를 따라다니고 힌들리에게 수시로 괴롭힘을 당한다. 그러면 언쇼는 아비 없어 불쌍한 히스클리프를 두둔한다. 그럴수록 힌들리는 히스클리프 때문에 자신이 손해를 보고 있다며 그에게 더욱 못살게 군다.

어떤 때는 뺨을 후려갈기고 떠돌이 집시 놈이라고 심한 욕설을 퍼붓기도 한다. 하지만 히스클리프는 그 정도는 아무것도 아니라는 듯이 좀처럼 불평을 하지 않아 외관상으로는 그가 복수심을 품고 있다는 사실을 식구들은 알 수 없다.

한편 힌들리와는 달리 걷잡을 수 없는 말괄량이지만 그 근방에서는 눈이 가장 예쁜 캐서린은 벌써 히스클리프와 친해진다. 그 무렵 언쇼 어른은 나이 든 사람에게 언제나 찾아오는 죽음을 맞이했다.

대학을 다니기 위해 떠났던 힌들리는 3년 만에 아버지 장례식에 참석하기 위해 워더링 하이츠에 도착했다. 그 옆에는 어떤 사람인지 어디 태생인지 알지 못하는 여자가 있었는데 부인이라고 했다. 부인은 검은 상복을 입은 사람을 보면 죽는 것이 무섭다면서 몸을 부르르 떠는 등 좀 모자란 사람이었다. 어쨌든 힌들리는 집에 왔고 그 즉시 눌러앉았다.

다시 워더링 하이츠의 주인이 된 힌들리는 히스클리프에게 더욱 모질게 대하고 매질을 하고 여동생 캐서린에게도 밥을 굶기는가 하면 하인들에게도 함부로 했다. 결혼했어도 제 버릇 개 주지 못하고 있다. (천성이라는 것은 무서운 것이다. 오죽하면 '천성불개'라는 말이 생겨났을까.) 목사 흉내를 내는 늙은 하인 조셉이나 집안 살림을 하는 넬리 등 하인들도 힌들리의 잘못을 수군거렸다. 그러거나 말거나 힌들리는 여전했다.

그 와중에도 캐서린과 히스클리프는 아침에 벌판으로 달아나서 온종일 돌아오지 않았다. 두 사람에게 이것은 세상에서 가장 즐거운 일이었다. 어느 날은 워더링 하이츠에서 여러 마일이나 떨어져 있는 드러시크로스 저택을 다녀오기도 했다. 그녀는 하녀 넬리에게 그곳에서 있었던 일을 조잘댔다.

그곳의 늙은 린튼 영감은 히스클리프에게는 동인도인이거나 아메리카인이거나 스페인인이 버리고 간 거지 아이라고 경멸했으나 캐서린에게는 그래도 친절하게 대했고 발뒤꿈치를 다쳤다는 이유로 다섯 주일 동안 기거하게 하면서 치료해 주는 친절을 베풀었다.

치료 후 조랑말을 타고 돌아온 캐서린은 예전의 모습에서 벗어나 좀 점잖아졌고 숙녀티가 났으나 히스클리프는 여전히 새까맣고 더러운 옷을 걸쳐 비교가 됐다. 더러운 히스클리프를 깨끗한 힌들리는 하인과 같이 취급하고, 모욕하고, 수치심을 주고, 자존심을 깔아뭉개고, 심지어 가두면서 학대의 강도를 더욱 높여갔다.

그러나 히스클리프는 대들지 않았다. 대신 캐서린을 사랑하는 열정에 온 정신을 불태웠다. 그녀의 애정을 얻기 위해 점잖아지고 예의 바른 청년이 되고 싶어 했다. 캐서린도 화답했다. 그가 힘들어할 때마다 마음씨가 착하면 얼굴도 선해지고 마음이 나쁘면 아무리 아름다워도 보기 싫은 얼굴이 된다고 위로했다. 네 아버지는 중국의 황제이고 너의 어머니는 인도의 여왕인데 고약한 뱃사람들에게 납치돼 영국으로 오게 된 비운의 왕자라고 다독였다. 이런 여자, 히스클리프 아니라도 세상의 어떤 남자가 싫어할까. 찌푸린 얼굴이 펴지고 썩 유쾌한 기분이 되는 것은 순식간이겠다.

마음속에 칼을 갈고 있으면서도 표정이 아니 밝을 수 없다. 그는 캐서린에게만은 자신의 진실을 가감 없이 말했다. 힌들리에게 반드시 복수하겠다고. 벌은 하느님이 내리고 용서는 우리가 하는 것이라는 캐서린의 말에도 그는 그것만큼은 양보하지 않았다.

화창한 어느 6월, 언쇼 가문의 마지막 아이 헤밀턴이 태어난다. 아이를 낳은 힌들리 부인은 사망한다. 그 아이는 자라서 음흉하고 영악하고 타락해 갔는데 힌들리는 그런 아들을 내버려 두는 것뿐만 아니라 오히려 부추기는 행동을 한다.

그러는 가운데서도 캐서린은 나날이 예뻐지고 있다. 그 지역에서는 대적할 만한 인물이 없을 정도로 독보적인 여왕 같은 자태를 지닌 숙녀로 자랐다. 누구나 부러워하는 그녀지만 그녀가 무시해도 될 것 같은 히스클리프에게만은 언제나 친구로 다정하게 대했다. 그녀에게도 그 못지않은 남녀 간의 깊은 정이 자리 잡고 있었던 것이다.

이런 둘의 관계를 오빠 힌들리가 용납할 리가 없다. 캐서린은 사랑하지만 신분이 천한 히스클리프 대신 집안이 좋은 드러시크로스 집안의 에드거와 결혼한다. 사랑해서가 아니라 집안의 명예를 위해서 어쩔 수 없이 선택한 것이다.

캐서린은 히스클리프가 옆에 있다는 것도 모르고 히스클리프의 영혼과 내 영혼은 같은 거고 에드거의 영혼은 달빛과 번개, 서리와 불같이 전혀 다르다는 사실을 고백한다.

이 말을 들은 히스클리프는 폭풍이 불고 천둥이 치던 날 워더링 하이츠를 떠나 삼 년 동안 소식이 없다가 야만인의 모습을 벗고 교양을 쌓고 다시 모습을 드러낸다. 히스클리프는 캐서린을 만난다. 캐서린은 그에게 가까이 간다. 둘의 관계가 좁혀지자 에드거는 괴롭다. 그는 워더링 하이츠에 왜 왔을까. 이미 결혼한 캐서린은 왜 만나고 힌들리의 초대에 왜 흔쾌히 응했을까.

이후 히스클리프는 어떤 행동을 하고 언쇼와 언쇼의 아들 헤밀턴은 어떤 운명을 선택할까. 그리고 에드거의 여동생 이사벨라는 누구와 결혼했을까.

여기까지 읽은 독자들은 이런 질문이 오면 어느 정도는 예상할 수 있는 대답을 내놓을 수 있을 것이다. 캐서린의 결혼으로 떠난 히스클리프가 교양인으로 거기다 돈을 좀 가지고 돌아왔을 때 그가 당했던 복수를 어떤 식으로 할지 대충은 짐작하기 때문이다.

다 알다시피 그의 복수와 사랑은 지칠 줄 모르고 처절했다. 인간의 복수가 아닌 신의 복수처럼 질기고 초자연적이며 끔찍했다.

팁_____ 《폭풍의 언덕》은 총 34장으로 이루어진 장편 소설이다. 책의 처음은 이미 워더링 하이츠의 주인이 된 히스클리프를 찾아가는 세입자 록우드의 등장으로 시작한다.

처음만 읽으면 록우드가 주인공이거나 아니면 핵심 인물일 거로 생각하기 쉽지만, 그는 이 책의 내용과는 거의 무관한 사람이다.

다만 하녀 넬리의 입을 통해 워더링 하이츠와 드러시크로스 가문의 얽히고설킨 애정과 복수의 관계를 독자들에게 들려주는 역할을 한다.

제목이 암시하는 것처럼 워더링 하이츠는 황량한 언덕의 바람 부는 곳에 위치해 있다. 에밀리 브론테는 "집 옆으로 제대로 자라지 못한 전나무 몇 그루가 지나치게 옆으로 기울어진 것이나, 태양으로부터 자비를 갈망하듯이 모두 한 쪽으로 가지를 뻗고 늘어선 앙상한 가시나무를 보아도 등성이를 넘어 불어오는 북풍이 얼마나 거센지 짐작할 수 있다"(민음사)고 워더링 하이츠를 묘사했다.

등장인물 가운데 이야기를 전하는 하녀와 듣는 록우드를 제외하고는 모두 온전한 정신의 소유자는 아닌 것처럼 보인다. 다들 요크셔의 황량한 자연에 정신 이상이 왔는지 정상적인 생활을 해내지 못한다. 평자들은 이 작품이 사실주의와 낭만주의의 융합을 이뤄냈으며 선악이 공존하는 새로운 인물을 창조하는 데 성공했다고 평가하고 있다.

1847년 만 30살의 나이로 요절한 에밀리 브론테가 죽은 뒤 1년 후에 나온 이 책은 처음에는 인정을 받지 못했으나 이후 걸작으로 자리 잡았다.

서머싯 몸은 《폭풍의 언덕》을 그 어느 소설과도 비교가 불가능하다며 세계 10대 소설로 칭할 만큼 격찬했다. 자유로운 영혼의 소유자로 어떤 속박도 싫어했던 에밀리 브론테는 시에도 재능을 보였다. 《제인 에어》를 쓴 샬롯 브론테가 언니이며 《아그네스 그레이》를 쓴 앤 브론테가 동생이다.

《안나 카레니나》

역사는 밤에 이뤄지기도 하지만 기차역에서도 이루어진다고 말하면 억

측일까. 톨스토이의 대표작 《안나 카레니나》를 읽어 보면 이런 말도 가능하다는 생각이 은연중에 든다. 모스크바의 한 기차역에서 안나와 브론스키가 만나기 때문이다.

이 만남은 운명적이다. 사람의 목숨과 관련됐다는 말이다. 두 사람이 만났을 때 역전은 약간의 혼란이 있었고 열차에 사람이 치어 죽는다. 안나가 달려오는 기차에 몸을 던진 곳도 바로 번잡한 기차역이었다. 그러니 역사는 기차역에서도 이루어진다는 말이 과하지 않다.

안나의 오빠 오블론스키는 집의 가정교사와 바람이 났다. 바람난 프랑스 여자는 이후 나오지 않지만 결혼 9년 만에 터진 그의 외도는 '행복한 가정은 모두 엇비슷하고 불행한 가정은 나름대로 이유가 있다'는 유명한 첫 문장을 낳았다.

외도가 머리말을 장식했으니 이 책의 핵심 주제도 다른 것이 아닌 바로 그것이 되겠다. 한바탕 회오리로 평지풍파를 몰고 온 오블론스키는 이제 뒤로 빠진다. 파탄의 위기에 직면한 그의 가정을 지켜주기 위해 여동생 안나가 올케 돌리를 다독이기 위해 오기 때문이다.

마침 청년 장교 브론스키도 역전으로 향하고 있다. 그래서 인간의 힘으로는 어찌할 수 없는 운명이라는 단어가 서두에 나온 것이다. 두 사람은 1초도 안 되는 짧은 순간에 눈빛을 교환했고 그 찰나에 이미 둘은 맺어질 것이라는 어떤 절대적인 힘에 압도당했다.

브론스키의 눈에 들어온 안나의 첫인상은 "붉은 입술 사이를 팔락팔락 기어 돌아다니기라도 하듯 짓눌린 생기"(문학동네)였다. 브론스키는 안나의 숨겨진 욕망을 간파했고 그것을 들추어내는 것이 자신의 목표라고 결심했다.

안나의 노력으로 오블론스키의 가정은 지켜졌다. 그러나 그녀가 속한

당신이 몰랐던 문장이 내게로 왔다

알렉세이 알렉산드로비치(카레닌)의 가정은 무참히 깨졌다. 하나의 가정을 지키고 자신의 가정을 안나는 무너트렸다.

애초 임무를 완수한 안나는 그때까지만 해도 아무런 문제가 없는 자상한 남편이 마중 나와 있는 상트페테르부르크로 돌아가기 위해 기차에 올라탄다. 기차 안에는 역에서 스쳐 지나갔던 떡 벌어진 어깨에 웃음 짓는 잘생긴 얼굴의 브론스키가 먼저 와있다. 미워할 수 없는 음흉한 브론스키.

안나의 심장은 폭발한다. 그런 안나를 향해 브론스키는 돌진한다. 막 돌리의 여동생인 18살 키티의 사랑을 헌 구두처럼 차 버렸으니 걸릴 것은 없다.

그는 8살 아들이 있는 30대 초반으로 추정되는 안나를 향해 용처럼 불을 품는다. 그 불 속에 안나가 불나방처럼 파고든다. 각기 다른 육체는 하나로 합쳐진다. 오빠 오블론스키가 그랬던 것처럼 여동생 안나도 불어오는 바람을 피하지 않고 가슴을 활짝 열어젖혔다.

이쯤 해서 안나의 남편인, 고관대작이며 남부러울 것 없는 귀족의 상층부를 차지하고 있는 알렉세이에게로 눈을 돌려보자. 그도 당연히 세상의 모든 남자처럼 자신의 부인만은 다른 남자와 살을 섞지 않으리라는 생각을 했다. 그러나 그 생각은 순진한 믿음이었고 믿음이 깨지자 충격에 빠졌다. 설마 하던 의심이 안나의 고백으로 사실로 확인됐기 때문이다.

브론스키가 경마에서 떨어질 때 함께 있던 남편은 안나의 안중에 없었다. 오로지 그가 다치지 않았을까 하는 두려움에 안나는 정신이 나갔다. 이를 본 남편은 심히 불쾌한 마음이 들었지만 정작 더 놀라운 것은 그녀가 사랑하는 사람은 네가 아니라 브론스키라고 직접 털어놓았을 때 일어났다.

여기서 알렉세이가 취할 수 있는 행동은 몇 가지가 될 것이다. 정부와 결투를 해서 죽이든지, 아니면 그 자신이 죽든지 하는 것이 있고, 둘째는 안

나와 이혼을 하는 것이고 아예 모른 척하는 것은 마지막 수단이 될 것이다.

남편은 남자라면 당연히 해야 할 결투를 신청하지 않는다. 이혼도 피한다. 그렇다면 남은 방법은 눈을 뜨지 않고 감는 것이다. 가장 소극적인 방법을 그가 택한 것은 이른바 '쇼셜 포지션', 즉 사회적 위치나 체면 때문이라고 해두자.

안나는 처음에는 이혼에 겁을 먹는다. 아들과 떨어져야 하는 모성애가 가슴을 아리게 한다. 그럴 줄 알았으면서도 막상 그렇게 되자 아들이 걸린 것이다. 그러나 예상이 빗나가자 안나가 나선다. 그것은 아들보다 브론스키가 더 중하다고 여겼기 때문이다. 브론스키는 알렉세이가 결투를 원하면 좋으련만 그런 것을 하지 않으니 답답하다.

세간의 눈에는 사랑을 쟁취한 승리자의 부러움이 있는 반면에 남의 부인을 빼앗은 파렴치한 놈으로 비치기도 한다. 그는 이런 고통을 당하느니 차라리 죽었으면 하는 마음에 권총 자살을 시도하나 미수에 그친다. 총알이 가슴 한복판을 뚫지 못하고 스쳤기 때문이다.

한바탕 소란을 겪었지만 안나와 브론스키는 찢어지기보다는 더욱더 밀착됐다. 두 사람은 유럽으로 사랑의 도피 행각을 벌이고 그사이에 딸을 낳는다.

한편 브론스키에 버림받은 키티는 죽을 것 같은 마음의 상처를 온천 여행으로 회복하고 레빈의 청혼을 첫 번째는 거절했으나 두 번째는 받아들인다. 브론스키가 안나에게 가버린 이상 다시 보니 레빈도 괜찮게 보였을 것이다. (여자의 마음은 이런 것이다.) 두 사람은 축복 속에 결혼한다.

레빈은 시골에서 농사를 지으면서 자신의 내적 만족은 물론 농부들을 이해하는 것처럼 행동하기도 하고, 생산성을 높이기 위해 이런저런 일을 하면서 한때는 거짓이라고 여겼던 신앙에 관심을 기울인다. (레빈과 키티도 이 작품의 중요한 한 축으로 작동한다.)

자, 다시 안나에게로 가자. 안나가 주인공 아닌가. 잠시라도 우리의 안나가 빠지면 《안나 카레니나》가 아니다. 안나는 유럽에서 돌아왔다. 하지만 모스크바 사교계는 그녀를 받아들이지 않는다. 천성이 요부인 그녀가 집안에서만 생활하는 것은 상상하기 어렵다. 과연 그녀는 뭇 사람들이 우러러 쳐다보는 클럽에 나가지 못하는 날이 계속되자 견딜 수 없는 상황에 이른다.

잠을 자기 위해 아편을 먹는 것도, 오직 브론스키만을 바라보는 것도 한계에 다다른다. 하지만 브론스키는 다르다. 그는 크게 행동의 제약을 받지 않는다. 안나는 의심한다. 그가 젊은 여자 때문에 자신을 버릴 것이라는 질투심이 온몸을 감싼다. 생각하면 생각할수록 의부증은 심해지고 이제는 온종일 아무것도 할 수 없는 정신이 희미한 상태에 이른다.

그는 브론스키를 벌주고 싶어 한다. 방법은 하나. 죽는 것이다. 죽으면 그가 슬퍼할 것이고 멋지게 복수한 셈이 된다. 그녀는 처음에는 누구나 그렇듯이 조금 망설였지만 나중에는 달려오는 기차를 두려워하지 않는다.

그녀가 죽었다. 주인공이 죽었으니 길고 긴 이 책은 끝나야 한다. 하지만 작가는 못다 한 말이 아직 많이 남아 있는지 안나가 죽은 지 두 달 후의 상황을 친절하게 설명하는 것을 잊지 않는다.

브론스키는 자비를 들여 기병 중대를 모집해 터키와 전쟁을 치르는 세르비아를 돕기 위해 의용군으로 참전한다. 사람들은 그의 정직함을 칭송하는 데 주저함이 없다.

행복한 가정의 유부녀를 빼앗아 가정을 파탄 내고 죽음에까지 이르게 한 죄는 어떤 식으로든 줄어들어야 한다. 그 방법으로 브론스키는 애국이라는 길을 갔다. (범죄자의 마지막 도피처는 애국이 아닌가.)

한편 이제는 거의 신의 경지에 올라 신앙심 그 자체로 무장한 레빈은 삶에서 중요한 것은 무엇인지 고민에 고민을 거듭한다. 레빈은 작가가 하고자 하는 말을 대신하고 있다.

팁 ____ 사람들은 안나를 불행한 여자라고 대못을 박고 있다. 그럴 수 있다. 그러나 과연 안나는 불행한 여자일까. 그녀는 한때 행복했다. 자신의 의지에 따라 사랑을 택했고 의지에 따라 죽었다. 이것을 불행이라고 말해야 할까.

삶은 행복이고 죽음은 불행이라는 이분법적 논리가 안나에게도 그대로 적용될까. 안나를 그렇게 하찮게 봐서는 안 된다. 안나 같은 여자에게 이런 말은 모욕이다. 안나는 자신의 삶에 충실했다. 원하는 삶을 살았고 원하던 사랑을 마음껏 받았다. 그리고 구차하게 사랑을 구걸하지 않았다.

사랑이 왔을 때 행복했고 그것이 떠났다고 생각했을 때 미련 없이 생을 버렸다. 그래서 나는 '안나는 불행한 여자다.'라는 말에 쉽게 수긍하지 않는다. 뭐, 그렇다고 끝까지 행복한 여자였다고 주장하고 싶지도 않다.

러시아의 1870년대 가정생활의 한 단편이라고나 할까, 아니면 그 당시 사회의 모습을 사실대로 그렸으니 그러려니 하면 될까. 어쨌든《안나 카레니나》는 한두 마디 말로 쉽게 정의되는 책은 아니다.

그런 책이 세 권으로 나누어 출판될 만큼 두꺼울 리가 없다. (읽는데 고생했다. 내용이 어려워서라기보다는 한없이 길었기 때문에 그것을 독파하는 절대 시간의 투자가 필요했다.)

톨스토이의 사상과 철학과 이념이 집약된 총체적 지식의 산물이 바로 이 책이다. 문학적 성취에서 그와 대등하거나 조금 높게 평가되는 도스토예프스키는 "《안나 카레니나》는 영혼의 넓고 깊은 심리 분석, 그리고 러시아에서 전례 없는 예술적이고 사실적인 묘사를 통해 인간의 죄와 악행에 대한 하나의 관념을 구현했다"고 표현했다. 토마스 만은 "《안나 카레니나》는 세계 문학 사상 가장 위대한 사회소설"이라고 극찬했으며 《롤리타》의 작가 나보코프는 "《안나 카레니나》는 세계 문학 사상 가장 위대한 연애소설의 하나이지만 단순한 사랑의 모험 소설은 아니다. 이 작품에서 톨스토이는 창조적 원숙의 정점에 이르렀다"고 상찬했다. 독자들은 대가들의 이런 평을 염두에 두고 자신에게도 이런 느낌이 오는지, 안 오는지, 오려다 말았는지 살펴보아야 한다. 그것이 독서를 하는 묘미다.

인생 대 인생

커츠와 클라리사

태어나는 이상 아무도 살아남지 못하는 것이 인생이다. 그래서 사람들은 인생은 한 번뿐이라고 잘라 말한다. 그런 인생을 어떻게 사는 것이 바람직한가.

죠셉 콘래드는 《암흑의 핵심》에서 정글 속에 숨어 사는 커츠를 통해 인간의 내면에 숨어 있는 인생이라는 그 무엇인가를 탐구해 내려고 애를 썼다. 화자인 말로를 통해 커츠의 행방을 추적하면서 커츠는 물론 그 자신까지도 마지막 순간에 인간에게 일어나는 인생의 의미를 되짚고자 했다.

"무서워라, 무서워라!"라는 말을 남기고 숨진 아프리카 원주민의 절대자 커츠는 죽음의 순간에 열반에 드는, 도가 튼 사람처럼 인생의 묘미를 깨닫는 데 성공했다. 그것을 진작 알았더라면 그 자신이나 그가 속한 회사나 원래 주인이었던 흑인들의 인생에도 어떤 변화가 왔을까.

버지니아 울프는 《델러웨이 부인》에서 부인의 하루를 통해 삶과 죽음과 변화하는 사람의 인생에 대해 깊고 울림 있는 메시지를 전파했다. 그 사람의 전 인생이 아닌 불과 하루의 일로 인생을 이야기할 수 있는 노련한 이야기꾼의 글솜씨는 하루라고 해서 울림의 강도가 적지 않다는 것을 알려 준다.

부인 클라리사는 그날 저녁 파티를 장식할 꽃을 사기 위해 거리로 나서면서 이것저것 관찰하고 사유한다. 수상의 차량도 보고 곡예 운전을 하는 비행기도 보고 딸이 무관심한 구두와 장갑도 구경한다. 그러다 전쟁 영웅이었던 젊은이가 이 화창한 유월에 자살했다는 소식을 들었다. 그녀의 마음은 어땠을까. 자살한 남자는 1년 전에 결혼해 사랑하는 아내를 남겨 두고 있다.

한 젊은 여성은 세상의 개혁을 원했다. 그녀가 보기에 지금의 세상은 바꾸어도 좋을 만큼 하찮았다. 세상이 그러니 그의 주변들이 얼마나 보잘것없겠는가. 자유분방했으며 사유재산을 폐지하자고도 했다. 그런 그녀가 대머리 남자와 결혼해 애를 다섯이나 낳았다. 클라리사가 보기에 이것이 그녀가 주장했던 것을 뒤집는 것은 아닐지라도 왠지 거북살스러운 것은 틀림없다.

마침내 꽃을 산 보람이 있어 파티는 무사히 끝났다. 그 자리에는 한때 그녀가 사랑해서 결혼할 뻔했던 남자도 왔고, 곱게 차려입은 딸을 알아보지 못하는 남편도 도착했다. 연극처럼 인물이 등장했고 배우가 퇴장한 것이다. 인생이란 이런 것이다.

짧은 감상평

《어둠의 핵심》

조셉 콘레드의 《어둠의 핵심》(Heart of Darkness)이 프란시스 포드 코플라 감독이 1979년에 만든 영화 '지옥의 묵시록'의 배경이 됐다는 것은 잘 알려져 있다.

서로 내용이 차이가 나나 커츠라는 기묘한 인간에 대한 이야기가 중심축인 것은 비슷하다. 책에서는 커츠를 데려오는 것으로 설정이 됐고, 영화에서는 죽이라는 특명이 떨어졌다.

책과 영화의 연결고리를 여기서 더 말하는 것은 부적절하다. 다만 둘 다 읽거나 보아서 손해 볼 일이 전혀 없다는 것만 밝혀 두고 싶다.

이 책은 모험담이라고 불러도 좋다. 아프리카 콩고의 밀림을 강을 따라 수개월 동안 항해할 때 갖은 이야기들이 등장하기 때문이다. 따라서 여행기라고 할 수도 있으며 그동안 벌어지는 사람의 이야기라는 점에서는 인간의 내면을 탐구하는 소설이라고 말할 수 있다. 어떤 것이든 그것은 독자들이 읽고 느끼는 정도에 따라 규정하는 바가 다를 것이다. 다만 이해의 정도를 높이기 위해 줄거리를 대충이라도 살펴봐야 한다.

간추리면 이렇다. 힘이 있는 숙모의 특별한 추천서 덕분에 화자인 말로

당신이 몰랐던 문장이 내게로 왔다

는 밀림 깊숙한 곳에 있는 커츠를 데려오는 기회를 잡는다. 그곳 선장은 원주민과 암탉 몇 마리를 놓고 싸움을 벌이다 살해돼 공석이었기 때문에 일행은 서둘러 고용주를 찾아 계약을 마치는 기회를 잡았다. 그곳은 벨기에령의 식민지로 커츠는 값나가는 상아를 가장 많이 보내오는 1급 주재원이다. '회사의 입장에서 그는 유능할 뿐만 아니라 아주 주목할 만한 인물이다.' 선원들에게 이렇게 말하는 말로는 콘래드 작가 자신이 되겠다. 그가 하고 싶은 말을 말로가 하고 내가 옮겨 적는 식이다. 따라서 말로의 말은 곧이곧대로 작가의 사상이며 이념이며 철학이라고 간주해도 좋을 듯싶다. 소설이라는 형식으로 콘래드는 말로를 등장시켜 자신의 의지를 독자들에게 한 발 한 발 깊숙이 각인시켜 나가고 있는데 읽을수록 흥미가 배가된다.

수천 년 전 로마군의 야영지였다가 이제는 제국주의가 싹을 만들어 놓은 신비의 땅을 기선의 선장이 되어 밀림 안으로 들어가는 말로에게 어떤 다짐 같은 것이 없을 수가 없다. 정복자들이 흔히 저지르는 참혹한 살인 행위나 피부색이 다르고 코가 낮은 사람들을 상대로 벌이는 약탈 행위, 그래서 암흑세계를 다루는 사람들에게는 아주 적합한 행동을 기억하는 그에게 이런 것들을 제대로 보고야 말겠다는 의지는 대단하다.

어린 시절 그는 열정적으로 지도를 보는 취미를 가졌고 지구상의 많은 공간에 손가락을 갖다 대고 내가 크면 이곳에 가봐야지 했던 꿈을 막 이루려는데 그만한 각오는 당연한 것이다. 그곳이 비록 암흑의 땅이라고 해도 말이다. 심어 놓은 식민지를 통해 한없이 돈을 벌어들이고 싶었던 회사의 욕망에 부응하기 위해서라도 말로는 지도를 펴 놓고 어떤 실질적인 사업이 벌어지고 있는 지점을 가리키며 흐뭇한 표정을 짓지 않을 수 없었다. 하지만 말로는 프랑스 기선에 몸을 싣고 얼마 지나지 않을 때까지는 아프리카의 시시콜콜한 항구마다 들르는 바람에 지구의 중심을 향해 떠난다는 느낌보다는 야비하고 무미하며 야만적이기까지 하다는 생각을 버릴 수 없었다. 게다가 해안선은 단조롭고 음침한 빛을 띠고 있었으며 태양은 강렬했고 대지는 뜨거움의 연속이었다. 간혹 하늘의 버림을 받은 황야 속에 함석집을 짓고 깃대를 세우고 더 많은 세금을 거둬들이기 위해 군인들을 내려놓기도 했는데, 이런 장면들은 신기하다기보다는 따분했다.

어떤 때는 밀림 속에서 갑자기 뛰어 나온 검은 녀석들의 눈알에서 흰자가 번득이는 것을 보기도 했고, 프랑스 군함이 밀림에다 대고 함포 사격을 하는 모습에서 또 다른 제국주의를 느꼈으며 항해 30일 후에는 철로 건설을 위해 발파하는 모습에 귀를 기울이기도 했다.

가기로 한 주재소에 들렀을 때는 한 줄로 꿰어서 갈비뼈가 다 드러난 여섯 명의 흑인이, 목에는 쇠테를 두르고 쇠사슬로 엮인 채 머리에는 흙 바구니를 이고 힘겹게 걸어오는 모습을 보기도 했다. 이들이 그들이 말하는 적인지 말로는 알 수 없었다. 다만 그들은 도저히 해명하기 어려운 범법자의 낙인이 찍혀 죄수로 불리고 있었다. 죄수는 한두 명이 아니었고 연옥이라고 불려도 좋을 만큼 여기저기 죽기만을 기다리고 있는 처참한 모습이 눈에 띄기도 했다.

질병이나 기아로 죽어가는 이들 검은 형상이 어떻게 우리의 적이며 죄수인지, 이들은 일정 기간 고용 계약이라는 합법적인 이름으로 여기저기서 끌려온 온 후 병이 들자 비능률적이라는 이유로 방치되고 있다는 것을 말로는 눈으로 확인했다.

피골이 상접한 검은 몰골들의 행렬이 죽기 위해 강으로 기어가는 모습을 볼 때 말로의 기분은 어땠을까, 상상해 보는 것은 부질없는 짓이다. 그의 기분 따위를 커츠가 신경을 쓸 리가 없기 때문이다.

이런 가운데 차림새가 우아한 사람을 만난다면 그야말로 비현실적이다. 풀을 먹인 하이칼라에 하얀 커브스, 눈처럼 하얀 바지, 깨끗한 넥타이의 백인이 불쑥 나타나는데 귀에는 펜까지 달려 있다면. 말로의 표현대로 '이 기적처럼 보이는 인간'이 아니겠는가.

그를 통해 나는 커츠의 이름을 처음 듣게 된다. 여기서 오지로 더 들어 가면 틀림없이 커츠를 만나는데 그는 다른 모든 교역소에서 모은 상아보 다 더 많은 상아를 보내는 그야말로 주목할 만한 인물이라는 것. 회사의 입장에서는 가장 중요한 직원이다.

그때 하필 배가 부서져 고치는 데만 3개월여의 시간이 걸렸다. 어렵게 배를 수리하면서 나는 커츠가 과연 어떤 인물인지 궁금증이 더해 갈 수밖 에 없다. 드디어 기선을 고치고 다시 깊숙한 오지로 항해는 계속된다. 1부 가 끝나고 2부가 시작되면 말로는 식인종들을 선원으로 고용해 밀림의 신 비가 코를 찌르는 숲의 안쪽으로 더 들어간다. 암흑의 핵심에 바짝 다가가 는 것이다. 그럴 때면 어느 순간 깜깜한 저쪽 관목 숲에서 북소리가 울린 다. 전쟁을 위한 것인지, 평화를 원한다는 것인지, 아니면 기도의 행위인 지 누구도 그 북소리의 정체를 알지 못하는.

교화된 원주민을 만나도 새벽까지 울리는 그 북소리의 의미는 여전히 오리무중이다. 각종 장애물을 헤치고 백인 거주 지역을 지나 강 상류로 올 라가지만 과연 그곳에서 무슨 일이 벌어지고 있는지 알 수 없다.

동행한 지배인은 '조심해서 접근하라는 경고를 따르는 게 좋다'는 말을 반복한다. 말로는 생각한다. 수개월 지체했는데 하루쯤 더 늦는다고 무엇 이 달라지겠는가. 가까스로 조난의 위험을 무릅 쓰고 물이 깊은 강가로 기 선을 접근시키자 괴괴한 숲속에서 갑자기 청동빛 팔다리가 우글거리면서 무수한 화살이 쏟아졌고 창이 날아왔다.

나중에 알려진 사실이지만 원주민의 이 같은 공격은 후방으로 돌아가고 싶지 않은 커츠가 시킨 것이었다. 그즈음 젊은 러시아인에 따르면 커츠는 병에 걸렸다. 커츠를 만났을 때 소문은 사실이었다.

말로의 배를 타고 이동하면서 커츠는 말로가 가졌던 궁금증 일부를 털어놓는다. 기력이 쇠잔했으나 목소리만큼은 화려한 달변가였다. 그는 다 죽어가는 목소리로 위대한 사업의 성취로 귀국하면 제왕들이 나와서 마중 나오기를 바랐다.

위대한 인물도 죽음 앞에서는 유치한 법이다. 기선이 고장 나서 잠시 쉴 틈에 그는 말로에게 죽음이 기다리는 암흑 속에 누워있다는 말을 한다. 이어 앞서 밝힌 대로 "무서워라, 무서워라!"라는 단 두 마디의 말을 남기고 숨을 거둔다.

팁 _____ 말로가 보고 들은 바에 따르면 커츠는 원주민들에게 절대적인 존재였다. 인간이 아닌 초자연적인 그 무엇이었으며 하느님과 같은 힘을 발휘하고 있었다. 부족의 추장들이 그를 보기 위해 매일 올 때는 기어서 왔고, 천둥과 번개처럼 우러러보는 존재로 인식했다. 그가 죽이고 싶으면 누구나 죽였으며 말뚝 위에 매달려서 말라가는 머리들은 그에게 반항한 자들의 말로가 어떤 것인지를 증명하는 것이라고 말로는 말했다.

그는 원주민들에게 잔혹했으며 더 할 수 없는 냉혈한 사람이었다. 원주민들은 그의 명령 없이는 꼼짝도 하지 않았다. 그러나 밀림은 그에게 복수를 했고 침략자에게 끔찍한 보복을 자행했다.

커츠에게 어떤 깨달음이 찾아왔을 때 그것은 너무 늦게 왔다. 완전한 앎의 순간에 커츠는 죽었다. 무섭다고 중얼거린 그 말의 의미가 '깨달음'이라는 것을 확인하고 느끼기까지 독자들은 많은 고생을 해야 한다. 말로의 이런 중얼거림은 이해하는 데 도움이 된다.

"나는 죽지 않고 살아남아 커츠에 대한 신의를 지켜야 했네. 그것이 내 운명이다. 인생이란 우스운 것, 어떤 부질없는 목적을 위해 무자비한 논리를 불가사의하게 배열해 놓은 것이 인생이라고. 우리가 인생에서 희망할 수 있는 최선의 것은 우리 자아에 대한 약간의 앎이지. 그 앎은 너무 늦게 찾아와서 결국은 지울 수 없는 회한이나 거두어들이게 되는 거야."(민음사)

백인들이 이튿날 커츠를 구덩이에 매장하고 나서 바로 책이 끝나는 것은 아니다. 그 후 1년간의 이야기가 또 흥미롭게 펼쳐진다. 약혼녀라는 소녀다운 티가 없는 여자가 커츠에게 갖는 여전한 믿음도 흥미롭다. 끝까지 읽어야 하는 이유다.

《델러웨이 부인》

버지니아 울프라는 낯선 이름을 들은 것은 꽤 오래전의 일이다. 학창시절이니 수십 년도 훌쩍 더 지났다. 그의 작품을 통해서가 아니라 시를 외우면서 알았다. 영국 여류 작가를 한국의 시 속에서 찾았던 것이다.

박인환은 '목마와 숙녀'라는 시를 1955년에 발표했다. 한국전쟁의 상흔이 채 가시지 않은 시기였다. 살아 있는 것들이 한순간에 사라진 허무함의 한가운데에 그녀의 생애와 서러운 이야기가 그의 시 속에 담겨 있었다.

뭔가 모를 처절한 인생이 있겠거니 짐작은 했지만 주머니 속에 가득 돌을 넣고 새벽 강가로 나가 죽었다는 그녀의 슬픈 이야기는 왜 시 속에서 이름이 두 번이나 호명됐는지 조금은 이해가 됐다. 버지니아 울프는 《델러웨이 부인》에서 주인공의 한 축인 30살 가량의 이탈리아인 부인이 있는 젊은 청년 셈티머스가 창가에서 떨어져 죽는 자살을 책의 후반부에 배치했다.

전쟁에 나가 싸울 만큼 용감했던 그는 겨우 1년 전에 밀라노에서 결혼했음에도 자살하겠다는 비겁한 말을 하더니 끝내 죽었다. 그의 죽음은 시 속에 나오는 페시미즘은 아니다. 죽는 그 순간에도 산다는 것은 좋은 것이며 햇볕까지 쨍쨍했는데도 작가는 한때는 전도유망했던 청년을 끝내 자살로 내몰았다. 왜일까. 환자의 심리를 이해 못 하는 의사의 손에 의해 정신병원으로 끌려가는 것을 막기 위해서였을까. 아니면 주인공 한 명쯤은 죽어야 '의식의 흐름'이니 '내적 독백'이니 하는 소설 형식을 취한 책의 완성도가 높아진다고 생각한 때문이었을까.

사실 죽는 것은, 누군가 꼭 죽어야 한다면 셈티머스가 아니라 작가의 분신이라고 불려도 좋을 델레웨이 부인 클라리사여야 한다는 생각을 마지막 장이 끝날 때 생각해 봤다. 하지만 작가는 그러지 않았다. 클라리사 대신 젊은 청년을 죽였다. 2차 세계 대전이 끝난 후 영국의 젊은이들은 어제까지 살아 있었으나 오늘 죽을 목숨이 흔했다. 그들을 애도하기 위해서였을까. 그래서일까.

책은 꽃을 사러 가는 델러웨이 부인의 등장으로 시작한다. 하녀도 나름 대로 할 일이 많기 때문에 부인이 직접 사러 가는 것이다. 하지만 꽃은 망자를 위한 조화가 아니라 휘황찬란한 불빛 아래 열리는 파티를 더욱 화려하게 해줄 장식용 꽃이다.

델피니움, 스위트피, 라일락, 카네이션, 붓꽃을 가득 채운 꽃집으로 향하는 거리에는 부인의 호기심 어린 시선이 가득 차 있다. 생선가게를 지나고 구두와 장갑에는 도통 관심이 없는 딸을 생각하고, 나중에 수상으로 밝혀진 매우 지체 높은 분의 차량을 목격하고 곡예비행을 하면서 하얀 글씨를 쓰는 비행기를 쳐다본다. 나무로 가득 찬 숲의 새들과 정치가의 술수와 트라팔가 광장의 풍경을 그려내고 빅 벤의 은은하게 울리는 종소리를 듣는다.

전쟁이 끝났고 때는 바야흐로 꽃들이 춤추는 유월 중순이다. 그 착한 아들이 전사하여 아끼던 정원이 사촌에게 넘어가 가슴이 미어지는 부인도, 유독 착한 아들이 죽었어도 시간은 지나갔다. 다행히도 모든 시작이 있으면 끝이 있듯 전쟁도 끝난 것이다. 책의 마지막은 파티가 무리 없이 잘 마무리되는 것으로, 그래서 절망보다는 조금 희망을 노래하는 것으로 맺어지고 있다.

파티를 준비하고 끝내는 하루 정도 시간에 모든 사건이 벌어지고 봉합된다. 단 하루 동안의 이야기이지만 내용은 퍽이나 다양하고 등장하는 인간 군상들의 모습도 천양지차다.

우선 주인공의 남자 친구 피터 월시를 주목해야 한다. 주머니칼을 언제나 가지고 다니는 한때 사랑해 결혼할 뻔했던 남자. 헤어진 지가 수백 년이 된 것처럼 까마득히 잊어버린 남자가 50살이 막 넘은 나이에 오늘 밤 그녀의 파티에 참석한다. 첫 부인과 이혼하고 애가 둘 달린 인도 주둔군 소령의 아내와 사랑에 빠졌다고 고백하는 피터 월시.

그와 결혼하지 않은 것이 천만다행이라는 부인은 그와 있었던 일들을 회상한다. 모든 것을 공유하고 모든 것이 설명되는 그런 관계의 남자. 온종일 한지붕 아래 사는 남녀는 서로 간 약간의 방임이나 독립이 이뤄져야 하는데 피터 월시와는 아니었다. 그러니 절교한 것은 잘한 일이다.

후에 인도로 떠나는 배 안에서 만난 여자와 결혼했다는 소식을 들었을 때도 별 감흥이 없었던 것은 파멸을 피했다는 안도감 때문일 것이다. (피터 월시는 오랜 시간과 오랜 방황과 오랜 시행착오를 거친 끝에 그가 꿈꿔왔던 이상들을 제대로 실천하지 못하고 슬그머니 그녀 곁으로 돌아왔다. 그녀의 의사와는 상관없이.)

여자와의 사랑이라고도 해도 좋을, 말끝마다 프랑스인의 피가 섞여 있다고 하는 샐리 시튼은 자유분방하다. 게다가 검은 머리카락에 커다란 눈이 매력적인 대단한 미인이다. 인생과 세상을 개혁하기를 희망했고, 사유 재산을 폐지하기 위해 협회 설립을 주장하기도 했다.

플라톤이나 모리스나 셸리를 읽었고, 신사들 중에 누가 보기라도 하면 어쩌려고 하는 구시렁거리는 늙은 하녀의 소리도 외면하고 복도를 나체로 돌아다니기도 했던, 진짜 예술가처럼 보였던 샐리 시튼.

어느 날은 꽃을 들고 그녀에게 키스까지 했다. 그런 그녀의 훗날 모습은? 커다란 단춧구멍만큼 머리가 벗겨진 지주로 불릴만한 맨체스터의 방직 공장 주인과 결혼해 아들을 다섯이나 낳았다. 뭐 이것이 잘못됐다는 것은 아니지만 젊을 적 그녀의 행동거지와 비교하면 실망스러운 모습이 분명하다. (변한 자를 담담하게 바라보는 시선은 젊어서는 어렵고 나이가 들

당신이 몰랐던 문장이 내게로 왔다

면 가능하다.)

그리고 저 예쁜 아가씨는 누구지? 분홍 드레스를 입어 너무나 예쁜 자기 딸을 알아보지 못한 클라리사의 남편 리처드. 파티의 끝 무렵에 등장하는 두 사람은 삶과 죽음, 그리고 인생에 대한 예문의 완결판이라고 해도 좋겠다.

팁 _____ 델러웨이 부인은 제임스 조이스의 《율리시스》, T,S 엘리엇의 《황무지》(이 책은 버지니아 울프가 직접 설립한 호가스 출판사에서 나왔다.) 등과 함께 모더니즘을 개척한 작품으로 칭송받고 있다.

앞서 이야기한 의식의 흐름이나 내적 고백이니 하는, 기존의 소설 형식과는 다른 방법을 취하고 있어 읽기가 조금 어려운 것은 사실이나 정신 바짝 차리고 띄엄띄엄 읽지 않고 몰아서 읽으면 작품을 감상하는 데 큰 어려움은 없다.

버지니아 울프는 여류 작가가 되기 위해서는 연 수입 500만 파운드의 돈과 '자기만의 방'이 있어야 한다는 인문 에세이로 페미니즘의 선구자로 알려져 있으며 《델러웨이 부인》과 그 뒤로 나온 《등대로》(1927)의 발표로 여류 작가의 위치를 확고히 했다.

정신분열증, 돋보이는 미모, 거기다 자살 뒤 2주 만에 시체로 발견된 그녀의 일생은 전설로 남을 여러 조건들을 충분히 만족하고 있다.

부조리 대 부조리

디디+고고와 뫼르소

이치나 도리에 맞지 않는 것을 부조리라고 한다. 모순된다는 말이다. 조리가 없으니 의미를 찾기도 어렵다. 사무엘 베케트의《고도를 기다리며》에 나오는 주인공 디디와 고고만 해도 그렇다.

중년 남자쯤으로 보이는 두 사람은 일정한 직업이 없다. 그런데 하는 일은 있다. 누군가를 기다리는 일이다. 바로 고도다. 그런데 그 고도를 그들은 한 번도 본 적이 없다. 따라서 그가 사람인지 신인지조차 모른다. 언제 온다는 약속도 없는데도 한 자리에서 기다린다. 그 세월이 오십 년이다. 하, 이쯤 되면 이것은 부조리하다고 말할 수 있다.

카뮈의《이방인》에 나오는 뫼르소도 이상한 인물인 것만은 틀림없다. 어머니가 죽었는데도 별로 슬퍼하지 않는다. 겨우 장례식에 참석하기 위해 하루 휴가를 얻은 것뿐이다. 양로원에 도착해서는 시신도 보지 않으려 하고 눈물도 흘리지 않는다.

주변에 모인 노인들이 보기에 참 이상한 사람이다. 관 주위에서 담배도 피우고 밤을 지새우기는커녕 꾸벅꾸벅 졸기까지 한다. 장례식 다음 날에

당신이 몰랐던 문장이 내게로 왔다

는 추도의 마음도 없이 여자와 자고, 그러다가 어느 날 태양이 몹시 뜨겁던 날 아랍인을 쏴 죽인다. 정당방위라고 해도 될 상황인데 검사 앞에서 적극 변호도 않고 사형에 대해 불만도 없다.

신부가 찾아오면 화를 내더니 한다는 말이 덜 외롭게 사형 집행 날 구경꾼이나 많이 불러 달라고 한다. 정상적인 사람이 보기에 조리가 맞지 않는 행동을 뫼르소도 하고 있다. 그러니 이 두 작품은 부조리하다고 할 수 있다.

짧은 감상평

《고도를 기다리며》

누구냐에 따라 기다릴 때의 기분이 달라진다. 사랑하는 사람이라면 그 전날부터 행복할 것이고, 그렇지 않은 사람이라면 약속한 그 순간부터 지겨울 수 있다. 기다리는 것은 언제나 대상이 있고 이유가 명확하다. 그렇지 않다면 그럴 필요가 없다.

그런데 사무엘 베케트의 《고도를 기다리며》는 대상도 이유도 불분명하다. 고도가 사람이라는 것은 알겠지만(혹은 신인지도 모른다.) 언제 오는지, 어디서 만나는지 뚜렷한 것이 없다. 시간과 장소가 확실하지 않는데도 기다리는 것은 속된 말로 미친 짓이다. 그러함에도 무작정 기다린다. 그 기간이 반백 년이다. 이쯤 되면 무던하다거나 바보스럽다거나 하는 말로는 설명될 수 없다. 기다려 본 사람이라면 기다리는 것이 얼마나 지겨운지 알고 있다. 그런데도 수십 년간 기다려 왔다는 것은 모순이다.

아무리 작품 속이라고는 하지만 이런 설정은 믿기 어렵고 현실성이라는 측면에서 보면 부조리의 극치가 아닐 수 없다. 그러니 기다리는 사람이 누구인지, 그들이 얼마나 허무맹랑한지 짐작이 간다. 이런 사람들이니 그들이 기다리면서 하는 수작은 제멋대로일 수밖에 없다.

디디로 불리는 블라드미르와 그와 한패인 에스트라공(애칭: 고고)은 기다린 것 말고는 할 일이 없으니 입으로만 나불댈 뿐이다. 그 대화라는 것도 심오하거나 들어줄 만한 가치가 있는 것도 아니다. 그저 시정잡배들이 하는 떠버리 수준이다. 대화만큼이나 공간도 황량하다. 나무 한 그루가 서 있는 시골 길이니 근사한 무대 장치도 필요 없다. 기다리다 지친 에스트라공은 말한다.

"자, 가자."

그러면 블라디미르는 이렇게 대꾸한다.

"갈 수 없어."

"왜?"

"고도를 기다려야지."

그러면 고고는 주저앉는다. "참 그렇지!"라면서 마치 중요한 것을 잊었던 것을 상기한 것처럼. 기다리는 곳이 나무 한 그루가 있는 이곳인지 아닌지는 중요하지 않다. 그 나무가 버드나무인지, 관목인지, 교목인지도 상관없다. 그저 오늘 안 오면 내일이나 모레는 오겠지 하고 기다리는 것뿐이다.

두 사람이 가지고 있는 것은 시간뿐이다. 오지 않는 고도를 왜 기다리느냐고 묻지 마라. 오늘이 토요일인지 일요일인지 알 필요도 없는 것과 같은 이치다. 기다리는 것이 그들의 평생 직업이라고 할까.

얼마나 심심하면 나무에 목맬 생각을 할까.

그러던 어느 날 무대 뒤에서 채찍을 후려치면서 포조가 등장한다. 얻어맞는 럭키는 쓰러진다. 에스트라공은 포조가 고도가 아닌지 의심하지만 포조는 고도가 아니고 포조라고 항변하고 블라디미르도 포조가 맞다고 맞장구친다. 그러니 새롭게 등장한 인물은 그들이 기다리던 고도가 아닌 것만은 분명하다.

무와 당근으로 끼니를 때우던 그들은 포조가 먹다 버린 닭 뼈다귀를 주워 먹는다. 럭키는 쉬는 시간에도 짐을 내려놓지 않는 이상한 행동을 한다. 포조는 럭키의 이런 행동이 버림받지 않기 위해, 자신에게 감동을 주기 위한 계산된 수작이라고 대수롭지 않게 말한다.

끈으로 묶인 럭키는 포조의 말을 신처럼 따른다. 그래도 더러운 놈, 돼지 같은 놈이라는 욕을 먹고 채찍으로 얻어터지기 일쑤다. 인간을 이런 식으로 다루면서도 포조는 쫓아 버리기 전에 저런 놈은 죽여 버려야 한다고 악담을 퍼붓기까지 한다. 노예 럭키가 할 수 있는 일은 울어 버리는 것뿐이다. 디디와 고고가 고도를 기다리는 것 말고는 할 수 있는 것이 없는 것처럼. 하지만 포조는 럭키를 통해 모든 것을 배웠다. 심지어 생각하는 것조차도. 그런데 무슨 연유에서인지 둘은 주인과 노예가 역전되는 상황을 맞았다.

포조와 럭키의 등장은 지루한 기다림에 일대 변화를 주는 신선한 감초다. 하지만 포조와 럭키가 무한정 그들과 함께 기다리는 대열에 동참하는 것은 아니다. 포조와 럭키는 이유 없이 왔던 것처럼 이유 없이 사라진다.

뒤이어 고도의 부탁을 받고 왔다는 소년이 등장한다. 소년은 고도가 오늘 밤엔 못 오고 내일은 꼭 온다는 말을 전하라고 했다는 말을 두 사람에게 전한다. 말하자면 소년은 고도의 전령인 셈이다. 소년을 반갑게 맞는 디디와 고고는 우리를 만났다는 말을 고도에게 하라면서 소년을 돌려보낸다.

1막이 끝나고 2막이 시작하지만 두 사람의 기다림은 계속된다. 연속된 기다림으로 이제 그들은 자신들이 누구인지, 기다리는 사람이 고도인지조차 헷갈린다. 장소도 석연치 않고 여기가 어딘지 조차 불분명하다. 거의 미치기 직전이다.

블라디미르의 노래가 끝나면 에스트라공이 등장한다. 두 사람의 끝나지 않는 기막힌 광대극이 또 시작된다. 반갑게 다시 만난 그들은 반가워서 할 수 있는 일로 무엇을 할까 궁리하다가 고도를 기다리기로 한다.

말장난과 언어의 유희가 난무한다. 여기서 무엇을 얻을 수 있을까? 독자들은 정신을 바짝 차려 보지만 그저 그런 무의미한 대화일 뿐이다. 심심풀이 땅콩 같은 이야기가 쉬지 않고 이어지는 것이다.

다시 포조와 럭키가 등장한다. 그런데 이번에는 상황이 좀 다르다. 포조는 어느 날 깨어 보니 장님이 됐고 럭키는 벙어리가 됐다. 그렇다고 주종이 바뀐 것은 아니다. 포조는 여전히 주인이고 럭키는 짐을 잔뜩 짊어진 종이다. 눈이 먼 포조는 1막에서와는 달리 당당하기보다는 애처로워 블라디미르에게 얻어터지고 살려달라고 애원하는 가련한 신세가 된다.

소년이 한 번 더 등장한다. 오늘 밤에는 못 오고 내일 밤에는 틀림없이 온다는 전갈을 가지고. 소년이 가기 전에 블라디미르는 고도에 대해 추측해 볼 수 있는 몇 마디 질문을 한다. 고도는 무엇을 하느냐고. (아무것도 안 한다는 대답) 수염은 있느냐, 있다면 노란 수염이냐, 까만 수염이냐. ('하얀 수염 같아요.'라는 대답) 말을 마친 소년은 쏜살같이 또 사라진다.

소년이 사라졌으므로 2막도 끝이 난다. 끝이 나기 전에 블라디미르는 이 지랄 같은 일도 이제는 끝나기를 바란다. 그래서 잡아당겨도 끊어지지 않는 튼튼한 끈으로 목이나 매자고 에스트라공에게 말한다. 고도가 온다면 살겠지만 그렇지 않으면 그들은 죽는다. 과연 그럴까. 아니다. 그들은 죽지 않는다. 죽지 않고 또 다른 고도를 기다릴 것이다. 기다리는 일은 끝나는 일이 아니기 때문이다.

팁 _____ 내가 누구인지, 여기는 어디인지 모를 때가 있다. 이럴 때 줄여서 '나는 누구? 여기는 어디?'라고 표현한다. 고도를 기다리는 친구들도 이런 물음을 자주 한다. 하지만 끝내 답을 얻지는 못한다. 심지어 작자인 사무엘 베케트조차도 고도가 누구인지 모른다.

그래서 사람들은 이 연극을 터무니없는 부조리극이라고 칭한다. 누군가가 작가에게 고도가 누구이며 무엇을 의미하냐고 묻자 그것을 알면 내가 작품에서 썼을 것이라고 말했다고 하니 저자도 모르는 것을 독자들이 어떻게 알까. 그걸 아는 독자들은 행복할까? 아니다. 그걸 안다고 해서 행복할 리 없다. 인생의 나침반은 고도를 안다고 해서 찾아지는 것은 아니다. 고도는 우리 마음속에 있는 절대자일 수도 있고 먹는 빵일 수도 있으며 언제나 추구해야 하는 자유일 수도 있다. 없는 힘을 되살리는 희망일 수도 있으며 있으면 더 가지고 싶은 돈일 수 있고 아무것도 없는 허무이며 생기면 아픈 고통일 수도 있다.

그 무엇이든지 그것을 위해 기다릴 만한 가치가 있는지 없는지 판단하는 것은 오로지 독자의 몫이다. 그 가치를 위해 오늘도 사람들은 희극이며 비극인 인생을 위해 목을 매는 대신 숨 쉬며 살아가고 있다.

《이방인》

사람은 누구나 잘못 알고 있는 것들이 있다. 마치 진실인 것처럼 알고 있었지만 알고 보니 그것이 아니었다면 낭패감이 드는 것은 어쩔 수 없다. 알베르 카뮈의 《이방인》만 해도 그렇다. 분명히 주인공 뫼르소가 어머니가 죽은 날 창녀와 동침한 것으로 기억하고 있었고, 누군가 《이방인》 이야기를 하면 그 이야기를 당연히 처음으로 올렸다.

이게 말이 되느냐는 말은 하지 않았으나 누구나 말이 되지 않는다고 표정으로 동감하는 것이었다. 이것은 분명한 오류다. 그는 창녀가 아닌 전에 같이 일했던 직장 동료 타이피스트, 마리와 잠자리를 같이 한 것이다. 잠을 잔 것은 맞지만 그 대상은 창녀가 아니었고, 날짜도 장례식 당일이 아닌 그 다음 날이다. (창녀인가 아는 여자 친구인가는 확실히 다르다. 알고 있었던 것처럼 마리가 아니고 창녀였다면 뫼르소는 더 부도덕한 인물로 해석될 것이다. 그 반대일 수도 있지만.)

두 번째는 살인을 한 이후 작품이 마무리된 것으로 알고 있었다. 살인은 2부로 이루어진 이 책의 1부가 끝난 것에 불과하다. 세상에, 과연 전에 책을 읽었는지조차 의문이 들게 만드는 두 번째 기억상실은 아무리 변명해도 이해될 수 없는 부분이다. 그런데 신기한 것은 재판 과정은 기억에 남아 있지 않은데 주인공이 죽을 때 많은 사람이 환호성을 지르기를 바랐던 대목은 어렴풋이 기억에 남아 있다는 것이다. 이 무슨 부조리한 기억인가.

왜 그런 잘못된 기억이 입력됐는지 그것은 책을 읽은 시간이 하도 오래됐기 때문이라고 자위할 수밖에 없다. 다른 이유는 찾을 수 없다. 허무맹랑한 기억을 마치 사실인 양 떠벌였으니 말하고 듣는 서로는 각자에게 무엇으로 보상받을 수 있는가.

세 번째는 태양 때문에 살해했다는 내용이다. 이것은 어느 정도 맞는 말이다. 앞서 두 가지 내용은 명백히 잘못된 기억이지만 이 세 번째는 얼추 들어맞는 것이어서 그래도 읽기는 읽었구나, 읽지는 않았다 하더라도 누군가에게 간략한 내용 정도는 들었구나 하는 안도감이 들었다.

누군가 《이방인》에 대해 이야기했을 때 내가 이런 기억으로 끼어들었던 것 같은 기억을 내세운 것은 여전히 《이방인》이 새롭게 다가오기 때문이다. (~것 같다고 한 것은 이것 역시 정확히 기억할 수 없기 때문이다.) 그런데 이 그릇된 이야기를 누군가 바로 잡아 주지 않았던 것 역시 지극히 부조리한데 그것은 아마도 스스로 알게 될 때까지 기다려 보자는 배려 때문은 아니었을까. 겨우 이런 생각을 하고 나니 《이방인》이 생경하다.

"오늘 엄마가 죽었다. 아니 어쩌면 어제. 양로원으로부터 전보를 한 통받았다. '모친 사망, 명일 장례식, 근조' 그것만으로써는 아무런 뜻이 없다. 아마 어제였는지도 모르겠다."(민음사) 너무나도 유명한 이 책의 첫머리는 이렇게 시작된다. 엄마의 죽음이 오늘인지 어제인지 명확하게 사실 관계가 드러나지 않는 것은 이 책을 관통하는 주제 중의 하나일 것이다. (나의 기억 잘못 역시 주인공처럼 기억의 혼동 때문인지도 모른다. 그렇다면 위안에 위안을 더할 수밖에.)

엄마가 죽었으니 같이 살지는 않더라도 장례식에 참석해야 하는 것은 우리나라 프랑스의 점령지 알제나 다를 바 없다. 참석할 이유가 없다면 전보를 칠 이유가 없었을 것이다. 전보를 받았으니 주인공인 나 뫼르소는 장례식장이 열리는 알제에서 80㎞나 떨어진 양로원이 있는 마랭고로 가야 한다.

2시에 버스를 타면 당일 오후에 도착할 수 있고 그러면 내일 저녁에는 돌아올 수 있다는 생각을 하면서 사장에게 이틀간의 휴가를 신청한다. 이유가 이유이니만큼 거절할 수 없는 휴가 신청인데 사장은 좋아하는 눈치는 아니다. 그러니 내가 할 수 있는 말은 (어머니의 죽음은) "그건 제 탓이 아닙니다."라고 변명하는 수밖에 없다.

가는 길은 지치고 힘드나 마침내 양로원에 도착하고 장례식에 참석한다. 하지만 울음이 나오기는커녕 마음속에서도 큰 슬픔은 밀려오지 않는다. 양로원 원장이나 엄마의 친구들은 그런 나의 모습을 주의 깊게 관찰한다. 심지어 엄마의 시신조차 보지 않겠다고 하고 시신 옆에서 문지기와 담배까지 나눠 피고 고인에 대한 예를 다하면서 날밤을 새우는 대신 졸기까지 한다.

정확한 나이를 알지 못해 연세가 많았느냐고 물으면 그저 "네."라고 대답하는 것이 고작이다. 이쯤 읽다 보면 뫼르소가 어떤 인물인지 짐작이 간다. 효성이라고는 거의 없고 자기 자신만을 생각하는 이기주의자라는 생각이 그것이다.

이런 생각은 대체로 맞아떨어진다. 이후의 뫼르소 행동은 이런 짐작이 틀리지 않았다는 것을 증명한다. 장례식 다음 날 마리와 동침을 하고 친구들과 어울리다가 살인을 한다. 살인의 과정은 치밀한 준비에 의한 계획된 범행은 아니다. 그것은 우발적인 것이었다.

엄마의 장례식을 치르던 그 날과 똑같이 뺨이 타는 듯이 뜨거운 햇볕 때문이었다. 단도를 들고 대드는 아랍계 청년에게 방아쇠를 당겼고 이후 움직이지 않는 몸뚱이에 다시 네 방을 더 쏘았다. 뫼르소의 체포 과정은 자세히 나오지 않는다.

2부에서는 재판장의 모습과 재판 과정, 그리고 검사의 심문에 응하는 뫼르소의 시니컬한 대응 장면이 나오고, 최종적으로 사형 판결을 받는다. 변호사의 충고도 무시하고 되는 데로 대답하는 바람에 그는 정당방위로 풀려날 수 있는 기회를 스스로 버린다. (프랑스인이고 프랑스의 점령지 사람을 죽인 것이므로 재판정은 뫼르소에게 일부러 불리하게 재판을 하지 않았을 텐데 사형선고까지 받은 것은 그가 어머니의 죽음에 대해 슬퍼하지 않은 것과 재판 과정에서 보인 무성의한 처신 등이 작용했을 것이다.)

사형 집행의 날을 하루 앞두고 《이방인》은 끝난다. 그러니 사형은 작품 밖에서 이루어질 것이다. 단두대의 이슬로 사라지기 전 그는 이렇게 홀로 중얼거린다.

"모든 것이 완성되도록, 내가 덜 외롭게 느껴지도록, 나에게 남은 소원은 다만, 내가 사형 집행을 받는 날 많은 구경꾼이 와서 증오의 함성으로 나를 맞아주었으면 하는 것뿐이었다."

팁 _____ 엄마의 죽음에 이어 홀로 사는 노인과 같이 사는 늙은 개의 죽음, 그리고 살인에 이르기까지 죽음은 시종일관 《이방인》을 따라다닌다. 각각의 죽음은 서로 다르다. 그 죽음을 대하는 주인공의 태도도 다르다. 실제 느끼는 감정과 겉으로 드러내는 행동과의 괴리도 있다. 당연하다. 사는 것에, 승진에, 그리고 죽는 것에 큰 관심이 없으니 아무래도 좋다.

장례식 다음 날 여자와 희극 영화를 보고 동침을 한다고 해서 이상할 것이 없다. 그 여자를 사랑하지도 않으면서도 결혼에는 승낙하는 모순을 보이기도 한다. 사회의 관습이나 전통적인 가치라고 여겨지는 것, 혹은 종교적 신념이나 경외까지도 무가치한 것으로 여겨진다. 그러니 죽음 직전 신부가 찾아오자 역정을 내는 것 또한 이상할 게 없다. 뉘우치거나 잘못을 빌거나 개과천선의 모습은 보이지 않는다. 사회는 마땅히 이런 인간은 부적응자로 낙인찍고 영원히 격리한다.

《이방인》에 대한 분석은 무수히 많다. 번역자의 책에는 본문보다도 더 많은 지면을 할애한 해석이 실려 있다. 어느 독자가 《이방인》을 각색해 보겠다는 제의에 대한 카뮈의 답장 '《이방인》에 대한 편지'부터 1955년에 쓴 저자의 미국판 서문, 그리고 1992년에 쓴 로제 키요의 이방인 50주년 기념 논문 '《이방인》을 다시 읽는다' 등.

《이방인》을 읽는 시간보다 《이방인》에 대한 이런저런 평을 읽는 시간이 더 오래 걸릴 수 있다. 하지만 지루하지 않으니 끝까지 읽어 보면 상실된 기억을 불러오는 시간을 더 연장할 수 있다. 그것은 '작품 해설'이 갖는 장점이다. 참고로 성경에서 말하는 이방인은 유대인이나 그리스도교와 대비되는 이민족이나 이교도를 가리키는 말이다. 그들과 차별하기 위해서.

분노 대 분노

톰 조드와 로라

배 농장에서 무보수 아르바이트를 한 것은 1990년 초반이었다. 친구의 권유로 청량리까지 한 번, 거기서 어떤 면 소재지에서 한 번, 또 거기서 마을버스까지 세 번의 버스를 갈아타고 도착한 곳에는 황소 거죽처럼 누런 배가 주렁주렁 매달려 있었다.

하루 일당에 대한 수고비는 없었다. 다만 떨어졌거나 상품 가치가 없는 것으로 골라 먹되 무제한이었다. 별로 할 일도 없어서 그 제의를 흔쾌히 받아들이고 크게 휜 가지에 달린 배를 보면서 군침부터 흘렸다.

상자를 받아 들고 주인이 보이지 않는 고랑에서 잘 익은 배를 따면서 이런 권유를 해준 친구에게 진한 우정을 느꼈다. 배는 맛있었고 과즙은 풍부했다. 배가 터지도록 먹어야지 했던 다짐은 첫 배와 두 번째 배에서 꺾였다. 커다란 거 두 개를 먹고 나자 더는 들어가지 않았고 시큼한 배의 향기도 와 닿지 않았다.

그 이후는 해 질 녘까지 노동의 연속이었고, 과수원에서 돌아오는 길은 우정의 깊이만큼이나 작은 분노가 쌓였다. 빈손으로 버스에 올라탔을 때

배가 불룩하게 나오고 얼굴에 환한 미소를 짓던 농장주의 얼굴은 사라졌다. 알바 아닌 알바 이야기를 한 것은 배와 같은 과일은 굶주린 배를 채울 수 있는 식량이 아니라는 것을 말하기 위해서다.

존 스타인벡의 《분노의 포도》에 나오는 톰 조드 일가가 아무리 포도나 복숭아를 종일 따도 양식을 해결할 수 없는 것과 같은 이치였다. 온 식구는 한 끼 식사를 위해 과일 농장에서 새벽부터 밤까지 일했다. 그러나 배는 언제나 고팠고 손에 쥐는 것은 없었다.

피골상접한 얼굴을 마주 보면서 그들은 분노를 삭였다. 다른 대안은 없었다. 그들은 일하고 또 일했다. 그러나 돌아오는 것은 채울 수 없는 허기였다. 그런 일자리마저도 구할 수 없을 때 꿈은 완전히 사라졌고, 무보수와 같은 하루 1달러의 삶도 깨졌다. 분노가 하늘을 찔렀다. 그러나 어느 곳에도 가난한 자를 위한 하느님은 없었다.

입센의 《인형의 집》에서 노라가 집을 박차고 나간 것은 톰 조드 일가와는 다른 이유에서였다. 자본가에 쫓겨 대대로 살던 고향을 타의에 의해 떠난 것과는 달리 노라는 자신의 의지에 따라 그렇게 했다.

고향과 집을 떠난 것은 맞지만 이유는 각기 달랐다. 노라는 처음부터 당찬 여자가 아니었다. 씀씀이가 매우 헤픈 속된 말로 된장녀 기질이 다분한 여자였고 실제로도 그렇게 보였다. 그런 여자가 뒤늦게 남편이 용서를 구하고 화해의 손을 내밀자 그것을 보란 듯이 걷어찼다.

여성 해방의 상징과도 같은 로라의 행동은 보기에 당찼다. 자신의 잘못과 그것을 숨기고 헤쳐나가는 과정이 떳떳하고 세련돼 보이지 않지만 어쨌든 노라는 마음먹은 대로 행동했다. 세상이나 자본가에 대한 분노라기보다는 남편에 대한 원한이 사무친 것이 노라가 집을 떠난 주된 이유인데 거기에 도달하기까지의 삶은 도덕적이거나 자아적인 것과는 조금 차이가 있다.

하지만 종류가 다르다고 해서 아이 셋을 남겨 두고 떠나는 노라의 분노가 톰 조드 일가의 분노에 비해 결코 떨어진다고는 보지 않는다. 분노의 양에서는 미치지 않더라도 질에서는 그렇다. 단지 먹기 위해 분노를 쌓아가는 톰 조드 일가와 자신의 당당한 삶을 위해 속으로 삭이지 않고 드러내는 삶이 다를 뿐이다. 작품은 끝났으나 속편이 있다면 욕구가 충족돼 만족을 느끼는 톰 조드와 로라의 행복한 모습은 어땠을까 그려본다.

짧은 감상평

《분노의 포도》

사람들이 고향을 떠날 때는 대개 이곳보다 더 좋은 다른 곳이 있기 때문이다. 그러니 자발적으로, 기분 좋게 떠난다. 조드 가족은 그와는 다르다. 자발적이지도 기분이 좋지도 않다. 어쩔 수 없이 쫓겨났기 때문이다. 조상

대대로 지어온 소작이 하루아침에 무너졌다. 트랙터는 그들이 손수 지어 만든 집을 간단히 부쉈다.

총을 쏠 대상은 어디에도 없었다. 트랙터 운전수는 나를 쏘면 또 누군가가 온다고 쏴봐야 살인자만 될 뿐이라고 한다. 누가 이 짓을 시켰느냐고 물으면 지주의 관리인이라고 하고, 그러면 지주를 쏘겠다고 하자 지주는 은행의 심부름꾼이라고 한다. 누구하고 싸워야 할지 소작농들은 알지 못하고 싸울 상대가 없으니 체념만 늘어난다.

조드 가족은 캘리포니아를 이주 대상지로 찍는다. 기왕 떠날 거라면 살기 좋은 곳으로 가자는데 의견이 일치됐다. 날씨도 따뜻하니 얼어 죽을 리도 없고 길가에 포도가 주렁주렁 널려 있으니 굶어 죽을 리도 없고 경치도 끝내준다니 이보다 더 좋을 수는 없다. 더군다나 전단지는 품삯도 많이 쳐준다고 유혹한다. 지상천국, 꿈의 도시가 따로 없다.

노래도 있다. 60년대 중반인가. 사인조 혼성 그룹 마마스 앤 파파스는 '캘리포니아 드리밍'을 불렀다. 박자도 빠르고 발음도 어렵지 않아 흥얼거리기에도 좋다. 이글스는 너무나도 아름다운 '호텔 캘리포니아'를 불렀다. 기타 반주음이 죽여주는 이 노래는 지금 들어도 소름이 돋는다. 왕조위 감독은 영화 《중경삼림》에서 이 노래를 틀었다. (의약뉴스 '내 생애 최고의 영화'를 참조해도 좋다.) 양조위의 파트너 왕페이가 노래를 들으면서 흔들어 대는 몸의 곡선이 선명하다. 선글라스를 코에 걸고 침대에 뛰어들거나 서빙을 하거나 선풍기 앞에서 느긋하거나 봉지 속의 금붕어를 쏟을 때 이 노래는 절정으로 향한다. 174 cm의 큰 키에 짧은 커트 머리, 노란색 민소매를 입고 건들건들 노래에 맞춰 몸을 움직이면 노래와 영화가 죽이 잘 맞는다.

이런 이야기를 늘어놓으면 존 스타인벡의 《분노의 포도》(The Grapes

Wrath)가 처음에는 힘들어도 나중에는 상큼한 황금색 오렌지처럼 달콤한 해피 엔딩인 것으로 착각하기 쉽다. 하지만 아니다. 모든 것이 정반대다. 제목에서부터 왜 분노가 튀어나왔겠는가. (노래나 영화는 이 책의 내용과는 아무런 연관이 없다는 것을 밝혀 둔다.)

앞서 조드 일가라고 했으니 떠나는 것은 한 명이 아니고 가족이다. 할아버지, 할머니, 아버지, 어머니 등 무려 10명이 훌쩍 넘는다. 개도 있다. 그중에서 주인공 톰 조드는 눈여겨봐야 한다. 첫머리에 등장하기 때문이다.

그는 살인하고 복역 중 가석방으로 막 집에 온 상태다. 그가 왔을 때 가족들은 이미 떠날 채비를 하고 있었다. 혹시나 톰이 왔을 때 집도 없고 가족도 사라져버렸다면 어머니는 슬퍼서 매일매일 눈물로 지새울 것인데 다행히도 톰이 왔다.

그런데 올 때 톰은 길에서 만난 케이시를 데려왔다. 군식구인 케이시는 한때 목사였으니 설교를 했으며 가족에게 세례를 주기도 해 다들 아는 사이였다. 케이시를 포함한 조드 일가는 전 재산을 처분해서 산 낡은 트럭을 몰고 캘리포니아로 떠난다. 이때 여명은 조드 일가의 무사 안녕을 기원하듯이 동쪽에서 강철 같은 빛을 뿌리며 밝아 오고 있다. 그들의 등 뒤로 거대한 공포가 성난 파도처럼 밀려오고 있다는 것을 그들은 알지 못한 채. 거기가 어떤 곳인지 조드 일가는 보기 전에는 깨닫지 못하고 긴 여정을 시작한다. 여기서부터 무려 2,600마일을 가야 한다. 여간 먼 거리가 아니다.

갈 길이 그러니 가는 과정에서 겪는 그들의 이야기는 신파극이 아닌데도 눈물, 콧물 없이는 들을 수도 볼 수도 없다. 가슴 한쪽에는 분노를, 다른 쪽에는 애간장을 달고서 조드 일가가 겪는 풍찬노숙의 이야기는 하루를 꼬박해도 다 하지 못할 만큼 길고 절절하다.

인간의 조건은 의식주라고 했다. 입고 먹고 자는 곳이 형편없으니 가족의 건강이 걱정되지 않을 수 없다. 꿀꿀이죽은 고사하고 굶기가 다반사고 갈아입을 옷은 없다. 트럭이나 노숙이나 임시 천막이 잠자리다.

이렇게 굶주렸던 적이, 이렇게 더러웠던 적이 없었다. 고향에서 죽겠다는 할아버지를 약 먹여서 데려온 것은 실수였다. 이미 고향을 떠나올 때 정신적으로 죽은 목숨은 이동 중에 쉽게 숨을 내려놓았다. 그 할아버지를 그리다 정신착란을 보인 할머니도 그렇게 됐고, 아들 하나는 강을 따라 도망갔고 젊은 사위는 임신한 아내를 두고 조용히 사라졌다. 애초 하나였던 가족은 뿔뿔이 흩어졌다. 어머니는 절망했고 톰은 분노했으며 목사는 비참한 세상의 부조리에 저항했다.

절망은 삭이는 것이니 길고, 분노는 타오르는 것이니 폭발해야 한다. 저항 역시 마찬가지다. 사람들을 모아 대지주의 횡포에 맞섰던 목사는 그들의 패거리에 맞서서 죽고(이런 목사도 있다.) 그 죽음을 목격한 톰은 화염 같은 분노 때문에 그 자리에서 살인을 하나 더 추가했다. 캘리포니아는 꿈의 고향이 아니라 인간 살육이 저질러지는 지구상에서 가장 비참한 곳으로 전락했다. 하루 벌어 먹기 위해 온 가족이 나서도 일자리가 없는 곳이 캘리포니아였다.

복숭아 따는데 100명이 필요한 곳에 5,000명이 모여든다. 목화 따는 곳도 그렇다. 약삭빠른 농장주는 그들의 이윤을 위해 일당을 1달러에서 50센트로 깎고 다시 20센트를 부르는데 그나마도 늦으면 다른 사람 차지다. 그러함에도 세상은 품삯이 좋다는 전단지로 넘쳐나고, 그것을 보고 미국의 모든 주에서 캘리포니아로 몰려든다. 66번 도로는 온 나라가 움직이는 것처럼 트럭으로 우글대고 이미 도착한 사람들은 쓴맛을 보고 난 뒤에 치를 떨며 돌아선다.

길가에서 조드 일행은 그들에게서 캘리포니아는 가진 것이 없는 일자리

당신이 몰랐던 문장이 내게로 왔다

를 구하는 노동자들에게는 지옥이라는 말을 듣지만 눈으로 보기 전에는 믿을 수 없다. 그리고 이미 너무 많이 와버렸고 돌아갈 고향도 집도 없으니 가서 부딪쳐보는 수밖에 없다.

그들의 말은 맞았다. 조드 가족처럼 하루아침에 쫓겨나서 살기 위해 찾아온 사람들이 저마다 굶어서 붉은 눈을 한 채 일거리를 찾기 위해 미친 듯이 비 맞은 개처럼 여기저기 쏘아 다니고 있었다. 경찰들은 이들을 범죄자로 취급하며 부자의 재산을 지키는 머슴 역할을 한다. 부자는 더욱 부자가 되고 가난한 자는 풀칠하기도 어렵다. 이것이 대공황기의 미국의 모습이다. 정부는 어디에도 없었다.

하도 먹고 사는 것이 절박하니 기적 같은 것을 바라기도 어렵다. 제대로 된 일자리를 얻는 조드 일가의 행복한 결말을 존 스타인벡은 끝내 추가하지 않았다. 돈을 벌어 하얀 집에서 살고 싶다는 꿈을 이뤄주지 않았다. 그는 현실이 아닌 거짓을 쓰고 싶지 않았기 때문이다. 다만 내가 아닌 우리가 됐을 때 어떤 변화가 올 수 있다는 것을 말해 줄 뿐이다.

임신한 딸은 죽은 아이를 낳는다. 그리고 죽어가는 노인에게 아기가 먹어야 할 젖을 먹인다. 마치 그녀는 하느님 같다. 현실에서는 한 번도 있어 본 적이 없고 책 속에서는 언제나 존재하는 신이 조드 가족에게 내려왔다. 산고를 치르고도 우유 한 잔 먹지 못한 산모는 신보다도 더 위대한 일을 해내고 말았다.

팁 _____ 인간이 어디까지 비참해질 수 있는지, 어떤 때 분노하고 무너지는지, 단란했던 가정이 깨져 나갈 때 어머니는 도대체 떠나는 자식들을 어떻게 붙들어 맬 수 있는지, 그리고 출산을 앞두고 영양실조에 허덕일 때 산모는 태어날 자식에게 어떤 기대를 품을 수 있는지 존 스타인벡은 우리에게 많은 질문을 던져주고 있다.

거듭된 흉년으로 소작농에게서 더 기대할 것이 없던 은행과 지주들은 트랙터로 그들을 몰아내고, 고향을 잃은 조드 가족은 먹고살기 위해 캘리포니아로 떠나는데, 그 비참함은 필설도 다 표현하기 어렵다. 하루 이틀을 굶으면서도 인간이기를 포기하지 않는 용기는 내적 단련이 아무리 강한 자라 하더라도 견디기 힘든 과정이다. 하물며 평생 농사만 지어온 이들이기에 그들이 감당해야 할 무게는 엄청났고 눈앞의 현실은 온통 암흑뿐인데 그래도 산목숨이니 어떻게 해서든지 살아 나간다.

가족은 끝까지 가족애를 지키며 이웃을 생각하고, 잘못을 비판하고 비판한 것을 행동에 옮기고 자신보다 더 절박한 사람에게 무언가를 나눠주는 행동을 한다. 믿는 자들의 성자가 하늘에서 땅으로 내려왔을 때나 가능한 일을 조드 가족은 해내고 있다.

오클라호마에서 왔기에 '오키'라는 이름의 오명을 뒤집어쓰고 때로는 빨갱이 소리를 들으면서 하루 1달러를 벌기 위해 온 가족이 목화 농장에서 기를 쓰는 모습은 영화로도 보았으나 책이 더 실감이 났다.

도대체 누구 잘못인지조차 깨닫지 못하고 굶주려 죽는 이들, 먹기 위해서라면 벌레처럼 기면서 노예가 되고자 하는데도 그것마저도 거부되는 현실은 우리도 겪은 바 있다.

말을 하면 주동자로 찍히고, 블랙리스트에 오르고, 지주와 유착된 경찰들은 그들을 잡고 총을 쏜다. 주 정부와 보건부와 경찰이 모두 한통속이 돼서 이주자들을 막다른 구석으로 몬다. 그들은 항의하다 죽고 죽으면 부랑자 한 명 사망한 것으로 기록된다. 조드 일가는 사람이 아닌 '어쩌면 그들도 사람'일지도 모르는 사람의 삶을 살고 있다.

그들은 이기지 못하고 패배했다. 홍수가 빠지고 나서도 새로운 일자

당신이 몰랐던 문장이 내게로 왔다

리를 구하지 못할 것이다. 그런 상황에서도 산모가 젖을 죽어가는 노인에게 물리는 끝 장면은 조금 실망스러울 수 있다. 현실이 아닌 가상의 세계에서나 가능한 일이 벌어지고 있기 때문이다. 일부 평자들은 이 장면을 집요하게 비판한다. 책의 구성이 산만하고 짜임새가 떨어진다는 것. 참고하면서 읽어 보면 좋을 듯싶다.

《인형의 집》

결혼 8년 차에 아이 셋 달린 주부 노라는 한 마디로 헤픈 여자다. 몸보다는 씀씀이가 그렇다. 그런 여자에게 남편의 은행장 승진 소식은 절로 콧노래를 불러온다.

겨울밤 난로에는 불길이 타오르고 아이들에게 줄 크리스마스 선물은 가득하다. 사랑스러운 남편 헬메르는 흥얼거리는 그녀에게 '우리 종달새', '내 작은 다람쥐', '귀여운 당신'이라고 한없는 애정을 표현한다. 이런 상황이라면 달콤한 마카롱을 입에 물지 않았더라도 어떤 여자가 행복하지 않겠는가.

1막에 등장하는 노라의 모습은 세상을 다 가진 아내의 화신이다. 하지만 헬메르는 그런 노라가 걱정이 된다. 흥청망청 쓰는 노라 때문에 아무리 어려워도 빚을 지지 않는다는 신념이 깨질까 곤혹스럽다. 그러다가는 비싼 대가를 치러야 한다는 사실을 알려주지만 그런 잔소리는 노라에게는 들리지 않는다. 심지어 장인이 빚을 낸 사실을 언급하면서 손 큰 여자의 쇼핑 중독을 핏줄 때문이라고 몰아붙여도 노라는 들은 척하지 않는다. 이런 소소한 사랑싸움은 10여 년 만에 찾아온 노라의 친구 린데 부인의 등장으로 중단된다.

3년 전에 남편과 헤어진 가난한 친구를 앞에 두고 노라는 돈은 많고 걱정거리는 없는 여자의 행복에 대해 장광설을 늘어놓다가 헬메르가 요양하기 위해 자신이 큰돈을 빌린 사실을 이제는 옛일처럼 떠벌인다.

열심히 일한 대가로 남편은, 의사의 말에 따르면 따뜻한 남쪽 나라 이탈리아로 요양 가지 않으면 위험했다. 노라는 그런 남편을 위해 거금을 빚냈고 건강을 되찾은 남편은 어디서 돈이 났는지 노라의 공을 지금도 제대로 알지 못한다. 그 과정을 노라가 푸념하듯이 내뱉는다.

그 일은 결혼 후 가장 힘들었던 사건이었다. 이야기를 듣던 행복한 여자의 불행한 친구는 자신의 불행을 이겨내기 위해 이제는 은행가가 된 노라의 남편이 뭔가를 해줄 수 있다는 생각을 하고 있다.

이때 노라는 이미 친구에게 요양에 든 거금은 친정아버지가 대 준 것이 아니고 자신이 나처럼 매력 있는 여자를 쫓아다니는 어떤 사람으로부터 구했다는 사실을 털어놓는다. 린데 부인은 놀라움을 감추지 못하나 노라는 자신의 힘으로 돈을 빌리고 그 돈으로 남편을 살린 비밀을 밝히는 이 순간이 마냥 자랑스럽기만 하다.

노라가 들떠 있는 사이 자신에게 돈을 빌려 준 크로그스타가 등장한다. 새로운 은행의 책임자가 된 노라의 남편 헬메르에게 자신이 계속해서 은행에서 근무하게 해달라고 청탁을 하기 위해서이다. 하지만 남편은 그의 도덕적 결함을 이유로 그 자리를 아내의 부탁을 받은 린데 부인에게 주기로 한다. 크로그스타는 노라가 빌린 차용증을 빌미로 그녀를 협박하기 시작한다. 성탄 전야를 즐겁게 보내려던 노라는 사색이 된다. 단순히 돈을 빌린 것이 아니라 보증인인 친정아버지의 사인을 노라가 위조했기 때문이다. 위조된 차용증으로 노라가 처벌받게 되는 것은 둘째 치고라도 남편이 그 사실을 알게 되면 자신을 결코 용서하지 않을 것 같아 노라는 근심이 태산이다.

절망한 노라에게 이틀 후에 벌어질 엄청난 파티는 아무런 의미가 없다. 가족처럼 지내는 랑크 박사에게 그를 향했던 여자의 마음을 털어놓는 등 상황을 돌리기 위해 안간힘을 쓰지만 운명의 시간은 노라를 점점 더 압박해 온다. 해고 통지서를 받은 크로그스타는 자신의 청탁이 거절된 것을 확인하자 노라의 차용증 내용에 관한 편지를 헬메르가 볼 수 있도록 우편함에 집어넣는다. 남편은 그러지 말라는 노라의 애원에도 불구하고 편지함을 비우겠다는 이유로 우편함을 연다. 엉망진창의 기분으로 미친 듯이 춤을 췄던 노라의 무도회는 끝났다. 편지를 읽기 위해 헬메르가 방으로 들어가 문을 닫자 노라는 절망적으로 혼잣말을 한다.

"꽁꽁 얼어붙은 검은 강, 바닥이 안 보일 정도로 깊은. 절대로 당신을, 아이들을 다시는 보지 못할 거야."

편지를 읽은 남편은 예상대로 미친 듯이 소리친다. 귀여운 종달새 대신 한심한 여자로 전락한 노라는 위선자, 거짓말쟁이, 범죄자, 장인과 똑같은 경솔한 여자로 낙인찍힌다.

은행장의 사회적 지위와 명예가 한순간에 무너져 내리는 것을 헬메르는 참을 수 없다. 노라는 그토록 자신을 사랑하고 있다고 믿었던 남편의 변심에 놀란다.

노라가 막 파국에 이르는 순간 린데 부인은 크로그스타에게 영원히 함께하자는 사랑의 고백을 늘어놓아 위기에 처한 친구에게 도움을 준다. 마음이 놓인 그가 차용증을 반환한 것이다. 순간 지옥에서 천국으로 돌아온 헬메르는 이제 살았다면서 다시 내 귀여운 종달새를 외친다. 하지만 노라의 마음은 싸늘하게 변해있다. 바로 조금 전의 그녀가 아니다.

그가 아무리 용서와 화해와 사랑을 이야기해도 차가운 눈길은 바뀌지 않는다. 그녀는 '우리는 끝이다.'라는 말을 남기고 남편과 아이들을 떠난다.

팁 _____ 노라가 가족을 떠나는 장면을 좀 더 설명하면 이렇다. 노라는 잡는 헬메르에게 화난 표정으로 이렇게 쏘아붙인다.

"아빠가 나를 인형 취급했듯이 당신도 나를 인형 취급했다. 나 자신과 세상을 제대로 알기 위해 완전히 독립하기로 했다. 떠나는데 당신 허락은 필요 없다. 세상 물정 모르지만 이제부터 알아 나가겠다. 아내이자 어머니의 신성한 의무만큼 똑같이 신성한 의무가 나에게 있다. 나 자신에 대한 의무, 내가 믿는 건 나는 당신과 똑같은 인간이라는 사실이다. 세상과 나 사이에 누가 옳은지 확인하겠다."

노라는 또 이런 말도 한다.

"그 사람이 모든 걸 폭로하면 당신이 나 대신 모든 걸 뒤집어쓰고 내가 잘못한 일이라고 할 줄 알았다. 하지만 그런 기적은 일어나지 않았다."

지금 가지 말고 내일 아침까지 기다리라는 말에는 낯선 남자의 집에서 밤을 지새우고 싶지 않다고 잘라 말한다.

"아내가 남편을 떠나면 남자는 어떤 법적 책임도 없으니 그 의무감에서 풀어주겠다. 둘이 변하는 기적을 나는 믿지 않는다."

1879년 헨리크 입센은 크리스마스를 전후한 3일간의 이야기인 3막 극 《인형의 집》을 썼다. 한 세기도 훌쩍 지난 아주 오래전의 일이지만 지금 읽어도 여성해방, 페미니즘 혹은 자아발견 같은 단어들이 혁명적인 느낌으로 다가온다. 그러니 당시 유럽이 받았을 충격은 충분히 상상할 만하다. 그가 죽었을 때 노르웨이는 국장으로 예우할 만큼 입센은 자기 나라에서는 물론 전 유럽, 혹은 전 지구적으로 추앙을 받았다.

신여성의 대명사로 자리 잡은 노라는 지금도 수많은 나라의 수많은 극장에서 수많은 배우에 의해 재연되고 있다. 노라는 여전히 못된 여자와 자아가 있는 여성, 더 나아가 인간의 진정한 행복은 무엇인가 하는 논쟁을 계속 만들고 있다. 입센의 또 다른 대표작 《유령》은 《인형의 집》만큼이나 유명하다.

본성 대 본성

세몬과 메키

 '인간은 무엇으로 사는가'라는 자문을 해 보는 사람이 간혹 있다. 이런 사람은 당장의 배고픔을 해결한 사람일 가능성이 크다. 하루 먹고 사는 것이 힘들다면 과연 이같이 우매한 질문 같은 한가한 생각을 할 여유가 없기 때문이다.

 톨스토이는 《사람은 무엇으로 사는가》에서 사랑을 언급했다. 인간의 본성에는 사랑이 있고 이 사랑만이 사람이 세상을 사는 힘이라고 믿었다. (그렇게 믿고 싶었을 것이다.) 하나님의 성령으로 가득 찬 작가는 거침없이 사랑을 노래했고 아름다운 인생을 찬양했다.

 추운 겨울이었다. 하필 교회 앞에 한 젊은이가 알몸으로 쓰러져 있다. 그를 구한 것은 교회의 목사가 아니었다. 집사나 장로도 아니고 신실한 신자도 아니었다. 가난한 구두 수선공 세몬이었다.

 러시아의 추운 겨울 어느 날, 가죽 잠바를 사오는 대신 홧김에 술 취해서 집에 돌아온 세몬에게 아내는 바가지를 긁어야 마땅하다. 더구나 군식구까지 데려왔다. 그러나 아내는 그러지 않았다. 빵을 굽고 잠자리를 주었다. 아내의 마음에 증오 대신 사랑이 들어차 있었기 때문이다. 그런 세몬과 부부에게 하느님은 무엇을 주었을까.

베르톨트 브레히트는 《서푼짜리 오페라》에서 '인간은 무엇으로 사는가'라는 질문을 톨스토이와 마찬가지로 던지고 있다. 그는 고상한 사랑과는 거리가 먼 것으로 인간이 살아가고 있다고 믿을 만한 이야기들을 배우를 통해 관객들에게 전하고 있다.

거지와 강도와 창녀가 있다. 이들은 사랑이 넘치는 따뜻한 가정보다는 찬 바람 부는 거리에서 생활하기 쉽다. 한 푼 줍쇼, 구걸하는 거지의 삶과 억지로 남의 것을 뺏는 강도질과 몸을 거래하는 여자의 삶에도 다른 사람을 가엽게 여기는 사랑의 마음이 있을까.

노상강도의 수괴 메키는 말한다. 먹고 나서야 도덕이 있는 것 아니냐고. 가난한 자도 빵이 있어야 살 수 있다고 목청을 높인다. 한때 '절친'이었다가 그를 체포하려고 하는 경찰청장도 결국 먹고사는 문제 때문에 메키를 배신하지 않는가.

인간은 사랑으로 사는 것이 아니라 빵으로 살며 인간이라는 존재를 잊어야 인간으로 살 수 있다고 부도덕을 찬양한다. (이들의 처지도 이해한다.) 과연 인간은 다른 인간을 벗겨 먹어야만 살 수 있는 존재인가. (시도 때도 없이 실망감이 몰려드는 인간종에 대해 진지하게 고민하고 싶다.)

짧은 감상평

《사람은 무엇으로 사는가》

공자는 《논어》에서 사람 나이 50을 '지천명'이라고 했다. 하늘의 뜻을 아는 나이 정도로 해석될 수 있겠다. 그래서인지 대문호 톨스토이도 50살이 되어 깊은 회심(回心)에 빠져들었다. 잘못을 뉘우치고 마음을 돌이켜 먹었다는 말이다.

무엇이 나쁜데 빠져 있다가 착하고 바른길로 그를 이끌었는지는 회심이후의 작품을 보면 이해가 쉽겠다. 그즈음 그는 《참회록》에서 지금까지 살아온 욕된 삶을 통렬히 반성하고 신앙에 눈을 뜨게 된 심경을 다음과 같은 말로 표현한다. 단지 마음속에만 품고 있었던 것이 아니라 만인에게 자신의 잘못을 공개한 것이다.

"나는 두려움과 나쁜 삶, 혐오, 고통을 느끼지 않고는 그 시절을 회상할 수 없다. 전쟁에서 많은 사람을 죽였고, 죽이기 위해 결투를 신청했으며, 도박과 간통을 했으며 사기꾼이었다. 거짓말, 도둑질, 알코올 중독, 폭력, 살인 등등 내가 저지르지 않은 죄악은 거의 없었다. 그러함에도 불구하고 나는 칭송을 받았고 동료들은 상대적으로 나를 도덕적인 사람으로 여겼으며 지금도 그렇게 생각하고 있다."

당신이 몰랐던 문장이 내게로 왔다

1869년 발표한 《전쟁과 평화》로 부와 명예를 거머쥔 그에게 대체 어떤 마음의 변화가 찾아왔는지 《안나 카레니나》를 완성할 무렵 그는 이 같은 《참회록》을 썼을까.

굳이 쓰지 않고 마음속으로만 반성만 해도 될 것을 세상에 알려 자신의 치부를 드러내는 용기는 과연 어디서 왔을까. 참회 이후 그의 작품 세계는 어떤 식으로든 영향을 받지 않을 수 없었다. 독자에게 질문을 던진 1885년 발표한 단편 《사람은 무엇으로 사는가》는 이런 물음에 대한 대답의 한 편린일 수도 있다. 짧은 단편이지만 거기에는 그의 사상과 이념, 선과 악, 철학과 세계관과 신앙심이 고스란히 배어있기 때문이다.

지금도 그렇지만 당시 구두 수선공의 삶은 안락하기보다는 어려웠다. 자기 땅은 물론 집도 없이 농가에 세 들어 살고 있던 세몬은 얼마나 가난한지 옷 한 벌 가지고 아내와 돌려가면서 입을 정도였다.

추위를 예고하는 초가을로 접어들자 세몬은 2년 전부터 양가죽으로 겨울 외투를 만들기로 작정한 것을 실행에 옮기기로 했다. 모아둔 돈과 농부에게 빌려준 외상값을 받으면 가죽을 살 수 있겠다는 생각을 했으나 집도 있고 가축도 있는 농부는 외출 중이었고, 그의 아내는 일주일 안으로 돈을 주겠다는 대답만 했다.

허탈한 심정으로 가죽 장수를 찾은 세몬에게 가죽 장수는 돈만 가져오면 마음에 드는 양가죽을 주겠다며 세몬의 외상 요구를 일언 지하에 거절했다. 양가죽 장수는 세몬과는 달리 외상값을 받는 것이 얼마나 어려운 것인지 알고 있었다.

가죽을 구하지 못한 구두 수선공은 심히 울적한 마음에 술 한잔 걸치고 몸이 따뜻해지자 기분이 한결 좋아져 집으로 향했다. 아내는 그런 남편에게 열심히 일했으니 술 한잔 정도는 됐다고 위로를 할까 아니면 콧방귀를 꿰면서 핀잔을 줄까.

마트뇨라는 화가 단단히 났다. 술 냄새를 풍기는 남편은 그것도 모자라 형편없는 건달을 데리고 함께 들어왔다. 양가죽을 잔뜩 기대하면서 부풀어 오른 가슴이 찌그러지며 분노한 아내를 상상해 보는 것은 어렵지 않다. 하지만 마트뇨라는 일단 두 사람을 안으로 들어오라고 하면서 자초지종을 들어보기로 했다. 세몬은 술 취한 기분으로 교회 앞을 지나다가 알몸으로 쓰러져 있는 한 젊은이를 발견했던 사실을 차분하게 이야기했다. 그리고 처음에는 그냥 모른 척하고 지나가려다가 양심의 가책으로 자신이 입고 있던 외투와 장화까지 벗어주고 그를 데려오게 됐다고.

내용을 들은 아내는 낯선 그가 그렇게 나쁜 사람이 아닌 것 같다는 생각으로 내일 아침 먹을 빵을 나눠 주고 그에게 잠자리까지 제공했다. 세몬은 갈 곳이 없는 젊은이에게 자기와 함께 일을 하자고 했다. 다음날부터 그는 세몬의 조수가 되어 구두 수선 일을 하게 됐다. 젊은이 미하일은 하나를 알려 주면 열을 알고 매우 성실했을 뿐만 아니라 실력도 대단해 나중에는 세몬을 앞지를 정도였다. 소문은 금세 퍼지고 구두 가게는 손님들이 넘쳐나 세몬의 살림은 넉넉하게 됐다.

어느 날 체격이 건장한 부유한 신사가 아주 훌륭한 가죽을 들고 와 1년을 신어도 떨어지지 않고 변하지 않는 구두를 주문했다. 세몬은 그렇게 하마 했고 미하일은 곧 가죽을 자르기 시작했다. 그런데 어찌 된 영문인지 장화가 아닌 슬리퍼를 만들었다. 세몬이 놀랄 사이도 없이 떠났던 마차는 되돌아와 장화는 필요 없고 장례식에 쓸 슬리퍼가 필요하다고 했다. 신사는 그날 죽었다. 신사의 죽음을 예견한 미하일.

그는 인간이 아니라 신에게 버림받은 천사였다. 세월이 흘러 미하일이 세몬의 집에 온 지 6년이 됐다. (지난 5년간의 행적은 자세히 나와 있지 않지만 하는 일은 늘 그랬던 것처럼 구두 수선이었을 것이다.) 어느 날 모피 외투를 입고 털목도리를 두른 잘 차려입은 어떤 여자가 서로 분간하기 어려운 닮은 모습의 두 여자아이를 데리고 왔다. 봄에 신을 구두를 맞추기 위해서였다. 그런데 부인이 데려온 두 여자아이는 그녀가 낳은 자식들이 아니었다.

사연은 이렇다. 아버지는 아이들이 태어나기도 전에 숲에서 나무하다 나무에 깔려 죽었다. 며칠 후 쌍둥이를 낳은 부인은 돌봐주는 사람이 없어 곧 죽었다. 그런데 부인은 죽어가면서 몸부림치다 한 아이를 덮쳐 한쪽 다리를 못 쓰게 만들었다. 불쌍한 아이들을 돌볼 사람은 젖을 먹일 수 있는 자신밖에 없어 그때부터 지금까지 죽 키우고 있다는 것이었다. 마리아라는 여자는 그때 태어난 지 8주 된 아들이 있었다.

이야기를 들은 미하일은 두 손을 무릎 위에 공손히 포개고 앉아 하늘을 보고 미소를 지었다. 처음 세몬의 집에서 저녁 식사를 할 때, 그리고 어느 신사가 장화를 주문할 때, 그리고 지금 이렇게 미하일은 세 번째로 그런 표정을 보였다. 그가 웃었던 것은 그들의 앞날을 보았기 때문이다. 이제 세몬과 마트료나도 미하일이 보통 인간이 아니라는 것을 알았다. 그의 몸에서 눈부신 후광이 빛나고 있었다. 나무에 깔려 죽은 아이의 아버지와 엄마의 영혼은 그가 하늘나라로 인도했다.

그런데 미하일은 하느님의 노여움을 샀다. 아이의 엄마가 아이들이 제 발로 걸을 수 있을 때까지 자신의 영혼을 거두어 가지 말아달라던 간청을 들어줬기 때문이다. 그런 그에게 우리의 하느님은 그렇게 너그럽지 못했다. 지금 곧 내려가 여인의 영혼을 거두어들이라고 명령했다. 명령을 내리면서 하느님은 여인의 영혼을 거두어 오면 세 가지 진리, 즉 '인간의 내면에는 무엇이 있는가?', '인간에게 허락되지 않은 것은 무엇인가?', '인간은 무엇으로 사는가?'에 대한 진리를 발견할 것이라고 말했다. 이 세 가지 진리를 알게 되는 날 하늘나라로 다시 돌아올 수 있다는 것이다. 그래서 미하일은 다시 인간 세상으로 내려와 여인의 영혼을 거두어들였다. 과연 미하일은 하느님의 분부를 따랐으므로 세 가지 진리를 깨달았을까.

팁 _____ 여인의 영혼을 하느님께 데려가려던 미하일은 갑자기 강풍이 부는 바람에 영혼만 올라가고 자신은 날개가 부러져 지상으로 떨어져 내렸다. 그곳이 바로 교회 앞이었고, 그는 세몬이 구해줄 때까지 누구의 도움도 받지 못하고 벌거숭이로 방치돼 있었다. 이후의 일들은 앞서 다 언급했다. 세몬이 그를 보고도 되돌아섰을 때는 죽음의 얼굴이었으나 다시 돌아왔을 때는 인자한 하느님의 그림자가 어리어 있었다.

그의 집에 도착했을 때 사나운 말을 뱉던 아내가 쫓아냈다면 그녀는 죽음을 피하지 못했을 것이다. 그러나 마트뇨나는 그렇게 하지 않고 서둘러 저녁 식사를 준비해서 살아났다.

이때 미하일은 인간의 내면에서 사랑을 보았다. 그렇다. 인간은 다른 어떤 것도 아닌 사랑으로 살아간다는 것을 깨달은 것이다. 미하일은 천사의 모습으로 변해갔다.

전신이 찬연한 빛에 둘러싸여 제대로 볼 수 없을 지경이었다. 그는 모든 인간은 이기심이나 자신의 일에만 신경을 쓰면서 사는 것이 아니라 사랑으로 살아간다는 것을 알게 됐다는 말을 남기고 날개를 퍼덕이며 하늘나라로 날아갔다.

이 얼마나 도덕적이며 교훈적인가. 오직 사랑으로만 살아갈 수 있는 인간 세상은 또 얼마나 아름다운가. 나이 오십에 회심에 들었던 톨스토이는 인습에 젖었던 타락한 종교가 아니라 종교 본래의 선한 신앙심으로 가득한 《사람은 무엇으로 사는가》라는 단편을 통해 장편뿐만 아니라 짤막한 글에서도 대가다운 면모를 유감없이 발휘했다.

그의 단편집에는 모두 9편이 실렸는데 《바보 이반》, 《사람에게는 얼마나 많은 땅이 필요한가》, 《촛불》 등이 잘 알려져 있다. 참회록을 쓸 만큼 반성하는 인간이었던 톨스토이는 1910년 82세의 나이로 라쟌의 아스타포브 간이역(현 톨스토이역)에서 쓰러져 죽었다. 생의 마지막 구간에서 철저한 금욕과 채식, 금주, 금연을 실천하면서 그리스도의 삶을 살고자 했던 그는 속세에서는 농부처럼 살기 위해 농부의 옷을 입고 밭을 갈고 씨를 뿌렸다. 13명의 자식을 둘 정도로 부인과 돈독(때론 불화했지만) 했던 그는 종교적 은둔 생활을 이해하지 못하는 가족과 소원했으며 죽기 전에는 이들과 떨어져 지냈다.

그는 가출하면서 "인생의 마지막을 고독과 적막 속에서 지내려 한다."는 짧은 메모를 남겼다.

《서푼짜리 오페라》

과학 기술은 빛의 속도로 발전하고 있으나 인간의 속성은 오랜 시간이 흘러도 고만고만하다. 이는 무수한 고전이 증명하고 있는 사실이다.

베르톨트 브레히트의 희곡 《서푼짜리 오페라》도 사라지지 않는 이런 속성으로 가득 찬 인간 군상들이 무대를 채운다. 여기에는 거지와 강도가 나오고 이들과 밀접한 연관이 있는 경찰과 거리의 여자가 등장한다.

거지는 동정심으로 선량한 시민의 호주머니를 털 궁리를 하고 강도는 힘으로 그렇게 한다. 경찰은 이들의 뒤를 봐주고 이익을 챙기고 창녀는 이들에게 위안을 주는가 하면 그들과 공존하면서 살아간다.

무대는 영국 런던으로 범죄자들이 자주 출몰하는 소호 지역이다. 거지들은 구걸하고 도둑들은 도둑질하고 갈보들은 갈보 짓하고 분위기를 돋우기 위해 거리의 가수는 발라드를 부른다. 창녀들이 폭소를 터트리는 가운데 강도단 두목 메키는 광장을 가로질러 황급히 사라진다.

1막이 시작되면 거지왕 피첨이 등장한다. 그는 관객들에게도 구걸한다. 사람의 동정심으로 먹고사는 구걸이 점점 어려워지고 있다고 하소연한다. 사람에게 감동을 주는, 한쪽 팔이 없는 장애인 흉내나 '주는 것이 받는 것보다 행복하다', 혹은 '남에게 주어라 그러면 너희도 받을 것이다.'라는 성경의 경구도 약발이 떨어져 고민이 이만저만이 아니다.

그런가 하면 그가 사장으로 있는 '거지들의 친구' 회사의 허락도 받지 않고 자신들의 영역을 침범해 구걸하는 거지들이 나타나 심기가 불편하다. 런던을 14개 구역으로 나눠 허가증을 팔고 분장에 필요한 장비를 빌려주고 이익의 절반을 거둬들여 더욱 부자가 되는데 차질이 생기기 때문이다.

앞서 등장한 노상 강도단의 수괴 메키는 피첨의 외동딸 폴리와 결혼식을 올린다. 텅 빈 마구간이 그의 부하들인 엽전 매시어스, 갈고리 손 제이콥, 톱날 로버트, 수양버들 월터 등이 훔쳐온 장물로 채워지고 하객 중에는 식의 원활한 진행을 위해 목사와 이들의 안전을 책임지는 메키의 오랜 친구인 런던 경찰청장 브라운이 눈에 띈다.

메키가 어떤 부탁을 해도 거절할 수 없는 브라운은 곧 왕의 대관식 행사 때문에 자리를 뜨는데 뜨기 전에 런던 경찰청 내에는 메키를 반대하는 세력이 절대 없다고 강도 두목을 안심시킨다.

이즈음 피첨과 부인은 딸을 이용해 한몫 잡으려는 계획이 어긋나자 완전히 파산한 것처럼 분노에 가득 차 있다. 하필 말 도둑에 노상강도에게 시집간 것에 화가 치미는데 폴리는 그러거나 말거나 언젠가 한 남자가 오면 무엇을 해야 하는지 알기는커녕 달빛이 온 밤을 비추고 강가에 묶여 있던 보트의 밧줄이 풀렸지만 달리 어쩔 수 없었다는 핑계로 벌러덩 누워 버리고는 '안 돼!'라고 말할 수 없었던 사실을, 그래서 강도의 아내가 된 것을 노래한다.

부인은 기절하고 화가 머리끝까지 난 피첨은 어제저녁 다섯 시에 결혼한 딸에게 결혼을 한 사람만이 생각할 수 있는 이혼을 종용한다. 폴리는 사랑의 이름으로 이를 거부하고 피첨은 메키를 교수형에 처할 궁리를 한다.

부인은 메키가 숨어 있는 곳으로 창녀들의 집을 지목한다. 폴리는 그가 경찰에 붙잡혀도 경찰관들이 칵테일을 대접하고 담배를 나눠 피우고 이 거리의 사업에 대해 수다를 떠는 것에 불과하다고 불만을 터트린다. 심지어 경찰청장 브라운은 남편을 재키라고 부르며 둘도 없는 절친한 친구 사이라는 사실을 강조한다. 그러니 신고해 봐야 아무 소용이 없다는 것. 폴리는 오래전부터 이곳에서는 모든 것이 정당하게만 일어나지 않는다는 것을 알고 있다. 그렇다 해도 피첨은 결혼이라는 이유로 딸을 끌어낸 것은 교수형에 처해 마땅하다는 주장을 굽히지 않고 부인은 창녀들의 집으로 메키를 찾아 나선다.

출가외인이라고 했던가. 딸은 부모를 버리고 남편에게 이 사실을 알린다. 아빠가 뭔가 끔찍한 것으로 브라운을 협박했고 경찰이 메키를 잡으려고 혈안이 된 추잡한 사실을.

메키는 브라운의 배신을 도저히 믿을 수 없다고 부인하지만 폴리에게 사업을 인수인계하고 습지로 피신한다. 장인의 사랑을 받기는커녕 장인 때문에 도망자 신세가 된 메키는 어쨌든 교수형 신세는 면하고 봐야 한다는 생각이 앞선다. 메키가 떠나자 부인은 창녀 집에 나타나 메키를 신고하면 포상금을 두둑하게 주겠다고 약속한다.

한때 메키의 여자였던 제키는 그가 오지 않을 거라고 확신하지만 부인은 런던 전체가 그를 쫓아도 습관을 버리지 못해 목요일 저녁 사창가에 나타날 것을 암시한다. 예상대로 메키는 오고 그는 체포돼 투옥된다.

하지만 폴리만큼 메키를 사랑하는 호랑이 경찰청장 브라운의 딸 루시의 도움으로 탈옥에 성공한다. 두 여자는 한 남자를 위해 서로 질투하고 미워하지만 메키의 교수형을 원하지는 않는다. 상인 두 명을 죽이고 가택 침입 30회, 노상강도 23회, 방화, 고의적 살인, 위조, 위증, 미성년자 강간, 이 모든 것을 1년 반 만에 저지른 끔찍한 인간일지라도. (이 대목에서 유행가 가사를 빗대 "여자의 사랑은 무조건, 무조건이야" 하고 맞장구치게 된다.)

탈옥에 성공한 메키는 다시 창녀 집에 나타난다. 제 버릇 개 주지 못하고 도로 가져온 탓이다. 그는 노래 부른다. 이른바 서푼짜리 오페라다.

"정직하게 살고 죄와 악행을 저지르지 말라고 우리를 가르치는 신사 양반들. 우선 우리에게 먹을 것을 줘야지. 당신들이 아무리 둘러대고 속임수를 쓰더라도 우선은 먹고 나서야 도덕이라는것을. 가난한 사람들도 커다란 빵에서 자기 몫을 얻을 수 있어야지."

그리고 무대 뒤에서 이렇게 중얼거린다.

"도대체 인간이 무엇으로 사느냐고? 매 순간 인간을 괴롭히고 벗겨 먹고 덮치고 목 조르고 먹어 치우면서 살지. 자신이 인간이라는 것을 새까맣게 잊어버려야만 인간은 살 수 있다네."

제키가 거든다.

"계집이 언제 치마를 들어 올리고 눈을 다소곳하게 떠야 하는지 우리에게 가르치는 당신들. 우선 우리에게 먹을 것을 줘야지. 우리의 수치심과 당신들의 쾌락을 위해 당신들, 이것만은 꼭 알아 두세요. 당신들이 아무리 둘러대고 속임수를 쓴대도 우선은 먹고 나서 도덕이라는 것을."

한편 메키가 탈옥한 것에 분노한 피첨은 거지들의 시위로 여왕의 대관식 행렬을 방해하려는 음모를 꾸민다. 또 포상금을 받으러 온 창녀를 통해 메키가 금요일 아침 다섯 시 다른 창녀의 품에 안겨 있다는 사실을 알고 밀고한다. 다시 체포된 메키는 돈으로 경찰관을 매수하려고 하나 이번에는 잘 되지 않는다. 교수형을 피할 수 없다. 수많은 군중은 그가 밧줄에 매달린 모습을 보고 대관식을 구경하기를 원한다.

그러나 인자한 여왕은 대관식을 기념하기 위해 그를 석방하고 귀족의 지위를 부여하고 그도 모자라 평생 죽을 때까지 지급되는 연금을 받도록 한다. 너무나 극적인 피날레. 이렇게 해서 3막으로 구성된 《서푼짜리 오페라》는 대단원의 막을 내린다.

팁 _____ 메키의 교수형을 원했던 많은 독자들은 실망을 금치 못하나 작가는 그를 불쌍하게 여겼는지 형을 면하게 한다. 그리고 왕의 이름으로 엄청난 특혜를 준다. 그를 밀고했던 피첨은 그가 교수대에 서자 이렇게 말한다.

"…한 번쯤은 자비가 법에 앞선다는 것을 적어도 오페라에서는 볼 수 있도록… 당신들은 오늘 가장 가난한 사람들의 지난한 삶을 연기했지. 하지만 현실에서는 그들의 끝은 비참하네. 왕의 말 탄 사신은 거의 오지 않고 밟힌 자도 다시 밟고 서지. 그러므로 불의를 너무 박해하지 마시오."

《서푼짜리 오페라》는 독일의 극작가이자 시인으로 이름난 베르톨트 브레히트 서사극의 출발점으로 읽힌다. (그는 이 작품을 존 게이의 《거지 오페라》를 각색해서 만들었는데 내용은 거의 그대로 두고 배경을 빅토리아 시대 영국 런던으로 바꾸고 1920년 독일 베를린의 시대상을 담았다.)

오페라도 공전의 히트를 기록했고 죽기 전에 반드시 들어야 할 곡으로 인정받고 있다. 서민 생활의 사실적 묘사와 불의에 대한 풍자와 비판 의식이 뚜렷하다. 거지와 강도가 기업의 형태로 운영하는 것은 자본주의에 대한 비판으로 해석하는 사람도 있다. 브레히트는 한때 무정부주의자였으나 마르크스주의에 심취해 금욕적이며 소박한 생활을 하면서 세계 변혁을 꿈꾸기도 한 진정한 리얼리스트이며 레디컬한 인물이었다.

나치 시절에는 박해를 피해 스위스로 망명했다가 덴마크에 정착해 반파시즘 운동을 했고 프랑스의 시인 비용이나 랭보의 영향을 받아 오페라 노래에 그들의 시적인 영감을 차용하기도 했다. 그의 또 다른 걸작인 《억척 어멈》도 우리에게 잘 알려져 있다.

청소년 대 청소년

홀든 콜필드와 싱클레어

어린 시절의 추억쯤은 누구나 갖고 있다. 그것은 기쁨일 수도 있고 그 반대일 수도 있다. 제롬 데이비드 샐린저는 《호밀밭의 파수꾼》에서 홀든 콜필드의 기쁨보다는 슬픔을 그렸다. 성취의 만족감보다는 패배한 좌절이니 그의 청년기는 무참할 수밖에 없다.

고등학교에서 무려 세 번의 퇴학을 당하고 이번이 네 번째라면 콜필드의 인생은 한 마디로 기대할 것이 없겠다. 학업에 관심이 없고 낙제를 일삼으며 거짓말을 밥 먹듯이 하는데 선량한 학생들이 물들지 않게 격리하는 것은 돈 없는 학부모를 무시하는 교장이라 해도 당연히 해야 할 조치다.

학교에서 쫓겨난 그에게 기댈 언덕이 과연 있을까. 공부 대신 그가 하고 싶은 것이 있었다면 무엇인지 아직 읽지 않은 독자들은 그것이 궁금할 것이다. 엄마 또래의 여자를 꼬드기기 위해 새치를 보여주면서 42살이라고 떠벌이는 애어른인 콜필드가 이런저런 문제로 괴로워할 때 그를 도와주는 사람은 없었다.

선생도 교장도 부유한 부모도 대학에 다니는 친구도 그를 이해하지 못했다. 술과 담배와 여자와 거짓말로 살아가는 그에게 세상은 온통 얼간이로 둘러싸여 있고 보기 싫은 인간들뿐이다.

콜필드에 비해 싱클레어는 대단한 행운아다. 그에게는 인생의 멘토가 있었다. 바로 책의 제목이기도 한 데미안이다. 헤르만 헤세는 《데미안》에서 데미안을 싱클레어의 스승으로 만들어 놓았다. 콜필드에게 데미안 같은 인생 선배가 있었다면 그의 인생 항로는 달라졌을까.

싱클레어는 데미안을 통해 알을 깨고 세상으로 나왔다. 고통의 과정을 스스로 빠져나오지 못하고 데미안을 통해 구원을 받은 싱클레어의 인생과 온갖 힘든 과정을 무릅쓰고 스스로 그것을 얻은 콜필드의 청춘은 다르지만 다르지 않은 것처럼 보인다.

청소년기에 한 번쯤은 거쳐 가야 할 통과의례는 각기 조금씩 차이가 나나 서로 비슷하기 때문이다. 청년이 되고 어른이 됐을 때 그들이 돌아보게 된 그 시절은 지금과 얼마나 닮았으며 달라졌는가. 인생은 뒤돌아보면서 앞으로 걷는 길이다.

짧은 감상평

《호밀밭의 파수꾼》

당신이 몰랐던 문장이 내게로 왔다

문제아는 어디나 있기 마련이다. 미국의 펜실베이니아라고 해도 별수 없다. 제롬 데이비드 샐린저의 《호밀밭의 파수꾼》에 나오는 홀든 콜필드가 바로 그 문제아다. 그 지역에서 유명한 사립고교인 펜시에서 퇴학을 당했다. 이번 퇴학까지 합하면 무려 네 번째다. 그는 크리스마스를 앞둔 겨울, 학교에서 쫓겨난 것이다.

전혀 공부에 의욕을 보이지 않는 것에 대해 빈번한 학교 측의 경고를 무시했을 뿐만 아니라 영어 문장 수업만 빼고는 모두 낙제를 받았기 때문이다. 벼룩도 낯짝이 있다면 쉽게 이 사실을 집에 이야기하기는 어렵다. 기숙사에 남아 있을 수 있는 시간은 3일이다. 방을 비워줘야 한다. 하지만 콜필드는 그보다 앞서 기숙사를 떠난다. 하루 이틀 기숙사에서 더 생활한들 무엇이 바뀌겠는가. 바로 이 시간 동안의 이야기가 바로 이 책의 내용이다.

말하자면 16살 소년의 성장 소설쯤 되겠다. 그러나 샐린저가 스스로 밝힌 대로 따분하기 그지없는 자서전과는 거리가 멀다. 콜필드가 머리가 나빠서 낙제한 것은 아니다. 책의 전체를 관통하는 것은 그와 그의 집안이 그가 사는 뉴욕에서도 우수한 두뇌의 집단이라는 사실이 자주 드러나기 때문이다.

아버지는 잘 나가는 변호사이고 형은 굉장한 단편집을 쓴 소설가인데 지금은 할리우드에 진출해 있다. 죽은 동생은 천재에 가까우며 여동생 피비는 어른 뺨치고 남을 똑똑한 아이다. 나 역시도 주변 사람들이 모두 하찮은 존재로 보일 만큼 대단하다고 스스로 느낀다.

호텔을 전전하며 술을 먹을 만큼 주머니에 돈도 많다. 생각은 급진적이고 행동은 과격하다. 우리로 치면 치기 어린 강남 좌파라고나 할까. 가난한 학부모를 무시하는 교장쯤은 안중에 없다. 이 닭는 것을 본 적이 없는 룸메이트는 어린애 취급한다. 언제나 훈계나 늘어놓는 학교 선생은 엉터리로 치부한다. 주변의 모든 것이 다 우습게 보인다.

배경이 든든하니 무서울 게 없다. 입만 열면 사기꾼이거나 나쁜 놈, 혹은 젠장 같은 말이 튀어나온다. 그런 말을 하는 어린 녀석의 영혼이 얼마나 힘들고 외롭겠는가. 비록 역사 과목에서 자신에게 낙제점을 줬지만 통하는 것이 조금은 있는 스펜서 선생에게 작별인사를 하러 간 것은 주인공의 불안한 상태를 단적으로 말해준다.

키가 185 cm나 되고 머리에 새치가 가득해도 애는 애다. 콜필드는 방안에 들어선 순간 선생 댁을 방문한 것을 후회한다. 일흔이 넘은 선생의 방에는 약병이 여기저기 흩어져 있고 고약한 냄새가 났으며 초라한 목욕 가운 사이로 앙상하게 드러난 가슴과 뼈만 남은 다리가 보였으니 말이다. 체육관에 내 운동 기구 같은 것은 없지만 태연하게 운동 기구를 가지러 가야 한다고 선생과 작별인사를 한다. 그에게 거짓말은 룸메이트의 얼굴에 덕지덕지 붙은 여드름을 짜는 것보다 쉽다.

누군가가 잡지 같은 것을 사러 가는데 어디 가느냐고 물으면 눈 하나 깜짝 안 하고 오페라 보러 간다고 거짓말을 한다. 콜필드는 그런 아이다. 좋아는 하나 전화 거는 것을 망설이게 만드는 제인과 테크닉이 좋은 기숙사 동료가 섹스라도 한 것 같은 기분이 들 때면 상대를 개무시한다. (꼴에 질투심과 경쟁심은 나무랄 데 없다.)

말하자면, 네놈은 지성적인 토론 같은 것은 할 줄 모르는 어리석은 바보자식이다. 상대편의 주먹이 콜필드의 두개골을 향해 날아온다고 해도 변명의 여지가 없다. 분노를 유발해 놓고도 그 자신은 너무 슬프고 외롭다.

설상가상으로 코피까지 난다. 더는 기숙사에서 어슬렁거릴 수 없다. 당장 엄마가 사준 스케이트를 가방에 집어넣고 짐을 꾸려 펜시를 떠난다. 윗

입술 안쪽은 쓰리고 아프다.

밖은 엄청나게 춥고 눈 때문에 걷기가 힘들다. 그래도 택시를 타지 않고 걸어서 기차역까지 간다. 오기다. 자존심이다. 그 와중에도 본성은 속일 수 없어 우연히 만난 마흔다섯 살 정도 먹은 친구 엄마에게 흑심을 품는다.

담배를 권하고 식당 칸에 가서 술 한잔 하자고 꼬드긴다. 이때 그는 콜 필드가 아닌 기숙사 수위 이름인 루돌프라고 이름을 바꿔 말하고 머리에 뇌종양이 생겨 수술을 해야 하고 그녀의 멍청한 아들이 만장일치로 반장을 하기로 했다고 진실과는 다른 말을 한다.

콜필드가 이렇게 주절대는 것은 그녀와 즐기고 싶어 하기 때문인데 정작 그녀가 자신의 집으로 초대하자 집 밖으로는 거의 나가지 않는 할머니와 남미에 가야 한다고 둘러댄다. 그리고 속으로 세상의 모든 돈을 다 준다고 해도 그 녀석이 있는 집에는 절대 가지 않겠다고 다짐하는 이중성을 보인다.

집 근처의 역에 내려서는 집에 가지 않고 서성인다. 차를 타고 운전수에게 실없는 농담을 던지기도 한다. 센트럴 파크의 연못에 얼음이 얼면 그곳에 사는 오리들은 어디로 가느냐고, 알면 알려 달라고 지껄인다. 집에 가는 대신 호텔에 투숙해서는 줄담배를 피우고 토할 때까지 술을 먹고 호텔 나이트클럽에 가고 13살인 여동생 피비에게 전화를 걸고 웨이터의 소개를 받아 창녀를 불러들이고 나이를 의심하는 여자에게 22살이라고 태연하게 속인다.

옆 테이블의 여자를 꼬드겨 춤을 추고 그가 보기에 온통 얼간이들뿐인 다른 호텔에 들러 또다시 담배를 찾고 술을 먹고 형의 애인을 만나 잡담을 나눈다. 좋아하지 않는 여자를 만나 연극을 보지만 주변은 다 싫은 인간들 뿐이고 하는 일은 짜증만 나고 컬럼비아 대학에 다니는 친구 녀석을 만나

되지도 않는 말로 쏘아붙여도 기분이 영 아니다.

여자 가수의 노래 실력은 다른 사람이 환호를 질러도 내 귀에는 형편없고 곤드레만드레 취한 다음에는 엄마뻘 되는 여자에게 데이트 신청을 하고 거절하자 새치를 보이면서 42살이라고 화를 버럭 낸다.

돈도 다 떨어지고 어디로 갈지 정하지도 못하는데 수녀를 만나서는 남은 돈을 헌금하고 정처 없이 헤매다 메드슨 가의 공원에서 피비에게 줄 레코드판을 떨어뜨려 박살을 낸다.

팁 _____ 콜필드는 어린 동생 피비에게 다른 사람에게는 하지 못했던 자신의 진심을 말한다. 내가 선택이라는 것을 할 수 있다면 뭐가 되고 싶은지 허심탄회하게 속마음을 털어놓는다.

"나는 늘 넓은 호밀밭에서 꼬마들이 재미있게 놀고 있는 모습을 상상하곤 했어. 어린 애들만 수천 명이 있을 뿐 주위에 어른이라고는 나밖에 없는 거야. 그리고 난 아득한 절벽 옆에 서 있어. 내가 할 일은 아이들이 절벽으로 떨어질 것 같으면 재빨리 붙잡아 주는 거야. 애들이란 앞뒤 생각 없이 마구 달리는 법이니까 말이야. 그럴 때 어딘가에서 내가 나타나서는 꼬마가 떨어지지 않도록 붙잡아주는 거지. 온종일 그 일만 하는 거야. 말하자면 호밀밭의 파수꾼이 되고 싶다고나 할까."

그런 후 그는 영어를 가르쳐 주던 또 다른 선생을 찾는다. 선생은 말한다. 담배와 술을 먹으며 콜필드는 선생의 말을 경청한다.

"세상을 살아가다 보면, 인생의 어느 순간에 자신이 가지고 있는 환경이 줄 수 없는 어떤 것을 찾는 사람들이 있기 마련이다."

"좌절한 인간이 네가 첫 번째는 아니라는 사실을 알게 될 거야. 그런 점에서 보면 넌 혼자가 아닌 거지."(민음사)

그런데 이런 훌륭한 말을 해주는 선생이 콜필드가 자는 사이 바닥에 앉아 머리를 만지며 변태 짓을 한다. 공포 그 자체다. 물론 사랑스러워 그랬을 수도 있지만. (아닐 것이다.)

막 새벽이 밝아 올 때 미친 듯이 선생 집을 뛰쳐나온 콜필드. 그가 큰 맘 먹고 착실한 사람이 되겠다고 다짐하면서 집으로 돌아갔는지 아니면 햇볕이 따사로운 서부의 어느 곳에 오두막집을 짓고 사람 대신 곰을 만나면서 숲속에서 은둔의 삶을 선택했는지는 독자 여러분의 상상에 맡긴다.

《데미안》

악당은 여기저기에 있다. 어린아이라고 봐주지 않는다. 초등학교에 막 입학했으니 8살이 틀림없겠다. 어느 날 구석진 골목길에서 한 녀석이 나를 찾았다. 뒤돌아보니 악당이 다리를 벌리고 서 있다. 덩치가 내 배는 됐으며 목소리가 우렁차고 주먹이 세서 다들 그를 대장이라고 불렀으나 나는 그를 악당이라고 여겼다.

"왜? 대장" 하고 내가 다가가자 그는 대놓고 내 가방을 뒤져 연필과 지우개를 가져갔다. 너무 순식간에 일어난 일이라 울지도 못했고 더구나 항의하는 말은 꺼낼 수도 없었다.

그 뒤로 나는 숱하게 대장에게 책받침이며 아직 쓰지 않은 새 노트를 뺏겼다. 그의 손아귀를 벗어난 것은 2학년이 돼서 그와 반이 갈라지면서부터였다. (그는 나보다 더 말 잘 듣는 그 반의 아이들을 관리하기도 바빠 나에게 신경 쓰지 못했다.)

스스로 문제를 해결하지 못했고 자연스럽게 악당과 거리가 멀어지면서 그의 수중에서 벗어난 것이다. (이 얼마나 행운인가.) 속박된 1년 동안 나는 악당인 대장의 졸병이었고 그의 통제에서 벗어날 수 없었다. 부모나 혹은 형이나 누나에게 이 일을 말하거나 아니 선생님에게 고자질을 했어도 나는 대장의 손에서 빠져 나 올 수 없었고, 그 이후 더 힘든 시련의 시간을 보냈을 거라고 지금도 확신한다.

어린 나이에도 이것은 누구에게 말해서 해결될 것이 아니라는 것을 알았다. 왜 그런 생각을 했는지는 모르지만 지금 그 시절로 되돌아간다 해도 나는 여전히 대장과 나 사이에 있었던 상하 관계를 스스로 깨지 못했을 것이고 누군가에게 사실을 말하지도 못했을 것이다.

그런 면에서 헤르만 헤세의 《데미안》의 주인공인 싱클레어는 그야말로 대박을 맞은 아이다. 그는 어쩔 수 없이 자신의 존재를 드러내기 위해 거짓말을 한 이후 프란츠 크로머의 손아귀에서 꼼짝없이 갇히는 신세가 됐으나 데미안이라는 걸출한 인생 선배를 만나 순식간에 문제를 해결했다.

순식간이라고 했으나 데미안이 나타나기 전까지 내가 초등학교 때 겪었던 것과 비슷한 숱한 불면의 밤과 허리를 꺾는 듯한 고통은 싱클레어라고 해서 다른 것이 아니었다. 오죽하면 콱하고 죽어 버렸으면 하는 나날이 며칠간 계속되기도 했겠는가.

아버지가 술꾼이며 싱클레어보다 세 살이나 많은, 그러니까 13살쯤 되는 어른티가 나고 말투와 걸음걸이에서 직공들의 흉내를 내는 크로머의 노예 신세에서 벗어난 것은 기적이었다. 막스 데미안이 거짓말처럼 그 앞에 턱 하니 나타나지 않았다면 싱클레어의 인생이 어떻게 변했는지는 아무도 예상할 수 없다.

데미안은 내가 사는 도시에 전학 온 유복한 미망인의 자식으로 나보다 학년도 위고 나이도 몇 살 더 먹었다. 실제로는 나이보다 더 들어 보였고 선생님에게 맞설 정도로 단호하고 자신감이 넘쳐흘러 곧 나는 물론 모두의 관심을 끄는 존재로 부상했다. 그는 내가 크로머의 노예 신세였을 때 카인과 아벨에 관한 새로운 이야기를 들려주면서 구원의 짙은 향기를 뿜었으며 새로운 자유를 찾아 주었다. 훔치지도 않은 사과를 훔쳤다고 자랑했다가 덫에 걸려 벗어나는 기분을 나는 확실히 안다. (그래서 경험은 그 무엇보다도 소중하다.)

누군가의 손아귀에서 빠져나온다는 것은 마치 새 세상이 열리는 것과 같은 황홀한 것이다. 자연스럽게 혹은 누군가의 도움 때문이라 하더라도 그렇게 된 이상 그것은 해방이며 앞으로 악몽을 꾸지 않아도 될 마음의 평화를 의미한다.

"난, 가난한 놈이다. 너처럼 부자 아빠가 없으니 돈을 가져오라"는 협박을 더는 받지 않게 된 싱클레어는 이제 그 전의 그가 아니다. 사악한 적을 생각하며 토하지 않아도 됐고, 집 앞에서 나오라고 불어대는 휘파람 소리에 더는 가슴을 졸이지 않아도 됐다. 어머니가 어디 아픈가 하고 걱정하면서 가져온 초콜릿을 먹지 않는다고 울부짖지 않아도 됐으며 의사가 찾아와서 아침에 차가운 물로 씻으라고 내리는 처방을 듣지 않아도 됐다.

그 후로도 데미안은 싱클레어가 새로운 문제에 부딪히고 마음속의 여자 베아트리체에 연정을 품고 술집을 드나들고 살아가는 것이 버거워 주저앉을 때마다 나타나는 구세주였으며 살아 있는 신이었다. 시쳇말로 든든한 멘토였다. 인생의 긴 여정을 항해하면서 데미안과 같은 사람을 만날 수 있다면 그것만으로도 그는 이 세상에서 살만한 가치를 얻은 것이라고 나는 감히 말하고 싶다. 아무나, 누구나 데미안의 조언과 충고와 해결책을 들을 수는 없기 때문이다.

데미안과 싱클레어는 만났다가도 헤어지고 헤어졌다가 다시 어떤 끈 같은 것, 예를 들면 그림이나 데미안의 어머니인 에바 부인 등을 통해 마지막 장이 끝날 때까지 함께 한다. 데미안이 장교로 군대에 징집되고 싱클레어도 전쟁에 나가기까지, 그러니까 대학에 진학한 이후로도 나와 데미안은 끊임없이 대화하고 만나서 문제를 해결하고 인생을 설계하고 미래를 내다보면서 알에서 깨어나오는 것이다.

팁 _____ 《데미안》은 저자 서문을 제외하고 모두 8장으로 나누어져 있다. 나누어져 있다고는 하지만 서로 독립된 것이라기보다는 앞선 것과 시간 순서대로 자연스럽게 연결돼 있다.

첫 장인 두 세계에서는 편안한 아버지, 어머니, 누이들과 함께 하는 삶과 프란츠 크로머에게 시달리는 유년 시절의 이야기를 담고 있다.

카인에서는 우리가 흔히 알고 있는 카인과 아벨의 이야기를 새롭게 해석하고 베아트리체에서는 마음속의 이상형인 여자를 그리는 숨 막히는 청소년기를 회상하고 있다. 누구나 관통해야 하는 성의 몸부림을 주인공도 비켜 가지는 못했다.

'새는 알을 깨고 나온다'. (혹은 새는 알을 깨고 나오려고 투쟁한다.) 이 문구는 우리가 너무나 잘 알고 있는데 이야기는 이를 중심으로 펼쳐진다. (《데미안》을 모르는 사람도 새와 알에 관한 이야기는 알고 있다.)

데미안과 헤어진 후 싱클레어는 집 문양에 그려져 있는 새의 그림을 그에게 보낸다. 데미안은 곧 답장을 하는데 답장은 그 유명한 "새는 알을 깨고 나온다, 알은 세계다. 태어나려고 하는 자는 하나의 세계를 깨트려야 한다. 새는 신에게로 날아간다. 신의 이름은 알락사스"로 끝나는 내용이다.

그는 이 문장의 화두를 들고 헤맨다. 자신의 내면에서 들려오는 소리를 듣기 위해 알락사스라는 낯설고 새로운 신을 찾아 나선다. 그러다가 오르간 연주자인 피스토리우스를 만나 영혼의 울림을 깨닫는다.

피스토리우스는 말하자면 데미안처럼 새로운 조언자였다. 눈여겨볼 대목은 7장의 에바 부인이다. 그는 에바 부인을 사랑하고 에바 부인과 데미안을 동일시한다.

낡은 구시대와 작별하고 새로운 신세계를 맞아 자아를 찾아가는 인생 여정에서 《데미안》은 어쩌면 우리 모두에게 하나의 이정표가 될지 모른다.

두 세계에 갇혀 불안과 고통에 떠는 한 젊은 영혼에게 바치는 찬가라고나 할까. 어린 청춘이 주인공이라고 해서 쉬운 책은 아니다. 그러니 중학생들에게 감명 깊게 읽은 책이 무엇이냐고 묻고 《데미안》이라는 대답을 기대하는 것은 무리다.

헤르만 헤세는 《데미안》을 1차 세계 대전이 한창인 1916년에 썼고 출간은 전쟁이 끝난 직후인 1919년에 했다.

중년 대 중년

찰스 스트릭랜드와 토마스

중년 남성 하면 배불뚝이가 연상된다. 높은 의자에 앉은 회사 중역이 떠오르고 아들딸 낳고 행복하게 사는 평범한 가장을 생각한다. 완고한 고집불통 대머리와 일탈의 재미로 사는 바람둥이의 낮과 밤이 다른 이중생활이 그려진다. 그런가 하면 삶의 더 나은 가치를 찾아 쉼 없이 진력하는 본받을 만한 인생이 다가오기도 한다.

서머싯 몸의 《달과 6펜스》는 중년 남성 찰스 스트릭랜드에 관한 이야기다. 앞서 언급한 중년의 이미지가 여러 개 중첩되는 인물이다. 그는 사랑하는 여자와 결혼해서 낳은 아들, 딸과 행복했으며 증권맨으로 인정을 받고 있다. 그런 그가 느닷없이 가정을 박차고 나간 것은 시내 여급과 바람나서가 아니다. 바람은 그 뒤에 여러 번 났으나 런던을 떠나 파리로 갑자기 가출한 것은 그것 때문이 아니라 그림을 그리기 위해서였다. 중년 남자의 돌변은 늦깎이 바람이 아닌 하늘을 찌를 것 같은 예술혼 때문이었다. 그는 파리서 무섭게 그림을 그리다가 마르세유를 거쳐 태평양의 섬에서 인류 역사에 남을 걸작을 남기고 죽었다.

밀란 쿤데라의 《참을 수 없는 존재의 가벼움》에 나오는 토마스와 프란츠도 중년 남자의 이미지를 빼다 박았다. 이들은 앞서 언급한 찰스와는 달

당신이 몰랐던 문장이 내게로 왔다

리 어떤 예술혼에 미치기보다는 오로지 여자의 단물을 빠는 것으로 인생의 낙을 삼고 있다.

이들이 활약했던 당시 체코가 정치적으로 불안하고 소련의 침공으로 어지럽던 상황임을 감안해도 이들이 벌이는 애정 행각은 가히 월드 클래스 수준이다. 이들과 테레사와 사비나의 관계는 얽히고설켜 어떤 그룹 같은 것을 연상시키기도 한다. 그들에게 중년은 남성의 힘을 상징하는 하나의 잣대다. 그들의 무거움은 오로지 남성에게 있고 가벼움은 상대한 여자의 숫자에 있을 뿐이다.

지금 만약 당신이 중년이라면 어떤 삶을 살고 싶은가. 남은 인생이 살아온 인생보다 적다고 느낀 순간 좀 더 가치 있는 일을 찾아보는 것도 나쁠 것이 없다는 것이 나의 생각이다. 판단은 여러분이 해야 하지만 예술혼에 몸을 바치거나 존재의 무거움이나 가벼움으로 살아간다 해도 비난받을 일은 아니다.

짧은 감상평

《달과 6펜스》

중년 대 중년 — 찰스 스트릭랜드와 토마스

금방이라도 눈물을 흘릴 것 같은 살아 있는 눈동자, 울다가 금방 그치고 해맑게 웃으며 엄마를 부를 것만 같은 앙증스러운 입술, 젖을 많이 먹어 살이 단단히 오른 터질 것 같은 불그레한 볼살.

사진과 비교할 수 없을 정도의 이 같은 정교함과 묵직함은 도대체 어디서 오는가. 국립중앙박물관 한쪽에서 벌어지고 있는 '루벤스와 세기의 거장들' 전시회의 메인 그림인 루벤스의 큰딸 클라라 세레나의 초상화 앞에 서면 사람들은 한순간 이런 생각을 한 번쯤은 한다.

과연 천재인가 하고 되물으면서 가까이서, 조금 더 가까이, 혹은 조금 떨어져서, 더 멀리 떨어져서, 시시각각 달리 보이는 신이 아닌 사람이 그린 그림에 빠져들어 간다. 대가의 그림은 문외한이라도 이런 어쭙잖은 감상에 젖게 만든다.

루벤스와 맞먹는 화가로 여러 명이 있지만 폴 고갱도 그중 하나다. 그를 모티브로 서머싯 몸은 《달과 6펜스》(The Moon and Sixpence)라는 명작을 썼다. 고갱의 그림만큼이나 글도 명품이다. 누가 봐도 주인공 찰스 스트릭랜드가 고갱이지만 어디까지나 소설이므로 허구와 과장, 사실과 거짓이 짬뽕 돼 있다.

몸은 어릴 적 스트릭랜드의 모습은 생략하고 아내와 아들, 딸과 함께 평범한 중산층 가정을 꾸리고 있는 데서부터 작품을 시작한다. (몸이 만약 스트릭랜드의 어린 시절을 그림으로 묘사했다면 클라라와 대척되게 그렸을지도 모른다.)

증권 중개업자인 찰스는 어느 날 갑자기 예쁘고 교양 있는 아내와 조금만 더 크면 훌륭한 군인이 될 아들과 요조숙녀로 성장할 것이 틀림없는 딸을 버리고 런던을 떠나 사람의 피를 달아오르게 하는 파리에 정착한다.

35살이라면 몰라도 마흔 안팎의 나이에 연애 사건은 추태라고 사람들은 쑥덕인다. 여류 작가는 한술 더 떠 시내 찻집의 아가씨 하나가 일을 그만 두었을지 모른다고 떠든다. 어떤 여자와 눈이 맞아 17년간의 결혼 생활을 끝낸 이유를 각자 추측하고 있다.

그런데 나중에 알려졌지만 파리로 간 것은 여자와는 아무런 연관이 없었다. 아내와 앞으로 같이 살 이유가 없고 단지 그림을 그리고 싶은 것이 가정을 깬 이유의 전부였다. 문학이나 예술에는 전혀 관심이 없어 보였던 아주 따분한 사람이 그림 때문에 그런 결정을 한 것에 사람들은 놀랐다. 달랑 몸만 떠난 스트릭랜드는 파리에서 부인의 예상과는 달리 아주 크고 호사스런 호텔 대신 때가 낀 비좁은 방에서 고된 생활을 하고 있다. 돈이 생기면 물감과 이젤을 사고 떨어지면 닥치는 대로 일을 해서 다시 그 돈으로 물감과 이젤을 샀다.

나레이터이면서 작가로 나오는 나는 스트릭랜드 부인의 요청으로 파리에 가서 이런 생활을 하는 그의 실상을 파악한다. 당시 파리에는 그림쟁이들이 넘쳤는데 그 가운데 더크 스트로브도 거기에 끼어 있었다. 스트로브는 모차르트를 시기한 살리에르처럼 천재는 아니나 천재를 알아보는 눈을 가진 화가였다. 그림 솜씨는 형편없어 동료들로부터 경멸을 받고 있었으나 미술에 대한 감각은 섬세했고 안목은 정확했다.

무엇보다 좋은 점은 뚱보이면서 마음씨가 비단결같이 곱다는 것이다. 사람들이 스트릭랜드를 비웃으며 하찮게 여겨 그림을 한 점도 팔지 못할 때도 네덜란드 사람들에게 그의 그림을 사라고 추천할 정도였다.

그의 아내 블란치는 그런 남편에게 불만이다. 스트릭랜드를 그 나쁜 사람, 막돼먹은 사람이라고 부른다. 남의 감정은 도무지 고려하지 않고 상대방이 상처를 받으면 즐거워하는 이런 인간을 누가 좋아하겠느냐며 남편을 나무란다.

길에서나 아니면 선술집의 한 귀퉁이에서 간혹 스트릭랜드를 만나 이런 저런 대화를 하거나 체스를 두면서 나는 그와 친분을 쌓는다. 그런데 어느 날부터 수년간 스트릭랜드를 보지 못하자 궁금증이 인다. 주변 사람들의 말에 의하면 스트릭랜드가 병에 걸려 다 죽어가고 있다는 것이다. 이런 사실을 안 스트로브는 천재 화가를 죽게 내버려 둘 수 없다며 그를 집에 데려와 간호하자고 아내 블란치에게 말한다. 천재보다 굉장한 건 없고 천재들에겐 너그럽고 참을성 있게 대해 줘야 한다는 것.

'노골적으로 당신을 멸시하는 그 사람이 죽거나 말거나 상관하지 말자. 그 사람이 오면 내가 나겠다. 도둑, 술꾼, 길거리 비렁뱅이도 좋으나 그 사람만은 안 된다, 우리에게 해를 끼칠 사람, 끝이 좋지 않고 끔찍한 일이 일어난다'고 블란치는 노발대발한다. 하지만 스트로브의 거듭된 요청을 받자 블란치는 마음이 흔들려 그를 정성껏 간호한다.

6주간 꼬박 앓던 스트릭랜드는 누군가에게 돌봄을 받는 것을 분해하면서도 살아났다. 그런데 그는 스트로브에게 고맙다고 하기는커녕 온갖 모욕과 멸시, 조롱과 냉소로 일관했다. 그런데 더 놀라운 것은 블란치의 태도다. 그렇게 그를 싫어했으나 간호하면서 스트릭랜드와 정분이 난 것이다. (알다가도 모를 것이 남녀관계라지만 이 장면, 너무 웃긴다.)

우람한 육체에서 뿜어져 나오는 광기 어린 정력이 그녀를 사로잡았다. 이제 집 주인은 스트릭랜드다. 쫓겨나듯이 제 발로 집을 나온 거지꼴 형상의 전 주인 스트로브는 거의 미친 사람이 되어 방황하지만 블란치가 언제든지 부르면 달려가겠다는 일편단심으로 이제는 남의 집이 된 자신의 집 주위를 배회한다.

스트릭랜드 같은 사람은 여자를 행복하게 못 해주니 머지않아 아내가 자신에게 돌아올 것을 기대하면서 그는 기다리는 것을 멈추지 않는다. 그러나 남편의 예감은 적중하기보다는 빗나갔다. 원래 그녀에게 큰 관심이 없던 스트릭랜드가 그녀를 가차 없이 차버린 것이다. 충격을 받은 블란치는 음독자살한다. 스트로브는 그때서야 자신의 집으로 들어간다. 들어가서 칼로 스트릭랜드를 잘게 조각조각 냈느냐고? 오, 노!

그러기보다는 그에게 감동한다. 그는 거기서 블란치의 누드화를 얼빠진 사람의 표정으로 감상한다. 화가 나서 주걱으로 작살을 내고 찢어 버리려던 그림을 보는 순간 자석에 감전된 듯 빨려 들어갔다.

그는 스트릭랜드의 천재성에 감탄한다. (아, 스트로브의 인생이란, 왓두 와리 와리.) 착하고 너그러우나 실수투성이고 아름다운 감각은 좋았으나 평범한 그림밖에는 그릴 줄 몰랐던 스트로브의 눈에 비친 것은 그림이 아니라 천상의 날개였다. 그림에 압도당한 그는 하마터면 큰 범죄를 저지를 뻔했다고 놀란 가슴을 쓸어 안는다.

한편 블란치의 장례식에도 나타나지 않았던 파렴치한 스트릭랜드는 또 어느 순간 마르세유를 떠나 소식이 끊긴다. 전쟁기에 우연히 타히티 여행에서 스트릭랜드의 소식을 들은 나는 그에 대한 이야기를 써야겠다고 다짐하고 그를 알고 지냈던 부두 노동자, 호텔 여주인, 선장, 의사 등을 차례로 만나 그가 높이 솟은 푸른 섬 타히티에서 죽기 전까지 살았던 내막을 기록한다.

그곳에서 47살쯤 먹은 스트릭랜드는 영혼의 방황을 끝내고 비로소 안식을 찾았다. 서양인의 피는 한 방울도 섞이지 않은 17살 먹은 원주민 아타와 결혼해 아이를 낳고 깊은 숲속에서 미친 듯이 그림에 몰두했다.

온갖 악행과 비행에도 불구하고 스트릭랜드는 인생에서 가장 행복한 순간을 맞았다. 슬픔과 두려움은 사라지고 현재의 즐거움만이 더 뚜렷하게 느껴지는 곳에서 그는 돼먹지 않은 그림만 그린다는 남의 시선은 아랑곳하지 않고 자신만의 세계 속으로 깊숙이 빨려 들어갔다. 자신의 그림을 보고 지금은 아무것도 아니나 나중에는 기뻐할 날이 올 것을 예견하고 마치 천지창조를 한 하느님처럼 만족해하면서 끝없는 색채의 향연을 늘어놓는다.

머리 위에는 푸른 하늘, 사방에는 울창한 나무, 향긋하고 서늘한 바람이 불어오는 이곳이 바로 낙원이고 에덴동산이 아니고 무엇이겠느냐고 그가 천연스럽게 물으면 그렇다고 대답하지 않을 도리가 없다. 그러나 운명의 신은 행복보다는 불행과 친했던 스트릭랜드를 벼랑 끝으로 몰고 간다.

빨리 진전되면 고마운 문둥병에 걸린 그는 사자 얼굴을 한 채로 의사의 방문도 시큰둥하게 받으면서 야자수 타는 듯한 섬의 풍광과 푸른 하늘을 배경으로 원주민의 적나라한 모습을 마구 그려대면서 죽음과 사투를 벌인다.

죽기 1년 전에는 눈까지 멀었으나 죽기 살기로 집안의 벽에 찬란한 그림을 마침내 완성한다. 그를 왕진 갔던 의사는 역겹고도 달짝지근한 냄새가 나는 죽어가는 그의 옆에서 인간의 솜씨라고는 믿을 수 없는 그림을 목격한다. 갑자기 마법의 세계에 온 듯 거대한 원시림과 나무들 밑으로 벌거벗은 사람들이 오가고 공포와 열정, 아름다움과 음란함이 교차하는 화폭이 그를 압도한 것이다.

스트릭랜드가 평생을 준비한 공간의 무한성, 시간의 영원성을 담은 작품은 비로소 완성됐다. 외로움과 괴로움에 몸부림치던 지친 영혼이 마침내 목적을 이뤘으니 그는 기꺼이 죽었다. 야자수 아래에 묻힌 그를 뒤에 두고 아타는 그의 유언대로 작대기 하나 남기지 않고 집을 불태웠다.

마네의 그림처럼 200프랑도 아까웠던 그의 그림값은 수만 프랑에 달할 만큼 뒤늦게 진가를 발휘했다. 친구보다 적이 많았고, 난폭한 성격으로 살아 있을 때는 무명이었으나 죽었을 때 진짜 천재였던 개차반 화가의 일생은 여기서 끝난다. 그와 이웃해 있던 사람들은 천재였던 그와 어깨를 맞대고 있었다는 사실에 놀랄 뿐이다.

팁 ＿＿＿ 의약뉴스에 연재 중인 '오 마이 해피 타임 나의 고전 읽기'에서 두 번째로 다룬 《그리스인 조르바》나 이 작품이나 모두 여자를 아주 천하게 그리고 있다. 여자란 알 수 없는 동물이며 개처럼 취급하고 팔이 아프도록 두들겨 패도 여전히 사내를 사랑한다고 조롱한다. 아예 여자에게는 영혼이 없다고 잘라 말한다.

조르바보다는 좀 점잖지만 찰스 스트릭랜드도 오늘날의 윤리적 기준으로 보면 아무리 천재의 기행이라고 해도 하루도 도저히 같이 살 수 없는 사람이다.

'그대의 모든 행동이 보편적인 법칙에 맞게 행동하라'

는 칸트의 '정언명령' 따위는 아예 무시하기 때문이다. 천재 예술가의 천 가지 지저분한 행동은 천재와 예술작품이라는 이유로 용서될 수 있는가 하는 원초적인 질문을 《달과 6펜스》는 남겨 놓는다. (그가 현대에 태어나지 않고 천재에게 아주 너그러웠던 과거에 태어난 것이 얼마나 다행스러운가.)

특히 블란치의 죽음에 대해 버림받아 음독한 것이 아니라 어리석고 균형 잡히지 않았기 때문이고 따라서 나에게는 전혀 중요하지 않은 사람이라고 말할 때는 이 정도까지 해야 하나 하는 심사로 마음이 괴롭다.

예술의 뇌만 발달한 그는 도덕적 인간으로 분류될 수 없는 짐승이나 괴물의 종이라고 해도 무방하다. 그는 그녀를 사랑했던 것이 아니라 필요에 따라 이용했으며 단지 공짜로 잠을 자고 그릴 모델이 필요했기 때문에 같이 있었다.

블란치의 남편 역시 그가 천재라는 이유 하나만으로 모든 것을 이해하고 용서한 것은 이해할 수 없다. 극적인 대비 효과를 고려해도 한편의 블랙 코미디에 다름없다.

한편 《달과 6펜스》가 출간된 1919년은 1차 대전이 끝난 바로 다음 해이다. 작품이 사회를 비추는 거울이라면 전쟁에 대해 단 한마디의 언급도 없는 것은 의도적이라고 해도 이상하지 않을 수 없다.

엄청난 인명과 물자, 그리고 인간 정신을 폐허로 만든 전쟁에 대한 관점이 없다는 것은 참으로 이해하기 어렵다. (그것이 이 작품을 더 위대하게 하는지 모른다. 전쟁에 지친 영혼에 초인적인 예술가를 등장시켜 위안을 주고 있기 때문이다.)

스트릭랜드 부인의 형부, 그러니까 언니의 남편인 맥 앤드류가 군인으로 높은 계급인 대령으로 나오기는 하는데 그는 전쟁에 관한 이야기는 한마디로 하지 않는다.

이 책을 번역(민음사)한 송무 교수는 《달과 6펜스》의 제목과 관련해 "한 중년의 사내가 달빛 세계의 마력에 이끌려 6펜스의 세계를 탈출하는 과정을 보여주는 이야기"라고 간단하게 정리했다.

《참을 수 없는 존재의 가벼움》

당신이 몰랐던 문장이 내게로 왔다

체코의 수도 프라하에 사는 토마스라는 외과 의사가 있다. 그는 실력이 좋아 담당 과장의 총애를 받고 있으며 현재보다도 앞으로가 더 촉망받는 그런 사내다. 한 마디로 인간의 내부를 향한 칼 솜씨가 매우 뛰어난데 뛰어난 것은 그것 말고도 또 있다. 바로 사내다움이다.

보이는 여자는 노소를 가리지 않고 취하는데(친구들이 몇 명의 여자를 가져봤느냐고 묻자 대충 200명이라고 말한다. 허풍이라고 말하면 그 정도는 많은 게 아니라고 반박한다.) 그런 행동은 사랑과는 큰 연관이 없다. 사랑과 섹스를 동일시하지 않는다는 말이다. 그러니 그의 애인이었다가 부인이 된 테레사의 가슴은 오죽하겠는가. 시도 때도 없이 머리에 다른 여자 성기의 냄새를 묻히고 오는 토마스 때문에 그녀는 실로 죽을 맛이다.

상처를 받고 살지만 그렇다고 다처주의자인 그를 내칠 수도 없다. 토마스에게는 테레사도 아는, 그림을 그리는 사비나라는 여자가 있다. 사비나는, 테레사가 웨이트리스였다가 신문사 사진기자로 갈구하던 신분 상승을 해주는 그런 착한 여자다. 꼭 그런 이유 때문은 아니지만 테레사는 토마스와 사비나의 관계를 알면서도 어쩌지 못하는 처지다. (테레사와 사비나는 서로 누드를 찍어 주기도 한다.)

사비나 역시 토마스 말고도 프란츠라는 대학교수를 섹스 파트너로 두고 있다. 프란츠 역시 토마스만큼 바람둥이여서 이 여자 저 여자 상대를 가리지 않고 삼시 세끼 식사처럼 다른 여성들과 잠자리가 아주 자연스럽다. 그가 가르치는, 안경이 얼굴을 덮을 만큼 큰 여학생과 오랫동안 섹스를 이어 오는데 그런 관계를 아는 사람들은 부러워할 뿐 비난하지는 않는다. 사비나도 프란츠의 여성 편력을 알고 있으나 테레사처럼 그렇게 가슴 아파하지는 않는다.

사랑과 섹스에 초월했거나 아니면 무관심하다고나 할까. 밀란 쿤데라는 토마스와 테레사, 사비나와 프란츠라는 4명의 중년 남녀를 등장시키는 《참을 수 없는 존재의 가벼움》이라는 멋진 제목의 소설 속에 이들의 사랑과 섹스를 적나라하게 그려내고 있다.

때는 1968년 장소는 체코의 프라하. 시기는 거의 변동이 없지만(변동이 없다고 느끼는 것은 그 당시의 일이 주로 거론되기 때문이다.) 장소는 프라하에서 스위스 취리히나 프랑스 파리, 혹은 미국 뉴욕 등으로 주인공들이 이동하면서 그곳 풍경도 간간이 묘사된다.

하필 그 시기는 '프라하의 봄'으로 시민들에게는 환희와 공포가 엇갈린 그런 때이다. (우리도 '서울의 봄' 때 그런 비슷한 경험을 했다.) 2차 대전 후 소련 연방의 간섭하에 있던 체코는 개혁파 두브체크에 의해 제한적이지만 정치와 경제, 시민의 자유가 그 이전보다 더 확장됐다.

보도와 표현의 자유, 그리고 시민의 이동 제한이 폐지되기도 했다. 소련은 즉각 반발했고, 양측의 협상이 불발되자 소련군을 중심으로 한 바르샤바 4개국인 불가리아, 폴란드, 헝가리가 체코를 침공했다. 20만 병력과 2천 대의 탱크를 밀고 온 이들은 저녁이 지나고 아침이 오자 체코를 가볍게 점령했다. 반항하는 시민들은 학살됐고 저항하는 지식인들은 투옥되거나 추방됐다.

외과 의사나 대학교수가 할 일이라고는 공산주의의 기만성을 숨어서 조롱하거나 모른 체하거나 아니면 여자들과 사랑하거나 뭐 이런 것이 되겠다. 실제로 주인공들은 이런 일을 한다. 토마스는 겨우 2년을 같이 산 부인과 10년 전에 이혼했고 아들 하나를 두고 있다.

이혼 당시 토마스는 어떤 여자이든 한 여자와는 살 수 없고 독신일 경우에만 자신답다는 것을 깨달았다. 그래서 그가 여자의 집으로 자주 갔고 자기 집에 여자가 오는 것을 싫어했으며 오더라도 섹스가 끝난 후 자정 전에 모두 쫓아냈다.

하지만 테레사만큼은 아침까지 그녀가 그의 손을 잡고 자도록 내버려 뒀다. 그것이 테레사가 토마스의 바람기를 발견하고 2년 후에도 도무지 손을 쓸 수 없다는 사실을 알면서도 죽을 때까지 함께 한 이유인지도 모르겠다.

그들은 결혼했고, 톨스토이나 안네 카레니라 대신 카네닌이라는 이름의 암컷 강아지를 한 마리 데리고 왔다. 바로 그즈음 소련군은 들이닥쳤고 테레사는 군중에게 권총을 겨루는 소련군의 사진을 찍다 체포됐고, 풀려나자 다시 거리에서 사진기를 들이댔다.

학술대회에서 만났던 취리히 병원장은 토마스에게 스위스의 의사 자리를 제안했다. 둘은 스위스로 떠났고 사비나도 망명했다. 망명지에서 토마스는 사비나를 만나고 테레사는 7개월 만에 프라하로 돌아왔고 토마스도 그녀의 뒤를 따라 프라하에 도착했다.

왜 그랬을까. 테레사는 생명이 보장되고 편한 스위스를 버리고 고통받는 고국 체코로, 토마스 역시 모든 친구의 반대에도 불구하고 박해가 예상되는 프라하로 온 것일까. 그것은 존재의 가벼움 때문일까, 아니면 무거움 때문일까?

뻔뻔스러운 테레사 엄마에 대한 수치심일까, 아니면 벌거벗고 방에서 돌아다니는 계부에 대한 반항심 때문일까? 술주정뱅이들 사이에서 무거운 쟁반을 들고 돌아다니던 테레사의 눈에 다른 사람과는 달리 동지애를 불러일으키는, 책을 얹어 놓고(테레사에게 책은 그녀를 둘러싼 저속한 세계에 대항하는 유일한 무기였다.) 부드러운 미소를 지으며 싸구려 맥주 대신 코냑을 주문하는 토마스와의 우연한 만남에 대한 기억 때문일까.

프라하에서 토마스는 의사 자격을 박탈당하고 유리창 청소부 자리를 얻는다. 매일 유리창을 닦으면서 그는 남편이 출근하고 떠난 유부녀나 다른 여자와 섹스하는 것을 즐긴다. 의사 대신 청소부로 직업이 바뀌었을 뿐 여자를 대하는 태도는 전과 다름없다.

제네바 대학의 대학교수 프란츠는 강의가 끝나면 근처에 있는 여자 친구의 집으로 곧장 간다. 어떤 날은 하루 동안에 한 여자에게서 다른 여자로, 부인에게서 정부로, 정부에서 부인으로 왔다 갔다 하기도 할 만큼 정력이 대단하다. 사비나는 그런 프란츠의 근육이 기가 막힌 멋진 몸에 아니 반할 수 없다. 밀회를 즐기기 위해 프란츠는 가공의 학회나 세미나 핑계를 대고 자기 시간을 마음대로 쓰고 여자 친구들은 그와 동행하는 것을 즐거워한다. (그 남자에 그 여자다.)

사비나 역시 테레사가 토마스의 여자 편력을 알고 있는 것처럼 프란츠의 바람기를 알고 있으나 테레사처럼 심각하지는 않다. (프란츠는 그런 여자 친구들이 진짜 부인 마리클로드 곁에 누울 때마다 부인 곁에 누우려는 자기의 모습을 상상하는 모습을 떠올리면서 수치심을 느끼지만 그뿐이다.) 이런 프란츠는 존재의 무거움일까, 그의 힘을 사랑하는 사비나는 존재의 가벼움일까?

팁 _____ 화가로 성공한 사비나는 제네바에서 4년을 지낸 후 파리로 온다. 그때 토마스의 아들에게서 한 통의 편지를 받는다.

아버지의 가까운 친구였던 사비나의 존재를 안 토마스의 아들은 그녀에게 토마스와 테레사가 죽었다는 사실을 전한다. 토마스는 죽기 전 고국에서 수년간 트럭 운전수로 일했으며 사람들이 시체를 발견했을 때는 완전히 으스러져 있었고 경찰은 엉망인 브레이크를 사고 원인으로 지목했다.

그러면 프란츠와 사비나의 존재는, 프란츠가 살아 있다면 사비나와 함께 있을까? 앞서 언급한 토마스와 테레사가 데려온 개 카레닌은 여전히 누군가의 사랑을 받고 있을까, 아니면 수컷을 만나 둘만의 아지트로 줄행랑을 쳤을까? 고국에 온 조금은 양심이 있는 토마스와 테레사는 사석에서 친구들과 나눈 이야기를 라디오 방송에서 드라마처럼 틀어대는 공포 정치를 순순히 받아들이고 순종했을까, 아니면 저항의 작은 몸짓이라도 보이면서 숨 막히는 공포와 싸웠을까?

테레사는 홧김에 한다는 서방질을 한 번도 하지 않고 토마스에 대한 정조를 지켰을까, 아니면 엔지니어로 가장한 경찰의 끄나풀과 어쩔 수 없는 잠자리를 했을까?

죽기 전에 이들의 행적은 어땠을까? 이랬을까, 저랬을까? 이랬다면 존재는 무거운 것일까, 저랬다면 존재는 가벼운 것일까? 이 모든 물음에 대한 답은 소설 속이 아닌 각자 스스로 찾아야 한다고 작가는 말하고 있는가, 아닌가?

생동하는 6월 어느 날, 나는 프라하의 거리를 걸으며 이들의 행적을 찾으려고 노력하지 않았다. 그 어디에도 그들은 없었으며 어느 곳에도 그들은 있었기 때문이다.

절망 대 절망

헤스터 프린과 이반

    사람이 절망에 빠지는 것은 바라볼 것이 더는 없기 때문이다. 희망이 끊어지고 남는 것이 절망이다. 조국 전쟁에 참여해 포로로 잡혔다가 탈출했다는 이유로 10년 형을 받은 사람도 그런 상태와 진배없다. 하지만 그 기간도 종말을 다하고 있다. 절망과 희망은 한 끗 차이다.

    솔제니친은 《이반 데니소비치, 수용소의 하루》에서 간첩죄로 형을 사는 이반 데니소비치 슈호프의 일생을 따라가고 있다. 감옥도 사람 사는 곳이니 사회처럼 별별 일들이 벌어진다.

    새벽에 일어나서 별 보고 잠자리에 들 때까지 하루 간의 일들이 모여 그날이 될 터이지만 그 기간은 길어도 너무 길다. 그러나 산목숨이니 살아야 산다.

    슈호프의 절망은 형기가 정해져 있다는 이유 하나만으로 희망으로 바꿀 수 있다. 인간은 어디서건 어느 때이건 어느 상황이든 간에 이런 재주가 있다.

    너 대니얼 호손의 《주홍글자》에 나오는 주인공 헤스터 프린은 슈호프보다는 덜 억울하다. 죄 없는 자의 벌이 아니기 때문이다. 그녀는 죄를 범했다. 그것도 용서할 수 없는 간통이라는 죄를. 이름만 청교도였던 그들은 그녀 가슴에 그것을 의미하는 단어 첫 글자 A를 평생 달고 다니도록 명령했다.

딸이 커가면서 엄마의 가슴에 달린 글자에 의문을 품는다면 그녀는 어떻게 설명할 수 있을까. 차라리 단두대에 목을 길게 빼고 처형당하는 것이 낫겠다고 절규하지는 않을까.

그러나 절망에 빠진 헤스터 프린은 슈호프와 마찬가지로 현실을 인정하면서 자신의 삶을 새롭게 바꾸기 시작한다. 그것에만 빠져 있지 않고 하루하루 삶에 충실하면서 언젠가 올 그 날의 희망을 기다리고 있다. 그래서 이반과 헤스터 프린의 절망은 절망이 아닌 희망이라고 불러도 좋다.

짧은 감상평

《주홍 글자》

엔젤(Angel)이나 에이블(Able)은 알파벳 에이(A)로 시작하는 단어 중에서, 저절로 기분 좋은 느낌을 떠올린다. 하지만 아닌 경우도 있다. 어덜터리(Adultery)가 여기에 해당한다.

어떤 사람은 로맨스라고 해서 이보다 더 좋을 수 없다고 말하기도 한다. 불륜과는 질적으로 다르다면서. 그러나 이 단어가 주는 느낌은 어떤 해석이 붙어도 산뜻하지는 않다.

얼마 전까지만 해도 우리나라는 사적 영역이라도 간통은 처벌의 대상이 됐다. 1850년대 식민지 미국의 상황은 더 말해 무엇하랴. 영국에서 건너온 청교도들은 보스턴에 본부를 두고 그들이 보기에 야만인인 이방인들을 설교하고 교육했다. 인간의 자유는 크게 억압됐고, 법을 집행하는 자들의 위세는 그들이 숭배하는 하늘을 찌르고도 남았다. 간통을 저지른 여인의 가슴에 그것을 상징하는 A라는 주홍 글자를 평생 지니고 다니게 하는 형벌을 내리는 것은 아무것도 아니었다.

영국에서 식민지로 건너온 헤스터 프린은 밀회의 황홀한 즐거움으로 태어난 어린 펄과 함께 주홍글자를 가슴에 새기고 동네 사람들의 멸시와 조소와 온갖 경멸을 받으며 살아가고 있다. 혼자일 수 없는 죄의 상대는 근엄한 딤스데일 목사다. (우리가 생각하는 그런 목사는 아니다. 그는 죄에 대한 벌을 생각한다.) 가장 존경받고 가장 깨끗하고 가장 신성한 목사가 헤스터 프린의 상대였고 펄을 태어나게 한 장본인이었다. 하지만 사람들은 남자가 누구인지는 크게 관심을 갖지 않았다. 오로지 부정한 여자에게만 낙인을 찍고 저주하고 피했으며 저런 여자를 본받아서는 안 된다고 손가락질했다.

헤스터에게는 결혼한 남편이 있었다. 그는 죽었는지 아니면 어떤 이유

당신이 몰랐던 문장이 내게로 왔다

에서인지 오랫동안 그녀와 연락이 되지 않았다. 남편 없는 긴 세월 동안 외로움 때문에 그녀가 젊은 목사와 그 짓을 했다는 사실은 동정이나 선처의 이유로 용서될 수 없었다. 그녀는 감옥에서 끌려 나와 처형대에 섰다. 그때 야유하던 군중 사이로 어떤 남자를 보았고 그 남자도 헤스터와 눈이 마주쳤다. 서로는 놀랐고 놀라움은 그가 전남편 칠링워스였으며 아내 헤스터였다는 사실을 한눈에 알아본 데서 나왔다.

작품 초반인데도 주인공들은 다 등장했다. 비교적 단순한 이야기가 이들 세 명, 아니 펄까지 네 명의 입을 통해 독자들에게 한 걸음씩 다가간다.

단순한 사건은 그러나 각자의 심리 묘사에 이르면 대단히 복잡하고 종교적이며 교훈적이고 도덕적인 세계로 빠져든다. 모든 사건이 그렇듯이 이 사건도 시간이 지나면서, 그러니까 7년이라는 긴 시간이 흘러가면서 세간의 관심에서 조금씩 벗어나기 시작한다.

헤스터는 이웃에게 봉사하고 헌신하고 어려운 사람을 솔선수범해 돕는다. 사람들은 이제 헤스터를 그저 그런 여자나 쾌락에 빠진 여자로 보는 대신 신성한 여인으로까지 확대해서 생각한다. 그 사이 펄은 커서 조잘대고 엄마를 그림자처럼 따라다니면서 헤스터에게 '네 죄를 잊지 말라'고 상기시킨다.

한편 전남편 칠링워스는 인디언들에게서 배운 약초 지식과 애초의 의학 지식으로 의사 행세를 하면서 마을로 숨어들어온다. 딤스데일 목사가 자신의 죄를 고백하지 못하는 심적 괴로움으로 몸이 망가지자 의사는 그를 치료한다는 구실로 함께 살면서 목사를 더욱 깊은 파멸로 이끌고 가는 악마의 역할을 제대로 해낸다. (그는 목사가 부인의 상대였다는 사실을 알고 있는 듯하다.)

헤스터는 어느 날 숲속에서 정부인 목사에게 늙은 칠링워스의 정체, 즉 그가 자신의 남편이었다는 사실을 고백하고 펄과 함께 멀리 떠나 살자고 말한다.

진작 했어야 할 이 말을 왜 이제야 했는지 시비해서는 안 된다. 지금이라도 한 것은 얼마나 다행스러운가. 비로소 세 사람은 그동안 숨죽여 왔던 공포와 고독에서 벗어나 하느님의 영광 대신 마침내 인간만이 누릴 수 있는 가족 행복의 시대로 접어들고 있다.

향내를 풍기는 나무로 가득한 숲에는 찬란한 빛이 넘치고, 세 사람의 앞날에는 희망의 장미꽃이 가득 펼쳐지기 시작한다. 아름다운 강산이다. (여기서 잠시 이선희가 부르는 '아름다운 강산'을 듣고 넘어가자.)

하지만 작가는 그들에게 그것을 줄 생각이 전혀 없는 듯하다. 세 사람이 마침 정박해 있던 배를 타고 영국이나 아니면 다른 유럽 어느 나라로 가서 아무도 그들을 아는 사람이 없는 곳에 정착하도록 내버려 두지 않는다. 인생이라는 것이 어디 마음먹은 대로 쉽게 써 내려가는 연애편지와 같다더냐. 독자들은 헤스터와 딤스데일의 행복한 결말을 끝내 보지 못한다. 되레 딤스데일 목사는 새로운 총독의 축하 설교를 끝내고 죽음의 길을 택한다. 양심에 걸렸던 죄를 스스로 고백함으로써 영혼의 굴레를 벗은 육신은 이승을 떠난다. 칠링워스는 목사의 죽음을 기뻐하지 않는다. 공범자에게 해야 할 더 많은 복수의 기회를 날려 버렸기 때문이다.

상심에 빠진 칠링워스는 그러나 펄에게 자신의 재산을 남긴다. 시간은 또 흘러 영국으로 갔던 헤스터는 다시 바닷가 오두막으로 돌아오고 그녀도 누구도 피할 수 없는 죽음을 맞는다.

목사와 헤스터는 같은 묘지에 묻히지는 못했으나 나란히 옆에 있으면서 하나의 묘지석으로 둘이 서로 연결된다. 죽어서야 둘은 하나가 됐다.

팁 ——— 너 대니얼 호손은 《주홍글자》로 일약 그 시대 미국을 대표하는 작가로 우뚝 섰다. 《백경》의 작가 허먼 멜빌은 "나를 사로잡은 것은 호손의 어둠이다. 그의 천재성을 기리는 표시로 《모비 딕》을 호손에게 헌정한다"고 했고 《채털리 부인의 연인》의 작가 D.H 로런스는 "어떤 책도 이 소설만큼 심오하지도 않고 이중적이지도, 완전하지도 않다"고 했으며 헨리 제임스는 "이제까지 미국에서 나온 적 없는 가장 훌륭하고 상상력 넘치는 작품"이라고 상찬했다.

간통 남녀를 평생 죄의식 속에 살게 했던 호손은 간음의 과정을 상세하게 그리지 않는 대신 그 이후의 결과만을 집중적으로 따진다. 따라서 로맨스 소설과는 거리가 멀다.

두 사람이 즐기려고 했으면 수시로 그럴 수 있었음에도 서로 만나지 아니하고 떨어져 살면서 죽음 직전에서야 도망을 계획한 것은 죄에 대한 벌을 받게 하려는 의도로 보인다. 그들이 얼마나 자주 밀회를 즐겼는지 아니면 단 한 번의 결과물로 펄이 태어났는지도 언급하지 않는 것도 같은 이유로 볼 수 있다.

죄와 벌과 그리고 용서. 늙은 의사와 젊은 목사, 그리고 예쁜 유부녀와 천방지축의 어린 딸이 펼치는 향연은 청교도 시대의 어둡고 찍찍하고 경직된 인류의 낡은 유물도 그리 나쁘지만은 않았다는 사실을 교훈으로 전한다.

《이반 데니소비치, 수용소의 하루》

재미없는 군대 이야기를 서두에 꺼내는 것은 솔제니친의 《이반 데니소
비치, 수용소의 하루》와 아주 비슷한 장면이 그 시절 군 막사에서 자주 연
출됐기 때문이다.

그 가운데 책과 겹치는 한두 개를 소개하면 이렇다. 80년대 중반 중부
전선의 최전방 대학생 교육대는 넓은 연병장을 자랑하고 있었다. 막사에
서 식당까지의 거리가 대략 300m 정도 떨어졌었다.

식사 시간은 비슷하고 배급받을 인원은 많아 먼저 식당에 도착하는 것
이 무엇보다 중요했다. 도착순으로 배식이 이루어지기 때문이다. 기다릴
때 배고픔은 더 배가 되고 일과를 끝낼 즈음 허기는 극한에 다다른다. 그
러니 어서 주린 배를 채워야 하는 이유도 있다. 배가 부르면 용서하는 마
음이 생기기 때문에 잘못을 저지른 조교는 이를 만회하기 위해서라도 병
사들을 다그쳤다. 그렇게 기다리지 않고 식사를 마치면 점호 전 시간이 여
유롭다.

짬밥을 버리고 식기를 닦고 담배를 피우거나 양치가 일사천리로 진행되

고 이 모든 행위가 마치 제대를 눈앞에 둔 말년 병장처럼 그렇게 느긋할 수가 없다. 그래서 일정이 끝나면 부리나케 식당으로 향하는데 다른 막사의 병사들이 이동하는 기미를 보이면 이쪽에서는 더 빨리 움직인다.

서로 경쟁이 붙어 연병장을 가로질러 달려갔던 기억이 생생하다. (그러다가 질서를 지키지 않았다는 이유로 식판을 머리에 이고 뺑뺑이를 돌기도 했다. 이반 데니소비치 슈호프의 104반도 저녁 식사를 빨리하기 위해 이런 행동을 했다. 그때 그 시절이 전혀 그립지는 않지만 기억은 또렷하다.)

대대 위병소 근무를 하면서 겪었던 추위의 경험은 슈호프가 작업장 밖에서 겪었던 추위와 별반 다르지 않다. 30여 년 전의 일이지만 그날만큼은 언제라도 떠벌릴 수 있다.

새벽 2시부터 3시까지 고참과 밤 근무를 나선 것은 이등병 말호봉쯤 되는 어느 정월 무렵이었다. 현장에 도착하자 선임은 바로 연탄난로가 켜진 위병소 내로 들어갔다. 홀로 근무를 서는데 휘영청 밝은 달이 어깨에 맨 M16 총 그림자를 뒤로 길게 드리웠다.

상념에 빠지기 좋은 조건이었지만 이내 발을 동동 구를 수밖에 없었다. 영하 30도면 철수하는 야간 매복조가 통과한 후 위병소는 적막에 싸였다. 바람이 불어왔고 잠시도 서 있을 수 없어 마구 제자리 뛰기를 하는데 고참은 30분이 지나도 40분이 지나도 교대해 줄 생각이 없었다.

단 1분 만이라도 안으로 들어갈 수만 있다면 무슨 짓이라도 할 수 있을 것만 같았다. 무너지지 않고 멀쩡하게 서 있는 위병소가 저주스러웠다. 더는 서 있기 힘든 상황이 왔을 때 이러다가 동사하는 것 아닌가 하는 생각이 들었고 잠깐 쓰러질 듯 휘청거리기도 했다.

죽음 직전이라고 말할 수 있는 마지막 순간에 교대 근무조가 왔다. 언 발을 절뚝이며 위병소로 들어가 감각이 없는 손으로 고참을 깨웠다. 그는 눈을 부라렸고 미안함 대신 투덜거렸다. (그는 더 고참이 됐을 때 소대로 나온 달걀 두 판을 혼자 다 먹었다고 나보다 2개월 빠른 선임이 전했고 그 말을 한 이후 그는 인간이 아니라고 덧붙였던 말을 기억한다. 희미하게 그 사람의 얼굴과 이름이 떠오른다. 그러니 슈호프가 동사하지 않기 위해 쉬지 않고 곡괭이질을 하는 모습과 어찌 겹치지 않겠는가.)

이 밖에도 일과보다 더 살벌했던 점호 모습 등 군 생활과 흡사한 수용소 모습은 오래전의 기억하고 싶지 않은 기억을 되살려 놓고 있다.

자, 이제 개인적 넋두리는 멈추고 이반이 겪은 수용소의 하루를 따라가 보자. 당시 소련 시베리아 형무소의 사정은 나의 군 생활에 비해 더 나빴다. 죄수들은 언제나 배를 곯았고 슈호프 역시 마찬가지였다. 그러니 그가 한 조각의 빵을 먹거나 멀건 국물을 식사로 대할 때 그 간절함과 경건함은 신앙심 깊은 수도사를 연상시킨다. (앞으로 무엇을 먹을 때 특히 따끈하고 부드러운 빵이 앞에 있을 때는 슈호프의 그 간절함을 생각하면서 고맙게 먹어야겠다.) 이런 상황이니 살은 없고 뼈만 남은 생선이라도 뼈째 꼭꼭 씹어 먹고, 먹은 것은 뱉지 않고 꿀꺽 삼킬 수밖에 없다. 굳은 빵 껍질로는 남은 음식을 싹싹 긁어먹고 나중에 그것이 부드러워졌을 때 맛을 음미하면서 마지막으로 먹어 대는 과정은 먹는 것이 인간의 품격에 어떤 영향을 미치는지 실감 나게 한다. (그래서 나도 빵 껍질로 남은 우유 찌꺼기를 슈호프처럼 긁어먹어 보았더니 의외로 잘 긁어졌고 말끔하게 먹을 수 있었다.)

제목에서 책의 내용이 다 나왔지만 이쯤 설명이 더해졌으니 솔제니친이 의도했던 바는 어느 정도 충족됐을 것이다.

이반이 수감됐던 시기는 2차 대전이 관통하던 때였고 스탈린의 광기가 무척 강했던 시절이었다. 천만 명 이상을 숙청한 것으로 전해진 지독한 독재자는 별 죄목도 없는 선량한 시민을 마구 가둬 들여 공포 정치를 시행했다.

우리의 가엾은 슈호프도 그에게 희생당한 사람 중의 하나였다. 조국을 위한 싸움에서 독일군에게 포로로 잡혔고 도망친 것이 간첩죄에 해당한다고 해서 강산이 한 번 변하는 형을 언도 받고 8년째 수형 생활을 하고 있다. 이 세월이면 어지간히 이력이 났을 법도 하지만 수용소의 하루는 나아지지 않고 어제와 같은 오늘의 배고픔과 추위와 고된 노동은 끝날 기미가 보이지 않는다.

새벽에 기상해서 저녁에 잠을 잘 때까지 숨 쉴 틈을 주지 않는 간수들을 나무랄 일이 아니다. 같은 죄수이면서 저 혼자 편하기 위해 다른 죄수를 절벽으로 모는 악질 죄수를 뭐라고 할 수도 없다. 기관단총으로 무장하고 탈영병을 사살하는 붉은 병사를 욕할 수도 없다. 다 자기 몫을 하기 때문이다.

이런 날이 무려 3,653일이다. (3일이 늘어난 것은 그사이 윤년이 끼었기 때문이라는 친절한 설명이 붙어 있다.)

이반은 그러나 죽지 않고 살아남아서 형기를 채웠고 그 형기만큼 더 살지 않고 세상 밖으로 나간 것으로 보인다. (작가는 마지막에 그런 뉘앙스를 풍겼다. 그러나 한 번도 사식을 넣지 않은 아내가 있는 고향으로 갔는지에 대한 어떤 추측성 단어로 끼워 넣지 않았다. 하지만 대체로 선량한 슈호프가 그곳으로 직행했을 거라는 생각은 하고 싶다.)

쓸데없는 사족이지만 104반 전원도 이반처럼 살아서 가족이 있는 고향으로 돌아갔기를 바란다. 그래서 비참했던 영혼이 단 하루만이라도 위로받았으면 하는 바람을 가져본다. 나의 군 생활에 언급된 그 고참도 불행하기보다는 행복한 삶을 살기를 진심으로 고대한다.

팁 _____ 드라마 《슬기로운 감방생활》을 챙겨 보지는 않았지만 볼 때마다 이것은 웰 메이드라는 생각을 했다.

그곳에 있는 수용자들이 보여주는 각각의 개성을 잘 포착했기 때문이다. 코너에 몰린 자들의 인간 본성이 적나라했으며 간수와 교도소 간의 이해관계가 실감났다.

이반이 갇힌 수용소의 생활은 드라마에서 보여주는 한국의 감방 생활이 아무리 바보스럽게 진행된다 해도 비교할 수 없을 정도로 열악했다. 갇혀서 나갈 수 없는 자들이 보여주는 이야기와 생활은 병풍처럼 길게 뻗쳐 있다.

주인공인 이반 데니소비치 슈호프는 군대에 가기 전에는 평범한 농부였다. 독소 전쟁에 참여했고 포로로 잡혔으나 구사일생으로 탈출했는데 조국 소련은 그에게 훈장 대신 간첩죄의 올가미를 씌웠다.

다른 죄수 역시 형량에 비하면 죄라고 할 수 없거나 이유 없이 죄인으로 몰려 잡혀 왔다. (작가 자신의 수용소 생활을 참고했다고 한다. 우리에게도 삼청교육대 시절이 있었다. 그곳에 끌려온 사람들을 감시했던 현역병의 이야기도 얼핏 들었다. 그들이 내가 근무했던 지역의 산악 도로를 만들었다고 했다. 그 와중에 많은 사람이 죽었다. 담배 한 대 청했다가 맞아 죽은 자도 있었다고 한다. 믿거나 말거나.)

104반의 작업반장인 추린은 아버지가 부농이었다는 이유로 군대에 있다가 끌려왔다. 전직 영화감독 체자리는 영화가 마음에 들지 않는다는 이유로(그는 돈이 많아 사식을 매일 들인다. 그러나 노랑이가 아니라 슈호프에게 선심도 쓴다.), 전직 해군 중령으로 바다를 호령했던 보이노프스키는 영국군으로부터 선물을 받았다는 이유로, 알료쉬카는 침례교도였기 때문에 25년 형을 받았다.

다 스탈린 치하에서 벌어진 일이다. (그래서 이런 작품이 나올 수 있었으니 이 점은 평가해야 하나.) 어쨌든 수용소도 사람이 사는 곳이니 사람 냄새가 아니 날 수 없다. 유머도 있고 따뜻한 인간애도 있으며 인간 벌레도 있다. 인간의 존엄성과 인간의 짐승성이 모두 드러나는 것이다. 책은 주인공이 거의 행복하다고 할 정도로 하루해를 마치는 것으로 끝난다.

영창도 가지 않고 죽도 2인분을 먹고 내일 먹을 빵도 있고 사식도 얻어먹고 그야말로 운수 좋은 날로 마무리된다. 독자들의 심금을 울려놓으며 안도의 희망을 심어주고 있다.

한편 솔제니친은 1970년 노벨상 수상자로 결정됐으나 소련 정부의 방해로 시상식에 참석하지 못했다. 1974년 스위스로 망명해 1994년 모스크바로 돌아와 2008년 사망했다.

해학 대 해학

우신과 돼지

'웃으면 복이 와요.'라는 말이 있듯이 웃음은 사람을 기분 좋게 만든다. 오래전부터 인간은 해학을 문학에 차용했다.

하고 싶으나 하지 못했던 말들을 예술을 통해서 속 시원히 까발렸다. 감히 절대 군주 앞에서도 익살꾼들은 그들을 능욕했고, 그들은 그것을 알면서도 받아줬다. 비판의 숨통을 틔워 준 것은 그렇게 하는 것이 폭동이나 항명보다는 낫다고 판단했기 때문이다.

500여 년 전 사람 에라스무스는 《우신예찬》을 통해 신들을 마음껏 조롱하고 깔아뭉갰다. 신의 대리인인 교황은 물론 목사, 성직자, 교회 관계자 등을 가리지 않고 무시하고 깎아내렸다. 그러고도 살아남았으니 이는 그들의 인내심이 대단했다기보다는 그 일로 그가 화를 당했을 때 감당할 자신이 권력자들에게 없었기 때문이다. "풍자도 못하니?"라고 민중들이 봉기한다면 그들을 설득할 명분이 성경을 아무리 곡해해도 군색했기 때문일 것이다.

조지 오웰은 사람이 아닌 동물을 등장시켜 인간이 어디까지 떨어질 수 있는지, 과연 이런 인간도 인간이라고 할 수 있는지 울분을 토해냈다.

독재자 스탈린이 인민을 현혹하고 경쟁자를 제거했으며 그럴 때마다 자신의 말과 행동이 어떻게 달라졌는지를 개나 돼지를 통해 우스꽝스럽게 묘사했다.

풍자와 우화를 통해 우리는 결함투성이인 인간과 세상의 모순을 제대로 바라보는 시각을 갖게 됐다. 직설적이지 않고 슬며시 돌려서 말해도 대상을 경멸하는데 조금도 모자라지 않다.

교훈을 얻고 지혜를 생산하며 결점을 채우고 반성하는데 이만한 도구도 없겠다 싶다. 아래 두 작품을 통해 실컷 웃어보자. 해학의 진수는 이런 것이다.

짧은 감상평

《우신예찬》

어리석음은 찬양하기보다는 소홀히 여겨 깎아내리고 기리기보다는 덮어두어야 마땅하다. 그런데 예찬이라니 뭔가 앞뒤가 맞지 않고 사리에 어긋나니 슬기롭지 못하고 둔할 따름이다.

그러나 이를 뒤집어 보면 비꼬고 조소하고 풍자했음을 너나없이 알 수 있어 어리석은 우신이 앞으로 펼칠 활약상이 눈에 선하다.

그 자신이 로테르담의 데시데라우스 에라스무스가 쓴 어리석음 예찬 연설이라고 밝힌 《우신예찬》은 남자의 신이 아닌 여신을 통해 권위주의와 형식주의에 빠진 부패하고 타락한 가톨릭 교회와 그 무리들에 대한 통쾌한 주먹 날림이라고 할 만하다.

저자는 어느 날 이탈리아를 떠나 영국에 머물면서 친구인 《유토피아》의 저자 토마스 모어의 집에 기숙하게 된다. 그 열흘 남짓한 기간에 그는 《우신예찬》을 완성했다. (《격언집》에는 이레 만에 그것도 여행 가방이 도착하지 않아 이렇다 할 참고할 서적이 없이 썼다고 한다. 자랑질은 이렇게 해야 한다.)

그는 호라티우스의 풍자시 '웃음으로 진실을 말하려는데 이걸 어떻게 막습니까?'라는 말을 인용하면서 그것을 막을 수 없어 '장난삼아' 집필하게 됐음을 서두에서 미리 알리고 있다. 이로써 독자들의 궁금증은 어느 정도 해소됐으니 책장을 넘길 때마다 웃을 일만 남았다. 친구에게 보내는 인사의 말이 끝나면 궤변가이기를 자처했던 연설가를 흉내 내는 본격적인 어리석은 신에 대한 예찬의 연설이 시작된다.

그에 앞서 우신은 자신이 부유의 신인 아비와 청춘의 요정인 어미 사이에서 귀족 여부를 판가름해 줄 떠도는 델로스섬도 아니고 파도가 치는 바다도 아니고 속이 빈 동굴도 아닌 행복의 섬에서 태어났다고 출신지를 강조한다.

씨앗을 뿌리지 않아도 밭을 갈지 않아도 모든 것이 풍족하고, 고생할 일도 없고 늙지도 않고 따라서 병들지도 않는 경이로운 그곳에서 그는 첫 생애를 우는 대신 어머니를 보고 웃음으로써 시작했다. 이런 나를 두 명의 아리따운 요정, 즉 바쿠스의 딸 만취와 판의 딸 무지는 젖을 먹여 키웠다. 자아도취와 아부, 망각과 태만, 환락과 경솔을 몸종으로 두었고 광란 축제와 인사불성은 하인이다.

이들의 도움을 받아 세상만사를 내 명령에 따르도록 했고 심지어 군주들도 내게 복종하도록 만들었으니 나 우신은 신들 가운데 최고의 신으로 제 잘난 맛에 제멋대로 사는 철학자, 수도승, 사제, 교회학자, 주교, 군주, 교황 등을 마음 놓고 풍자할 수 있는 권한을 손에 쥐게 됐다.

겉으로는 짐짓 속마음을 버리고 쾌락을 산산이 부수어 버리지만 대중들이 사라지고 나면 홀로 방해받지 않고 오랫동안 쾌락을 즐기는 데 앞장서는 그들은, 순진무구함을 무기로 어리석음의 독무대를 발산하는 우신 앞에서는 도마 위에서 바로 토막 날 비린내 나는 생선일 뿐이다.

진실을 두려워하는 군주는 아주 조금이라도 정직함을 잃으면 많은 사람이 역병에 들 만큼 행사하는 권력이 크나 그에 합당한 일 대신 백성의 주머니를 털어 자신의 배를 채우는 색다른 방법에만 골몰하고 있다. 알랑거리며 비굴하고 하는 짓이 천박하나 목에는 황금 목걸이를 돼지처럼 걸고 이런 일이 질리지도 않은지 몇백 년이라도 할 듯이 기세가 대단하다.

자줏빛 옷을 입고 돈을 긁어모으는 일에만 정확히 자신의 직무를 행사하는 면죄부라는 거짓 물건을 파는 주교들은 또 어떤가. 기독교인들로부터 무언가 이문이 생긴다는 것을 잘 알고 있는 성직자들, 건드리지 않는 것이 이득인 역겨운 냄새를 풍기는 교회 학자들(이들은 주일에 가난한 자의 신발을 고쳐주면 1천 명을 죽인 것보다 더 큰 죄라고 가르친다. 걸핏하면 이단의 냄새가 난다며 마치 신탁을 받은 것처럼 교회 전체를 자신들이 떠받치고 있다고 생각한다.)과 보통 만나면 재수 옴 붙었다고 생각하는 온 세상을 떠돌아다니는 수도사들도 풍자의 물세례를 피할 수 없다.

자아도취에 빠져 대단하다고 여기며 스스로 허리띠를 졸라맨 성자이므로 천국 하나로는 자신들의 수고로움을 채우기에는 부족하다며 떠벌이는 이들을 상상하는 것은 또 얼마나 행복한가.

아침은 매번 배 터지게 먹으면서도 온갖 금식일을 정해놓고 고해성사를 통해 비밀을 알아내고는 짐작할 수 있는 사람이 알도록 퍼트리는 고약한 자들이 바로 그들이다.

모든 수단을 동원해 자리를 사고, 사고 나서는 칼, 독약, 폭력으로 보존하면서 관직을 더럽히고, 온갖 힘든 일은 팽개친 채 여가와 즐거움에 몰두하는 교황은 철야, 금욕, 눈물, 설교 강론과는 거리가 멀다.

그는 흡사 무대 의상과 같은 신비로운 옷을 차려입고 기도를 드리는 것은 한가한 일이며 가난의 실천은 역겨운 것으로 치부한다. 죽는 것은 끔찍이 싫어하며 십자가에 못 박히는 일은 천부당만부당하다고 꺼린다.

십일조 뜯기에 혈안이 된 사제라고 해서 우신의 예찬을 피해갈 수 없다. 이들은 수익을 올리는 데에는 밤낮을 가리지 않는다. 이런 정도이니 이들은 '어리석은 자는 길을 걸으면서도 자각이 부족해 만나는 사람마다 바보라고 생각하고 어리석음에 있어 남에게 뒤처지는 것을 수치'라고 여기는 것이 당연하다.

"천상에서는 예수님 옆자리까지 소원하면서 물론 그 자리는 최대한 나중에 가기를 바라며 악착같이 매달리지만 도저히 떠나지 않을 수 없을 때까지 현세의 쾌락을 누리다가 곧바로 천국의 쾌락을 누리기를 바라는 자들."(열린책들)

정말 목불인견이 따로 없다. 한 마디로 '저들은 자기들이 무슨 일을 하는지 모르는 것만 같다'고 혹독하게 예찬했으니 힘깨나 쓰고 어깨나 세우는 이들이 가만히 있을 리가 없다.

이 책이 한때 금서 목록에 오른 이유다. 공격하는 자들의 기세가 드셌으므로 저자는 친절하게도 비판하는 자들에게 그러지 말기를 바라는 마음에서 인사를 따로 드리는 수고로움을 보였다.

군주 앞에서도 바보나 광대는 어떤 말도 할 수 있다는 이른바 바보들의 신성한 권리를 이용해 자유롭게 하고 싶은 말들을 맘껏 떠들어 댔던 에라스무스는 정말 해학의 명수가 아닌가. 자유주의자이며 세계주의자로 16세기 유럽은 물론 수백 년이 지난 현재에도 인류에게 막대한 영향을 주고 있는 인문주의자 에라스무스의 《우신예찬》은 타락한 가톨릭의 심장을 정통으로 꿰뚫었다고 할 수 있다. 저자는 이 외에도 《격언집》, 《기독교 병사의 수첩》, 《필립 대공을 칭송함》 등의 저서를 남겼다.

팁 _____ 부록에서 에라스무스는 자신을 비판한 마르텡 반 도르프를 위대한 신학자로 추켜세우면서 실명을 들어 저들을 비판하지 않은 사실을 언급한다. 그리고 내가 알고 있는 만큼 저들의 진실이 다른 사람에게도 알려진다면 《우신예찬》은 신랄하기보다는 차라리 공정하며 겸손하고 점잖았을 것이라고 일침을 가한다.

나의 목적은 가르침으로 인도하기 위한 것이지 비방하려는 것이 아니며 돕고자 했을 뿐 해치려 하지 않았다는 것. 그는 자신의 책은 쓴 약을 먹지 않으려는 아이에게 약병 주둥이에 바른 꿀과 같은 것이며 왕이 광대를 궁정에 들인 것은 그들의 구애 받지 않는 언행이 누군가의 잘못을 드러내고 마음 상하지 않고 쉽게 고쳐지도록 만드는 것과 같음을 설파했다. 그러면서 시의적절한 농담은 흉악무도한 독재자까지도 설득할 힘을 가졌다는 것을 강조한다.

제아무리 지독한 독재자도 어릿광대들이 대중 앞에서 자신의 비판에 관용을 베풀고 심지어 황제에게 변비 걸린 사람 같은 표정을 짓고 있다고 해도 위해를 가하지 않는다는 오래전부터 용인된 사실을 들어 책을 비판하는 것은 옳지 않음을 지적했다.

뻔뻔스러운 주교, 사악한 교황, 저급한 교회 학자들에게 퍼부은 익살 맞은 농담에 펄쩍 뛸 이유가 하나도 없고, 그렇다면 이는 인문정신에도 역행하는 짓으로 내 등 뒤에서 중얼거려도 개의치 않겠다고 점잖게 꾸짖고 있다.

우신의 어리석음은 세속의 지혜를 능가하기 때문이라는 것.

다른 부록에 실린 친구 안토니우스 룩셈부르크나 상트 베리탱 수도 원장인 안톤 반 베르겐이나 암스테르담의 작은 형제회 얀 빌에게 혹은 '막사발을 자랑하다'에서 쓴 내용도 이 책의 주제는 그저 가벼운 농담으로 쓴 '웃음'이라는 것을 강조하고 있다. 그러니 새삼스럽게 호들갑 떨지 말고 종교인의 이름에 걸맞는 행동을 보이라는 것이다. 세계 각지에 가득한 교회 건물 가운데 진정한 기독교의 모습을 가지고 있는 것은 얼마나 적은지 생각해 보라고.

이 모든 것은 부디 우신이 한 짓이지 저자인 에라스무스가 한 것이 아니라고. 1512년 '최초의 개정판'에 이은 1522년 '저자가 직접 손을 본 최종본'에 이어 1532년 '저자가 재차 손을 본 최종본' 등 겨우 일주일 걸려 쓴 책은 수십 년에 걸쳐 개정에 개정을 거듭해 오늘에 이르고 있다.

《동물농장》

1924년 정권을 잡은 스탈린은 가난한 농업국 러시아를 산업화시켰다. 과학기술 개발을 장려해 2차 세계 대전의 승전국이 되는 기틀을 마련했고 핵무장으로 세계군비 경쟁을 촉발하기도 했다.

그런가 하면 무자비한 정적 축출과 처형, 가혹한 정치는 그의 트레이드 마크였다. 1953년 죽기 전까지 그는 백성들에게 위대한 지도자, 심지어 우리 아버지라는 호칭을 사용하도록 강요했다. 악명 높은 20세기의 독재자 스탈린은 생전에 개인숭배도 모자라 동상, 흉상, 초상 등을 전국에 설치했다.

한편 1917년 러시아 10월 혁명의 지도자였던 트로츠키는 레닌 사망 후 권력 투쟁 과정에서 스탈린에 밀렸다. 국외에서 반스탈린 운동을 벌이던 트로츠키는 1940년 스탈린의 추종자에 의해 멕시코에서 암살됐다. 한때 혁명의 동지였으나 성공 후 갈라섰던 스탈린과 트로츠키. 두 사람은 어려움은 같이할 수 있어도 기쁨은 함께 나눌 수는 없었다.

조지 오웰은 《동물농장》(Farm Animal)을 통해 스탈린이 권력을 잡고 트로츠키를 내쫓고 우상화하는 과정을 실감나게 표현했다.

농장의 늙은 수퇘지 메이저는 죽기 전에 비참하고 고달픈 동물들의 삶을 바꾸기 위해 유일한 적인 인간을 몰아내라고 선동한다. 생산하지 않고 소비만 하는 유일한 동물을 제거해 굶주림과 고된 노동의 근원을 제거하는 반란을 일으키라고 부추긴다. 모든 인간은 우리의 적이며 모든 동물은 우리의 동지라는 것이 메이저의 핵심 이론이다. 동물들은 메이저의 연설에 함성을 지르고 승리의 그 날까지 투쟁을 다짐한다.

메이저가 죽자 몸집이 크고 사나우며 고집 세고 자기 뜻을 관철하는 나폴레옹과 쾌활하고 재주가 뛰어나나 나폴레옹보다는 심지가 약한 스노볼, 그리고 언변이 좋아 검정도 하양으로 바꾸는 스퀄러가 메이저의 가르침을 하나의 사상으로 정리하는데 그것은 한마디로 '동물주의'라는 것이다.

반란은 예상외로 쉽게, 그리고 빨리 왔다. 농장 주인 존즈를 몰아낸 동물들은 메이저 농장을 동물농장으로 이름을 바꾸고 지금까지 한 번도 경험해 보지 못한 편한 잠자리에 들었다. 세 마리의 돼지들은 농장을 효율적으로 꾸려 나가기 위해 동물주의 원리를 담은, 두 발로 걷는 것은 죽이고 네 발로 걷는 것은 친구라는 등의 동물 7계명을 세우고 동물농장을 빠르게 안정시켜 나갔다.

아는 것이 많은 돼지들은 직접 일을 하지 않는 대신 동물들을 지휘 감독하는 역할을 맡았다. 그해 여름 동물들은 행복했고 건초를 더 많이 배급받았다.

집마다 깃발을 게양했고 수시로 회의를 열었다. 그런데 두 마리 수퇘지인 나폴레옹과 스노볼은 서로 합의하는 일이 좀처럼 없었다. 대신 잉글랜드의 노래들이라는 합창을 할 때는 서로 목소리를 높였다.

각종 위원회가 만들어지고 어린 새끼들에 대한 교육이 활발하게 진행됐다. 그러던 어느 날 동일하게 분배될 것으로 믿었던 우유와 떨어진 사과를 돼지들이 독차지한다는 사실이 소문으로 돌았다. 다른 동물들이 웅성거리자 스퀼러가 나서서 돼지들이 두뇌 활동을 하는 데 있어 우유와 사과가 절대적으로 필요하다는 것을 역설했고, 이의를 제기한 동물들은 부족한 자신들을 위해 밤낮없이 머리를 쓰는 돼지들을 이해하려고 노력했다.

그해 여름 쫓겨난 존즈는 농장을 되찾기 위해 옆집 농장의 도움을 받아 동물농장을 습격했다. 하지만 영리한 스노볼의 매복 작전에 걸려 실패로 돌아갔다. 동물들은 만장일치로 싸우다 등에 부상까지 입은 스노볼과 목숨을 걸고 뒤차기로 인간들을 몰아낸 힘센 말 복서에게 동물농장 일등 훈장을 수여했다. 싸우다 죽은 양에게는 동물농장 이등 훈장이 수여됐고, 승리한 전투를 길이 기념하기 위해 외양간 전투라고 이름을 불렀다. 안정을 찾은 농장은 순조롭게 굴러갔다. 그러나 효과적인 농장관리를 위해 풍차를 세우자는 스노볼과 반대하는 나폴레옹으로 동물농장은 두 갈래로 의견이 갈라졌다.

투표로 결정하기로 한 날 나폴레옹은 반대 연설 대신 그가 키운 개 9마리를 등장시켜 스노볼을 내쫓았다. 쫓겨난 스노볼은 범죄자로 낙인찍혔으며 존즈의 밀정이었다는 소문이 돌았고 외양간 전투의 공로도 무시됐다.

풍차 건설 계획은 동물들을 위한 것이 아니라 인간들을 위한 것으로 격하됐고 '이상한데?'라고 귀를 세우는 동물이 있으면 그 전 주인인 인간인 존즈가 돌아오는 것을 원하느냐고 협박했다. 존즈의 귀환은 동물들에게 공포였다.

시간이 흘러 어찌 된 일인지 반대했던 나폴레옹이 애초 풍차 건설은 자신이 계획했고, 복잡한 도면도 자신이 만든 것을 스노볼이 훔친 것이라는 소문이 돌았다. 이것은 일종의 전술이라는 것이 스퀼러를 통해 동물들에게 전해졌다. 풍차는 세워졌다. 세찬 바람에 쓰러졌고 다시 세워졌다.

신줏단지처럼 모셔지던 동물 7계명은 변질됐고, 잉글랜드의 짐승들이라는 노래는 금지됐다. 정당한 의문은 묵살됐으며 대신 나폴레옹을 찬양하는 시가 퍼졌다. 겨울은 혹독하고 농장은 고됐으며, 돼지와 개들이 흡족한 먹이를 먹는 대신 동물들은 굶주렸다. 먹이를 적게 줄 때는 감축이라는 말 대신 재조정이라고 부르며 존즈 시절에 비하면 사정이 이만저만 좋아진 게 아니라는 선전을 들어야 했다.

유일한 수퇘지 나폴레옹은 암퇘지 4마리에게서 31명의 새끼를 낳고 이들 새끼들은 특별한 교육을 받았다. 다른 동물은 돼지를 만나면 공손한 표정으로 길을 비켜줘야 했고, 일요일에는 녹색 댕기를 꼬리에 매는 특권이 돼지들에게만 주어졌다. 노래와 연설과 행진이 수시로 열렸고 자발적 시위에는 '나폴레옹 동무 만세'라고 적힌 깃발을 들었다.

동물농장은 공화국이 됐고, 유일한 출마자 나폴레옹이 만장일치로 대통령에 선출됐다. 언제나 앞장서서 일했던 늙은 말 복서는 죽었다. 죽은 복서는 성대하게 장례가 치러졌다는 돼지들의 말과는 달리 도축업자에게 넘겨졌고, 그날 위스키 한 상자가 돼지들이 사는 본체로 배달됐다.

나폴레옹은 돼지 대신 지도자라는 호칭으로 불리며 인간들과 거래했다. 침대에서 잠을 자고 존즈가 사용하던 접시를 쓰고 담배를 피웠으며 인간들처럼 두 발로 걸어 다녔다.

위 발굽에는 회초리를 들었고, 불만 세력은 도살됐고 즉석에서 개들에게 목을 물어 뜯겼다. 인근 인간 농장주들이 시찰 나온 자리에서 나폴레옹은 동물농장 대신 원래 이름인 메이저 농장이 맞다며 이름을 바꾸고 건배를 하고 카드놀이를 했다. 그러다가 똑같은 스페이스 에이스를 놓고 다투기도 했다. 창밖에서 그 광경을 구경하던 동물들은 누가 돼지이고 누가 인간인지 알지 못했다.

팁 _____ 여기에 나오는 수퇘지 나폴레옹은 스탈린으로 스노볼은 트로츠키로 이해될 만하다. 둘은 반란의 성공을 위해 함께 노력했고 함께 싸웠으나 반란이 성공하자 둘 중 하나는 쫓겼다.

나폴레옹에게 추방된 스노볼은 무슨 잘못이나 문제가 생기면 덤터기를 썼으며 매국노로 매장됐고 그간의 성공 신화는 격하됐다.

우화이지만 지금 읽어도 현실 세계에 그대로 적용될 수 있다는 생각에 앞서간 작가 조지 오웰의 통찰력에 감탄을 금할 수 없다.

1945년 나온 이 소설은 출판 즉시 인기를 얻어 작가에게 부와 명성을 안겨줬다. 여기에 나오는 반란을 선동하는 유언을 남긴 메이저는 마르크스를, 메이저 농장의 주인 존즈는 러시아 황제 니콜라이 2세를, 말 잘하는 스퀄러는 1912년 창간된 러시아 일간지 프라우다를, 돼지들은 볼세비키를, 힘센 말 복서는 프롤레타리아를 의미한다고 한다.

그밖에 나오는 양, 암탉, 오리 등 동물과 풍차, 외양간 전투, 잉글랜드의 짐승들도 다 어떤 연결고리가 있다.

조지 오웰은 《동물농장》 발표 4년 후인 1949년 국가가 감시하는 사회를 그린 《1984》를 써 또 한 번 이름을 세계에 날렸다.

자식 대 자식

아들과 딸

    자식은 대개 아버지의 복수를 원한다. 주로 아들이 그런 일을 한다. 복수에 몸부림치는 《햄릿》의 주인공 햄릿은 아들의 역할을 해내야 한다. 그것은 복수이므로 그것을 하기 위해 그는 깊은 고뇌로 몸부림친다. 복수의 대상은 남도 아닌 바로 아버지의 동생, 다시 말해 삼촌이다. 삼촌을 제거하면 어머니의 남편이며 또 다른 아버지를 죽이는 것이다. 삼촌이 형을 살해하고 어머니와 결혼한 불운한 가정사 때문이다.

    햄릿이 과감하게 행동하기 전에 머뭇거리고 서성이는 것은 이런 얽힌 혈육 관계가 발단이다. 핏줄이라는 것은 동서양을 막론하고 물보다 진하다. 아버지의 복수를 하면 어머니는 깊은 슬픔에 빠진다. 이러지도 저러지도 못하고 망설이는 것은 사느냐 죽느냐 만큼 어렵다.

    한편 아들만 자식이 아니다. 아들은 없고 딸만 셋 있는 리어왕의 딸 사랑은 딸바보와 다름없다. 살 만큼 살았고 치를 만큼 전투를 했으니 이제 남은 인생은 딸들에게 기대 편히 쉬고 싶다. 얹혀살 딸이 많으니 리어왕의 이런 기대는 과한 것이 아니다. 《리어왕》의 세 딸은 과연 이런 아버지의 마음에 부응할까? 그러나 리어왕은 두 딸에게 버림을 받고 미워한 막내딸 코딜리아의 진심을 뒤늦게 알고 복장을 두드린다.

후회는 항상 늦다. 왕은 자신의 바르지 못한 결정 때문에 비극으로 치닫는 결정적 빌미를 제공한다. 왜 두 딸은 막내딸과 달리 아비인 왕을 등졌는지에 대한 설명은 필요 없다. 딸이라고 해서 모두 아버지를 사랑하는 것은 아니다. 자신을 낳은 아버지보다 더 사랑하는 대상이 있다면 아비를 배신할 수 있는 것은 여자이기 때문이다.

그것은 땅일 수도 있고 남편일 수도 있고 권력일 수도 있다. 아버지는 아들도 조심해야 하지만 딸도 항상 그렇게 해야 한다는 것을 명심해야 한다. 버림받고 후회하지 않기 위해서.

짧은 감상평

《햄릿》

막 밖에서는 피비린내 나는 살인이 벌어졌다. 귀에 독약을 붓고 자기 형을 죽였다. 그리고 형이 썼던 왕관을 자신의 머리 위에 얹었다. 형과 잠자리를 같이 하던 형수는 시동생의 품에 안겼다. 막이 오르면 이런 사실이 급하지 않고 천천히 밝혀진다.

죽은 형과 눈이 맞은 엄마 사이에는 아들이 하나 있다. 바로 햄릿이다. 이런 사실을 아는 햄릿이 죽기 전에 미치지 않는다면 이상하다. 그가 수시로 독백을 하거나 혼자 배회하고 헛소리를 지껄이는 것은 이런 치명적인 내용을 알기 때문이다.

형의 왕관을 쓰고 덴마크 왕이 된 클로디어스는 막 안에서는 예상외로 인자하다. 마치 친자식 이상으로 햄릿을 위한다. 당연히 왕위 계승자는 햄릿이다.

불과 두어 달 전까지만 해도 아버지의 아내였던 햄릿의 어머니 거트루드는 그때도 왕비였고 지금도 왕비다. 왕만 시동생으로 바뀌었을 뿐이다. 왕비 역시 남편이 잔인하게 살해되고 그 살인의 주인공과 살을 섞으면서도 너무나 자상해 요부라고 부르는 사람이 있다면 턱없이 자질이 부족한 인물로 비난받기 십상이다.

거트루드가 보이는 햄릿에 대한 모정은 햄릿의 아버지인 남편이 살해되지 않았다 하더라도 그 이상이기 어렵다. 이런 클로디어스가 살해를 하고 이런 거트루드가 간음을 하는 것이 이해가 되지 않을 정도다.

왕과 왕비는 덴마크 백성들에게는 성군은 아니더라도 폭군으로 인식되지도 않는 것처럼 보인다. 귀족이나 그 누구도 이들이 흉악한 남녀라고 대놓고 이야기하지 않는다. 오로지 햄릿에 의해 두 남녀는 천하의 악당으로 낙인찍히고 급기야 피를 부르는 죽음이 이어진다.

햄릿을 근대적 방식으로는 처음으로 비평한 것으로 알려진 A.C 브래들리는 《리어왕》을 평하면서 "만일 우리가 셰익스피어의 한 작품만 빼고 그의 모든 희곡을 잃게 될 운명이라면 그를 가장 잘 알고 아끼는 사람들 대다수가 《리어왕》을 간직하고자 할 것"이라고 말했다고 한다. 하지만 나는 《리어왕》 대신 《햄릿》을 넣고 싶다. 《햄릿》이야말로 셰익스피어 문학의 정수라고 여기기 때문이다. 어쨌든 내가 남기고 싶다고 해서 남겨지는 것은 아닌 만큼 잡소리는 집어치우자.

아버지가 죽고 두 달 후에 아버지의 혼령이 나타나는 서두 부분은 다 아는 사실이다. 혼령을 통해 햄릿은 아버지가 살해됐다는 것을 확신한다. 그리고 그것을 뒷받침하기 위해 배우들을 동원해 연극을 하고 연극을 하는 동안 클로디어스와 거트루드의 표정을 살핀다. 확실히 믿고 있지만 한 번 더 확인하기 위해서다. 이를 통해 햄릿은 아버지의 살해범으로 삼촌이 틀림없다는 것을 믿어 의심치 않는다. 이제 햄릿이 할 일은 아버지에 대한 복수다. 복수는 당연히 살해다. 그는 기회를 엿보고 기회는 여러 번 찾아온다.

마침 클로디어스가 기도에 열중이다. 그는 내 죄 썩은 내가 하늘까지 찌른다고 통탄한다. 그리고 인류 최초로 형제를 죽인 저주를 받고 있다고 무릎을 꿇고 괴로워한다.

그때 햄릿이 등장한다. 그가 삼촌이며 왕의 이 같은 참회 내용을 들었는지는 알 수 없다. 그는 지금이 바로 죽일 때라는 것을 안다. 당연히 허리춤의 칼을 뽑는다. 하지만 이내 기도 중에(영혼을 씻고 있을 때) 그가 죽으면 놈이 천당을 간다고 뺀 칼을 도로 집어넣는다.

그는 이런 독백을 한다. "…아서라 칼아, 더 끔찍한 상황을 만나자. 놈이 취해 잠자거나 광란하고 있을 때, 침대에서 상피붙어 쾌락을 즐기고 있을 때, 경기 도중 욕하거나 구원받을 기미가 전혀 없는 행동을 하고 있을 바

로 그때, 다리를 걸자."(민음사)

왕은 아직 햄릿의 이런 의도를 완전히 알지 못한다. 다만 오필리어라는 중신의 딸을 사랑해 그 사랑으로 인해 미친 것으로 짐작한다.

왕은 이제 광기 들린 햄릿이 마음에 들지 않는다. 그래서 햄릿의 친구인 로젠크란츠와 길든스턴과 함께 영국으로 보낼 궁리를 한다. 영국 왕에게는 편지를 보는 즉시 햄릿을 살해하라고 지시한다. 하지만 그 내용을 미리 본 햄릿이 편지 내용을 바꿔치기해 대신 친구들이 죽는다. 이후 햄릿은 오필리어의 아버지인 재상 플로니어스를 얼떨결에 찔러 죽인다. 왕은 재상의 아들인 레어티즈와 햄릿의 결투를 꾸민다. 미리 칼에는 독약을 묻히고도 햄릿이 죽지 않을 것을 대비해 또 다른 독약까지 준비한다.

결론은 다 아는 것처럼 다 죽는다. 왕도 죽고 왕비도 죽고 레어티즈도 죽고 햄릿도 죽는다. 햄릿과 잠시 사랑 비슷한 것을 한 오필리아는 칼 대신 물에 의해 죽는다. 주인공들이 모두 죽었으니 비극 중의 비극으로《햄릿》은 막은 내린다.

팁 _____ 셰익스피어의 모든 작품이 그렇지만 《햄릿》에서도 기억하고 상황에 따라 써먹고 싶은 숱한 명문장들이 넘기는 책장마다 가득하다. 그 가운데 우리에게 가장 널리 알려진 것은 '사느냐, 죽느냐 그것이 문제로다' 하는 장면이다. 3막에서 왕과 왕비는 햄릿의 광증이 사랑하는 오필리아 때문이라고 생각하고 숨어서 햄릿의 행동을 관찰한다. 이때 햄릿이 등장한다. "사느냐, 죽느냐 그것이 문제로다. 어느 게 더 고귀한지 난폭한 운명의 돌팔매와 화살을 맞는 건지, 아니면 무기 들고 고해와 대항하여 싸우다가 끝장을 내는건가" 하고 독백을 내뱉는다.

비평가들은 주저하는 듯한 햄릿의 이런 행동을 가리켜 우유부단하다거나 '햄릿형 인간'이라거나 하는 해석을 내놓고 있다. 하지만 햄릿이 아버지를 죽인 삼촌을 죽일 기회를 뒤로 미루는 것이 우유부단한 성격 때문인지 아니면 천성이 악하지 않기 때문인지 그도 아니면 후천적으로 생긴 복수보다는 선한 마음에 길들인 때문인지는 정확히 알기 어렵다. 햄릿은 누군가를 막 죽일 만큼 잔인하거나 악독한 인간이 아닌 것만은 분명하다.

앞서 언급했지만 삼촌 역시 햄릿을 대하는 태도나 국정을 운영하는 스타일로 봐서 그렇게 나쁜 인간은 아닌 것으로 보인다. 삼촌과 상피 붙은 엄마만 해도 타고난 음란형 여자는 아니다. 햄릿이 왕을 죽이고 그 동생과 결혼한 것을 추궁할 때 "내가 뭘 했기에 네가 감히 혓바닥을 이리도 무엄하게 놀리느냐"고 질책하는 장면에서도 알 수 있다. 이는 정조 관념이 부족하거나 그것이 도덕적으로 나쁘다는 사실을 잘 알지 못한 때문일 수도 있고, 햄릿처럼 천성이 착해 남편이 죽은 마당에 자신을 원하는 시동생에게 안긴다는 것을 나쁜 행동이 아닌 그 반대로 생각했을 수도 있다.

이처럼 《햄릿》에 등장하는 인간들은 완벽하게 악한 인간은 없다. 악하지 않기 때문에 행동이 조심스럽고 그것을 옮길 때는 주저하기 마련이다. 한편, 햄릿에는 많은 음담패설이 나오고 남녀 간 성교를 연상하는 단어들이 제법 있다. 호기심이 생기는 독자들은 대충 보지 말고 자세히 읽기 바란다.

《리어왕》

셰익스피어의 《리어왕》에는 리어왕의 아버지 이야기는 나오지 않는다. 물론 어머니에 관한 내용도 없다. 선대 이야기는 빠지고 오로지 왕과 그 자식들의 현재, 다시 말해 부모와 자식 간 2대에 걸친 이야기만 나온다.

왕의 손자 이야기도 없다. 이야기는 없으나 리어왕의 아버지도 왕이었을 것이고 그 왕의 아버지도 왕이었을 것이다. 대대로 물려받는 것이 그 당시 영국의 전통이었으니 이런 추측은 사실일 것이고 리어왕의 자식들 역시 혁명이나 반란으로 뒤집어지지 않는다면 왕관은 그들의 차지다.

리어왕에게는 세 명의 자식이 있다. 그러니 그중의 하나가 왕이 될 것인데 불행히도 아들은 하나도 없다. 딸이나 딸의 남편, 즉 사위가 왕국을 다스려야 한다.

왕의 나이가 무려 80에 이르렀으니 이런 걱정을 당연히 해야 한다. 무엇이든 제멋대로 하는 왕권이 좋다고는 하지만 정적을 죽이고 마음에 들지 않는 자를 추방하는 일도 신물이 날 때가 됐다. 그래서 손에 더는 피를 묻히지 않고 여생을 편히 쉬고 싶은 마음이 드는 것은 리어왕이라고 해서 이상할 것이 없다. 그러나 그냥 물려줄 수는 없다. 적어도 왕이라면 자기 영토와 절대 권력에 대한 대비책 정도는 마련해 두어야 한다. 딸들 가운데 그 일을 해야 할 적임자를 찾는 것은 리어왕의 몫이다.

싫어도 그는 그것을 해야 하고 하지 않으면 노년이 불행해진다는 것을 잘 알고 있다. 막이 오르고 잠시 후 왕은 둘째 사위 콘월과 첫째 사위 올바니, 그리고 큰딸 고너릴, 둘째 딸 리간, 막내딸 코딜리아와 함께 등장한다. 그리고 셋째 딸을 놓고 경쟁을 벌이는 두 연적 프랑스 왕과 버건디 공도 함께 부른다. 예상대로 리어왕은 앞날의 분쟁을 막기 위해 통치권과 영토의 분할을 준비한다.

그 기준은 세 딸 중 누가 자신을 가장 사랑하는지 다시 말해 효성이 지극한 순서대로 최고상을 내리려고 한다. 큰딸 고너릴과 둘째 딸 리간은 모든 한계를 다 뛰어넘어 전하를 사랑하고 전하의 사랑 속에서만 행복해진다고 말한다.

이제 셋째 딸 코딜리아 차례다. 왕은 두 딸의 말에 흡족해하면서 두 딸보다 더 사랑하는 막내딸의 다음 말을 기다린다. 언니들 것보다 더 비옥한 영토의 삼 분의 일을 주기로 이미 마음먹었으니 사랑한다는 말 한마디만 하면 된다. 하지만 코딜리아는 기대와는 어긋나게 할 말이 없다고 대답한다. 왕은 놀라면서 한 번 더 묻는데 이번에도 똑같다. 왕은 진노한다. "없음은 없음만 낳으리라"고 화를 내면서 두 딸의 지참금에 셋째 것도 포함하라고 고함을 친다. 왕은 통치권과 조세권, 나머지 집행권을 두 사위에게 넘기고 단지 왕이라는 이름과 경칭만 갖기로 한다. 100명의 기사를 가지고 순번제로 한 달씩 두 딸의 집에서 번갈아 가면서 기거하기로 한다.

자, 왕의 이 같은 결정은 잘 된 것일까. 절대 권력을 넘긴 왕은 돌아가면서 두 딸에게 환영을 받고 죽음에 이르는 노년을 행복하게 보낼 수 있을까?

만약 그렇다면 《리어왕》은 비극이 아닌 희극이 될 것이다. 알려진 대로

《리어왕》은 희극이 아닌 비극이므로 두 딸에게 가차 없이 버림을 받는다. 더구나 국왕으로 존경하고 어버이로 사랑했던 충신 켄트 백작마저 자신의 판결과 권한에 간섭하려 했다는 이유로 추방했으니 리어왕이 기댈 곳은 어디에도 없다.

한편 버건디 공은 코딜리아가 물려받을 재산이 없음을 알고 그녀를 버린다. 프랑스 국왕은 지참금이 없어도 그녀 자신이 지참금이며 가난하나 최고의 부자라고 칭송하며 그녀와 함께 프랑스로 떠난다. 코딜리아는 두 언니의 불효를 알고 아버지가 불쌍하나 달리 도리가 없다.

통치권을 넘겨받자마자 두 딸은 아버지는 언제나 코딜리아를 제일 사랑했으나 서투른 판단력으로 쫓아냈다고 타박하면서 늙은이의 변덕을 저주한다. 더구나 캔트 백작마저 충동으로 추방한 발작증을 자신들에게도 보일 것을 염려하면서 한술 더 떠 지금 당장 대책을 마련해야 한다고 생각한다. 상황이 이러니 리어왕의 운명이 어떤 식으로 결정될지는 1막 1장에서 이미 짐작해 볼 수 있다.

1막 2장이 시작되면 국정의 한 축인 글로스터 백작의 서자 에드먼드가 편지를 들고 등장한다. 서자인 그는 아버지인 글로스터의 말에 따르면 그 어미가 고왔고 그를 만들 때 재미도 많이 보았으니 천출이라 해도 (자식으로) 인정하지 않을 수 없는 존재다.

에드먼드 역시 14달쯤 뒤에 태어났으나 적출인 에드거보다 못할 것이 없다고 여긴다. 그래서 계략을 쓰고 그 계략의 성공을 위해 아버지가 깨울 때까지 잠자게 하자, (죽이자는 뜻) 그러면 수입의 절반을 주고 형의 사랑을 받게 된다고 가짜 편지를 만든다.

서자에게 속은 글로스터 백작이 포고령을 내려 에드거를 제거하고 에드먼드를 친자식 이상으로 여기리라는 것은 예상할 수 있다. 《리어왕》은 이처럼 두 딸에 버림받은 리어왕과 서자인 에드먼드가 글로스터의 지위를 놓고 피를 부르는 살인극을 중심으로 돌아간다.

추방당한 캔트는 변장을 하고 뒤늦게 딸들의 배신을 알고 괴로워하는 원수 같은 리어왕을 돕기 위해 노예라도 하지 못할 신하의 도리로 그 주위를 배회한다. (대단한 신하다. 살면서 이런 신하 한 명만 있다면 그 왕은 행복할 것이다.) 한편 글로스터 백작이 왕의 둘째 사위 콘월에 의해 눈알을 뽑히는 장면은 비극에 비극 중의 비극이다. (눈알이 뽑힌 백작은 에드먼드의 계략을 아직 알지 못하고 자신의 복수를 서자인 에드먼드에게 부탁한다.)

팁 ＿＿＿＿ 딸은 아버지의 성품을 많이 닮는다고 한다. 왕의 그것은 그대로 딸들에게 전수됐을 것이다. 딸들은 아버지의 국사를 옆에서 지켜보면서 왕권을 유지하기 위해서는 어떻게 행동해야 하는지 시도 때도 없이 지켜봤다. (멀리 갈 것도 없이 우리도 그런 경험이 있지 않은가.)

왕위를 차지하기 위해 리어가 벌였을 피 튀기는 형제간의 쟁탈전은 나오지 않으나 틀림없이 그는 그런 과정을 거쳐 지금의 자리에 앉았을 것이다. 리어는 이 과정에서 숱한 음모와 배신, 그리고 간신들의 아첨과 충신의 고언을 들었으며 평생 왕좌를 지키기 위해 국민의 이름으로 숱한 모략질을 일삼았을 것으로 추측된다. 그러니 딸들이 리어를 배신하고 불효하고 그를 죽음으로 내몬 것은 이상할 것이 없다. 따라서 리어가 자신의 선택을 놓고 다른 사람에게 비난의 화살을 돌리는 대신 '다 내 탓'이라고 한숨을 쉰다면 이는 바른 판단이다.

죽음 직전 리어는 코딜리아를 만나 "난 대단히 어리석고 멍청한 노인이다."라거나 "네가 나의 축복을 원한다면 나는 무릎 꿇고 네 용서를 구하마."라고 뒤늦게 자신의 실수를 인정한 것은 늦었지만 다행스러운 일이다.

간계를 꾸몄던 에드먼드는 어찌 됐는지 궁금한 독자들을 위해 그 역시 결투에서 에드거의 칼에 찔려 죽었다는 사실을 밝혀둔다.

반역 대 반역

세 마녀와 이야고

새로운 것을 취하려고 기존의 것을 거스를 때 우리는 반역이라고 한다. 셰익스피어는 《맥베스》에서 맥베스를 반역의 주인공으로 삼았다.

장군으로 나라에 공을 세우고 더 큰 자리가 보장된 맥베스가 반역을 일으킨 것은 세 마녀 때문이다. 마녀들은 그에게 새로운 왕이 될 분이라고 그렇게 하라고 부추긴다. 아내 역시 더 큰 사내가 되라고 우물거리는 남편 맥베스를 충동질한다. 왕에 대한 충성심이 강한 맥베스도 이런 분위기를 견뎌내지 못하고 드디어 실행에 옮긴다.

반역은 성공했으나 맥베스의 삶 역시 엉망이 되고 만다. 맥베스의 반역은 그래서 완전한 반역의 목록에 오르지 못했다. 명분이 약했기 때문에 맥베스는 비극의 주인공으로 전락하고 말았다.

《오셀로》에서는 장군 오셀로가 반역을 일으키지 않는다. 그의 기사에 불과했던 이야고가 왕이 아닌 장군에게 반역을 행사한다. 반역의 핵심은 이간질이다.

이야고는 간신 중의 간신이다. 중국 최고의 간신으로 기록되는 환관 조고가 울고 갈 정도다. 그의 이간질은 현란해 마치 현 위의 활처럼 자유롭다. 그래서 그의 반역은 성공한다. 이야고는 장군 오셀로를 파멸로 이끌 뿐만 아니라 일편단심 그를 사랑하는 데스데모나를 비참하게 만든다.

질투에 눈이 멀어 이야고의 거짓을 진실로 믿고 아내의 부정을 의심하는 오셀로는 못난 남자다. 하지만 세상의 어느 남자가 부인의 바람을 알고도 모른 체할 수 있다는 말인가. 아무리 장군이라고 해도 질투에 눈이 머는 것은 그가 여자가 아닌 남자이기 때문이다. 진급 불만과 아름다운 데스데모나에 한눈을 파는 이야고의 이간질 앞에 장군 오셀로가 속절없이 무너져 내린다. 《오셀로》를 통해 남자의 한계와 속성이 여지없이 드러난다.

짧은 감상평

《맥베스》

왕과 제후, 장수와 재상은 타고나는가. 머슴으로 태어났다면 죽을 때까

지 머슴으로 살아가야 하는가. 이런 의문은 현재도 유효하며 아주 오래전에도 있었다.

셰익스피어가 활약했던 400년 전에도 왕은 대를 이어 왕 노릇을 해왔고, 귀족도 그렇게 했다. 다시 말해 백성의 지배층은 금수저로 태어나는 순간 죽을 때까지 그 수저를 물고 죽었다. 중국 진나라 때 머슴 출신의 진승은 "왕후장상의 씨가 따로 있겠는가?" 하면서 반란을 일으켰다. 머슴인 내가 왕 노릇 한 번 해보겠다고 나선 것이다. 이후 중국은 숱한 반란과 반역으로 피비린내 나는 정권 쟁탈전을 벌여왔다.

사실 머슴이 왕좌를 노리는 것은 예나 지금이나 무모하다. 실패할 확률이 높다는 말이다. 그러나 귀족이나 장군 정도라면 얘기는 달라진다. 늘 왕 곁에 있으면서 노릴 기회가 많아 성공할 가능성도 높다. 근현대사에서 이런 예는 어렵지 않게 찾아볼 수 있다.

스코틀랜드만 해도 부지기수다. 그곳을 배경으로 한 《맥베스》에서는 머슴이 아닌 장군 맥베스가 반란을 일으켰다. 덩컨왕의 몸을 예리한 단도로 찔러 살해했다. 굳이 왕이 아니라 해도 장군의 직위만으로도 맥베스는 충분히 상위 0.1%의 지위를 누릴 수 있었다. 이미 영주의 작위도 얻었고 또 다른 영주의 지위도 획득했다. 덩컨왕도 적극적으로 신뢰하고 충분한 보상을 해주고 있다. 좌천될 이유도 없다. 그런데도 장군은 친족이기까지 한 왕을 죽였다. 죽인 이유는 표면상 간단하다. 세 마녀의 예언 때문이다.

마녀는 말한다. 글래미스의 영주이며 코도의 영주이고 왕이 될 분이다. 이 말을 들은 맥베스는 동요한다. 글래미스의 영주는 현재 그다.

그런데 예언 이후 덩컨왕은 대역죄로 처형된 코도의 영주 자리까지 준다. 마녀의 예언은 맞아떨어졌다. 이제 왕이 되는 일만 남았다. 하지만 덩컨왕은 맥베스의 야욕을 눈치채지 못하고 아들 멜컴을 후계자로 지명했다.

맥베스는 주저한다. 그때 맥베스 부인이 구원병처럼 나타난다. 흔들리는 맥베스를 재촉한다. 왕이 될 분이라고 했던 마녀의 말을 상기시키면서 위대해지고 싶고 야심도 있으나 사악함이 없다고 나무란다. 그리고 맥베스 성으로 왕이 오는 오늘 저녁 해치워 종횡무진 지배권을 가지라고 꼬드긴다. 그래도 맥베스는 주저한다. 신하로 그런 일이 있다면 누구보다 먼저 앞서서 적극적으로 반대하거나 자신이 칼을 들이댈 것이 아니라 자객을 막아야 하는 위치이기 때문이다. 게다가 왕은 폭군이 아니고 선정을 베푸는 깨끗하고 너무나 겸손하게 왕권을 행사한다. 맥베스의 치솟는 야심이 양심에 찔린다.

주저하는 남편에게 부인은 당신이 입고 있던 희망은 취했느냐, 잠잤느냐 당신은 비겁자냐고 또다시 호통을 친다. 이 일을 감행하면 당신은 남자이고 더 큰 남자가 된다고 마녀와 같은 주문을 외운다. 실패할 것을 염려하면 술에 전 시종들이 뻗었을 때 당신과 내가 덩컨에게 못할 일이 무엇이냐고 역정을 낸다.

이것으로 흔들리는 마음은 정리됐다. 왕의 죽음은 시종에게 덮어씌우고 시종 역시 살해한다. 역모를 의심한 두 아들은 잉글랜드와 아일랜드로 도망갔다. 왕위 계승자가 사라졌으니 왕관은 자연스럽게 맥베스에게 돌아가고 그는 추대되어 옥좌에 오른다.

마녀의 예언은 실현됐다. 맥베스는 발 빠르게 후속 조치를 취한다. 마녀의 예언을 같이 들었던 장군 뱅코를 자객을 시켜 살해하고 뱅코의 목을 벤 자객에서 '너는 목 베기의 명수'라고 칭찬한다. 그는 귀족의 부인과 아들을 역시 자객을 시켜 짐승처럼 도살한다.

피가 피를 부르는 연속된 살인으로 권좌에 앉았으나 맥베스는 불안하다. 부인은 헛소리를 하다 죽었다. 영국으로 도망갔던 귀족과 왕자들은 지금까지 기독교권 국가에서 나온 적이 없는 명장과 합세해 스코틀랜드를 향해 군대를 조직한다.

이때 마녀가 다시 등장한다. 두려워 떠는 맥베스에게 잔인하고 대담하고 꿋꿋하라고, 인간의 능력 따위는 우습게 여기라고, 여자에서 태어나서 맥베스를 죽일 사람은 없다고 위로한다.

높은 자리에 앉은 맥베스는 지난 일은 지난 일이고 이제는 천수를 누리다가 시간과 숙명에 따라 숨을 거두기를 바란다. 버남의 큰 수풀이 던시네인 언덕으로 공격해 오기 전까지는 정복되지 않는다는 혼령의 말을 기분 좋게 받아들인다. 그러나 그는 나뭇가지를 잘라 앞세우고 진격해온 잉글랜드 군인에게 목이 잘려 죽는다. 반역자는 사라졌고 새로운 왕은 대관식에 공신들을 초대한다.

팁 _____ 올해(2016년)는 셰익스피어가 사망한 지 400주년이 되는 해다. (4월 23일은 유네스코가 지정한 '세계 책과 저작권의 날'이었다. 이날이 셰익스피어가 타개한 날이라 그를 기념하기 위해 정했다고 한다. 셰익스피어와 견줄만한 스페인의 소설가 《돈키호테》를 쓴 세르반테스도 같은 날 사망했다고 한다.)

세상은 놀라운 작가에 대한 찬사로 바쁘다. 나 역시 그와 같은 인류라는 사실 하나만으로도 한없이 고맙고 기쁘다. 더불어 인간의 심리를 그토록 기가 막히게 파악한 셰익스피어의 이름을 한 번 더 속으로 아이처럼 불러보면서 그의 위대성에 고개를 숙인다.

《맥베스》는 권력을 향한 인간의 거침없는 행보를 탁월한 심리 묘사와 함께 적나라하게 그렸다. 마치 거친 황야에서 세 마녀에게 왕이 될 것이라는 예언을 듣고 기쁨과 슬픔이 겹친 놀란 표정의 맥베스가 바로 눈앞에 있는 것처럼 생생한 장면이 살아 있는 커다란 뱀처럼 꿈틀거린다.

예언으로부터 반란은 시작됐으나 예언 이전에도 맥베스에게는 왕이 되고자 하는 욕구가 조금은 있었을 것이다. 그런 데다 예언까지 들으니 주저하던 행동은 거침없었다. 그래도 이건 아니라는 고민에 휩싸여 주춤거릴 때면 마녀보다 더 악랄한 부인의 종용이 맥베스의 칼끝을 춤추게 했다.

《맥베스》에서는 많은 사람이 살해된다. 살해의 결과로 영원히 덩컨 왕의 충직한 신하로 남았어야 할 맥베스는 그 자신이 왕이 됐다. 양심에 괴로워하고 주저하는 인간 맥베스와 사내가 되고 더 큰 사내가 되기 위해 선한 왕을 죽인 역적 맥베스와 어떤 맥베스가 더 인간적인지 잠시 고뇌에 빠진다.

사람들은 《맥베스》를 셰익스피어의 4대 비극 가운데 가장 스케일이 크며 잔인한 작품이라고 말한다. 독일의 노벨상 수상 작가 토마스 만은 "맥베스는 셰익스피어의 비극 중 가장 격렬하고 가장 응축되고 아마 가장 엄청나다고까지 할 만하다."고 말했다.

《오셀로》

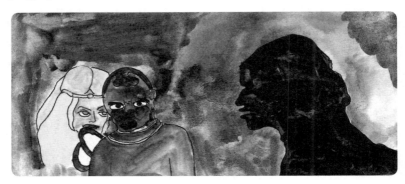

무어인 오셀로는 입술이 두꺼운 흑인이다. 인종을 먼저 언급한 것은 차별하기 위한 것이 아니라 이해하기 위한 것이다. 오셀로는 장군이다. 국가에 해를 끼치기보다는 공을 세우는 사람이다.

오셀로는 또 여자를 사랑할 줄 아는 힘센 남자다. 자상함보다는 거세되기 직전의 수말이 어울린다. 셰익스피어의 4대 비극 중의 하나인 《오셀로》(Othello)의 주인공은 책의 제목처럼 오셀로다.

여자 주인공은 데스데모나다. 데스데모나는 백인이다. 예쁘고 상냥하고 지조가 있어 오셀로뿐만 아니라 모든 남자가 사랑에 빠지고 싶은 여자다. 아버지는 오셀로를 고용한 베니스의 원로원이다.

오셀로와 데스데모나의 궁합은 어쩐지 어울리지 않을 것만 같다. 그래서인지 두 사람은 가족도 모르게 결혼한다. 자, 이 결혼 생활이 행복할까, 아니면 파국으로 치달을까?

앞서 비극이라고 말한 것은 잊어버리고 바로 내용으로 들어가 보자. 누가 행복한 결혼을 파국으로 몰고 가는지, 오셀로인지 데스데모나인지 아니면 누군가 중간에 끼어든 인물 때문인지 막이 오르면 그 내막은 서서히 드러난다.

장군 오셀로에게는 부관과 기사가 있다. 직책은 부관이 높지만 셰익스피어는 부관보다 기사를 먼저 등장시킨다. 그만큼 기사 이야고가 중요한 인물이 되겠다.

이야고는 자신이 부관이 되지 못한 것을 불평한다. 베니스의 유력 인사 3명이 자신을 천거하도록 오셀로에게 깍듯이 인사했고 그만한 값어치를 할 수 있는(이야고 자신의 평가) 자신 대신 겨우 계산만 할 줄 아는 카시오를 선택한 오셀로는 판단을 잘못한 것이다. 그러니 이야고에게 오셀로는 섬기기보다는 미워 죽이고 싶은 존재다.

이야고의 불평을 베니스의 신사 정도로 추정할 수 있는 인물인 로데리고가 거들면서 박자를 맞춘다. 어떤 때는 한술 더 떠 나라면 따르지 않을 거라고 이야고의 가슴에 반항의 불을 지핀다. 둘은 작당을 하고 모의한 결과를 데스데모나의 아버지인 브라반시오에게 일러바치는데 표현이 저속하고 음탕하다. 이야고는 말한다. 지금 이 순간 늙고 검은 숫양이 당신의 암양을 올라탄다. 당신 딸이 아랍 말과 교접하는데 당신의 손자들은 말 울음소리를 내고 조카들은 조랑말로, 청색 말을 친척으로 가지게 된다고.

브라반시오는 당장 횃불을 대령해 오셀로를 찾아 나선다. 찾는 것은 쉽다. 이야고가 그가 어디에 있는지 사전에 다 말했기 때문이다. 오셀로는 한창인 키프로스 전쟁의 출전 준비에 바쁘다. 그러니 원로원인 브라반시오라 해도 안보를 무시하고 그를 당장 어찌하거나 해고할 수는 없는 노릇이다. 로데리고를 앞세우고 브라반시오가 오셀로를 찾아 나선 사이 사악함으로 가득 찬 이야고는 로데리고를 험담하면서 장군님에 대해 비열하고 도발적인 언사를 하는 놈을 갈빗대 밑으로 쑤셔 버리고 싶다고 떠벌인다.

한편 원로원은 이 결혼이 합당한 것인지 조사에 나선다. 이야고는 오셀로와 원로원을 이간질한다. 그러나 오셀로는 원로원에 공헌한 자랑스러운 공적과 자신이 왕족의 후예임을 들이대면서 데스데모나를 사랑하지 않는다면 바닷속 보물을 다 준다 해도 자신을 속박하는 일 따위는 없을 거라고 다짐한다.

반면 브라반시오는 오셀로가 딸과 결혼한 것은 욕정을 불러오는 센 약물이나 그와 비슷한 효능을 가진 마약을 썼을 것이라고 흥분한다. 무슨 약물이나 요술, 주문, 마법, 강압에 의한 결혼이었다는 것.

오셀로는 데스데모나가 자신을 사랑한 것은 자신이 겪은 위험 때문이고 그 위험을 동정했기 때문이었다고 항변한다. 자신이 마법을 썼다면 이것이 유일하다는 것. 이야기를 들은 공작은 이런 이야기라면 내 딸도 얻을 수 있을 것 같다고 오셀로 편에 선다.

데스데모나도 지금까지는 아버지의 딸이었으나 이제는 제 주인이 무어인이라고 선언한다. 화가 난 아버지는 자식을 낳느니 입양하는 것이 낫겠다며 퇴장한다.

문제가 해결되자 공작은 막강한 함대를 끌고 키프로스로 향하는 터키군을 막기 위해 오셀로를 원정 대장으로 임명하고 오셀로는 데스데모나가 그 길에 동참하기를 원한다. 그녀 역시 용맹스러운 그를 사랑하고 있고 영혼과 운명을 헌납한 이상 그와 함께 가겠다고 간청한다. 데스데모나의 호송을 맡은 이야고는 부관 카시오와 데스데모나가 그렇고 그런 사이라고 오셀로가 의심하도록 기회를 엿본다. 오셀로와 카시오 둘 다를 한꺼번에 추락시킬 음모가 착착 진행된다.

1막이 끝나고 2막이 시작되면서 전쟁은 싱겁게 끝난다. 막강한 터키군이 심한 태풍이 불어와 그들의 간절한 기도(오셀로 군을 대파해 달라는)를 요절냈기 때문이다.

현지에 도착한 이야고는 카시오가 데스데모나에게 교양있는 자가 예의로 손에 키스하고 미소 짓자 '그래, 잘하는 짓이다.'라고 속으로 생각하면서 자신의 계략이 착착 진행되고 있음에 만족한다. (이에 앞서 이야고는 자신의 부인이며 데스데모나의 시중을 드는 에밀리아와 그녀를 상대로 음담패설을 늘어놓는다. 예를 들면 당신네들은 집안일은 대충하고 잠자리는 밝히면서 일어나서 놀고 자러 가서 일한다고 대놓고 나무란다. 당시 사회 분위기를 알 수 있는 대목이다.)

뒤늦게 데스데모나를 만난 오셀로는 가장 행복한 순간, 지금 죽어도 좋을 만큼 영혼의 절대 만족을 느끼고 데스데모나 역시 하늘의 신들이 자신들의 사랑과 안락이 나날이 늘어나게 키워 줄 것을 당연하게 여긴다.

그 꼴을 보고 있는 이야고는 속이 뒤집힌다. 이야고는 지금은 잘 조율된 악기와 같으나 그 줄을 풀어 음악을 망칠 생각으로 가득하다. 먼저 로데리고에게 데스데모나가 카시오를 명백히 사랑한다고 거짓 소문을 낸다.

놀라는 로데리고에게 이야고는 무어인이 거짓말로 사랑을 약속했으나 데스데모나가 재미를 보고 나서 격정이 둔해지면 다시 욕정에 불을 붙여야 하고 그럴라치면 시커먼 악마보다는 비슷한 나이, 매력적인 용모, 아름다움이 있는 카시오게 쏠린다고 못된 교육을 시킨다.

그래도 의구심을 품자 손잡는 거 보지 않았느냐, 그런 다음 포옹을 하고 궁극에는 주요 행사인 살 섞기가 벌어진다고 확신을 심어준다. 카시오에게는 술을 먹여 일부러 싸움을 일으키도록 유도한다.

술에 약하고 술만 먹으면 실수를 하는 카시오가 과음해 실수를 저지르도록 작전을 짠다. 계획은 그대로 맞아 떨어졌다. 이유도 모른 체 오셀로의 전임자를 찌른 카시오에게 오셀로는 더는 자네는 내 부관이 아니라고 선언한다.

이야고는 의기소침한 카시오에게 한 가지 방법을 알려준다. 데스데모나에게 자신의 복직을 위해 신경 써 달라고 부탁하면 일이 쉽게 풀릴 거라는 것. 순진한 카시오는 그 말을 듣고 데스데모나에게 장군께 자신의 복직을 말해 줄 것을 간청하고 이해심 많은 데스데모나는 그런 카시오를 위해 구명운동을 한다. (이 모습을 오셀로가 보도록 이야고가 사전에 간계를 꾸민 것은 셰익스피어의 구성이 얼마나 치밀한지 말해 준다.)

이야고는 오셀로에게 질투심을 경계하라고, 질투로부터 지켜달라고 그것은 푸른 눈의 괴물이라고 짐짓 충고를 잊지 않는다. (이야고의 계략은 가히 삼국지의 제갈공명을 능가하고도 남는다.)

질투심을 조심하라면서 질투심을 부추기는 이야고는 부인과 카시오를 잘 관찰하라며 오셀로의 가슴에 불을 지핀다. 그는 데스데모나를 베니스의 여자들에 빗대 말한다. 그녀들은 안 하는 게 아니라 안 들키는 게 최고의 도덕관이다. 이 말을 듣는 오셀로의 표정이 어떨지는 안 봐도 짐작이 간다.

의심하기 전에 알아보고 의혹이 생기면 검증하고 증명되면 사랑 아니면 질투를 없애는 단 하나의 해결책만이 있다는 오셀로가 과연 어떤 해법을 내놓을까.

'정직한 이야고'만 되뇌면서 '이 자는 분명 말하는 것보다 더 많은 것을 알고 있다'고 확신하는 오셀로는 내가 사랑하는 데스데모나의 한구석만을 차지하고 다른 사람이 나머지를 쓰게 하는 일을 없을 것이라고 장담한다.

공병을 포함해 모든 군인이 아내의 달콤한 육체를 맛보았더라도 아무것도 몰랐으면 행복했을 거라고 괴로워하면서 몸부림치는 오셀로. 그는 더 참지 못하고 이야고에게 확실한 아내의 간통 사실을 대라고 위협한다. 이야고는 옆에서 자고 있던 카시오가 꿈속에서 데스데모나와 정사를 즐겼던 잠꼬대를 이야기하고 덜떨어진 아내 에밀리아가 주어온 딸기무늬 손수건 이야기로 이것이 확실한 증거가 아니고 무엇이냐고 되레 따진다. (에밀리아는 남편 이야고의 말에 복종하고 결정적으로 오셀로와 데스데모나를 이간질한, 손수건 위증의 증인이지만 데스데모나가 죽은 뒤로는 이야고를 배신한다.)

이제 부관은 이야고가 되고 이야고는 장군께 영원한 부하인 것을 맹세한다. 4막과 마지막 5막은 비극의 연속이다. 질투에 눈이 먼 오셀로는 아내를 창녀, 매춘부라고 부르고 이야고가 말한대로 카시오와 수천 번의 수치스러운 범행을 저질렀다고 확신한다.

스스로 이야고에게 독약을 달라고 재촉하면서 더 많은 남자를 배신하기 전에 아내를 죽이기로 결심하는 못난 오셀로. 이야고는 독약 대신 목을 조르라고, 그녀가 오염시킨 침대에서 해치라고 재촉한다.

팁 _____ 데스데모나는 오셀로뿐만 아니라 카시오, 이야고, 로데리고 등 모든 남자들이 자고 싶어 하는 여자다. 그만큼 그녀의 눈이 색을 원한다는 것을 남자들이 간파한 것이다. (이야고가 오셀로와 그녀를 파멸하기로 한 이유는 승진누락 때문으로 보이나 점차 성적인 이유로 해석되고 있다. 이야고는 오셀로는 물론 카시오도 자신의 부인을 올라탔을 것으로 확신한다. 부인에겐 부인으로 되갚음 하기 전에는 영혼의 만족은 불가능하고 없다는 것이 이야고의 판단이다.)

그러나 데스데모나는 남자들의 이런 억측과는 달리 실제로는 정숙한 것이 틀림없다. 오셀로에게만은 뜨거웠던 여자지만 그가 터무니없이 의심한 것처럼 모든 군인은커녕 어느 남자에게도 예의가 아닌 욕정에서 우러나오는 손을 내밀거나 포용을 하거나 심지어 살을 섞는 행위는 하지 않았다. 그래서 그녀의 죽음은 더욱 슬픈 것이고 뒤늦게 자살한, 한때는 그토록 뛰어났던 오셀로의 죽음은 그녀를 의심하고 질투하고 배신한 못난 남성이 취할 수 있는 단 하나의 마지막 행동이었기에 슬프기보다는 당연한 것으로 받아들여진다. 그는 스스로 말하듯이 명예로운 살인자는 더더욱 아니다.

질투로 인해 살인을 저지른 지구상에서 가장 못난 남자가 바로 오셀로라고 할 것이다. 사랑의 화신이 일순 질투의 화신으로 변하는 극과 극을 넘나드는 새가슴은 마땅히 경계해야 한다. 그러나 남자의 그릇은 여자의 사랑을 담기에는 너무나 작아서 오늘날에도 질투로 인한 비극은 끊임없이 계속되고 있다. (안타까운 일이다.)

한편 오셀로나 데스데모나보다 더욱 중요한 인물인 이야고에 대한 등장인물들의 맹목적인 믿음과 정직은 어디서 오는지 그것이 궁금하다.

이야고야말로 세상의 모든 불화를 가져오게 만드는 현대판 음모론자의 우두머리임이 틀림없다. 인도와도 바꾸지 않겠다는 영국인의 자존심 셰익스피어가 창조해낸 인류 역사상 가장 뛰어난 간신이 바로 이야고가 되겠다.

멋 대 멋

시험관 아기와 반신반인

시험관에서 태어난 아이들은 멋진 인생을 살고 있다. 상상이 아닌 현실에서 그렇다. 그들은 태어나자마자 신분이 정해지는데 신분에 따라 하는 일도 정해져 있다. 그러니 무슨 공부를 해서 무엇이 되겠다고 걱정할 필요가 전혀 없다. 그들은 태어나면서부터 정해진 길을 따라 걸어가거나 달려가면 그뿐이다. 대학 때문에 골머리 썩을 일도 없고 취직 걱정으로 잠 못 이룰 이유도 없다. 이성 때문에 손톱을 물어뜯지 않아도 된다. 고민거리가 없고 따라서 불평불만도 없다. 이런 멋진 삶도 한 번쯤은 해 보고 싶지 않은가? 그런 삶을 올더스 헉슬리는 오래전에 꿈꿨고 꾼 것을 시험 답안지처럼 글로 적어냈다.

오디세우스 역시 멋이라면 둘째가라면 서럽다. 자신을 기껏 시험관 아기와 비교한다면 벌컥 하고 화낼 것이 분명하다. 왜냐고? 그는 반신반인이기 때문이다. 하찮은 인간과 비교 대상이 아니다. 더구나 엄마 뱃속도 아니고 시험관에 싸여 나온다니 이는 그에 대한 모욕치고는 아주 치사하다. 그는 신의 경지에 오른 인간이다.

싸움에는 천하무적이며 '사랑은 뜨겁게, 사랑은 뜨겁게' 불타오른다. 군가에 나오는 노래 가사를 흉내 내고자 하는 것이 아니다.

그 옛날에서부터 오늘날까지 그를 능가하는 멋진 사람은 아직 나타나지 않고 있다. 일당백의 신기한 묘기를 부리고 조강지처를 향한 사랑은 태양보다 더 열기를 뿜어낸다.

그가 세상을 향해 포효하면 신의 왕인 제우스조차 몸을 사렸다. 복수의 칼날을 휘두를 때면 산천초목이 부르르 떨었다. 이런 멋진 삶도 한 번쯤은 살아 보고 싶지 않은가.

짧은 감상평

《멋진 신세계》

금수저나 흙수저는 태생을 확인하는 말이다. 어느 것을 물고 나오느냐에 따라 그 사람의 운명이 결정된다. 이는 과거의 용어가 아니라 살아있는 현재의 말로 인간의 계급을 설명하는 중요한 잣대로 작용하고 있다.

올더스 헉슬리의 《멋진 신세계》(Brave new world)에 나오는 사람들 역시 현재처럼 태생으로 사람의 운명이 정해진다. 그런 것을 보면 소설이 예상한 600년 후의 세계는 이미 지금 실현되고 있는 셈이다. 계급뿐만 아니라 미래 세계를 그린 여러 부분이 맞아떨어지거나 그러할 거라고 예상되는 상황이 상당수 있다. 헉슬리야말로 다가올 먼 훗날을 알아서 맞추는 미래 예언자라고 해도 과언이 아니다.

그가 말하는 멋진 신세계, 다름 아닌 유토피아는 아버지나 어머니가 없고 따라서 가족관계도 없다. 아이들은 부모가 아닌 시험관에서 태어난다. (이 세계에서는 아버지나 어머니 혹은 가족이라는 단어를 입에 올리는 것은 음담패설처럼 비열하게 취급된다.)

그곳에서 아이들은 신분이 분리되는데 현재처럼 두 종류가 아닌 알파, 베타, 감마, 델타, 엡실론 등 5개의 계급으로 구분된다. (최하층인 엡실론은 산소 공급을 적게 받아 평균적인 인간의 두뇌를 갖지 못한다.)

정해진 신분에 따라 알파는 지배계급 역할을 하고 델타나 엡실론 등은 소위 말하는 3D 업종에 종사해야 한다. 그래도 그들은 그들의 일을 사랑하게끔 반복 훈련을 받았기 때문에 일이 괴롭기보다는 즐겁다. (예를 들어 화학 공장 노동자들은 납이나 가성소다, 타르, 염소에 대한 저항력 훈련을 받고, 로켓 조종사는 거꾸로 있을 때 진정한 행복을 느끼도록 똑같거나 유사한 최면 학습을 반복시킨다. 하급 신분 계층은 꽃이나 책을 보면 증오하도록 했는데 이런 것에 감마나 델타들이 관심을 갖는 것은 공동체의 시간을 낭비하는 것이기 때문이다.)

이는 현재의 금수저와 흙수저와 다른 점이다. 흙수저는 금수저가 되지 못한 것을 한탄하고 원망하고 불만을 품으면서 사회 위협 세력이 되기도 하고, 반대로 그렇게 되기 위해 죽도록 노력도 해보지만 감마나 델타, 엡실론 등은 전혀 그런 생각이나 노력을 하지 않는다. 노력은커녕 현실에 만족하고 되레 신분 상승을 꿈꾸는 것은 행복을 저해하는 위험한 것으로 간주한다. 그것은 그들이 인공부화실에서부터 이미 그렇게 길들었기 때문이다. 태생적으로 세뇌된 그들은 아무리 뜨거운 용광로에서 작업하더라도 그 자체를 매우 행복스럽게 여긴다. 그러니 불평이니 불만이 있을 수 없다. 반복적으로 주문을 넣은 뇌는 열기에 행복을 느끼도록 적응돼 있다. 이처럼 하위 계층 인간들은 복종하는 삶에서 행복을 누린다.

반항이 없는, 한마디로 순응하는 백성들을 다스리는 알파들은 반란이나 역적모의는 전혀 신경 쓰지 않고 오로지 자신들의 행복만을 추구하면 된다. (이러한 사실은 부화 습성 훈련국장이 하나의 난소로부터 1만 5,000명의 성인을 만들어 낼 수 있는 신생아실을 학생들에게 견학시키면서 자연스럽게 설명된다. 헉슬리는 소설의 초반부에 이런 장면을 배치해 독자의 이해를 돕는다. 사실 이 소설은 중간이나 결말보다는 시작부가 긴장감이 높고 흥미롭다.)

멋진 신세계에 사는 그들은 귀찮고 힘든 임신을 할 필요가 없다. 하지만 섹스는 무제한이다. 상대는 전부이다. 이것은 모든 사람은 다른 모든 사람을 공유한다는 구호에 충실히 따른 결과다. 따라서 한 명의 섹스파트너만을 두고 있으면 비정상적이 된다.

남자든 여자든 파트너는 많을수록 좋고 원하기만 하면 서로 공유하는데 소유 개념이 없어 질투나 사랑에 눈이 멀 리도 없다. (중요한 인물인 여주인공 레니나를 평할 때면 그녀가 매우 탄력이 있다는 말을 아무렇게나 하며 이를 듣는 남자들이 모두 동감한다. 이는 레니나가 거기 있는 남자들과 동침했음을 의미한다. 소년과 소녀들도 성애를 아무 거리낌 없이 하고 그렇게 하도록 끊임없이 교육한다. 성교 놀이에 소홀하면 다른 예쁘장한 아이를 찾아보거나 비정상적인 문제는 없는지 심리 치료를 받는다. 한마디로 어른, 아이 할 것 없이 섹스의 천국이라고 할 만하다.)

이곳에서는 늙지도 병들지도 않는다. 지상낙원이 따로 없다. (하지만 죽음을 피할 수는 없다.)

무엇인가 잘못됐다고 느낄 때면 소마를 먹으면 되고 심각한 정도에 따라 양을 조절하면 금세 그것은 원래대로 돌아와 고통 없는 행복한 상태가 된다. (지금 유통되고 있는 환각 물질이나 마약을 연상해 보면 이해가 쉽다.)

그런데 간혹 문여리 같은 인간이 멋진 신세계에도 태어나기 마련이어서 알파 출신의 버나드(그것도 알파 마이너스가 아닌 플러스)는 혼음이나 불평불만이 없는 삶에 대해 위험한 의구심을 드러낸다.

체격도 감마처럼 왜소한 그는 야만인들이 사는 멕시코 보호구역에 가보고 싶어 한다. 버나드가 이런 생각을 하는 것은 그가 아직 병 속에 있을 때 누군가가 실수로 감마인 줄 알고 대용 혈액 속에 알코올을 넣었기 때문이다.

그는 우여곡절 끝에 야만인 보호구역으로 간다. 향수도 없고 텔레비전은 물론 더운물도 나오지 않는 곳으로. 레니나의 반응은 차가우나 이상하게 끌리는 버나드의 제의를 거절하지 못하고 로켓 비행기를 타고 그와 동행한다.

보호구역은 야만인들답게 아이들이 엄마, 아빠에서 태어나고 가족을 이루고 산다. 나이가 들면 피부가 쭈글쭈글해지고 늙는다. (내분기계를 조절해 평생 삼십 살의 건강을 유지하는 자신들의 세계와 비교하면서 일행은 정말로 야만인의 세계에 도착했음을 실감한다.)

이런 끔찍한 곳에 존이 살고 있다. (존은 문명 세계에 사는 부화본부 국장의 자식이다.) 과학적 필요성에 의해 존은 늙은 엄마 린다와 함께 버나드 일행을 따라 멋진 신세계인 런던으로 온다. 이후 존은 국장을 만나 배설물처럼 더럽고 야비한 아버지라는 이름을 부른다. (이 사실을 안 절대자 포드에 의해 국장은 직위에서 쫓겨난다.)

야만인 존이 보는 문명인의 세계. 그리고 그를 위한 레니나의 관심. 하지만 존은 문명 세계에 어울릴 수 없다. 그는 동물원의 원숭이처럼 문명인들의 구경거리가 된다. 육체뿐만 아니라 정신도 죽이는 소마를 버리라거나 노예 말고 자유를 주러 왔다, 인간성과 이성을 찾으라는 말은 문명인의 조롱거리 그 이상도 이하도 아니다.

야만인이 보기에 문명인의 세계는 야만의 세계, 유토피아 아닌 디스토피아 바로 그것이다. 그는 견디지 못하고 마침내 두 발을 한 쌍으로 해서 아치형 복도의 꼭대기에 매달린다. (그 전에 린다도 소마 과다 복용으로 죽는다.)

팁 _____ 문명 세계에서는 '오 마이 갓!' 대신 '오 마이 포드!'라고 외친다. 포드는 그 유명한 포드 자동차를 만들어 대량 소비를 이끈 헨리 포드를 가리킨다. 그를 기념하기 위해 작가는 《멋진 신세계》의 절대자를 포드라고 이름 짓고 세계를 포드 이전과 이후로 나누고 있다. 여기에는 셰익스피어가 자주 인용된다.

그의 작품 《오셀로》나 《로미오와 줄리엣》은 물론 《햄릿》도 나오고 《리어왕》이나 《맥베스》, 《템페스트》도 등장한다. (문명 세계에서는 이런 금지된 도서 말고 촉감 영화나 냄새 풍금이 그것을 대신한다. 흥미롭다. 어떤 세상이 문명 세계이고 야만 세계인지 헷갈린다.)

어쨌든 이야기는 앞서 말한 것처럼 전반부에 흥미로운 일들이 다 나와 있고 후반부는 야만인의 등장과 설교조의 말로 다소 김이 빠지는 형국이다. 하지만 이 부분은 작가가 말하고자 하는 핵심 부분에 해당한다. 그래서 재미가 없어도 끝까지 읽어내야 한다. 조지 오웰의 《1984》처럼 대표적인 예언적 소설로 미래 세계 인간들에게 도덕성과 자유가 얼마나 소중한지 깨닫게 해주는 고마운 책이다.

《오디세이아》

신들의 이야기는 언제나 흥미롭다. 거기에 인간까지 가세하면 배가 된다. 신과 거의 동급인 인간과 오로지 인간, 그리고 완전한 신의 이야기가 합쳐지면 그야말로 서사시가 된다.

서사시 가운데 문학적 성취까지 더해진 대서사시가 바로 《오디세이아》(Odysseia)가 되겠다. 작가로 알려진 호메로스가 언제 태어나서 언제 죽었는지 생몰 연대를 알지 못하므로 이 작품이 쓰인 정확한 시기를 알 수는 없다.

후대인들은 그의 다른 대작인 《일리아스》가 기원전 8세기경에 그리고 반세기 후 정도에 《오디세이아》가 완성된 것으로 추측하고 있다. 우리가 상상하기 어려운 아주 오래전의 작품이라는 말이다. (서양 최초의 문학작품이라고 평하기도 한다. 처음이니 이후의 작품은 모두 이 작품을 모방 혹은 참조했다고 봐야 한다.)

《일리아스》를 읽은 후 《오디세이아》를 봐야 제맛을 안다는 사람도 있지만 《오디세이아》만 읽어도 작품을 이해하거나 스케일의 정도를 가늠하는데 전혀 지장이 없다. 그러니 두려워 말고 둘 다를 읽을 여력이 없는 독자는 주저 없이 《오디세이아》를 집어 들고 서둘러 독파하기를 권한다.

트로이 전쟁이 끝났다. 죽지 않고 살아남은 자들은 고향으로 돌아갔다. 하지만 승리의 일등공신 반신반인(그이 정도는 돼야 이런 표현을 쓸 수 있다. 아무에게나 쓰는 용어가 아니다.)인 오디세우스는 10년이 지났어도 그러지 못하고 있다. 젊고 아름다운 칼립소섬 아틀라스의 딸 뮤즈가 그와 결혼하고 싶어 동굴 속에 잡아 두고 그와 살고 있기 때문이다.

그에 앞서 오디세우스의 부하들은 태양신의 소를 잡아먹는 불신을 저질렀다. 하늘의 분노가 어찌 땅에 닿지 않겠는가. 오디세우스가 귀국 허가를 받지 못하는 것은 당연하다.

하지만 반대하는 자가 있으면 찬성하는 자가 있는 것은 인간의 세계나 신의 세계나 다를 게 없다. 오디세우스의 적이 포세이돈이라면 그의 친구는 빛나는 눈의 여신 아테나가 되겠다. 이 여신은 오디세우스의 아내 페넬로페 이상으로 오디세우스를 위해 헌신한다. 헌신의 이유는 어진 오디세우스의 처지가 가엾다는 것인데(다른 이유는? 결정적인 순간마다 아테나는 오디세우스를 돕는다. 책에는 전혀 언급이 없으나 여신인 그녀가 인간적인 오디세우스에게 연정을 품은 것은 아니었을까. 아니면 그와 비스무리한 감정은 아니었을까? 지극히 개인적인 생각을 해 본다.) 가엾다는 이유 하나만으로 그를 돕는 그녀의 정성은 가히 최고 수준이다.

따라서 《오디세우스》는 포세이돈과 아테나의 맞대결이라고 해도 과언이 아니다. (전혀 아닌가?) 과연 신들의 대리전쟁에서 누가 승리자가 될 것인가. 답은 나와 있다. 포세이돈은 그를 괴롭힐 수는 있어도 죽일 수는 없다.

우여곡절 끝에 오디세이아는 홀몸으로 그가 다스리던 이카타 왕국으로 돌아온다. (부하들은 고생한 보람도 없이 모두 죽었다. 책에는 자세히 나와 있지 않으나 그는 그것을 부끄러워했을 것이다.)

귀국이 순탄치 않았다는 것은 앞서 말했다. 그 사이 그의 고향 땅에서는 어떤 일이 벌어지고 있었을까. 사람들은 그가 죽은 것을 의심하지 않았다. 아무리 천하의 장수라 해도 전쟁이 끝났는데 이렇게 오랜 시간 고향으로 돌아오지 않는 것은 죽음 이외에는 달리 설명할 길이 없기 때문이다.

호랑이 없는 숲에서 이리가 날뛰기 마련이듯이 오디세우스 없는 고향에서는 행세깨나 하는 지역 유지들이 오디세우스를 대신해 페넬로페의 남편 역할을 갈망한다.

그의 집에 매일 밤 몰려들어 살찐 양과 암소를 잡아먹고 노래와 춤을 추며 황금 술잔에 포도주를 퍼마신다. 모두 오디세우스의 재산이다. 아들 텔레마코스는 분통을 터트리나 그들과 맞서기에는 아직 어려 역부족이다. 해서 그는 외갓집에 연락해 차라리 어머니가 지참금을 가장 많이 가져오는 자와 재혼하기를 바라는 불행한 처지에 몰린다.

그러나 페넬로페는 아들의 바람과는 달리 누가 그러라고 시키지 않았음에도 정절을 지키면서 남편을 기다린다. (대단한 인내력이다. 무려 그 기간이 전쟁 포함 20년이다. 세계사에 기록할 만한 수절 여자다. 서양 역사에서 이처럼 오래 수절한 여자는 과문한 탓인지 내가 아는 한 없다. 과연 그 남편에 그 아내다.)

구혼자들의 성화는 날로 거세지고 페넬로페는 한 가지 꾀를 낸다. 3년 동안 죽은 남편에게 입혀 줄 수의를 만든다는 핑계로 낮에는 옷감을 짜고 밤에는 풀고 하면서 버텨낸다.

그 인고의 시간은 허벅지 안쪽 살을 달군 인두로 지지며 참아내는 어느 나라의 옛 여인들을 연상시킨다. 그러나 4년째 되던 날 시녀의 수다로 손으로 만들었다 푸는 그녀의 수작은 들통이 나고 말았다.

이제 그녀는 새로운 변명 거리를 찾지 못하고 재가해야 하는 위기에 처했다. (바라던 바는 아니다. 그럴 거라고 유추해 볼 만한 정황은 어디에도 없다. 그러함에도 불구하고 그녀가 한 번쯤은 한눈을 팔았으면 좀 더 인간적이지 않았을까 하는 또 다른 생각을 해본다.)

한편 제우스신과 아테나의 도움으로 나 홀로 뗏목을 타고 칼립소섬을 떠나 머나먼 귀향길에 오른 오디세우스의 앞길은 온통 지뢰밭이다. (이즈음 아들은 아버지의 생사를 확인하기 위해 구혼자들에게 꺼지라고 경고한 후 어머니 몰래 아테나의 도움을 받아 집을 떠나 머나먼 항해 길에 나선다. 어머니를 두고 떠나는 것이 경솔할 수 있으나 조금 성장한 아들이 집에만 있는 것은 남자 다운 태도가 아니라고 판단했다.)

우여곡절 끝에 텔레마코스는 아버지가 칼립소섬에 억류돼 있다는 소식을 듣고 죽지 않고 살아있다는데 안심을 한다. 그런데 이 사실을 이타카섬에 있는 구혼자들도 알아챈다.

그들은 모여서 그가 돌아오면 그 즉시 죽여 버리자고 작당 모의한다. 오디세우스는 그를 미워하는 포세이돈에게 들켜 거센 풍랑을 맞아 뗏목이 부서지는 위기를 맞는다. 겨우 헤엄쳐 한 섬에 도착하는데 그곳에는 반신반인인 스케리아왕의 딸로 아직 남자를 모르는 처녀 나우시카가 기다리고 있다.

　그녀의 도움으로 겨우 목숨을 부지한 그는 트로이성을 함락할 때보다도 더 심한 생명의 위협을 느끼며 고향길을 재촉한다. (떠나면서 그는 생명의 은인인 그녀에게 어떤 재물이나 선물도 내놓지 못한다. 주기만 하고 아무것도 받지 못한 불쌍한 나우시카. 그녀를 마음으로나마 위로한다.)

　아편을 먹는 로터스족을 만나고 산 중턱의 동굴에 살며 거대한 몸집을 가진 외눈박이의 거인이 사는 키클롭스의 나라에 도착하기도 한다. 거기서 사로잡힌 오디세우스 일행은 키클롭스의 먹이가 되고 오디세우스는 그 자신도 먹잇감이 될 위기에서 선물로 받은 포도주로 그를 취하게 한 후 하나밖에 없는 눈을 창으로 찌른다. 이후 세 마리 양의 배 밑에 숨어 겨우 탈출한다.

　그는 탈출하면서 '아무것도 아닌 자'가 아니라 오디세우스라고 자신의 이름을 밝히고 그를 몹시 꾸짖었는데 키클롭스는 포세이돈의 아들이었기에 오디세우스는 이후 더 혹독한 여정을 겪는다.

　부하들은 보지 말라며 바람의 신이 준 가죽 부대를 호기심 때문에 열어 마녀 키르케가 사는 섬에 표류해 아홉 해를 묵은 수퇘지가 되기도 한다. 오디세우스는 산 자는 갈 수 없는 하데스의 궁전으로 내려가 앞날의 예언을 듣고 힘이 장사인 헤라클레스를 만나기도 한다.

　노래하는 님프 세이렌은 그 아름다운 소리로 사람을 홀려 잡아먹는데 먹히지 않기 위해서는 밀랍으로 귀를 막는 수밖에 없다. 기어이 노래를 듣고 싶어 하는 오디세우스는 돛대에 자신의 몸을 묶게 해서 위험을 벗어난다.

　여기까지가 고향으로 돌아오기 전까지 오디세우스가 겪은 대략적인 모험담이다. 고향으로 돌아온 후의 이야기는 《오디세이아》의 후반부에 속한다고 볼 수 있는데 전반에 견주면 분량이 거의 비슷하다.

과연 오디세우스는 예상대로 자신의 아내를 괴롭히고 재산을 탕진한 구혼자들에게 멋진 복수를 한다. 이제는 어른이 된 아들은 무사히 돌아와 아버지와 함께 적들을 물리치는 데 힘을 보탠다.

권선징악을 좋아하는 인간이라면 신의 이야기와 인간의 이야기가 합쳐진 언제 들어도 흥미진진한 이 소설을 반드시 기억해야 한다.

팁 _____ 《오디세이아》는 오디세우스의 모험담이고 영웅담이다. 트로이 전쟁이 끝나고 자신이 군주였던 고향 이케타섬으로 돌아가는 41일간의 여정이 그야말로 엄청나다.

세어 본 사람들에 의하면 이 이야기는 총 1만 2,110행에 이른다. 이 책은 오늘날 서양 문명의 근원이며 그리스 정신을 대표하는 지성의 요람으로 평가되고 있는데 밀도 높은 치밀한 짜임새와 요소요소에 집어넣은 입이 쩍 벌어지는 이야기는 과연 그런 평가가 허언이 아니라는 사실을 증명한다. 작가 호메로스를 신처럼 칭송하는 이유에 고개가 끄덕여진다.

단언하자면 나는 '이 책을 읽은 사람은 읽기 전의 그가 아니다.'라고 말할 수 있다. 어느 날 자신이 나이 23세가 넘어 더는 키를 키울 수 없는데도 불구하고 더 커진 나를 발견한다면 그것은 《오디세우스》를 읽었기 때문이다.

사족을 붙이면 신들의 아버지인 제우스는 물론 어떤 신이라도 심지어 지하에 사는 하데스조차도 뇌물이나 선물을 아주 좋아한다는 점이다.

살이 찐 소 100마리와 새끼를 낳지 않은 암소 중에서 가장 훌륭한 놈으로 제사를 지내면서 소원을 빌면 안 이루어지는 것이 없다는 것을 감히 말하고 싶다. (선물을 주고 조건을 거는 것이 보기 좋은 것은 아니지만 신의 뜻이 그것이니 불사의 신이 아니고 언젠가는 죽는 인간이 바라는 것을 이루기 위해서는 달리 어떤 방도가 있을 수 없다.)

혈통을 따지고 뉘 집 자식인지, 아버지가 뭐 하는 사람인지 물어보고 판단하는 장면들이 자주 나올 때면 시공간을 뛰어넘어 여전히 기세등등한 인간종 무리의 속 좁음을 한탄할 수밖에 없다.

귀국한 후 벌이는 오디세우스의 처절한 복수 이야기는 전편에 속하는 귀국을 위해 고군분투하는 이야기만큼이나 대단하니 마지막 마침표를 찍을 때까지 한눈을 팔아서는 안 되겠다.

당신이 몰랐던 문장이 내게로 왔다

황당 대 황당

아큐와 그레고르

볼일을 보고 있는데 갑자기 차가 출발하면 황당한 것이다. 떠나리라고 예상하면서 트럭 뒤에 있지는 않을 것이기 때문이다.

이런 일도 있다. 맞았으면서도 때렸다고 주장하고 그러니 내가 이겼다고 떠벌리는 일이다. 이 역시 황당하기는 마찬가지다. 그러나 황당의 압권은 자고 일어나 보니 유명해지기보다는 한 마리의 커다란 벌레로 변신해 있는 경우다. 현실성이 없다고 주장해도 어찌할 수 없다. 벌레로 변신한 이야기가 책에 나와 있기 때문이다.

루쉰은 《아큐정전》에서 맞고도 때렸다고 주장하는 아큐의 이런 태도를 아큐식 정신 승리법이라고 이름 지었다. 자기가 지고도 이겼다는 이런 편리한 인식은 사는데 어느 정도 도움을 줄 수는 있지만 되풀이되면 그 인간의 종말은 보지 않고도 짐작할 수 있다.

벌레 이야기는 이보다 더 끔찍하다. 이불 속에 있는 것이 사람이 아닌 벌레였다면 누구나 비명을 지르지 않을 수 없다. 식구 중에 누가 이런 변을 당했는데 사과를 던진 아버지를 비난만 할 수 있을까. 카프카는 《변신》

에서 사람에서 벌레로 변신한 그레고르의 이야기를 진지하게 그려 황당의
정점을 찍었다.

짧은 감상평
《아큐정전》

　루쉰의 《아큐정전》은 가독성이 있다. 등장인물도 많지 않고 게다가 분
량도 짧다. 독서가 심드렁할 때 읽기 딱 좋은 고전이다. 한 사람이 이름을
여러 개 쓰지도 않는다. 어디서 본 듯한, 들은 듯한 인물이며 이야기다. 몇
날 며칠을 읽어도 도무지 마침표가 보이지 않는 장편도 아니다. 맘먹고 읽
으면 한두 시간이면 끝이다.
　어려운 내용도 아니고 줄거리가 복잡하지도 않다. 그런데 읽고 나서 흐

뭇한 기분이 드는 것은 여느 위대한 고전과 다를 바 없다. 그러니 새해가 시작됐으나 아직 제대로 무언가를 해보지도 않고 지쳐있는 지금이 읽기에 딱 알맞은 순간이다.

미장의 작은 마을에 아큐가 살고 있다. 조상이 누구이고 어디서 왔는지 행적이 수상한데 언제부터 인가 마을 사람들은 허드렛일이 생기면 아큐를 데려다 썼다. 말하자면 아큐는 바쁜 날에만 필요한 잡부로 하루살이 인생이다. 그러니 그가 사는 곳도 변변치 않다. 제사 지내는 토곡사의 사당이 그의 거처다. 부모는커녕 형이나 동생도 없는 혈혈단신이다.

떠들썩한 곳을 좋아하며 대낮에 황주라도 한 잔 걸친 날이면 결혼도 하지 않은 주제에 수재인 마을 지주인 조 영감의 자식보다도 '내 아들이라면 더 훌륭했을 텐데' 하는 하나마나한 자존심으로 기분이 우쭐해진다. 더구나 성에 몇 번 들락날락했던 경험을 자랑삼아 미장 사람들을 아주 촌뜨기라고 우습게 여긴다. 말하자면 이전에는 잘 살았고 견식도 있고 못하는 게 없는 인간이었다. 그러나 그의 얼굴은 잘생긴 편이 못됐다. 루쉰에 따르는 외모는 형편이 없고 특히 머리에는 숱이 거의 없는 대머리 신세다.

마을이라면 어디에나 있는 건달패들은 툭하면 아큐의 이런 머리를 놀려 먹는다. 화가 난 아큐가 욕지기를 하거나 때리려고 덤벼들지 않는 것은 자기보다 약한 존재라고 생각했어도 언제나 얻어맞는 쪽은 자신이기 때문이다. 그래서 '아들놈에게 맞는 것이다.'라고 스스로 위안을 삼고 이긴 쪽은 자기라고 여겼다. 이른바 아큐식의 정신 승리법이다.

계속 얻어터지자 아큐는 반짝반짝 하다거나 등잔이 여기 있다거나 하고 놀려도 때리려고 하기보다는 째려보기만 하는 것으로 방법을 바꿨다. 그래도 상대가 때리면 "나는 벌레다, 이래도 놓아주지 않을래?" 하고 또 방법을 바꾼다. 그래도 마구 때리면 자신을 경멸하는 첫 번째 사람이 자신이라는 사실을 깨닫고 '네놈 따위가 뭐야' 하고 묘한 승리감에 도취한다. 이를테면 복수를 멋지게 했으니 승리자는 건달이 아니고 자신이라는 그럴싸한 논리를 내세운다. 이겼으니 기분이 좋고 기분이 좋으니 선술집으로 달려가 술 먹고 취해서 사당으로 달려와 잠을 자는 것이 아큐의 행복이다.

한번은 투전판에서 엄청난 돈을 땄다. 하지만 곧 싸움이 벌어졌고 꽤나 얻어맞고 걷어 채여 겨우 집에 돌아오니 그 많은 은화가 하나도 없었다. 아들놈에게 얻어맞았다거나 벌레라고 쳐도 아무리 생각해도 이상했다. 그래서 오른손으로 자기 뺨을 후끈거릴 정도로 여러 대 쳤다. 때린 사람도 자신이고 맞는 사람도 자신이니 자신은 패배자가 아니라 승리자였다. 아큐는 이런 사람이었다.

왕 털보에게 쥐어박히고 전 영감의 아들에게 지팡이로 머리가 딱 하고 소리가 날 정도로 맞아도 언제나 패배를 승리로 여겼다. 자신보다 약한 정수암의 여승을 골려 '씨도 못 받을 아큐 놈'이라는 욕을 들어도 영원히 승리의 기쁨을 느끼며 기분 좋게 코를 골았다. (루쉰은 이 대목에서 어쩌면 중국의 정신문명이 전 세계에서 가장 우수할지 모른다고 했다.)

아큐는 또 조 영감의 하녀에게 집적댔다가 머리통이 불이 날 정도로 얻어맞고 그 집 아들에게 개새끼라는 욕설을 듣고 굴욕적인 5개 조항에 서약까지 했다. 이제 마을에서는 일감도 주지 않아 아큐는 굶주리는 신세로 전락했다.

가난뱅이로 말라빠진 데다가 일도 못했고 아큐가 보기에 왕 털보보다도 못한 소디 놈에게 일감이 돌아가고 있었기 때문이다. 산들바람이 부는 어느 따스한 날이 돌아왔어도 아큐에게 삯일을 요구하는 마을 사람들은 없었다. 정수암에서 검은 개에게 쫓기면서 무 세 개를 훔쳐 먹은 아큐는 드디어 미장을 떠나 성으로 들어간다. 성에서 나온 아큐는 보따리 장사로 큰

돈을 모은 것처럼 으스댔다. 하지만 그는 좀도둑에 불과했다. 은전과 동전을 한 움큼 계산대에 뿌리면서 '현금이다, 술 가져와'라고 호기를 부려 마을 사람들의 존경의 눈초리를 잠시 받았으나 근본이 어디 가겠는가.

그 무렵 그러니까 선통 3년 9월 14일(무창에서 신해혁명이 일어난 지 23일이 지난 서기 1911년 11월 4일) 커다란 배 한 척이 어둠을 타고 조 씨 댁 나루터에 닿았다. 흰옷에 흰 투구를 쓰고 숭정 황제(명대 마지막 황제 사종의 연호)의 상복을 입은 혁명당이 입성한 것이다. 변발을 틀어 올리는 등 미장의 어중이떠중이들이 어쩔 줄 몰라 하자 아큐는 언제나처럼 기회를 놓치지 않았다. 혁명에 뛰어든 것이다. 그는 큰 소리로 "반역이다, 반역" 하고 떠들어 댔다. 마을 사람들의 놀란 눈과 여태껏 본 적이 없는 처량한 눈초리를 보자 아큐는 오뉴월에 빙수를 먹은 것처럼 속이 시원했다.

그가 걸어가면서 "좋았어, 내가 가지고 싶은 것은 모두 내 것이다."라고 외친 것은 당연했다.

"얼씨구 절씨구 좋구나, 내 손에 쇠 채찍을 들고 네놈을 치겠다."

아큐는 혁명을 바로 자신과 동일시했다. 아큐의 이름 뒤에 자신을 조롱했던 사람들이 군이나 형이라는 호칭을 붙였다. 아큐는 말할 수 없이 상쾌하고 기분이 좋았다.

팁 _____ 아큐는 늘 그렇듯이 혁명으로 이득을 보기보다는 혁명당에 의해 조리돌림을 당한 후 총살당했다. 미장 사람들은 아큐를 나쁜 놈이라고 말했다. 총살당한 것은 그가 나쁜 증거라는 것이었다. 나쁘지 않다면 왜 총살을 당하겠는가. 미장 사람들이 불만을 품은 것은 총살은 목을 자르는 것만큼 볼만한 것이 못되기 때문이었다.

모택동은 루쉰을 가장 위대한 문학가로 추앙했으며 이 작품을 극찬했다. 수천 년간 전통이라는 이름으로 이어온 중국 사회에 아큐 같은 모자란 인물을 상징으로 내세웠는데도 말이다.

그것은 역설적으로 아큐를 통해 좀 더 현명함으로 무장해 노예근성을 탈피하기를 바라는 마음 때문은 아니었을까. 그래서 당당한 세계의 주인이 되어보자는 다짐으로 해석했기 때문은 아닐까.

근대 사회로 넘어가기를 주저하면서 봉건 사회의 마지막 끈을 잡고 몸부림치는 침체한 청조 말기의 상황을 적극적으로 타개해 보자는 또 다른 외침은 아니었을까.

눈을 우리한테로 돌려보면, 아큐식 정신 승리법에 도취한 아큐는 과연 있을까, 없을까? 있다면 얼마나 많을까? 그러고 보니 이 책의 가독성은 우리 주변에 흔하게 볼 수 있는 아큐 때문은 아닐까. (어떤 이는 이런 아큐를 '처세술의 달인'이라고 표현하기도 한다. 살기 위한 그 만의 방식이라는 것이다.)

《변신》

당신이 몰랐던 문장이 내게로 왔다

인간의 종류는 많다. 투명인간이 있고 인조인간이 있으며 늑대인간이 있고 로봇 인간이 있으며 위대한 인간이 있는가 하면 개만도 못한 인간 등 온갖 종류의 인간이 있다.

이 인간들은 인간의 눈에 보이지 않았다가 보이기도 하고 동물로 변했다가 다시 사람으로 돌아오기도 하며 역사에 오래 기록돼 후대의 본보기가 되는가 하면 대를 이어 온갖 욕을 먹기도 한다.

그런데 벌레 인간은 좀 특이하다. 한 번 벌레로 변하면 절대 인간으로 돌아오지 못하고 벌레로 인생을 마감한다. 벌레 이전에 인간이었으므로 인간처럼 사고할 수는 있지만 말하거나 걸어 다니거나 알아들을 수 있는 가사로 노래를 부르는 것은 불가능하다. 온갖 종류의 인간과 벌레 인간의 차이가 여기에 있다.

체코 출신의 프란츠 카프카는 《변신》을 통해 인간 앞에 수식되는 모든 인간 가운데 신종 인류인 벌레 인간을 탄생시켰다.

어느 날 아침, 그레고르 잠자는 잠에서 깨어났을 때 자신이 한 마리의 흉측한 벌레로 변해있는 것을 깨달았다는 충격적인 문장으로 시작하는 이 소설은 자존심 센 위대한 인간 중 하나인 사르트르와 카뮈에 의해 실존주의 문학의 선구적인 작품으로 높이 추앙받았다. 얼마나 작품이 뛰어났으면 둘째가라면 서러워할 문필가들이 이런 찬사를 보냈을까 하는 의문은 읽다 보면 어렴풋이 느낄 수 있다. 책장을 넘길수록 내가 주인공인 잠자처럼 한 마리 갑충류로 바뀐 것 같은 착각에 소름이 돋아나기 때문이다.

벌레로 변했지만 잠자는 인간처럼 생각할 수는 있으므로 아침 기차로 회사에 가야 하고 회사에 출근하지 못했을 때 오는 여러 불이익과 이로 인해 가족의 생계가 걱정이라는 데까지 생각이 미친다. 출장 영업사원인 잠자는 이런 생각을 하면서 침대에서 일어나려고 몸부림치나 수많은 발들을 허공에 대고 꼼지락거리는 일밖에 할 수 없다.

잠자가 일어나는 기적이 없자 어머니와 아버지 그리고 여동생은 걱정이 이만저만이 아니다. 회사에서는 잠자가 어디 아픈 데가 없는지 알아보기 위해 지배인을 파견했다. 잠자는 문밖에서 벌어지고 있는 이 모든 상황을 알아챘다. 그래서 온 힘을 기울여 침대에서 일어나려고 발버둥 치면서 침대 밖으로 몸을 날렸고 이로 인해 몸에 부상을 입었다.

잠자는 지배인이 직무 태만이나 영업 실적의 부진 등을 거론하자 갑자기 자신에게 닥친 일들과 자신에 대한 비난이 근거가 없는 것임을 설명하려고 했지만 당장 문을 열고 나갈 수가 없었다.

여동생이 의사와 열쇠 수리공을 부르러 간 사이 사람들은 그가 정상이 아니라는 사실을 알아챘다. 이때 가느다란 다리 끝으로 일어선 그레고르는 제대로 된 이빨이 없지만 강한 턱으로 열쇠를 돌려 문을 여는 데 마침내 성공했다.

문밖에서 그 모습을 보던 관리인은 놀라서 뒷걸음질 치다가 도망을 가고 아버지는 손에 든 지팡이와 신문지를 휘둘렀다. 회사도 가족도 모두 이제 그레고르가 사람이 아닌 한 마리의 벌레로 변신했다는 사실을 알았다.

아버지는 그를 "쉿, 쉿" 소리를 내면서 사정없이 방으로 밀어 넣으려 했고, 마지막에는 발로 힘껏 걷어찼다. 그는 이 충격으로 피를 심하게 흘리며 방안으로 깊숙이 날아갔고, 이어 "쾅" 하는 소리와 함께 문이 닫혔다는 것을 알았다.

저녁에서야 혼수상태에서 깨어난 잠자는 밖에서 나는 기척을 확인하기 위해 문 쪽으로 기어가 무슨 소리라도 들으려고 신경을 집중했다. 그러나 밖은 조용했고 큰 집에 살면서 이렇게 조용한 생활을 할 수 있었던 것은 자신 때문이라는 생각에 새삼스럽게 커다란 자부심을 느꼈다.

여동생은 잠자가 평소에 우유와 빵을 좋아했다는 것을 알고 식사를 주지만 잠자는 역겨운 냄새 때문에 그대로 남겨놓았다. 신선한 음식은 맛이 없었던 것이다.

문밖에서는 자신과 관련된 이야기 소리가 들렸고 그때마다 잠자는 무슨 소리인지 듣기 위해 급하게 문 쪽으로 기어갔다. 아버지는 집안의 재정 형편을 이야기했고 다행스럽게도 그렇게 나쁘지 않자 잠자는 안도의 한숨을 내쉬었다.

잠자가 벌레로 변신한 지 한 달이 됐다. 하지만 뾰족한 수가 없었고 가족들도 이제는 그레고르의 모습을 보고도 별로 놀라지 않았다. 그렇다고 해도 자신의 모습은 가족들에게 여전히 참을 수 없고 앞으로도 그럴 것이고 아무리 작은 부분이라고 해도 비죽이 튀어나온 자신의 몸을 볼 때는 이를 악물고 참아야 한다는 사실을 잠자가 모를 리 없었다.

그레고르는 기어 다니는 것보다 천장이나 벽에 매달려 있을 때 행복함을 느꼈다. 어느 날 금색 단추가 달린 푸른색 제복을 입고 밖에서 돌아온 아버지가 심상치 않은 분위기를 느꼈을 때는 그레고르가 막 방에서 뛰쳐나왔고 이로 인해 어머니가 놀라 기절한 뒤였다. 아버지는 처음부터 그레고르가 무슨 나쁜 짓을 저지른 것으로 단정 짓고 화가 머리끝까지 치밀어 올라 과일 접시에 있는 사과를 집어 던졌다. 아버지에 쫓겨 도망가던 그레고르는 두 번째 던진 사과에 등을 맞고 죽을 위기에 처했다. 그때 막 기절에서 깨어난 어머니는 아버지를 붙잡고 그레고르를 제발 살려 달라고 남편의 뒷머리를 감싼 채 애원했다.

팁 _____ 앞서 말했듯이 그레고르는 다시 사람으로 변신하는 데 성공하지 못하고 죽는다. 그의 죽음은 사람의 죽음처럼 장례 절차를 거치지 않고 다른 벌레가 죽었을 때처럼 아무렇게나 버려졌다.

오빠를 돌보던 여동생이 더는 저런 괴물과 살 수 없다고 선언하고 아버지도 동의한 가운데 죽었으므로 그레고르의 죽음은 쓸쓸했다.

어머니는 신경 쇠약이 도져 숨을 제대로 쉬지도 못했고, 여동생은 계속해서 괴물이 우리를 죽일 거라고, 그러니 여기서 벗어나야 한다고 아우성을 쳐댔다. (벌레로 변신하지 않았다면 바이올린 연주 실력이 있는 여동생을 위해 잠자는 돈을 들여 음악 학원에 보내려고 했고, 그런 결심을 크리스마스 저녁에 가족이 다 모인 자리에서 발표하려고 했다. 이런 오빠의 자상함에도 여동생은 이제 오빠가 죽었으면 하고 바란다.)

"내쫓자."

오빠라면 짐승인 자기가 사람인 우리와 같이 살 수 없다는 것을 알고 스스로 알아서 나갔어야 했는데 그러기는커녕 하숙인들을 내쫓고 나중에는 이 집 전체를 차지하고 우리를 몰아낼 거라고 소리친다. 벌레인 그레고르라 하더라도 이 소리를 듣고도 사는 것은 구차한 일이 될 것이다.

새벽 3시가 되자 그레고르의 목은 꺾였다. 그가 자살했는지 아니면 부상이나 스트레스로 죽었는지는 나와 있지 않다. 하지만 그의 죽음은 가족의 생계를 책임졌으나 이제는 아무짝에도 쓸모없는, 오히려 가족에게 해가 되는 상황에 몰려 있음을 알고 비난받는 과정에서 나왔으니 자살이라고 해도 무방할 것이다.

그의 죽음은 늙은 파출부 할망구의 "그것이 뻗었다"는 고함으로 가족들에게 전해졌다. 그레고르가 죽자 가족들은 전차를 타고 야외로 소풍을 나갔다. 그레고르의 남은 가족에게는 새로운 꿈과 아름다운 계획이 3월의 하늘 아래 막 펼쳐지고 있었다. (산 사람은 죽을 때까지 살자. 그것이 인생이다.)

공포 대 공포

전염병과 고립

공포는 두렵고 무서운 마음이다. 작은 도시에 집단 전염병이 발병했다고 치자. 사람들은 죽어 나가는데 원인도 알 수 없고 당연히 치료법도 없다면 공포 말고 다른 말로 설명될 길이 없다.

쓰레기통에 넘쳐나던 쥐의 사체가 산을 이루었을 때 사람들도 그렇게 됐다. 몸이 뒤틀리고 온몸에 검은 반점을 덕지덕지 붙인 채 고통 속에서 부어오른 몸을 비틀다 죽어갔다. 페스트가 도시 전체를 덮었고 사람들은 오늘 살아있으나 내일도 그렇게 되리라는 보장이 없었다. 카뮈의 《페스트》는 이런 고통을 받는 인간 군상들에 대한 활극을 담고 있다.

10세 정도의 아이들이 섬에 고립됐다. 핵전쟁이 원인이었다. 이들의 공포는 전염병으로 죽어 나가는 것에 못지않았다. 하지만 아이들이라고 해서 마냥 공포 속에서 있을 수만은 없었다.

섬에 차츰 익숙해지자 먹을 것을 찾고 서열을 정하고 나름대로 하루를 살아가는 방법을 체득했다. 협력도 하고 질투와 경쟁도 한다. 살인도 일어나고 묘한 습성도 익히면서 문명과 차츰 거리가 멀어진다.

그때 또 다른 공포가 밀려온다. 섬을 벗어날 수 없다는 무서움이 아니라 섬에서 구출되는 순간의 공포다. 윌리엄 골딩의 《파리 대왕》은 고립의 공포와 새로운 공포에 대한 이야기가 섬뜩하게 전개된다.

짧은 감상평
《페스트》

쥐가 죽어야 할 곳은 시궁창이거나 사람의 눈에 잘 보이지 않는 곳이어야 한다. 그런 곳이라면 움직이지 않고 썩어간다고 해서 이상할 것은 없다. 그런데 사람이 사는 계단에서 몸을 떨다가 죽는 쥐를 본다면 이상하다고 고개를 갸웃거릴 수 있다. 처음에는 그렇다고 쳐도 되풀이되면 공포다.

의사 리외도 마찬가지다. 그가 진료실 계단을 나올 때 층계참에서 죽은 쥐 사체를 밟았다면 기분 나쁘기에 앞서 이상한 기분이 들 것이다. 쥐가 나올 곳이 아니고 죽어야 할 자리가 아니기 때문이다. 아침에도 그러더니 저녁에도 그렇다면 심상치 않다고 봐야 한다.

대규모로 쥐 소탕령이 내려진 것도 아니고 척척 들러붙는 끈적이에 쥐약을 발라 놓지도 않았는데 복도에서 큰 쥐 한 마리가 불쑥 나타나더니 비틀거린다. 균형을 잡는 듯하다가 반쯤 열린 입에서 작은 꽃 같은 피 한 방울을 묻히고 죽은 쥐는 털이 젖어 있다.《이방인》의 작가 카뮈의《페스트》는 이처럼 쥐의 죽음으로부터 시작한다.

프랑스의 도청 소재지에 불과한 알제리의 해변에 있는 오랑의 도시에서 일은 벌어지고 있다. 이 도시에서 쥐가 처음으로 죽을 즈음 의사 리외의 서른 살 난 아내는 해수병에 걸려 병색이 완연하다. 그날 오후 리외는 요양 차 아내를 산에 있는 요양원으로 보낸다. 병원의 수위는 왕진 갔다 온 리외에게 죽은 쥐의 꼬리를 잡고 어떤 나쁜 놈들이 죽은 쥐 세 마리를 갖다 났다고 불평을 해댔다. 마지막 경련을 하고 죽은 쥐들의 사체는 병원의 계단뿐만 아니라 도시 쓰레기통을 가득 채우고도 모자라 사방에서 산처럼 쌓여갔다.

공장과 창고에서는 한꺼번에 수백 마리의 쥐들이 발견되기도 했다. 석간신문들은 당국이 행동할 용의가 있는지, 구역질 나는 쥐로부터 시민을 보호할 긴급 대책을 세우고 있는지 문제를 제기했다.

그즈음 쥐꼬리를 들고 있었던 수위는 목의 림프절과 사지가 부어오르고 체온이 섭씨 40도에 달했다. 입은 검게 타들어 갔고 끊임없이 헛소리하면서 먹은 것을 토해냈다. 의사는 뒤늦게 격리 치료가 필요하다고 판단했으나 그러기도 전에 환자는 눈물을 흘리는 아내를 남겨 두고 사망했다. 수위의 사망은 다른 사람의 사망에 앞서 일어난 것에 불과했다. 수위가 죽은 것은 끝이 아니라 시작이었다.

더 어려운 시기가 오랑의 도시를 덮쳐오고 있다. 쥐들이 햇빛이 비치는 곳으로 나와 떼로 죽고, 수위가 이상한 병에 걸려 목숨을 잃었다. 시간이 지나면서 그것은 차츰 공포로 변해갔다. 리외 외에도 수사 검사 오통, 시청의 비정규직 그랑, 큰 호텔에 머물고 있는 장 타루, 신문기자 등이 등장하면서 상황은 점차 악화 일로를 걷는다.

의사들은 이 병의 실체를 캐기 위해 서로 긴밀한 연락을 주고받지만 역부족이다. 그러는 사이 환자들은 이곳저곳으로 급속히 퍼져갔다. 부어오른 림프절의 종기를 십자 모양으로 째야 하는 비슷한 증상의 환자들이 넘쳐났다. 환자들은 대부분 끔찍한 냄새를 풍기며 죽어갔고, 죽어 나간 환자 수는 날마다 증가해 수를 세는 것조차 무의미해졌다. 리외는 전염병이 틀림없다며 이는 온대 지방에서 벌써 여러 해 전에 없어진 페스트라고 결론을 내렸다. 페스트라는 단어는 곧 재앙을 의미했다. 그것은 남이 아닌 자신에게도 곧 닥쳐온다는 것을 의미했다. 의사 리외는 초조했고 시민들은 발을 동동 굴렀다. 마비와 탈진, 눈의 충혈, 구강 오염, 두통, 사타구니의 멍울, 극심한 갈증, 정신 착란, 전신에 돋는 검은 반점(그래서 페스트를 흑사병이라고 부르기도 한다.)은 상상하는 것만으로 구역질이 났다. 그리고 마침내 맥박이 실낱같이 약해지고 무의미한 몸짓을 하다가 죽었다.

리외는 이런 사실에 집중하려고 애썼다. 그리고 과거 페스트 때문에 고통받았던 인류를 생각했다.

새들이 남김없이 사라졌던 아테네, 죽어가는 사람들로 가득했던 칠십년 전의 중국의 광둥, 썩은 물이 뚝뚝 떨어지는 시체들로 구덩이를 메우던 마르세유, 그것을 막기 위해 거대한 성벽을 세운 프로방스, 콘스탄티노플 병원의 맨땅에 가져다 놓은 축축하게 젖은 침대들, 환자를 갈고리에 찍어 끌어내는 모습, 마스크 쓴 의사들의 카니발, 산 사람들이 밀라노의 공동묘지에서 벌이던 성교, 공포에 질린 런던의 시체 운반 수레들, 도처에서 질러대는 비명들로 가득했던 밤과 낮, 시체 놓을 곳을 찾기 위해 횃불을 들고 서로 싸우던 아테네 시민들.

그는 예방책을 세우기 위해 골머리를 싸맸다. 재앙을 멈출 수 있는 적절한 대책을 찾아야 했다. 병의 확산 추세로 볼 때 지금 당장 멈추지 않으면 시민의 절반 이상이 사망할 것이다. 하지만 아직 절정기도 오지 않았다.

쇠퇴기에 접어들어 페스트의 소멸을 기대하는 것은 아직은 시기상조다. 그 시기를 기다리던 사람들은 세균에 감염됐고, 그래서 비장이 사흘 만에 네 배로 커지고 장간막의 멍울이 오렌지만큼 부풀어 올라 손쓸 새도 없이 참을 수 없는 몸의 고통 속에서 죽어 나갔다.

냉정을 잃지 말라는 포고문, 시의 차단선 설치, 의사들의 혈청도 무용지물이었다. 잠시 헤어져 있을 것으로 여겼던 가족들은 영원한 이별 앞에서 몸서리쳤다. 환자들은 격리돼 수용됐고 체포하듯이 끌려갔다. 짜증과 화와 울분과 공포와 두려움이 엄습했으나 그런 감정으로는 페스트의 포로에서 벗어날 수 없었다.

생필품의 보급 제한이 왔고 산 사람들은 병에 걸려 죽기 전에 굶어 죽는 것은 아닌가 새로운 걱정이 앞섰다. 관은 부족해 시체를 비워내면 재사용됐다. 나중에는 매장할 땅이 부족하고 화장터가 포화 상태에 이르자 절벽에서 바다로 떨어뜨려야 할 형편에 처했다. 절도와 약탈과 탈출을 위한 무장대의 총격이 벌어졌다. 모두가 페스트의 발아래 무릎을 꿇었다.

그러나 밀수꾼 코타르 만큼은 즐겁다. 만족스러운 얼굴을 하고 밝은 표정을 지으며 만나는 사람 앞에서는 아주 잘 지내고 있다고 서슴없이 말한다. 지치거나 실망하지 않고 고스란히 만족감을 내보이고 있다.

죽음의 도시에서도 행복한 사람은 있기 마련이다. (남의 불행에도 아랑곳없이 자신의 행복을 이야기하는 자는 소인배임이 분명하다. 그러나 어쩌랴, 그렇게 태어난 것을.)

그런가 하면 시청 직원 오랑은 그를 데려온 국장이 약속을 어기고 정규 직으로 채용하지 않아(그 당시도 정규직, 비정규직이 있었나 보다.) 힘든 가정 형편에도 낮에는 직업에 충실하고 저녁에는 보건대에서 투잡을 뛰고 있다. 반성할 때가 왔기 때문에 회개라면 자신 있는 예수회 소속의 파늘루 신부처럼 열정적으로 봉사활동을 한다. 신은 있었으나 나타나지 않아 신부가 필요했던 시기였다.

기자 랑베르는 지옥 같은 오랑을 탈출하기 위해 갖은 방법을 시도한다. 오랑시 외곽에 아내가 있고 자신은 이 도시의 원주민도 아니고 잠시 머물러 있던 사람이었으며 따라서 남아 있을 미련이 없다. 하지만 도시를 폐쇄한 도청은 그의 탈출을 허락하지 않는다. 그는 고립된 가운데 죽음의 공포를 느끼면서 기왕지사 이렇게 된 것, 의사 리외를 돕기로 한다. 이미 결성된 보건대 활동에 적극적으로 나서고 떠난다면 부끄럽다고 리외에게 남는 이유를 설명한다. 랑베르는 도망치는 대신 남아서 페스트와 싸우기로 작정했다. 그가 어떤 심경의 변화를 일으켜서 죽음에 쉽게 다가갈 수 있는 보건대 활동에 참여했는지는 잘 모른다. 부끄럽다는 이유만으로는 설명되기 어렵다. 하지만 그는 리외와 오통, 오랑, 그리고 타루 등의 헌신적 활동에 자극을 받은 것에 틀림없다.

시민의 절반이 죽는 것을 막는 데 도움이 되는 일이라면 거부하지 않겠다는 의지는 죽음 앞에서 인간만이 갖는 숭고함의 다른 표현인가. 산 사람들이 죽은 사람 앞에서 굴복하는 가치관의 상실은 집단 징벌로 나타났고 연대의식으로 바뀌었다. 어느 날 방안으로 들어오는 햇빛의 양이 늘어났다. 페스트가 물러나고 있다는 징조였다. 때가 온 것이다. 이는 예언이 아니라 사실이며 현실이었다.

팁 _____ 군것질거리가 없던 어린 시절, 다른 것은 다 먹었어도 쥐만은 먹지 않았다. 쥐는 먹는 것이 아니라 혐오의 대상이었으며 언제나 보기 흉측한 끈끈이의 종이 위에서 사체로 발견됐다. 동물이라면 다 좋아했던 나의 할머니도 쥐만큼은 싫어했으며 죽여 없애는데 일말의 동정심도 보이지 않았다. 쥐는 언제나 박멸해야 할 존재였으며 어쩌다 꿈에라도 보이면 그날은 재수가 하나도 없는 날이라고 여겼다. 유년 시절의 이런 기억은 커서도 되풀이됐다. 보이면 죽이려 달려들거나 아예 외면했다. 상상 속에서도 쥐는 나타나서는 안 됐다. 쥐의 출현은 부조리한 현실의 극한이었다.

오랑의 도시는 지금 내가 사는 곳이었고 죽어 나가는 사람은 내가 아는 사람이었으니 그들이 느꼈던 공포는 고스란히 내게 전해졌다. 그 와중에도 자신의 직무를 묵묵히 해나가는 사람들은, 신의 대리인을 자처하는 신부는 그렇다손 치더라도 나머지 사람들에게는 경외의 감정을 느끼지 않을 수 없었다. 도시 전체가 거대한 감옥인데 두려움 대신 헌신적인 희생정신을 유감없이 발휘하는 그 마음은 대체 어디에서 오는지 페스트가 창궐할 때는 몰랐는데 지금은 궁금하다.

숭고한 인간애는 이런 것인가. 절망 속에서도 희망의 끈을 놓지 않으려는 주인공들의 사투는 막다른 길에 몰린 쥐가 고양이를 물듯이 최후적이어서 보는 내내 나라면 그들처럼 행동할 수 있을까 하는 거듭되는 의문을 가져보게 된다. 부풀기보다는 쪼그라드는 나는 아닌가.

《파리 대왕》

　제대한 지 30년이 지났으나 여전히 군대는 내 인생에서 가장 강력한 기억으로 남아 있다. 얼마 전에도 군대 꿈을 꾸었다. 소집 명령을 받아 두 번 입대하는 악몽은 아니었지만 심란한 기분이면 어떤 식으로든 군대와 연결됐다. 군복, GP, 철책, M16, 내무반, 태권도, 얼차려, 군가는 내 청춘이 푸른 제복에 실려 있었음을 상징하는 절대 언어였다.

　윌리엄 골딩의 《파리 대왕》(Lord of the flies)을 읽으면서 섬에 고립된 아이들이 당분간은 빠져나올 수 없는 나의 그 시절에 갇혀 있다고 생각했다. 상황은 최전방 중부 전선보다 더 열악했으나 봉화를 올리는 과정은 그곳의 시계는 거꾸로 매달아 놔도 돌아가므로 언젠가는 구조될 수 있다는 희망을 품게 했다.

　과연 아이들은 저버리지 않은 꿈을 이뤘다. 2년이 지나면 제대하는 군인이 되는 것처럼 말이다. 그러나 유심히 보면 구조된 것은 애초의 꿈이었을 뿐이다. 시간이 지나자 구조의 마음은 멀어지는 배처럼 시야에서 아득히 사라졌다. 더 시간이 지나면 구조라는 말조차 잊게 되고, 그래서 바라지도 않았던 구조가 어느 순간 도둑처럼(이렇게라도 통일이 왔으면 좋겠다.) 다가왔을 때 아이들이 느끼는 황당함은 놀라움과 진배없었다.

핵전쟁으로 소년들은 태평양의 어떤 섬에 고립됐다. 6살에서 12살 정도로 추정되는 아이들이 벌이는 현란한 군무는 벌거벗은 몸처럼 적나라하다.

금발에 어깨가 딱 벌어진 랠프와 3살 때부터 천식을 달고 사는 안경 낀 뚱뚱보 돼지가 주인공답게 맨 처음 등장한다. 이들은 소라를 나팔처럼 분다. 자기 확신이 서 있는 것 같은 잭, 머리가 둥근 쌍둥이 샘과 에릭, 보일 듯 말 듯 미소 짓는 샤이먼, 얼굴이 검은 로저, 그리고 성가대원과 나머지 꼬마 소년들이 소리를 듣고 모여들었다.

그들은 빠른 구조를 위해 어른들처럼 대장을 뽑기로 한다. 잭이 먼저 나선다. 특대생 성가대원이고 지휘자이며 샤프 C도 노래할 수 있다고 뽐낸다. 하지만 선거로 랠프가 대장이 된다. 몸집이 크고 매력적인 풍채, 그리고 소라를 가진 별난 존재인 랠프가 누가 보더라도 지도자감인 잭을 제친다. 화난 잭을 달래기 위해 랠프는 그에게 성가대원을 맡으라고 하고 잭은 대원들을 사냥 부대로 이용한다. 랠프는 돼지의 안경을 이용해 산정에 불을 지핀다.

잭은 사냥 부대를 이끌고 멧돼지 사냥을 한다. 소라를 불면 모이고, 소라를 든 아이가 발언권을 갖는다는 규칙과 불이 꺼지지 않도록 봉화를 지킬 당번도 정한다. 비가 오면 피할 오두막도 비록 흔들리기는 하지만 해변에 짓는 데 성공한다. 그러는 과정에서 랠프와 잭이 서로 증오의 씨앗을 품는다.

시간은 기약 없이 흐른다. 아이들은 꽃과 과일이 넘쳐나는 무인도에서 때로는 희망을 품을 필요도, 어떤 때는 희망 자체도 잊어버리고 그늘에서 낮잠을 자거나 수영을 하면서 노는 즐거움에 빠져든다. 예상외로 엄마를 그리워하면서 우는 꼬마들도 드물다. 큰불이 났던 어느 날 저녁 무리 가운데 하나가 돌아오지 않고 행방불명이 됐어도 태연하다.

잭은 로저와 함께 사냥에 열중한다. 거듭된 실패를 만회하기 위해 얼굴에 칠을 하고 가면을 쓰고 멧돼지를 잡기 위한 만반의 준비를 한다. 적색, 백색, 흑색으로 얼굴을 채색한 마스크 속에 숨은 잭은 당당했다. 그를 따르는 아이들은 잭에게 환호했고 꼬마들은 그를 거역하지 못했다.

랠프는 불이 꺼진 사이 사라져 버린 배를 보면서 봉화에 더욱 집착한다. 오두막도 짓지 않고 사냥을 간다며 당번에 빠져 봉화를 꺼뜨린 잭에 불만이 크다.

마침내 사냥에 성공해 의기양양한 잭은 사나워져서 옆에 있는 뚱보 돼지의 배에 주먹을 내지른다. 안경의 한쪽이 깨졌다. 아이들 사이에서 강한 자가 약한 자에게 폭력을 행사하기 시작한 것이다.

또 시간이 흘렀다. 잭은 패거리를 끌고 랠프와 결별한다. 뱀처럼 생긴 짐승이 있다거나 바다에서 또는 하늘에서 괴물이 나오고 저절로 부풀어 오르는 생물과 유령 이야기에 섬은 흉흉하다. 아이들은 이빨이 있고 까만 눈이 커다랗고 어둠 속에서 나온다는 괴물의 정체를 몰라 더욱 조바심을 낸다.

잭은 로저를 앞세워 암돼지도 잡는다. 잡은 암돼지의 배를 가르고 창자를 도려내 바위 위에 쌓아 올리면서 잭 일당은 점차 광기 속으로 빨려 들어간다. 도려낸 돼지 창자 위에서는 피의 냄새를 맡고 온 파리 떼가 내는 톱질 같은 소리가 왱왱거린다.

세를 불린 잭은 랠프를 찾아와 자기 패에 합류할 것을, 돼지고기와 잔치를 미끼로 종용한다. 엉겁결에 잭과 돼지는 그들과 함께 "짐승을 죽여라, 목을 따라, 피를 흘려라." 하고 소리를 지르며 빙빙 원을 돌고 창칼을 높이 든다.

당신이 몰랐던 문장이 내게로 왔다

그때 무엇인가 숲속에서 기어 나오는, 시커멓고 분명치 않은 물체가 보였다. 그들은 또 한 번 "짐승을 죽여라, 목을 따라, 피를 흘려라, 그놈을 죽여라." 외치면서 주먹질을 하고 손톱과 이빨로 물어뜯고 할퀸다.

짐승은 죽었다. 파르스름한 모래사장에 새우등을 한 시체에서 피가 조금씩 바다로 번져나갔다. 밀물이 오자 덥수룩한 머리는 흩어지고 시체는 서서히 먼 바다로 휩쓸렸다. 동료 사이먼이다. 아이들은 샤이먼을 짐승으로 알고 죽였다. 그러나 잭은 신바람이 났다. 그는 경계병을 세우고 수하를 하고 자기편을 갈랐다. 랠프와 돼지와 쌍둥이 형제인 샘과 에릭은 적이됐다. 제트기를 탄다면 고국 영국에 다음 날 아침이면 도착할 거라는 기대는 더는 할 수 없는 상황이라는 것을 아이들은 알고 있었다.

섬에 있는 시간이 길어지면서 봉화를 올리는 일도 시들해지고 구조될 희망도 없어지자 아이들은 미쳐가기 시작했다. 잭과 사냥 부대는 랠프의 오두막을 습격해 폭행을 가하고 돼지의 안경을 부러뜨리고 불을 훔쳐 갔다. (랠프는 잭에게 "너는 형편없는 짐승이야, 개나 돼지이며 도둑놈이다."라며 돼지의 안경을 돌려 달라고 했지만 돌아온 것은 날카로운 창이었다.

잭은 이제 랠프의 말을 듣지 않는다. 그는 섬의 실제적인 대장이었다. 돼지는 사냥이나 살생 대신 규칙을 지키고 합심을 하자고 호소했다. 그러나 그 소리는 야유의 함성에 묻히고 뚱보는 패거리들이 위에서 굴린 돌에 맞아 골수가 부서져 죽는다. 소라도 박살이 났다. 쌍둥이 형제는 잭의 편이 됐고 랠프는 혼자 도망친다.

팁 _____ 도망치다 쓰러진 잭의 앞에 큼지막한 챙 모자를 쓰고 연발 권총을 찬 해군 장교가 서 있다. 그 뒤에는 상륙함에서 내린 작은 보트와 경기관총을 든 해군이 있다. 섬은 무서운 기세로 불타고 있다.

장교는 잭을 내려다본다. 그리고 얼굴에 온갖 칠을 하고 창을 들고 달려오다 멈칫거리는 소년들의 무리를 본다. 한 줄로 서서 수색하다 마침내 랠프를 발견하고 추격하던 아이들, 막대의 양쪽 끝을 뾰족하게 깎았던 로저. 이들은 몰래 연극하다 어른에게 들킨 것처럼 어리둥절한 표정을 감추지 못한다. 그들은 이것이 연극인지 실제 상황인지 헷갈린다. 벌린 입을 다물지 못하는 것은 장교도 마찬가지다. 죽음 직전에서 살아난 랠프는 또 어떤가? 그리고 죽여서 피 맛을 보고 빙 둘러서서 춤을 추며 잔치를 벌이며 즐기려던 잭의 무리 들은?

어떤 황당한 사건보다도 이처럼 황당할 수는 없다. 장교와 잭과 아이들이 가졌을 이 난처함을 뭐하고 표현해야 할까? 할 수 있는 것은 "안녕하세요." 하고 인사하는 것과 "너희들 말고 어른들은 없니?" 묻는 것뿐이었다.

이제 꼬마들은 하얀 시트가 덮여 있는 침대에서 잠을 잘 수 있으나 꼬마들은 샤이먼이 겪었던 공포와 돼지의 죽음, 그리고 창과 칼과 폭력의 어둠 속을 오랜 기간 헤매게 될 것이다.

사족 _____ 아이는 어른의 얼굴을 비추는 거울이며 아버지이며 스승이라고 했다. 어른들이 다투고 전쟁을 하니 아이들이 보고 배울 것이 그것밖에 더 있나.

전쟁으로 어른들은 거의 다 죽고 아이들만 살아남았다. 남은 꼬마들은 어른들처럼 편을 가르고 싸우고 힘센 자가 약자를 괴롭혔다. 그것이 인간의 본성이라면 심히 괴롭다. 차라리 시체를 파먹는 왕파리로 태어났으면.

울림 대 울림

괴테와 니체

동네 산골짜기에서 놀 때 소리를 지르면 저쪽에서 같은 소리가 들렸다. 메아리였다. 그 울림은 연했으며 작았고 느리게 다가왔다. 그 소리를 듣기 위해 가만히 있으면 뛰던 심장이 조용해졌다.

철이 없던 시절 지리산 천왕봉 아래 어느 골짜기에서 소리를 질러보았다. 그때는 방사한 반달곰이 없었을 때였으니 놀라 달아나는 일도 없었겠지만 그래도 지금 생각하면 소음인지라 괜한 짓을 했다는 자책감이 든다. 그러함에도 그때 들었던 그 울림의 여파는 어지간히 도시 소음에 찌들었을 때 파고든 심란한 마음을 다독여 주곤 했다.

좀 더 커서는 울림이라는 것이 직접 소리를 들어서만이 아니라 내면의 깊은 곳에서도 곧장 솟아난다는 것을 알았다. 위대한 거인의 발자취를 따라갈 때 특히 그랬다. 괴테의 《파우스트》를 읽을 때나 니체의 《차라투스트라는 이렇게 말했다》를 집어 들었을 때는 되돌아온 소리의 강도가 너무 세서 마치 태양 빛을 받고 있는 홀로 선 존재처럼 느껴지기도 했다.

세상에 많은 책이 있지만 이런 책들은 인간의 영혼을 맑게 해주고 찌든 때를 씻어 준다. 벼락같은 은총을 인류에게 선사해주고 있기 때문이다. 파우스트가 메피스토펠레스를 만나서 주고받고 행동하는 과정들은 괴테의 전 생애와 사상과 철학과 이념과 연결돼 있다.

니체가 《차라투스트라는 이렇게 말했다》에서 초인을 들고 나온 것은 이에 버금가는 엄청난 충격이었다. 10년을 산속에서 공부하고 인류에게 사상을 전파하기 위해 하산했을 때 하늘은 더없이 빛났고 인류는 온통 축복 속에서 행복한 꿈을 꾸었다.

울림은 이런 것이었다. 사라지지 않고 영원히 가슴 복판에 남아서 끊임없이 두근거린다. 이 글을 리하르트 슈트라우스의 '차라투스트라는 이렇게 말했다'를 들으며 쓰고 있다. 정말로 행복한 순간이다.

짧은 감상평

《파우스트》

당신이 몰랐던 문장이 내게로 왔다

독일 하면 맥주나 소시지, 통일이나 축구나 속죄의 나라라는 생각이 먼저 떠오른다. 괴테를 손꼽는 사람은 《파우스트》를 먼저 기억한다. 맥주만큼이나 쉬운 이름이 괴테이고 《파우스트》다. 워낙 유명하니 그 이름 한 번쯤 안 들어 본 사람이 없을 것이고 유령이니 악마니 사탄이니 계약이니 영혼이니 하는 따위의 단어들은 그 뒤에 자연스럽게 따라올 것이다.

괴테가 《파우스트》를 처음 쓴 것은 1770년경으로 알려졌으며 1832년 죽기 직전까지 원고를 고친 것으로 기록된다. 무려 60여 년의 세월이다. 첨삭의 시간이 길었던 만큼 사유의 깊이도 더해졌다. 1749년에 태어났으니 처음 쓴 해는 21살이 되겠고 대학에서 법학 공부를 할 때다. (우리에게 익히 알려진 《젊은 베르테르의 슬픔》은 25살 때 썼다.) 혈기왕성할 때 시작해 노년에서 비로소 완성했다.

책 한 권을 쓰기 위해 이런 노력을 했다. 그러니 끈기와 인내를 가지고 읽어 보자. 읽어야겠다고 한 번쯤 들었다가 몇 장 읽고 다시 내려놓기를 반복한 경험이 있다면 이번에는 작심하고 이삼일 투자해 보자. 그렇게 하고 책상에 앉아도 곧 심드렁해지는 것은 소설체라기보다는 희곡 형식을 취한다고 불평하는 대신 연극의 무대를 객석에서 바라보는 관객이라고 여기면 속 편하다.

내용이 골치 아프다면 배우들의 연기를 상상하면서 가성비를 따지자. 한순간 골치 아픈 것을 이겨내면 평생 남을 자산을 얻는다고 여기자. (너무 거창한가. 아니다. 그러고도 남는다.)

자, 이쯤에서 잡소리는 접어 두고 나의 행복한 순간을 적어가 가보자.

책을 펴면 헌사라는 부분이 나오는데 첫 문장부터가 숨통을 턱하고 막아 버린다.

"다시 가까이 다가오는구나, 일찍이 내 흐릿한 눈에 나타났었던 흐릿한

영상들아."(열린책들)

이 한 문장만을 놓고도 심호흡을 여러 번 해야 한다. 그래도 마음이 진정이 안 되는가. (그러면 나도 할 수 없다.) 그런데 이런 문장들이 '무대에서의 서막'을 거쳐 메피스토펠레스가 본격적으로 등장하는 '상의 서곡', 그리고 '비극 1부'와 '비극 2부'의 대단원의 막을 내릴 때까지 빈틈없이 이어진다. 몇 구절 되지 않는 헌사와 무대에서의 서막이지만 사탄이나 하느님 등 일부 주인공들은 이미 등장하고 있다.

파우스트는 비극 1부 첫 문장에서 비로소 등장한다. 천장이 높고 둥근 비좁은 고딕식 방의 책상 앞 의자에 불안한 모습으로 나타난 파우스트. 나타난 순간부터 그도 헌사의 첫 장면처럼 엄청난 말을 내뱉는다.

"아아! 철학, 법학과 의학, 게다가 유감스럽게 신학까지도 온갖 노력을 기울여 깊이 파고들었거늘 이 가련한 바보가 조금도 지혜로워지지 않았다니! 석사라 불리고 박사라 불리며, 벌써 10년 동안이나 위로, 아래로 사방 천지로 학생들의 코를 꿰어 끌고 다녔지만 결국 우리가 아무것도 알 수 없다는 사실을 깨닫다니!"

파우스트는 이처럼 등장하자마자 고뇌에 휩싸인다. 노력해도 깨달을 수 없는 것, 그러니 그의 번민은 땅을 파고 하늘을 찌른다. 차라리 세상에서 도망치고 싶다.

짖는 개라도 이런 세상에서는 살고 싶지 않을 것이다. 감옥에 비유될 만한 숨 막히는 골방에서 불안과 고통에 떠느니 넓은 바깥 세계로 탈출하고 싶다. 온갖 학문의 자욱한 연기에서 과감하게 벗어나야 한다. 그래서 인간의 마음과 정신을 지배하는 인식에 도달해야 한다.

예술은 길고 인생은 짧지 않은가. 작가의 정신인 '시대를 넣어' 이미 많이 알고 있지만 모든 것을 알고 싶다. 영원한 진실의 거울 가까이에 다가

갔다고 생각했으나 수심은 끊임없이 새로운 가면을 쓰고 나타난다. 말하자면 파우스트의 가슴에는 두 개의 영혼이 사는 셈이다.

하나는 현세에 매달려 방탕으로 사랑과 환락에 취하려 하고 다른 하나는 티끌 같은 세상에서 벗어나 숭고한 선인들의 세계로 나가려는 마음이다. 이런 상황이니 아무리 애를 써도 가슴에서 만족감이 우러나올 수 없다. 악이라 불리는 모든 영역에서 활동하는 메피스토펠레스가 파우스트의 영혼에 파고들 수밖에 없다.

그는 떠돌이 대학생 차림으로 파우스트 앞에 나타나 항상 악을 원하면서도 항상 선을 만들어 내는 힘의 일부, 항상 부정하는 영이라고 자신을 소개한다. 다시 말해 악마라 불러도 좋고 사탄이라고 칭해도 옳다.

그런데 이런 유령들에게도 계율이 있다. 그렇다면 파우스트는 계약을 맺어도 좋겠다고 생각한다. 그저 놀고먹기에는 너무 늙었고 희망 없이 살기에는 너무 젊은 파우스트. 사탄은 그에게 삶을 두루 섭렵하자고 제의한다. 심지어 하인이 돼서 섬기기까지 하겠다고 다짐한다. 이 세상에서는 섬기나 저세상에서는 파우스트가 메피스토를 섬겨야 한다. 피 한 방울로 서명하면서 계약은 성립된다.

사탄의 재주를 통해 파우스트는 누구도 아직껏 눈으로 보지 못한 것을 보는 호사를 누리게 된다. 관능과 쾌락은 물론 마음에만 들면 뭐든 덥석 움켜쥘 수 있다.

파우스트는 메피스토펠레스와 함께 인생의 즐거움이 사라지기 전에 더 넓은 세계로 나가자는 유혹에 빠려든다. 여기까지가 책의 서두 부분이라 하겠다. 말하자면 1/10쯤 온 것이다. 그러나 어느 정도 윤곽은 나왔다. 이후 파우스트와 메피스토펠레스의 상상을 초월하는 활약상이 시어 가득한 언어로 환상 가득히 펼쳐진다.

팁 _____ 둘은 파우스트가 원하는 곳으로, 먼저 작은 세상을 보고 나중에 더 큰 세상을 보자고 의기투합한다. 마치 해리포터처럼 외투를 걸치고 공중으로 떠오를 때 새로운 인생 항로가 눈앞에 펼쳐진다. 떠들썩한 패거리들을 만나고 마녀와 부딪치고 기독교를 비꼬고 성직자를 조롱하기도 한다.

어느 날 파우스트는 신부에게 막 고해성사를 마치고 나온 14살 된 그레트헨을 보고 단박에 사랑에 빠진다. 달려가 집까지 에스코트를 원하지만 거절당하자 파우스트는 깊은 한숨을 내쉰다. 붉은 입술, 반짝이는 볼, 거기다 퉁길 줄도 아는 그레트헨을 오늘 밤 안으로 품지 못하면 자정을 기해 각자 제 갈 길로 가자고 그는 메피스토펠레스를 위협한다. 보물로 유혹하자고 사탄이 화답한다. 파우스트는 생각한다. 피할 수 없는 운명이라면 차라리 빨리 일어나는 것이 낫다고.

바위투성이의 산중을 헤매고 허허벌판과 경관이 수려한 곳이나 황야는 물론 왕궁까지 둘의 발길이 닿지 않는 곳이 없다. 숱한 여행과 방황과 기행 끝에 마침내 파우스트는 죽는다. 지상에서 보낸 삶의 아름다운 흔적을 회상하면서.

파우스트가 죽자 메피스토펠레스는 기분이 영 아니다. 다름 아닌 피로 쓴 증서가 있는데 불멸의 영혼은 자신의 것이 되기도 전에 천사들의 합창에 맞춰 하늘로 날아갔기 때문이다. 어떤 쾌감에도 만족하지 못하고 어떤 행복도 흡족하지 않고 나한테 완강하게 반항하더니 시간 앞에 무릎을 꿇었다.

백발의 몸뚱이는 모래사장에 나자빠져 있는데 정신이 도망치려 한다. 메피스토펠레스는 화를 낸다. 내 유일한 커다란 보물을 가로채 가고 담보로 잡아 두었던 고매한 영혼을 교활하게 빼돌렸기 때문이다. 파우스

트가 죽자 한때 그가 사랑했던 그레트헨은 파우스트에게 자비를 베풀어
달라고 갈구한다.

　비극 《파우스트》는 한 편의 거대한 시집이다. 세상에 이처럼 두껍고
긴 시도 없을 것이다. 어떤 부분을 펼쳐 읽어도 외우고 싶은 시어로 가득
차 있다. 숱한 명문장들은 오늘날도 여전히 사람들의 입에 오르내린다.
정말로 인생은 짧고 예술은 길다. 이 말도 이 책 어느 구석에 있다.

《차라투스트라는 이렇게 말했다》

　작품 속의 주인공은 작가 분신인 경우가 많다. 프리드리히 니체의 《차라
투스트라는 이렇게 말했다》의 주인공 차라투스트라 (고대 페르시아에서
생겨난 태양 숭배 종교인 조로아스터교의 독일식 이름) 역시 니체와 한 몸
이다.

　니체가 말하고자 하는 사상이 차라투스트라의 입을 통해 세상에 나왔

다. 너무 두껍지도 않고 그렇다고 손쉽게 잡히지도 않는 적당한 크기의 이 책은 니체 철학의 핵심을 다 품고 있다. 니체를 알고자 한다면 반드시 읽어야 할 필독서라는 말이다.

4부로 이루어진 이 책은 각부마다 소제목이 붙어 있어 지칠만하면 다른 단락으로 넘어가 지겹지 않게 끝까지 읽어 나갈 수 있다. 비록 마지막 장까지 읽지 못하고 중도에 포기한다고 해도 책을 집어 든 순간 모든 독자는 인류 역사상 가장 위대한 철학자의 깊은 사고의 결과물을 만날 수 있는 행운을 얻게 된다. 굳이 이해하려고 하지 않아도 된다. 하나도 버릴 것이 없는 문장 자체는 잘 정돈된 시이고, 시들이 모여 단편이 되고 중편이 되고 장편이 된다. 따로 노는 것 같으면서도 서로 연결된 것 같고, 모를듯하면서도 알 것 같고 이해한 것 같은데 다시 페이지를 원점으로 돌아가게 하는 묘한 재미가 가득하다. 그래서 니체는 1부 첫머리에서 '모든 이를 위한, 그러나 그 누구의 것도 아닌 책'이라고 못 박아 놓았다.

마음을 가다듬고 약간 긴장한 상태에서 다음 장을 넘기면 작가의 머리말이 나온다. 건너뛰고 넘어가서는 결코 안 되는 서두라고 하겠다. 차라투스트라가 나이 서른 살이 되어서 고향과 고향의 호수를 떠나 산으로 들어간 이유와 다시 하산한 이유 등이 자세히 나와 있다.

29살도 아니고 31살도 아닌 꼭 30살에 산으로 들어간 차라투스트라는 9년도 아니고 11년도 아닌 꼭 10년 만에 산에서 내려온다. 어느 날 자고 일어났을 때 동이 트고 있었고 고독을 즐기던 심경에 변화가 일어났기 때문이다. 태양을 향해 걸어나간 그는 해를 보고 이렇게 외쳐댄다.

"그대 위대한 별이여! 그대가 빛을 비추어준다 하더라도 그것을 받아들일 존재가 없다면, 그대의 행복은 무엇이겠는가!"

이런 엄청난 질문을 던지면서 차라투스트라는 마침내 세상을 향한 축복의 손길을 내밀고 있다. 너무도 많은 꿀을 모은 벌처럼 지혜에 지쳤으므로 나를 향해 내미는 손들에게 베풀어 주고 나누어 주려는 것이다. 인간들 가운데서 현명한 자들이 다시 그들의 어리석음을 기뻐하고 가난한 자들이 다시 그들의 넉넉함을 기뻐할 때까지.

제자도 없이 홀로 산에서 내려온 차라투스트라는 신을 찬양하는 늙은 성자를 만나지만 늙은 성자는 숲속에 있어서 신이 죽었다는 소식조차 듣지 못했다. 실망한 그는 숲에서 가장 가까운 도시의 시장으로 가서 줄타기 광대의 공연을 보기 위해 모여 있던 군중들에게 초인을 가르치려고 한다. (여기서 초인은 영원 회귀와 힘의 의지를 완성할 다가올 미래의 인간을 의미한다고 한다.) 그리고 한 번 더 신의 죽음을 알린다.

지난날에는 신에 대한 불경이 최대의 불경이었으나 신이 죽었고 신에 대해 불경을 저지른 자들도 죽었으니 이제 가장 무서운 것은 이 대지에 불경을 저지르고 탐구할 수도 없는 것의 뱃속을 대지의 뜻보다 더 높이 존중하는 것이라고 외친다.

이런 말을 시장에 모인 군중들이 이해하고 따랐을까? 답은 당연히 '노'다. 시장이란 어떤 곳인가. 자본주의의 최전선이 아닌가. 돈 놓고 돈 먹기를 벌이는 난장에서 차라투스트라의 말은 씨도 먹히지 않는다. (차라는 그것을 미리 알았을까, 몰랐을까?)

그곳에 모인 사람들은 받아들이는 겸손의 마음이 아니다. 모든 사람이 차라투스트라를 비웃자 그는 인간은 짐승과 초인 사이에 놓인 밧줄이고 자유로운 정신과 자유로운 심장을 가진 자를 사랑한다며, 저들은 그저 서 있으며 웃기만 하는 존재로 나의 말을 이해하지도 못하니 나의 입은 그들의 귀에 맞지 않는다고 한탄한다. 그리고 가장 경멸스러운 말종인간에 대해 설파한다. 차라투스트라의 첫 번째 연설이 끝나자 사람들은 고함을 지르면서 우리에게 말종인간을 달라고, 그러면 초인을 선사하겠다고 대든다.

마음이 슬퍼진 차라투스트라는 "저들은 나를 이해하지 못한다, 나는 그들의 귀에 맞는 입이 아니다,"라고 한 번 더 강조한다. 자, 이제 차라투스트라가 다음으로 할 일은 무엇일까. 그는 모여 있는 군중이 아닌 살아있는 동반자나 창조할 사람을 찾아 나선다.

그는 자신만의 안식처인 동굴에 들어가 칩거하기도 하고 다시 나와 마을을 드나들기도 하며 또 홀로 떠나기를 되풀이한다. 산속으로 들어갔다가 다시 산을 내려와 여기저기 여행하면서 초인을 찾아 나선다. 이 모든 여정은 영원 회귀와 권력에의 의지, 니힐리즘, 실존, 기독교적 질서의 파괴 등으로 모아지는데 몇 번의 세월이 지나면서 드디어 차라투스트라의 머리도 세어지자 이 책도 막을 내리게 된다.

1883년 3부가 완성됐고 이듬해 책이 마무리되어 1885년 출판업자를 찾지 못해 자비로 세상에 나왔을 때 사람들은 이 책의 진가를 눈치채지 못했다. 무시했고 외면했다. 그러나 시간이 가면서 특히 1890년 광기에 쓸려 니체가 죽고 나서 인류의 정신사상에 엄청난 충격을 준 작품으로 재평가됐다.

문장들은 숨 쉬는 언어로 꿈틀거리고 어떤 장을 읽어도 웅장하고 거대한 니체 철학의 정수를 살펴볼 수 있다. 가히 사상의 혁명가다운 문체가 밤하늘의 별처럼 반짝인다.

그런 것을 직접 확인하면 입이 저절로 벌어진다. 인류에게 커다란 선물이며 이보다 더 큰 선물은 없다고 감히 말할 수 있을 만큼 이 책은 이후 세상의 모든 철학자, 소설가, 시인, 예술가들에게 크고 작은 영향을 미쳤다. 생각보다 어렵지 않게 읽어 내려갈 수 있다는 점도 이 책의 장점이다. 지레 겁먹을 필요가 없다.

당신이 몰랐던 문장이 내게로 왔다

팁 _____ 이 책을 읽고 벼락같은 축복을 받은 사람은 셀 수 없을 것이다. 그 가운데 한 사람이 리하르트 슈트라우스다. 그는 책에 감명을 받아 같은 제목으로 교향곡을 완성했다. 책을 읽고 나서 가만히 이 곡을 듣고 있노라면 과연 책의 내용과 음악이 서로 떨어져 있는 것이 아니라 붙어 있다는 생각이 든다.

클래식과 고전이 참으로 잘도 맞아떨어진다는 생각이 절로 든다. 좀 더 사족을 붙이면 S.F 영화의 걸작인 스탠리 큐브릭 감독이 1968년에 만든 《2001 스페이스 오디세이》에 이 곡이 흐른다. 광활한 우주의 보잘것 없는 지구가 아니라 중심인 지구가 압도적 아름다움을 뽐내는 초반부에 이 교향곡이 장엄하게 울려 퍼진다. 쿵쾅거리며 심장을 때리는 북소리와 함께 트럼펫 주자가 뽐어대는 연주는 차라투스트라가 10년간의 숲속 생활을 마치고 마침내 인간 세상에 내려와 초인을 설파하는 바로 그 장면을 연상시킨다. 원숭이 무리 가운데 가장 뛰어난 자가 뼈를 이용해 지배권을 획득하는 장면에서도 교향곡이 배경 음악으로 깔리는데 이는 차라투스트라가 신은 죽었다고 외치는 장면과 겹쳐진다.

그 책에 그 음악과 그 영화가 이토록 절묘하게 어울리다니 그저 찬탄할 뿐이다. 시간 날 때마다 옆에 두고 읽고 듣고 봐야겠다.

비극 대 비극

왕과 개미

아무리 해도 인간의 힘으로는 어쩌지 못할 때 우리는 운명을 생각한다. 타고난 것이므로 신이 아닌 이상 그것을 받아들여야 할 때 인간은 비로소 '인간의 한계'를 느끼게 된다. 그 한계가 비극으로 마감될 때 사람들은 동정과 안타까움과 탄식을 내뱉으며 어쩔 수 없는 것에 대해 받아들임을 실행한다.

소포클레스의 《오이디푸스왕》은 정해진 운명에 따라 인간의 운명이 결정되는 기구한 과정을 보여준다. 하늘의 예언(신탁)은 '설마 그럴 리가?' 하는 의문을 과감하게 불식시킨다. 설마가 사람 잡는 것이 아니라 이미 그렇게 하기로 결정된 것이 사람을 그렇게 만든다. 자신을 낳은 아버지를 죽이고 어머니와 결혼해 자식을 낳은 인간은 동서고금을 통틀어 오이디푸스왕이 처음이자 마지막일 것이다.

그의 비극은 어떤 비극보다 최상위에 있다고 하겠다. 가브리엘 가르시아 마르케스는 《백년의 고독》에서 백 년간의 근친상간을 끌어냈다. 근친상간이라는 점에서는 《오이디푸스왕》과 동일하나 그 대상은 부모라기보다는 조카나 사촌 정도에서 멈추는 듯하다.

그렇다고 해도 그 결과까지 아무렇지도 않은 것은 아니다. 그들이 온전히 대를 이어 하나의 세상을 만들어나가는 것은 불가능하기 때문이다. 그들이 만들었던 마을은 사라졌고 자손들 역시 그렇게 됐다.

예언이 맞아떨어진 것은 앞선 작품과 다를 바 없다. 비극의 정도와 크기가 다르지만 부엔디아 가문은 겨우 백 년의 역사를 끝으로 비극적으로 막을 내린다.

짧은 감상평

《오이디푸스왕》

운명은 속성상 기구하다. 이미 정해졌기 때문에 누구도 거역할 수 없다. 타고난 사주팔자를 고칠 수 없는 것과 같다. 신의 예언도 마찬가지다. 언제 무슨 일이 일어날 것을 점쳤기 때문에 그 일은 무슨 일이 있어도 그대로 일어난다. 그러므로 인간 가운데 가장 **빼어난** 오이디푸스왕도 이 숙명에서 벗어날 수 없었다.

신화에 따르면 오이디푸스는 스핑크스의 문제를 풀고 테베를 구해냈다. 그래서 그 나라를 다스리는 왕이 됐다. 그런데 그가 다스리는 나라에 질병이 돌았다. 시민들의 탄원을 듣던 왕은 그의 처남인 크레온이 가져온 신탁을 들었다.

그에 따르면 오이디푸스가 왕이 되기 전의 왕인 라이오스가 살해됐고 이로 인해 피가 더러워진 것이 돌림병의 원인으로 지목됐다. 왕은 당연히 먼 친척(부인의 전남편이므로 이런 표현을 썼다.)을 해친 자를 찾아 추방이나 사형을 통해 복수를 하고 질병이 멈추기를 기대했다.

범인을 색출하기 위해 왕 스스로가 나섰다. 그는 처남에게 대충 이야기를 들은 후 시민 모두에게 라이오스가 누구에게 죽었는지 아는 자가 있으면 모두 밝히라고 명령했다. 그리고 사악한 그자가 불행하게 되어 비참한 최후를 맞이하기를 원했다.

고귀한 인물이며 왕의 지위에 있으며 씨를 뿌릴 아내도 이어받았으니 (라이오스의 아내가 현재 오이디푸스의 부인이다.) 오이디푸스가 범인 찾기에 적극적으로 나서는 이유는 충분하다. (물론 진실을 밝히려는 정의감이 앞서지만 이처럼 유머러스하게 표현했다. 그는 이 대목에서 마치 내 아버지의 일인 양 조사하겠다고 다짐했다. 독자들은 '마치 내 아버지 일인 양'이라는 표현을 주목해 주기 바란다.)

왕은 다급한 마음에 눈이 먼 예언자 테이레시아스를 몰아친다. 그는 조심스러웠으나 계속되는 왕의 추궁에 참다못해 은근슬쩍 왕 자신이 범인이라는 사실을 흘린다. 크레온을 의심하는 왕에게는 '크레온은 당신에게 재앙이 아니고 당신 자신이 재앙'이라는 사실을 재차 강조한다. 이로 인해

당신이 몰랐던 문장이 내게로 왔다

눈먼 자를 비난했던 왕 자신도 눈 뜬 자에서 눈먼 자가 되고, 부자에서 거지가 되고, 이국땅을 향해 지팡이로 앞을 더듬으며 간다는 것. 자신을 낳은 여인의 아들이자 남편이고 자기 아버지와 함께 씨 뿌리는 자이며 그의 살해자로 지목되자 오이디푸스는 뜨끔한다.

도둑이 제 발 저리듯이 무언가 꺼림칙한 일이 발목을 잡는다. 그도 신탁을 통해 이런 이야기를 들은 바 있기 때문이다. 그래서 고향 땅을 떠나 방황을 일삼았다. 어떻게 해서든지 신탁을 피해 보려고 안간힘을 썼다. 그러던 중 어떤 거리의 삼거리에서 마차를 타고 가던 일행과 시비가 붙어 일행을 몽둥이로 때려죽인다. 죽은 사람 가운데는 초로의 노인도 있다. 하지만 오이디푸스는 아직은 자신이 아버지를 죽인 진범이라는 사실을 믿지 않는다. 처남 크레온이 꾸민 일이라고 짐작하면서 원수이며 위험한 자라고 그를 비난하는데 이때 왕비 이오카스테가 둘을 화해시키려고 힘쓴다. 그리고 아이가 커서 아버지를 죽인다는 신탁은 실현되지 않았다는 것을 증명하기 위해 다른 지방의 강도가 마차가 다니는 삼거리에서 자신의 남편을 죽였다고 말한다.

오이디푸스왕은 죽은 자의 생김새를 묻는다. 피부가 거무스름하고 머리에서 막 흰 터럭이 섞여 나오기 시작했다고 아내는 아는 데로 대답한다. 오이디푸스는 계속해서 질문한다. 마치 살인자를 추궁하는 수사관 같은 태도다. 그가 죽은 장소는 어디이며 그곳에는 소수가 갔는지 통치자답게 수행원 여럿을 데리고 갔는지 등을 따지면서 그런 이야기는 누구한테 들었느냐고 묻는다.

하인에게서라는 대답을 듣자 하인을 데려오라고 다그친다. 그러면서 사악한 신탁을 들었던 자신의 이야기를 아내에게 털어놓는다.

예언은 점차 톱니바퀴처럼 돌다가 딱 맞아떨어진다. 이오카스테는 괴롭다. 그때 사자가 등장한다. 왕의 아버지가 아들 때문이 아니라 노령으로 사망했다는 것이다. 죽은 자는 오이디푸스와 혈통상 아무런 관계가 없다는 것이 사자의 입을 통해 밝혀진다. 사자는 목동으로 가축을 돌보고 있을 때 당신의 두 발이 꼬챙이에 꿰어져 있는 것을 구해냈다고 한다. 이때 라이오스의 신하 중 한 사람이 자신에게 아이를 주었다는 것. 하인은 차라리 그 아이를 자기가 죽여 버리지 못한 것을 한탄한다. 아이를 죽여 버리라고 한 것은 지금의 아내인 어머니였고 어머니가 그렇게 한 것은 신탁이 무서웠기 때문이었다.

그런데 하인은 죽이지 않고 노인에게 전해 주었고 노령으로 앞서 죽은 노인이 바로 오이디푸스를 키웠다. 이 순간 오이디푸스왕은 이렇게 절규한다.

"오, 빛이여. 이제 내가 너를 보는 게 마지막이 되기를! 태어나서는 안 될 사람들에게서 태어나서 어울려서는 안 될 사람들과 어울렸고 죽여서는 안 될 사람들을 죽인 자라는 것이 드러났으니." (민음사)

오이디푸스가 이렇게 울부짖을 때 전령은 이오카스테가 죽었다는 사실을 알리면서 죽기 전에 그녀가 오래전에 고인이 된 라이오스를 찾으며 라이오스 자신은 그 씨앗 때문에 죽고 그 씨를 낳은 여자는 세상에 남겨져 남편에게서 남편을, 자식에게서 자식을 낳은 두 역할의 침상을 두고 애곡(소리 내어 슬프게 울다.)한 사실을 전했다.

오이디푸스는 창을 달라고 고함친다. 그러면서 부인 아닌 부인을, 자신과 자기 자식을 위한 이중의 어머니가 된 그녀가 어디 있는지 물었다. 미친 듯이 왔다 갔다 하는 오이디푸스는 마침내 스스로 밧줄에 매달려 죽은 그녀를 끌어내려서는 옷에서 브로치를 뽑아 자신의 둥근 눈알을 그 누구의 손도 아닌 자신의 손으로 한 번이 아닌 여러 번 찔렀다.

앞서 운명은 바뀌지 않고, 이는 신탁이나 사주팔자도 마찬가지라고 말했다. 그러니 신탁은 실현되지 않은 것이 아니라 실현됐다. 선왕의 아내이며 현재 왕의 어머니이며 아내인 것이 만천하에 드러났을 때 이오카스테는 더는 이 세상에서 살 수가 없었다. 아들이며 남편도 이 사실을 알았으니 두 눈을 뜨고 살 수는 없다.

운명 앞에 나약한 '한계적 인간'의 비극은 옛날이나 지금이나 변하지 않는다. 한편 여기서 빠진, 어머니에게서 난 자식들의 기구한 이야기는 소포클레스의 또 다른 걸작 《안티고네》에 실려 있다. 그러니 내친김에 그 유명한 《안티고네》까지 읽어내기를 바란다. 그래야 비극 중의 비극이 어떻게 끝장나는지 볼 수 있다.

팁 _____ 소포클레스는 《오이디푸스왕》을 통해 인간이 할 수 있는 최고의 불행을 보여줬다. 이보다 더 불행한 남자는 세상에 둘도 없을 것이다. 이보다 더 불행한 아버지도, 어머니도 그 자식도 없을 것이다. 아버지를 죽인 것도 모자라 아버지의 아내이며 엄마와 살을 섞고 그에게서 자식들을 낳았으니 신탁이라는 것이 이토록 잔인할 줄은 예전에 미처 알았다 하더라도 다시 한 번 확인하니 소름이 끼치지 않을 수 없다.

점점 신탁이 사실로 드러나기 시작했을 때 오이디푸스왕은 어머니이며 아내인 이오카스테의 말을 들었어야 했다. 더 이상 수색(수사)을 하지 말고 중단하라는 말을. (어머니의 말을 듣지 않는 자의 말로는 이렇다. 그러니 세상의 모든 아들은 어머니가 하지 말라는 일을 하면 불행해진다는 것을 명심하라. 아들들이 역사에서 배워야 할 것은 이런 것이다.) 그러나 남편이며 아들인 오이디푸스왕은 이오카스테가 자신의 천한 신분이 드러날 것을 염려한 한낱 여자의 주장이라고 한 마디로 묵살했다. 멈취야 할 때 멈추지 못한 자의 불행은 파멸이다.

　여기까지가 내용적인 측면이고 형식적인 면에서도 《오이디푸스왕》은 현대극의 시초라고 할 만하다. 대화 중간중간에 코러스가 등장하면서 극적 효과를 배가시킨다. 노래하고 춤추는 장면은 일종의 현대적 뮤지컬을 보는 착각에 빠지게 한다.

　기원전 496년경에 태어난 것으로 전해지는 소포클레스는 아이스킬로스, 에우리피데스와 함께 그리스 3대 비극 작가다. 생전 100여 편의 희곡을 쓴 것으로 전해졌으나 남아 있는 것은 7편에 불과하다.

　오이디푸스(부은 발)는 버려질 때 두 발목을 쇠사슬로 묶었기 때문에 이런 이름을 얻었다고 한다. 한편, 프로이트는 《꿈의 해석》(1899)에서 오이디푸스 콤플렉스라는 말을 썼다.

《백 년의 고독》

　　　　　당신이 몰랐던 문장이 내게로 왔다

무언가 거대하고 어마어마한 것은 인간이 만들었다기보다는 자연이 스스로 그렇게 된 경우 받게 되는 느낌일 때가 많은데, 이는 히말라야의 장엄한 풍광에 압도된 사람이 로마의 유적을 보고 여유를 가질 수 있는 것과 같은 이유 때문이기도 할 것이지만 그렇다고 단순 비교해 자연유산이 인류 유산보다 압도적으로 우월하다고 말할 수는 없는바, 이는 둘은 비교 대상이라기보다는 언제나 경외의 대상이기 때문이다.

가브리엘 가르시아 마르케스의 《백 년의 고독》을 읽고 난 후는 더욱 그러한데 이 책은 위대한 자연유산에 버금가는 인류의 거대한 유산으로 손색이 없다고 사람들이 평가하고 있으며 문장이 짧지 않고 매우 길어 호흡을 느리게 가져가야 독서의 참맛을 느낄 수 있다.

문장의 시작과 끝 지점을 찾기가 어려워 복잡한 미로를 헤매는 기분이 들 때쯤이면 마침표가 보이는데, 이때까지 꼬이거나 이해되지 않거나 이상하지 않고 순순히 수긍하는 것은 마치 어떤 마술에 걸린 것처럼 헤어날 수 없는 경험 때문이다.

그러고 보니 사람들이 마술적 리얼리즘이라고 칭하는 이유를 어렴풋이나마 알 것 같은데 이는 현실과 초현실이 뒤죽박죽으로 마구 섞여 있고, 과거와 미래가 한 장면에서 자연스럽게 녹아들어 마치 어떤 마술에 걸린 것 같은 착각에 빠져들기 때문이다.

'팔팔 끓는 얼음'과 같이 이해할 수 없을 것 같으면서도 그럴 수도 있겠다는 의심 아닌 긍정의 기분을 들게 만드는 것은 순전히 다른 사람과 구분되는 작가만의 문체적 특징 때문으로 봐야 한다. 이런 보기 드문 스타일은 시작부터 끝날 때까지 이어져 다 읽고 나서는 어떤 것을 써야 한다면 이런 시도가 처음이 아닌데도 무조건 길게 가야 한다고 다짐하게 된다.

마지막 장을 덮고 나서도 읽기는 했고 분명히 고개를 끄덕였는데도 아직

다 읽지 않은 것 같고 애매하고 알쏭달쏭한 것이 남아 있는 것 같다. 끄덕였던 머리를 다시 끄덕이는 대신 왼손이 아닌 오른손으로 뒷머리를 긁적이게 하는 것은 주인공들의 이름이 서로 비슷해 누가 누구인지 문장에서 찾아내야 하는 쉽지 않은 어려움 때문일 것이다. 그래서 본격적으로 이야기가 시작되기 전에 있는 호세 아르까디오 부엔디아 가문의 가계도를 참고문헌이라기보다는 반드시 확인해야 하는 영수증처럼 본문보다 더 자주 들춰봐야 하는 불편함을 감수해야 비로소 다음 장면으로 이동할 수 있다.

가계도는 가계도이므로 당연히 근친 위주로 그려져 있지만 그 근친들의 이름이 아버지와 어머니, 혹은 형제간에 서로 비슷해 나중에는 이름으로 기억하기보다는 행동으로 이해하는 편이 낫겠다고 판단하는 독자도 상당수 있을 것이다.

서문이 길다 보니 내용은 나비가 먼 하늘보다는 가까운 머리 위를 날듯이 훌쩍훌쩍 건너뛰고 사방팔방으로 흩어지는데 그렇게 하는 것이 독자들의 이해를 돕기에 편리하고 정리하는데도 수월하다.

책은 제목이 그러하듯이 부엔디아 가문의 7대에 걸친 100년간의 고독에 관한 이야기다. 말이 고독이지 실제로는 그것이 고독인지 유대인지 정말 가려내기가 쉽지 않은데, 고독 속에는 삶과 죽음, 전쟁과 평화, 사랑과 증오, 희망과 좌절, 욕정과 금욕 등이 얽히고설키어 있어 무엇이 고독이고 무엇이 고독이 아닌지 구분해 내기가 단칼로 무를 잘라 내듯이 확연하지 않다. 더구나 근친 간에 이루어지는 사랑은 '백 년의 고독'이 아닌 '백 년의 근친상간'이라고 불러도 좋을 정도로 치열한데 이들은 가족관계를 이해하는 데 필요한 부모나 형제나 자매나 조카 등의 호칭보다는 이름으로 나열되기 때문에 지금 사랑을 나누는 대상이 근친 가운데 어떤 관계에 있는 누구와 누구인지 자못 이해가 어려워 다시금 가계도를 훑어보는 곤욕을 감수해야 한다. 이는 누가 시켜서라기보다는 기꺼이 그렇게 하도록 자발적으로 나서는 것은 그래야만 재미를 더 느끼기 때문이다.

부엔디아 가문의 시조라고 할 만한 호세 아르까디오 부엔디아와 우르술라는 사촌 간이어서 이들의 자식은 정상적이라기보다는 돼지 꼬리를 달고 나오는 괴물로 태어날 것이라는 예언 때문에 두 사람은 살던 곳을 떠나 아무도 모르는 곳으로 이주해서는 마을 이름을 마꼰도라고 지었다. 마꼰도에 어느 날 자석이나 망원경 등 이상한 물건을 가지고 떠돌이 집시들이 찾아오고, 시장이 열리고, 서커스 행렬이 이어지고, 전쟁이 일어나고, 철도가 생기고, 바나나 회사가 들어오고, 농장에서 일하는 노동자들이 파업을 한다고 해서 무려 삼천 명이 학살되고, 4년 넘게 홍수가 나고 10년 동안 가뭄이 있는 자연재해로 마을은 황폐해지고 마침내 파괴돼 마꼰도는 원래 없었던 것처럼 다시 아무도 살지 않는다.

가문의 마지막 아이는 역시 근친상간으로 태어났는데 아울렐리아노 바빌로니아의 최후는 "세상의 개미 떼들이 다 모여들어 아이의 시체를 마당에 있는 돌투성이 샛길을 통해 어렵사리 개미소굴로 끌고 가고 있었다"는 것으로 간단하게 표현되는데, 이는 '가문 최초의 인간은 나무에 묶여 있고 최후의 인간은 개미 밥이 되고 있다'는 양피지의 예언이 맞아떨어졌음을 의미하는 것이기도 하다.

이로써 백 년의 고독한 운명을 타고난 부엔디아 가문의 인간 군상들은 이 세상에서 두 번째 기회를 갖지 못하고 영원히 소멸됐다. 마을은 바람에 의해 부서지고 인간의 기억으로부터 사라졌다.

팁 _____ 연보에 의하면 가브리엘 가르시아 마르케스는 1927년 콜롬비아에서 태어나 부모가 아닌 외조부의 손에 의해 자랐으며 외조모로부터 마술적 이야기를 많이 듣고 자란 영향을 받았다.

그는 커서 법학을 전공했으나 카프카의 《변신》을 읽고 현실 속에서 그럴 수도 있겠다고 머리가 아닌 온몸으로 인식한 후 바로 작가의 길로 들어서야겠다고 결심했다고 한다.

이후 그는 많은 놀라운 작품을 썼는데 《백 년의 고독》은 그의 작품 가운데 백미로 콜롬비아의 세르반테스라는 칭호를 얻었고, 금세기 최고의 작품이라는 찬사를 받으며 1982년 노벨문학상을 수상했는데, 수상 연설의 제목은 '라틴 아메리카의 고독'이었다.

역시 노벨상 작가인 《참을 수 없는 존재의 가벼움》을 쓴 밀란 쿤데라는 "소설의 종말에 대해서 말하는 것은 서구 작가들의 기우에 지나지 않는다. 동유럽이나 라틴 아메리카 작가들에게 이런 말을 하는 것은 어불성설에 지나지 않는다. 책꽂이에 가르시아 마르케스 《백 년의 고독》을 꽂아 놓고 어떻게 소설의 죽음을 말할 수 있는가?"라고 찬사를 보냈다.

고갈에 빠진 작가들에게 영감을 주는 책으로 정평이 나 있는데, 쓰다가 멈춘 작가들은 이 책을 읽고 이때다 싶은 기회를 얻어 과감하게 다시 글쓰기에 도전하게 된다고 많은 이들은 입을 통해 전하고 있다.

이쯤 되면 미리 말한 대로 《백 년의 고독》은 자연유산에 버금가는 인류 유산이라고 할 만하다. 처음 손에 잡기가 힘들지 일단 작정하고 그렇게 하면 끝까지 읽지 않고는 배길 수 없게 만드는 유머와 패러디, 그리고 수천 마리의 나비 떼들이 이끄는 마법으로 가득 차 있는 세상으로 빠져들게 된다. 이는 가문의 장남인 호세 아르카디오 부엔디아 못지않은 호색한이며 실질적인 주인공 동생 아울렐리오 부엔디아 대령이 딸과 마찬가지인 9살 난 레메디오스와 결혼해 쌍둥이 아이를 임신하게 했으나 모두 죽고 17명의 각기 다른 여자에서 17명의 아들을 낳았음에도 불구하고 고독을 이겨내기보다는 지탱하기 위해 오랜 실험과 연구에 몰두한 나머지 연금술의 대가가 되어 작은 황금 물고기를 만들고 녹이고 하는 평생의 과정이 그가 일으킨 20년간 32번의 반란과 14번의 암살과 73번의 매복 공격, 그리고 한 번의 총살형을 모면한 것보다 더 흥미를 끌기 때문이다.

23년간 구상하고 18개월 동안 하루도 빠짐없이 여덟 시간씩 집필에 매달려 기어코 완성한 《백 년의 고독》이 35개국 이상의 나라에서 5,000만 부 이상의 판매를 기록하는 장면을 목도한 작가는 2014년 우루술라의 남편이 죽자 노란 꽃들이 밤새도록 눈처럼 내린 것처럼 그렇게 하지는 않았지만, 그런대로 평온한 가운데 87세의 나이로 사망했다.

그가 남긴 업적은 가문의 시조이면서 대령을 낳은 우루술라가 살았던 것으로 추측되는 100살 이상은 물론, 그 10배에 달하는 시간이 흘러도 부엔디아 가문이 사라진 것처럼 소멸되지 않고 인간의 기억 속에서 영원히 남아 있게 될 것인바, 이는 예언이라기보다는 현실에 바탕을 둔 근거 있는 예상이라고 할 수 있다. (참고로 문장이 되지 않게 긴 것은 가르시아를 흉내 냈기 때문이다. 이것은 그에게 감사함을 표하기 위한 것이지 따라 하고 싶어서 한 것은 아니라는 점을 밝혀둔다.)

희망 대 희망

릴케와 헤밍웨이

파리의 기억은 사람마다 다르다. 어떤 사람은 예술과 소매치기의 도시로, 어떤 사람은 지저분함으로, 또 어떤 사람은 삶과 죽음의 도시로 떠올릴 수 있다.

릴케 역시 이런 복잡한 감정으로 파리를 보았다. 그는 《말테의 수기》에서 인생의 시작과 끝을 파리라는 도시를 통해 끄집어냈다. 그곳에서 생활하면서 느낀, 말 그대로 수기를 담담하게 아름다운 언어로 그려냈는데 읽고 나면 차분해지면서 좀 더 성숙한 나를 만나게 된다.

시종일관 어둡고 쓸쓸하나 희망의 기운도 빠지지 않는다. 가을에 읽어도 좋으나 새싹 돋는 봄에 읽으면 나 자신이 피어나는 꽃잎이 되고 한 마리의 새가 되어 세상을 날아다니고 있음을 느끼게 된다.

헤밍웨이 역시 《태양은 다시 떠오른다》에서 파리를 책의 주 무대로 삼았다. 전쟁 이후 방황하는 젊은이들을 통해 살고 죽는 것에 대한 원초적인 질문을 던지고 있다. 어떻게 사는 것이 옳은 삶인지 술과 음악과 투우를 통해 젊은 남녀에게 충고하고 경고하고 희망의 메시지를 선사하고 있다. 전쟁으로 폐허가 된 마음 한구석을 위로하고 상실된 가치관을 채워주고 있다. 방황의 끝에는 희망이 있기 마련이다.

짧은 감상평
《말테의 수기》

4월이 가기 전에 시적 언어로 가득 찬 라이너 마리아 릴케의 《말테의 수기》를 읽은 것은 행운이다. 농익은 봄이 새싹만 잉태하는 것이 아니라 고통과 불안과 가난과 죽음까지 거들고 있다는 사실을 상기시켜 주기 때문이다.

병원에 오는 사람들이 살기 위해서가 아니라 죽으러 온다는 1, 2부로 지어진 이 책의 첫 문장은 띄엄띄엄 읽어 가물가물한 20대의 기억 대신 첫 시위의 추억처럼 언제나 새롭다.

시작부터 죽음이니 이 책은 생과 사와 그 과정에서 피할 수 없는 인생의 불협화음에 대한 기록물이라고 봐도 무방하다. 여름날 냄새나지 않는 도시가 없다고는 하지만 하수도에서 무럭무럭 올라와 혹은 겨드랑이에서 배어 나와 옷을 무겁게 만드는 온갖 냄새가 공기 속에 떠 있는 지저분한 파리의 이곳저곳은 곧 죽어 시체로 나갈 자선 병원처럼 을씨년스럽다. 그곳에서 나는 여러 인간 군상들을 관찰하고 같이 아파하고 외면하면서 삶이란 이토록 처절하고 고통스럽고 힘들다는 것을 실감한다.

노트르담 드 샹드의 텅 빈 거리에서 자기 몸속에 폭삭 가라앉아 구걸하는 여자는 두 손을 얼굴에 묻고 있지만 뭉그러진 모습까지 감출 수는 없다. 이 도시에서 병에 걸린다는 것은 다른 무엇이 아닌 바로 공포 그 자체다. 과일에 씨가 들어있듯이 사람의 내부에 죽음이 있다고 하니 닥치는 대로 죽는 죽음 앞에서 생을 발견하는 일은 기성복을 입는 것과 같다.

섬세한 시인, 여자보다 더 여자 같은 라이너 마리아 릴케의 눈에는 죽음이나 생이나 화투판의 패처럼 한끗 차이에 불과하다. 여자들의 커다란 배에는 생명과 죽음이라는 두 개의 열매가 들어있는데 이곳에서 불안하지 않으면 오히려 이상하다. 릴케는 이를 감추기 위해 무언가 해야 했고 무언가 하는 일 가운데 하나는 밤새도록 글을 쓰는 일이었다.

아무도 아는 사람이 없고 아무것도 가진 게 없는(집도, 상속받을 재산도 심지어 개도 없다.) 릴케는 트렁크 하나와 책 상자 하나를 소유하고 세상을 돌아다니면서 최소한의 추억이라도 만들었으면 하는 소망을 품고 있다. 추억이 쌓이고 나이 들어 늙게 되면 그때 비로소 훌륭한 시를 쓸 수 있다고 생각한다.

28살의 브리게라는 이름을 가진 나는 지금은 좋은 시를 쓰기에는 턱없이 부족하다. 열매를 맺기 위해서는 때를 기다려야 하듯이 시를 쓰기 위해서도 숱한 만남과 이별만으로는 어림없다. 이런 생각을 회색빛 파리의 하늘 아래 6층의 어느 작은 방구석에 틀어박혀 나는 생각하고 또 생각한다.

국립도서관에 앉아 있을 때 나는 작은 행복을 느낀다. 센강변에 가거나 루브르 박물관 대신 열람실에서 시인을 읽고 있으면 방해받을 것이 없다. 삶도, 죽음도 그렇다.

허리를 굽실거리며 따라오는 거지나 버림받은 자들에게 동전 몇 개를 던져 주면서 그들이 뿌리칠까 봐 조마조마할 필요도 없다.

약간 추운 날이면 지독한 가난 때문에 시인은 난로에 불을 피울 엄두를 내지 못한다. 가난하지 않고 부자였다면 무엇보다 좋은 난로를 구입해 질 나쁜 찌꺼기 석탄 대신 화력 좋은 센 장작을 때고 싶고, 전에 살던 사람들의 냄새가 밴 가구로 가득 찬 방이 아닌 다른 방을 얻어서 살 수도 있다.

가난은 하루에 필요한 모든 힘을 탕진해 버리는데 무슨 힘으로 그 많은 그 위대한 시들을 썼을까. 릴케가 가난을 걱정할 때 나는 릴케의 위대한 시들을 생각한다. 우리에게 '가을날'이라는 시로 널리 알려진 릴케는《두이노의 비가》,《오르페우스에게 바치는 소네트》등의 걸작을 남겼다. 가난이 때로는 약이 되기도 했나 보다.

어쨌든 릴케의 고뇌는 계속된다. 그는 쓰고 싶은 모든 것을 쓰고 말할 수 있는 시간이 얼마 남지 않았다는 것을 안다. 그래서 스스로 쓴 기도문을 앞에 놓고 써놓은 대로 하기 위해 다시 한 번 쓰는 노력을 게을리하지 않는다. 그것은 자신의 시가 아닌 존경하는 보들레르의 산문시《파리의 우울》속에 나오는 '새벽'의 끝 구절이다. 그가 옮겼듯이 나도 옮겨본다.

"모든 것에 대해 불만족하고 자신에 대해 불만족하며 지금 이 밤, 고독과 적막 속에서 나는 스스로 기력을 되찾고 자신을 조금 사랑하고 싶다. 내가 사랑하던 사람들의 영혼들이여, 내가 찬양하던 사람들의 영혼들이여, 나를 굳세게 해다오. 나를 지탱할 수 있게 해다오. 내가 이 세상의 허위와 부패로부터 멀리 있게 해다오. 당신, 나의 주인이신 신이여, 제게 은 총을 내려 주시어 몇 줄의 아름다운 시를 쓰게 해주소서. 그리하여 내가 못난 자, 멸시해 마지않는 자들보다도 더 못난 인간이 아님을 스스로에게 증명할 수 있게 해주소서."(민음사)

팁 ＿＿＿ 두려움, 불안, 공허, 불신, 고독, 적대감이 순서 없이 나열된 다. 하지만 간혹 열매를 맺게 하는 가을날의 뜨거운 햇살처럼 희망이나 꿈같은 의미도 섞여 있다. 삶을 온통 부정적으로만 그려놓은 것은 아니 라는 말이다.

릴케는 유성이 떨어져도 그것을 보거나 소원을 빌지 않는 것을 나무 라는 어머니와의 추억을 아름답게 간직하고 있다. 어머니는 말한다. 이 루어지는 것이 없더라도 소원을 품고 있으라고.

아버지에 대한 추억도 있으나 어머니에 대한 기억이 더 또렷한 그에 게는 그만한 이유가 있다. 어머니에 의해 릴케는 어떤 이유에서인지 어려 서 여자아이처럼 길러졌고, 학교에 가기 전까지는 여자 복장을 했다고 한 다. 그런 릴케가 아버지의 영향으로 군인을 양성하는 학교에 진학한 것은 아이러니다. 물론 중퇴하고 철학과 문학을 전공했지만.

연상의 여자들과 깊은 관계가 있었고 니체나 로댕 같은 인물과도 교 류했다. 파리와 러시아, 독일과 스위스 여행 등을 통해 시적 영감을 얻었 고, 유부녀인 연상의 문필가 루 살로메에 연정을 품었다. 《기도시집》 제2 부 순례의 서에 나오는 "내 눈빛을 끄세요. 그래도 당신을 볼 수 있어요. 내 귀를 막으세요. 그래도 당신을 들을 수 있습니다."로 시작하는 유명한 이 시는 살로메에게 바치는 시였음이 나중에 밝혀지기도 했다.

그런가 하면 릴케 필생의 역작으로 10년에 걸쳐 완성한 《두이노의 비가》역시 20살이나 연상인 후작 부인의 정신적, 경제적 도움으로 완성됐다고 한다. 너무나 여성스럽고 여성스럽게 자랐던 릴케가 모성애가 철철 넘치는 유부녀와의 사랑으로 위대한 시를 쓰게 된 것은 어쩌면 예고된 것인지도 모른다.

잘 알려진 대로 릴케는 장미 가시에 찔려 죽었으며 스스로 쓴 '장미꽃이여, 오 순수한 모순이여, 이리도 많은 눈꺼풀 아래 그 누구의 잠도 아닌 기꺼움이여'라고 쓴 묘비명 아래에 1927년 묻혔다. 누구의 잠도 아닌 자신의 영원한 잠을 위해 기꺼이 시 같은 묘비명을 쓴 릴케의 마지막은 너무나도 시적이다.

《태양은 다시 떠오른다》

'끝날 때까지는 끝난 것이 아니다'라는 말이 있다. 어려운 경기에서 역전으로 승부가 갈릴 때 흔히 쓴다. 게임뿐만 아니라 인생에서도 역경을 딛고 일어선 순간 우리는 인간 승리를 찬미하면서 이런 말을 한다.

헤밍웨이의 《태양은 다시 떠오른다》(The sun also rises)를 읽고 나니 불현듯 야구 게임에서 9회 말 투아웃 투 스트라이크 노 볼 상태에서 역전 만루 홈런을 친 것과 같은 기분이 들었다.

내내 술 먹고 잠자고 일어나서 술 먹고 다시 자고 일어나서 술 먹고 연애하는 일과가 되풀이되다가 막판에서 술 취하지 말라고 부르짖는 장면이 꼭 그런 느낌이었다.

30대 중반의 주인공들이 하는 일은 거의 없고, 매일 먹고 마시고 춤추고 여행가고 색에 미쳐 방황하다가 마침내 어렴풋하게나마 자기 자리를 찾아 간다고나 할까. 그러니 입가에 웃음이 가득할 수밖에.

사실 나는 다른 위대한 고전들과 비교해볼 때 이 책을 대단하다거나 엄청나다거나 그에 견줄 수 있다거나 조금 부족하나 차이 나는 정도는 아니라거나 하는 생각을 해 보지 않았다. 서평을 쓰는 지금도 흡사하다. 묘사나 문장이나 스토리나 짜임새나 그 무엇 하나 비교 우위에 있는 것이 없다는 판단이다. 마지막 절규 부분이 없었다면 아마도 나는 이 작품을 '나의 고전 명작 읽기' 목록에 올리지 않았을지 모른다.

1부가 끝나고 2부도 지나 책의 1/3 정도를 읽었을 때 계속 읽어야 하나 말아야 하나 고민에 쌓였다. 여기까지 오면서 주인공들은 술 먹고 자고, 또 먹고 춤추는 것 말고는 달리 하는 게 없었고 앞으로도 달라지지 않을 거라는 확신이 섰기 때문이다. (대화도 심오하기보다는 매우 허접하다.)

그래서 역자 후기나 책의 뒷날개에 적힌 어마어마한 찬사만 아니었다면 벌써 중도 포기했을 것이다. 더 읽고 싶지 않을 때마다 나는 뒤로 돌아가 '타임 선정 100대 영문소설'이니 '뉴스위크 선정 100대 명저', 혹은 '헤밍웨이 문학의 이정표가 된 최초의 걸작' 등의 글자에 눈을 고정할 수밖에 없었다.

주인공인 나 제이크는 미국인인데 뉴욕이 아니고 파리에서 산다. 그러니 국적 상실자다. 파리에는 나 말고도 친구 로버트 콘과 빌이 있고 여자친구 브렛이 있고 브렛의 약혼자 마이클이 있다. 그리고 또 다른 몇몇 사람들과 오다가다 만나는 주변인들이 있다. 이들은 파리의 여기저기를 걷거나 택시를 타고 쏘다니면서 술 먹는 것이 하루 일이다.

술 먹다 지치면 송어 낚시를 하러 가고 투우 경기를 보러 스페인으로 국경을 넘는다. 스페인에서도 술의 종류만 다를 뿐 프랑스에서처럼 온종일 술 취해서 시답잖은 사랑 타령이나 하는 것이다.

생산적인 활동은 거의 하지 않는데 간혹 신문사에 기사를 보내야 한다거나 원고를 써야 한다고 지나가는 말을 흘리면서 부르주아 흉내를 낸다. 흥청망청 쓰는데 드는 그 많은 돈은 미국에서 온다는 한 줄로 뭉뚱그린다.

미국이 호황이고 뉴욕이 굉장하다고는 하지만 도대체 돈을 벌지는 않으면서 왕처럼 소비하는데도 도무지 멈출 기미가 보이지 않는다. 철부지 10대도 이 정도는 아니다.

나누는 대화도 거창하기는커녕 시시껄렁하다. 어제 해도 되고 오늘 해도 아무런 문제가 없으며 내일 안 해도 애석할 일이 아니다. 국가나 사회나 이념이나 내면의 심오한 고민이나 뭐, 이런 것들은 끼어들 여지가 없다.

심각한 이야기는 여자 때문이거나 남자 때문에 겪는 사랑놀음뿐이다. 새벽까지 술 먹고 다음 날 정오쯤 일어나 다시 술 먹는 일이 되풀이되는데 언제 기사를 송고하고 언제 원고를 쓰는지 도통 알 수가 없다.

어쨌든 주인공은 나다. 내가 관찰자로 끼어들어 다른 인물들의 행동거지를 따라간다. 빠져 있지 않고 끼어있음으로 나는 다른 사람들의 일상을 지켜볼 수 있다.

한때 프린스턴 대학의 미들급 권투 챔피언이었던 내 친구 로버트 콘은 비평가들이 그렇게 형편없다는 평을 하지 않은 장편소설을 한 권 썼다. 이혼했고 다른 여자와 사귀고 있으면서 내 여자 친구인 브렛을 사랑해 꽁무니만 졸졸 따라다니는 범생이다. 몸매가 좋고 사내처럼 머리를 빗질해 뒤로 넘긴 예쁜 브렛이 눈이 멀지 않은 이상 이런 찌질이를 사랑할 리 없다. 하지만 단둘이 어디로 놀러 가기도 한다. 남녀 관계는 알다가도 모른다. 전쟁에 일곱 번이나 참여하고 혁명을 네 차례나 겪은 백작도 눈에 차지 않을 만큼 시간이 부족한 브렛인데도 말이다. 그가 그녀가 많이 취해 잠시 이성을 잃거나 심하게 외로울 때를 노렸는지도 모른다.

하지만 브렛 역시 남자를 고르는 까다로운 타입은 아니다. 이런 성격은 그녀의 장점이다. 잠자리로 위안 삼아야 할 때를 정확히 알고 있어 미적거리지 않는다. 브렛은 이혼 수속 중이고 마이클과 약혼한 상태다. 정해놓은 남자가 있어도 다른 남자와 수시로 놀아난다. 나 역시 브렛이 좋고 브렛도 나를 사랑하는데 사랑하지 않는 사람과도 하는 그 뭣이냐, 육체적으로 맺어졌다고 확신할 만한 상황은 나오지 않는다. (다른 사람하고는 잘도 하는데 나와는 아니다.) 아니 그보다는 관계가 없었다고 보는 것이 타당하다. 브렛이 거부하거나 내가 원하지 않아서가 아니다. 거기에는 둘이 육체적 교접에 이르지 못하는 피치 못할 사정이 있다.

전쟁에 참여한 나는 형편없는 이탈리아 전선에서 하필이면 그곳, 남자의 심볼에 심각한 부상을 입었다. 성불구자가 된 나는 거세된 수소처럼 브렛에게 적극적으로 대시하지 못하고 키스에만 매달린다. 그 심정 오죽하겠느냐마는 나는 잘도 참아낸다. 그 문제로 참지 못할 괴로운 지경에 이른 적도 없다. 다만 콘이나 마이클이 브렛을 육체적으로 눌러준다는 생각을 할 때면 씁쓸하다. 나의 이런 마음은 아랑곳없이 브렛은 이 남자에서 저 남자로 마구 남자를 갈아타는데 그럼에도 불구하고 창녀 같지 않고 조신하고 참신한 여자로 그려진다. 아마도 왕족은 아니어도 공작이나 백작의 가문, 다시 말해 경의 호칭을 듣는 전남편과 결혼한 이력 때문일 것이다.

브렛이 겨우 19살인 투우사 로메오와 육욕에 빠져 도피를 했을 때도 오죽 사랑했으면 그랬을까 하는 생각이 들 뿐 약혼자 마이클을 배신한 창녀라고 매도되지 않는다. (사실 누군가는 그렇게 생각했겠지만 나나 나의 친구들은 전혀 아니다.)

스페인 투우 투어는 이 책에서 가장 활발한 부분이다. 무려 일주일간 도시는 광란에 들떠있다. 사람이 죽어 나가고 부상자가 속출한다. 그러나 시작이 있으면 끝도 있는 법. 소들이 사라지자 관중들은 썰물처럼 도시를 빠져나간다. 우리들의 여행도 끝이 났다.

브렛은 약혼자 마이클이나 그를 따라다니는 로버트 콘이나 애송이 투우사 대신 나와 함께 있다. 둘이 마주 앉았으니 하는 일은 첫 잔을 마시기 전에는 손이 떨리는 알코올 중독자답게 먹고 취하는 일이다.

이제 34살이 된 브렛은 말한다. "내가 파리에서 학교 다닐 때 그러니까 1905년 투우사가 태어났어. 난 창녀가 되지 않을래. 그런 생각을 하니 기분이 좋아."

둘은 건배를 한다. 나는 기분이 좋다는 브렛을 보자 덩달아 좋다. 술을 먹는 속도가 빠르다. 이때 브렛이 "자기! 술 취하지 마, 술 취하지 마."라고 절규하듯이 외친다. (마치 뭉크의 '절규'처럼 브렛이 머리를 감싸고 "오, 나의 자기! 취하지 마, 내 사랑 취하면 NO!"라고 소리치는 장면이 연상된다.)

안 취한다고 해서 달라질 것도 없고 취한다고 해서 새로울 것도 없다. 그런데 브렛은 지금껏 한 번도 하지 않은 취하지 말라는 허튼소리를 지껄이고 있다. "술 취하지 말고 적당히 마시고 이제 사람 구실을 하자. 남들 다 하는 일이라는 것을 해보자. 응, 자기야!" 이렇게 제의하고 있는 것은 아닐까.

세상이 빠르게 움직이는데 제대로 살기는커녕 먹고 또 먹는 일에만 신경 쓰고 있다는 생각이 불현듯 들어, 참을 수 없는 반항심이 그 순간에 일었기 때문일까. 하나같이 아픈 사람들뿐인데 놀기만 하는 나와 우리가 이래도 되는가 하는 반성과 함께 비참하다고 느꼈기 때문일까. (에라, 모르겠다. 나는 그들이 아니다.)

팁 _____ 책의 첫머리에는 이런 글귀가 있다.

"당신들은 모두 길을 잃은 세대요."

그리고 그 아래는 전도서를 인용한 "한 세대는 가고 간 세대는 오되 땅은 영원히 있도다. 해는 뜨고 해는 지되 그 떴던 곳으로 빨리 돌아가고."

헤밍웨이의 《태양은 다시 떠오른다》가 길 잃은 세대를 다룬 첫 작품이라는 해설이 확 닿는 대목이다.

인류 역사상 유례없는 학살이 벌어졌던 1차 세계 대전이 막 끝난 파리의 거리. 헤밍웨이는 이곳에서 특파원과 작가들을 등장시켜 온종일 먹고 마시는 만취 상태의 젊음을 그려내고 있다. 전쟁의 환멸과 이로 인해 가치관이 상실되고 무너져 내린 젊은이들의 좌절된 인생이 책 속에 고스란히 담겨 있다. (어제 살았던 사람이 오늘 죽는데 내일을 이야기하는 것은 부질없다. 그래서 주인공들이 먹고 마시고 자는 데 열중한다고 나는 생각한다.)

한편 주인공들이 마시는 술은 주종을 가리지 않는다. 위스키, 포도주, 맥주는 기본이고 그 지역의 허다한 술이 허기진 입속으로 빨려 들어

간다. (술을 음미하고 맛으로 먹기보다는 취하기 위해서 먹고 하루 종일 먹고도 다음 날 멀쩡한 정신으로 또 먹는데 숙취로 인한 고통은 거의 없다. (대단한 술꾼들이고 술을 떠받쳐주는 간이 부러울 뿐이다.

투우 장면이 매우 사실적으로 그려진다. 책보다는 영화가 더 어울릴 것 같다는 생각이 든다. 유대인과 흑인에 대한 도를 넘고 있는 비하가 마음에 걸린다. ("헤밍웨이, 왜 그랬어?" 《노인과 바다》에도 흑인을 비하는 검둥이라는 표현이 있다. 그가 약간의 인종 차별주의자는 아닌지 의심스럽다.)

인연 대 인연

그리뇨프와 다아시

불교는 인연을 강조한다. 옷깃만 스쳐도 전생의 인연을 이야기한다. 세상사가 인연으로 이루어졌다는 것이다. 살다 보면 이 말이 맞는 것 같기도 하고 아닌 것 같기도 하지만 긍정적으로 살고자 하는 사람에게 인연은 어떤 힘으로 작용한다.

뿌시킨의 유일한 장편 《대위의 딸》에 나오는 주인공 그리뇨프는 반란군 대장 뿌가초프와 인연이 깊다. 그가 길을 잃고 헤맬 때 농부가 와서 살려줬고, 헐벗은 농부에게 그리뇨프는 토끼 가죽 외투를 벗어준다. 그 농부가 나중에 반란군의 주동자가 됐고 군인이 된 그리뇨프는 죽을 운명에 처하지만 살아난다.

제인 오스틴의 《오만과 편견》에 등장하는 빙리의 친구 다아시는 오만하다는 편견에 쌓여 있다. 돈도 많고 갑부이며 귀족이므로 엘리자베스의 사랑을 받기에 충분한데 그에게 이런 혐의는 애정을 높이기보다 식히기 마련이다. 그런데 어떤 인연의 힘으로 그런 것은 오해이며 잘못된 판단이라는 사실이 밝혀진다.

당신이 몰랐던 문장이 내게로 왔다

인연은 어떤 일의 원인이며 결과다. 인연이 없었다면 그리뇨프도 다아 시도 사랑하는 사람과 연결되지 못했을 것이다. 잔인한 반란군의 따뜻함 과 굳어진 선입견을 풀어내는 일은 인과 연이 있기에 가능했다.

짧은 감상평

《대위의 딸》

나에게 뿌시킨은 낡은 액자 속의 인물이었다. 아마도 꽃이 배경인 것으로 기억되는 가로의 그림 액자 속에 세로로 길게 시가 이어졌는데, 나는 아무런 이해도 없이 '삶이 그대를 속일지라도 슬퍼하거나 노여워하지 말라'는 구절을 외웠다. 다른 시들은 외웠다가 금방 잊어버렸으나 이 시는 의미도 제대로 알지 못하던 시절부터 지금까지도 모국어처럼 자연스럽게 외우고 있다. 뿌시킨의 이 시는 간혹 가는 이웃 마을의 동네 이발소나 오일장을 따라나서 운 좋으면 들르게 되는 읍내 중국집의 지저분한 방안에서도 발견할 수 있었다.

그가 시 외에 산문에도 대단한 업적을 남겼다는 것은 나중에 알았다. 그래서 한 번 읽어 봐야지 여러 번 작정했으나 지금까지 그러지 못하고 차일 피일 미루고 있었다. 그러던 어느 날 삶이 그대를 속이는 일들이 일어났고 나는 불현듯 뿌시킨을 찾았다.

뿌시킨이 남긴 유일한 장편소설 《대위의 딸》을 집어 들고는 마침내 이렇게 읽게 되는구나 하는 들뜬 기분이 오랫동안 지속된 것은 이런 연유 때문이다. 읽기도 전에 기분 좋은 흔치 않은 경험에 나는 미리부터 오싹한 소름을 느꼈다.

등장인물이 성으로 불리다가 이름이나 직책으로 불리는 등 누가 누구인지 헷갈리는 '프'나 '스키' 등으로 끝나도 그가 다른 사람이 아닌 바로 그라는 사실을 느낄 수 있었던 것도 읽는 내내 흡족한 기분을 배가시켜 주었다. 그러니 헤매지 않고 아주 순탄하게 읽어 나갈 수 있었다.

길이도 장편이라고는 하지만 조금 긴 중편 정도의 분량이어서 시간이 많이 걸리지 않았다. 하지만 1772년 일어난 뿌카쵸프의 반란과 눈 덮인 우랄 강과 볼가 지방의 끝없이 이어진 숲을 연상하기에는 부족함이 없었다.

어머니의 배 속에 있을 때부터 연대의 중사였던 가난한 귀족 출신 그리뇨프는 열여섯 살이 되자 부성애라고는 거의 없는 아버지의 등쌀에 밀려 군대에 들어간다. 가는 도중 잠시 머물던 여인숙에서 스스로 기병 연대 대위라고 칭하는 이반 주린과 술을 먹고 곤드레가 되고, 내기 당구를 쳐서 돈을 잃기도 하는 등 주인공은 그야말로 부모의 품을 벗어난 자유를 만끽하고 있다.

그와 동행하는 영리한 늙은 하인 사벨리치는 세상 물정 모르는 철부지 귀족 도련님을 어르고 달래지만 새로운 운명이 시작되는 그의 앞을 막기에는 역부족이다. 여행은 저녁이 오고 눈보라가 쳐도 계속된다. 임지로 가는 길은 험하고 멀기 때문이다.

어서 가자는 사벨리치의 말을 무시한 그리뇨프는 혹독한 대가를 치른다. 한 치 앞을 내다볼 수 없는 눈보라 속에서 마차와 함께 길을 잃고 만 것이다. 사방은 깜깜하고 바람은 살아있는 짐승처럼 날뛰는데 어디 불빛 하나 보이지 않는다. 위기의 순간에 그들은 마치 정해진 시나리오처럼 어둠 속에서 길손을 만나고 농부인 그의 안내로 안도의 한숨을 내쉰다.

빈털터리인 농부는 그리뇨프에게 술 한 잔 먹고 싶다고 말한다. 그제야 사내의 얼굴을 자세히 본 그리뇨프는 그가 마흔 정도의 나이에 어깨는 딱 벌어지고 검은 턱수염에 새치가 듬성듬성 보이는 대단한 용모의 사나이인 것을 간파한다. (하여간 인간 세상은 모든 것이 용모로 판가름난다. 남자든 여자든.) 그리뇨프는 우리 까자크인들은 차 같은 것은 안 마시니 술 한 잔만 사달라고 간청하는 농부의 제의를 흔쾌히 받아들인다.

다음날 사벨리치의 반대에도 불구하고 그리뇨프는 자신의 토끼털 가죽 잠바를 벗어 농부에게 준다. 옷을 너무 얇게 입었다는 것이 이유였다. 농부는 옷이 작아 실밥이 터져도 아랑곳하지 않고 몸을 꾸겨 넣으며 마침내 즐거운 웃음을 터트리는데 보기에 매우 호탕하다.

농부와 헤어진 후 어렵게 벨로그로스크 요새에 도착한 그리뇨프는 미로노프 대위의 지휘를 받으면서 초급 장교로 군대 생활을 시작한다. 하지만 병영은 그가 생각했던 것과는 다르게 흐르고 요새라는 곳도 이름만 그럴 뿐 제대로 된 방책도 마련되지 않아 허술하기 짝이 없다. 언제 수리했는지 모를 대포는 녹슬어 있고 병사들의 사기는 늙은 사령관의 구호에 맞춰 겨우 복창하는 정도였다. 그곳에는 그리뇨프보다 먼저 배속된 쉬바브린이 있었는데 그는 살인죄로 쫓겨 벌써 오 년째 이곳 생활을 하고 있다.

마음씨 좋은 신부 부부도 있고 당연히 대위의 딸인 마샤도 있다. 그녀는 십팔 세 정도로 혼기가 꽉 찼는데 동그스름한 얼굴은 혈색이 좋고 금발 머리는 귀 뒤로 넘겼는데 두 귀는 발그스름했다.

그리뇨프가 관심을 보이는 것처럼 그녀도 그에게 관심이 있다. 그런데 마샤는 쉬바브린이 오래전부터 자신의 부인으로 점찍어 놓고 있었다. 하지만 마샤는 그럴 마음이 없어 그의 청혼을 거절해 두 사람 사이는 냉랭한 상태다.

요새는 겉으로 보기에는 평온하고 숙소 창밖의 풍경은 그지없이 한가롭다. 그리뇨프는 장기를 살려 시를 쓰고 좋은 평을 듣고 싶어 쉬바브린에게 보여주기도 한다. 그런데 그는 혹평한다. 사랑에 성공하고 싶다면 시 나부랭이나 가지고 수작 부리는 대신 귀고리라도 선물해야 저녁에 어둠을 틈타 마샤가 찾아온다고 속을 뒤집어 놓는다. 그리뇨프는 그 말에 분노를 느껴 결투를 신청한다. 두 번째 결투에서 그리뇨프는 큰 부상을 입는다. 그는 마샤의 헌신적인 치료로 오일간의 혼수상태를 이겨내고 회복된다. (뿌시킨 자신은 연적 단테스와 결투로 사망한다. 단테스는 뿌시킨이 나탈리야와 결혼하기 전에도 그녀에게 흑심을 품었다. 나탈리야를 차지하기 위해 그녀의 여동생과 결혼한 단테스는 뿌시킨이 나탈리야와 결혼한 후에도 그녀에게 덤볐고, 이에 뿌시킨은 결투로 맞섰다. 부인 나탈리야는 황제도 탐낸 절세미인이었다고 하니 단테스라는 자의 집요함이 이해될 만도 하다. 한편 뿌시킨이 죽은 후에도 단테스는 파리의 외교관으로 승승장구했고 나탈리야도 장군과 재혼해 평생을 행복하게 살았다고 한다.)

그즈음 반란군들은 있으나 마나 한 요새를 침공한다. 요새는 방어라는 말을 꺼내기도 전에 점령당한다. 반란군들은 사령관인 대위 부부와 장교들을 지체 없이 처형한다. 그리뇨프 역시 죽을 위기에 처한다. 약삭빠른 쉬바브린은 반란군의 편에 섰다.

그런데 쫓겨난 뾰뜨르 3세(에카테리나 2세 황제의 남편, 부인에 의해 제거된 뒤 살해당했다.)를 참칭하는 뿌가쵸프라는 자는 구면인 것 같은 인상이다. 살펴보니 하인의 구시렁거리는 소리를 뒤로하고 그가 토끼털 외투를 줬던 바로 그 농부다. 그리뇨프는 이런 인연으로 겨우 목숨을 살린다. 그러나 방 안에 숨은 마샤와 함께 떠나지는 못한다. 반란군들은 기세등등해 여제 폐하를 위해 분연히 일어나서 방어하자는 정부군의 외침에도 불구하고 인근 지역의 요새를 차례로 무너뜨린다. 모스크바로 진격할 날이 머지않았다.

하지만 뿌가쵸프의 운명은 거기까지였다. 그는 여제를 위한 황제군의 합동 작전에 체포돼 처형당한다. 마샤는 어떻게 됐느냐고? 그리뇨프의 청을 받은 뿌가쵸프는 안전하게 마샤를 쉬바브린으로부터 지켜준다. 실제로 러시아에서 일어난 뿌가쵸프의 반란을 뿌시킨이 섬세하고 예민하게 그렸는데 참혹한 전쟁의 이야기 대신 아름다운 남녀의 사랑이 더 기억에 남는다.

앞에서 언급한 시는 이렇게 끝난다.

"우울한 날들을 견디며 믿으라/ 기쁨의 날이 오리니/ 마음은 미래에 사는 것/ 현재는 슬픈 것/모든 것은 순간적인 것. 지나가는 것이니/그리고 지나가는 것은 훗날 소중하게 되리니."

그의 말대로 우울하고 슬픈 현재를 견디니 기쁨의 날이 온 것이다.

팁 ____ 작품 곳곳에 눈물을 짤 만큼 웃긴 내용이 가득하다. 그리뇨프를 시종일관 따라다니는 늙은 하인 사벨리치는 연륜과 경험에서 우러나오는 삶의 지혜를 가감 없이 전달한다.

연적 쉬바브린의 배신과 변절 행위도 약방의 감초처럼 감칠맛이 난다. 반란자 뿌가쵸프는 야만과 아량을 동시에 보여준다. 무자비한 반란자이기도 하고 은혜를 갚는 선량한 군주의 양면을 갖고 있다.

　마샤는 아름다운 사랑의 승리자가 돼 영원히 뿌시킨의 가슴속에서 살아남았다. 그런데 마샤가 그리뇨프와 함께 행복해지는 것은 두 사람만의 의기투합 때문만은 아니다. 뿌가쵸프의 관용 외에도 영국산 하얀 개와 함께 있던 중년 여인이 없었다면 이루어질 수 없었다. 그녀는 나이트캡을 쓰고 통통하고 혈색 좋은 40대 중년 부인으로 (반란군의 두목 뿌가쵸프도 40대로 나온다. 그의 인상평도 그녀만큼이나 넉넉하다. 이것은 황제와 반란자를 비슷한 위치에 놓았다는 것을 의미하는가?) 위엄과 평온한 얼굴을 가지고 있다. 마샤는 그녀에게 그리뇨프가 반란군의 편에 서서 뿌가쵸프와 화기애애하게 어울려 다녔다는 소문은 사실이 아니라고 하소연한다. 이후의 상황은 일사천리다. 이 대목은 마치 착하게 살았더니 백마 탄 어린 왕자가 나타났다는 것과 유사하다. 반란을 중심축으로 사랑이 이어지나 피 튀기는 살벌한 장면은 스쳐 지나가듯이 가볍게 처리된다.

　전쟁의 참화나 무자비한 폭동이나 반란의 살벌함 등은 세세하게 그려지지 않고 있다. 사령관이 교수형에 처하고 부인의 시체가 그다음 날에도 널브러져 있었다는 표현 정도가 잔혹한 대목이다.

　죽고 죽이는 장면은 부는 바람 정도로 가볍게 스케치 됐다. 또 하나는 반란군을 잔혹한 악당으로 묘사하지 않고 정부군을 선량한 우군으로만 그리지 않았다는 점이다.

　당시의 검열 상황을 짐작해보면 이는 뿌시킨의 용감한 행동과 치밀하게 계획된 글쓰기의 한 대목이라고 볼 수 있다. 마지막 장에서 발행인의 이름을 빌려 사건을 마무리한 장면도 그런 이유 때문이다.

《오만과 편견》

　'여편네 팔자는 뒤웅박 팔자'라는 말은 여성을 비하하는 말이다. 요즈음 이런 말을 쓰다가는 쥐도 새도 없이 사라지겠지만 (정말로) 불과 얼마 전까지만 해도 심심찮게 써먹었다. 돈 많고 성격 좋은 남자에게 시집가야 여자 구실 하면서 잘살 수 있다는 말의 다른 표현이다. 사랑하므로 결혼한다는 천편일률적인 표현으로 바뀌었을 뿐이지 지금도 여성들은 가난한 집의 뒤웅박이 아닌 부잣집의 그것을 꿈꾸고 있다. (남자도 마찬가지)

　하루아침에 신분이 상승하는 신데렐라 꿈은 200년 전인 영국에서도 있었다. 재산깨나 있는 독신 남자는 딸 가진 집안에서 반드시 차지해야 할 재산이 분명하다. 더구나 하나도 아니고 무려 다섯 명의 딸을 둔 부모, 특히 어머니라면 이런 남자는 눈여겨보게 마련이다.

　어느 날 갑부 총각인 빙리가 이웃으로 온다는 소문이 돌자 베넷 부인은 자신의 다섯 딸 중 하나가 이 남자와 결혼할 것이라고 자신한다. 빙리가 누구를 골라잡아도 상관할 이유가 없다. 누구냐가 중요한 것이 아니라 내 딸 중 하나와 결혼하는 것이 베넷 부인에겐 가장 큰 관심사다.

　그에게는 자신보다 더 많은 돈과 지위를 가진, 역시 총각인 다아시라는 친구가 있다. 둘이 조용한 시골 마을에 도착했으니 소문은 바람을 타고 온 동네로 실려 와서 이웃 동네에 퍼지고 동네의 처녀라는 처녀는 죄다 봄바람에 목련 터지듯이 가슴이 부풀어 오른다.

남편의 성화에 못 이기는 척 부인은 빙리를 맨 처음 방문해 호감을 사고 그를 집으로 초대하는 데 성공한다. 빙리는 친구인 다아시와 함께 무도회를 연다. 무도회의 주인공은 단연 두 남자였다. 연 수입도 화제가 됐는데, 특히 다아시는 빙리가 벌어들이는 수입의 두 배인 연 만 파운드로 알려지면서 사람들의 찬사를 한몸에 받는다.

그런데 그런 찬사에 뒤이어 곧 그의 태도가 문제가 됐다. 호사다마라고나 할까. 그가 매우 거만하고 오만해 연 수입과 거대한 영지에도 불구하고 불쾌한 인물로 낙인이 찍혔다는 점이다. 특히 베넷 부인은 딸 가운데 하나가 그에게 무시당하자 다아시를 매우 싫어하는 선을 넘어 분개하기까지 했다.

둘째 딸 엘리자베스도 마찬가지 기분이었다. 어머니가 말하기도 전에 그 사람과는 절대 춤을 추지 않겠다고 다짐했다. 훌륭한 가문과 재산이 있다고 해서 오만할 권리가 없다는 것. 이런 엘리자베스와는 달리 다아시는 다른 누구도 아닌 엘리자베스에게 빠져들고 있다.

질투심을 느낀 주변의 여자들은 두 사람을 떼어 놓기 위해 험담을 늘어놓고, 그 무렵 베넷 가의 한정 상속자(대를 이을 아들이 없는 경우 친척인 남자가 그 집안의 재산을 물려받는 것) 콜린스가 베넷 가족을 방문하고 그날 바로 큰 딸인 제인을 신부감으로 점찍는다. 하지만 베넷 부인이 제인에게는 임자가 있다는 말을 알아듣게 흘리자 바로 둘째인 엘리자베스로 바꾼다. (배필을 정하는 것이 장기판의 졸처럼 자유롭다.) 부인은, 제인은 빙리와 엘리자베스는 콜린스에게 시집보내기로 작정했다.

당신이 몰랐던 문장이 내게로 왔다

마을 인근의 부대 장교로 위컴이 오는 것은 베넷 부인이 이런 환상에 젖어들었을 때다. 위컴은 오자마자 모든 여성의 관심을 한몸에 받는 행복한 남성으로 급부상했고, 그 옆에는 위컴의 애정 어린 시선을 받는 행복한 여성 엘리자베스가 앉아 있다.

위컴은 다아시를 폄하했고 엘리자베스는 선한 성품의 빙리가 그의 친구라는 것을 이해할 수 없다며 맞장구쳤다. 빙리가 아무리 괜찮은 사람이라고 그를 변호해도 다아시에 대한 관심은 위컴에 대한 모욕이라는 것이 엘리자베스의 생각이었다.

한편 성직자인 콜린스는 엘리자베스에게 세 가지 이유를 들어 그녀에게 청혼한다. 하지만 그녀는 당신과 결혼하면 행복할 수 없다며 거절한다. 거절당한 콜린스는 삼 일 후 엘리자베스의 친구인 샬럿의 발밑에 자신을 던지면서 사랑을 갈구하고 두 사람은 결혼해 마을을 떠난다. (주인공이 아니라도 너무 쉽게 대상을 바꾼다.)

베넷 부인은 심사가 뒤틀린다. 제인과 결혼하리라던 빙리는 런던으로 가 돌아오지 않고, 엘리자베스는 청혼을 거절해 일시에 두 딸을 혼사 시킬 기회를 놓쳤기 때문이다. 비참한 기분은 이루 말할 수 없었고, 누가 무슨 말을 해도 귀에 들어오지 않았다. 남편이 죽으면 한정 상속자인 콜린스가 샬럿과 함께 자신은 물론 딸들을 내쫓고 재산을 독차지할 걱정 때문에 밤잠을 설친다.

1부가 끝나고 2부가 시작되면 제인은 빙리가 있는 런던으로 떠나고, 엘리자베스는 콜린스 부부를 방문하는데 그곳으로 다아시가 찾아온다. 샬럿은 다아시가 엘리자베스에게 반한 것이 틀림없다고 믿지만 엘리자베스는 특별한 반응을 보이지 않는다.

두 사람은 정원을 산책하다 한 번이 아니고 자주 마주치면서 많은 대화를 한다. 어느 날 둘만이 방안에 있게 되자 다아시는 열렬히 사모하고 사랑한다며 엘리자베스에게 자신이 애써도 어쩔 수 없는 억누를 수 없는 감정을 이야기한다. 하지만 엘리자베스는 한 번도 당신의 호의를 기대한 적이 없다고 매정하게 퇴짜 놓는다. 제인과 빙리를 이간질하고 위컴을 통해 당신이 어떤 사람이라는 것을 확실히 알았는데 거부는 정황상 당연한 것이다. 그리고 그녀가 받았던 첫인상, 즉 거만하고 잘난 체하며 자기 생각만 하고 남의 감정은 무시하는 사람이라는 인상이 가시기도 전에 다른 안 좋은 감정이 쌓이면서 혐오감이 생겼다는 것도 거절의 이유였다. 하지만 한편으로는 그런 그가 자신에게 청혼한 것에 엘리자베스는 기분이 좋아졌다. (여자의 마음이란)

다음 날 아침 다아시는 엘리자베스에게 장문의 편지를 쓴다. 그녀가 오해했던 부분에 대해. 상황은 역전됐다. 그가 오만하다는 편견은 사실이 아니었다. (편지 한 통에 쌓인 감정이 눈 녹듯이 스르르 녹았다.) 이런 감정을 안고 엘리자베스는 인공이라고는 눈 씻고 찾아봐도 없는 자연 그대로인 북부 지방으로 외삼촌 내외와 여행을 떠난다. 훼손당하지 않은 살아있는 숲에 매혹된 그녀는, 저택은 아름답고 방들은 고상하고 가구들은 화려하지는 않지만 우아한 자신이 이곳의 안주인이 되면 행복하겠다는 생각을 한다. 그곳은 다름 아닌 다아시 소유였고, 그곳 하녀의 말을 통해 주인을 어려서부터 지금까지 좋지 않게 생각하는 하인은 하나도 없다는 말을 듣고 그에 대한 생각을 다시 하게 된다.

엘리자베스가 이런 기분 좋은 생각을 하고 있을 때 뜻밖에도 겨우 16살인 막내 동생 리디아가 위컴과 도망갔다는 충격적인 소식을 듣는다. 결혼전에 동거는 집안의 치욕이다.

베넷가는 발칵 뒤집혔고 수습하는 길은 두 사람이 결혼하는 것밖에 없었다. 그러나 위컴은 리디아와 쉽게 결혼할 마음이 없다. 위기에 몰린 베넷가를 구한 것은 엘리자베스를 사랑하는 다아시였다. 그는 숨어 있던 두 사람을 찾아내고 위컴이 도박과 낭비로 진 빚을 갚아주고 생활비를 주는 대가로 위컴을 설득해 두 사람을 결혼시키는데 결정적인 역할을 한다.

제인이나 엘리자베스가 아닌 막내딸이 첫 번째 결혼 관문을 넘었다. 뭐든지 처음이 어렵지 그다음은 쉽다는 것은 결혼도 마찬가지인가. 제인은 빙리와, 엘리자베스는 다아시와 꿈에 그리던 웨딩마치를 울린다. 일생일대의 결혼은 인연이 없으면 불가능하다는 불변의 진리를 보여준다.

팁 _____ 유머와 위트가 책 전체를 지배한다. 인생의 궁극적인 목표이며 행복의 완결판인 결혼 이야기가 처음부터 끝까지 시종일관 이어진다. 문장을 따라가다 보면 얼마나 많은 상상을 해야 이런 해학과 풍자가 나올 수 있는지 감탄사를 연발하게 된다.

딸들의 존재 이유는 오로지 결혼이다. 어머니의 관심사는 돈 많은 남자를 찾아 딸을 결혼시키는 것이다. 딸이 결혼할 때 어머니는 행복했고 결혼이 틀어질 때 불행했다. 베넷 부인의 치맛바람은 지금과 비교해도 손색이 없다. 그때나 지금이나 영국이나 한국이나 다른 것이 뭐 있나. 신분 상승을 위한 거의 유일하고 완벽한 방법인 혼사에 얽힌 이야기가 이토록 흥미진진한 것은 이 때문이다.

저자인 제인 오스틴은 6남 2녀의 막내로 1777년 태어났다. 어려서부터 습작 활동을 했으며 《첫인상》을 개작해 내 논 《오만과 편견》(Pride and Prejudice)은 20대에 썼다. 《첫인상》이 출판이 거절된 것과는 달리 《오만과 편견》은 나오는 첫해 매진을 기록할 만큼 선풍적인 인기를 끌었고 지금도 여전한 대우를 받고 있다.

여성이었기에 섬세한 심리묘사가 가능한 반면 남성에 관한 이야기나 술과 담배, 그리고 정치, 경제 등에 관한 언급이 거의 없는 것은 아쉬운 대목이다. 특히 당시 세계를 충격으로 몰고 갔던 나폴레옹 전쟁 등에 대한 내용이 빠진 것도 그렇다. 이는 그녀의 무지 때문이 아니라 의도적으로 피한 것이라 해도, 문학이 시대를 반영하는 것이라고 했을 때 그것이 빠져 있어 허전한 기분이 드는 것은 어쩔 수 없다. 그렇다 하더라도 군인들이 거리를 지나가거나 그런 군인을 보고 혹하는 여자들의 이야기를 언급한 것은 그나마 다행이다. 오스틴은 첫사랑의 실패 이후 평생 독신으로 살았으며 한창 인기가 절정인 40세에 사망했다.

교훈 대 교훈

아비와 어미

 하나밖에 없는 아들이 죽고서야 아비는 자신의 잘못을 깨닫고 통곡한다. 그러나 때는 늦었다. 크레온은 조카를 죽였다. 아들은 그런 아버지에게 침을 뱉었다. 얼굴에 묻은 침을 닦으며 아비는 어떤 교훈을 얻었을까. 안티고네는 단지 죽은 오빠의 장례만을 원했다. 이것은 지극히 인간적이다. 그걸 국법으로 막았다. 자신의 법이 신의 법보다 우월하다면서.

 전쟁에서 세 자식을 잃었다. 그러나 어미는 억척스럽게 오늘도 전쟁터를 누빈다. 돈벌이로 그만한 곳이 없기 때문이다. 자식 셋을 잃고도 어미는 전쟁이 평화보다 낫다고 생각한다. 치즈 대신 총알로 하는 장사가 더 이문이 남기 때문이다. 어미에게 전쟁은 어떤 의미로 다가오는가. 아들과 딸은 죽어서도 그것이 궁금하다.

짧은 감상평

《안티고네》

　세상의 변화와 발전을 정반합의 변증법으로 이해했던 헤겔은 《안티고네》에 대해 이런 평을 했다.

　"《안티고네》는 가장 숭고하고 가장 완벽한 예술 작품 중의 하나다. 여주인공 안티고네는 지상에서 나타난 인물 중 가장 고결한 인물이다."

　자, 위대한 철학자에게서 이 정도의 평을 받았으니 잔뜩 기대해도 될 만하지 않은가. 일단 내용 속으로 빨려 들어가 보자. 그러기 전에 안티고네가 누구인지 먼저 간략히 설명해 보는 것이 순서상 맞다.

　안티고네는 오이디푸스왕의 장녀다. 오이디푸스는 아버지를 죽이고 어머니와 결혼해 두 아들과 두 딸을 낳았다. 장남은 폴뤼네이케스이고 차남은 에테오클레스다. 안티고네의 여동생은 이스메데다. 굳이 설명을 덧붙이면 안티고네는 오이디푸스왕의 딸이면서 여동생이다. 가계도가 황당하지만 전해져 내려오는 이야기는 그렇다.

　오이디푸스왕이 앞을 보지 못하는 사람이 되어 방랑자가 된 것은 앞서 소개한 《오이디푸스왕》에서 밝혔다. 《안티고네》는 그 이후의 이야기가 되겠다.

《안티고네》는 그러니까 소포클레스의 《오이디푸스왕》의 후속작쯤으로 보인다. 출간 연도는 《오이디푸스왕》이 먼저라는 설도 있으나 하도 오래 전 일이라 확인이 어렵다고 한다.

어떤 사람들은 《오이디푸스왕》을 먼저 읽은 다음 읽거나 소포클레스의 삼부작으로 평가받는 《클로노스의 오이디푸스왕》과 함께 읽어야 이해하는데 한결 수월하다고 말한다. 서로 연관성이 깊기 때문이다.

하지만 그런 사전 정지 작업이 없이도 《안티고네》 단독만으로도 읽는 데 크게 문제는 없다. 사설이 길어졌으니 에두르지 않고 단도직입으로 책장을 넘겨 보자.

오이디푸스왕이 죽은 후 에테오클레스는 둘이 일 년씩 왕위를 번갈아 가면서 하자는 심지 굳은 약속을 깨고 왕권을 내놓지 않았다. 이에 화가 난 폴뤼네이케스는 아르고스로 가서 그곳 왕의 사위가 됐다. 그리고 일곱 장수와 병사를 이끌고 고국 테베로 쳐들어 왔다.

동생 에테오클레스는 형과 맞섰다. 전쟁에서 동생이 형을 이겼다. 그러나 둘은 서로의 칼에 의해 동시에 죽었다. 이제 테베의 왕은 오이디푸스왕 가의 혈육 중 가장 가까운 크레온에게 돌아갔다. 안티고네의 외삼촌이며 오이디푸스왕의 처남이다.

왕은 백성들에게 포고령을 내린다. 반역자 폴뤼네이케스는 들판에 버려 새나 개의 밥이 되게 하고, 애국자 에테오클레스는 성대하게 장례 지내라고. 그리고 이를 어겨 버려진 시체를 매장하는 사람은 돌에 맞아 죽도록 명령했다.

소식을 들은 안티고네는 무슨 일이 있어도 오빠가 들판의 먹이가 되게 할 수는 없다고 동생 이스메데에게 함께 장사를 지내자고 말한다. (시체를 매장하지 않고 그대로 두는 것은 치욕이며 영원히 안식할 수 없다는 그 시대 분위기가 있었다. 그런 것이 없었다고 해도 혈육의 죽음을 장사도 없이 내버려 두는 것은 인간의 예의상 맞지 않다. 동서고금을 통해 그것은 하나의 질서다.)

그러나 동생은 언니의 행동을 나무라면서 자신은 통치자의 의사에 반하는 일에 동참할 수 없다고 거절한다. 그러함에도 불구하고 안티고네는 명예롭게 죽지 못하는 것보다도 더 끔찍한 것은 없다며 실행에 옮긴다.

이때 파수꾼이 등장해 누군가 폴뤼네이케스의 장사를 지냈으나 범인은 잡지 못했다는 사실을 왕에게 고한다. 크레온은 노발대발한다. 이후 이 파수꾼은 두 번째 장례를 치르는 안티고네를 현장에서 체포한다. 곡하면서 애통해 하고 이 일을 저지른 자에게 저주를 퍼붓고 있을 때.

크레온은 심문한다. 이 일을 인정하는지 부인하는지, 포고령을 들었는지 못 들었는지 묻는다. 안티고네는 신의 법이 필멸인 인간의 법보다 우선한다며 자신의 정당성을 주장한다.

장군(그녀는 크레온을 왕으로 칭하지 않는다.)의 국법보다 신들의 법이 우선하기에 오빠의 시신에 모래 가루를 뿌렸다고 당당하게 말한다.

이스메데도 끌려온다. 그녀는 크레온의 심문에 자신도 떳떳이 그 일을 수행했다고 말한다. 반전이다. 언니의 제의를 거절했던 동생이 언니가 그 일로 죽을 위기에 처했는데 되레 하지도 않은 일을 했다고 자신도 같은 책임이 있다고 나선 것이다. 안티고네는 당황해 그것은 정의가 허락하는 일이 아니라고 반박한다. 동생도 고집이 여간이 아니어서 끝내 자신도 오빠의 매장 현장에 있었다고 주장한다.

여기에 하이몬이 등장한다. 크레온의 아들이다. 안티고네와 결혼할 예정인 하이몬은 당연히 안티고네를 살리고 싶다. 그래서 분노한 아버지를 달래기 위해 자신은 언제나 아버지 편이라면서 아버지의 지도에 따르겠다는 뜻을 분명히 한다. 그러면서 아버지를 설득한다. 모든 여인 가운데 가장 고귀하며 가장 명예로운 행위 때문에 안티고네가 가장 비참하게 죽는다고 온 도시가 애통해 하고 있다고 아버지께 고한다.

그러나 아버지는 '내가 도시가 시키는 대로 명해야 하느냐, 이 땅을 다스리면서 내 뜻이 아니라 다른 이의 뜻대로 해야 하느냐'고 반문한다. 아버지 편이라던 아들을 내 편이 아닌 여자 편이라고 여긴 크레온은 국가는 지배자의 소유라는 것을 분명히 하면서 안티고네를 죽음으로 내몬다.

살펴본 대로 여기 등장하는 주인공들은 모두 자기주장이 확실하고 절대 고집을 꺾지 않는다는 특징이 있다. 그 결과는 참혹하다. 크레온은 아들의 말을 무시하고 안티고네를 바위로 된 지하 동굴에 산 채로 가둔다. 알아서 죽으라는 뜻이다.

《오이디푸스왕》에서도 등장했던 늙고 앞을 보지 못하는 예언자 테이레시아스는 죽은 자를 또 찔러 대는 것이 무슨 소용 있느냐고 크레온에게 훈계한다. 득이 되는 충고를 하면 받아들이는 것이 이득이 된다면서. 그리고 그대의 배에서 나온 이들 중 하나가 시신이 된다는 끔찍한 예언을 하고 사라진다.

동굴에 갇힌 안티고네는 올가미를 만들어 자살한다. 하이몬은 칼로 자신의 배를 찔러 죽으면서 그녀의 허리를 안고는 밖으로 나오라는 아버지의 얼굴에 침을 뱉는다.

크레온은 뒤늦게 자신의 잘못을 깨닫는다. 이 일의 책임은 인간들 중 다른 누구에게 있지 않고 자신에게 있다고 통곡한다.

팁 _____ 아리스토텔레스는 《시학》에서 비극을 이렇게 정의했다.

"완결되고 시작과 끝으로 구성되며 일정한 길이를 갖춘 고상하고 진지한 인간 행위의 모방이다. 비극의 목적은 공포와 연민의 정을 불러일으켜 감정의 정화를 도모하는 것이다. 연민의 정을 불러일으키기 위해 비극의 주인공은 높은 신분이어야 하고 반드시 행복에서 불행으로 떨어져야 한다. 주인공이 몰락하는 것은 천박하거나 타락해서가 아니라 인간의 보편적인 결함과 과오에 기인해야 한다. 그 행위는 이기적 목적에서 이루어지는 것이 아니고 보다 높은 차원의 공동선을 위한 것이다."

그렇다면 《안티고네》는 이 공식에 딱 맞아 떨어진다. 오늘날 고대극 가운데 가장 많이 공연되는 것이 바로 《안티고네》라고 한다. 그만큼 관객들의 호응이 높다는 말이다.

대립 구도가 단순하면서도 서로의 모난 주장이 한 치의 양보도 없이 팽팽히 맞서는 장면에서 관객들은 극심한 긴장과 함께 결말로 치닫는 카타르시스를 느낄 수 있다.

앞서 안티고네를 극찬한 헤겔은 동등한 권리를 가진 두 원리의 충돌이 비극의 핵심이라고 《안티고네》를 진단했다. 그러나 오늘날에는 크레온이 주장한 국가의 명령보다는 안티고네의 불문법적 정당성이 주류라는 해석이 많다고 한다.(민음사) 헤겔의 해석이 지나치게 국가주의로 흘렀다는 것이다. 이미 죽은 자를 혈육의 정의 차원에서 매장하는 것까지 막는 것은 지나치다는 것이고 이는 오늘날의 보편적인 생각과도 맞아떨어진다는 것. 그러나 국가주의를 강조하는 독재국가에서는 여전히 국가의 명령이 개인의 정보다 우선이다. 이런 점을 염두에 두고 다시 한 번 되돌아가서 읽어 보면 과연 그렇구나 하고 고개가 끄덕여진다.

《안티고네》는 등장인물들의 대사가 불꽃을 튀지만 그것 말고도 간혹 나오는 합창이나 정립가의 내용도 들어볼 만하다. 앞뒤를 설명해 주고 이해시키는 역할을 하기 때문이다.

《억척 어멈과 그 자식들》

종군 기자가 있다면 종군 상인도 있다. 전쟁터를 따라다니면서 물건을 팔아 생계를 유지하는 종군 상인의 역사는 매우 깊다. 베르톨트 브레히트의 희곡 《억척 어멈과 그 자식들》에는 무려 1618년에 이미 종군 상인이 있었다.

눈치챘겠지만 군대 때문에 먹고 사는 주인공은 억척 어멈이 되겠다. 엄마가 아닌 어멈인 것은 아마도 억척스러움에 있어서는 그 누구에게도 뒤지지 않는 근성이 있기 때문일 것이다.

안나 피어링이라는 이름을 갖고 있는 어멈에는 세 명의 자식이 있는데 아들 둘과 딸 하나가 되겠다. 참고로 그 아들과 딸은 각자 성이 다르다. 이유는 묻지 말자. 모든 것이 혼란스러운 '전쟁의 시기였다'는 상황을 염두에 두자.

어쨌든 전쟁 상황이니 아들은 군인의 길을 피할 수 없다. 큰아들 아일립은 1624년 봄 스웨덴이 폴란드 원정을 위해 군대를 모집하는 모병관을 만나기까지 엄마, 두 동생과 함께 마차를 끌고 행상을 돕고 있다.

모병관과 마차가 도시 근방의 국도에서 운명적인 만남을 하면서 극은 시작된다. 모병관은 평화가 오면 번식만 하는 인간들 때문에 세상이 엉망진창이 되고, 전쟁이 있어야만 비로소 질서가 유지된다는 생각에 동의하는 진짜처럼 보이는 군인이다. 그런 군인들에게 억척 어멈은 대포 세례를 물리치고 전장을 누비면서 물건을 판다. 더 잘 달릴 수 있는 신발, 힘을 내게 하는 소시지, 심신의 고달픔을 해소하는 포도주가 마차에 가득 실려 있다.

모병관은 아들을 군대로 끌고 가려고 한다. 돈이 생기기 때문이다. 아들은 처음에는 핀란드 제2연대 소속이라고 속인다. 그리고 엄마와 말다툼을 벌이는 모병관에게 주먹을 날릴 채비를 하고 있다. 이때까지만 해도 전쟁보다 장사가 좋다.

하지만 행상은 계집들이나 하는 일이고 전쟁은 부와 명예를 가져다준다는 말에 마음이 조금씩 흔들린다. 어떻게 해서든 아들을 뺏기지 않으려는 엄마는 저 애는 아직 병아리라거나 장화 속에 칼을 숨기고 다닌다면서 달래고 을러 보지만 통하지 않는다. 근육이 있는지 만져 보자고 달려드는 모병관은 군대에 입대하면 모자와 접이식 장화를 받는다고 꼬드긴다. 혈기 왕성한 아들은 전쟁이 무섭지 않다며 결국 모병관을 따라간다.

남들이 비웃고 애송이라고 욕해도 영리하게 굴지 않으면 아비처럼 전쟁터에서 개죽음을 당한다는 어미의 최후통첩도 통하지 않는다. 억척 어멈은 '남은 아들과 딸을 데리고 전쟁으로 먹고살려면 뭔가 기여해야지' 하는 모병관의 비웃음을 뒤로 들으며 다시 행상을 떠난다.

2막이 시작되면 억척 어멈은 스웨덴 군인을 따라 폴란드 국경을 통과한다. 그곳에서도 종군 상인의 역할은 변함이 없다. 취사병과 거세한 수탉을 비싼 값에 팔기 위해 흥정을 벌인다. 그사이 군 막사에서는 용병 대장이 아일립에게 경건한 기마병으로 영웅적인 행동을 했다며 아들이라고 부르면서 그를 대우한다. 아들은 용병 대장에게 농부들의 재산을 약탈하다 보니 배가 고프고 고기가 먹고 싶다고 칭얼댄다. 용감한 군인으로 아일립을 이미 평가한 용병 대장은 그의 요구를 들어주려고 한다. 그 이야기를 엿들은 억척 어멈은 순간 머리를 굴려 취사병에게 더 비싼 값을 부른다.

한편으로는 용병 대장의 이런 대우가 아들의 용기를 더 북돋아 위험에 처하게 할 수 있으므로 나쁜 용병 대장이라고 욕설을 퍼붓는다. 순간 모성애가 발동한 것이다.

어멈은 아들의 용맹스러움에 화가 나서 아들의 따귀를 때린다. 사내 4명이 달려들어도 항복하지 않는 그 무모함을 저주하면서 네 몸을 지키라며 무식한 놈이라고 소리를 지른다.

3장이 시작되면 어멈은 핀란드 연대와 함께 포로 신세가 된다. 포로 신세라고 해서 장사를 멈추는 것은 아니다. 이번에는 병기감에게 총알을 팔아먹기 위해 흥정을 벌인다. 대단한 종군 상인이 아닐 수 없다. 그곳에는 출납계장인 둘째 아들이 근무하고 있다. 어멈은 정직하면서 큰 형처럼 대범하지 않아 금고를 가지고 튀지 않는다는 것을 병기감이 알기 때문에 그런 직책을 둘째 아들이 받았다고 판단한다.

포로 된 주제에 병사들의 급료 지급을 걱정하는 고지식한 슈파이처카스는 결국 금고의 숨겨진 장소를 알려주지 않아 위험에 처한다. 영리하지 않기 때문에 정직해야 된다는 어멈의 가르침이 되레 역효과를 본 것이다. 하지만 큰아들에게 보여줬던 어멈의 모성애는 이번에도 여지없이 발동된다.

어멈은 군사 재판에서 아들이 처형되는 것을 막기 위해 뇌물이 필요하다는 것을 안다. 할 수 없이 그것 없이는 생계를 유지할 수 없는 마차를 팔기로 한 것이다. 그러나 군인과 함께 다니는 창녀 이베트에게 호감을 가진 대령에게 더 많은 마차 값을 받기 위해 흥정을 벌이다가 결국 인질 석방의 때를 놓친다.

구교도가 쏜 11발의 총탄을 맞고 둘째 아들은 죽는다. 다 그놈의 돈 때문이다. 그녀는 아들이 죽은 후에도 아들과의 관계를 부인한다. 자신과 딸까지 위태롭다는 것을 알기에 거적에 쌓여 죽은 자가 누구인지 묻는 대답에두 번이나 모른다고 대답한다. (예수를 모른다고 했던 유다가 연상된다.)

죽은 아들을 뒤에 두고 어멈은 종교를 묻지도 따지지도 않고 오직 가격만 물을 뿐이라는 말을 새기며 다시 전쟁터로 발길을 옮긴다.

시간은 흘러 전쟁은 점점 영역을 넓혀간다. 억척 어멈의 마차는 폴란드,독일, 이탈리아 등 유럽 전역을 휩쓸고 다닌다. 그 사이 셔츠를 4벌이나잃어버리고 딸 카트린이 얼굴에 상처를 입고 용병 대장의 장례식이 치러진다. 하지만 장사는 호황을 누린다. 어멈은 난리 통에 만난 군목을 남편으로 삼고 딸과 함께 새 물건이 주렁주렁 달린 마차를 보며 기분이 좋다.어멈은 전쟁을 헐뜯는 걸 참을 수 없다고 노래한다. 전쟁이 약자를 죽인다고 하지만 약자는 평화 시에도 죽는다고, 전쟁만이 사람들을 풍요롭게 한다고 믿는다. 전쟁은 치즈 대신 총알로 하는 단지 장사일 뿐이라는 신념은변하지 않는다.

이런 와중에 스웨덴 왕이 죽자 모처럼 평화가 온다. 지속되는 평화 때문에 억척 어멈은 파산 직전이다. 한편 아일립은 평화 시에도 농부의 집에침입해 가축을 약탈하고 농부의 아낙을 죽이는 전쟁 시의 못된 소 영웅적습관을 버리지 못했다.

그래서 손이 묶여 있고 처형되기 일보 직전이다. 그는 엄마를 만나고 싶어 한다. 그러나 병사는 그럴 시간이 없다고 거절한다. 대신 내가 다른 일을 한 것이 아니라 전과 같은 일을 했을 뿐이라는 말을 전달해 달라는 말을 전해주겠다고 약속한다.

당신이 몰랐던 문장이 내게로 왔다

평화의 시간은 길지 않았다. 다시 전쟁이 왔다. 독일은 16년 전쟁 동안 국민의 절반을 잃었고, 도시는 불에 타 폐허가 됐다. 그 사이 취사병과 가까워진 엄마는 카트린을 남겨 두고 같이 장사하자는 취사병의 말을 따르기보다는 거절하면서 마음의 갈피를 잡지 못한다.

아일립을 잃은 어미는 그 무렵 딸마저 죽는 비극에 망연자실한다. 카트린은 아군에게 적이 왔음을 알리는 북을 치기 위해 지붕 위로 올라가서는 내려오라는 여러 번의 경고를 무시해 결국 총을 맞는다.

이제 어멈에게 자식은 없다. 팔 물건도 별로 없다. 혼자서도 끌 수 있는 가벼운 마차가 있을 뿐이다. 그 마차를 끌고 억척 어멈 안나는 오늘도 전쟁터를 누빈다.

팁 ——— 슬픈 희곡이다. 전쟁으로 먹고사는 어멈이 전쟁으로 자식 셋을 잃었다. 그러고도 어미는 전쟁의 본질을 모른다. 전쟁은 단지 이문 나는 생계 수단일 뿐이다. 베르톨트 브레히트는 이 점을 부각하기 위해 2차 대전이 발발하기 전 스칸디나비아에서 1939년 극을 썼고 1941년 초연했다. 주인공 억척 어멈의 이중성을 이해는 하면서도 끝내 그것을 탈피하지 못하는 것이 안타깝다.

용감한 큰아들, 정직한 둘째 아들, 도덕심이 강한 딸은 살지 못하고 끝내 죽었다. 자식을 살려내고 싶었으나 더 많은 이득을 내기 위한 흥정에는 물러서지 않았던 억척 어멈. 그녀의 행동은 모순의 연속이다. 한편으로 이것은 지극한 모성이라는 생각이 든다.

아무리 전쟁을 이용해 돈을 번다고 해도 전쟁터에 나가 자식이 죽기를 바라는 어머니는 없다. 조롱을 받으면서도 어멈이 버틸 수 있었던 것은 이런 마음이 있었기 때문에 가능했다. 영웅이 나오는 전쟁이 아니라 민중이 주인공으로 나오는 전쟁 이야기라는 점에서 더 흥미를 끈다.

30년 전쟁의 연대기라는 부제가 말해주듯 이 희곡은 1618년부터 1648년까지 이어진 종교 전쟁이 배경이다. 그러나 이데올로기적인 성격이 짙다.

폴란드 왕과 그의 조카인 스웨덴 왕 사이의 정치적 대결이다. 한편 작가는 마르크스주의자로 낙인찍혀 한국에서는 1988년까지 금기시됐다.

당신이 몰랐던 문장이 내게로 왔다

천국 대 천국

단테와 모어

천국은 어디에도 없으며 사방에 있기도 하다. 어느 특정한 장소이면서 움직이는 어떤 정신이다. 죽어서 가기도 하며 살아서 가고 싶은 곳이기도 하다. 지옥이나 현세에 반대되기도 하지만 꼭 그런 것만은 아니다.

종교적 관점에서 보면 천국은 가르침의 핵심이며 요지다. 하지만 누구도 가본 적이 없고 본 적이 없다. 그래서 누구나 가보고 싶어 하는 천국을 작가들은 상상력으로 그려냈다. 천국으로 오르기 전에 지옥과 연옥에서 고통받는 인간들의 이야기는 단테가 흥미진진하게 썼다. 그들은 현세 사람이 아니라 단테만 빼고 모두 죽은 자들의 모습이다.

그런데 모어는 죽은 자가 아닌 살아서 움직이는 자들이 사는 천국을 상세하게 묘사해 많은 사람이 실제로 존재하는 곳으로 믿었고, 그래서 죽어서가 아니라 살아서 가고자 했다. 죽어서 가든 살아서 가든 천국은 가난이 없고 고통이 없으며 모두 평등한 곳이 되겠다. 만약에 있다면.

짧은 감상평

《신곡》

아는 만큼 보이는 것은 문화재뿐만이 아니다. 고전 작품 읽기에서도 마찬가지다. 특히 단테의 《신곡》은 알아야 읽을 수 있다. 그래서 아는 것이 부족한 나는 읽기에 매우 애를 먹었다. 본문보다 주석서를 더 많이 참조하느라 눈이 아팠고, 숱한 비유적 인물과 그 인물의 지위와 역할을 이해하는 기량이 부족해 뒷심이 달렸다. 한마디로 역부족이었다.

실제로 《신곡》을 해설한 책도 여럿 있을 정도이니 이 책의 어려움, 혹은 읽기의 버거움은 어느 정도 짐작할 수 있다. 그러함에도 끝까지 포기하지 않은 것은 그런 가운데서도 간혹 이해되는 부분들이 나왔기 때문이고 그런 힘찬 맛은 싫증 날쯤 하면 되풀이됐다.

흔히 《신곡》은 고전 중의 고전이라고 한다. 오래됐으며 다른 고전들이 대개 이 고전을 참고로 할 만큼 문학성과 예술성이 뛰어나기 때문이다.

인간의 원초적인 욕망에 대한 죄와 벌을 그려냈다는 점에서도 그렇다. 그 내용이 어떤 것인지 궁금한 독자들은 단테가 그린 지옥과 연옥, 그리고 천국이 대체 어떤 곳인지 알기 위해 여행을 떠나지 않을 수 없다. 그 여행은 고되나 매우 행복하다.

하지만 천국은 죽어서야 가는 곳이므로 최대한 늦춰보고 싶은 것이 대개 사람들의 생각이다. 더 늦출 수 없을 때가 돼서야 비로소 사람들은 지옥이나 연옥 대신 천국으로 직행하기를 소망한다.

생전에 그가 어떤 짓을 했느냐와는 무관하게 다들 간다면 땅속 깊숙한 곳보다는 저 높은 하늘나라로 가서 전생보다 더 화려한 이승의 삶을 꿈꾸기 마련이다. 그러나 그것은 원한다고 해서 그렇게 정해지는 것은 아니다. 지옥의 불구덩이를 피하고 싶어 하지만 그곳에 빠져 온종일 불에 타고 있는 처참한 귀신들의 아우성이 끊이지 않는 것은 그들이 했던 생전의 업보를 죽은 후 벌로 받기 때문이다. (그러니 착하게 살지어다.)

단테가 그린 지옥은 예상대로 땅속 깊은 곳에 위치하고 있다. 그 지옥에는 생전에 행세깨나 했던 인물들이 즐비하게 등장한다. 단테는 그런 원혼들을 만나고 대화하면서 그들이 겪는 고통을 적나라하게 적기 위해 험난하고 힘겨운 길로 접어드는 수고를 감내했다.

그곳의 첫 관문에는 선이나 악에도 무관심하고 오직 자신만을 위해 살았던 나태한 자들이 있다. 왕파리와 말벌 온갖 귀찮은 벌레들에게 고통을 당하는 형벌을 받고 있는데 형벌은 끝이 없고 계속된다.

음란함과 애욕으로 일생을 보낸 자들은 칠흑 같은 어둠 속에서 폭풍처럼 휘몰아치는 무서운 바람에 이리저리 쓸려 다니고 오로지 먹는 것에만 집중했던 탐식가들과 재물에 목을 맸던 악마들, 그리고 낭비를 일삼거나 지나치게 인색한 자들은 흙탕물 속에서 허우적거리고 있다.

분노의 죄인들은 스틱스 늪의 하부 지옥에서 벌을 받고 이단자들은 불타는 관속에서, 영혼의 불멸을 부정한 자나 무절제나 폭력보다 더한 기만의 죄를 지은 자 역시 지옥 불을 피할 수 없다. 그들은 심한 악취를 풍기는 지옥의 골짜기에 빠져 온종일 허우적거린다.

제12곡에 이르면 단테는 펄펄 끓는 피의 강물에 잠겨 있는 폭력범들이 받는 형벌을 본다. 자살한 자들이나 재산을 함부로 다룬 자들은 암캐에게 뜯어 먹힌다. 불타는 모래밭에서 불비를 맞는 것은 남색의 죄를 범한 자들인데 이들은 모두 피렌체에서 명망이 높았던 자들이다.

제7원의 가장자리에 다다랐을 때 스승 베르길리우스는 단테의 허리에 감고 있는 밧줄을 낭떠러지 아래로 던지는데 이때 절벽 아래에서 무서운 괴물 게이온이 떠오른다.

고리대금업자도 불비를 피할 수 없으며 뚜쟁이들은 악마에게 채찍을 맞고 똥물 속에 담겨 있는 것은 더러운 아첨꾼들이다. 돈을 받고 성직을 사거나 신성한 물건을 거래한 죄인들도 벌을 피할 수 없다. 바위 구멍에 거꾸로 박혀 하늘로 들린 발바닥이 불에 타는 형벌을 받는 이는 교황 니클라우스 3세다. 앞을 볼 수 없도록 머리가 등 뒤로 돌아가 있는 자들은 점쟁이와 예언자들이고 탐관오리는 뜨겁게 끓어 오르는 역청 속에 잠겨 있으며 위선자들은 겉은 황금 옷을 입고 있으나 안은 무거운 납 옷을 입고 괴로워하고 있다. 예수를 못 박았던 자들은 땅바닥에 못 박혀 있다. 도둑들과 신을 모독한 자들은 뱀들의 공격을 받거나 뱀으로 변하기도 한다.

제26곡에 이르러 단테는 트로이의 전쟁 영웅 오디세우스의 영혼을 만난다. 사기와 기만을 교사한 죄를 받고 있는 그는 금지한 미지의 바다를 항해하다 죽었다고 단테는 적고 있다. (신화에 따르면 오디세우스는 오랜 고초 끝에 고향으로 돌아와 아내 페넬로페를 학대한 정적들을 죽이고 아들 텔레마코스와 함께 행복하게 살았다. 호메로스의 《오디세이아》에는 이런 내용이 자세히 나와 있다. 그러니 단테의 이야기는 신화와는 아주 다르다.)

교황의 이익을 위해 간교한 술책을 벌인 자나 종교나 정치에 불화를 불러온 자들도 지옥의 구덩이에 빠져있다. 신체가 갈라지는 벌을 받고 있거나 자신의 잘린 머리를 들고 있는 자 가운데는 무함마드의 영혼도 있다. (무함마드는 이슬람교의 창시자다. 단테는 그를 종교를 분열한 자로 보아 지옥 가운데서도 심한 곳에 배치했다. 그의 영어식 이름은 마호메트다.) 연금술로 사람을 속인 자나 화폐를 위조한 자는 역겹고 악취 나는 질병에 시달리고, 제우스에 저항한 자들이나 배신자들은 하반신이 얼어붙은 호수에 감겨 있다.

34곡에 이르러 지옥편은 끝나는데 동굴 입구에서 단테는 아름다운 하늘의 별들을 보게 된다. 연옥의 시작이다.

연옥이 시작되기 직전에 단테는 피부가 벗겨지는 형벌을 받는 가리옷 사람 유다(예수가 뽑은 12사도 중 한 사람으로 나중에 예수를 배신했다. 최후의 만찬에서 유다는 예수에게 입을 맞춰 그가 예수라는 것을 병사들에게 알려줬다. 하지만 나중에는 돈을 돌려주고 목매 죽었다.)를 본다. 유다는 머리는 입안에 있고 다리는 다리 밖에 나와 있는 끔찍한 모습이다. 머리가 아래로 처박힌 브루투스(로마 시대의 정치가로 카이사르의 살해에 주동적인 역할을 했으며 전투에 패한 후 자살했다.)와 카시우스(브루투스와 함께 카이사르 암살을 도왔다.)도 있다. 단테를 안내했던 베르길리우스는 지옥의 모든 것을 보았으니 떠날 시간이라며 단테를 연옥으로 이끈다.

연옥은 가톨릭 교리에 따르면 지옥과 천국 사이의 제3지대로 죽은 자의 영혼이 살아있는 동안 죄를 씻고 천국으로 가기 위해 잠시 머무는 곳이다. 천국으로 가기에는 조금 부족하고 그렇다고 지옥으로 떨어질 정도의 죄를 짓지 않은 자들이 깨끗해지는 정화소이고 정죄계(깨끗함과 죄 사이의 경계)의 위치에 있다.

연옥에서도 지옥과 마찬가지로 단테의 스승이 여행길을 안내한다. 교황에게 파문당했던 왕을 만나고 게으름 때문에 참회를 막바지까지 늦추고 죽기 전까지 회개를 미뤘다가 갑작스러운 죽음을 맞은 자와 군주와 제후와 바위를 등에 짊어지고 오는 교만의 영혼들이 즐비하다. 그들에게서 단테는 이 세상의 영광과 명성이 얼마나 덧없는지를 깨닫는다.

제12곡에서 천사는 단테의 이마에 새겨진 7개의 P자 중 하나를 날개로 지워주고 둘째 둘레에 이르자 철사로 눈을 꿰맨 채 암벽에 기대어 앉아 있는 질투의 죄인들을 만난다. 분노의 죄인들은 짙은 연기 속에서 벌을 받고 나태의 죄를 지은 영혼들이 죄를 씻고 로마 시대 시인은 탐욕의 죄 대신 낭비의 죄를 지었으나 죄를 씻고 천국으로 올라간다.

호메로스(《오디세이아》의 저자), 안티고네와 이스메네(오디세우스의 딸들) 그리고 탐식의 죄에 걸린 시인과 교황, 호색과 수간의 죄를 지은 자들이 서로의 죄를 떠올리는 모습을 본다. 이후 단테는 불길을 뚫고 들어가야 하는 상황이 오자 조금 꺼렸으나 자신을 천국으로 인도할 베아트리체를 상기시키는 말을 듣고 용기를 낸다. 30곡에 이르러 드디어 꿈에 그리던 베아트리체를 만난다.

장로들의 노랫소리가 울리고 천사들이 꽃을 뿌리는 가운데 나타난 베아트리체를 보고 단테는 옛사랑이 불타오르는 것을 느낀다. (단테는 실제로 9살 때 베아트리체를 처음 만났다고 한다. 그러다가 9년 후 길거리에서 우연히 보고 완전히 그녀에게 빠져들었다. 그때 베아트리체는 단테에게 매우 친절하게 대했다고 한다. 그러나 둘의 사랑은 이루어지지 않았고 각자 결혼해 자식들을 낳았다. 베아트리체는 한창 때인 25살 때 죽었다고 한다.)

단테가 베아트리체를 만나는 순간의 묘사는 이렇다.

"꽃들의 구름 속에서 하얀 베일에 올리브 나뭇가지를 두르고 초록색 옷

옷 아래로, 생생한 불꽃색의 옷을 입은 여인."(열린책들)

단테는 그녀를 보는 순간 무섭거나 슬플 때 어린아이가 엄마에게 달려가 듯이 달려나갔다. 그 순간 자신을 여기까지 안내했던 베르길리우스는 이미 예고한 대로 단테를 떠났다. (이후 여행은 스승 없는 가운데 진행된다.)

단테가 슬픔에 울자 베아트리체는 여왕처럼 의젓한 몸짓으로 아직은 울지 말라고 달랜다. 33곡에 이르러 단테는 완전히 죄를 씻고 천국에 오를 준비를 한다. 나무처럼 순수하게 다시 태어났으니 아름다운 별들에 오를 자격이 있다. (이 부분은 지옥의 끝 부분과 동일하게 끝난다.)

드디어 천국 편이다. 이곳은 그녀의 말대로 인간의 이성으로 이해할 수 없는 일들이 일어난다.

그러기에 앞서 단테는 아폴론(제우스의 아들로 올림포스 12신 가운데 하나로 태양, 음악, 시, 예언, 의술, 궁술을 관장한다. 머리에는 월계관을 쓰고 손에는 리라를 든 아름다운 모습이다.)에게 마지막 위대한 작업을 하는 자신에게 월계관을 씌워 달라고 기원하는 것을 잊지 않는다.

본격적인 천국 여행이 시작된다. 단테는 하지만 철학이나 신학의 교양이 부족한 독자는 천국이 어렵게 보일 수 있다며 미리 돌아갈 것을 권하는 친절을 보이기도 한다. (꼭 나에게 한 말 같다. 갑자기 쥐가 난 것처럼 발이 저리다.)

월천을 지난 단테와 베아트리체는 수성의 하늘을 날고 로마 법전을 편찬한 유스티아누스 황제를 만난다. 네 번째 하늘 태양천에서 단테는 위대한 철학자 토마스 아퀴나스(중세 스콜라 철학의 대표자로 이탈리아 출신의 신학자. 《신학대전》을 썼다.)의 이야기를 듣고 솔로몬의 현명함을 칭송하고 십자군 원정에 참여한 자신의 고조부를 만나고(조상을 위하는 단테의 효심은 얼마나 대단한가.) 피렌체 가문의 영광과 몰락, 군주의 부패와 타락을 이야기한다.

콘스탄티누스 황제와 성직자와 수도원의 타락을 지적하고 달과 태양, 금성과 수성, 목성을 보고 지구의 초라한 모습에 웃음을 짓는다. 황성천에 이르러 단테는 너무 찬란해 직접 바라보기 힘든 그리스도와 성모 마리아와 가브리엘 천사(처녀 수태를 알린 대천사로 하느님의 왼쪽에서 그를 섬긴다.)와 사도들을 본다. 베드로의 축복을 받은 단테는 고향 피렌체로 돌아가 시인으로 월계관을 쓰고 싶다는 속내를 한 번 더 드러낸다. (위대한 인물도 월계관에 집착한다. 놀라운가, 아닌가?)

그때 야고보와 성요한이 나타나고 930세에 죽었다는 아담의 영혼을 보고 마침내 둘은 최고의 하늘로 불리는 엠피레오로 올라간다. 장미 사이에 있는 성모 마리아, 요한, 프란체스코, 베네딕투스, 아우구스투스, 베드로와 그 맞은편에 앉은 안나가 그를 반긴다.

33곡에 이르러 단테는 하느님을 직접 보고 삼위일체의 신비를 체험한다. 마침내 단테의 소망은 완성됐다.

팁 _____ 단테가 지옥, 연옥, 천국을 여행하게 된 동기는 이렇다. 어느 날 단테는 인생의 중간에서(그는 인생을 70세로 보고 35세를 가운데로 보았다.) 길을 잃고 헤맸다. 거칠고 황량하고 어두운 숲에서 길을 잃은 그는 햇빛 찬란한 곳으로 올라가고 싶었다. 그러나 그곳에는 표범과 사자와 암늑대가 가로막고 있다. 그때 스승 베르길리우스가 나타나 자신은 아우구스투스 치하의 로마에서 살았던 시인임을 밝힌다. 그는 언덕 위로 가기 위해서는 다른 길, 즉 저승 세계를 거쳐 가야 한다고 말하면서 안내자를 자처한다. 그래서 둘의 여행이 시작된다. 이것은 지옥의 첫 번째에 나오는 대목이다.

이후 내용들은 앞서 대충 훑었다. 너무 가볍게 스쳐 지나갔기 때문에 전권에 대한 해석치고는 내가 생각해도 너무 성의가 없다. 하지만 내용이 워낙 방대하고 은유적이어서 이 정도로도 숨이 턱에까지 차오른다.

단테의 저승 여행은 일주일간이다. (1300년 부활절을 전후한 4월 8일 금요일부터 15일 사이에 이루어졌다.) 살아있는 사람은 갈 수 없는 저승을 보고 듣고 온 것을 이야기 형식으로 정리해 놓았는데 그 길이가 무려 1만 4,233행에 이른다.

그 사이사이의 행간은 하나도 버릴 게 없다. 이 시대를 살면서도 그때와 비교하면 그들의 인물과 나 자신이 하나도 변하지 않고 고스란히 투영된 모습에 경악하게 된다. (아, 인간의 욕심이여, 한계여~.)

지옥이 아닌 연옥이나 천국에 들기 위해 충실히 사는 삶이라기보다는 인간 본연의 양심과 착함을 생각해 보는 기회가 된다면 어렵게 읽은 보람으로 충분한 보상이 되고도 남는다.

수많은 역사적 인물의 배치와 지옥 세계의 기하학적 구조는 오늘날에도 많은 학자들의 끊임없는 연구 대상이다. 과연 우리 인간은 인생의 중심에서 길을 잃고 허둥거릴 때 어떤 결정을 내릴 수 있을까.

높은 곳으로 오르기 위해 노력할지 그대로 주저앉을지는 오로지 각자의 판단에 달려 있다. 높은 곳이 굳이 하늘일 필요는 없다. 어떤 종교적 성취가 아니라도 상관없다. 자신이 가고자 정해놓은 곳이 바로 높은 곳이다.

《유토피아》

천국을 노래한 《유토피아》는 알고 보면 과격한 책이다. 사전 지식 없이 처음 접해본 사람은 사유재산 제도를 인정하지 않는 등 내용의 파격성에 놀라움을 금하기 어렵다.

급진적인 사회주의자인 카를 마르크스나 윌리엄 모리스 같은 인물이 이 책의 영향을 아니 받았다고 할 수 없다. 그들의 주장 내용은 이미 오래전 사람 토머스 모어에 의해 주창됐기 때문이다.

토지와 자본의 공개념에 이르면 '이건 뭐지?' 하는 두려움과 함께 참신성에 혀를 내두르게 된다. 지금도 이 정도인데 그 당시 사람들이 이 책을 읽고 느꼈을 감탄은 충분히 상상해볼 만한 근거가 있다.

그래서 당시 사람들은 어디에도 존재하지 않으나 세상 어디인가에 있는 유토피아에 대한 환상을 갖게 됐다. 거기에 직접 갔다 온 사람의 이야기가 갔다 온 사람이 아니고서는 말할 수 없을 것 같은 구체성과 사실성이 있기 때문이다. 그래서 유토피아섬에 가고 싶어 하는 잉글랜드인이 당시에 많이 있었다. 어떤 이는 대단한 열정으로 이미 정착된 그리스도교를 더욱 번성시키기 위해 청탁하는 것은 엄연한 불법인 그 섬으로 가기 위해 그곳의 주교로 파견해 달라고 교황에게 손을 쓰기도 했을 정도다. 그러나 모어는 그곳이 어디에 있는지 알려 주지 않고 있다.

거기에 갔다 온 사람에게 어디에 있느냐고 물어보려는 순간에 예기치 않은 일들이 발생해 물어볼 기회를 놓쳤고, 이야기하는 사람도 위치에 대해서는 말하는 것을 생각하지 못했기 때문이다.

이 책에는 앞서 말한 대로 사유재산을 인정하지 않거나 토지의 공개념과 공동체 의식이나 종교적 자유 등이 언급되고 있다. 따라서 일부 독자는 이해하기 어려운 책이라는 생각을 가질 수 있다. 하지만 그렇기보다는 다양한 해석과 색다른 의미를 찾아내는 것이 혼란스럽다는 말이 좀 더 정확한 표현이 되겠다.

상상력에 관심이 없는 독자들은 이해하기 난해한 것은 분명하다. 모어는 그것을 염려한 덕분이지 이 책의 서문에 무지한 독자들을 위해 책의 출판 여부를 심각하게 고민하고 있다는 내용을 전하고 있다.

책은 라파엘 휘틀로다이우스라는 인물이 토머스 모어와 페터 힐레스라는 인물에게 말한 내용을 꺼내는 것으로 시작한다.

그러니까 라파엘이 유토피아 공화국에 갔다 온 사람이고 모어와 페터가 그의 이야기를 들은 주인공이다. 신기한 나라와 그 나라에 사는 사람들의 이야기를 듣고 모어는 이를 정리했고, 이것이 《유토피아》가 됐다는 설명이다.

6주 만에 완성할 수 있을 것으로 예상했으나 실제로는 일 년여의 시간이 걸린 것에 대해 모어는 자신의 집에 돌아와 낯선 사람이 되거나 하인들이 주인 행세를 하는 것을 막기 위해 그들과 이야기하고 변호인으로 중재자로 극히 바쁜 나날을 보냈기 때문이라는 이유를 대고 있다.

본격적인 내용은 2권에서 시작된다. 2권을 쓰고 나서 1권을 덧붙였기 때문이다. 앞서 정확한 위치는 모른다고 했으니 위치보다는 유토피아의 지형에 관해 먼저 살펴보자. 유토피아는 섬이고 섬은 초승달의 양쪽 끝이 서로 가까이 마주하고 있는 형상이라 바닷물이 들어와서 넓은 만의 형태를 취하고 있다. 따라서 바닷물은 호수처럼 고요하고 잔잔한데, 주변은 현지인이 아니면 알기 어려운 위험한 해협이 있어 천혜의 요새 형태를 취하고 있다. 소수의 수비병으로도 막강한 함대를 쳐부술 수 있다.

전쟁에 유리하고 전쟁을 사전에 막을 수 있는 축복받은 땅이다. 그곳에 규모가 크고 웅장한 도시가 모두 54개가 있고 도시들은 언어와 관습과 제도와 법이 모두 동일하게 적용되고 있다.

토지는 넉넉하게 할당받아 주민들은 지주라기보다는 스스로 소작농이라고 생각한다. 왕은 폭정을 하지 않는 한 종신직이고, 농사일은 남녀 구별 없이 모두 해야 한다. 그러나 몸이 녹초가 되도록 짐승처럼 아침부터 밤늦게까지 일하는 일은 없다. 24시간 중 겨우 6시간만 일을 하면 된다. 나머지 시간은 술을 마시고 떠들고 나태한 시간을 보내는 대신 각자 하고 싶은 일을 열심히 하는데 대개 지적 활동을 하는 데 쓴다. (이 대목이 특히 마음에 든다.)

저녁 8시에 잠자리에 드는 대신 새벽같이 일어나 대중을 위한 공개 강의를 듣는데 이는 사는 것이 풍족하기 때문이다. 생필품의 부족을 걱정할 필요가 없다. 인구의 절반인 여자들도 일하고 다른 곳에서는 지탄받는 게으른 대집단인 신부와 종교인도 노동을 한다.

부자와 신사나 귀족이나 지주도 예외는 아니다. 그리고 이들에 붙어살며 주먹이나 휘두르는 무리나 나태를 핑계로 구걸하는 사람도 없으니 자연 생산량이 많다. 그들은 사치와 방탕 대신 필수적인 일에 종사하며 어떤 누구도 특권을 이용하지 않으니 그토록 짧은 시간에 그토록 많이 생산할 수밖에 없다고 모어는 말한다. 집이나 옷이 사치스럽지 않고 식전에는 기도 대신 도덕을 주제로 한 글을 읽는데 흥미로운 것은 연로자들이 대화를 독점하지 않는 데 있다. (나이 들수록 입은 닫고 지갑은 열어야 한다. 오래전 사람 모어는 이를 알고 있었음에 틀림없다.)

외려 젊은이들이 말을 하도록 유도하는데 이는 그들의 품성과 사고의 특성을 알아내기 위함이다. 도시끼리의 여행은 자유롭고 아무것도 지참하지 않고 가는데 어디서나 부족한 것 없이 자기 집처럼 편하게 잠자리와 식사를 제공받는다. (여행 중 침대를 중시하는 나에게 그곳은 정말 천국이다.)

섬 전체가 마치 한가족처럼 움직인다. 그러나 여행 중이라도 일정한 작업량을 완수해야 한다. 이는 어디를 가든 공동체에 유용한 존재라는 생각을 각자 하기 때문이다. 빈둥거리거나 시간을 낭비한다는 것은 유토피아인들에게는 상상할 수 없는 일이다. 낭비할 기회가 없는 것은 물론 술집도 맥줏집도 사창가도 없다. 따라서 이곳 사람들은 타락할 기회가 없다. (이 점에 대해서는 현대인들 가운데 호불호가 갈릴 것 같다.) 전쟁이 일어날 경우 국민 대신 용병이 싸운다. 이미 확보한 막대한 금액은 이들 용병을 고용하는 데 쓴다.

특이한 것은 금과 은이 이곳에서는 다른 곳과 달리 사용된다는 점이다. 왕이나 귀족이 사치를 위해 사용하는 것이 아니라 노예나 범죄자들이 귀나 손가락, 목, 혹은 머리에 쓰는데 그것은 수치스러운 행위의 표현이다.

범죄자들이나 사용하는 것이 금과 은이므로 유토피아인들은 금은이나 다이아몬드, 루비 같은 것은 손에 넣지 않고 어쩌다 들어와도 아이들의 놀잇감으로 준다. 희귀하다는 이유만으로 귀중한 것으로 만들어 놓는 우를 이곳 사람들은 범하지 않는 것이다.

좋은 옷으로 사치하는 것도 비난 대상이다. 자신이 다른 사람보다 더 고귀하다는 생각에 비싼 옷을 입고 기뻐하는 것을 보면 경악하는 것이 당연시되고 있다. 그러니 그들에게 빚진 것도 없고 아무런 의무도 없는데도 맹목적으로 부자들을 숭배하는 어리석은 일들은 일어나지 않는다.

훌륭한 교육을 받고 여가에는 독서를 하는 사람에게 인색하고, 욕심 많고, 살아서는 쌓아 놓은 돈을 한 푼도 남을 위해 쓰지 않는 부자를 부러워할 이유가 없는 것이다.

귀족의 피를 타고났다고 해서 터무니없이 기뻐하는 사람들 또한 경멸의 대상이다. 행복을 모든 종류의 즐거움에서 찾기보다는 오로지 선하고 정직한 즐거움에서만 찾는다. (따라서 자신의 즐거움을 위해 타인의 즐거움을 박탈하는 것은 불의한 것이 된다.) 살아있는 짐승을 죽이면서 자신의 즐거움을 얻는 사냥 행위는 천한 노예나 하는 일이다.

참된 즐거움은 정신적 안락에서 찾는데 이는 지식과 진리에 대한 명상과 잘 살아온 삶을 돌아보며 느끼는 감사함, 그리고 앞으로 누릴 행복에 대한 의심의 여지 없는 희망에 있다. 덕의 실천과 선한 삶을 인식하는 학문을 갈고닦는 이유이다.

육신의 건강도 즐거움의 중요한 요소다. 육체적 질병에서 오는 고통은 즐거움의 가장 강력한 적이기 때문이다.

여자는 18세 남자는 22세가 돼야 결혼할 수 있으며 혼전 성교는 중벌에 처하고 결혼할 남녀는 서로 나체를 보여준다. 이는 겨우 손바닥만 한 얼굴로 사람의 매력을 추정했을 때 오는 오류를 예방하기 위해서다.

종교를 강요해서는 안 되고 제물로 사용하기 위해 동물을 도살하지 않는다. 한마디로 당시 유럽 사회에 비춰 볼 때 유토피아는 지금까지는 없는 신세계였다.

팁 _____ 토머스 모어와 에라스무스는 친구 간이다. 에라스무스가 《우신예찬》을 쓴 곳은 런던에 있는 모어의 집이었다. 그는 그곳에 머물면서 책을 쓰고 그 책을 토머스 모어에게 바친다고 했다. 모어 역시 《유토피아》에서 에라스무스에 관한 내용을 적고 있다. (주거니 받거니, 좋은 모습이다.)

2권이 끝나면 페터 힐레스가 제롬 부스라이덴에게, 제롬 부스라이덴이 모어에게, 모어가 페터 힐레스에게, 에라스무스가 울리히 폰 후텐에게 쓴 편지글들이 붙어 있다. 이 역시 매우 흥미진진한 것으로 빼놓지 말고 꼭 읽어 봐야 할 부분이다.

에라스무스가 밝힌 모어의 간추린 생애는 이렇다.

모어는 어린 시절부터 글을 많이 읽었고 청년기에는 그리스어와 철학을 공부했으며 부친의 뜻에 따라 법을 공부했고 어린 아내가 일찍 죽은 후 몇 달 후에 과부와 재혼했다. 부친이 세 번째 재혼하자 의붓어머니도 친어머니 못지않게 대접했고, 판사였을 때는 청렴하게 소송을 처리했으며 대사 임무도 완벽하게 수행해 헨리 왕이 그를 왕실로 끌어들이지 않을 수 없었다.

그러함에도 그는 우월감이나 군주의 총애에서 오는 영향력을 다른 데 쓰지 않고 오로지 백성들의 봉사에 활용하는 공직자의 바른 자세를 갖고 있었다. (이런 사람은 수입해서 써야 한다. 공직자를 수입하는 제도를 진지하게 고민해야 할 시점이다.)

학문에 있어서는 운문을 먼저 시작했으나 바로 산문에서 두각을 나타냈고 결국 《유토피아》를 쓰게 됐다. 에라스무스는 모어가 이 책을 쓴 것은 잉글랜드에서 위해를 일으키는 것들이 무엇인지 보여주기 위해서였다고 집필 동기를 설명하고 있다.

이유야 어찌 됐든 이런 행복한 판타지 소설이 요즘도 여전히 흥미롭게 읽힌다는 것은 그가 꿈꿨던 내용이 요즘 시대의 부족한 부분을 메꿔주는 역할을 하면서 대리만족을 주고 있기 때문은 아닌지 곰곰이 생각하게 된다.

한편 모어는 반역 은닉죄로 런던탑에 유폐된 후 단두대의 이슬로 사라졌다. 그가 죽은 후 4백 년이 되던 해인 1935년 교황 비오 11세는 그에게 성인의 직위를 내렸다.

그가 죽을 때 그는 긴 수염이 단두대에 걸리자 처형 인에게 수염은 죄가 없으니 옆으로 치워 달라고 했다는 일화가 전해진다.

그의 유머는 소크라테스가 죽기 전에 친구에게 빚진 닭 한 마리를 갚아 달라고 유언한 것과 함께 많이 회자 되고 있다. 현재가 어렵고 괴로우면 사람들은 현실적으로 존재하지 않는 이상향을 꿈꾼다. 그런 꿈을 꾸는 사람이 많은 사회는 행복한 사회는 아니다.

순간 대 순간

플루토와 포그

눈이 왔다. 하얀 눈 사이로 발자국이 선명하다. 아무도 가지 않은 길을 나 홀로 걸어간 주인공은 둥근 머리, 짧은 얼굴, 커다란 눈을 가진 고양이다.

네 개 혹은 다섯 개의 발가락이 찍혔다. 여명이었을까, 아니면 깊은 밤이었을까. 그도 아니면 벌건 대낮에 나타났을까. 발자국을 보면서 흰 고양이도 얼룩 고양이도 아닌 검은 고양이를 나는 생각했다. 사랑받았다가 버림당한 칠흑같이 검은, 검은 고양이를. 차라리 그러지나 말 것을. 사랑해 놓고 싸늘한 눈초리로 차버렸을 때 검은 고양이가 받았을 슬픔을 나는 이해한다.

그는 죽어서 자신을 학대했던 주인에게 복수했다. 떠벌이지나 않았다면 용서받았을까. 죽여 놓고도 아니라는 그 가증스러움을 검은 고양이는 순간적으로 참을 수 없었다.

80일이 지나도 초 하나 틀리지 않는 정밀한 시계가 있다. 전자시계나 비싼 오토메틱 시계도 아닌 바로 인간 시계다. 시간을 정해 놓고 떠난 세계 일주 여행에서 우리의 주인공은 정확하게 약속을 지켰다. 일분일초도 늦지 않고 제때에 돌아올 수 있었던 것은 학대가 아닌 사랑 때문이었다. 순간적으로 그는 늦게 도착한 것으로 알고 체념했다. 하지만 그가 약속 장소에 나타났을 때는 한 치의 오차도 없는 메이드인 스위스 시계처럼 완벽했다. 순간의 실수를 만회하고도 남을 극적인 반전이다.

그는 사랑했던 사람들을 끝내 사랑했다. 하인과 경찰과 여인을 그렇게 대했다. 만나는 사람마다 그는 증오 대신 사랑을 주었다. 그가 온갖 역경을 이겨내고 마지막 순간에 승리할 수 있었던 것은 바로 이것 때문이었다. 고양이든 사람이든 그 무엇이든 간에 우리가 해야 할 일은 학대가 아닌 사랑이다.

짧은 감상평

《검은 고양이》

당신이 몰랐던 문장이 내게로 왔다

고양이를 세게 밀쳐 낸 적이 있다. 그때 돌아서서 보던 그 눈빛을 잊을 수 없다. 그 고양이가 검은색이었는지 흰색이었는지는 기억에 남아 있지 않다.

발가벗고 놀아도 부끄럽지 않았던 시절, 친척 집의 가마니 위에는 고양이 서너 마리가 웅크리고 앉아 있었는데, 내 또래 아이가 내게 그중 한 마리를 집어서 던졌다. 나는 얼결에 받았고 받은 즉시 물건을 놓치듯이 땅으로 밀어 떨어뜨렸다. 여름밤이었다. 고양이는 앞발로 팔뚝을 할퀴었고 세 줄로 난 상처에는 피가 고였다.

화풀이를 하기 위해 고양이를 쫓아갔으나 녀석은 이미 줄행랑을 친 뒤였다. 그 후 그 집의 쇠락으로 고양이는 한동안 나에게 관심 밖으로 밀려났다. 간혹 길을 가르는 고양이를 보거나 겨울 공원에서 해바라기를 하는 녀석들을 만났다. 그때마다 나는 고양이는 개와 다르다는 말을 혼잣말처럼 중얼거렸다. 특히 걷는 모습을 볼 때면 그 여유로움, 그 우아함에 빠져 사라질 때까지 시선을 거두지 못했다. 언젠가는 애완견처럼 고양이를 집에서 키울 날이 오겠지 하는 막연한 생각을 하고 있다.

그것이 다가와 꼬리 치는 대신 몸을 비벼대며 가르랑거리는 소리를 내면 매우 행복할 거라는 예감이 들기 때문이다. 이런 기분 좋은 생각을 하면서 애드거 앨런 포의 《검은 고양이》를 읽었다.

검은 고양이를 대하는 주인공의 태도가 영 마음에 들지 않았다. 하필 고양이에게 이렇게 잔혹해야 했는지 포우에게 따지고 싶을 정도다.

중세 시대도 아니어서 마녀니 그것과 한통속이니 하는 말로 고양이를 학대하던 시절도 지났는데, 해도 너무 했다. 그만큼 고양이 말고 인간의 심성에 이렇게까지 깊숙이 침투하는 동물이 없다는 반증이라고 이해하고 넘어가면 속 편할까. (달리 도리가 없다.)

단편이기 때문에 분량이 아주 짧다. 하지만 속도감이 있어 중간에 책을 놓기 어렵다. 시작해서 끝나기까지 짧은 시간이었으나 다 읽고 나면 긴 장편을 읽었을 때와 같은 깊은 떨림이 있다. 고양이 때문에 한 인간의 영혼이 철저히 파괴됐다. 주인공은 중범죄를 저지르고 죽음을 목전에 두고 있다. 그러기 전에 그는 고양이와 얽힌 괴이한 이야기를 독자들에게 흘린다.

그가 전하는 이야기는 이렇다.

나는 어려서부터 성격이 온순하고 사려 깊었다. 남들에게 놀림감이 되기도 했으나 동물들을 사랑했고 그런 나를 위해 부모님은 애완동물을 이것저것 구해주었다.

결혼 후에도 나와 성정이 비슷한 아내도 그렇게 했다. 어느 날에는 몸집이 아주 크고 멋지며 몸은 칠흑 같이 검은 고양이 한 마리를 데려왔다. 녀석은 똑똑했다. 워낙 영리하다 보니 아내는 고양이가 마녀가 변신한 것은 아닌지 하는 농담을 하기도 했다.

그 고양이 이름이 플루토다. 플루토는 내가 사랑했으므로 그 역시 나를 잘 따랐다. 온종일 내 꽁무니를 졸졸 쫓았으며 밖으로 나갈 때도 따라 나올 지경이었다.

나와 플루토의 우정은 한동안 지속됐다. 그런데 문제가 생겼다. 고양이 때문이 아니라 나 때문에. 내 온순한 성격이 폭음으로 인해 괴팍해졌던 것이다. 침울하고 쉽게 화를 냈으며 다른 사람의 감정은 아랑곳하지 않았다. 아내에게 손찌검까지 했다. 바뀐 나를 플루토가 본능적으로 알아보고 어떤 때는 슬슬 피하기도 했다. 화가 나서 나는 그를 외면했고 심지어 학대하기까지 했다.

만취한 어느 날 플루토를 잡고 한쪽 눈을 도려냈다. 끔찍한 일이었다. 그러나 이것은 나중에 올 더 끔찍한 일의 전조에 불과했다. 후회와 반성을 해보았으나 그것은 영혼 깊숙한 곳까지 미치지 못해 나는 다시 술독에 빠졌다.

그 사이 플루토는 상처를 회복했지만 나를 볼 때마다 극도의 공포로 도망가기에 바빴다. 나는 이번에는 나머지 한쪽 눈을 마저 도려내는 대신 줄로 목을 감아 나무에 매달았다. 나를 한때 사랑했던 동물이 나를 배신하자 분노가 끓어 올랐던 것이다.

그날 밤에 불이 나서 집이 탔다. 기둥만 남은 벽의 한쪽에는 목에 밧줄이 걸린 엄청나게 큰 고양이 형상의 부조가 뚜렷하게 남아 있었고, 그것을 보고 마을 사람들은 수군거렸다.

물론 재난과 나의 잔혹 행위 사이에는 아무런 연관 관계가 없다는 것이 나의 생각이었다. 다시 술에 절어 사는 나날이 계속됐다. 그때 술 통 위에 턱 하니 앉아 있는 검은 물체가 눈에 띄었고 플루토와 비슷한 검은 고양이라는 것을 알았다.

술집 주인에게 고양이를 사고 싶다고 말하자 주인은 그 고양이에 대해 전혀 아는 것이 없다고 대답했다. 내가 나오자 고양이도 나를 따라왔다. 집에 온 고양이는 마치 자기 집에 온 것처럼 행동했고 이내 나는 물론 아내의 사랑을 듬뿍 받기 시작했다. 녀석이 완전히 나를 따르는 것을 알자 녀석을 좋아하기보다는 싫어하는 마음이 생겼다. 급기야 짜증이 나고 혐오감이 생겨 피하기까지 했다.

그런데 어느 날 그 녀석을 자세히 보니 플루토처럼 한쪽 눈이 없다는 것을 알았다. 나는 그 이후로 녀석이 더욱 싫어졌다. 그러나 녀석은 내가 싫어하거나 말거나 더욱더 내게 밀착해 왔고, 나는 어느 날은 다리에 걸리기도 했다.

드디어 결정적인 순간이 왔다. 필요한 물건을 가지러 계단을 내려갈 때 고양이 때문에 거꾸로 넘어질 뻔했다. 그래서 화를 참지 못하고 도끼로 내리쳤으나 아내가 그것을 막았다. 그래서 이번에는 도끼를 아내의 머리를 겨냥해 찍었고 아내는 그 자리에서 즉사했다. 아내가 죽고 나서 나는 시체를 어떻게 처리할지 궁리하다가 중세 수도사들이 했다는 벽에 시체를 묻는 방법을 고안해 냈다. 벽은 회반죽이 채 마르지 않은 상태였기 때문에 벽돌을 뜯어내는 일은 쉬웠다.

시체를 감쪽같이 치운 나는 완전 범죄를 확신했다. 경찰이 왔으나 증거를 찾을 수 없었다. 그래서 나는 돌아가는 경찰에게 내가 범인이 아니라는 사실을 각인시키기 위해 쓸데없는 말을 지껄였고 그 순간 벽에서 고양이 울음소리가 들렸다.

나는 체포됐다. 벽을 뜯었을 때 선 채로 있던 아내의 머리 위에 고양이가 앉아 있었다.

팁 ____ 고양이 때문에 아내의 살인 현장이 적발됐다. 내가 여러분의 의심을 누그러뜨릴 수 있어서 기쁘다는 말을 안 했다면 고양이가 울었을지 아니면 조용했을지는 모른다. 그러나 나는 나의 범죄를 숨길 결정적인 기회에 이 집이 아주 튼튼하게 지어졌다고 너스레를 떨었다. 바로 그때 벽 쪽에서 어린아이 같은 울음소리가 났고 범행은 들통 났다.

나는 곧 교수형에 처할 것이다. 나를 따랐던 하찮은 짐승을 무자비하게 학대했고 눈을 도려냈으며 목에 줄을 감아 죽였고 아내까지 그렇게 했으니 벌은 당연하다. 그러니 곰곰이 생각해 보면 고양이의 학대와 아내 살해가 어떤 연관성이 없다고는 볼 수는 없다.

동물을 학대하는 자는 사람도 학대할 수 있기 때문이다. 자신을 따르자 더 세게 던지고 싶은 욕망을 버리지 못했던 주인공의 행동은 어떤 변명에도 용서받을 수 없다. 동물 학대니 동물권이니 하는 용어가 없던 시절이라 해도 말이다.

다시 앞으로 돌아가면 나는 (여기서 나는 책 속의 나 아닌 진짜 나) 처음에는 고양이를 밀쳐냈으나 지금은 내게 상처를 낸다고 해도 녀석을 너그럽게 용서할 마음이 있다.

실제로 그런 경험이 있다. 피 냄새를 느끼며 노려보기는 했으나 그 이상의 행동은 하지 않았다. (독사에 물리고도 독사를 살려준 경험이 있다. 죽이려고 했으면 능히 그랬을 수 있었는데 그러지 않은 것을 지금도 만족스럽게 생각한다.)

용서할 뿐만 아니라 그전보다 더 녀석을 사랑하고 애정을 듬뿍 주고 싶다. 고양이처럼 사랑스러운 동물을 미워하는 것은 상상할 수 없다. 녀석이 가만히 움직이는 모습을 보라.

리드미컬한 근육의 움직임, 먹이를 노릴 때 드러나는 예리한 이빨, 숨겨진 날카로운 발톱. 혀를 내밀고 길게 하품을 하면 방금 긴 잠에서 깨어났어도 또 녀석의 옆에 눕고 싶다. 부드럽기가 솜사탕보다 더하고 봄바람보다 더 포근하니 곧 꿀잠이 들것이다.

고양이는 서양에서 행운의 상징이었다가 마녀로 격하됐다가 다시 사랑받는 존재로 인간에게 다가서고 있다. 필요에 의해 버려졌고 다시 받아들여지는 고양이의 눈에 과연 인간은 어떤 모습으로 비추어질까. 유령일까, 악마일까, 혹은 집사일까.

《80일간의 세계 일주》

　지금도 그렇지만 오래전에도 세계 일주는 사람들의 꿈이었다. 지금도
그렇지만 오래전에도 꿈이라고 해서 모든 사람이 이룰 수 있는 것은 아니
었다. 세계 일주는 시간도 있어야 하고 돈도 필요했다. 그럴 의욕도 있어
야 하고 관심도 가져야 한다. 지금도 그렇지만 오래전에도 이런 일을 하는
사람은 보통사람과는 다른 사람들이었다. 쥘 베른의 《80일간의 세계 일
주》는 그런 사람이 벌이는 말 그대로 세계 일주에 관한 내용이다. 그것도
80일 안에.

　그런데 일주의 시발점이 특이하다. 유람하거나 여행에서 무언가 배우기
위해서 하는 것이 아니라 내기를 위해서 그렇게 했다. 정해진 시간 안에
돌아오면 이기는 것이고 그렇지 않으면 지는 것이다.

　그런데 이 게임은 체급이 다른 사람들이 벌이는 권투 시합과 같은 것이
었다. 왜냐고? 불가능했기 때문이다. 당시의 교통 상황을 고려해 보면 지
구를 도는데 적어도 3달 이상은 걸렸다. 그런데도 포그가 내기를 건 것은
믿는 구석이 있었기 때문이었다. 모닝클로니클지에 따르면 대인도 반도
철도가 개설된 이후 그게 가능해졌다. 하지만 기상 여건과 철도 고장 등을

고려해야 한다. 시간표는 시간표일 뿐이다. 포그가 이런 상황을 염두에 뒀다 해도 실패는 예견된 것이나 다름없었다. 지금까지 시도해서 성공하기는커녕 시도한 사람조차 없었다.

포그는 그래도 내기에 자신만만하다. 그가 유일하게 가입해 있는 리폼 클럽 회원들은 그의 용기가 만용이라고 여기면서도 시합을 한 것은 큰돈을 따기 위해서였다. 바로 그날 저녁 포그는 한시도 지체도 없이 당일 고용된 프랑스 하인 파스타르투와 함께 대장정의 길을 떠난다. 그 과정이 이 책의 핵심 내용이 되겠다.

여기서 잠깐 포그가 어떤 인물인지 살펴보자. 작가에 따르면 포그는 시간 관념이 뚜렷하다. 돈이 많으며 바이런을 닮은 잘생긴 영국 신사이다. 그러나 말수는 적다. 한마디로 수수께끼 같은 인물이 바로 포그라고 할 수 있다.

그가 떠나기 전에 영국 은행이 거액을 강탈당한다. 사건은 미궁에 빠지고 형사 픽스는 포그를 범인으로 지목한다. 그가 돈을 털고 여행을 핑계로 도주 행각을 벌이고 있다고 판단한 것이다. 인도 뭄바이에 도착하는 즉시 그를 체포하기 위한 영장을 신청한 것은 그 때문이다. 이런 내용을 알지 못하는 포그는 첫 기착지인 수에즈 운하로 향한다.

그가 떠나고 난 뒤 영국은 이 내기에서 과연 누가 승자인지 대단한 관심이 일었다. 그도 그럴 것이 지금까지 그런 내기를 한 사람이 없었고 내기에 건 판돈이 엄청났기 때문이다.

떠난 포그와 뒤를 쫓는 픽스의 흥미진진한 모험이 손에 땀을 쥐게 한다. 그래서 내친김에 쉬지 않고 읽게 되는데 내용도 어렵지 않고 전개도 시간 순서상 흘러가기 때문에 헷갈릴 이유도 없다. 마치 청소년을 위한 모험 소설을 읽는 기분이다.

어쨌든 저녁 6시 몽골리아호를 타고 아덴에서 168시간을 거쳐 뭄바이에 도착한 포그 일행은 콜카타행 열차를 타기 위해 기다리고 있다. 그 사이 포그는 휘스트 게임에 열중하고 하인은 경이로운 인도 풍경에 감탄하다 힌두교 사원에 신발을 신고 들어가서는 안 되는 죄를 범했다. 구사일생으로 도망쳐 주인과 상봉한 하인은 맨발 신세였고, 그런 하인에게 주인은 다시는 이런 일을 당하지 말도록 당부했다.

기차 여행이 시작됐다. 영국 석탄을 태워서 달리는 기차는 농장과 수만 가지 장식으로 꾸민 놀라운 사원을 지나 거대한 평야와 뱀과 호랑이와 늑대가 우글거리는 숲을 통과했다. 그런데 정해진 역을 앞두고 기차는 멈춰 섰다. 포그가 기관사에게 웃돈을 주지 않아서가 아니라 철길이 더는 연결되지 않았기 때문이다. 신문에는 분명히 연결됐다고 했지만 그렇지 않았다. 그래서 포그는 코끼리를 이용해 밀림을 통과하기로 했다. 현지인을 고용했고, 물론 거기에 드는 거액이 빳빳한 새 돈으로 지출됐다.

운명의 장난인가. 여기서 포그는 평생의 반려자 아우다 부인을 만난다. 토후의 부인은 죽은 남편과 함께 화형되기 위해 요란한 종교의식을 거행한 후 정글의 사원에서 하룻밤 묵을 예정이었다. 숨어서 이 모습을 지켜보던 포그 일행은 그녀를 구하기로 마음먹었다. 잘못되면 여행도 망가지고 목숨도 위험한 상황이었다. 그러나 포그는 실행을 주저하지 않았고 마침내 하인의 기지로 제물로 바쳐질 그녀를 죽음 직전에서 구해내는 데 성공했다. 이때 픽스 형사는 포그가 범인이 아닐지도 모른다는 생각을 했으나 범인이든 아니든 상관없이 그를 체포해야 한다는 결심에는 변함이 없었다.

이제 일행은 넷이 됐다. 사람이 늘었으므로 여행에 드는 비용도 곱절로 증가했으나 포그는 돈을 물처럼 썼다. 이때만 해도 포그는 아우다 부인을 영국령인 홍콩에 내려줄 생각이었다. (홍콩이 중국령이 된 것은 다들 알 것이다. 그 홍콩이 지금 민주화 시위로 요란하다. 부디 자유와 평화가 오기를.) 그곳에 그녀의 친척이 살고 있었기 때문이다.

여기까지 여행하면서 포그는 런던과 뭄바이 구간에서 이틀을 벌었고 인도 대륙을 통과하면서 그 시간을 모두 써버렸다. 잃은 것도 얻은 것도 없었다. 그런데 일행이 인도를 떠나기 전에 경찰에 체포되는 사건이 발생했다. 하인이 힌두교 사원에서 벌인 추태 때문에 꼼짝없이 유치장에 갇혀야 하는 신세가 됐다. 그러나 이번에도 빳빳한 영국 은행권이 한 몫을 단단히 했다. 포그가 거액의 보석금으로 하인을 빼돌린 것이다.

랑군호를 타고 싱가포르를 거쳐 홍콩에 도착한 일행은 먼저 아우다 부인의 친척을 찾았으나 그는 이미 2년 전에 그곳을 떠난 뒤였다. 중국을 거쳐 유럽의 네덜란드로 갔다는 것이다. 이 말은 들은 부인은 절망적인 표정을 지으면서 "전 이제 어떻게 해야 하나요?" 하고 물었고 이에 포그는 같이 여행하자고 대답했다. 그래서 그들은 함께 여행길에 올랐다.

이즈음 픽스는 하인에게 자신의 신분을 과감하게 털어놓았다. 포그를 체포하는데 그것이 유리하다고 판단했다. 그때까지 하인은 픽스가 포그가 제대로 여행하는지 감시하기 위해 리폼 클럽에서 고용한 사설탐정쯤으로 알았다. 하인은 픽스를 통해 주인이 5만 5천 파운드를 훔친 강도라는 말을 듣고 놀랐으나 주인님은 세상에서 가장 정직한 분이라고 형사의 말을 거들떠보지도 않았다. 공범으로 체포하겠다는 협박에도 불구하고 하인은 픽스의 협조를 단칼에 거절했다. 그러는 와중에 픽스는 술과 아편에 취해 쓰러졌다. 형사의 잔꾀가 먹혀들어간 것이다.

그가 쓰러지고 난 후 상황은 바뀌었다. 예상보다 빠르게 배를 고쳐 다음 날 아침이 아닌 오늘 저녁 8시에 배는 요코하마로 출항했다. 그 사실을 하인이 알리지 않아 포그는 알지 못했다. 배를 놓쳤으니 일정은 차질이 불가

피했다. 그러나 이번에도 포그는 돈을 이용해 위기를 돌파했다. 다음 날 요코하마로 떠난 하인과 주인은 어찌어찌해 다시 여행에 합류했다.

12월 3일 제너럴 그랜트호는 골든 게이크만에 들어섰다. 샌프란시스코에 도착한 것이다. 총사령관 선거가 아닌 치안판사를 뽑는 선거 집회로 떠들썩한 그곳에서 포그는 미국인 프록터 대령과 생사를 건 결투를 벌여야 하는 신세가 됐다. 영국 신사의 자존심을 상하게 했기 때문에 복수의 기회를 다른 사람에게 양보할 수 없었던 포그는 6연발 권총 두 자루를 들고 대령과 맞섰다. 그 순간 객차 안에는 공포에 찬 비명이 울려 퍼졌다.

인디언 수족이 기차를 탈취하기 위해 공격한 것이다. 결투를 멈추고 두 사람은 승객과 합세해 그들에 맞서 싸웠다. 이 와중에 하인을 포함해 세 명이 납치를 당했다. 일정은 바쁜데 이런 일이 생기자 포그는 즉시 파산을 선고했다. 게임에서 승리보다 하인을 구출하는 것이 중요했기 때문이다.

하루만 늦어도 뉴욕에서 배를 탈 수 없는데도 불구하고 이런 결정을 내리는 포그를 보고 아우다 부인은 포그의 두 손을 잡고 하염없이 눈물을 쏟았다. 하인은 살아서 돌아왔다. 하지만 스무 시간이 지체된 상황이었다. 이때 픽스가 구원자로 나섰다.

11일 저녁 9시 리버풀행 여객선 출발 시각에 뉴욕에 있어야 하는 포그의 일정에 도움을 주기로 했다. 바로 눈썰매를 이용해 시간을 단축하는 작전이다. 픽스가 포그의 편에 선 것이다. 그들이 도착했을 때 리버풀행 차이나호는 픽스의 호의에도 불구하고 45분 전에 이미 출항했다. 불운한 포그. 그를 위한 배는 어디에도 없었다.

그런데 이때 지금도 그렇지만 오래전에도 돈의 위력이 또 한 번 유감없이 발휘됐다. 그는 배를 통째로 샀다. 그리고 바다 한가운데서 연료가 부족해지자 철로 된 선체를 제외한 앞부분의 나무를 석탄 대신 연료로 사용했다. 필리어스 포그는 12월 21일 오전 11시 40분 마침내 리버풀 부두에 내렸다. 런던까지 고작 6시간밖에 걸리지 않는 거리. 그의 승리는 확정됐다. 하지만 여기서 반전. 포그의 어깨에 손을 댄 픽스가 여왕의 이름으로 그를 체포했다.

그는 런던으로 호송되기 전에 리버풀 세관에 갇히는 신세가 됐다. 이기고 지고 문제가 아니라 범인 신세가 된 포그는 신세 한탄을 해야 하는 처지다. 그런데 여기서 또 한 번 반전. 진짜 도둑이 3일 전에 잡힌 것이다. 풀려난 포그가 제일 먼저 한 일은 픽스 형사의 얼굴에 정확하게 주먹을 날린 것이다. 그는 서둘렀다. 그러나 예정보다 5분 늦었다. 내기에 지고 만 것이다.

그런데 여기서 한 번 더 극적인 연출이 일어난다. 그 내용은 독자들의 독서 의욕을 고취 시키기 위해 적지 않겠다. 다만 포그와 아우다 부인이 결혼했다는 사실만은 밝혀둔다. 두 사람이 행복했기를.

팁 _____ 포그가 떠났을 당시 출렁였던 포그의 주식 가치는 도둑으로 몰리면서 급전 직하했다. 하지만 성공적으로 세계 여행을 마친 지금 언론은 태도가 돌변해 그는 영국에서 가장 정직한 신사가 되었다. (지금도 그렇지만 예전에도 언론은 널뛰기의 명수다.)

포그는 여행에서 돈을 벌지 못한 대신 평생의 반려자를 만났다. 돈 대신 행복을 얻은 것이다. 참고로 포그가 여행 중에 이용한 운송 수단을 여기에 열거해 보겠다. 여객선과 기차, 그리고 마차, 요트, 무역선, 썰매, 코끼리까지 이동 가능한 것은 모두 썼다.

한편 쥘 베른이 이 같은 소설을 쓸 수 있었던 것은 눈부신 과학적 발명이 이어지던 시대를 살았기 때문이다. 대륙을 오가는 철도가 연결됐고, 대양과 대양을 누비는 증기선이 나타났다. 탐험과 모험의 영역이 급속도로 확대됐고 관심은 넓어졌다. 전화, 전기, 자동차, 영화 등이 발명돼 작가의 상상력은 무한히 확장됐다. 그 시대가 만들어낸 산물이 바로 《80일간의 세계 일주》가 되겠다.

작가는 부지런한 사람이었다고 한다. 매일 아침 5시에 일어나 곧바로 서재에서 11시까지 원고를 쓰고 수정하고 점심을 마친 뒤 다시 서재로 돌아와 열다섯 종류의 신문을 꼼꼼히 읽었다. 여러 모험가의 글과 과학과 지리학에 관한 방대한 자료 노트가 무려 2만 권에 달했다고 하니 그의 노력이 얼마나 가상한지 짐작이 간다. 소설 하나 쓰는데 정말로 엄청난 공을 들인 것이다. 이런 공의 결과 이 소설은 지금까지 세계에서 가장 많이 번역된 책 가운데 하나로 꼽히고 있으며 영화와 연극 등으로 무한 재생 되고 있다.

그가 쓴 작품에서 예견한 것이 현재 실현된 것이 많이 있다. 헬리콥터, 알루미늄 사용, 인공위성, 우주 비행사, 현대적 잠수함, 수소 에너지, 지열 난방, 쓰레기 소각, 텔레비전, 비디오카메라, 개인 전보, 원격 회의, 플라스틱 소재, 독가스 등 그야말로 무궁무진하다.

1936년 시인 겸 소설가인 장 콕토는 쥘 베른 탄생 100주년을 기념해 그가 갔던 길을 따라 세계 일주에 나섰다고 한다. 그의 다른 책《해저 2만 리》도 독자들의 사랑을 받고 있다.

사유 대 사유

황제와 신하

사유할 때 사람은 살아 있음을 느낀다. 이것은 인간의 적나라한 감정이다. 모든 것을 마음대로 하는 황제 역시 마찬가지다. 그러나 황제의 사유는 일반인의 사유와 다르다. 사유의 결과가 많은 사람에게 영향을 미치기 때문이다.

황제가 올바르게 따져 물을 때 백성들은 편하다. 반대라면 고달프다. 황제가 조용히 눈을 감고 가지런히 편 손을 무릎 위에 놓는다. 그리고 "나는 누구인가, 어디서 왔고 어디로 가는가?" 스스로 묻는다. 이 순간 마르쿠스 아우렐리우스는 마음의 고통에서 벗어나 순수의 시대로 돌아간다. 진정한 황제가 되고 참된 내가 되고 백성의 고통을 헤아린다.

신에게 부모에게 친구에게 감사하다고 고개를 숙인다. 전쟁과 흑사병과 반란의 와중에도 그는 자신이 아닌 다른 사람에게 고마움을 표하면서 황제가 가져야 할 덕목을 가슴에 새긴다. 이런 황제라면 섬길 만하지 않을까. 황제는 과연 후대에 오현제 중의 한 명으로 칭송받고 있다.

황제의 사유가 있다면 신하의 사유도 있다. 신하는 여러 나라를 둘러봤다. 그리고 전쟁의 참상에서 신음하는 민초의 아픔을 직접 보고 들었다. 힘없는 나라의 백성, 주권을 상실한 그들은 노예와 다름없는 비참한 생활을 했다. 그는 물었다. 어떤 나라는 부강하고 어떤 황제는 전쟁에서 이기고 또 어떤 나라는 그 반대이며 다른 황제는 왜 패배하는가.

신하는 알기 위해 공부를 했고 지난 역사를 복기했으며 현실을 마주 보고 미래를 점치는데 골몰했다. 그리고 사유하는 황제처럼 그것을 글로 적었다. 그가 쓸 때 그의 가슴은 심하게 뛰었고 이대로만 된다면 고국은 강한 힘을 가지고 번영을 누리며 마침내 분열된 나라를 하나로 묶을 수 있다고 확신했다. 그는 이 과정에서 사람의 양면성을 보았다. 선함도 보고 악함도 보았다. 어떤 때는 사람들이 그렇게 행동하는데 다른 어떤 때는 저렇게 행동했다.

마키아벨리는 그 이유를 분명히 안다고 생각했다. 그래서 황제에게 사람 다루는 법을 말로 말하지 않고 책으로 써서 바쳤다. 한 손에는 칼을 들고 다른 한 손에는 꽃을 들고 백성을 대하라고 훈수했다. 여기서 백성은 다른 나라일 수 있고 귀족이며 군인으로 대체 가능했다.

황제는 모름지기 두 얼굴로 이들을 대할 때 나라를 힘있게 만들고 반란을 제압하고 통일의 길로 갈 수 있다고 꼬드겼다. 이 역시 사유의 결과물이었다. 사유 없이 이런 책을 만들어 낼 수 없었다. 앞선 사유가 선의 사유였다면 뒤의 사유는 악의 사유였다. 하지만 뜻하는 바를 이루고 완성하기 위한 목적지는 같았다. 어떤 길로 가는 것이 더 현명하고 빠른 길인지는 역사도 잘 알지 못했다. 하지만 두 길 중 다른 하나가 때에 따라서는 더 바른길이라는 것은 부인할 수 없었다.

당신이 몰랐던 문장이 내게로 왔다

짧은 감상평

《명상록》

누군가에게 감사한 마음을 갖는 것은 현재가 흡족하기 때문이다. 부족한 것이 없으므로 뒤를 돌아보고 지금을 관조하고 미래를 꿈꾸는 것이다. 배고프고 고통스러운 나날이라면 자신도 아닌 다른 사람에게 이런 마음을 나타내기는 어렵다. 그런 면에서 마르쿠스 아우렐리우스가 《명상록》의 첫 구절에서 훌륭한 조상과 훌륭한 스승과 훌륭한 친구들에게 감사함을 표하는 것은 어쩌면 당연할지도 모른다.

하지만 행복하다고 해서 이처럼 누구나 감사함을 표하는 것은 아니다. 더구나 황제의 위치에 있는 자라면 다른 사람 아닌 자신의 훌륭함에 더 매료되기 십상이어서 감사할 대상은 다른 사람이 아닌 스스로라고 자만하기 마련이다. 그런데도 그는 그렇게 하지 않고 감사함의 대상을 다른 사람에게 돌리고 있다.

황제 아우렐리우스가 대단한 인물이라는 것이 밝혀지는 순간이다. 그가 이렇게 타인에게 고마움을 표하는 것은 그의 사유 세계가 얼마나 높고 깊은지 헤아려 볼 수 있는 대목이다. 그는 이런 마음을 혼자만 간직한 것이 아니라 많은 시민이 볼 수 있도록 기록으로 남겨 놓았다. 그것이 바로 오늘 소개할 《자성록》으로도 번역되고 있는 《명상록》이 되겠다. 무엇이 마음의 고통에서 벗어나 선함의 세계로 돌아가도록 황제를 이끌었는지 살펴보는 것은 그가 이 책을 저술한 배경으로 이해할 만하다.

121년에 로마 귀족으로 태어난 그는 161년 40살이 되던 해에 양자인 동생과 함께 공동 황제로 취임한다. 황제는 취임의 기쁨도 잠시 숱한 전쟁의 상황과 맞닥뜨린다. 정복과 후퇴가 하루도 빠짐없이 벌어지고 흑사병이 창궐한다. 삶과 죽음은 멀리 있지 않고 늘 가까이에서 그를 따라다닌다.

이미 철학(스토아)을 이해했던 그는 피 흘리는 칼을 닦으면서 인생이란 무엇인가 하는 고뇌에 빠지지 않을 수 없었다. 그러나 고뇌는 오래가지 못했다. 칼을 채 닦기도 전에 말을 타고 전쟁터로 떠나야 했기 때문이다.

게르만이 다시 침공해 왔다. 로마군도 강했지만 거친 이민족의 침입을 막아내는 데는 수많은 병사들이 죽음을 겪어야 했고, 황제 자신도 그런 순간을 숱하게 넘겨야 했다. 겨우 막아내고 막사에 돌아올 때면 달은 휘영청 밝고 멀리 별들은 작은 빛을 내면서 밤하늘을 밝히고 있다. 이 순간 그는 다음 날 전쟁도 잊고 그 높은 곳을 바라보면서 인생무상에 가슴을 친다. 자연스럽게 옆에 있는 술잔을 찾고 취기가 오를 즈음 황제는 부관의 다급한 전갈을 받을 것이다. 장수 카시우스가 반란을 일으켰으니 화급히 피하라는. 외적을 막기에도 급급한데 반란이라니. 호전적인 야만인을 상대하랴, 호시탐탐 권좌를 노리는 심복을 처단하랴, 황제는 몹시 고달프다.

한순간 그는 왕관을 벗어놓고 한 번 더 인간과 인간의 행동과 그 속에 숨은 마음을 이해하기 위해 몸부림치면서 깊은 사색에 빠져들지 않을 수 없었다. 시시각각으로 다가오는 죽음의 공포 속에서 칼을 갈고, 적의 심장을 찌르고, 잠 못 이루는 밤에 펜을 들고 글을 끼적였다. 나는 누구이며 왜 살고 있으며 로마는 앞으로 어떻게 될지 그것이 궁금해 철학 속으로, 다른 인간의 마음속으로 자꾸 빠져들어 갔다. 마치 게릴라전을 앞두고 혹은 끝내고 총 대신 시가를 옆에 두고 시를 써나갔던 체 게바라처럼.

언제 적이 돌격 앞으로 나팔을 불며 돌진할지 모르는 급박한 상황에서 그가 단숨에 길고 긴 책을 마무리하는 것은 불가능했다. 순간순간 그때마다 떠오르는 짧은 편린을 기록으로 남겼다. 그래서 이 책은 저작 연도도 불분명하고 원본도 존재하지 않는다. 황제가 죽은 후 후대 사람들이 짜 맞추고 다시 편집하고 재편집했다. 그렇다고 해서 내용이 크게 달라질 것은 없으니 어떤 책인지 구체적으로 조금 살펴보자.

이 책은 모두 12장으로 나누어져 있다. 그러나 장마다 연결되는 고리는 희미하다. 그래서 1장부터 순서대로 읽지 않아도 된다. 어떤 장을 펼쳐 읽어도 무난하다. 그래도 처음부터 읽는 것이 끝까지 읽는 데 도움이 된다.

1장은 앞서 말한 대로 감사함으로부터 시작된다. 감사할 줄 아는 인간은 다른 사람의 마음도 헤아릴 수 있으므로 황제는 자신뿐만 아니라 백성인 다른 사람의 고뇌도 함께 아파했다. (잘못을 저지를 만한 성질을 가졌음에도 누구의 미움도 사지 않고 잘 지낼 수 있었던 것에 대해 신에게 감사하는 황제는 이미 다른 사람과의 싸움에서 이긴 거나 마찬가지였다. 황제인 아버지로부터 강한 오만을 고칠 수 있었고 궁전에 살면서도 호위병이나 화려한 옷이나 횃불이나 동상 등 외형적 사치를 탐내지 않고 살아갈 수 있는 슬기를 받은 것은 바로 감사할 줄 아는 마음 때문이었다.

평민처럼 검소하게 살면서도 천박하지 않고 지배자의 통솔력이 필요할 때는 공공의 이익을 위해 필요한 위신과 권위를 잃지 않은 것도, 철학에 빠져들면서도 소피스트의 궤변에 흔들리지 않은 것에 대한 감사도 잊지 않았다.

고상한 품행과 격정에 휘둘리지 않는 온화함, 겸손과 사내다운 기백, 신에 대한 경건한 마음과 남을 위한 봉사, 그리고 나쁜 행동뿐만 아니라 나쁜 마음도 삼가야 하고 부유한 생활에 빠지기보다는 검소해야 한다는 것을 조상에게 배운 것을 황제는 감사했다. 이 밖에도 감사한 것은 차고 넘친다.

어려서부터 말과 생각을 글로 쓰는 법을 익히고, 맨몸으로 나무판자에서 자면서 자신을 단련하고, 으스대고 뽐내는 것을 따라 하지 않고, 상대가 불쾌한 행동으로 화를 돋웠다 해도 화해를 원하면 받아주는 법을 배운 것에 대해 감사했다. 말 많은 사람에게 섣불리 맞장구치지 않고, 운에 의지하지 않고 스스로 결정하며, 용감하면서도 동시에 온화하고, 재능이 있어도 보잘것없다고 겸손해 하며, 남의 흠을 들추어내지 않고 천박한 자라고 그 자리에서 창피를 주지 않고, 바빠서 시간이 없다는 이야기를 필요 이상으로 말하지 않고, 철학을 존중하고 선행을 늘 실천하고, 아낌없이 다른 사람에게 베풀고 극기하는 정신을 배운 것을 감사했다.

뚜렷한 목적의식, 거짓을 멀리하고 용서와 자비를 따르며, 공익을 위한 것이라면 어떠한 것에도 귀를 기울이며, 나랏일을 결정할 때는 적당한 선에서 타협하지 않고, 우정은 한결같으면서 지나치게 헤프지 않고, 값싼 칭찬이나 아부를 한눈에 가려낼 힘을 준 것, 그리고 이 모든 일은 하늘과 운명의 도움이 있었기에 가능했다고 거듭 감사함을 표하고 있다.

그리고 2장에서부터는 감사함을 떠나 인간이라면 어떠해야 하는지에 대해 적고 있다. 인간의 고귀함, 이성에 따른 행동, 선과 악의 본질, 생과 사, 우주 만물, 철학과 운명, 쾌락과 고통, 정의와 불의, 공익과 사익, 더 훌륭한 인간이 되고자 하는 노력, 내면과 외면, 칭찬과 아부, 담대한 행동, 전쟁과 평화, 순종과 저항, 자연과 신의 섭리, 육체와 영혼, 감정과 충동, 인내와 증오, 정의와 불의에 대해, 그리고 우주가 당신에게 맡긴 역할이 작아 불만인 인간들에게도 한마디 하는 것을 빼놓지 않았다.

과거와 현재와 미래, 오만과 편견 등을 설파하고 이 세상에서 일어나는 모든 일에는 정당한 이유가 있음을 주장했다. 한마디로 황제는 인간사에서 일어날 수 있는 그 모든 것에 대해 언급하고 있다. 이런 황제를 오지랖이 넓다고 탓해서는 안 된다. 황제의 박식함과 너그러움을 찬양해야 마땅하다.

지금 현실에 바로 적용해도 하나도 이상할 것이 없는 '아무 말 대잔치'가 아닌 구구절절 옳은 말이기 때문이다. 이 책의 모든 문장을 여기에 다 옮길 수는 없다. 하지만 게으른 독자들을 위해 되새겨 볼 만한 경구를 그대로 적어 놓는 것도 다른 사람에게 감사함을 돌리는 것만큼이나 의미 있는 일일지도 모른다.

예를 들면 이런 것들이다. 읽으면서 줄 친 부분을 옮겨 본다. 아름다운 것은 그 자체로 아름답고 그 자체로 완성되어 있다. 찬양받는다고 해서 그 자체가 더 좋아지거나 나빠지지 않는다. 보석은 칭찬받지 못해도 본래의 아름다움을 잃지 않는다. 황금이나 상아, 자줏빛 옷감도 마찬가지다. 충동이 일어날 때면 그것이 이치에 맞는지 생각해 보라. 마음의 평정을 바란다면 많은 일을 벌이지 말라고 철학자 데모크리투스는 말했다.

우리가 말하고 행동하는 것은 대개 불필요한 것이므로 그것을 없애면 시간의 여유는 늘어나고 근심이나 걱정은 줄어든다. 무슨 일을 할 때는 이것은 꼭 필요한가, 자신에게 먼저 물어보라.

선한 생활 올바른 행동과 자비로운 품성을 간직하려는 삶을 받아들일 수 있는지 이 또한 자신에게 물어보라. 실망하지 않으려면 별로 중요하지 않은 일에 몰두하지 말라.

기억하는 사람이든 기억되는 사람이든 모두 하루살이에 불과하다. 아침에 자리에서 일어나고 싶지 않을 때는 나는 인간답게 살고자 일어난다고 생각하라. 그것 때문에 내가 태어났고 그것 때문에 내가 존재한다.

불평하려고 내가 세상에 태어난 것은 아니다. 포도송이를 맺고 나서 아무것도 바라지 않는 포도나무처럼 남을 돕고 나서 돌아올 보답을 계산하지 말라. 지금 이 순간 누구의 영혼이 내 안에서 자라고 있는지 생각하라. 어린아이의 영혼인가, 청년 혹은 여자 혹은 폭군 혹은 가축이나 야수의 영혼인가, 수시로 자신에게 자문하라.

12권의 끝은 이렇게 마무리된다. 당신은 이 거대한 세계의 한 시민으로 태어났다. 그 기간이 5년이든 100년이든 무슨 상관이란 말인가. 당신을 이 세상에서 몰아내는 것은 폭군도 부정한 재판관도 아닌 당신을 세상에 보낸 바로 자연이다. 그것은 연출가가 배우를 고용했다가 해고하는 것과 같다. 그런데도 당신은 5막짜리 연극에서 3막까지만 출연했을 뿐이라고 불평하는가.

당신의 인생은 3막만으로도 충분하다. 당신의 연극이 언제 막을 내릴지는 당신을 고용한 자연만이 안다. 그러니 신경 쓰지 말고 웃는 낯으로 떠나라. 당신을 떠나게 하는 자연도 당신을 향해 웃어 줄 것이다.

팁 _____ 모든 것을 할 수 있는 황제도 이처럼 자연 앞에서는 무력했다. 신 앞에서는 겸손했고 철학에 고개를 숙였으며 적에게는 관대했다. 그러나 황제의 글과 마음과 행동이 일치할 수는 없었다. 그것이 신이 아닌 인간의 한계였다. 그는 숱한 좋은 말을 남겼으나 제위를 아들에게 넘겨주면서 5현제의 마지막을 희미하게 장식했다.

리들리 스콧 감독의 영화 《글레디에이터》에서는 왕위를 자신보다 더 뛰어난 막시무스에게 주려 한다. 아들 코모두스는 그런 아버지를 죽이고 황제가 된다. 현실에서는 이와 달랐다. 아들과 공동 황제가 됐고 공화정을 하지도 않았다. 하지만 《군주론》의 저자 마키아벨리는 마르쿠스 아우렐리우스 황제를 매우 높게 칭송했다. 그는 절제된 삶을 살면서 항상 정의를 사랑하고 잔혹함을 적대시하고 인간적이면서 자비로웠다고 평가했다. 그러면서도 영예롭게 살다 인생을 마감한 것은 군인이나 백성에 신세 지지 않고 세습에 의해 보위에 올랐기 때문이라고 그 이유를 설명했다.

깊은 사유와 철학과 이성은 그를 버텨내게 한 원천이었다. 자신의 부족함을 알았기에 끊임없이 사색하고 고뇌했으며 이런 결과물을 기록으로 남겼다. 늘 경계하고 채찍질하면서 부족함을 이겨내려는 황제이기 이전에 한 인간의 처절한 몸부림이 문장마다 가득히 담겨 있다.

나는 그러지 못했지만 다른 황제나 시민들이나 장군들은 그러기를 바라는 간절한 마음에서였을 것이다. 자신만을 생각하는 사악한 마음이 들 때마다 곁에 두고 펼쳐 읽으면서 수시로 반성하는 사람이 있다면 그 공은 모두 이 책의 저자에게 돌려야 마땅하다.

《군주론》

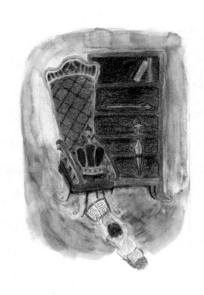

니콜로 마키아벨리는 언뜻 봐도 쉽게 잊히는 상은 아니다. 사람 이전의 원숭이와 비슷하다는 생각이 드는 것은 양 볼이 홀쭉하고 하관이 빠르게 내려왔고 쳐다보는 눈매가 그렇다. 이런 생각은 내 생각일 뿐만 아니라 그를 연구하는 많은 사람이 아주 오래전부터 제기해 왔다. 지금 그의 초상화를 앞에 두고 《군주론》을 시작하는데 시선은 자꾸 그쪽에서 머물고 있다.

마키아벨리는 1469년에 태어나 1527년에 죽었기 때문에 내가 지금 보고 있는 초상화는 그의 진짜 모습이 아닐 수 있다. 그의 연구자들이 애용하는 그림을 그린 산티 디 티토가 그가 죽은 후 한참 후인 16세기 후반에 이 그림을 그렸기 때문이다. 실제로 인물을 보고 그린 그림이 아니라는 점에서 사실과는 상당히 다를 수 있다. 상상으로 그린 상상력의 근원은 바로 《군주론》을 관통하는 사악함이다. 이런 글을 쓴 자이니 생김새도 아마 그 동물처럼 음흉할 뿐만 아니라 잔혹하며 거짓말을 일삼는 사기꾼에 딱 맞는 이미지가 필요했다.

이미 아리스토텔레스의 《관상학》이 있었고 관상에 관해 동양뿐만 아니라 그 시기의 서양도 관심이 많았으니 화가는 이렇게 생겨 먹은 자가 바로 마키아벨리가 아니겠느냐고 추측했을 것이다. 짐작한 것을 그림으로 그렸을 때 후대의 많은 사람은 다른 마키아벨리의 초상화보다는 산티의 초상이 그와 더 근접했을 것으로 믿고 그와 관련된 논문이나 책을 번역할 때 산티의 초상화를 표지에 곁들였다.

그런 마음으로 다시 보니 과연 이 정도의 생김새라면 마키아벨리라고 해도 부족함이 없다 싶었다. 붉은 옷 속에 검은 조끼를 입은 그가 눈을 조금 아래로 깔고 동공이 왼쪽으로 쏠릴 정도로 옆을 비스듬히 보고 있다. 이마는 M자가 확연하고 짧게 깎은 머리는 날렵한 귀의 모습을 분명하게 드러낸다. 말끔히 면도 된 인중 사이와 턱을 가운데 두고 일자로 입을 다물었으므로 법령이 양옆으로 퍼지고 광대뼈가 도드라진다.

그가 무언가를 파괴하고 누군가를 해치기로 결심하고 그것을 실행에 옮기려는 찰나적 순간의 포착이다. 하지만 좀 더 자세히 보면 깊은 수심에 잠겨 있는 고뇌하는 사색가의 모습이다. 백성의 행복에 노심초사하고 어떻게 하면 갈라진 나라를 통일할 수 있을까 잠 못 이루는 자의 표정이다.

그런 마음으로 보니 아니나 다를까 초상화의 주인공은 애국심이 넘쳐나는, 품성이 넉넉한 마키아벨리가 틀림없다. 이런 양가적 감정이 초상화를 보는 내내 떠나지 않는다.

산티의 그림은 전혀 '싼티'가 나지 않는 하나의 명화 그 자체로도 가치가 있는 아름다운 장면이다. 모나리자가 각도에 따라 달리 보이듯이 마키아벨리가 됐다가 마르쿠스 아우렐리우스 황제가 되기도 했다. 이런 심정으로 책장을 하나씩 넘겨 보자.

당시 피렌체는 심란했다. 로마 제국이 쇠락한 후 이탈리아는 여러 제후국으로 쪼개져 있었다. 피렌체와 베네치아, 나폴리와 밀라노가 고만고만한 세력을 형성했다. 거기에 로마 교황청까지 끼어 있었으니 다툼은 끊이지 않았다. 통일의 기운은 그 어디에도 없었다. 그런데 주변국 상황은 달랐다. 프랑스나 에스파냐, 독일 등은 세력을 하나로 묶고 날로 번성했다. 이들의 길목에 있던 피렌체는 늘 전쟁의 피비린내 속에서 신음했다.

지금으로 치면 외교관 직함을 가졌던 마키아벨리는 이런 조국의 현실이 가슴 아팠다. 그래서 그가 할 수 있는 일이 무엇인지 고민했다. 고민이 깊어갈 무렵인 40 중반의 나이에 그는 사랑하는 국가로부터 버림받아 직책을 잃고 가난에 시달렸다.

그는 자신의 존재감도 확인하고 조국 통일의 길을 모색하는 방법으로 칼 대신 펜을 집어 들었다. 그리고 써대기 시작했다. 자신의 군주인 메디치가의 로렌초에게 헌정하기 위해서였다. 그것이 바로 《군주론》이 되겠다. (The Prince)

'메디치 전하'로 시작하는 첫머리에서 《군주론》의 집필 의도는 명확히 드러난다. 한마디로 말하면 위업의 성취를 바란다는 것. 그 위업이라는 것은 강한 국가, 통일된 나라를 의미한다. 세부적인 내용은 이렇다.

군주와 국가, 정복과 통치, 점령과 반란, 도시와 자치, 강압과 설득, 신의와 배신, 가해와 시해, 시민과 귀족, 영토와 주권, 교회와 세속, 군대와 용병, 국가와 군대, 전쟁과 훈련, 칭송과 비난, 폭정과 덕정, 윤리와 정치, 경멸과 증오, 강압과 회유, 친선과 중립, 측근과 각료, 아첨과 조언, 패망과 존속, 인간과 운명, 조국과 해방 등이다. (인간사랑)

제목만 대충 보고도 내용이 어떨지 짐작이 간다. 얼마나 오랫동안 준비하고 작정하고 써 내려갔는지 알 수 있는 대목이다. (결코 길지 않으나 긴 어떤 책에 견주어도 떨림과 여운이 있다.)

이 가운데 중복된 것도 있고 서로 어긋나는 주장도 있지만 일목요연하게 정리되는 것은 군주가 취해야 할 태도다. 백성에게, 귀족에게, 군인에게, 적에게, 신에게, 그리고 그 자신에게. 선해야 하지만 때에 따라서는 악해야 한다는 것.

참이어야 하지만 때에 따라서는 거짓이어야 하고, 약속을 지켜야 하지만 때에 따라서는 파기해야 하고, 백성을 사랑해야 하지만 때에 따라서는 억압해야 한다. 관대해야 하지만 때에 따라서는 인색해야 하고, 덕을 베풀어야 하지만 때에 따라서는 폭정을 해야 한다. 때에 따라서는 강압을 요구하고, 또 때에 따라서는 회유하고 친선하고 중립을 지켜야 한다.

여기서 때는 군주에게 필요한 때이다. 더 나아가 조국을 해방할 때이며 통일할 때이다. 공공의 이익과 평화가 필요한 때이다. 그런 때는 당장 사악해지라고 마키아벨리는 군주에게 충동질한다.

악행 없이 권력을 보존하기 어려운 경우는 악행으로 인한 오명을 신경 쓸 필요가 없다고 주문한다. 이 대목에서 마키아벨리는 분명히 악을 숭상했다. 이때 그는 강력한 통치력을 보여줬던 체사레 보르자를 염두에 뒀다. 군주의 바람직한 모델로 여긴 것이다. 그만큼 체사레 보르자는 가혹했다.

인자해서 혼란스러운 군주보다는 폭정을 해서라도 평화와 질서를 유지한 그가 유약한 군주보다 낫다고 봤다. 군주는 간사한 여우가 되어도 좋고 사나운 사자여도 상관없다는 것. 품성이 없어도 구비한 것처럼 행동하고 신앙이 없어도 있는 것처럼 꾸며야 한다. (참, 좋은 것 가르쳤다. 무릎을 아프게 '탁' 치면서도 진땀이 흐른다.)

간사하고 악한 것은 나쁜 것이다. 하지만 시쳇말로 풀이하면 융통성이다. 투자할 때와 그러지 않을 때를 구별하는 것이다. 리더 십에 관한 것이며 처세에 관한 것이고 성공에 이르는 길을 제시하는 출세 입문서와 같은 것이다. 이름만 달리했을 뿐이다. 그러니 이 책은 군주든 시민이든 누구나 읽어야 한다. (군주만 읽으면 독재가 되고 시민만 읽으면 혁명이 된다.) 고대인이든 현대인이든 상관없다. 예나 지금이나 필독서로 살아남은 원천이 여기에 있다.

고독한 군주의 마음을 알고 싶은가, 초라한 백성은 또 어떤가, 배운 것을 쓰고 싶어 안달하는 현자들에게도 더할 나위가 없다. 세상 누구에게나, 고민에 빠진 자라면 이 책은 동굴 속에 비치는 한 줄기 빛이다.

팁 _____ 마키아벨리는 잔인무도한 인간으로 그려지고 있다. 목적을 위해서는 수단을 가리지 않는다. 이것은 오해가 아닌 진실이다. 인정과 도덕은 가지고 놀라고 개에게나 주라고 말한다. 중상모략과 감언이설은 결과가 좋으면 그대로 땅으로 곤두박질이다. 그러니 강한 군주는 거짓말을 밥 먹듯이 해야 한다. 살려 주겠다고 약속을 하고 모이면 가차 없이 찔러 죽인다. 그런 자를 모범으로 삼아야 진짜 군주가 돼 나라를 통일하고 평화를 이룰 수 있다고 한다.

뱀의 혀와 같은 냉혈한 주문이다. 그러나 마키아벨리는 평화를 사랑했다. 공공의 가치를 중시했으며 도탄에 빠진 백성을 걱정했다. (빠져나갈 구멍을 만들어 놨다.) 평화를 위해 전쟁을 불사해야 한다면서도 그것을 증오했다. 아이러니다. 이런 불편한 진실과 마주 섰을 때 우리는 가슴 한구석이 찡함과 동시에 손뼉을 치면서 울리는 소리를 듣고 고개를 끄덕인다.

비참한 현실과 그것을 돌파할 방법을 제시한 마키아벨리의 처세술은 무슨 짓을 하든 일단 성공만 하면 칭송받게 된다는 위험한 독배다. (반드시 본받기보다는 마땅히 경계해야 하는 이유가 여기에 있다. 세상은 결과보다도 과정을 중시하기도 한다. 산티의 그림에서 악마가 보였다가 도덕군자의 모습이 보이기도 하는 것은 취할 것은 취하고 버릴 것은 그렇게 하라는 의미는 아닐까.

《군주론》은 1513년에 썼으나 출간은 그보다 늦은 1532년에 했다. 소심한 독자를 위해 마지막 26장 조국과 해방과 관련된 끝 부분을 소개한다. 통일을 위한 권고라고나 할까. (분단된 우리에게도 절실히 필요한 대목이다.)

'어떤 일이 있어도 이 기회를 절대로 놓쳐서는 안 된다. 이탈리아 통일의 시대적 사명을 과감히 맡아달라.'

한편 마키아벨리언은 권모술수에 능한 비열한 인간을 뜻한다고 한다. 그러나 여기서는 전쟁의 종식과 평화 통일을 바라는 자질과 운과 도덕을 겸비한 유능한 통치자로 이해하면 어떨까. 그것이 분단된 우리가 하나로 합쳐지는 길로 가는 데 도움이 될까?

참고로 헌정 대상인 로렌초는 이 책을 읽어 보지도 못하고 죽었다고 한다.

유미 대 유미

외래와 토착

아름다움을 탐하는 것은 인간의 속성이다. 이것은 유행처럼 변하지 않는다. 기원전에도 그랬고 현대도 그렇다. 보아서 아름다운 것을 묘사하는 작가들에게 아름다움은 그 자체로 숭고한 것이다. 실생활은 물론 작품 속에서 드러나는 그것은 그래서 오래간다.

오스카 와일드는 세상에 존재하는 예쁜 것을 찬양했다. 그 자신도 그렇게 했다. 입는 옷이나 꾸미는 차림새가 그랬다. 겉과 속이 모두 같았다. 그가 그린 《살로메》가 춤을 추지 않아도 얼마나 아름다운 여자인지 알고도 남음이 있다.

그녀가 일곱 베일의 옷을 벗자 달조차도 숨을 죽였다. 은쟁반 위에 요한의 머리가 담길 때 달은 또 그렇게 빛났다.

이효석은 조금 달랐다. 겉보다는 속에 치중했다. 한국적 유미주의라고나 할까. 서양과는 결이 조금 다른 모습으로 그는 한국적 아름다움을 노래했다.

달빛이 흐르는 강물을 따라 아비와 자식이 밤길을 걷고 있다. 그 빛이

유난히 밝고 메밀꽃은 지천이다. 그 달은 물레방앗간에서 지샌 처음이자 마지막이었던 성 처녀와의 하룻밤에서도 똑같이 빛났다. 보지 않아도 그 모습이 얼마나 아름다운가.

짧은 감상평

《살로메》

화려한 용모, 육감적인 몸매의 여자가 남자를 유혹해 파멸로 이끈다. 아담에게 사과를 건넨 이브를 팜므파탈의 원조로 볼 수 있을까? 그렇다면 요한의 머리를 요구한 살로메는? 성경 속 살로메와 오스카 와일드의《살로메》는 이야기가 조금 다를 수 있다. 하지만 치명적이라는 데는 의심의 여지가 없다.

짧지만 강렬하다. 그 점은 누구에게도 뒤떨어지지 않는다. 이야기는 헤롯왕의 궁전에서 펼쳐진다.

달빛이 교묘하다. 알다시피 헤롯왕에게는 부인 헤로디아가 있다. 헤로디아의 딸이 살로메가 되겠다. 살로메의 아버지는 따라서 헤롯이다. 하지만 친딸은 아니다. 의붓아버지가 되겠다.

헤롯 형의 전 부인이 지금 왕비인 헤로디아다. (성경에서는 동생이다. 어쨌든 지금으로 보면 참, 거시기한 집안이다.)

살로메는 아름답다. 달빛보다도 그렇다. 그래서 젊은 시리아인인 왕의 근위대장과 병사는 물론 거기의 남자들은 모두 그녀의 모습에 넋을 잃는다. 그들은 달린 입으로 한마디씩 한다.

"오늘 밤에는 살로메 공주님이 유난히 아름다워."

그 아름다운 몸을 보는 또 다른 눈이 있다. 바로 헤롯이다. 딸을 보는 그의 눈빛이 음흉하다. (표현이 거시기해도 이해 바란다. 전체 상황을 보면 그렇다.)

그때 우물 안에서 사람 목소리가 들려온다. 갇힌 요카난이다. (세례 요한의 히브리식 이름) 내 뒤에는 나보다 더 강한 사람(예수)이 온다고 소리친다. 병사들은 수군거린다. 사막에서 메뚜기와 산꿀을 먹고 산 예언자의 목소리라 예사롭지 않다. 그래서 그 입을 다물게 하고 싶어도 참는다.

듣는 귀로 살로메도 그 존재를 안다. 살로메는 그러나 요카난보다는 아버지를 비웃는다. 어머니 남편이 눈꺼풀을 떨며 두더지 같은 눈으로 나를 쳐다본다고. 그 의미는 모르기보다는 확실히 알기 때문에 살로메는 괴롭다. 그래서 순백의 비둘기처럼 슬픈 표정을 짓고 있다. 마침 달이 떠오르자 그녀는 한 번도 순결을 빼앗긴 적이 없는 처녀에 그것을 비유하면서 자신의 신세를 한탄한다.

요카난이 기회를 놓치지 않는다. 인간의 아들이 곧 온다고 외친다. 살로메는 예언자에게 관심을 기울인다. 그리고 젊은 요카난을 만나고 싶어한다. 하지만 병사들은 말린다. 왕명으로 면회까지 금지한 자를 공주에게 보일 수는 없는 노릇이다.

여기서 물러나면 살로메가 아니다. 기껏 병사들의 반대에 비위나 맞추는 그녀가 아니다. 그녀는 데려오라고 병사들에게 호통친다. 요카난이 다시 목소리를 높인다. 장교에 몸을 맡긴 여자, 몸이 단단한 젊은 남자에게 몸을 맡긴 여자, 근친상간의 침상, 자신의 부정을 회개하라고 헤로디아를 꾸짖는다. 살로메는 어머니를 모욕하는 자를 무섭다고 하면서도 그에게 더 가까이 간다.

우물 위의 여자를 보고 우물 아래의 요카난이 말한다.

"금을 바른 황금 눈까풀 아래 황금빛 눈으로 나를 보는 저 여자가 누구냐?"

헤로디아의 딸 유대의 공주라는 대답. 그러자 곧바로 "네 어머니는 부정의 포도주로 땅을 채웠고 그 죄의 외침이 하느님의 귀에까지 갔다"고 저주를 퍼붓는다.

어머니에게 나쁜 소리를 하는 말을 듣고도 공주는 그를 나무라기 전에 그 목소리는 내 귀에 음악이라고 허튼소리를 지껄인다. 빠져도 완전히 빠졌다. 우물 속의 생쥐 꼴을 보고도 내가 어떻게 해야 하는지 말해 달라고 요카난에게 애원한다.

그렇다고 들어줄 요카난도 아니다. (여자가 달려들면 대개의 남자들은 주춤한다.) 애초에 그럴 마음이 눈곱만큼도 없다. 사막으로 가서 사람의 아들(예수)을 찾으라고 딴소리다. 두 사람은 각기 서로 다른 욕망에 이끌리고 있다. 어긋나는 길은 합쳐질 수 없다. 요카난의 몸을 사랑해 그 몸을 만지게 해달라는 살로메와 하느님의 말만 듣겠으니 나에게 말도 걸지 말라는 요카난. 둘은 고집에서 막상막하다. 싫다는 데도 숲의 정적보다 검은 머리카락을 만지고 싶다거나 입을 맞추고 싶다는 여자나 '소돔의 딸 물러가라, 하나님의 성전을 더럽히지 말라'고 외치는 요카난이나 한 성질에서는 피장파장이다. 과연 성질 대 성질에서 승자는 누가 될까.

병사들은 안절부절못하면서 상황을 예의 주시한다. 그 무렵 근위대장이 자살했다. (이유는 잘 나와 있지 않다.) 그래도 공주의 관심은 오직 요카난을 만지는 데 있다. 입 맞추고 싶어 혈안이 된 대단한 여자다. 간음의 딸이나 근친상간의 딸에게 저주가 있다는 악담도 사랑에 빠진 그녀의 마음을 되돌릴 수 없다. 이 정도면 한 번쯤 소원을 들어줄 법도 한데 요카난도 남자치고는 쩨쩨하다.

다시 한 번 그 여자에 그 남자.

어수선한 틈을 타서 테라스에는 한 번도 와본 적이 없는 헤롯왕이 헤로디아와 함께 나타나 무슨 일인지 궁금해 두리번거린다. 연회장으로 오라는 공주가 오지 않자 기다리다 지쳐서 직접 찾아 나선 것이다. 그러다 시체가 흘린 피에 미끄러지는 헤롯왕. 체면 단단히 구겼다.

병사들 말에 따르면 그는 자신이 벤 시체가 아니면 시체 보는 것을 좋아하지 않는데 그런 시체에 자빠졌다. 그 스스로 불길한 징조라고 중얼거리지 않아도 비극의 기운은 젖은 솜처럼 깊숙이 파고든다.

그는 일어나서는 그가 온 목적인 공주를 보기 위해 안달한 모습을 굳이 감추지 않는다. 보지 말라는 부인의 간청에도 너무 많이 보고 있다. 포도주잔을 들이밀고는 네 작고 빨간 입술을 여기에 살짝 담그라고 유혹한다. 나머지는 내가 먹겠다면서.

공주는 태연하다. 목마르지 않다고 대답한다. 과일을 주면 배고프지 않다고 하고, 내 곁에 앉으면 네 어미의 관을 씌워주겠다고 말하면 피곤하지 않다고 거절한다. 살로메는 둘러치는데도 명수다.

당신이 몰랐던 문장이 내게로 왔다

조용히 하면 중간이라도 가련만 요카난은 또 우물 안에서 떠들어 댄다. 때가 와서 예언이 이루어진다고. 그날이 가까이 왔다고 남의 말은 듣지 않고 자기 하고 싶은 말만 한다. 음탕한 창녀를 돌로 치라고, 검으로 찌르고 방패로 짓누르라고.

왕비는 그가 당신 아내인 자신을 모욕하고 있다고 유대인에게 넘기라고 유대인들처럼 요구하지만 헤롯은 당신 이름을 말하지는 않았다고 거부한다. 그러면서 눈빛은 살로메에 머문다. 그리고 나를 위해 춤을 추라고 명령한다. 왕명이다. 그러나 살로메의 대답은 노.

미치고 환장할 노릇이다. 요카난이 화를 부추긴다. 벌레에 갉아 먹힌다고 이번에는 헤롯을 정면으로 겨냥한다. 헤롯은 내가 아닌 카파도키아왕이라고 딴청을 부린다. 그리고 다시 한 번 더 간청한다.

"살로메, 나를 위해 춤을 춰다오. 피에 미끄러지고 공중에서 날개가 퍼덕이는 소리를 들은 슬픈 나를 위해. 춤을 춘 다음 원하는 것을 말해라. 그러면 다 들어주마. 왕국의 반이라도 주겠다."

옆에서 듣고 있던 헤로디아는 왕의 말을 거부하라고, 춤을 추지 말라고 딸에게 말한다. 왕은 거듭 명령한다. 움직이지 않던 살로메가 반응을 보인다. 그러자 왕은 정말 원하는 것을 다 주겠다고 왕관과 신을 걸고 맹세하겠다고 재차 다짐한다. 춤을 추고 난 후 잊지 말고 원하는 것은 무엇이든지 요구하라고 대못을 박는다. 맹세를 깨는 사람이 내가 아니라고 나는 네 말의 노예라고.

이번에는 살로메가 음흉한 미소를 짓는다. 살로메는 춤을 춘다. 베일 일곱 개를 벗으면서. (아마도 스트립쇼일 거라고 말하는 사람들도 있다. 사실이라면 인류 최초의 스트립쇼걸이 살로메가 되겠다.)

팁 ___ 살로메는 노예들이 가져온 향수로 치장을 하고 신발을 벗고 맨발로 춤을 춘다. 하얀 비둘기, 하얀 장미꽃 같은 두 발로 살로메가 몸을 흔든다.

헤로디아는 "춤을 추지 마라, 내 딸아" 하고 만류하지만 듣지 않는다. 어미의 말을 무시하는 살로메. 베일이 하나씩 벗겨진다.

왕의 환호. 춤은 끝났다. 행복한 헤롯은 나를 위한 춤을 춘 딸에게 대가를 지불하겠다며 네 영혼이 바라는 것이 무엇이든 너에게 주겠다고 가지고 싶은 것을 말하라고 한 약속을 지킬 기세다.

여기서 그 유명한 은쟁반이 등장한다. 살로메는 왕국의 반이 아니라 은쟁반 위에 올리고 싶은 것으로 요카난의 목을 요구한다. 얼씨구나 좋구나. 그제서야 왕비는 말 한 번 잘했다고 딸을 칭찬한다. 헤롯은 경악한다.

"노. 보석을 주마. 다른 것은 다 돼도 머리만은 사절이다."

그러나 살로메는 나의 즐거움과 왕의 맹세를 들먹이면서 사랑했던 남자 요카난의 머리를 거듭 주장한다. 왕은 애걸하지만 먹히지 않는다.

"요카난의 머리를 요구합니다."

그 어떤 것도 살로메의 관심 사항이 아니다. 왕은 털썩 주저앉는다. 그리고 떨리는 목소리로 저 아이에게 달라는 것을 주도록 하라고 사형집행인에게 명령한다. 왕의 절규.

"어떤 왕도 맹세 같은 걸 하지 못하게 하라. 지키는 것도 지키지 않는 것도 무시무시한 일이다."

살로메의 그다음이 궁금한가. 그럴 것이다. 살로메는 살아서 행복했을까. 은쟁반에 올라온 요카난의 머리 앞에서 살로메는 이렇게 중얼거린다. 그렇게 할 거라고 말한 대로 당신에게 입 맞추겠다고. 그리고 그가 살아서 하지 못한 그것을 한다.

당신이 몰랐던 문장이 내게로 왔다

단맛일까, 쓴맛일까? 그것이 무슨 맛이든 살로메에게는 상관없는 일이다. 원하는 일을 했으니까. 그런 독부에게 왕은 빙글 돌아 "저 계집을 죽여라." 하고 고함친다.

막이 내릴 때 달빛(처음에도 그 빛이 나왔다. 중요한 순간에 달은 빛을 발하며 땅 위에서 일어나는 일들을 모두 보고 있다.)이 그녀를 환하게 비추고 병사들은 때마침 방패로 그녀를 눌러 뭉갠다.

오스카 와일드는 아름다움을 최고의 가치로 치는 탐미주의자였다. 숨 막히는 빅토리아 시대 그는 시대의 이단아였다. 언행은 파격적이고 재치 있었으며(시인 예이츠는 그의 말솜씨에 대해 "일상 대화에서 그렇게 완벽한 문장을 구사하는 사람은 처음 봤다"고 했을 정도다.)

입는 옷은 대단했다. 패션의 원조이며 시인, 극작가, 소설가, 평론가, 재담가로 만능인 오스카 와일드. 잘생긴 얼굴에 잘 차린 옷을 입은 오스카 와일드. 벨벳 재킷에 흰 와이셔츠. 그 구멍에 녹색 카네이션을 꽂았다. 짧은 바지에 검은 비단 스타킹을 신고 왼손으로 턱을 괴고 오른손에는 책을 잡고 조금은 아련한 표정으로 정면을 바라보며 오스카 와일드는 이런 말을 남겼다.

"인생에는 천재성을 쏟아부었고, 글쓰기에는 그냥 재능만 투여했다."

과연 그랬다. 동성애로 재판을 받아 세상을 시끄럽게 했다. 그 자신은 사회주의자이며 무정부주의자를 자처했다. 살로메에 대해 그는 "병적인 정열을 묘사해 관객을 전율시킬 목적으로 썼다"고 밝혔다. 의도한 대로 작품은 나왔다.

살로메는 프랑스어로 썼으나 그의 동성 애인으로 알려진 앨프리드 브루스 더글러스(서문에 나의 친구이자 내 희곡의 번역가라고 그를 소개했다.)가 영역했다.

왜색풍이 짙은 삽화는 오브리 비어즐리의 작품이다. 셰익스피어 이후 가장 사랑받는 영국 작가 오스카 와일드는 《살로메》 외에도 《행복한 왕자》, 《도리언 그레이의 초상》, 《아서 새빌 경의 범죄》, 《진지해지는 것의 중요성》 등을 후대에 남겼다.

《메밀꽃 필 무렵》

오일장에 대한 추억은 강렬하다. 오지 말라고 밀쳐 내는 것을 기어이 따라가겠다고 발버둥 쳤다. 그만한 이유가 있었다.

살림은 넉넉지 못했고 호떡은 너무 먹고 싶었다. 실랑이하다가 언덕을 하나 넘으면 저 멀리 커다란 미루나무가 반색한다. 을러대는 종주먹과 지지 않는 강인함의 대결이다. 돌아보면 물러서는 척하다가 아니 보면 한 발씩 전진할까. 번민하는 중에도 발은 뒤로 가지 않고 앞으로 나아간다. 일보 전진을 위한 이 보 후퇴는 없다.

정신 차려보면 어느새 나무 아래 서 있다. 그러면 승자는 나다. 집에서 너무 많이 떨어졌다. 그냥 돌려보낼 수 없는 것은 모정이다. 어쩔 수 없이 누그러진 엄마가 손을 내민다. 잡은 손에 신바람이 났다. 하늘로 솟구쳐 오른다. 장으로 가는 길의 겨우 10분의 1지점인데도 다 온 듯이 날아갈 기분이다. 여기서부터 십 리 길이다. 꼬부랑 고개를 넘고 넘어 마침내 신작로에 이르면 밀가루 냄새가 엿기름과 설탕과 버무려진다.

좁은 골목길 장꾼들 사이를 누비다가 장승처럼 그 가게 앞에 우뚝 멈춰선다. 이 순간 세상은 내 편이라는 확신이 섰다. 그래서 이효석의 《메밀꽃 필 무렵》에 나오는 봉평 장이니 오일장이니 장도막이니 하는 말을 들으면 가슴부터 설렜다.

허생원은 어떤 심정으로 오일장에 나섰을까? 무엇을 사 먹기보다는 무엇을 팔기 위해서였을까, 아니면 팔면서 한눈을 팔아야 하는 다른 무슨 이유라도 있었던 것일까?

그에게는 평생 자랑거리로 삼을 만한 추억 하나가 있었다. 비록 봉평 인근의 대화, 제천 등을 떠도는 장돌뱅이 신세지만 그날의 일만 생각하면 없던 힘도 절로 생겨났다. 특히 오늘처럼 달이 휘영청 밝아오면 그는 그날의 아련한 추억 속으로 빠져든다.

하필 그날은 메밀꽃도 지천이다. 애당초 글러 먹은 여름 장을 마치고 객줏집 토방에서 잠이라도 잘라치면 더위가 극성이다. 자다 깨서 목욕이나 하려고 개울가로 나왔다. 돌밭에서 옷을 벗어도 되련만 달이 너무 밝아 물방앗간으로 들어간 허 생원. 아뿔싸! 그곳에는 그보다 먼저 들어온 임자가 있었으니 일색이 그 근방에서 제일가는 성 서방네 딸이 아니더냐. 나를 기다린 것은 아니고 그렇다고 다른 놈팽이가 있는 것도 아니다. 그녀는 울고 있다. 딸이라고 해서 집안이 기우는데 걱정이 없을 수 없다. 또 울 때처럼 처녀에게 정이 끌릴 때도 없다.

절묘한 타이밍에 생원은 처녀를 다독인다. 그리고 이럭저럭 서로 눈이 맞았다. 마치 전쟁터에 나가는 남자가 죽기 직전의 여자와 급하게 사랑을 나누듯이 숭고하면서도 던져버리는 것 같은 그런 기분으로 두 사람은 그렇게 무섭고 기막힌 밤을 지새웠다. 장돌뱅이 주제에 천하일색 처녀와 그랬으니 이것은 그에게는 일생일대의 일이 아니고 무엇이랴.

그는 그 추억 하나로 이십 년을 버텨왔다. 오늘도 그날의 기억이 생생하다. 대화까지는 팔십 리를 걸어야 한다. 봉평 장에서 그리 재미를 보지 못했으니 그곳에서나 한몫 벌어야겠다고 떠난 밤길이었다. 달빛은 흐뭇하고 산허리는 온통 소금을 뿌린 듯 피기 시작한 메밀꽃에 숨이 막힐 지경이다.

오늘도 그는 그 이야기를 할 참이다. 달밤에는 그런 이야기가 격이 맞는다는 핑계도 댄다. 마침 돌이도 함께 있다. 술집에서 자신이 점찍었던 작부에게 수작을 거는 동이에게 어린 녀석이라고 혼쭐을 냈으니 미안한 감정도 있다. 친구 조 선달은 그 이야기라면 귀에 못이 박히게 들었다. 하지만 동이는 처음이다.

생원은 첫날밤이 마지막 밤이었던 그날의 로맨스를 되풀이한다. 그리고 이제는 자신처럼 늙어가는 그 처녀를 만나면 같이 살고 싶다는 속내를 드러낸다. 그가 고향 청주 대신 봉평 장을 떠나지 못하고 거꾸러질 때까지 이 길을 걷고 저 달을 보는 이유가 여기에 있다.

동이도 자신의 집안 내력을 털어놓는다. 어머니는 제천에서 아비가 누구인지 모르는 아들을 달도 차지 않은 채 낳고 집에서 쫓겨났다는 사실을. 그 후 의부를 얻어 술장사를 시작했다. 그런데 그 의부는 망나니라서 때리고 칼부림까지 한다. 열여덟 살에 이 짓을 하는 동이의 신세가 처량하다. 동이는 좀 형편이 펴지면 제천에 있는 엄마를 봉평으로 모셔 오려고 한다.

　　　　　당신이 몰랐던 문장이 내게로 왔다

부지런히 일하면 안 될 것도 없다. 어미도 한 번은 아비를 만나고 싶어 한다고 동이는 덧붙인다.

허 생원은 생각한다. 성 처녀와 하룻밤 인연으로 애가 태어났다면 지금 동이 나이쯤 됐을 터이다. 그는 동이에 업혀 강을 건널 때 녀석의 등이 유난히 따뜻했던 것을 기억한다. 그리고 나귀의 고삐를 잡는 손이 자신처럼 왼손잡이인 것을 본다.

팁   세상에서 제일 맛있는 호떡을 사 먹고 입에 묻은 설탕물을 깨끗이 청소하고 나면 이제는 진한 갈색의 순댓국이 유혹한다. 가능할까. 생일도 아닌데. 잘잘 흐르는 돼지기름을 입에 묻히는 날이 일 년에 두서너 번 있었다. 그리고 어인 일인지 옷이라도 한 벌 사 입게 되면 장날은 그 누구의 날도 아닌 바로 나를 위해 있는 날, 이 세상에서 가장 좋은 날이었다. 어찌 그날을 잊으랴. 이일과 칠일. 나의 코흘리개 시절 오일장은 이런 것이었다.

허 생원의 오일장은 나와는 달랐다. 그가 노리는 것은 아직 후리지 못한 충주댁만이 아니었다. 계집과는 영 연분이 먼 그가 하룻밤의 그 처녀를 만날까 하는 기대감 때문이었다. 그가 봉평 장 언저리를 떠나지 못하고 있는 까닭이다. 평생의 사랑 그녀를 생원은 만났을까? 그리고 동이와 함께 가족을 이루며 행복하게 살았을까?

이효석은 한국의 대표 단편 작가다. 특히 이 작품은 그의 대표작이며 한국 대표 단편이라고 불릴만하다. 그는 이외에도 많은 단편을 썼다.

작품들은 토속적 에로티시즘이 물씬 풍긴다. 인간의 본능을 짐승에 빗댄 소설이 많다. 나귀가 바를 끊고 아우성친 것은 아이들 장난 때문이 아니라 암컷 때문이었다는 데서도 잘 나타난다.

그의 또 다른 걸작 《분녀》는 저돌적으로 달려드는 돼지꿈으로부터 시작한다. 돼지는 남자이다. 그 숫자는 한둘이 아니다. 당시 유교적 사상에 비춰 볼 때 매우 파격적이다. 비록 연속된 겁탈이 있기는 했지만 분녀 역시 자유로운 영혼의 소유자였다.

처음에는 명준에게 다음에는 만갑에게 그다음은 상구에게, 그리고 중국인 왕가로까지 이어지는 과정은 작가의 탐미적 관점이 어느 정도까지 확산되고 있는지 가늠케 한다.

이효석은 학창시절부터 서구 문학의 영향을 크게 받았다. 그러나 그것에 함몰되지 않고 자신만의 독특한 토착적 문학으로 승화시켰다. (그러나 친일 행위로 인생에 오점을 남겼다.)

굴복 대 굴복

블랑시와 이블린

여자의 굴복은 남자의 그것보다 더 비참하다. 그렇다고 느낀다. 힘이 모자라기도 하거니와 오랜 숙고 끝에 내린 결정이기 때문이다.

한때 좋았던 블랑시는 처참하게 끌려나갔다. 사랑하는 남자와 도망치려던 이블린은 뱃머리에서 승선하지 못하고 주저앉았다.

두 여자, 블랑시와 이블린. 블랑시는 결혼한 경험이 있다. 이제 홀로인 그녀는 남부의 저택을 떠나 동생이 사는 뉴올리언스로 온다. 도망치듯 도피한 것이다. 꿈의 세계는 아니더라도 현재보다는 나을 것으로 여겼던 그곳은 한마디로 지옥이었다.

정신보다는 육체가 지배하는 거친 남자 스텐리의 힘과 비열함에 그녀는 넘어져서 다시 일어나지 못했다. (전적으로 그의 책임은 아니지만. 사실 100% 잘못은 누구에게도 없다.)

이블린은 이미 예약해 놓은 배표가 있는데도 프랭크의 손을 뿌리쳤다. 그녀는 현실의 무게 앞에 바람 빠진 풍선이었다. 이블린의 굴복은 차라리 잘 됐는지 모른다. 프랭크를 따라갔다가 블랑시처럼 더 나쁜 결과가 왔을

지도 모르기 때문이다. 그래도 탈출이라는 것을 했으면 어땠을까 하는 아쉬움은 진하게 남는다. 해보고 나서 후회라는 것을 했다면.

짧은 감상평

《욕망이라는 이름의 전차》

사람은 추억을 먹고 산다고 했다. 블랑시에게 이 말은 딱 들어맞는다. 그녀는 기둥이 하얀 미국 남부의 저택에서 자랐다. 조금 커서는 결혼도 했고 영어 선생을 직업으로 선택했다. 지금은 모두 사라지고 없는 것들이다. 집은 넘어갔으며 연인과 헤어졌고 학교에서 쫓겨났다. 그녀는 갈 곳이 없다. 달랑 트렁크 하나 들고 동생 스텔라가 있는 뉴올리언스행 기차에 올라탈 수밖에 없는 신세다.

5월 초 그러니까 지금과 비슷한 어느 봄날, 블랑시는 욕망이라는 이름의 전차를 타고 가다 묘지라는 전차로 갈아타서 극락이라는 곳에 내렸다. 퇴락한 곳의 모퉁이 이층집이 그녀가 도착한 곳이다. 그곳에 스탠리와 결혼한 스텔라가 있다. 예상했던 것과 달리 몹시 초라한 집구석에 그녀는 실망한다. 겨우 커튼 하나로 방과 방이 가려진 비좁은 곳에 동생이 살고 있다는 생각은 해보지 않았다.

그러나 그녀의 실망도 잠시, 더 큰 난관이 그녀 앞에 다가왔다. 그러니까 동생의 남편 스탠리의 짐승성과 맞닥트린 것이다. 과거 화려했던 추억을 먹고 사는 언니와 동물 같은 제부, 그리고 여동생 셋이 겪게 될 이야기가 흥미진진하다. 테네시 윌리엄스는 《욕망이라는 이름의 전차》에서 이들의 희극이 아닌 비극을 그려냈다.

추억을 먹고 사는 사람들은 대개 과거는 좋았으나 현재는 불운한 처지에 있는 경우가 많다. 블랑시도 그렇다. 그녀가 집도 절도 없이 동생에게 얹혀살기 위해 보잘것없는 작은 집에 도착해서 처음 한 일은 찬장에서 위스키병을 꺼내는 일이었다. 큰 컵에 한 잔 따라 마시고는 기운을 차려야 한다고 중얼거린다. 사실 이 말은 반은 맞고 반은 핑계에 불과하다. 그녀는 심각한 알코올 중독자였기 때문이다.

하지만 동생 앞에서는 그런 내색을 하지 않는다. 되레 끔찍한 곳에 사는 동생을 불쌍하게 여긴다. 스텔라는 여기 그렇게 나쁘지 않다고 변명한다. 언니가 생각하는 동생은 그렇게 불행하지도 그렇게 비참하지도 않다는 것. 이 말은 전적으로 맞다. 별처럼 빛나는 스텔라라는 말 그대로 스탠리와 육욕을 불태우면서 시쳇말로 '재미진' 인생을 살고 있기 때문이다.

행복한 가정에 불청객으로 뛰어든 언니가 문제다. 시끌벅적 소음을 내면서 스탠리가 자기 집에 들어왔다. 편하게 살자는 것이 좌우명인 스탠리는 풀지 못한 채 방 한가운데 있는 그녀의 옷 가방에 눈길을 돌린다. 그리고 누구의 허락도 없이 들춰 보고는 가소롭다는 표정을 짓는다. 모피, 깃

털 모자, 진주 목걸이 등 사치품이 어지럽다. 교사 월급으로는 살 수 없는 고가품들이다.

여기서 스탠리는 블랑시가 어떤 여자인지를 간파했다. 위선에 찌들고 겉멋에 들떠 현실을 보지 못하고 망상 속에 사는 여자. 스탠리는 그런 블랑시의 과거가 의심스럽다. 의심은 곧 풀린다. 그녀가 그렇고 그런 여자라는 것을, 고상하고 얌전하고 새침한 것과는 달리 정숙하지 못하고 헤프며 제멋대로인 과거를 안고 있다는 것을.

스탠리는 저택을 판 돈의 행방을 궁금해하면서 그녀가 무일푼으로 자신의 집에 식객하고 있는 것을 노골적으로 불평한다. 중간에 낀 스텔라만 괴롭다. 언니가 받을 상처가 걱정이다. 예쁘고, 착하고, 교양있다는 말만 들어도 부족한 언니에게 스탠리의 거친 언사는 일촉즉발의 위기를 만든다.

블랑시도 지지 않고 대든다. 돼지, 유인원, 폴란드 놈이라도 악다구니를 쓴다. 그런다고 진짜 남자 스탠리가 기가 죽을 리 없다. 11장으로 막을 내리는 3장에 이르면 세 사람의 성격이 다 나와 있는 가운데 갈등은 점점 심해지고 파국으로 치닫는다.

좁은 집에 스탠리의 공장 친구인 스티브, 미치, 파블로 등이 모여 앉아 맥주를 마시며 포커를 친다. 이들이 입고 있는 옷은 원색이다. 청색, 자주색, 빨간색, 흰색의 체크무늬, 그리고 연한 녹색으로 치장했다. 육체적으로 정점에 있고 직선적이며 힘이 넘쳐나는 패션이다. 스탠리는 친구들 앞이라고 해서 조심 떨 인간이 아니다. 블랑시를 모욕하고 아내의 허벅지를 철썩 소리가 날 정도로 치는 것은 예사다. 그에게서 예의나 도덕, 체면을 기대하는 것은 블랑시가 위스키 없이 사는 것처럼 불가능하다.

그런 가운데 블랑시는 스탠리의 친구 미치와 눈이 맞았다. 곧 죽을 늙은 부모를 모시는 미치는 효성이 대단하고 친구들과는 달리 조금 내성적이다. 미치도 그녀를 좋아한다. 블랑시는 미치와 결혼해 이 지긋지긋한 곳을 빠져나가고 싶다. 하지만 스탠리가 둘을 방해한다. 블랑시의 창녀 기질과 그런 과거를 미치에게 미주알고주알 일러바친다.

못난 사내 스탠리의 수준을 여기서 논하는 것은 이제 의미가 없다. 애초 그렇게 생겨 먹은 인간에게 무엇을 갖추라고 요구하는 것은 무리다. 처형의 행복을 빌어주기보다는 방해하는 덜떨어진 인간.

여자의 과거를 이해 못 하기는 미치도 마찬가지다. 한마디로 별 볼 일 없는 미치는 그런 여자를 겁탈하려고 시도한다. 어처구니없는 녀석이 맷돌을 돌리려고 수작을 부린다. (맷돌의 손잡이가 어처구니인 것은 다들 알 것이다.) 블랑시는 보기 좋게 걷어찬다. (잘했다. 곧이 죽더라도 아닌 것은 아니다.)하지만 스탠리는 미치처럼 실수하지 않는다. 아내가 출산을 위해 병원에 간 사이 야수의 본능을 드러낸다. 블랑시가 깨진 병을 들고 저항해 보지만 스탠리를 당해낼 수 없다.

이제 블랑시는 미쳐가고 있다. 아니 실제로 미쳤다. 스탠리는 생일 선물로 돌아갈 버스표를 주면서 조롱하고 마침내 정신병원과 같은 요양원에 그녀를 강제 입원시킨다. 그런 줄도 모르고 블랑시는 잡으러 온 의사와 간호사를 마이애미 해변으로 초대하는 자신의 백만장자 친구로 착각한다. 블랑시가 떠난 자리는 이제 스탠리와 스텔라만 남았다. 둘은 생고기를 집어 던지면서 예전처럼 육체를 불사르고 행복한 순간으로 돌아왔다. 그들에게 그것을 뺀 다른 모든 것은 하찮은 존재에 불과했다.

팁 ＿＿＿ 빌리 와일더 감독이 1950년에 만든 영화 《선셋 대로》의 주인공 노마(글로리아 스완슨)는 과거의 추억을 먹고 산다. 무성 영화 시대의 화려한 스타였던 그녀는 이제는 한물간 노배우 취급을 받는다. 테크니컬

컬러 시대에 그녀를 찾는 감독은 없다. 하지만 그녀는 여전히 최고의 여배우라고 착각한다. 새로운 영화의 여주인공으로 발탁됐다는 소식을 듣는 환상에 빠져 산다. 마치 블랑시가 남부의 저택에 살면서 자기 앞에 존경하기 위해 모여선 사람들을 대하는 여왕과 같은 어린 시절의 착각에 빠진 것처럼.

노마가 2층 계단을 타고 아래로 내려오면서 무언가 잡기 위해 손을 내뻗는 모습은 끌려가지 않기 위해 발버둥 치는 블랑시의 모습과 어쩌면 그렇게 똑같은지. (시간 내서 영화를 보시라. 심장이 발버둥 칠 것이다.)

언제나 소녀의 순수한 감정과 대접받고 싶어 하는, 나이와 상관없이 항상 어린 여자 블랑시와 노마. 두 사람은 추억을 먹고 사는 것이 얼마나 부질없는 것인지를 여지없이 보여주고 있다.

알 전구에 갓을 씌울 때 블랑시는 우쭐했고 스탠리가 그것을 파괴할 때 가슴이 찢어져 내렸다. 카메라 셔터가 자신을 촬영하는 것이 아님에도 눈부신 연기를 하는 노마는 처절했다.

뉴올리언스에 간다면 욕망이라는 이름의 전차를 타고 콜라를 섞은 위스키를 마시고 재즈를 들으면서 블랑시와 노마의 추억에 흠뻑 빠져보는 것도 좋을 것이다. (이런 이야기를 이해하는 사람과 그곳에 가고 싶다.)

한편 엘리아 카잔 감독은 1951년 말론 브란도와 비비안 리를 남녀 주인공으로 등장시켜 동명의 영화를 만들었다. 두 남녀의 연기 대결이 장관이다.

《이블린》

안에서 밖을 볼 때 여자는 상념에 잠긴다. 때는 저녁이다. 무언가 그리움 같은 것이 울컥 몰려온다고 해도 이상할 것이 없다. 인적이 드무나 간혹 아는 사람이 지나간다. 지난날의 추억이 새록새록 떠오른다. 어린 시절, 동네의 공터에서 놀던 때가 그립다.

그때는 엄마도 살아 있었다. 그리운 엄마 생각에 갑자기 피곤이 몰려 왔다. 그러나 생각의 끈은 끊어지지 않고 이어졌다.

그녀는 눈을 돌려 방안을 둘러본다. 집이다. 나의 집이며 나의 방이다. 19년을 여기서 살았다. 한 번도, 단 한 번도 익숙한 물건들과 헤어질 거라고는 생각해 본 적이 없다. 이제는 영영 다시 보지 못할 것이다. 망가진 풍금 위에 있던 빛바랜 사진 속 주인공의 얼굴도 더는 볼 수 없다.

그리고 아버지, 나의 아버지. 아버지는 거칠었고 짠돌이였다. 어릴 적에는 여자애라고 손찌검 같은 것은 하지 않았으나 지금은 네 어머니만 아니면 너를 어찌할 것이라고 위협하는 일이 종종 일어났다. 맞을 것 같은 위협에 그녀는 몸을 사렸다. 그녀를 보호해 줄 사람은 이 집안에 아무도 없다.

어니스트는 죽었다. 해리는 교회 장식업 때문에 늘 지방에 가 있다. 그녀는 떠나기로 작정한 것을 후회하지 않았다. 밖은 더욱 어두워지고 있다. 그녀는 자신이 그만두면 직장은 구인 광고로 다른 사람을 채울 것이고 자신을 못마땅하게 생각했던 동료는 좋아할 거라고 여겼으므로 직장 문제도 걸릴 게 없었다.

그런데 이블린은 조금 주저하는 마음이 있다. 어머니, 나의 어머니. 그 어머니가 유언처럼 한 말이 발목을 잡고 있다. 할 수 있는 한 끝까지 집안을 지키겠다는 약속. 하필 이 순간에 그 일이 떠오른 것은 귀에 익은 노랫가락, 길 저 아래쪽에서 들려오는 손풍금 소리 때문이었다. (오 헨리의 단편소설에 나오는 주인공도 그 소리 때문에 변심하지 않았던가. 결정적인 순간에 음악은 인간의 심성에 변화를 일으키는 모티브로 작용한다.)

이 집에서 살았던 시간이 완전히 불행한 삶은 아니었다고 느껴지는 그 순간, 참으로 묘한 일이었다. 그녀 아닌 누구라도 머리를 한두 번 흔들 수밖에 없다.

부두에는 프랭크가 기다리고 있다. 그녀의 새로운 삶을 설계해줄 프랭크는 매우 친절할 뿐만 아니라 속이 트인 사람이었다. 술에 취해 폭력을 쓰는 밴댕이 소갈머리 아버지와는 달랐다. 프랭크와 함께 또 다른 삶을 살려고 이블린이 지금 집을 떠나려고 한다. 그러기 전에 창가에 앉아 창밖 풍경을 보면서 자신이 살았던 집과 집에 얽힌 일들을 기억하고 있다.

이블린은 프랭크와의 첫 만남과 그가 오페라 보헤미아 소녀를 보여준 것을 생각 속에서 끄집어냈다. 자신을 사람으로 대해 주고 여자로 사랑해 주는 그가 그녀는 더없이 좋았다. 그런 프랭크를 아버지는 "뱃놈들이란 게 뻔해."라고 한마디로 하찮게 보았고 어느 날은 체면은 생각지도 않고 프랭크와 다투기까지 했다. 하지만 그녀는 뻔한 그 뱃놈이 아버지보다 백 배, 천 배 더 좋았다. 그래서 그가 정착한 아르헨티나로 가려고 한다. 부에노

스아이레스, 얼마나 부르기 좋고 듣기 좋은 이름인가. (그곳에서 탱고 춘다면 좋을 것이다.)지상낙원은 아니더라고 충분히 그녀가 새로운 삶을 꿈꿀 수 있는 그런 곳이었다.

그녀는 이제 일어서야 한다. 더 늦으면 배를 탈 수 없다. 그가 들려주었던 마젤란 해협과 무시무시한 파타고니아 사람들의 이야기는 (그곳의 역사를 기회 되면 알아야겠다. 여행사 직원은 그곳은 가본 곳 중에서 최고라고 추천했었다.)나중에 떠올려도 될 것이다.

그녀는 일어서다 말고 무릎 위에 놓인 편지를 내려다본다. 한 통은 해리에게, 다른 한 통은 아버지에게 쓴 편지였다. 죽은 어니스트가 더 좋았지만 해리도 좋았다. 그러고 보니 아버지도 그렇게 나쁜 사람만은 아니었다. 최근 들어 갑자기 확 늙어버린 아버지도 한때는 다정했었다. 그녀가 아파 누워 있을 때 유령 이야기도 들려주었고 뜨거운 난로에 토스트를 구워 주기도 했다. 어머니가 살아 있을 때는 언덕으로 소풍도 가기도 했고 웃기려고 어머니 모자를 썼던 기억도 있다. 그런 기억이 그녀를 창가에 더 붙잡아 매고 있다. 그러나 어머니의 비참한 삶을 떠올리자 더 머무를 수가 없다. 그녀는 도망치기로 작정한 것을 실행에 옮기기 위해 부두로 향했다.

나머지는 프랭크가 다 알아서 해줄 것이다. 이 순간 이블린에게 구원자는 신이 아닌 프랭크였다. 선착장에는 많은 사람이 와 있었다. 프랭크는 그녀의 손을 잡았다. 문득 그녀의 눈앞에 검은 덩어리 같은 선박이 들어왔다. 이블린은 아무런 말도 없었다. 얼굴은 창백했고 번민은 끝나지 않고 이어졌다. 그녀는 그 짧은 순간에 기도라는 것을 했다. 가는 것이 도리인지 남는 것이 그런 것인지 자신을 인도해 달라고 신을 찾았다. 뱃고동이 길게 울렸다. 더는 망설일 수 없다.

"가자." 프랭크가 그녀의 손을 끌었다. 그때 그녀의 가슴에 종소리가 뗑

그렁 울렸고 가야 할지, 말아야 할지 갈피를 잡지 못한 몸은 구토를 일으켰다. 세상의 모든 바다가 그녀의 심장 속으로 파고들었다. 물에 빠져 죽을 것 같은 기분이 든 이블린은 난간을 부여잡고 잡아끄는 프랭크에 저항하고 있다.

"안돼, 난 갈 수 없어."

이블린은 비명을 지르고 바닥에 널브러졌다. 이블린을 부르는 프랭크의 목소리는 크고 애절했으나 그녀는 묶인 짐승처럼 대답할 수 없었다. 창백한 얼굴을 겨우 그에게로 돌렸으나 그녀의 눈빛엔 사랑이나 이별, 혹은 그를 알아보는 아무런 기미도 없었다. 이블린의 굴복.

팁 _____ 《이블린》은 제임스 조이스의 《더블린 사람들》의 단편집에 실린 15편 가운데 하나다. 대표적 단편은 아니나 주인공 이름이 제목인 유일한 작품이며 고뇌와 좌절과 고통을 그린 초기 제임스 조이스의 주목할 만한 작품인 것은 틀림없다.

나는 《이블린》을 읽으면서 버지니아 울프의 《댈러웨이 부인》을 생각했다. 꽃을 사러 가면서 이것저것 상념에 젖은 부인의 일상이 이블린의 과거와 현재, 그리고 미래에 투영됐다. 주저앉은 이블린은 다시 집으로 돌아와 그전과 같은 생활을 할 것이다.

마음에 들지 않는 직장 동료와의 불화에도 불구하고 여전히 가게로 출근하고, 못난 아버지의 삼시 세끼를 챙기면서 아버지의 광기로 더욱 피폐해진 삶을 살게 될 것이다.

그녀는 왜, 감옥을 탈출해 신천지와도 같은 부에노스아이레스로 가는 배에 오르지 않았을까. 프랭크라는 듬직한 남자의(현재까지는 그렇다. 그가 거기에 도착해서 현재와 다르게 몸과 마음이 변할지는 모른다. 나는 그런 것도 궁금하다.) 품에 안기는 대신 왜 짐승에 가까운 아버지에게로 돌아왔을까. 어머니의 유언과도 같은, 지킬 수 있을 때까지 가정을 지키라는 말을 따랐다는 이유만으로는 이블린의 절망을 설명할 길이 없다.

이블린이 회상하는 바에 따르면 죽기 전의 어머니는 행복한 삶과는 거리가 멀었다. 그런 절망을 부수지 않고 그녀는 왜 뒤를 이을 생각을 했을까. 이블린을 통해 제임스 조이스가 우리에게 하고 싶었던 말은 어떤 것이었을까?

읽고 나면 무언가 완성됐다는 후련함보다는 떨쳐 내지 못한 묵은 찌꺼기가 그대로 남아 있는 느낌이다. 불쌍한 이블린이 더욱 가련하게 보이기 때문이다.

제임스 조이스는 식민지 아일랜드인의 무기력을 《이블린》을 통해 보여주려고 했는지 모른다. 프랭크와 떠나는 것은 식민지를 탈출하는 것이고 암담한 현실을 뛰어넘는 행위이다. 그런데 현실은 그것을 용납하지 않았고 결국 이블린을 주저앉게 했다. 길이가 아주 짧은 단편이나 읽고 나면 가슴이 답답하고 여름날의 열대야처럼 아래로 축축 처진다.

아일랜드의 수도 더블린 사람들의 편린을 모은 《더블린 사람들》에 실린 단편들은 《이블린》처럼 어렵지 않다. 제임스 조이스가 난해한 작가라는 평가를 무너뜨린다. 이런 기분으로 《율리시스》나 《젊은 예술가의 초상》 같은 그의 작품 세계로 풍덩 빠져보는 것도 좋을 것이다.

불대불

문 서방과 삼룡이

나에게 불은 멋이다. 어린 시절 나는 빈 깡통에 못으로 구멍을 뚫고 그곳에 송진을 넣어 만든 불 깡통을 갖고 놀았다. 겨울밤, 낮에 구멍 낸 그것을 들고 논으로 달려갈 때 발걸음은 가벼웠다. 날은 차가운데 사방은 고요하지, 밤하늘의 별은 총총하지 어린 마음에도 어떤 기분 같은 것이 온몸을 사로잡았다.

전선 줄로 연결된 깡통을 머리 위로 돌리면 뚫린 구멍으로 산소를 먹은 불이 멋진 원을 그리며 휙, 휙 굉음을 질러 댔다. 두어 시간 돌리다 팔이 아프고 이제는 집으로 돌아가 내일 놀 생각을 할 즈음 깡통을 하늘로 높이 날렸다.

불씨만 남은 깡통에서 불벼락처럼 불꽃이 사방으로 떨어져 내렸다. 수천 개의 별똥별이 일시에 쏟아졌다. 이보다 더 멋진 피날레는 없다고 나는 지금도 그때를 생각한다.

불은 또 나에게 멀리해야 할 것이다. 불놀이 중에 관솔이 옷에 붙으면 죽음과 같은 고통이 밀려왔다. 옷과 살이 타는 냄새와 벗겨진 피부와 진물

나는 아픔은 또 다른 풍경으로 다가온다.

아이도 아닌 어른 문 서방이 불장난을 한다. 내 집도 아니고 남의 집에 불을 지른 것은 불놀이 때문이 아니라 분노가 불보다 더했기 때문이다. 먹고살기 위해 고향을 떠나 서간도까지 와서도 겨우 입에 풀칠도 못 하고 있다.

딸을 빼앗은 중국인 지주는 죽기 전에 한 번만 보고 싶다는 아픈 엄마의 소원을 외면한다. 문 서방이 택한 최후의 선택지를 우리는 손가락질할 수 있을까.

생긴 것도 못나고 말도 제대로 할 줄 모르는 삼룡이의 처지는 문 서방에 비해 하나도 나을 게 없다. 그래도 타고난 성품이 착한지라 주인을 위해 죽을 때까지 섬기는 것이 그의 행복이다. 하지만 어린 주인은 그런 삼룡이를 학대한다. 색시를 얻어도 하는 짓은 바뀌지 않는다.

삼룡이가 보기에 그런 주인은 살 가치가 없었다. 그래서 한 대 쥐어박고 그 집에서 쫓겨났다. 갈 곳 없는 삼룡이가 상심에 젖었을 때 주인집이 불타고 있다. 그는 죽기 위해 이불로 몸을 싸고 있는 아가씨를 들쳐 없고 지붕 위로 올라갔다. 그의 몸은 뜨거웠을 것이다. 그러나 더 뜨거운 것이 그의 심장에서 타오르고 있었다.

'분노의 화염'(어디서 많이 들어봤을 것이다.) 앞에서 문 서방과 삼룡이는 행복했을까. 그들의 불 앞에서 나는 어린 날 환호성을 질렀던 '불의 맛'을 이야기할 수는 없다. 다만 그 시절을 회상하면서 그들의 넋을 위로해 볼 뿐이다.

《홍염》

그 옛날에는 고향을 떠나는 것이 아주 심각한 문제였다. 으레 뼈를 묻는 곳이 태어난 데라고 여겼는데 아닌 상황이 왔을 때 사람들은 당황했다. 전쟁과 기아에 몰려 어쩔 수 없이 어머니 품과도 같은 고향을 등질 때 사람들은 모진 인생을 서러워했다. 자신의 처지를 한탄했으며 나라를 원망했고 보란 듯이 살아 돌아와서 떵떵거리고 싶었다. 그러나 금의환향하는 사람들은 드물었다. 대개는 한 번 가면 영영 돌아오지 못했다.

문 서방 일가족도 그런 경우였다. 경기도에서 이곳 서간도로 이주한 지도 벌써 3년째가 됐다. 입에 풀칠하기 위해 세간을 정리하고 아내와 어린 딸을 데리고 왔다. 등짐을 지고 머리에 인 남부여대의 행렬은 초라했다.

그들을 동정하는 눈길은 사방에 있었을 테지만 여비에 보태쓰라고 줄 돈은 없었다. 그들도 떠나는 그들처럼 어렵기는 매한가지였다. 남의 논을 부쳐 먹는 소작농 생활을 정리하면서 문 서방은 이 지긋지긋한 삶을 바꿔 줄 꿈의 장소로 먼 이국땅을 택했다. 그가 왜 이곳을 정착지로 정했는지는 잘 나와 있지 않다. 아마도 경쟁이 덜 심하고 땅이 넓어 부지런만 하면 세 식구 먹고는 살 수 있겠다는 판단 때문이었을 게다.

이들이 강을 건넜을 때 국경의 밤은 매우 찼다. 그곳에 정착했을 때 그들의 꿈은 현실과는 너무 달랐다. 아차 싶었지만 너무 늦었다. 그 많은 땅 어디나 모두 주인이 있었으며 곡식 한 톨 심기 위해서는 소작을 부쳐야 했다.

고향 경기도와 수천 리 타향 백두산 서북편 서간도 한 귀퉁이가 다르지 않았다. 그는 중국인 인가의 소작농으로 연명했다. 그러나 아무리 뼈가 빠지게 일해도 진 빚을 갚기는 늘 부족했다. 인가는 수시로 찾아와 갚으라고 독촉했고 그러지 못하는 문 서방은 늘 굽신거렸다. 얻어터지고 깨지면서 내년에는 꼭 갚겠다고 손발이 닳도록 빌었다. 다른 조선인도 다 빚을 졌지만 문 서방에게는 인가가 더 가혹하게 대했다. 문 서방의 17살 난 딸 용례를 차지하기 위해서였다.

그는 오늘도 문 서방을 추궁했다. 당장 달라고 했고 지금은 어렵다고 사정했다. 그러자 인가가 그렇다면 네 껍질을 벗기겠다고 협박했다. 말로 그치지 않고 멱살을 잡고 주먹을 날렸다. 가냘픈 문 서방은 버티지 못하고 맞고 쓰러졌고 그 광경을 떨면서 지켜보던 아내는 인가를 잡고 제발 그러지 말라고 애원했다. 인가는 그러는 문 서방의 아내를 그럼 너를 아내로 삼자고 잡아끌었다. 목불인견의 세상이었다.

용감한 용례가 나섰다. 어머니를 끌고 가는 인가의 손목을 물었다. 인가는 그러는 용례를 끌고 자기 집으로 갔다. 낯빛이 하얗게 질린 흰옷 입은 사람들은 시체처럼 서 있기만 할 뿐 누구 하나 제지하지 못했다. 그날 부부는 그 집 담장 너머에서 "너를 이 땅에 데리고 와서 개 같은 놈에게…" 하는 말만 밤새 지껄였다.

어느 날 문 서방은 어디론가 향해 가고 있다. 강을 건널 때 중국인 썰매꾼들은 동정하지는 못할망정 조선 거지 어디 가느냐고 놀렸다. 욕을 했다. 그의 행색은 거지와 다름없었다. 옷은 헐었고 쓴 벙거지는 낡았다.

그가 갈 때 바람은 몹시도 불었다. 눈보라로 눈을 뜰 수조차 없었다. (이 대목에서 현인이 부른 '굳세어라 금순아'가 떠올랐다.) 북극의 겨울은 얼음장처럼 추웠다. 아마도 더 추운 것은 마음일 테지만 지금 당장은 떨리는 몸을 주체하기 힘들었다.

게딱지처럼 붙은 조선집 대여섯 채가 보였다. 목적지에 가까이 왔다. 사위라고 부를 수 없는 인가가 사는 달리소 땅이다. 조선 사람이 먼저 맞았다. 그러나 반기는 대신 썰매꾼처럼 대뜸 욕지기였다. 더러운 놈, 되놈에게 딸 팔아먹은 놈. 스스로 한 일이 아니라는 것을 알면서도 그들은 그렇게 문 서방을 대했다. (대 한다고 생각했다. 인가에게는 찍소리 못했던 그들이) 온 동네가 나서서 자신의 뒤를 비웃는 것만 같았다.

관운장과 장비를 무섭게 그려 붙인 인가의 집 앞에 문 서방이 섰다. 뼈다귀를 핥던 얼룩 개와 또 다른 여러 마리의 개가 으르렁거렸고 어떤 놈은 달려들어 바짓가랑이를 물기도 했다. 가새비(장인)가 왔으나 반기는 사람은 없었다.

일꾼들과 의논하던 인가는 마지못해 아는 체를 했다. 담배도 한 대 권했다. 그는 사위라고 부르는 대신 장구재(주인)로 인가를 호칭하면서 아픈 아내가 용례를 보고 싶어 한다고 애걸했다. 인가는 거절했다. 꼭 한 번만이라도 보고 싶다(이 대목에서 강산애가 부른 '라구요'라는 노래가 자꾸 입 언저리에서 맴돌았다.)는 소원을 들어주지 않았다. 문 서방은 기가 죽었으나 속으로는 부뚜막의 낫으로 녀석의 배를 확 긁어 놓고 싶었다.

그 집을 떠나며 문 서방은 울었고 인가의 머슴들은 웃었다. 마당에서 인가는 문 서방에게 지폐를 주었고 문 서방은 받은 지폐를 더러운 놈의 더러운 돈이라며 찢어 버리고 싶었지만 그러지 못했다. 지금 먹고사는 것도 다 인가 덕분이다. 용례가 끌려간 후 부쳐 먹는 밭도 인가가 특별히 챙겨준 것이다.

용례가 있는 작은 집을 보면서 문 서방은 목놓아 서럽게 울었다. 개들이 짖었고 그런 개를 돌로 때려죽이고 싶었으나 작년 가을 조선 사람이 중국 사람 개를 죽이고 총살당한 일이 떠올라 그러지도 못했다.

문 서방이 헛걸음하고 돌아온 날, 아내는 미친 사람처럼 용례를 부르다가 죽었다. 아내가 죽고 나서 이튿날, 회오리바람이 불고 차디찬 별들이 총총한, 밤이 퍽 깊은 시각. (붙임) 한 남자가 인가네 낫가리에 불을 지르고 도망친다. 불은 활활 타올라 보릿짚 더미를 사르고 울타리를 넘어 집을 살랐다.

"불이야!" (이 대목에서는 옥순 80이 부른 '불놀이야' 노랫말을 흥얼거렸다.) 하는 고함에 이어 두 남녀가 불 속에서 튀어나온다.

숲속에 숨어 있던 남자가 번개같이 달려 나와 도끼로 한 사람의 머리를 찍는다. 그리고 옆에 있던 용례를 안는다.

"나다, 아버지다, 용례야." 이 장면은 최서해의 《홍염》의 하이라이트다. 그러나 여기서 끝나지 않는다. 작가는 한 마디를 더 붙인다.

"그 기쁨! 그 기쁨은 딸을 안은 기쁨만이 아니었다. 적다고 믿었던 자기의 힘이 철통 같은 성벽을 무너뜨리고 자기의 요구를 채울 때 사람은 무한한 기쁨과 충동을 받는다."

팁 ___ 고향을 떠나는 소설은 많다. 존 스타인벡의 《분노의 포도》 역시 그런 작품이다. 먹고 살기 위해 온 가족이 캘리포니아로 떠날 때 눈물

콧물이 사정없이 흘러내렸다. (이 장면에서는 마마스 앤 파파스가 부른 '캘리포니아 드리밍'을 따라 부르게 된다고 언젠가, 어느 장면에서인가 읊조린 적 있다.)

그곳에 도착해서 삼시 세끼를 위해 악전고투를 벌이는 조드 일가의 슬픔이 《홍염》을 읽는 내내 겹쳐졌다. 소작농이었고 지주의 횡포가 있었고 어쩔 수 없이 고향을 떠난다는 점에서 서로 같았다. 갔던 곳이 생각했던 곳보다 비참했고 그래서 그들 가족이 해체됐던 것도 같다. 주인공이 살인하고 살인의 정당성을 받쳐 주는 것도 같다. 가진 자와 그러지 못한 자의 대결과 투쟁이라는 점에서 두 작품은 일맥상통한다. 그러나 동서양의 거리만큼이나 시차가 있는 것도 사실이다. (여기서 그것까지 논할 수는 없다. 그러니 그만.)

최서해는 초기 프롤레타리아 문학을 이끌었다. 말랑말랑하고 이상적인 부르주아 계몽 문학이 힘을 잃은 자리를 치고 들어왔다. 계급과 민족의식이 두드러진다. 작가는 1918년부터 23년까지 간도에서 살았다. 이 작품은 그런 체험의 결과다. 그곳에서 그는 밑바닥 생활을 했고 그것이 민중을 그려내는 작품 속에 고스란히 투영됐다.

그의 초기작 《탈출기》도 새겨 봐야 한다. 서간문 형태의 글은 그가 왜 집을 탈출하고 무슨 무슨 단에 가입했는지는 밝히고 있다. 현실의 체념이 아니라 사회 구조적인 문제를 이유로 들고 있다. 아무리 노력해도 안 되는 삶, 그런 삶이 자식까지 이어질 때 죽은 송장으로만은 살 수 없다는 것이 그의 판단이었다.

《벙어리 삼룡이》

　모처럼 비가 왔다. 적당한 비는 대기의 오염을 정화해 준다. 농번기에 들어선 들판에 활력을 불어넣는다. 비는 지렁이에게도 생명의 원천이다. 흙 속에 있다가 비를 맞기 위해 밖으로 나온다. 따뜻한 도로는 잠시 쉬기에 안성맞춤이다. 그곳에 자전거가 빠르게 지나간다. 사람이 달리고 걷는다. 깔린 지렁이는 죽는다. 죽기 전에 지렁이는 꿈틀거린다.

　죽어가는 지렁이를 보면서 불현듯 나도향의 《벙어리 삼룡이》를 집어 들었다. 삼룡이가 죽을 때 꿈틀거렸던 지렁이가 생각났기 때문이다. 사람들은 삼룡이라는 이름 대신에 벙어리라고 불렀다. (장애인을 비하하는 단어다. 정치인이든 누구든 지금 세상에서는 써서는 안 되겠다.) 그것을 뜻하는 앵모라고도 했다.

　삼룡이는 대거리하지 않았다. 그 소리를 알지 못했거니와 타고난 성품이 착했기 때문이다. 생긴 것은 한마디로 엉망이었다. 표현에 따르면 키가 크지 못하여 땅땅보였고 고개를 빼지 못해 몸뚱이에 대강이(머리)를 갖다 붙인 몰골이며 얼굴이 몹시 얽고 입이 컸다. 그런 그에게도 부모가 있었을 터이지만 책에서는 그런 이야기는 없다. 남대문 밖 연화봉 근처로 오생원이 이사 올 때 데려온 머슴으로 등장한다. 앞서 그가 착한 성품의 소유자라고 말했다. 거기다가 일도 잘하고 눈치도 빠르고 조심성도 있고 부지런해 생원은 그를 아끼고 있다.

그런데 그에게는 삼대독자 열일곱 살 아들이 있다. 이 아들이 한 마디로 개차반이다. 동네 사람들이 후레자식이라고 욕을 해도 막무가내다. 동물은 물론 사람에게도 학대가 심하다. (동물 학대하는 자 반드시 사람 학대한다. 이런 자 있으면 경계해야 한다.)

그가 삼룡이에게 못된 짓을 할 거라는 예감은 적중한다. 걸핏하면 패고 아예 사람으로 치지 않는다. 어떤 날은 자는 입에 똥을 집어넣기도 하고 손발을 묶어 놓고 불을 붙이기도 한다.

한주먹거리도 안 되는 것이 주인 아들이라고 하는 짓이 요즘 재벌 3세들의 갑질과 견줄만하다. 그래도 삼룡이는 묵묵히 참는다. 동네 아이들과 장난하다 맞아서 울고 들어오면 삼룡이는 그가 아이들을 혼내 주라고 하기도 전에 황소같이 날뛰면서 주인을 위해 싸웠다. 그런데도 아들놈은 벙어리를 개 취급한다.

그는 생각한다. 그래도 내가 있을 곳은 여기뿐이라고. 그러니 어떤 수모도 참고 견디어야 한다고. 이것은 운명이고 저주할 것은 주인 아들이 아니고 세상이라고 꾹꾹 속으로 참는다. 언제까지 참을 수 있을지 모르나 지금까지는 그렇게 하고 있다. 독자들은 시원하게 한 방 날려 주기를 바라지만 나도향은 그런 기회를 자꾸만 뒤로 미룬다.

그해 가을이다. 선남선녀들이 시집, 장가가기 딱 좋은 계절이다. 그 후레자식이 장가를 들었다. 신부는 두 살 많은 열아홉 살이다. 돈 많은 생원은 양반이 못내 아쉬워 몰락한 집 규수를 거액을 들여 사왔다.

당신이 몰랐던 문장이 내게로 왔다

색시는 고왔다. 품성도 그랬다. 동네 사람들은 색시만큼 사내도 그랬으면 하고 바랐다. 둘은 너무 비교됐다. 신랑은 그것이 고까웠다. 그래서 자신보다 잘난 색시를 삼룡이처럼 패기 시작했다. 그러면서 '저 빌어먹은 년'이 들어온 것을 저주했다. 나중에는 아예 신혼 방에 들어가지도 않았다. 그렇게 하지 말라고 충고하는 외사촌 누이의 이마를 뚫어버리기까지 했다. 아버지가 꾸중한 날에는 머리채를 잡고 마루 한복판에서 태질을 했다.

"이년, 네 집으로 가라. 꼴 보기 싫다."

아프고 속상해서 울면 요사스럽다고 또 때린다. 어린놈이 대단한 행패다. 삼룡이가 보기에 그런 도련님은 이해 불가다. 자기가 개나 돼지처럼 얻어터지는 것은 그렇다 쳐도 보기만 해도 황홀하고 숭고한 색시를 자신과 같이 비천하게 취급하다니. 삼룡이는 그것은 무서운 일이라고 여겼다.

그런 어느 날 삼룡이는 바깥마당 멍석 위에 벌렁 드러누웠다. 그러자 달과 별이 보였다. 달과 별은 곧 색시의 얼굴로 바뀌었다. 그는 옆에 있는 검둥개를 쓰다듬으며 저 별과 저 달이 땅에 떨어져 새아씨가 됐다고 생각했다. (대단한 삼룡이다.)그러자 어린 주인이 자신을 학대할 때 새아씨가 자신에게 던지는 측은하고 불쌍히 여기는 정에 저도 모르게 감격의 눈물을 흘렸다. 아씨를 위해서라면 목숨도 아깝지 않겠다는 다짐이 넘쳐났다.

그러던 어느 날 도련님이 술에 개떡이 돼서 무지한 놈에게 맞아 길에 자빠져 있다는 소식을 듣고 한달음에 달려가 업어서 방에 뉘었다. 그 모습을 혼자 바느질하고 있던 아씨가 보고 쓰던 비단 헝겊 조각으로 부시 쌈지 하나를 삼룡이에게 충성의 보답으로 만들어 주었다. (23살이 되도록 여자를 몰랐던 삼룡이가 받았을 충격을 상상해 본다.) 새서방이 그것을 알았다. (어찌 알았을까. 삼룡이가 말했을 리는 없고 마음씨 착한 아씨가 그랬을 것이다. 아니면 우연히 봤거나.) 아씨는 그날 피떡이 되도록 얻어터졌다.

그 모습을 본 삼룡이는 한 달 굶은 미친 사자처럼 굴었다. 감히 어린 주인을 패고 쓰러진 색시를 안고 주인어른이 있는 안방으로 데려갔다. (겁을 상실한 삼룡이. 왜 그랬니? 넌 이제 죽음 목숨이다.)

아니나 다를까. 삼룡이는 어린 주인에게 내 여편네를 건드린 흉악무도한 놈이 돼 채찍으로 살점이 떨어지도록 맞았다. 그 후로 그는 수시로 드나들던 안방으로 가지 않았다.

그럴수록 그는 색시가 보고 싶고 어떻게 지내는지 궁금해서 견딜 수 없었다. 밥도 먹을 수 없고 일도 손에 잡히지 않았다. (큰일 날 징조다. 주인의 색시에게 연정을 품다니.)

그러던 어느 날 계집 하인으로부터 주인 아씨가 죽었다는 뜻의 벙어리 암호를 받았다. 그는 두어 시간 동안 자기 방안에서 꿈쩍도 하지 않았다. 그날 밤 그는 도둑처럼 조심스럽게 담을 넘어 주인 아씨가 있는 곳으로 다가갔다. 그리고 사람들은 그 모습을 보고 집안이 망했다고 한 소리씩 했다.

그 이튿날 벙어리가 온몸이 짓이긴 채 피를 토하도록 맞았다는 이야기는 그만두자. 자신이 갈아 놓은 낫으로 어린 주인이 찍으려는 것을 막아냈다는 것만 밝혀 둔다.

'벙어리는 가, 인제 우리 집에 있지 못한다'는 말을 들었을 때 그는 자신이 죽었다는 것을 알았다. 갈 곳이 없는 그에게 나가라는 말은 곧 사형 선고였다. 주인은 더는 주인이 아닌 원수였다. 그날 밤 그는 자기가 건사하고 자기가 거두던 모든 것이 있는 주인집이 불타는 것을 보았다. 준비하고 지른 불이라 불은 삽시간에 오생원 집을 삼켰다.

팁 _____ 불타는 집으로 삼룡이가 뛰어들었다. 아씨를 살리기 위해서였다. 죽으려고 작정한 아씨는 이불을 뒤집어쓰고 있다. 불길은 사방에서

요마로 타올라 도망갈 곳이라고는 지붕밖에 없다. 삼룡이가 색시를 안았다. 살려 달라는 새서방의 도움을 뿌리친 삼룡이는 서까래에 불이 시뻘겋게 타오르는 것을 보면서 흐뭇한 미소를 지었다. 비로소 그는 행복했다.

나도향은 25살 어린 나이에 요절했다. 작품이 한창 무르익을 무렵이라서 더욱 애잔하다. 이 작품은 1964년 영화로도 제작돼 인기를 끌었다. 삼룡이 역의 주인공 김진규는 아시아태평양 영화제에서 남우 주연상을 받았다.

《물레방아》와《뽕》도 읽고 나면《벙어리 삼룡이》처럼 한동안 '멍때리기' 모드가 될 만큼 아찔하다.

허망 대 허망

김 첨지와 나

    인력거꾼의 다리 알통은 생각보다 굵다. 높은 산 깊은 골을 오르내리는 데 단련됐기 때문이다. 어떤 이는 튀어나온 핏줄이 어른 손가락만 했다. 이때는 종아리 근육의 부러움보다는 안쓰러움 같은 것이 일기도 했다.

    남의 나라 고산의 인력거꾼을 걱정하다가 일제 강점기 김 첨지의 다리 통을 생각했다. 산을 오르기보다는 거리의 행인을 태우고 달렸던 김 첨지의 그곳에도 굵은 지렁이 같은 핏줄이 지도처럼 매달렸을 것이다.

    데릴사위인 나 역시 노동으로 단련된 다리가 장난이 아닐 것이다. 책의 어디에도 첨지나 나의 다리 알통 이야기는 없다. 그러나 노동으로 먹고사는 두 사람이니 당연히 당당한 알통과 근육이 있을 것이다.

    몸의 단련과 상관없이 그들의 형국은 초라하다. 첨지를 따라가다 보면 웃음이 나오기도 하고 눈물이 나오기도 한다. 남의 집 머슴인 나의 뒷모습 역시 마냥 웃을 수만은 없다. 소리 내어 울고 싶지만 그러지 못하는 심정은 젊은 피를 끓게 한다. 첨지와 아내, 어린 아들, 그리고 나와 점순, 봉필이는 멀리 있지 않고 우리 주변 어디에나 있다. 어이없고 허무하나 죽지 못하고 사는 삶.

짧은 감상평

《운수 좋은 날》

작가와 작품을 동일시하면 유치하고 위험하다고 한다. 그런가 하면 어떻게 따로 떼어 놓고 생각할 수 있느냐고 화를 낸다.

이 말도 맞고 저 말도 맞다. 그러나 요즘은 전자보다는 후자 쪽에 무게 중심이 쏠리는 듯하다. (아마도 언행일치를 강조한 때문은 아닌지 짐작해 본다.)

현진건만 놓고 본다면 작가와 작품은 한몸이다. 그가 활동하던 시기는 일제의 조선 지배가 극에 달하던 시점이었다. 사람들은 쉽게 변절했다. 작가들도 그랬다. 도저히 조선이 일본에서 해방될 기미가 보이지 않았기 때문이다. 변절자들의 변은 그럴 줄 알았다면 누가 그러했겠느냐고 되레 따지고 든다.

민족 지도자였고 한때 독립의 꿈에 부풀었던 이광수나 최남선이 그런 길을 갔다. (그 외에 수도 없이 많아 여기에 다 적을 수가 없다. 그러지 않았으면 좋았겠지만 그랬다고 해서 그들을 마냥 비난만 할 수도 없다. 먹고 나서야 독립인 것을.)

그러나 현진건은 달랐다. 대구 출신 현진건은(같은 동향인 민족시인 이상화와 교류했으며 같은 날 사망했다. 마치 셰익스피어와 세르반테스가 같은 날 죽은 것처럼.) 끝내 그러기를 거부했다. (이런 사람은 존경해야 마땅하다.)

그이라고 해서 달콤한 변절의 떡이 그립지 않았을까. (여기서 길게 변절과 비변절을 논하는 것은 주제넘은 짓이니 이쯤에서 그만.) 기개 있었던 작가의 《운수 좋은 날》을 읽을 때면 그와 그의 작품이 더 소중하게 느껴진다.

살다 보면 운이 연달아 오는 경우가 있다. 이런 날은 특히 조심해야 한다. 호사다마라는 말이 있지 않은가. 그러나 김 첨지는 그러지 않았다. 그의 인력거가 불이 날 정도였는데도 손님 받기를 거부하는 대신 즐겼다. 그날 그는 속된 말로 돈을 쓸어 담았다. 좀처럼 만져 보기 힘든 큰돈이다. 근 열흘 동안 돈 구경 못 했으나 첫 손님에게 삼십 전, 두 번째 손님에게 오십 전 도합 팔십 전을 벌었다. 이 돈이면 아픈 아내가 먹고 싶다는 설렁탕을 사고 컬컬한 목에 모주 한 잔 적시고도 남음이 있다. 나라가 해방된 것 같은 기쁨에 눈물이 아니 나올 수 없다. 그러니 오늘 장사는 이쯤에서 멈추어야 한다.

달포 전부터 아내의 기침이 심상치 않았다. 설렁탕을 포장해서 어서 집으로 가야 한다. 그런데 그럴 수가 없다. 그놈의 손님이 연달아 오기 때문이다. 앞집 마마님을 전찻길까지 모셔다드리고 정류장에서 어정거리다가

양복쟁이를 동광학교까지 태워다 줬다. 어디 그뿐인가. 어린 손님은 비는 표정을 보이지 않았는데도 남대문 정거장까지 가기를 원한다.

그는 일 원 오십 전을 불렀다. 자기가 말해 놓고도 너무 큰 돈이다 싶어 오금이 저렸다. 그러나 관대한 어린 손님은 달라는 대로 줄 테니 빨리 가자고 재촉이다. 이쯤이면 몸이 천근만근인 김 첨지의 다리가 아니 가뿐할 수 없다. 날 듯이, 스케이트 지치듯이 인력거를 끌었다. 그러나 목적지에 가까이 올수록 힘이 빠졌다.

오늘은 쉬라는 아내의 말이 영 마음에 걸렸다. 내가 이렇게 아프다고 하소연하는 아내의 달뜬 얼굴이 떠올랐다. 그럴 때면 돈을 생각했다. 그러면 다시 힘이 생겼다. 질척거리는 십 리 길을 옆집처럼 내달렸다. 그리고 약속한 돈을 받아 들었을 때 첨지는 졸부라도 된 듯이 기뻤다.

행운은 여기서 그치지 않았다. 비록 양 머리에 뒤축 높은 구두를 신고 망토까지 두른 기생 퇴물인 듯, 난봉 여학생이듯 한 여편네를 태우는 데는 실패했지만 육십 전에 인사동까지 가는 손님을 또 받았다. 이제 몸은 숟가락 하나 들 힘이 없다. 집으로 가야 한다. 그런데 가는 길에 술집 앞에서 친구 치삼을 만났다. 문안 갔다 와서 돈 많이 벌었으니 술 한 잔 빨자고 한다. 그는 그가 마치 생명의 은인인 것처럼 고마웠다.

몸과는 달리 마음은 불안으로 가득 찬 상태였기 때문이다. 왜, 그 '감'이라는 것이 있지 않은가. 기적 같은 연속된 행운에 김 첨지는 불안에 떨고 있다. 혹 아내가 잘못되는 것은 아닌가 하고. 그 불행을 그는 뒤로 늦추고 싶었다. 그런데 마침 치삼이 나타났으니 그에게 구세주가 아니고 무엇인가.

그는 마구 먹었다. 빈대떡이며 추어탕이며 두부를 게눈 감추듯이 했다. 막걸리를 곱빼기로 먹고 곱빼기를 한 잔 또 마셨다. 평소와 다르게 배포

있게 나오는 첨지가 걱정이 된 치삼이 제지하자 첨지는 이렇게 소리친다.

"아따 이놈아, 사십 전이 그리 끔찍하냐, 오늘 내가 돈을 막 벌었어. 참 운수가 좋았느니."

산더미처럼 돈을 벌었다는 첨지는 열다섯 중대가리 종업원이 무전취식을 염려하는 태도를 보이자 일원 짜리 한 장을 집어던지는 호기를 부렸다. '웬수의 돈, 육시를 할 돈'이라고 '꼬장' 한 번 대차게 부린다. 첨지는 부은 술을 또 붓는다. 추위에 온종일 뛰었으니 삭신이 쑤시기 시작한다. 술이 불콰하고 몸은 녹고 두려움은 커진다.

첨지가 운다. 마누라가 오늘 죽었다고 운다. 우는 첨지와 놀라는 치삼. 그러다가 웃으면서 "죽기는 왜 죽어?" 하고 히죽인다. 치삼은 별 미친놈 다 보겠다는 표정이다.

둘은 한 잔씩 더 먹고 기어이 일 원어치를 채웠다. 궂은 비는 그치지 않고 여전히 추적추적 내린다. 비틀거리는 첨지의 손에 설렁탕이 들려 있다. 집은 고요하다.

어린아이의 꿀떡꿀떡 젖 넘어가는 소리 대신 빈 젖 빠는 소리만 들린다. 불길한 침묵에 첨지는 대뜸 소리부터 지른다. 그래야만 될 것 같다. 그렇지 않으면 엄습해 오는 불안을 잠재울 수 없다.

"이 난장 맞아 죽을 년, 남편이 들어오는데 나와 보지도 않아, 이 오라질 년."

욕 한번 시원하게 한다. 그러나 여기서 그치지 않는다. 방안에 들어서면서 있는 대로 호통을 한 번 더 갈긴다.

"이런 오라질 년, 주야장천 누워만 있으면 제일이야. 남편이 와도 일어나지를 못해."

독자들은 첨지의 심정을 안다. 마음은 그렇지 않다는 것을. 말은 그렇게

당신이 몰랐던 문장이 내게로 왔다

해도 가슴은 미어진다는 것을. 발길로 죽은 아내를 내지를 때도 "이년아, 말을 해 말을! 입이 붙었어? 이 오라질 년." 하고 같은 욕을 번갈아 해도 그는 죽은 아내가 애처로워 가짜로 패악질하고 있다는 것을.

"이 눈깔! 이 눈깔! 왜 나를 바라보지 못하고 천장만 보느냐, 응." 하고 소리 지를 때도. 그리고 "설렁탕을 사다 놓았는데 왜 먹지를 못하니, 왜 먹지를 못하니…." 하면서 제 얼굴을 죽은 아내의 얼굴에 대고 비벼 대면서 닭의 똥 같은 눈물을 흘릴 때도 김 첨지의 마음은 불쌍한 아내가 그저 애처로울 뿐이다.

팁 _____ 그놈의 가난이 원수다. 돈만 있었다면 병원에 아내를 데리고 갈 수 있었다. 아내는 죽지 않고 살아서 남편과 아이와 그렇게 행복하게 살았을 것이고.

작품이 나온 1924년은 일제의 약탈이 극에 달하던 시기였다고 말한 바 있다. (아닌 적이 없었지만.) 나라 뺏긴 조선인들은 살기가 힘들었다. 부지런한 김 첨지도 예외가 아니었다.

거기다 아내는 병들었지, 아이는 어리지, 첨지의 신세는 가련했다. 가진 것이라고는 몸뚱이 하나. 부서져라 일하고 싶으나 언제나 손님은 귀하다.

돈 구경하기 힘든 어느 날 몰아서 행운이 찾아왔을 때 첨지는 그것이 불행의 씨앗이라는 것을 눈치챘다. 아내도 그날 자신이 죽을 것을 알고 있었다. 그러함에도 둘은 죽는 순간 함께하지 못했고 먹고 싶은 음식을 목으로 넘기지 못했다. 김 첨지의 삶은 당시 조선 사람의 평범한 일상이었다. 첨지만이 특히 가난하지 않고 모두가 그랬다. 그래서 이 소설은 사회를 반영한 것이고 그 문제를 세게 꼬집은 것이다. 대놓고 일제에 시비를 걸 수 없었으나 그 치하의 슬픈 이야기를 통해 민중을 깨우고 비참한 현실을 고발할 수 있었다.

무지한 사람들 계몽하러 농촌으로 가자고 조르는 대신 날 것 그대로를 보여줬다. 현진건은 우리나라 처음으로 근대적 문장을 구사했으며 이런 그를 두고 사람들은 조선의 체호프라고 말했다. 앞서 작가와 작품의 동일성 여부를 주목했다. 그것의 판단 여부는 오로지 독자의 몫으로 남겨놔야 한다.

《봄 봄》

봄이 무르익었다. 세상은 온통 초록이다. 씨암탉은 알을 낳고 수탉은 싸움질이 한창이다. 개구리는 튀어나오고 논은 써레질하는 황소의 거친 숨소리로 가득하다. 아이들은 무럭무럭 자란다. 오뉴월 죽순 자라듯 하루해가 다르다. 그러나 점순이는 아니다. 삼 년 하고 꼬박 일곱 달이 지나도 그

전과 매한가지다. 나는 미치고 환장할 노릇이다. 우리의 예비 장인 봉필이의 핑곗거리에 맞설 이유가 마땅찮다.

"이 자식아, 성례구 뭐구 미처 자라야지!"

이 한마디면 나는 맥이 그만 탁 풀리고 만다. 일이고 지랄이고 만사 팽개치고 고향으로 달려가고 싶다. 그러다가도 그동안 데릴사위로 돈 한 푼 안 받고 일한 시간이 아까워 이러지도 저러지도 못한다. 뒤통수만 긁적거리면서 이렇게 중얼거릴 수밖에.

"장인님! 인제 저 장가 좀….."

다른 이유라면 나도 할 말이 있다. 일을 좀 더 잘하라거나 밥을 적게 먹으라는 잔소리는 '그러마' 하고 고칠 수 있다. 하지만 점순이가 어리니까 더 자라야 한다는 말에는 어찌해 볼 도리가 없다. 키를 잡아 뽑을 수도 없고 키 높이 구두를 신길 수도 없다.

딱히 정해 놓은 기간도 없다. 덮어 놓고 자라는 대로 성례를 시켜 주겠다고 하니 그 키가 언제 자랄지 누가 알겠는가. 내 나이 벌써 26살이다. 지금 가도 늦장가인데 올해도 성례는 틀렸다. 위로 크지 않고 옆으로만 벌어지는 점순이의 몸이 원망스럽다.

자를 가지고 재보고 싶어도 남녀는 내외한다고 하니 마주 서서 이야기하지도 못한다. 어쩌다 우물가에서 마주치면 "제-미 키두!" 하고 헛바람을 넣는 것이 고작이다. 개돼지는 잘도 크는데 점순이는 왜 이리도 늦는지, 논둑에다 퉤 하고 침을 뱉는 것으로 화를 달랜다.

어느 날은 치성이 부족하다 싶어 성황당에 가서 점순이 키를 크게 해주면 다음에는 떡을 갖다 놓고 고사 드리겠다고 약조까지 했다. 그렇게 치성을 드렸건만 점순이는 내 겨드랑이 밑에서 넘을락 말락 밤낮 요 모양 요 꼴이다.

모를 내다가 배가 아프다는 핑계로 논둑으로 다이빙하는 심정, 독자들은 알 것이다. 아프다는데 그까짓 모판이 다 무어야 그런 심산이다. 그 와중에도 다리에 붙은 거머리를 풀로 쓱쓱 문질러 뜯어내는데 장인님의 얼굴이 코앞에 와서 성난 눈으로 나를 노려본다. 눈치 빠른 봉필이가 나의 이런 꾀병을 모를 리 없다. 대뜸 욕지거리다.

"너 이 자식 또 이래 응?"

우리 장인님은 화가 머리끝까지 났다. 부뚜막의 부지깽이도 나와서 일을 도울 만큼 바쁜 농번기에 난데없는 심술에 장인님이 첨벙첨벙 논에서 달려 나온다. 그리도 대뜸 멱살을 잡고 따귀를 올려붙이는데 벌건 대낮에 눈에 별이 번쩍인다. 지금 모를 내지 않으면 한 해 농사를 망치게 되니 봉필이의 다급한 심정도 이해가 가지 않는 것은 아니다. 그러함에도 나는 심히 불편한 마음을 감추지 못한다. 손버릇이 못된 장인 놈 아닌가. 사위한테 '이 자식, 저 자식' 하는 욕설에 넌덜머리가 난다. 봉필이가 아닌 욕필이가 딱 들어맞는다.

생각 같아서는 한 주먹에 날려 버리고 싶지만 지금까지 일한 시간이 너무 아깝다. 그리고 점순이로 치면 그렇게 예쁘다고는 할 수 없어도 개떡 뭉친 것도 아니고 딱 내 수준에 맞는, 볼수록 귀여운 이팔청춘이 아닌가. 절대 포기할 수 없다.

봉필이는 조금 미안한 기색이다. 지난 가을처럼 일 안 하고 그만 집으로 간다고 하면 낭패다. 할 일이 많은 농촌에서 공짜로 부려 먹는 일 잘하는 내가 절실히 필요한 것은 두말하면 잔소리다. 그래서 나도 한 번 늦잠도 자고 성깔을 부린 적이 있다. 그런데 영감탱이가 그 새를 참지 못하고 돌멩이를 집어 던져 발목이 부러졌다. 사흘 동안 끙끙 앓았다.

그제야 울상이 된 장인님은 "일 좀 해라, 그래야 가을에 벼 잘되면 너,

장가들이지 않겠니?" 하고 또 꼬드긴다. 장가라는 말에 한달음에 일어나 밀린 일을 하루 만에 해치웠다. 그러면 가을이 왔을 때 정말로 혼례를 시켜줘야 하는 게 옳은 일이다. 문서로 계약은 하지 않았으나 구두 약속도 약속이니 지켜야 한다는 것이 나의 생각이고 이는 거짓이 아닌 참이다.

그런데 하필 그때 물동이를 이고 점순이가 들어오는데 키가 난쟁이 똥자루에 버금간다. 담배통을 들먹이며 이때다 싶은 봉필이는 "이 자식아, 미처 커야지 조걸 데리고 무슨 혼인을 한다구 그러니?"

장가고 뭐고 장인님을 맷돌에 내리꽂고 내빼고 싶은 마음이 굴뚝 같으나 이번에도 꾹꾹 참고 만다. 빈손으로 고향으로 가는 것도 꼴사납다. 장가들러 갔다가 오죽 못났으면 쫓겨 왔느냐는 손가락질을 받을 게 뻔하다. 그래도 한 번 소리라도 쳐본다. 집으로 가겠다. 그러니 그동안 일한 품 삯을 달라.

호락호락한 장인이 아니다.

"이놈아, 네가 데릴사위로 왔지 머슴으로 왔니?"

나도 지지 않고 대든다.

"밤낮 부려만 먹고 성례를 시켜 줘야지유."

답은 뻔하다. 그 애는 안 크는데 낸들 어쩌니. 하던 소리 또 한다. 결국 오늘도 내가 밑지는 장사를 했다. 그래도 가만히 생각해 보면 장인님이 헛소리하는 것은 아니다. 미워서 하는 소리도 아니다. 그 전날 일만 생각해도 그렇다.

혼자서 화전 밭을 일구는데 점순이가 새참을 내오지 않는가. 야릇한 꽃내는 코를 찌르고 머리 위에 벌들은 붕붕 날고 바위틈에는 샘물 소리 졸졸 흐르는데 이 봄날에 저기 아지랑이처럼 점순이가 먹을 것을 가지고 살랑살랑 다가온다. 16살 우리 점순이, 내 색시가 저기서 손짓하고 오는데 내

가슴이 울렁울렁하지 않을 수 없다.

하지만 그 키만 보면 울화통이 도진다. 남들은 잘도 크는데 점순이만큼은 왜 이리도 더딘지. 몸이 조신한 것도 아니다. 밥을 엎어 돌밥을 먹기일쑤인데 오늘은 웬일인지 성한 밥째로 밭머리에 곱게 내려놓는다. 누가보는 사람도 없으나 이 순간도 내외를 해야 하니 서로 떨어져 있고 내가밥을 다 먹고 나니 고개를 푹 숙이고 있던 점순이가 한 마디 쏘아붙인다.

"밤낮 일만 하다 말 텐가!"

"그럼 어떻게?"

나도 참 멍청이다. 점순이가 그렇게 나오면 어떻게 해야 하는지 말 안해도 알아야 하는데 겨우 한다는 것이 어떻게 해야 하느냐고 되묻는 것뿐이다. 내가 생각해도 한심하다.

"성례시켜 달라고 해야지 뭘 어떻게?"

그래 점순이 말대로 오늘은 기어이 끝장을 내고 말자. 장인님, 아닌 빙장님을 모시고 구장님을 찾아 나섰다. 그리고 자초지종을 말하고 현명한판결을 요구했다. 내 장황한 이야기를 들은 구장님은 길게 길러둔 새끼손톱으로 코를 후벼서 저리 탁 튕기더니 기다리던 답을 내뱉는다.

"봉필 씨, 얼른 성사시켜 주구려."

옳다, 이렇게 되면 약삭빠른 우리 봉필이도 빠져나갈 수는 없을 것이다. 그러나 내 짐작은 이번에도 빗나갔다. 예의 그 한 방. "아 성례구 뭐구 기집애년이 미처 자라야 할 게 아닌가?"

입맛만 다시는 구장님 대신 나는 용기를 내어 거진 사 년 동안 안 자란키가 언제 크냐고 고함을 친다. 그러면 우리 봉필 씨도 지지 않고 쐐기를박는다.

"글쎄, 이 자식아! 내가 크질 말라구 그랬니? 왜 날 보구 떼냐?"

당신이 몰랐던 문장이 내게로 왔다

캬, 이쯤 되면 두 발 두 손 다 들게 된다. 나는 결심했다. 더럽다. 더러워. 내 장가 안 가고 만다. 참을 만큼 참았다. 빙모님은 참새만 한 것이 그럼 어떻게 애를 낳느냐고 되묻고는 장인님의 궁둥이를 확 밀어 버린다. 그런다고 화가 풀릴 리 없지만 이렇게라도 기어이 하고 만다.

땅을 얻어 부치다 떨어진 친구가 옆에서 부추긴다.

"임마, 봉필이를 모판에 거꾸로 박아 버려라. 영득이는 일 년을 살고 장가들었는데 너는 뭐니?"

화난 집에 부채질이다. 그렇다고 화대로 할 수는 없다. 농번기에 남의 일년 농사를 망쳐버리면 징역을 간다는 말 때문이 아니다. 딸 셋 가진 장인님의 일을 대신해줄 사람은 자신밖에 없다는 것을 알기 때문이다.

여섯 살인 막내딸이 데릴사위를 들일 때까지 시간을 벌어야 하는 봉필이의 처지도 그렇고 구장님과의 담판도 무위로 끝났으니 다시 점순이에게 방법을 묻는 수밖에.

기다렸다는 듯이 그녀는 (쓰다듬는) "수염을 잡아채지 그냥 둬, 이 바보야?" 이것은 뭐지? 나는 정말 바보인가. 일만 잘하고 말 잘 듣는 어리숙한 바보. 다른 사람은 몰라도 점순이한테 바보 소리 들으니 살고 싶지 않다.

누워서 무심히 흘러가는 하늘을 본다. 장인님이 일 안 나가고 그런 나를 보고 소리를 또 꽥하고 수탉처럼 지른다. 이 자식아, 남의 농사 버려주면 징역 간다. 봉필이는 여간내기가 아니어서 내가 상대하기에 벅차다.

차라리 징역이라도 가고 싶다. 화가 난 장인님이 지게막대기로 나를 친다. 밥을 잔뜩 먹어 딱딱한 배를 꾹꾹 찌른다. 아프다. 마음도 아프고 몸도 아프다. 옆구리를 차고 볼기짝을 후려친다. 더는 참을 수 없다. 일어나서 점순이가 일러준 대로 수염을 잡아 확 낚아챈다.

울타리 구멍으로 지켜보던 점순이의 반응은? "잘했어, 내 남편 착하기도 하지! 내 말 잘 들었으니 상 줄 테야, 이리와." 이랬을까, 아니면 "이 자식이 우리 아버지를 패? 너 혼 좀 나 봐라." 하고 뒤따라온 장모님과 함께 내 귀를 잡고 뒤로 당겼을까.

팁 ＿＿＿ 작품이 끝날 때까지 우리는 나와 점순이의 혼례식 장면을 보지 못했다. 그러나 돌아가는 본새는 그해 가을에는 분명 연지곤지 찍고 성례를 올렸을 것이다.

내가 장인님의 바짓가랑이를 붙잡고 그로 인해 장인님이 아픔을 참지 못하고 "할아버지!" 하고 외마디를 지르고 그 결과 내 머리가 터졌을 때 터진 머리를 불 솜으로 손수 지져주고 호주머니에 희연(담배 상표 이름) 한 봉을 넣어 준 사람이 다른 누구도 아닌 우리 장인님이시기 때문이다. 이 얼마나 착한 우리 장인님이신가. 그리고 또 이런 말도 덧붙이셨다.

"올 갈엔 꼭 성례를 시켜 주마. 암말 말고 가서 뒷골의 콩밭이나 얼른 갈아라."

1935년 《조광》 지에 발표된 김유정의 《봄 봄》은 많은 그의 단편 중 대표작으로 꼽힌다. 어리숙한 데릴사위와 장인 봉필이가 점순이의 혼례를 놓고 벌이는 일대 희극은 읽는 내내 손에 배꼽을 쥐게 한다.

공짜로 노동력을 부려 먹으면서 키를 핑계로 점순이와 혼례를 미루는 봉필이의 수작질은 어리숙해 보이지만 똘똘한 '나의 투쟁'으로 서서히 종착점에 다다른다. 어린 점순은 알 것 다 알면서 좀 더 대시하지 못하는 나를 충돌질하지만 정작 중요한 싸움판에서는 나 대신 아버지 봉필이를 택해 나의 기대를 일순 무너트린다. (독자들이 화낼 일이 아니다.)

그게 다 김유정이 짜놓은 촘촘한 얼개인 것을 생각하면 그 시대 우리 문학의 천재 작가에게 고개를 숙이지 않을 수 없다.

때는 왜정 시대, 일제의 잔학한 수탈이 절정에 이르고 우리 농촌은 일손 부족에 허덕인다. 그것이 다 왜놈 때문인데도 그런 분위기는 어디에서도 찾아볼 수 없다고 아쉬워할 필요는 없다. 현실회피나 무시 대신 좀 더 시대 분위기를 파고들지 못한 것을 애석해할 필요도 없다. 해학과 웃음만으로도 이 작품의 가치는 차고 넘치기 때문이다.

자의식 대 자의식

나와 이명준

삶의 의지가 사라진 인간에게는 껍데기만 남는다. 그래서 건물의 옥상에 올라가 이런 헛소리를 지껄이게 된다.

"날개야 다시 돋아라."

한편 인도로 가는 배의 갑판 위에서는 한 남자가 사라진다. 그 역시 생의 허무에 빠져 더는 살고 싶지 않아 육신의 껍질을 던져 버렸다. 삶의 의지는 그래서 중요하다.

자의식은 끝내 현실의 벽을 넘지 못했다. 나 역시 희망을 노래했으나 아내의 손아귀에서 평생 벗어나지 못할 것이고 남쪽이든 북쪽이든 소속감을 상실한 명준 역시 살아서는 발붙일 곳이 없다는 것을 확인했다.

가두어진 방에서 나온들 그에게 무엇을 기대할 것이며 제 나고 자란 곳을 떠난 이국땅에서 명준에게 내일은 무의미했다. 아내나 혹은 이념이 준 수면제를 먹고 푹 자는 것만이 제대로 된 처방약이다. 아닌가?

짧은 감상평

《날개》

"박제가 되어 버린 천재를 아시오? 나는 유쾌하오. 이런 때 연애까지가 유쾌하오."

이것은 이상의 《날개》에 나오는 첫 구절이다. 맨 마지막 구절은 이렇게 끝난다.

"날개야 다시 돋아라.
날자. 날자. 날자. 한 번만 더 날자꾸나.
한 번만 더 날아 보자꾸나."

첫 구절과 마지막 구절을 먼저 적은 것은 《날개》가 어렵다거나 이상한 작품이라는 선입견을 없애버리기 위해서다. 나 역시도 (어떤 이유 때문인지) 그런 생각 때문에 정독하기를 꺼려 왔다. 그러나 막상 잡아보니 난해하지도 어렵지도 이상하지도 않았다. 그러니 독자들도 한 번 읽어 보는데 망설일 이유가 없겠다.

먼저 나라는 인물을 추적해 보자. (왜냐면 내가 주인공이니까. 내 생각을 주저리주저리 적어 놓았으니까, 내가 어떤 생각을 가지고 어떤 행동을 하는지 알기 위해 나라는 존재가 어떤 인물인지 파악하는 것이 먼저다.)

나는 육신이 흐느적거릴 만큼 피로했을 때만 온전한 정신을 갖고 있다. 그런 나는 아내와 함께 생활하고 있다. (당연한 것을 말한 것은 아내는 나와는 여러모로 대칭되는 개념이기 때문이다. 독자들은 이 점을 주의 깊게 보아야 한다.)

내가 사는 곳은 유곽 냄새가 나는 33번지(남녀 성교 자세를 의미하는 것으로 볼 수 있다고 한다.)로 18가구(이 역시 성적인 의도가 있는 쌍스러운 표현이라고 한다.)가 어깨를 맞대고 늘어서 있는 곳이다. 낮보다 밤이 화려한 이곳에서 나는 그들과는 아무와도 놀지 않고 인사도 않는다. 오로지 아내와만 알은체할 뿐이다. (이렇게 하는 것은 아내 낯을 보아 좋은 일인 것만 같기 때문이다. 그만큼 나는 아내를 소중히 생각한다.)

이곳에서 아내는 제일 작고 제일 아름답다. 한 떨기 꽃이다. 아내와 나는 각방을 쓴다. 아내는 볕이 드는 아랫방을 쓰고 나는 그 방을 지나면 나오는 윗방을 쓴다. 장지를 사이에 두고 나와 아내는 이렇게 방을 둘로 나눴다. 아내 방은 작은 볕이라도 들지만 내 방은 종일 해가 들지 않는다. (그러나 나는 내 방에서 마음에 드는 옷처럼 만족을 느낀다. 이곳에서 종일 뒹굴고 잠을 잔다. (잠만 자는 것은 아니다. 되레 생각은 깊다. 아마도 나는 세상을 위해 무언가 하기보다는 연구에만 능숙한 지식인으로 보인다.)

아내가 외출하고 나면 나는 얼른 아내의 방으로 건너간다. 화장대를 비치는 볕을 보고 돋보기 장난을 하거나 아내의 손잡이 거울을 가지고 놀고 늘어놓은 가지각색의 화장품을 들여다보다 병마개를 열고는 냄새를 맡아 보고 아내의 체취를 느낀다. 아내의 방은 돌아가면서 못이 박혀 있고 화려한 옷들이 주렁주렁 걸려 있다. (반면 내방은 못 하나 없고 옷은 단벌이다.)

외출에서 돌아오지 않는 아내를 기다리다 나는 다시 내 방으로 돌아와 한 번도 갠 적이 없는 이불을 덮고 낮잠을 잔다. (나는 잠의 왕이다. 수시로 자고 나서도 또 자고 밤에도 잔다.)이렇게 잠을 많이 자니 어떤 날은 잠이 오지 않을 때도 있기 마련이다. 이런 때는 또 생각이라는 것을 하게 되는데 아무 제목이나 골라서 연구랍시고 머리를 굴린다. 발명도 하고 논문도 쓰고 시도 많이 지었으나 잠이 드는 순간 신기루처럼 모두 사라진다. (이런 경험 주인공이 아니더라도 한두 번은 해봤을 것이다.)

그러나 연구도 오래가지 못했다. 적극적인 사색을 피한 것은 아내의 꾸지람 들을 것을 염려한 때문이다. 더구나 나는 게으른 성격이기 때문에 다른 사람과 어울리는 것을 좋아하기는커녕 될 수만 있으면 인간의 탈을 벗어 버리고 싶은 충동을 느끼고 있다.

아내는 하루에 두 번 세수를 하면서 가꾼다. (하루에 한 번도 씻지 않는 나와는 다르다.) 아내의 외출은 밤낮을 가리지 않는다. 밤에 외출할 때는 더 좋고 더 깨끗한 옷을 입고 나간다. 그런데 나는 아내가 어디로 외출을 하는지 알지 못한다. 아내의 직업이 무엇인지도 모른다. 외출하지 않을 때는 집으로 찾아오는 내객이 많다. (짐작하겠지만 내객은 남성이다.)

아내에게 손님이 찾아오면 나는 온종일 방안에만 있다. 아내의 방에 가지 못하니 불장난도 못 하고 화장품 냄새도 맡지 못하고 이불을 쓰고 누워만 있다. (내가 아닌 그 누구라도 이런 날은 우울할 수밖에 없을 것이다.) 그러면 아내는 나에게 돈을 준다. 오전 짜리 은화다. 돈을 받는 것은 기분이 좋은 일이다. 그러나 나는 그것을 어디에 써야 할지 몰라 주는 족족 쌓아 둔다. 모아둔 돈은 아내가 준 벙어리 저금통에 넣는다.

아내는 오늘도 내객을 받는다. 내객이 많을 때는 괴롭다. 귀 기울여서 무슨 말을 하는지 엿듣는데 부부간에도 하기 어려운 농을 서로 지껄일 때도 있다. (아내는 물론 내객들도 내 존재를 아는지 모르는지 전혀 의식하지 않고 있다.) 아내가 내객과 수작을 부릴 때 나는 내 아내의 직업이 무엇인지 또 연구하면서 시간을 보낸다. 그러나 끝내 아내의 직업을 알아내지 못한다.

아내는 돈이 어디서 나는지 언제나 돈이 있다. 나는 말라 갔고 영양 부족으로 몸뚱이 곳곳에 뼈가 불쑥불쑥 내밀었다. (그럴 것이다. 이 상황에서 살찐다면 이상한 일이다.)

그런 한편으로는 아내가 나에게 돈을 줄 때는 쾌감을 느낀다. 어느 날 나는 아내가 준 돈을 변소에 버렸다. (이유는 묻지 말자. 내가 좀 이상한 사람이라는 것은 독자들도 이미 눈치챘을 것이다.)

아내가 밤 외출을 할 때면 틈을 내 나도 외출을 한다. 오 원을 넣고 나왔지만 쓰지는 않고 여기저기 싸 돌아다니다가 피로에 지칠 즈음 겨우 집으로 돌아온다. 와서는 아내가 다른 내객을 맞고 있지 않은지 여간 조바심을 내는 것이 아니다. 아내는 늘 내객을 받고 나는 늘 아내의 눈치만 본다. (직업도 없고 돈벌이도 없으니 당연하다.)

그러나 나는 단순히 아내에게 기생하는 것만은 아니다. 생각이라는 것을 늘 하면서 나의 존재와 아내의 존재 이유를 고민한다. 그러나 해답이 있을 수 없다. 나와 내 아내의 결말 또한 나오지 않는다. 이상한 소설이다. 이런 소설은 그 이전에는 없었으므로 모더니즘 소설의 선두주자라고 평자들은 논한다.

당신이 몰랐던 문장이 내게로 왔다

팁 _____ 《날개》는 한마디로 매음을 해서 돈을 버는 아내와 그 아내에게 사육되고 있는 남편의 이야기다. 한 번도 아내의 남자였던 적이 없던 남편인 나를 통해 나와 아내의 관계를 조명한다. 몸 파는 아내나 아무 할 일이 없는 나의 관계가 순조로울 수는 없다.

나는 늘 자고, 간혹 외출을 한다. 외출할 때는 경성역의 커피숍을 들른다. (경성역은 서울역으로 이름을 바꾸고 지금도 건재하다. 전시회도 열린다. 주인공이 들렀던 2층 대합실의 커피숍은 사라졌지만 그 옛날의 흔적은 여전하다. 시간 나면 가서 이상의 체취를 느껴보자.) 아내는 언제나 내객을 만나고 만나지 않는 날은 밖으로 나간다. 아내가 준 돈을 다시 아내에게 줄 때 쾌감을 느끼는 것은 아내가 내객에게서 돈을 받을 때 느끼는 그것과 진배없다.

어느 날 아내는 오늘 밤은 어제보다 좀 늦게 들어와도 좋다고 해서 나는 외출했다. 비를 흠뻑 맞고 감기에 들었다. 아내는 아스피린을 주었으나 실제로는 최면제 아달린 갑이었고 나는 이것은 좀 심하다고 여기면서 산을 찾아 올라갔다. 인간 세상의 아무것도 보기 싫었기 때문이다. 이제는 아내와 연관된 것은 생각지 않으리라 다짐했다. '나를 죽이려는 짓일까?' 이런 생각을 하면서 부리나케 산에서 내려와 집으로 돌아왔다.

거기서 매무새를 풀어 헤진 아내의 모습을, 절대로 내 눈으로 보아서는 안 될 것을 보고야 말았다. 아내는 내 멱살을 잡았고 나는 그만 어지러워서 나동그라지고 말았다. 성난 아내는 내 살을 물어뜯고 '도둑질하러 다니느냐, 계집질하러 다니느냐'고 몰아쳤다. 그런 아내를 남자가 덥석 안아서 방으로 들어갔다.

나는 억울하나 대항 대신 줄달음쳐 집 밖으로 나왔다. 경성역을 들렀다가 어딘지도 모를 곳을 쏘아 다니다가 미쓰꼬시(종각에 있던 백화점

이름) 옥상에 올라가 있는 자신을 발견했다. 그리고 주저앉아 내 스물여
섯 해를 회고했다.

그러나 자 자신의 존재를 인식하기는 어려웠다. 금붕어를 보다가 오
탁의 거리를 보다가 아내와 나는 숙명적으로 맞지 않는다는 결론에 이르
렀다. 그때 정오의 사이렌이 "뚜" 하고 울렸다. 갑자기 겨드랑이가 간지
럽다. 인공의 날개가 돋았던 자리. 나는 걷던 걸음을 멈추고 이렇게 외쳐
본다.

"날개여 다시 돋아라. 한 번만 더 날자꾸나."

이상의 본명은 김혜경이다. 천재와 광인으로 알려졌다. 《날개》를 통해
천재성을 유감없이 발휘했다. 최초로 심리주의를 문학작품에 도입했다.

1937년 사상적 이유로 일제에 체포돼 수감 중 병보석으로 풀려났으
나 그해 26살의 어린 나이로 요절했다. 이상의 연인이 기생 금홍인 것
은 잘 알려져 있다.

《광장》

당신이 몰랐던 문장이 내게로 왔다

일찍이 김구 선생은 내 소원은 대한독립이라고 말했다. 거듭해서 네 소원이 무엇이냐고 물었을 때 대답은 한결같았다. 굽히지 않는 단호함은 마치 우뚝 선 강철과 같았다.

최인훈의 《광장》에서 주인공 명준이 '중립국'을 외치는 장면도 이와 흡사했다. 북쪽 인사의 회유에도 남쪽 인사의 자유에의 미끼에도 그는 흔들리지 않고 중립국을 외쳤다. 대한독립만큼이나 움직일 수 없는 신념은 하늘이 두 쪽 나도 바뀔 수 없는 것이었다. 무엇이 그에게 남도 아니고 북도 아닌 제3국을 선택하게 만들었나. 그 절절함의 이면에는 과연 무엇이 도사리고 있었을까.

자, 일단 우리의 주인공 이명준의 신상부터 털어보자. 명준은 대학 철학과 3학년이다. 그는 아버지 친구의 집에 얹혀살고 있다. 때는 해방 공간이며 동족상잔의 전쟁이 끝나는 휴전 시점이다. 줄 잡아 수삼 년 정도의 시간이 소설의 시간적 배경이다.

해방 후 명준은 자유를 만끽했다. 아버지는 그해 월북했다. (어머니는 얼마 안 가 사망했다.) 은행에서 근무하는 아버지 친구는 명준 하나쯤은 충분히 군식구로 데리고 있을 만큼 넉넉한 살림이다. 명준이 주눅 들지 않고 제집처럼 생활할 수 있는 근거다. 그 집 아들과 딸과는 친구처럼, 애인처럼 사이가 좋다.

풍족하다 보니 젊은이들은 연애질이며 춤질, 드라이브, 피크닉, 영화에 정신이 팔려있다. 돈은 돈을 벌고 풍족한 자들은 더 많은 부와 자유와 권력의 단맛을 즐긴다. 명준도 그들과 합세한다. 하지만 그런 불공정하고 늘어지는 세태에 실망의 빛도 보인다.

그러는 사이 어느 날 형사가 그를 찾는다. 월북한 아버지가 북의 고위 인사가 돼 남을 헐뜯는 방송을 하고 있다. 명준은 형사에게 구타를 당하고 온갖 정신적 치욕을 겪는다. 단지 아들이라는 이유만으로 그는 입술이 터지고 얼굴은 만신창이가 된다. 그는 빨갱이라는 누명과 손가락질을 피할 수 없다.

그즈음 그는 주인집 딸 영미의 소개로 강윤애를 만난다. 오토바이를 타고 서울에서 윤애가 사는 인천으로 내달린 그는 그녀의 집에서 여러 달 기거한다. 딱히 사랑이랄 것도 없었지만 명준은 그녀와 함께 잠을 자고 이런저런 이야기를 나눈다. 그러던 어느 날 자주 가던 술집 주인으로부터 밀수선 이야기를 듣는다. 그는 북으로 간다. 타락한 정치, 경제, 문화 그리고 광장이 죽은 남한을 탈출한 것이다.

북에서 그는 신문사 기자로 활동한다. 그러나 북도 그가 들었던 인민의 나라는 아니었다. 잿빛 공화국, 당에 의해 앵무새처럼 구호를 외치는 하나의 거대한 꼭두각시 집단이었다. 그는 본대로 기사를 썼다. 이 때문에 개인주의적, 소부르주아적 잔재를 청산하지 못했다는 이유로 자아비판을 당한다. 뒤늦게 그는 그곳의 이념 역시 남과 마찬가지로 그가 꿈꿔 왔던 세계와는 거리가 멀다는 것을 인식한다.

발레리나 은혜를 만난 것은 그에게는 천운이었다. 그는 그녀와의 밀회를 통해서 살아 있음을 느낀다. 인천의 윤애와는 다른 그녀에게서 그는 이것은 사랑인가 하는 의문 대신 그렇다는 확신을 얻는다.

그러던 어느 날 전쟁이 터졌다. (상황 설명은 간략하다.) 밀고 내려온 명준은 낙동강 전선에 배치됐다. 은혜는 간호사로 자원했다. 둘은 재회했다. 그들은 틈만 나면 명준이 발견한 동굴 속에서 사랑을 즐겼다. 언제 죽을지 모르는 상황에서 둘은 아지트에서 살을 맞댔다. (그래서 그들의 사랑이 더 애틋했나.)

대공세가 있던 날 은혜는 죽었다. 명준은 포로가 됐다. (이 과정도 자세히 언급되지 않고 있다.) 휴전이 왔고 전쟁포로들은 남쪽인지 북쪽인지 선택을 강요받고 있다.

명준은 단호하다. 그가 중립국을 택한 것은 북쪽도 남쪽도 그가 원하는 세상은 아니었기 때문이다. 둘을 경험한 그에게 양쪽 다 이상 사회와는 거리가 멀었다.

중립국으로 가는 인도 배 타고르호 안. 그는 머물답게 석방 포로들의 통역을 맡으면서 자연스럽게 선장과 통하는 사이가 됐다. 홍콩을 지나 마카오를 거쳐 배는 인도 콜카타(옛 명칭 켈커타)로 향하고 있다.

명준은 포로들이 잠시 정박한 항구에서 나와 술도 마시고 여자도 취할 수 있도록 통역해 달라는 동료들의 제의를 시큰둥하게 받아 들인다. 이 과정에서 난투극이 벌어지고 명준은 그만이 홀로 사색에 잠기는 공간인 한쪽 갑판에 앉아 먼바다에 시선을 두고 지난 여정을 돌아본다. 갈매기들은 따라온다. 죽기 전에 은혜는 임신을 했고 배 속의 아이는 딸이라는 암시를 했다. 그런 상념들이 꼬리를 물고 이어진다. 명준은 중립국도 자신이 살 곳이 못 된다고 판단했을까. 그는 투신자살한다. 이것이 대충 훑어본 《광장》의 마지막 부분이다.

팁 _____ 여러 번 개작했다. 저자의 서문을 봐도 그렇다. 1960년 《새벽》지에 발표한 서문에 이어 73년 판 서문, 76년 전집 판 서문 그리고 89년 판 서문까지 개정에 개정을 거듭했다. 그만큼 작가가 이 작품에 쏟은 애정이 막대했다.

개정을 하면서 내용의 일부도 바뀌었다. 문학과 지성사에서 펴낸 책에는 김현과 김병익 평론가의 자세한 개작 과정과 바뀐 내용들이 서술돼 있다. 여기서는 그런 것까지 살펴볼 이유도 필요도 없을 것이다. 큰 흐름의 줄기는 변하지 않았기 때문이다. 그러나 처음 판 이후 개정판을 읽지 않은 독자들을 위해서 갈매기가 쫓아 오는 부분이나 마지막 은혜의 죽음 등에 대한 내용들이 수정됐다는 사실만은 전하고 싶다. 문체와 문장, 그리고 내용까지 바뀌었으니 완전히 새로운 작품 아니냐고 의문을 제기할 필요는 없다.

김현은 "정치사적 측면에서 보면 1960년은 학생의 해였지만 소설사적 측면에서 보면 그것은 《광장》의 해였다"고 문학사적으로 《광장》이 차지하는 의미를 높게 평가했다.

김병익은 "어떤 형태로든 우리 민족의 분단 상태가 지속되는 한 《광장》은 우리가 역사적으로 억압받아온 이데올로기의 전반적 상황을 증거하는 발언으로 거듭 읽힐 것"으로 내다봤다.

저자는 61년 판 서문에서 광장에 대해 "광장은 대중의 밀실이며 밀실은 개인의 광장"이라면서 "인간을 이 두 가지 공간의 어느 한쪽에 가두어 버릴 때, 그는 살 수 없다. 그럴 때 광장에 폭동의 피가 흐르고 밀실에서 광란의 부르짖음이 새어 나온다"고 강조했다.

주인공 이명준에 대해서는 "그는 어떻게 밀실을 버리고 광장으로 나왔는가. 그는 어떻게 광장에서 패하고 밀실로 물러났는가?" 자문하면서 "그가 '열심히 살고 싶어 한' 사람이라는 것만은 말할 수 있다"고 썼다.

엔딩

니체식 표현을 빌리면 하산한 이후 나는 시장에서 배운 것을 설파하지 않았다. 인류를 위해 고뇌하지도 않았다. 먹고사는 것에서 한 치도 벗어나지 못했다. 잡을 수도 막을 수도 없는 가는 세월을 속절없이 보냈다. 그러다 2018년 여름이 왔다. 오십도 훨씬 지난 나이에 맞는 여름은 지독히도 더웠다. 날개 꺾인 까치처럼 나는 축 늘어졌다.

허다한 밤을 뒤척였다. 잠을 못 이룬 것은 앞선 생의 고민 때문이 아니었다. 내려가지 않는 열대야가 대단했다. "지난 여름은 참으로 더웠네."라는 말을 만나는 사람에게 할 날이 과연 올까 싶었다.

추석이 지나자 거짓말처럼 날이 시원해졌다. 선선하다 못해 쌀쌀한 기운이 돌았다. 열대야가 무어야, 너스레 떨며 어느덧 지난날의 시간은 잊었다.

이래도 되는지 좌판의 아줌마를 붙잡고 하소연이라도 하고 싶었다. '사람이란 본디 이런 건가요? 왔두 와리 와리. 말씀 한번 해 보세요~.' 속으로 이런 장난을 하면서 나는 인파 속으로 사라졌다. 기억의 상실이라는 것은 참으로 편리하구나. (그래서 흑역사가 되풀이되겠지.)

과거를 잊은 인간에게 과연 현재나 미래가 존재할 수 있을까? (너무 거창한가.) 아직은 지구의 순환이 자연의 이치를 따른다고 새로운 것을 발견한 것이나 되는 양 호들갑을 떨어보았다. (온난화, 정말 심각하다.) 그래야만 할 것 같았다. 이 순간 십자가가 붙은 거리의 상자 앞에서, 적선할지 말지 잠시 고민에 쌓였다. 멋진 엔딩씬이 떠오르지 않았다.

겨우 몇 줄을 써놓고 여러 달 내버려 두기도 했다. 어느 날은 그것마저 잊어버렸다. 팽개친 것을 다시 꺼낼 용기가 없었기 때문이기보다는 만사가 귀찮았다. 망설이고 자꾸 뒤로 밀어 놓았다. 명품을 하품으로 만들어 놓을까 염려됐다.

그러다 문득 '브랜드만이 전시되는 것은 아니다, 낡은 상점에는 시골서 올라온 투박한 된장도 손님을 기다릴 수 있는 것이다.' 그런 마음이 들었다. 그러자 마음이 한결 가벼워졌다. 그래서 여기까지 왔다.

안내인은 말한다. 어느 순간 어쩔 수 없이 막다른 골목에 몰린 쥐가 아닌 사람이 그곳을 빠져나오는 방법은 딱 두 가지라고. 하나는 앉아서 하는 여행이다. 독서라는 말이다. 다른 하나는 움직이는 여행, 즉 걷기라고 했다. 실천에는 게을렀어도 그렇다고 절대적으로 믿었기에 간혹 나는 책방을 들르고 거리로 나섰다. 해보니 그것이 다른 것보다 절대적으로 좋았다. 음주 가무보다 얼마나 보기에 좋은가. 남과 어울려야만 불행에서 멀어지고 불안감을 해소할 수 있는 사람을 얕보는 것은 아니다. 사람마다 추구하는 가치가 다른 것을 인정하면서 나는 그것보다는 다른 것에서 더 큰 알맹이를 발견했을 뿐이다. 그러니 빠져나오는 두 가지 방법이 죄다 틀렸다고 말한다고 해서 나무라고 원망하는 일은 없을 것이다.

얼마 전에 걸었던 무등산이 눈앞에 삼삼하다. 오래 미뤄왔던 숙제를 마쳤을 때와 같은 만족감이 밀려왔다. 무엇이 되고자 하는 결정을 하기 위해 간 것이 아니다. 아무런 목적이 없었다. 산이 거기 있다는 것만 알았을 뿐이다.

누가 물어보지 않았는데도 나는 다른 사람이 이미 썼던 표현을 다시 빌려왔다. 책 읽기도 마찬가지다. 책이 있으니 읽는 것이다. 산악회 회원들이 떠난 빈자리는 가을 햇빛이 가득 찼다. 걸리는 것이 없는 아래쪽을 내려다보면서 나는 '행복인가 이것이' 생각했다.

그 옆자리에 인생을 함께하는 사람이 같은 곳을 바라보고 있다. 작은 손이 집에서 싸 온 아직 식지 않은 보온병의 뚜껑을 열었다. 아직 식지 않은 내린 커피가 일회용 컵이 아닌 스테인리스 잔에 가득 찼다. 온기는 꼬리를 물었다. '인생은 살아보니 그럴만한 가치가 있는가?' 그 순간 나는 고뇌하는 철학자가 되고 싶었다.

값을 빚이 있는 자의 조급함인가. 베트남의 어느 밀림과 광주의 금남로를 생각하면서 나는 잔을 받아 들었다. 빚을 갚을 날이 요원하지만 그런 마음으로 하늘을 보니 서석대 아래에 선 것처럼 오금이 저렸고, 입석대를 올려다볼 때 느꼈던 흔들리는 몸이 아래로 자꾸 가라앉는 기분이 들었다.

인터넷 신문 의약뉴스에 연재하고 있는 '오 마이 해피 타임 나의 고전 읽기' 첫 책은 《위대한 개츠비》였다. 2016년 1월 말에 짧은 감상평을 올렸으니 출간까지는 3년을 훌쩍 넘겼다. 그동안 여러 권을 읽었다. 그것을 주제가 비슷한 것끼리 묶어 보았다. 이를테면 《위대한 개츠비》를 《젊은 베르테르의 슬픔》과 짝을 이루게 했다. 누가 보면 두 책은 작가가 다른 것은 물론 주제와 출간 연도, 문학사에서 차지하는 위치 등이 같을 수 없어 묶을 근거가 어디 있느냐고 항변할 수도 있다. 터무니없다고 비난할 수도 있다. 해석이 틀렸거나 억지스럽다고 지청구할 수도 있다. 잎이 떨어진 나뭇가지처럼 졸가리가 없다고 손가락질할 수 있다. 그러함에도 책 두 권을 '무엇과 무엇'으로 한데 모으고 그 이유에 대해 짧은 설명을 붙였다.

그다음에 그 해석이 타당한가보다는 이렇게도 엮이는구나 하는 정도의 소회만을 기대하면서 어설픈 감상을 밑에 양념처럼 첨가했다. (서두에서 언급한 것을 다시 언급한 것은 혹 앞부분을 그냥 건너뛴 독자들을 위한 세심한 배려였다고 이해해 주기 바란다.)

독자에게 친절한 책이라는 평을 듣고 싶은 것은 인지상정이다. 그러나 한편으로는 전혀 그렇지 않다는 비판에 직면할 수 있음을 알면서도 그렇게 하고 싶은 것은 다른 것과 다르기를 원하기 때문이다. 억지춘향 격으로 고집을 부린 것은 저자의 무능이거나 게으름 때문이다.

한 여자 데이지에 대한 한 남자 개츠비의 무한한 사랑. 그 잔은 넘쳐 흐른다. 주체할 수 없는 돈으로 여자의 환심을 사기 위한 개츠비의 행동은 무례할 뿐만 아니라 무모한 짓이었다. 그러나 사랑에 눈먼 경험이 있는 남자라면 '그게 가능해?'라는 질문보다는 그럴 수도 있다는 긍정의 신호를 보내게 된다. 사랑을 위해 죽기까지 하는데 그까짓 파티쯤이냐 무슨 대수이랴. 사랑에 빠진 남자와 그것에 빠지고 싶은 여자들에게 일독을 권한다.

번역본이 셀 수도 없이 많은 《젊은 베르테르의 슬픔》의 베르테르 역시 대단하기는 마찬가지다. 사랑이 이토록 처절할 수 있을까. 극적인 면에서 개츠비에 뒤지지 않을 베르테르의 삶과 죽음을 보면서 '도대체 사랑이라는 것이 이래도 되는 것이냐'고 반문하지 않을 수 없다.

목련꽃이 필 때면 오직 로테만을 위해 살고 죽은 베르테르의 젊음과 열정을 추억하고 싶다. 사랑이 떠났을 때 비굴하게 굴지 않고 깨끗하게 생의 미련을 버린 그를 본받기 위한 것이 아니라 살아서 로테를 기쁘게 해주었다면 그것이 더 로테를 사랑하는 길이었다는 것을 말해주고 싶어서다.

둘 다 죽는 남자가 주인공이기도 하고 남자의 사랑이라면 이 정도는 돼야 한다는 미련한 마음에 '남자 대 남자'라는 제목을 붙였다.

남자의 사랑이 있다면 여자의 사랑도 그에 못지않다. 채털리 부인 코니의 사랑은 타는 불보다도 뜨겁다. 불구인 남편 몰래 메밀꽃 필 무렵 머슴과 정을 나눌 때 그녀의 발소리는 고양이처럼 날렵했고 숨소리는 발정 난 암소처럼 거칠었다. 온몸에 꽃을 덮고 그곳에 사랑스러운 이름을 붙였으니 그녀의 일탈은 숭고한 어떤 신앙과 견줄만하다. 누가 그녀에게 비난의 독침을 쏠 수 있으랴.

보바리 부인 엠마도 둘째가라면 서럽다. 춤바람 난 엠마의 눈에 남편 대신 다른 남자가 보였을 때 그녀는 이미 남편만의 여자가 아니었다. 그녀의 갈증은 목마름 때문이라기보다는 닫힌 육체의 문을 과감하게 열어줄 자상하거나 건장한 남자가 부족했기 때문이었다. 이것은 불륜이지만 감히 사랑이라고 말할 수 있는 것은 그녀가 외간 남자를 만나기로 작정하거나 만났을 때 정말로 행복을 느꼈기 때문이다.

사랑하는 남자의 품에 안긴 엠마의 행복은 코니의 그것과 대등하다. 코니와 엠마를 나는 오래전에 그러니까 학창 시절로 거슬러 간다면 근 40여 년 전에 만났다. 그때는 그녀들의 외설에만 집중했으나 지금 다시 찬찬히 읽으니 그것 이상의 어떤 의미가 책 속에 가득 담겨 있었다는 것을 알았다. 그때는 보지 못한 것을 지금에서야 보는 것은 세월의 힘 때문이리라.

《돈키호테》처럼 유명한 책도 드물 것이다. 하도 오래전 책이라 과연 유명세만 믿고 다시 읽어야 하나 고민했다. 두께도 제법 나가서 만화책으로 보면 될 것을 굳이 이렇게까지 해야 하는지 구시렁거리면서 첫 페이지를 펼쳤을 때 나는 그러지 않았으면 죽을 때 엄청나게 후회했을 거라는 확신을 했다. 오래됐지만 구식이 아니라 되레 세련됐으며 현대의 어떤 현대보다도 더 현대적이었다. 내 인생 최고의 책, 첫 번째에 들어도 무방할 돈키호테는 현생 인류에게 자유와 정의가 무엇인지 다시 한 번 곱씹게 해 줬다.

창과 방패를 들고 오직 신념에 따라 자유를 행사하는 돈키호테야말로 인간성이 말살돼 가는 오늘날에 반드시 읽어야 할 필독서가 아니고 무엇이랴.

천방지축에서는 조금 뒤지지만 자유 의지만큼은 이등 가라면 서러워할 인물이 바로 조르바다. 그리스 사람인 그는 지금 상식으로 치면 법의 심판대에서 무거운 형을 선고받아 마땅한 짓을 수도 없이 저질렀으나 그의 행동은 남을 괴롭히거나 처음 보는 타인을 힘들게 하기 위해서가 아니었다. 오로지 그 자신을 위해 마음이 시키는 대로 말하고 행동하고 실천했다. 그가 한 번 춤을 추기 위해 모랫바닥을 박차고 뛰어오르면 인생의 온갖 잡스러운 혼돈은 어느새 사라지고 순수한 영혼만 남게 된다. 그리스에 가면 그리스인 조르바를 흠모하는 마음으로 조르바의 춤을 다른 사람이 아닌 나 자신이 추고 싶다.

가족의 생계를 책임지면서 평생을 세일즈맨으로 살아온 윌리 로먼의 죽음은 남은 가족은 물론 독자들의 가슴을 미어지게 한다. 한때는 잘 날렸으나 이제는 나이 들어 쓸모없게 됐을 때 그가 할 수 있는 일은 나의 행복이 아닌 가족의 행복을 위해 살기보다는 죽는 일이었다. 세상에서 가장 유명한 세일즈맨은 이렇게 세상과 작별했다.

제목에서 이미 밝혀졌지만 오콩코의 비극 역시 윌리 로먼에 못지 않다. 수백 년 아니 수천 년을 이어온 아프리카 원시 부족의 삶이 한순간에 무너져 내렸다. 부족장이었던 그의 삶은 당연히 반항을 뛰어넘는 저항이었으나 창으로 총을 막아낼 수는 없었다.

찬송가와 복음과 설교를 움막의 가르침이 이겨 낼 수 없었다. 과거를 지탱하는 것은 물론 현재도 유지할 수 없었다. 그가 할 수 있는 일은 더는 참을 수 없을 때 침략자를 해치고 자신도 그렇게 되는 것이었다. 그에게 있어 교회는 그가 가진 것 모든 것을 산산이 부순 상실의 주체였다.

사람이 한계를 지닌 존재인 것은 태어나면서부터 죽음으로 향해 가기 때문이다. 그것을 산 사람들은 모두 알고 있다. 그래서 인생은 무엇인가 하는 철학적 사고는 인류 탄생부터 시작됐다.

오래전 사람 공자는 인의예지를 노래했으며 노자는 자연에서 인생의 답이 있다고 도와 덕을 설파했다. 오늘날에도 여전히 공자 왈 하거나 도를 아느냐고 묻는 것은 그들이 품은 의문이 수천 년 뒤의 지금 생애에도 여전히 유효하기 때문이다. 어떤 사람들은 책장에 한 권의 책만 남겨 놓고 다 버리라고 한다면 《논어》나 《도덕경》이라고 뒤도 돌아보지 않고 서슴없이 말한다.

건드리면 대드는 것은 인간만의 특권이다. 가두고 억압하고 잘못을 저지르면 꿈틀거리기 마련이다. 당과 국가가 하라는 대로 하고 하지 말라는 것은 않는다면 그 속의 국민들은 생각하는 갈대가 아니다. 저항의 기운이 싹트고 급기야 활화산이 터질 때 그들은 다시 인간이 된다. 우리도 역사에서 숱한 저항을 해왔으며 지난 겨울에는 모두 모여 무도한 자들과 맞섰다. 빅 브라더에 저항한 윈스턴 스미스의 삶은 그래서 빛을 발할 수밖에 없다.

정신병원에 스스로 갇힌 맥머피가 볼 때 정신병자는 환자가 아니라 그들을 보호한다고 하는 의사나 간호사였다. 특히 수간호사는 환자 치유를 명목으로 철저하게 그들을 감시했고 수중에 넣었다. (지금 유행하는 그루밍 범죄의 원조라고나 할까.)

맥머피는 저항했고 싸웠으며 끝내 쟁취했다. 비록 그것이 죽음으로 이어졌을지언정 그는 그런 행동을 통해 자유의 몸으로 새처럼 하늘을 날았다.

《1984》는 미래의 어느 시점이 아니라 여전히 오늘날의 현재로 살아 있다. 둥지 위로 날아간 뻐꾸기 역시 날아가서 영원히 돌아오지 않는 것이 아니라 늘 새장 주위를 선회하면서 갇힌 새들이 날도록 창살을 쪼아대고 있다.

길을 떠나는 것이 인생이다. 그것이 순례길이라면 경건한 마음은 덤이다. 이름도 숭고한 크리스천은 하느님을 만나기 위해 멀고 험한 여정을 떠난다. 비록 가족을 두고 가기는 했으나 그의 마음은 비단결처럼 곱고 신을

엔딩

향한 일편단심은 어떤 상황에서도 변하지 않는다. 그가 여정의 마지막에서 가족과 함께 환호성을 질렀다고 생각하는 것은 당연하다.

그러나 이런 여정도 있다. 술을 좋아해 이름 대신 위스키 사제로 불리는 이제는, 사제가 아닌 사제는 좋아서 하는 길 떠남이 아니라 쫓기는 길이다. 죽을 고비를 숱하게 넘기고 마침내 눈앞에 멕시코 국경을 마주하고 있다. 넘기만 하면 그는 이제 해방이다. 그런데 그 순간 사형수에게 세례를 줘야 한다는 의무감 때문에 몸을 앞으로 밀지 않고 뒤로 돌린다. 그의 노정은 크리스천만큼이나 벅차고 위대한 것이었다. 그에게 권력은 낮은 자에 있으며 영광 역시 그렇다. 권력과 영광은 따로 노는 것이 아니라 같은 길 위에 있다.

살아 있는 어머니의 관을 만드는 아들은 어떤 심정일까. 그 모습을 이층 창가에서 바라보는 어머니 마음은 또 어찌 헤아릴까. 마침내 관을 메고 멀고 먼 어머니의 고향으로 향하는 애디 가족의 마음은 흩어지지 않고 하나로 뭉쳐 있을까. 홍수로 다리가 떠내려가 머나먼 길을 돌아갈 때 시체의 냄새 때문에 매장을 서두르는 것이 어머니에 대한 효도라고 생각했을까. 가족들은 이럴 때 모여서 어떤 결론을 내려야 마땅한가. 내가 죽어 누워 있을 때를 상상하면 답은 이미 나와 있다.

물어뜯기 위해서 같이 사는 가족은 없을 것이다. 그런데 티론 가족은 그런 거 같다. 알코올 중독자 아버지와 큰아들은 육박전 직전까지 가기 일쑤다. 누가 보면 부자지간이 아니라 원수도 이런 원수가 없다. 어머니는 마약을 하고 막내는 시를 쓴다고 끼적이나 몸의 병색 때문에 힘이 없다. 이런 가족이 하루도 아니고 매일 살을 맞대고 산다면 우리에게 가족은 과연 어떤 의미로 다가올까. 혈육과 가족의 의미를 되새겨 보는데 이만한 희곡도 없다.

내 이름은 이스마일로 시작하는 첫머리는 읽을수록 묘한 구석이 있다. 선장의 이름은 에이햅이다. 그가 사람이 아닌 고래와 죽기 살기로 싸움을 벌인다. 평생의 한을 갚기 위해서라고 하는데 그렇게까지 해야 하는지 도통 이해 불가다. 이제 살 날이 얼마 남지 않은 늙은이가 거친 바다에서 거대한 모비 딕과 한판 승부를 벌이는 장면은 노인도 노인 나름이라는 것을 실감 나게 한다.

산티아고 노인은 또 어떤가. 에이햅 선장과 비교해도 우열을 가리기 힘들다. 그는 복수라기보다는 단지 먹고 살기 위해서 평생 해온 일이니까 하는 직업 정신으로 오늘도 바다로 나간다.

큰놈 하나 잡아 평생 어부로 산 자존심을 살리고 싶다. 그가 항구로 돌아왔을 때 배보다 더 큰 청새치가 뼈만 남은 앙상한 모습으로 남아 있어도 노인이 웃을 수 있는 건 놈과 대결에서 지지 않고 이겼기 때문이다.

나이 들면 염치없고 체면 없고 막무가내로 사는 노인들이 대부분이지만 이런 노인은 욕하기보다는 존경받아 마땅하다.

어리다고 해서 무시해서는 안 된다. 짐은 어른 뺨치고도 남는다. 용감함에 있어서나 지혜에 있어서나 모자란 것이 없다. 그러니 차표 대신 지도 한 장 달랑 들고 보물섬으로 떠날 때 그의 모험은 기상천외한 방법으로 연결된다.

그냥 해적도 아닌 해적 중의 해적, 해적의 왕을 상대로 멋진 승리를 펼치는데 이런 짐을 꼬마라고 불러도 될까? 에라 모르겠다.

헉 핀 역시 짐과 견줄만하다. 능수능란한 거짓말은 물론 들키지 않는 도둑질은 기본이다. 순간을 모면하기 위해 가짜 이름 수십 개를 들먹일 때면 아이라기보다는 닳고 닳은 늙은이가 울고 간다. 하지만 헉 핀이 이런 것은 그가 태어날 때부터 순수하지 않았기 때문이 아니라 살기 위해서 어쩔 수 없이 변신을 거듭하면서 그렇게 된 것이다. 아이 잘못이 아니라 어른 책임이라는 말이다. 그가 벌이는 모험은 어른을 위한 동화라고 불러도 좋을 만큼 흥미진진하다.

아버지와 아들이 한 여자를 두고 혈투를 벌인다. 놀라울 법도 한데 아버지의 장남 드미트리는 아무렇지도 않다. 되레 자신을 낳은 아버지를 죽이려 들고 죽이지 못해 안달이다. 미치지 않고서는 이러지 못한다. 아무리 독한 보드카를 먹는 러시아인이라고 해도 말이다. 그러니 광기로 가득 찬 드미트리나 카라마조프의 종말이 어떨지는 알 만하다. 제목이 형제들로 복수형이니 장남뿐 아니라 차남이나 막내의 성격도 볼 만하다.

미성년자를 사랑하는 남자도 드리트리처럼 제대로 미치기는 마찬가지다. 지금 세상이라면 당장 잡혀가도 남을 험버트 험버트를 만나면 하고많은 여자 중에 왜 하필 롤리타인지 묻는 것이 실례여서 궁금해도 그렇게 하고 싶지는 않다.

그러나 눈여겨 볼만한 인물인 것만은 분명하다.

그 인생은 행복했을까, 이 질문에 대한 대답은 '그렇다'이다. 적어도 그에게 롤리타는 애정의 대상이며 이 세상에서 가장 사랑하는 여인이다.

그의 눈은 광기로 가득 차 있으나 한편으로는 롤리타를 향한 불타는 사랑으로 넘쳐나고 있다. 롤리타, 그 이름은 오늘도 죽지 않고 영원히 유령처럼 지구를 배회하고 있다.

출세하고 싶은 욕망은 태어난 자라면 누구에게나 있기 마련이다. 한국이나 먼 프랑스나 이것은 대동소이하다. 특히 젊은 남자에게 출세는 너무나 중요하다. 그러나 그것은 어느 순간 벼락처럼 오는 것이 아니기 때문에 수단이 있어야 한다. 줄리앙과 외젠은 그런 면에서 일가견이 있다.

20대 안팎의 이들은 인생의 목적을 오직 그것에다 두고 할 수 있는 모든 방법을 동원한다. 그 무기는 바로 젊음의 힘. 그들은 몸으로 여자를 후리기로 작정한다. 그것이 가장 빠르다는 것을 누가 알려주지 않아도 본능으로 터득했다. 튼튼하고 잘생긴 몸은 유한마담에게 어필하는 최고의 무기이기 때문이다. 하지만 그렇다고 해도 미래가 반드시 탄탄대로인 것만은 아니다. 이들의 앞길은 창창한데 너무 이른 출세는 또 다른 불행을 잉태하기 마련이다.

드라마틱한 것이 인생이다. 아무리 용을 써도 낫지 않는 환자에게 약을 바꾸자 기적처럼 완치되면 의사들은 이렇게 표현한다. 드라마틱하다고. 드라마라면 예상치 못한 반전으로 시청자의 눈과 귀를 사로잡을 수 있다.

세상에서 제일 귀여운 여인 올렌카는 자신의 삶보다는 남자의 삶에 순종하고 철저하게 이입된다. 남편의 생각이나 직업에 따라 자신도 온종일 그것만 생각하고 그것을 전파하는데 골몰한다. 그러다 그 남자가 어떤 이유에서건 더는 남편이 아니었을 때 그녀의 생각도 새로운 남자를 따라 바뀐다. 극적인 반전이 일어나는 것이다.

이 글은 쓰는 지금은 10월하고도 중순이다. 낙엽이 진다는 말이다. 이때쯤부터 공원의 벤치에서 자는 소피의 걱정은 늘어나기 마련이다. 집도 절도 없는 그가 한겨울을 이겨내야 하기 때문이다. 그는 겨울 동안만 따뜻한 감옥에서 지내기로 하고 작은 범죄를 저지른다. 하지만 연속해서 실패한다. 감옥 가기도 어려운 세상이라고 한탄할 때 그 앞에 찬송가 소리가 들려온다. 소피는 마음의 결심을 한다. 감옥 대신 일을 하겠다고. 그때 누군가 그의 손을 잡아끈다. 시쳇말로 '웃픈' 현실이다. 독자들은 기막힌 반전에 배꼽을 잡으면서 소피의 찢어지는 심정도 조금은 헤아려 봐야 한다.

복수는 신이 하고 용서는 인간의 것이라고 하지만 신이 그러지 못할 때 인간은 부득이 나서야 한다. 코니나 엠마와 쌍벽을 이뤄도 시원치 않은

'바람난 부인' 안나의 복수는 소극적이지만 여자의 복수치고는 가장 센 것이었다.

사랑하는 남자가 자신을 떠났을 때 안나가 할 수 있는 일은 세상을 등지는 것이었다. 나 없는 세상에서 젊은 여자와 실컷 재미 보라고 브론스키에게 보란 듯이 하데스의 화살을 날린다. 그것을 맞고 안 맞고는 둘째 일이다. 쏘는 것으로 안나는 복수를 멋지게 해낸 것이다. 길고도 두껍지만 읽어냈을 때는 잠시 '흑' 하는 한숨을 쉬게 만드는 그런 책이다.

바람 부는 언덕에서 살았던 히스클리프는 자신을 학대한 주인에게 잽은 물론 어퍼컷을 날려 마침내 케이오시켜 버린다. 처절한 복수극을 끝낸 그가 만세를 부를 때 높은 언덕에서는 여전히 폭풍이 몰아치고 있다. 인생은 출렁이는 파도와 같다. 그래서 생각할수록 곱씹게 된다. 어떤 것도 인생이라는 제목을 붙일 수 있지만 커츠의 인생은 되짚어 볼 필요가 있다.

문명인인 그가 야만인인 아프리카 원주민을 장악하고 그곳에서 괴이한 삶을 살고 있을 때 우리는 새로운 인생과 맞닥뜨린다. 그를 찾아 나선 나와 그의 이야기를 전하는 말로의 인생 역시 새겨 봐야 한다. '이런 삶도 있구나' 하고. 이 책은 영화로 나와 더 유명해졌다. 밀림 속의 말론 브랜도가 '슬럼독 밀리어네어'의 아이처럼 똥 속에서 솟구쳐 일어나는 것 같은 장면은 매우 섬뜩하다.

전쟁에서 죽음은 흔한 것이다. 그런데 살아서 돌아왔다. 결혼도 했다. 그런데 그가 죽었다. 그는 젊고 앞길이 창창하나 살지 않고 죽었다. 부인은 꽃을 사러 집을 나섰다. 젊은이가 창가에서 떨어져 죽었을 때 그녀는 망자를 위한 꽃을 사는 대신 파티를 위한 꽃을 준비하기 위해 거리로 향했다. 때는 마침 6월이라 세상은 싱그럽고 가게들은 활력이 넘쳤다. 한 사람은 죽었다. 다른 한 사람은 저녁때 파티의 성공을 꿈꾸고 있다. 그 부인의 일상은 평온한 삶 그 자체였다.

살다 보면 부조리한 것이 많아도 참 많다고 느낄 때가 있다. 그런 것을 책에서 보면 "어쩜 세상사와 그렇게 똑같니?" 하고 누군가라도 붙잡고 하소연하고 싶다.

오래전에 그러니까 요새 유행하는 말로 '급식이'일 때 오지 않는 사람을 일주일 정도 기다린 적이 있었다. 딱히 만나서 뭐라고 할 말도 없었으나 방과 후에 한 시간 정도 큰 건물 앞에서 그냥 서 있었다. 아마도 지나가는 사람들 구경하는 재미였겠지만 그래도 기다리는 누군가는 있었다. 지금 생각하면 참으로 이해할 수 없는 부조리한 짓을 했다.

그러나 나의 이런 행동은 디디나 고고에 비하면 새 발의 피라고 할 수 있다. 그들은 무려 50년 동안 고도를 기다렸기 때문이다. 평생을 기다린 그들의 행동은 이성의 힘으로는 이해할 수 없는 일이다. 연극으로 한 번 보고 싶을 만큼 인생이란 무엇인가 하는 깊은 고뇌에 빠지게 한다.

뫼르소의 행동도 부조리하기는 마찬가지다. 어머니가 죽어도 슬퍼하지 않는다면 어머니의 자식이라고 할 수 없다. 태양이 뜨겁다고 해서 살인 충동을 느낀다면 제명에 죽을 사람은 많지 않다.

기다리고 또 기다리고 하염없이 기다리는 삶이나 살 수 있는데도 자기 변명을 하지 않고 죽는 사람이나 이해 불가는 마찬가지다. 그들은 언제나 낯선 이방인이기 때문이다.

《분노의 포도》는 오래전에 읽었다. 여기서 포도는 먹는 포도인가 아닌가. 다른 것은 몰라도 뿌연 먼지를 뿌리며 조드 가족이 낡은 트럭을 타고 캘리포니아로 갈 때 포도라도 배불리 먹기를 바랐다. 다시 읽을 때 그 장면에서 또 그런 기대를 했다. 아닌 것을 알면서도 그렇게 한 것은 이들이 굶지 않고 먹기를, 차별받지 않고 당당하게 새로운 곳에서 정착하기를 바

엔딩

랐기 때문이다. 결론을 이미 알고 있었지만 이런 바람을 가졌던 것은 가족의 분노가 하늘을 찔러 마침내 돌이킬 수 없는 죄를 짓지 않기를 기원하는 마음에서였다.

로라는 내가 기억하는 여자 주인공의 이름으로 잘 지워지지 않는다. 어떤 주인공 이름은 최고의 찬사를 보내면서도 쉽게 잊었으나 로라만큼은 기억 속에 각인된 것처럼 언제 어디서건 따라다녔다. 그녀가 완벽해서가 아니라 어딘지 허점이 많아서였다. 그녀가 집을 박차고 나가기 전에 그녀는 문제가 많은 여자였다. 허영에 들떠 있고 거짓말과 문서 조작을 하는 등 남편에게 당당할 수 없는 약점이 있었다. 그러함에도 두 눈에 분노를 가득 담았을 때 그녀를 막을 사람은 아무도 없었다. 인형이 사는 집을 떠나 자기의 길을 가는 자의 뒤태가 얼마나 아름다운지 그때 처음 알았다면 거짓말일까.

맹자는 '사람은 선하게 태어났다'는 성선설을 주장했다. 《사람은 무엇으로 사는가》를 보면 과연 그렇다는 생각이다. 바람 부는 찬 겨울에 하필 교회 앞에 한 젊은 남자가 알몸으로 누워있다. 구두 수선공은 그냥 모른 체하고 지나칠 수 있었다. 집으로 데려가면 군색한 살림에 군식구만 늘어난다. 그러나 그는 그렇게 하지 않았다. 아내도 처음에는 걸인이라고 싫어했으나 빵을 주고 재워 주었다. 그것은 그들 부부가 악하게 태어나지 않고 선하게 태어났기 때문이다. 만약 그 반대였다면 그들은 살지 못하고 죽었을 것이다. 그러나 세상에는 성품이 착한 사람만 있는 것은 아니다. 그래서 순자 같은 사람은 성악설을 주장했다.

거지와 강도와 경찰은 언뜻 보기에 잘 어울리지 않을 것 같지만 실상은 모두 한통속이다. 잇속을 위해서는 서로 어울려야 한다는 것을 귀신같이 안다. 이들에게도 죽음 대신 삶이 있다. 세상은 선뿐만 아니라 악이 공존

당신이 몰랐던 문장이 내게로 왔다

하기 때문이다. 《서푼짜리 오페라》는 빛이 아닌 어둠의 세계도 사람 사는 곳이라는 것을 보여주고 있다.

질풍노도의 시기를 누구나 겪었을 것이다. 그것은 반드시 통과해야 하는 의례와 같은 것이다. 홀든 콜필드는 막 그런 시기를 지나고 있다. 그런데 그는 다른 누구보다도 더 큰 성장통을 겪고 있다. 가출을 일삼듯이 하고 학교에서 쫓겨나기를 밥 먹듯이 한다. 하지만 그에게는 커다란 꿈이 있다. 아이들을 위해 호밀밭의 파수꾼이 되기로 한 것이다. 이런 청소년을 누가 불량아라고 손가락질할 수 있을까.

힘센 아이는 그보다 못한 아이에게는 두려움의 대상이다. 협박하고 갈취하고 심지어 목숨까지 노린다. 그 아이를 누가 지켜줄 수 있을까. 부모나 형제도 아니다. 바로 데미안 같은 선배다.

인생에서 한 번쯤 그와 같은 사람을 만난다면 그는 두려움 없이 직선으로 커갈 수 있다. 소년이 청년이 되는 과정을 그린 이 소설은 내용이 그렇다고 해서 청소년들이 쉽게 읽고 이해할 수 있는 그런 책은 아니다. 그러니 그들에게 지금까지 읽은 책 중에서 가장 감동 받은 책이 무엇이냐고 묻고 《데미안》이라는 답이 나오기를 기대하지 말자.

바랄 것이 없어 모든 희망이 끊어졌을 때 우리는 절망에 빠졌다고 말할 수 있다. 이반이 그런 상태에 있다. 시베리아의 감옥 생활은 혹독했다. 그러나 그는 아주 포기하지는 않았다. 그런 나날들은 이겨내고 있다. 하루를 살아도 인간답게 살겠다는 욕구가 그를 죽지 않고 살게 만드는 원동력이었다.

죄수가 갇힌 수용소의 하루는 작업으로 시작해서 작업으로 끝난다. 현역병 시절 나도 그런 일을 했다. 무려 3개월 동안, 해를 보고 출발해 해지고 돌아오는 교통호 작업은 이반의 그것과 다르지 않았다. 춥고 배고프고 고됐다. 남의 일이 아닌 내 일이라서인지 이 소설이 더 혹독하게 다가온다.

한 번의 실수도 용납될 수 없다는 명제에 갇힌 여자는 평생을 가슴에 새긴 주홍 글자로 괴로워했다. 수년째 기약 없는 남편 대신 다른 남자의 품에 안겼다는 것이 그런 벌의 이유였다. 하필 그 남자는 마을 사람들의 존경을 받는 목사였고 그래서 죄의 깊이는 얕지 않고 깊었다. 수렁에 빠진 그녀는 다른 사람처럼 그곳에서 허우적거리지 않고 당당하게 자신의 삶을 살아갔다. 호랑이에게 물려가도 정신만 차리면 사는 것이 아니라 나만의 내공을 키워야 다른 사람의 곱지 않은 시선을 이겨낼 수 있다.

중년의 나이는 어떤 유혹에도 흔들리지 않거나 하늘의 뜻을 알기에는 여전히 부족하다. 부는 바람에도 쉽게 흔들이며 누가 부르면 도둑처럼 제 발이 저려 뒤돌아보게 된다. 마치 어디로 튈지 모르는 청소년 같은 나이가 바로 중년이다. 그 중년이 평화로운 가정을 박차고 집을 나갔다. 그림을 그리기 위해서라고 하는데 이는 아무 때나 화를 내고 이유 없이 삐지는 영락없는 '중2병'에 다름 아니다.

나중에 부인이 그런 이유로 가출했다는 말을 들었을 때 얼마나 어이없고 같잖았을까. 얼빠진 녀석이 아니라면 쉽게 내릴 수 없는 결정을 한 것은 그가 중심이 없는 중년이었기 때문이다. 그러나 그를 흔들었던 것은 나약했기 때문이 아니라 바로 서기 위한 몸부림이었다. 쓰러졌을 때 일어나기 위해 그렇게 했다. 그러니 이런 인물에게 중년은 위기가 아닌 기회라고 봐야 한다.

제2의 사춘기를 사는 체코의 중년 남녀들도 흔들리기는 마찬가지다. 중세풍의 멋진 도시 프라하의 거리를 걸으면서 나는 인간은 참을 수 없는 존재라는 밀란 쿤데라의 말을 곱씹었다. (그때 거기서 먹었던 흑맥주가 간혹 생각나는 요즘이다.)

존재의 무거움이 아닌 가벼움이 네 명의 중년 남녀에게 찾아왔을 때 그들은 서로 몸을 탐구하는 것으로 그것을 이겨내려고 몸부림쳤다. 하지만 작품이 끝났을 때 그들이 무엇을 찾았는지는 끝내 확인되지 않고 있다. (독자들은 부디 그것을 찾으라.)

인간이 봤을 때 생김새가 추악하고 성격은 포악하고 하는 행동은 생물학적 법칙을 무시한다. 괴물이다. 인류가 만든 최초의 괴물 프랑켄슈타인. 괴물에게 이름이 없어 이제는 괴물의 대명사가 된 프랑켄슈타인은 앞서 말한 괴물의 특징을 모두 갖고 있다. 여기에 사람과 같은 감성이 더해졌다. 인간에게 사랑받고 싶었던 인간적인, 너무나 인간적인 괴물은 그러지 못해 괴로웠다.

여기 또 하나의 괴물이 있다. 단독의 괴물이 아니라 한 몸에서 인간과 괴물이 함께 산다. 하나는 고상한 박사이며 다른 하나는 죄악에 찌든 살인마다. 고상한 인간은 쾌락을 추구하고 싶을 때 괴물로 변신한다. 우리 내부 안에 있는 선한 마음과 악한 마음은 공존할 수 있을까. 완벽한 선도 완벽한 악도 없는 인간의 마음을 어찌 약물로 다스릴 수 있으랴.

웃음만큼 인간을 기쁘게 하는 것은 없다. 사람이 가장 사람다울 때는 웃을 때다. 그러니 예로부터 웃으면 복이 온다는 말이 생겼다. (아닌가.) 아무튼, 인간의 웃음은 언제나 좋은 쪽으로 해석됐다. 그러나 역설적으로 어떤 사물을 강하게 비판할 때도 나오고 건들기 어려운 금기의 영역을 침범할 때도 나온다. 신을 찬양하는 것이 최고의 덕목이던 서슬 퍼런 시절에 신을 조롱했던 에라스무스는 이런 책을 쓰면서 얼마나 웃었을까, 떨었을까. 죽음을 무릅쓰고 어리석은 신을 감히 쥐어박았던 그는 존재하지 않는 신을 비웃으면서 수많은 인간을 웃겼다.

그런가 하면 한술 더 떠 신이 아닌 동물을 주인공으로 삼아 인간 세상을 실소의 도가니로 만들었던 작가도 있다. 개돼지가 사람으로 나와 인간군상의 더러운 측면을 날카롭게 찔렀다. 그것도 평범한 인간이 아닌 평범한 인간을 위한다는 혁명가들을 그렇게 했다. 그러니 겉으로는 웃으면서도 속으로는 울 수밖에 없었다. 모든 동물은 평범하다면서도 어떤 동물은 더 평등하다는 논리는 지배자의 권력을 뒷받침하는 이론으로 작용했다. 개와 돼지와 말이 웃겨서 죽을 지경이다.

자식은 부모에게, 부모는 또 자식에게 어떤 존재여야 하는가. 장성한 자식이 자기 부모가 저절로 죽지 않고 누군가에게 살해됐다고 느낄 때 행동은 어떠해야 하며 마음가짐은 또 어떠해야 하는가.

햄릿은 아버지인 왕이 살해됐다는 것을 알고 번뇌와 고민에 휩쓸린다. 살해자는 다름 아닌 자신의 삼촌, 즉 아버지의 동생이다. 그가 왕권을 찬탈하고 어머니와 함께 살자 햄릿은 극심한 정신적 고통에 시달린다. 살 것인지 말 것인지를 놓고 그야말로 죽을 지경이다.

아들만 아버지의 자식이 아니다. 코딜리아는 아들 이상의 역할을 했다. 자신을 무시했지만 끝내 효심을 잃지 않았다. 언니들은 아버지를 배신했다. 어리석은 아버지는 눈앞의 감언이설에 속아 누가 자신을 위하는 진정한 딸인지 알지 못했다. 뒤늦게 알았을 때는 나중에 찾아오는 후회로 몸부림치지만 이미 늦었다.

자식 농사로 걱정이 태산인 당신에게 《햄릿》과 《리어왕》을 추천한다. 그래도 문제 해결은 안 되겠지만 마음의 위안은 조금 있겠다 싶기 때문이다.

반역을 꾀하는 사람들이 있다. 오래전부터 동서양을 막론하고 이런 사람들은 성공하기도 하고 실패하기도 했다. 새롭고 좋은 것을 취하기 위해서 통치자를 갈아 치웠고 사리사욕을 위해 그렇게 했다.

임금의 사랑을 받던 장군은 그 자리도 좋았으나 그보다 더 좋은 왕권을 차지하기 위해 왕을 죽였다. 왕을 죽이기 전에 그는 세 마녀의 예언을 믿었다. 왕이 된다는. 그리고 그 믿음이 흔들릴 때 왕비가 되려는 부인의 충동질에 칼을 뽑았다. 자신의 의지보다는 외부 세력의 힘에 끌려갔던 자의 최후는 비참했다.

흑인이면서도 백인한테 인정받아 장군이 됐던 오셀로도 배후 세력의 음모에 굴복했다. 마녀나 부인이라기보다는 부관 때문에 그렇게 됐다.

세상에 둘도 없는 흉악한 간신배가 쑤석거리자 용맹했지만 현명하지 못했던 장군은 세상에 둘도 없이 아름답고 오직 남편만을 사랑했던 아내 데스데모나를 배반했다. 결과는 돌이킬 수 없는 최악의 비극이었다. 그가 좀더 신중했더라면, 오래된 나무처럼 바람에 흔들리지 않고 제자리를 지켰더라면 그와 아내, 그리고 국가의 비극도 막을 수 있었을 것이기에 읽는내내 그의 어리석음에 가슴이 미어져 왔다.

여행이 즐거운 것은 돌아올 집이 있기 때문이다. 누군가 이 말을 아직하지 않았다면 내가 한 말 가운데 어록으로 남겨도 좋을 만하다. 원래 있던 곳으로 다시 돌아올 때 인간은 비로소 깊은 안식에 취할 수 있다.

여우가 죽을 때 고개를 고향 쪽으로 하는 것은 비록 미물이라고 할지라도 자기가 살아온 곳을 그리기 때문이다. 원래 있던 곳으로 돌아오고 싶어 하는 것은 인간이 아닌 거의 신에 가까운 오디세우스도 마찬가지였다.

10년 동안 전쟁을 치르고 마침내 승리했어도 고향으로 돌아가지 못하는 그의 마음은 애절하다. 사랑하는 아내도 있고 아들도 있는데 하늘도 무심하지 어서 가서 보고 싶은 마음에 어깃장을 놓는다. 하지만 지성이면 감천이라고 했던가. 호메로스는 마침내 오디세우스를 귀향시킨다. 돌아온 오디세우스는 용서 대신 복수를 선택했다. 남은 가족을 괴롭혔던 상대들을 무참히 짓밟는다. 영웅전은 모름지기 시작은 몰라도 끝은 권선징악으로 마무리해야 한다는 공식을 작가는 후배들을 위해서 제대로 세웠다.

멀고 먼 열하로 조공 행렬을 따라갔던 우리의 문장가 박지원의 심정도 황제를 알현하고 나서는 고향으로 하루빨리 돌아가고 싶었을 것이고 그 마음은 오디세우스의 그것에 견줄 수 있다고 짐작해 본다.

워낙 가는 길이 험했고 죽을 고생을 여러 번 겪었기 때문이다. 그런 경험은 오디세우스의 활약상만큼이나 흥미진진한 것이어서 자신이 직접 한 자 한 자 꼬박꼬박 적어서 기록에 남겼다. 그가 비록 대국에 조공을 바치는 소국의 말단 관리였지만 기개만큼은 꼿꼿했으며 배우려는 자세는 남달랐기에 그의 환향은 매우 성공적이었다고 후세 사람들은 입에 침이 마르도록 칭찬을 아끼지 않고 있다.

태어날 때 사람은 신분으로 규정된다. 이는 현대 사회의 금수저 흙수저가 증명한다. 과거에는 양반이면 양반으로, 상놈이면 상놈으로 죽을 때까지 그렇게 살아야 했다. 천한 백정 출신의 임꺽정이 가졌을 분노는 상놈이 아니라도 충분히 느낄 수 있는 그런 비참한 것이었다.

비슷한 처지에 있던 무리를 모아 세력을 형성한 그는 도둑의 괴수가 되어 관군을 괴롭히고 나라를 흔들었다. 꺽정이가 잘나기도 했거니와 백성들이 임금의 편이 아니라 그의 편이었기에 가능했다. 도적이 잡히지 않고 살아서 더 많은 관군을 죽이고 양반을 그렇게 하고 임금을 능멸하기를 바랐던 것은 사회가 너무 썩어 자정할 수 없을 지경에 이르렀기 때문이었다. 그런 사회는 망조가 들었다고 말할 수 있으며 그 망조 때문에 결국 조선은 망해 남의 나라의 지배를 받는 가련한 신세가 됐다.

《멋진 신세계》라는 멋진 제목을 달고 나온 소설에서도 신분은 날 때부터 규정된다. 신분은 곧 하는 일로 판가름나는데 이곳은 남과 다른 신분으로 태어나 하는 일이 천해도 꺽정이처럼 불만보다는 당연하게 받아들인다

당신이 몰랐던 문장이 내게로 왔다

는 점이다. 이 세계는 겉으로는 그런 세계로 보인다. 그러나 인간이 하는 일이란 허점이 늘 있기 마련이어서 그곳 역시 신세계는 아니라는 결론에 닿는다.

사람은 꿈을 꾼다. 꿈속에서는 현실에서 하지 못한 일을 할 수 있다. 날아다니기도 하고 때리는 자를 반대로 때리기도 한다. 어떤 때는 호랑이 등에 타고 다니면서 고삐 대신 귀를 잡아 세우기도 한다. 이런 황당한 일이 꿈속에서 일어나는데 소설 속에서도 종종 변주된다. (실제로 나는 지금도 이와 유사한 꿈을 꾸고 있다.)

자고 일어나니 한 마리의 커다란 벌레로 변신해 있다면 잠자 아닌 그 누구라도 놀라지 않을 수 없다. 생각하는 것은 인간과 똑같으나 생김새와 먹는 것과 말하는 것이 다르다면 제발 꿈이기를 바라마지 않을 것이다. 그러나 잠자는 꿈이 아닌 현실에서 일어난 일이라는 것을 안다. 회사도 알고 어머니도 알고 아버지도, 여동생도 안다. 이제 잠자는 집안의 자랑거리가 아니다. 애물단지, 아니 감추고 싶은 흉물이다. 그가 할 일은 남은 가족이라도 편히 살라고 영원히 사라지는 것 외에 다른 길은 없다.

얻어터지고서도 때린 것은 나라고 주장하는 정신 승리법의 주인공 아큐도 벌레로 태어난 잠자 만큼이나 황당하기는 마찬가지다. 그런 그에게 정전까지 바친 작가야말로 실로 대단하지 않을 수 없다. 살다 보면 이런 사람들의 정신이 이상하지 않고 지극히 정상이라는 것을 느낄 때가 있다.

힘센 자들의 상상할 수 없는 갑질을 보면 아큐가 살아 있다면 한 수 배울만하겠다. 입만 열면 거짓말이고 한평생 진실된 것과는 거리가 멀었던 한때 우리의 지도자라고 떠벌렸고 떠받들어졌던 누군가가 꼭 아큐 같은 인물이었다고 생각하면 씁쓸함을 금할 수 없다.

아큐는 자신 한 몸을 황당함으로 채웠으나 그는 온 국민을 그렇게 만들고서도 여전히 반성이라는 것을 모르고 있다. 단군 이래 그런 사기꾼도 없을 것이다.

두렵고 무서울 때 사람들은 공포를 느낀다고 한다. 정도의 차이는 있지만 같은 공간에서 비슷한 경험을 할 때 이런 분위기는 극에 달한다.

예를 들어 도시의 어느 한 곳에 전염병이 돌았다고 치자. 외곽으로 나가는 길은 차단됐다. 죽거나 병이 물러나거나 둘 중의 하나만 기대할 상황이라면 집단 히스테리는 가히 하늘을 찌르고도 남을 것이다.

그 병이 유럽 전체를 황폐화시킨 페스트라면 두말하면 잔소리다. 병은 점점 퍼지고 어제 옆에 있던 이웃 사람이 오늘 거죽에 둘러싸인 시체로 소각되고 다음 차례는 다른 누구도 아닌 내 차례인 것을 직감적으로 안다. 이때 사람들이 취하는 태도는 볼 만하다. 여기서 소인도 나오고 영웅도 탄생한다. 산 자들은 친일파를 기록하는 것처럼 전염병 치하에서 누가 무엇을 했는지 적어서 후대의 본보기로 삼아야 한다.

이번에는 외딴섬에 아이들이 버려졌다고 가정해 보자. 핵전쟁으로 멀쩡한 육지는 거의 사라졌다. 아이들은 섬에서 그들끼리 사는 법을 터득해야 한다. 시간이 지나면서 아이들은 어른의 세계와 같은 규율에 익숙해진다.

힘센 자와 약한 자로 편이 갈리고 힘센 자끼리 또 세력 다툼을 한다. 심지어 살인도 벌어진다. 누가 이들을 아이라고 용서할 수 있을까. 탈출구 없는 고립된 환경의 지배를 받았다는 정상 참작은 나중에 학자들의 연구 대상일 뿐이다.

원래 가난했던 사람과 부자였다가 가난했던 사람이 느끼는 가난은 차원이 다르다. 원래 행복했다가 불행해진 사람과 애초부터 불행했던 사람이 갖는 감정이 다른 것과 같은 이치다. 오이디푸스왕은 태어나면서부터 버려졌으니 불행했고 자신이 아버지를 죽이고 어머니와 결혼했을 때 또 불행했으며 고향을 떠나 왕이 됐을 때는 잠시 행복했다. 그러나 그는 다시 불행해졌다. 두 눈을 다른 누구의 손이 아닌 자신의 손으로 찌르고 눈먼 자가 되어 지팡이 하나에 몸을 의지한 채 광야로 떠났다. 한 개인의 비극 가운데 세계사에서 가장 센 비극의 주인공은 오이디푸스다.

영원한 비극의 굴레에서 벗어날 수 없는 인간 군상들은 도처에 있다. 이들은 근친으로 태어났고 그들 자식 역시 근친교배를 한다. 무려 백 년간 상간의 결과는 돼지 꼬리를 달고 태어난 조상만큼이나 비극적이다. 결국 그들이 세운 마을은 어느 날 흔적도 없이 사라져 이들의 이야기만 이야기꾼의 전설로 살아남았다.

세웠던 것은 언젠가는 쓰러지기 마련이지만 자빠졌을 때 다시 일어날 수 없는 현실을 마콘도는 받아들일 수밖에 없었다. 마지막 후손을 개미 떼가 끌고 갔기 때문이다.

누군가는 지저분한 곳에서 소변을 보지만 또 누군가는 그곳에서 보석을 발견하기도 한다. 누가 보느냐에 따라 공간은 화장실이 되기도 하고 다이아몬드가 박힌 광산으로 변신하기도 한다. 릴케는 파리의 더러운 뒷골목에서 인생을 보았다. 거적을 깔고 쓰러져 있는 노파에서 죽음과 삶을 보았던 것이다. 방황하는 많은 인생이 거리에 넘쳐나고 있었다. 그들은 마치 크리스마스 날 선물을 사러 나온 인파처럼 끊임없이 여기저기를 왔다 갔다 했다. 그는 수기를 통해 방황하는 인간들에 대한 예민한 관찰의 기록물을 세상에 내놓았다.

시대와 배경이 바뀌어도 떠도는 인간들은 여전히 거리에서 날밤을 센다. 전쟁에서 살아남은 젊은 청춘은 우리는 '잃어버린 세대'라고 떠벌이면서 술판을 벌인다. 그들에게 내일은 없고 오직 내일의 태양만이 떠오를 뿐이다. 말짱한 정신을 혼미하게 하는 술 때문에 그들은 그나마 근근이 견뎌

내고 있다. 그런 나날이 하루도 아니고 열흘도 아니고 한 달이 넘어서면 사람들은 간혹 정신이라는 것을 차리게 된다. 그래서 공중전화 부스에서 전화를 건다. 받는 누군가가 있다면 "나, 술 끊었어!" 라거나 "끊을 거야!" 하고 소리를 치기 마련이다. 뜨는 태양만 바라보다가는 언제 죽을지 모르니 이쯤 해서 멈추기를 결정한 것은 잘한 일이다.

인연은 불교와 연관이 깊다. 옷깃만 스쳐도 억겁의 인연이 전생에 있었다고 할 정도다. 그러니 사랑하는 사람을 만나는 것은 인연 중에서도 최고의 인연이라고 해야 한다.

그런데 그 인연이 첫눈에 콩깍지보다는 오만하고 편견에 가득 찬 것이라면 그 사랑은 이루기 어렵다. 오해와 편견을 깨는 데는 시간이 오래 걸린다. 이런 위기를 극복하고 마침내 사랑을 찾았다는 내용의 책은 읽을 만한 가치가 있는 목록에서 윗자리를 차지할 만하다.

한 사내가 부대로 가는 길을 잃고 헤매고 있다. 날은 춥고 어둡기까지 하다. 이러다가는 얼어 죽을지 모른다. 그때 근처의 농부가 나타나 집으로 데려가서 살려준다. 생명의 은인인 셈이다. 그런 그에게 하인이 말려도 토끼 가죽옷을 벗어주는 것은 보은이다. 더구나 그 농부가 헐벗고 있으면 망설일 필요가 없다. 이런 인연은 나중에 젊은 군인의 생명을 구하는 또 한 번의 인연으로 이어진다. 그래서 인연은 귀한 것이며 질긴 것이다.

신의 법보다 자신의 법이 더 강하다고 믿는 독재자가 있다. 사랑하는 사람을 살려 달라는 아들의 바람은 가볍게 무시됐다. 조카이며 예비 며느리를 살해한 왕 크레온은 아들이 죽고 나서야 자신의 법이 잘못됐음을 한탄한다.

전쟁을 통해서 돈을 버는 악바리 상인이 있다. 그녀는 마차를 끌고 전쟁터를 종횡무진 누빈다. 돈 벌기에 이만한 장소는 없다는 것이 늙은 어미의

당신이 몰랐던 문장이 내게로 왔다

판단이다. 그에게 평화는 장사가 안되는 불경기이고 전쟁은 경기가 좋은 호황기이다. 하지만 그녀는 좋아하는 전쟁터에서 자식을 셋이나 잃는다. 그러고도 오늘도 여전히 그곳을 떠나지 못한다. 차라리 게으르기나 할걸.

천국이 없다면 지옥도 없다. 하지만 지옥이 없다면 사람들은 더 많은 죄를 짓지 않을까. 지옥이 있다는 소문만으로도 범죄예방의 효과는 있다. 그렇다면 죄는 누가 단죄할까. 가난한 사람은 가난의 죄를 짓고 지옥의 불구덩이 속에서 죽어서도 고통을 받아야 하나. 그들의 죄는 교만하고 질투하고 쉽게 분노하면서 음욕에 몸부림치는 자들에 비해 무거울까.

먹는 것을 탐하고 게으른 사람과 비교하면 또 어떤가. 지옥과 연옥과 천당. 사후 세계를 믿지 않는 사람에게 이런 구분은 참으로 허황한 것이지만 인간의 근본을 생각하면 이런 주제는 잊지 말고 소중히 다뤄야 한다.

죽어서 가는 천국이 있다면 살아서 가는 천국도 있다. 유토피아라고 부르는 곳이 바로 그곳이다. 요새로 둘러싸여 있는 이곳은 평등하고 평화롭고 서로 의지하고 더불어 사는, 말 그대로 소설 속에 있는 파라다이스다. 사유재산이 없고 그래서 더 가지려고 욕심을 부리지 않으니 인간 세상은 다툴 일이 없다. 자본주의 사회에서는 꿈도 꾸지 못할 이런 일들을 상상하는 것은 나라 없고, 그래서 전쟁도 없는 것을 상상하는 것만큼이나 행복하다.

이런 기분이 들 때면 잠시 손을 놓고 존 레논의 '이매진'을 들어야 한다. 무엇이 있기보다는 무엇이 없어서 더 좋은 세상. 그런 세상에 가보고 싶은 생각은 잉글랜드 사람이 아니라도 할 수 있다.

아파트 옥상에서 고양이를 던진다면 그 사람은 동물보호법을 피할 수 없다. 동물을 학대하는 인간은 사람도 그렇게 할 수 있다. 한때 너 자신도 사랑하지 못하면서 무슨 동물 사랑이냐고 아우성친 적이 있다. 그런데 반

엔딩

려라는 말을 경험하면서부터 고양이나 개를 키우는 사람이 달리 보이기 시작했다.

동물은 충직하다. 이 말을 한 것은 인간과 다르다는 것을 강조하기 위함이다. 그들을 학대하면 그의 인생도 학대당한다. (그러니 제발 동물을, 개나 고양이를 학대하지 말지어다.)

여행을 떠나는 사람은 위대하다. 숱한 위대한 인간이 있으나 미지의 세계로 달려나가는 자에 견줄 수는 없다.

교통이나 통신이 제대로 없는 곳을 오직 용기만으로 혹은 약속만으로 출발하는 인간은 영웅이라고 불러 마땅하다. 더구나 극적인 순간에 극적으로 골인하는 장면은 영화 '12인의 노한 사람들'처럼 유죄에서 무죄로 바뀌는 순간만큼이나 황홀하다. 바로 이때 머리가 지근지근 아프기 시작한다. 마무리를 향해 달려가는 원고지에 미련이 가득 남기 때문이다. 손 보면 볼수록 더 매끈하다고 느끼는데 더는 쳐다보기가 싫다. 이런 때는 눈감고 여러 사람과 어울리기보다 혼자 명상에 잠기면 도움이 된다. 골치 아픈 머리를 다독이기에 이만한 것이 없다.

끝없는 심연 속으로 가라앉는 것처럼 몸을 가볍게 하고 호흡을 가다듬으면 나 외의 다른 사람이 눈에 들어온다. 내가 황제라면 백성이 들어올 것이고 내가 장군이라면 부하가 보이고 내가 부자라면 가난한 사람이 가슴속으로 파고들 것이다.

황제가 명상에 잠긴다. 그의 생각은 온통 애국이다. 범죄자도 아니면서 마지막 도피처로 애국을 들먹이는 것은 그가 바라는 강한 국가와 분열된 조국의 통일 열망이 그만큼 컸기 때문이다.

오래 공부하고 관직을 바라지 않는 사람은 없다고 했다. 관직에 일단 맛을 들인 사람은 더욱 그렇다. 고위직에 있다가 하루아침에 실업자가 됐다면 그 열망은 그런 경험이 없던 자와는 비교할 수 없다.

오래전 사람 마키아벨리는 자신의 실력이 썩는 대신 발휘되기를 기원하면서 힘 있는 군주에게 내가 이런 사람이라는 것을 뽐냈다. 다른 사람을 시켜서 천거해달라고 에두르지 않고 자신이 직접 나선 것이다. 장황하게 설명하는 대신 간략하게 핵심만 모은 글을 써서 바쳤다. 다른 사람이 아닌 당신이라면 부국강병과 통일의 위업을 완수할 수 있다고 꼬드겼다. 이 책을 읽기만 하면. 그러나 군주는 그 책을 보지 못하고 세상을 떠났다. 후대 사람들은 그것을 안타까워하기보다는 책 속에 들어있는 섬뜩한 모사에 전율했다.

팜므파탈의 원조가 이브라면 살로메는 두 번째가 되겠다. 의부 왕을 치명적 아름다움으로 유혹해 요한의 머리를 몸통에서 떼어내 기어코 은쟁반에 올리는 살로메. 파멸을 자초한 살로메. 비극은 뒤로 물러서지 않는 고집에서 나온다. 역설적이게도 그 집요함 때문에 인간의 아름다움은 더욱 빛을 발한다. 작가는 이런 것을 쉬지 않고 찾아내야 한다.

메밀꽃을 볼 때마다 국수나 전병 대신 물레방앗간이 생각나는 것은 왜일까. 이효석은 강원도 봉평 지역을 사람들이 찾아가고 싶은 관광지로 만들어 놓았다. 짤막한 단편소설 하나로.

단 한 번뿐인 정분으로 태어난 자식과 그날의 잊지 못할 추억 한 토막. 했던 말을 하고 또 하고 수없이 했지만 다시 끄집어내는 것은 내리는 달빛이, 피어 있는 메밀꽃이 그렇게 하지 않고는 못 배기게 하기 때문이다. 그 광경을 떠올리는 것은 환상적이다. 한국의 대표적인 유미주의자는 그렇게 사람들을 몽환의 세계로 이끌었다.

여자의 굴복은 우리를 슬프게 한다. 아무리 해도 이겨낼 수 없는 현실에 무릎을 꿇었을 때 우리는 그녀의 심정을 이해하면서 그런 현실을 저주한다. 아일랜드 더블린에 살던 이블린이 배를 타지 못하고 무너지는 장면은 스펀지처럼 퍼져 오는 슬픔이다. 애잔하지만 그것 또한 현실이라고 우리는 그녀에게 심심한 위로와 동정을 보낸다.

불을 지른다. 정신병자가 아니다. 분노의 끝에 그들은 지주를 향해 그렇게 낫 대신 불을 들었다. 그리고 처절한 복수. 식민지 조국은 왜놈의 앞잡이보다도 더 악랄했다. 가해자를 위해 피해자가 마지막으로 꿈틀거릴 때 그 기세는 분노의 화염으로 타올랐다.

운 좋은 날이 있기 마련이다. 그런데 그 운은 운이 아닌 불행이었다. 일당 좀 벌었으나 아내는 죽었다. 이년, 저년 욕을 하지만 속으론 미안함으로 가득 찼을 인력거꾼의 생은 비루했다.

미안하기는 머슴으로 데려다 쓰면서 장가보내 주지 않는 점순이 아버지도 마찬가지다. "키가 커야지"를 노래 부르면서 혼례를 미루는 속내를 아는 내 마음은 가뭄 날 논처럼 타들어 간다. 그래도 지금까지 기다린 것이 억울하니 좀 더 기다려 보자. 나는 약자이니까. 그리고 그녀를 사랑하니까.

아내의 부정을 듣고 보고도 어쩔 수 없는 나는 우리 속에 길든 한 마리 가축에 불과하다. 고삐를 풀고 거리에 나설 때 나는 자유다. 방안에 들어서면 나는 다시 죄인이다. 건물 옥상에서 내가 날기를 바라는 것은 끝내 넘지 못한 현실의 벽을 뚫어 보기 위해서다. 삶의 의지가 소멸되기 전에.

이쪽도 저쪽도 싫다. 그래서 남의 나라를 택했다. 잘못이 아닌 잘한 선택일까. 다시 그 같은 기회가 와도 명준은 똑같은 결정을 내릴까. 통일이 오지 않는 한 이런 우문은 계속될 것이므로 나는 오늘도 통일을 간절히 꿈꾼다. 자의식 가득한 채로.

사족　　　책 읽기를 생업의 수단으로 삼는 사람도 있으나 다수는 그

　　당신이 몰랐던 문장이 내게로 왔다

런 것과는 무관하게 독서를 한다. 모르는 것을 알고자 하는 지적 욕구 때문이다. 누군가를 만나 "나, 이런 책 읽은 사람이야." 하고 뽐내고픈 자기만족도 있다.

그런가 하면 먼 여행에서 돌아왔을 때 느끼는 편안함을 얻기 위해서 책을 읽는다. 세상에서 가장 좋은 종이 냄새를 맡기 위해서라고 말하는 사람도 있다. 또 어떤 사람은 인생의 해답이 거기에 있어서라고 혹할 만한 대답을 한다.

이유가 다양하다. 누군가 나에게 왜 책을 읽느냐고 물으면 그것보다 더 좋은 것을 알지 못하기 때문이라고 말하겠다. 한 끼 식삿값으로 위대한 인간의 한평생을 살 수 있는데 다른 곳에 눈 돌릴 이유가 없다고. 눈 씻고 찾아봐도 이만한 가성비가 없다고.

하지만 독서의 행위를 어찌 이처럼 한두 마디 말로 설명할 수 있으랴. 책을 읽는 행위는 살기 위해 숨 쉬는 것과 같다.

왜 쉬느냐고 묻지 않는 것처럼 왜 읽느냐고 묻지 않는다. 나를 위한 최고의 선물이 이것 말고 또 무엇이 있으랴.

책 읽기에 속력이 붙으면 다른 것은 눈에 들어오지 않는다. 사방의 유혹은 무덤덤하다. 살아온 대로 새겨진 얼굴이 변화하는 것도 이때다. 사는 것이 힘겨워 탈진한 사람을 기적처럼 깨우는 것도 책이다.

나와 문장처럼 혼연일체, 완전한 몰아의 경지에 도달할 수 있는 연결 도구로 이보다 더 완벽한 것은 이 세상에 없다. 한 마디로 책 읽기는 내 영혼을 위한 닭고기 수프나 정성껏 갈아서 밤새 내린 커피와 같은 것이다. 그러니 우주의 이치를 깨닫지 못해도 부러울 게 없다. 깊숙한 내면으로 한 걸음 더 들어갔는데 무엇이 더 필요할까. 다 가진 것처럼 고요가 온몸으로 찾아오면 조용히 눈 감고 생각에 잠긴다. 들여다볼 내면이 있다면 그렇게 하고 없다면 그저 들고 읽느라고 불편한 팔을 펴고 주무르면 그뿐이다.

누구나 자신의 인생이 초라하기보다는 풍요롭기를 원한다. 특히 오십 줄에 들어선 사람이라면 더 그렇다. 새치 아닌 흰머리가 검은 머리를 밀어내고 탄력 있는 볼살은 쭈그러져 홀쭉하고 입에서는 이런저런 냄새가 나고 헐렁한 옷은 패션과는 거리가 멀고 참견하고 싶은 것은 많아 지갑 대신 입을 자주 열어 나잇값 못한다는 핀잔을 듣는 당신은 십중팔구 오십 대가 맞다.

늙으신 부모를 모셔야 하고 아래로는 장성한 자식들을 살펴야 한다. 직장에서는 밀려났다. 연금을 타려고 기웃거리고 병원을 친구보다 더 자주 찾는다. 이러다가 한 방에 훅 갈 것 같은 공포에 영양제를 챙겨 먹으려는 징후가 뚜렷해진다.

그런 당신은 우물쭈물하다 어쩌다 보니 이렇게 됐다, 그래서 어쩌라고 같은 볼썽사나운 화풀이보다는 그래 몸은 늙었지만 아직은 희망을 노래할 만하다고 겸손을 떨어야 한다. 이는 '관종'이나 허세와는 거리가 멀다.

어깨에 힘을 빼고 목소리를 부드럽게 한다. 나이를 더 먹은 것이 내 탓은 아니다. 다른 것은 다 탓해도 나이를 대할 때는 그렇게 해서는 안 된다.

나이 앞에 무릎을 꿇고 조용히 기도하는 마음을 가져보자. 나의 전성기는 아직 오지 않았다고, 인생에서 늦은 때는 지금은 아니라고, 바로 이때가 무엇을 하기에 가장 좋은 시기라고.

쓴 약을 삼킬만한 충분한 나이가 아닌가. 어제 일도 깜박해 치매가 아니냐는 눈초리를 받기 전에, 정신 줄 내려놓을 생각 말고 여전히 오지 않은 어떤 기대를 간직하면서 60대에 비하면 아직은 젊은 나이라고 굳어서 잘 쥐어지지 않더라도 주먹을 세게 감아 보아야 한다.

'나이 듦에 대하여' 같은 우아한 말을 할 수 있는 나이는 오십은 돼야 한다. 30이나 40은 경험이 부족하고 60이나 70은 조금 늦은 감이 있다. 지금 그 언저리에 당신이 있다면 딱 알맞은 나이에 도달했으니 주저하거나 망설일 이유가 없다.

세상에서 가장 멋진 '그레이 헤어'를 뒤로 쓸어 넘기며 '나의 나이 사용법' 같은 것을 세계지도 그리듯이 그려보자. 그리고 그린 그곳을 보면서 다음에 떠날 장소는 이곳이라고 점찍어 두자.

메아리는 저 산 너머 골짜기가 아닌 바로 당신의 심장에서 울려 퍼진다. 버저비터에 극장 골이 터지는 순간이다. 인생이 꺾였다는 자괴감은 버리자. 그게 내게 무슨 소용 있겠다는 생각을 하자. (간혹 이런 가사가 나오는 노래도 듣자. 치매 예방에 좋지 않겠나.)

보약 대신 커피잔을 들자. 그렇게 놀고도 더 놀지 못해 안달하면서 내일 더 놀아야지 하는 아이처럼 잠들기 전에 눈뜨면 그 일부터 생각하자. 불안은 버리고 설렘을 가져오자. '이놈의 트랜드' 탓하기 전에 취향 어긋나는 행동은 삼가자.

오십 잔치는 시작됐다. 감 떨어지는 늙은 오십 대 아닌 감 피어나는 '영 피브티'는 남이 아닌 자신이 만드는 것이다. 부산부터 걸어서 서울 찍고 평양 거쳐 신의주 지나 유럽까지 배낭여행을 떠나기에 적당한 나이가 바로 그런 나이다.

모터사이클도 좋다. 통일 열차를 타고 냅다 시베리아로 떠나도 누가 뭐라는 대신 그럴만한 나이가 됐다고 부러워하면서 인정해 준다. 그러니 주눅 들지 말고 꼰대 짓으로 저런 노인네는 되지 말자는 젊은 친구의 꾸중 대신 '저 늙은이 곱게 늙어 가네'라는 부러움의 말을 들어보자.

벌써가 아닌 '이제 겨우'라는 말과 친해지자. 겨우 인생의 전환점을 돈 것이다. 남은 인생도 살아온 인생만큼 남았다. 전반부 인생이 그저 그렇다면 후반부는 낭비하는 인생이 아닌 만족하는 인생이다. 인생역전처럼 짜릿한 것은 없다.

원하는 것은 마음이 아닌 행동을 하면서 얻어야 한다. 구원의 동아줄인 바로 책을 드는 일이다. 그것이 오십을 대하는 태도다. 그것이 내 영혼에 대한 깍듯한 예의다. 그곳에 젊은 들녘으로 가는 길이 있다. 그 길의 입구는 비좁고 보잘것없으나 안으로 들어갈수록 넓고 기름지고 팽팽하다. 벼와 보리가, 귀리와 깨와 시금치와 상추 같은 온갖 나물이 풍성하다. 그것들을 뽑아서 참기름 넣고 볶아 나물로 먹느냐, 아니면 우려낸 감식초를 뿌려 생으로 먹느냐만 결정하면 된다. 아무리 먹어도 배고픈 깊은 곳으로 들어가는 일은 어렵지 않고 누구나 할 수 있는 쉬운 일이다. 마다할 이유가 없다. 인생의 행복은 먼 하늘에 있지 않고 가까운 땅에 있다.

인간의 품위를 지키면서 그 누구도 아닌 나를 알아가는 것, 나를 일부가 아닌 총체적으로 이해할 때 우리는 거기에 다가갈 수 있다.

인생에 낀 안개는 문득 걷히기 마련이다. 뿌연 그것이 안개처럼 사라지고 밝은 태양이 떠오르는 것은 무협 영화에서만 가능한 것은 아니다.

어느 날 갑자기, 글자가 내게로 올 때가 있다. 이때는 주저해서는 안 된다. 숙련된 외과 의사처럼 과감하게 피부 대신 표지를 열고 날개를 펼쳐 서문과 후기를 읽어야 한다. 그러면 일기 시작한 기분은 점차 고조되고 마침내 첫 장 첫 문장으로 들어가는 행운으로 이어진다.

벌써 유령이 뛰어 나온다. 천사가 노래 부른다. 악마가 유혹한다. 맛있는 음식이 꿈틀거리고 꿈에 그리던 사랑이 달려온다. 분노가 포도처럼 영글고 괴물이 복수의 칼을 간다. 놓치지 말고 꽉 잡아야 하는 순간이다.

가는 시간이 아까워 어쩔 줄 모르고 오로지 나만의 힘으로 책장을 넘길 때 오십 육체는 이십 젊음으로 전율한다. 위대한 천재들의 전 생애를 단 두 시간에 혹은 며칠 새에 온전히 내 것으로 만든다면 그대는 오래전의 내가 아닌 숲의 거인으로 환생한 새로운 그대를 만나게 되는 호사를 누리게 된다.

그렇다. 독서는 인생 최대의 호사다. '나는 무엇으로 사는가, 내 인생의 나침반은 어디에?'라는 질문을 던져 놓고 뒤돌아설 때 등 근육이 움찔거리는 느낌이 들면 당신의 인생은 그런대로 살 가치가 있다.

앞이 아닌 뒤를 단련시킨 그대는 숱한 나날을 헛되게 보내지 않았다. 그러니 중년을 넘어서 노년으로 달려간다고 해도 서운해할 필요가 없다. 루비콘강을 건너자. 주사위를 던지자. 오십을 넘어 육십이 내일모레라고 한탄할 일이 아니다. 꺾인 인생은 구부러진 은수저처럼 다시 펼 수 있다. 준비된 노년은 아직 오지 않은 반짝이는 어느 시점이기 때문이다. 그때가 되면 관대한 인간이 되어 마치 갓 태어난 아이처럼 순수의 시간으로 되돌아갈 수 있다.

키케로는 말했다. 분별 있는 젊은 시절을 보낸 이에게는 지혜로운 노년이 오고 욕망에 사로잡힌 젊은이에게는 흐리멍덩한 노년이 온다고. 여기서 젊음을 중년으로 바꿔도 무방하다. 분별 있는 중년을 보내야 한다. 그래야 노년을 순조롭게 보낼 수 있다.

그런 시간을 확보하면 우리는 삶을 향한 일정한 시선을 유지할 수 있다. 누군가의 강연을 들으면서 돈을 내고 누군가와 점심을 먹기 위해 시간을 내는 것은 기꺼이 허락하면서 가장 돈이 안 들고 가장 쉽게 무한정한 것을 주는 책을 멀리하는 것은 신이 없다고 해서 자신이 신이 되겠다고 하는 것과 다를 바 없는 무모한 짓이다.

　이런 생각을 하고 있을 때 안내인이 어떤 자세로 책을 읽는 것이 가장 좋으냐고 물어왔다. 나는 한동안 우물거렸다. 그것에 대해 생각해 보지 않았기 때문이다. 후기에 적을 수 있도록 질문을 해준 그에게 보답하는 마음으로 잠시 정리한 답은 이렇다.

　우선 눕는다. (옛날 어른들은 누워서 책 읽으면 혼냈다. 책은 반듯한 자세로 책상에 앉아서 읽어야 한다고. 책을 대하는 태도가 경건해야 공부가 된다고 믿었다. 그러나 이제는 아니다. 그럴 필요 없다. 책과 친해질 수만 있다면 눕는 것이 무슨 대순가. 누워서라도 읽어야 하는 것이 책이다.)

　그러기 위해서는 베고 눕기에 적당한 무언가가 있어야 한다. 목 받침대가 있다면 좋지만 없다면 의자의 팔걸이를 이용해도 좋다. 나는 소나무로 만든 거실 의자를 이용한다. 십수 년 전에 주문해 완성한 손때 묻은 의자는 목베개처럼 목을 받치기에 적당하다. 거기서 책을 읽으면 한 시간 정도는 지루하지 않게 읽어 낼 수 있다. 처음에는 똑바로, 다음에는 왼쪽으로 그다음에는 몸을 180도 돌려 오른쪽으로 눕는다. 바뀐 자세는 새로운 몸가짐을 의미하기도 하지만 고정된 자세가 가져오는 불편을 해소하기 위해서다.

　장소를 옮기기도 한다. 침대와 창틀 사이의 좁은 공간이 두 번째로 내가 애용하는 책 읽기 장소다. 그곳은 누우면 옆으로 겨우 한 뼘 정도 움직일 만한 작은 공간이 나오는데 그런 상태로 나는 베개도 없이 고개를 들고 책을 읽는다.

　온몸 근육이 팽팽하게 당겨지고 들었던 손에 감각이 떨어질 때까지가 독서의 최고 순간이다. 이때는 활자의 집중도가 높아 어려운 책을 읽을 때 안성맞춤이다.

무거운 팔을 풀고 털면서 왕자 모양이라고 생각하는 아랫배를 수축시키고 이완시키기를 반복하다 보면 어느새 한나절이 훌쩍 지나간다. 그런 다음 뒤로 젖혀지는 의자나 등이 직각인 나무 의자에 양반다리로 앉는다. 이때는 다리에 쥐가 나기 직전에 자세를 바꿔주는 것이 좋다.

일단 쥐가 오면 코에 침 바르면서 쥐의 원인을 찾다가 시간을 허비할 수 있다. 그런 상태는 피해야 한다. 엎드리는 방법도 있다. 오래가지 못한다는 단점이 있지만 두 팔꿈치로 상체를 지지하고 배로 체중을 분산시키면 한 30분 정도는 버틸만하다.

어떤 사람들은 기구에 매달려 거꾸로 선 자세를 취하기도 한다. 이 방법은 난이도가 높지만 허리 디스크를 예방하거나 혈액순환을 기대하는, 독서 외에 또 다른 효과를 노리는 사람에게 추천할 만하다.

이런 다양한 자세는 책 읽기의 두려움이나 단조로움에서 벗어나는데 도움을 준다. 순전히 이것은 내 경험이므로 독자들이 굳이 따라 할 필요는 없다. 읽는 자세는 자신이 편하면 그만이기 때문이다.

읽기 귀찮아도 의무감 때문으로라도 읽어야 할 때는 서서 읽는 방법도 좋은 해결책이다. 두 다리로 버티고 서서 책을 들고 있으면 왠지 색다른 느낌이 든다. 벌판에서 창을 들고 적에게 돌진하는 하급 장교라도 된 기분이다. 무엇에 등을 기대고 두 다리를 쭉 펴고 읽으면 독서라기보다는 놀고 있다는 느낌이 들어 시간이 더 빨리 간다.

이렇게까지 해야 하나 하는 질문은 당연히 이렇게라도 해서 책을 읽을 수만 있다면 당연히 그리해야 한다는 것이 내 견해다. 눕고 앉고 엎드리고 기대고 거꾸로 매달리고 서서까지 읽는다면 책 읽기의 자세는 거의 다 나온 셈이다. 하마터면 중요한 이 대목을 빼놓을 뻔했다. (책 읽기 자세에 관심 가져준 사람에게 이 기회를 통해 고마움을 표한다.)

어떤 사람들은 책의 시대가 종말을 고했다고 성급하게 말하기도 한다. 전자책이 나오고 경량화되고 300페이지가 넘는 책은 읽히지 않는다고 한다. 여기 소개한 이런 책을 두고 그런 말을 하는 것은 정말로 책잡힐 일이다. 책의 시대는 종이책이든 전자책이든 노병처럼 죽지 않고 사라지지도 않는다. 상중하 세 권짜리라고 해서 지레 겁을 먹거나 작가의 이름값 때문에 주눅 들 필요도 없다. 읽다 보면 다 기우였다는 것이 판명된다.

내친김에 내가 읽고 전율한 책 몇 권만 추려 본다. 책을 고르는 데 담력은 필요 없기 때문이다. 책 한 권만 소개해 달라는 말에 대한 답을 미리 준비했다고 치고 한 권이 아닌 내 인생의 책 10권을 자신 있게 정리해 본다. 제발 읽어 줬으면 하는 바람을 실어서.

사실 이러한 행위는 비난받아 마땅하다. 소개된 고전을 뽑을 수 있는 식견과 권한이 내게 있을 수 없기 때문이다. 그러함에도 그렇게 하는 불경스러운 짓은 순전히 개인적인 취향 때문으로 이해해 주기 바란다. 순서는 의미가 없음을 새삼 강조하면서 감동 받은 순이 아니라 읽은 순으로 나열하면 다음과 같다.

첫 번째는 니코스 카잔차키스의 《그리스인 조르바》이다.

두 번째는 조지 오웰의 《동물농장》이다.

세 번째는 셰익스피어의 《오셀로》이다.

네 번째는 니체의 《차라투스트라는 이렇게 말했다》이다.

다섯 번째는 괴테의 《파우스트》이다.

여섯 번째는 존 번연의 《천로역정》이다.

일곱 번째는 호메로스의 《오디세이아》이다.

여덟 번째는 세르반테스의 《돈키호테》이다.

아홉 번째는 홍명희의 《임꺽정》이다.

열 번째는 소포클레스의 《오이디푸스왕》이다.

*** 로또 일등을 놓친 당신에게 보너스 선물로 박지원의 《열하일기》와 단테의 《신
    곡》을 권한다.

　　이 글을 쓸 즈음 '독서 하는 사람이 오래 산다'는 뉴스가 나왔다. 독서, 특히 소설을 읽는 사람은 더 높은 학력과 취업률, 연봉, 대인관계 능력, 더 긴 수명을 누린다는 것이다. 이 시대의 개인이 얻고자 하는 모든 것이 책 속에 녹아 있다는 말이다. 취업이 잘되고 월급이 세고 대인관계가 좋고 오래 살기까지 한다니 '속물의 목적'이라 해도 꾸물대지 말고 지체 없이 독서, 그것도 고전 소설을 당장 읽어, 지금 당장 읽어야 한다.

　　내 인생에서 가장 잘한 일은 바로 이것이다. 지상에 있는 오직 단 하나, 천국의 그 길을 뚜벅뚜벅 걸어갈 때 당신은 불안한 인생이 아니다. 운을 시험하듯이 그렇게 한 번 시도해 보면 흔들리는 영혼도 제자리를 찾을 수 있다. 독서의 힘은 바로 이런 것이다. 지금의 내가 불만스러워도 살아갈 수 있는 것은 내가 좋아하는 나무를 원료로 삼아 종이로 만들어 인쇄해 철한 책에 있다고 감히 말하고 싶다. 이걸 읽느냐 마느냐, 중요한 순간의 문턱을 넘느냐 비켜 가느냐는 오로지 당신이 선택하기에 달렸다.

　　참고로 여기 책 속에 나오는 주인공들을 반드시 닮으려고 노력할 필요는 없다. 그들은 대개 어떤 한쪽으로 쏠려 전체를 보는데 고통을 겪는 극한의 인간들인 경우가 많기 때문이다. 죽음도 불사하는 용기는 용기라기보다는 만용에 가깝다. 책 속이 아니라면 그렇게까지 쉽게 목숨을 내

놓을 수 없고 그렇게 쉽게 돈을 뿌려 댈 수 없고 너무 쉽게 다른 사람을 사랑하지 못한다.

주인공의 무모함과 파렴치함과 여반장 같은 살생과 간단히 무너지는 도덕적 관념을 따라 할 필요는 없다. 위대한 인간의 병적인 것으로 제쳐 놓자. 그렇다고 그들을 저주하거나 비난하는 것도 볼썽사납다. 주인공의 행동에 고개를 끄덕이고 그들이 그런 짓을 하는 것을 안타까운 마음으로, 혹은 부러운 마음으로 지켜보면 그것으로 족하다.

주인공은 어디까지나 책 속에 있는 것이지 현실 속에 존재하는 동일인이 아니다. 때로는 현실과 아주 가깝게 다가오는 수도 있지만 먼 데 있는 사람이 대개는 주인공이다.

나는 산 아래 있는데 산꼭대기에 있는 주인공이 손짓한다고 해서 한달음에 그곳에 도달할 수는 없다. 그들의 인생과 나의 인생을 일체화할 필요는 없고 원한다고 해서 그렇게 될 수도 없다. 좋은 행동은 본받아야 겠다는 마음가짐, 나쁜 행동은 그러지 말아야지 하는 거부하는 속내가 필요하다. 보통 인간은 위대한 인간의 삶에 감동 받을 수는 있으나 언행까지 그러하기에는 큰 난관이 따른다.

주인공들의 인생은 한때 화려했다가 불꽃처럼 빨리 식어 버린다. 행복했지만 불행으로 끝난 경우가 많다. 이해는 하지만 닮으려고 노력할 필요는 없는 이유이기도 하다.

주인공과 마음이 맞았던 어느 시점의 경험을 달게 기억하면 그것은 추억이 된다. 주인공에게 지기 위해 부러워할 필요도 없다. 책 속의 주인 공이 아닌 내 삶의 주인공이 돼야 하는 이유가 여기에 있다.

없는 시간을 쪼개고 쪼갠 것을 몇 조각으로 더 쪼개서 이 책을 읽어 준 독자들에게 새삼 고마움을 표한다. 그런 독자들에게 세상에 단 하나뿐인 리뷰를 선사했다는 작은 자부심은 가져도 괜찮을 것이다.

다른 사람이 쓴 것을 일부러 찾아 읽지 않은 것은 행여 좋은 글을 발견했을 때 나도 모르게 그것을 차용할 것 같은 심보를 미리 제어하기 위해서였다. 아무리 좋은 글도 남의 것을 옮기면 그것은 내 느낌이 아닌 다른 사람의 감정일 뿐이다. 남의 생각을 얻기 위해 하는 독서도 있지만 그런 독서는 바람직하지 않다는 것이 내 판단이다. 하품 독서라고나 할까. 그러니 이 평은 오로지 나만의 느낌을 풀어 놓은 세상에 단 하나라는데 어설픈 만족을 얻는다. 아마추어 평론가들이 숱하게 해낸 것에 숟가락 하나 더 얹었다고 소리쳐 봤자 쓸데없는 짓이다. 나 자신의 떨림만으로 적어 내려왔다는 것을 굳이 밝히는 것은 그런 작업을 할 때 두어 시간 달리고 있을 즈음에 나타나는 강력한 '러닝 하이'와 같은 기쁨이 솟아났기 때문이다.

그 기쁨의 반은 연필에게 주어야 한다. 무슨 뚱딴지같은 소리냐고? 사실 나는 연필이 없었다면 이 글을 마무리하는데 적잖은 애를 먹었을 것이다. 연필은 줄 치기에 아주 좋은 필기구다. 앞서 나는 누워서 책 읽는 습관을 말한 바 있다.

그런 자세로는 볼펜을 들고 밑줄을 그을 수 없다. 이 시점에서 표식을 남겨야 하는데 거꾸로 선 볼펜에서 잉크는 제 역할을 하지 못한다. 그러나 연필은 아니다. 세우든 눕히든 돌려세우든 연필은 그 어떤 자세에서도 적기의 역할을 포기하지 않는다.

줄 치고 나서도 미련이 남으면 인상적인 나머지는 여백에 끄적인다. 그러면 나중에 요약할 때 아주 긴요하다. 읽기에 오래 걸린 책은 기억이 가물거리거나 혹은 중요한 내용을 빼먹을 수 있다. 그런 경우를 대비해 표시해 놓으면 그럴 염려가 없다.

엔딩

그러는 사이 적어도 한 다스 이상의 몽당연필이 나왔다. 버리기 아까워 세어 보아서 안다. 손에 잡히지 않을 만큼 깎인 연필을 볼펜 껍질에 끼워서 써볼까도 생각했다.

어린 시절 아주 흔했던 경험 때문에 그 시절을 그리워하며 그래 볼까 했지만 그러지는 않았다. 쌓인 연필이 많이 있기도 했고 궁상떤다는 생각이 들었다. 어렵고 곤란한 시대는 지났다. 이제 그 몽당연필을 들고 가만히 쳐다본다. 플라스틱이 아닌 나무의 감촉이 아주 좋다. 이런 순간이 오리라고는 전혀 예상하지 않았다. 50이 넘은 나이에 더는 깎을 수 없을 때까지 깎은 연필을 보는 나는 행복하다.

이제 정말 마무리할 시간이다. 혼자 있는 시간을 즐기며 빛나는 순간을 찾기 위해 여기까지 읽어준 고독한 미식가 아닌 위대한 독서가들에게 거듭 아낌없는 박수를 보낸다.

기쁠 때보다 힘들 때 더 진가를 발휘해 주는 가족이 없었다면 이 책은 나올 수 없었다. 아이디어를 제공하고 교정을 봤으며 삽화로 참여했다. 성실과 절약으로 한 세상을 살아오신 늙으신 고향의 부모님이 지금 순간 눈에 선하다.

그리고 일상을 지켜내기 위해 간간이 노력해 온 나 자신에게는 장식장, 보기만 해도 미소가 절로 떠오르는 책장을 선물하고 싶다.